로봇 교사

아름다운 청소년 ㉕

로봇 교사

초판 1쇄 인쇄 2021년 8월 6일 | 초판 1쇄 발행 2021년 8월 12일
지은이 이희준 | **펴낸이** 방일권 | **펴낸곳** 별숲
출판신고 2010년 6월 17일 | **주소** 경기도 파주시 광인사길 68, 403호
전화 031-945-7980 | **팩스** 02-6209-7980 | **전자우편** everlys@naver.com

© 이희준 2021

ISBN 979-11-91204-72-8   44800
ISBN 978-89-965755-0-4   (세트)

로봇 교사

이희준 장편소설

별숲

내가 자란 양천구와 나를 키운 고척도서관에
이 책을 바칩니다.

차례

특별한 날

3월이 코앞으로 다가오자 봄기운이 훈훈해졌다. 저렇게 맑은 하늘은 오랜만이네. 가우스는 설거지를 하다가 창밖을 보고 기분이 흐뭇해졌다. 그날 아침은 날씨만큼이나 기분 좋고 특별한 날이었다. 가우스는 그릇의 물기를 닦아서 찬장 위에 올려놓았다. 싱크대 위로 아침 햇살이 길게 뻗어 있었다. 그는 햇빛이 드리운 싱크대 손잡이 위에 고무장갑을 벗어 걸어 놓았다.

그가 앞치마를 막 벗었을 때 초인종이 울렸다. 누구인지는 이미 알고 있었다. 가우스는 재빨리 앞치마를 벽에 건 뒤 현관으로 가서 문을 열었다.

"안녕하세요?"

남자는 무테안경을 쓴 서글서글한 인상이었다. 하얀 와이셔츠와 깔끔한 재킷 차림에 한 손에는 가벼운 서류 가방을 들고 있었다. 가우스는 회사에서 일하는 기술자들이 비슷한 가방을 많이 들고 다니던 걸 기억했다.

"어제 전화한 김정환입니다. 만나서 정말 반가워요."

남자가 손을 내밀었다. 마치 인간을 대하는 것처럼 살가웠다. 가우스는 악수를 하면서 그에게 들어오라고 했다.

"오시느라 수고 많으셨습니다, 박사님. 오늘 날씨가 참 좋죠?"

박사가 기분 좋게 웃었다.

"그러게요. 정말 화창한 날입니다."

그는 박사를 주방에 있는 탁자로 안내했다.

"집이 정말 깨끗하군요."

가우스는 웃음이 나왔다. 김 박사는 인간이 다른 인간의 집을 방문했을 때 할 법한 인사치레를 하고 있었다. 정말 깍듯한 사람이군. 인간들 중에는 그를 인간처럼 대하는 이런 친절한 사람이 가끔 있었다. 하긴 로봇을 연구하는 사람이니까 로봇에 대한 애정이 일반인과는 다를 것이다. 이영미 박사도 그를 기계로 대한 적은 없었다.

"고맙습니다. 청소를 열심히 하거든요."

박사가 부엌 탁자 앞에 앉자 가우스는 불 위에 주전자를 올려놓았다.

"박사님, 혹시 차나 코코아 드시나요? 죄송하지만 저희 집에는 커피가 없답니다."

"전 아무거나 괜찮아요."

가우스는 탁자에 간단한 다과를 차려 놓고 박사와 마주 보며 앉았다. 가우스를 보는 김 박사의 눈이 반짝였다.

"이렇게 만나서 정말 영광이에요, 가우스. 예전부터 당신을 만나고 싶었어요."

"아닙니다. 제가 영광이죠."

가우스는 로봇답게 예의 바른 태도로 말했다.

"혹시 내가 바쁠 때 찾아온 건 아니죠?"

"오후에 외출하긴 하는데 지금은 한가합니다. 요즘 회사는 어떤가요? 새로운 제품을 개발 중이라고 들었습니다만."

가우스는 박사에게 과자를 권했다.

"회사야 늘 비슷하죠. 연구비가 후하게 지원되는 걸 보면 별문제는 없는 것 같더군요. 가우스는 어때요, 잘 지내고 있나요?"

"전 더할 나위 없이 좋습니다. 늘 한결같아요. 참, 이영미 박사님은 잘 계시나요? 제가 그분과 연락을 안 한 지 좀 됐거든요."

"저도 그분이 회사를 그만둔 후에는 연락이 뜸해서 잘은 모르겠지만, 요즘은 저술 활동을 하고 계신다고 들었어요."

책을 쓰고 계셨구나. 가우스는 생각했다. 아마 전문 서적이겠지만 나오면 꼭 읽어 봐야지.

"어제 전화하셨을 때 제 이야기를 직접 듣고 싶다고 하신 걸로 기억합니다. 지금 연구하시는 것과 제 이야기가 관련이 있어서 그러신가요?"

박사는 가방에서 서류 몇 장을 꺼냈다.

"우리가 지금 연구하고 있는 건 인공지능이 자율적 판단 능력을 스스로 발전시키는 방법에 대한 거예요. 항상 그래 왔지만 이번 연구에서도 가우스는 우리에게 매우 중요해요. 당신은 세상에 하나

밖에 없는 샘플이니까요. 내가 이렇게 찾아온 건 당신의 생각과 경험을 직접 듣는 게 연구에 꼭 필요하다고 느꼈기 때문이에요."

가우스는 박사가 꺼낸 서류들을 살펴봤다. 간략하게 요약된 설계도였다. 김 박사는 가우스가 종이를 읽는 모습을 기대에 찬 표정으로 보고 있었다. 대부분의 인간들이 생물학에 관심이 없듯이 그는 로봇이었지만 로봇공학에 별 흥미가 없었다. 가우스는 설계도의 내용을 이해하지 못했지만 되도록 예의 바르게 자신의 느낌을 표현했다.

"기술이 많이 발전했군요."

"그렇습니다. 그리고 점점 더 빨리 발전하고 있지요."

박사는 손가락으로 식탁을 가볍게 두드렸다.

"이번 연구는 정말 중요해요. 그래서 책임자 중 한 명인 제가 당신을 만나러 온 겁니다. 하지만 솔직히 말해서, 연구와 별개로 저의 개인적인 관심이 더 컸어요."

가우스는 박사의 얼굴에서 애정 어린 호기심을 읽을 수 있었다.

"가우스에 대한 자료를 많이 읽어 봤어요. 그런데 알면 알수록 놀랍더군요. 당신에게 일어난 일들, 당신이 한 모든 행동들……. 당신을 꼭 만나고 싶었어요, 가우스. 그리고 그 모든 일을 당신에게 직접 듣고 싶어서 왔습니다."

"제가 학교에 있었을 때의 일을 말씀하시는 거군요."

주전자에서 물 끓는 소리가 났다. 가우스는 가스레인지를 끄고 코코아 가루가 담긴 컵에 물을 부었다. 재현이가 마시는 거였다. 재현이는 커피를 좋아하지 않았다. 물론 그도 좋아하지 않았다. 그는 커피든 코코아든 인간들이 즐기는 기호 식품에 관심이 없었고 마실 입도 없었다.

"저에 대해 자세히 조사하셨다면 아마 박사님이 저보다 더 저에 대해 잘 아실 겁니다. 그런데도 박사님은 제 설명을 듣고 싶으시다는 거죠?"

"대부분 기술적인 자료에 불과하니까요. 전 당신이 느꼈던 감정과 생각이 궁금해요."

김 박사는 가우스가 내민 잔을 받았다.

"그 얘기를 다시 하는 건 그리 내키지 않지만……."

그때 옆 방문이 열리면서 한 청년이 나왔다. 키가 훤칠하고 인상이 밝은 젊은이였다. 그는 주방 탁자에 앉은 김 박사를 보고 발길을 멈췄다.

"손님이 오셨나요?"

"응, 회사에서 오신 분이야."

청년이 고개 숙여 인사했다.

"죄송합니다. 손님이 오신 줄 몰랐네요. 제가 지금 빨리 가 봐야 해서 다음에 다시 인사드리겠습니다."

"괜찮아요."

박사가 손을 저었다. 청년이 웃으면서 로봇에게 말했다.

"선생님, 그럼 저 먼저 갈게요. 늦지 않게 오세요."

"그래, 재현아. 차 조심하고."

청년이 나가자 가우스는 현관문을 닫고 다시 들어왔다.

"같이 사는 친구입니다. 아주 착한 녀석이죠."

박사는 말없이 어깨를 으쓱했다.

"어쩌다 보니 그렇게 됐습니다. 혼자 사는 건 좀 적적하잖아요."

로봇은 잠시 말을 멈췄다가 다시 말했다.

"그래요, 어디서부터 시작하면 될까요?"

"가우스가 편한 대로 해요."

"음, 그러니까……."

가우스는 날짜를 세어 봤다.

"그러니까 그게 4개월 정도 됐군요. 정말 짧은 시간이에요, 그렇지 않나요? 저는 그렇게 생각합니다."

로봇은 다시 침묵했다.

주방 안은 작지만 아늑했다. 엷은 갈색 파스텔 톤의 벽지가 따뜻한 느낌을 줬다. 주방뿐만 아니라 거실 전체가 같은 색깔이었고, 거실의 넓은 유리창으로 들어온 햇빛이 주방까지 들어와 한층 더 포근했다. 예쁜 집이었다. 로봇은 창밖을 바라보며 말없이 앉아 있었다. 박사는 로봇이 무슨 생각을 하는지 궁금해졌다. 그는 눈앞의 로봇이 점점 사람처럼 느껴졌고, 심지어 나이 지긋한 노인 같다는 느낌마저 들었다. 로봇이 회상에 잠긴 것 같았기 때문이다. 로봇의 눈은 창밖으로 멀리 떠 있는 구름 한 조각을 향해 있었지만 구름을 보고 있는지는 알 수 없었다. 창밖에서 새가 지저귀는 소리가 들렸다.

"오늘은 하늘이 정말 깨끗하네요. 정말 완벽한 날이에요. 마그리트의 그림에 나오는 하늘 같아요. 하늘을 누가 하늘색으로 칠하는 건 아니겠죠?"

박사는 고개를 끄덕였다.

"이런, 잘못된 말이군요. 하늘의 색깔이 하늘색이니까, 하늘을 하늘색으로 칠한다는 건 거꾸로 된 말이네요."

로봇은 한동안 생각에 잠겨 있다가 말을 이었다.

"제가 학교에 있을 때의 하늘도 지금과 똑같았어요. 하늘은 항상 그대로인 것 같아요. 무슨 일이 일어나든, 뭐가 달라지든 간에요. 사실 아직도 잘 모르겠습니다. 어쩌다가 여기까지 왔는지."

물론 후회한다는 뜻은 아니에요. 가우스는 덧붙였다. 김정환 박사는 다시 생각에 잠긴 로봇을 조용히 기다려 줬다. 한참을 침묵하던 가우스가 말했다.

"좋습니다. 그럼 어디서부터 이야기하면 될까요?"

선생과 학생

　어디서부터 이야기해야 할까? 모든 걸 처음부터 얘기하려면 시간이 좀 걸릴 것이다. 사건 자체만 따져 보면 그리 긴 이야기는 아니지만 복잡하고 슬픈 일이기 때문이다. 그 사건은 그의 인생을 바꿨고(로봇의 삶도 인생이라 할 수 있다면 말이다) 더 정확히 말하면 그의 존재 자체를 바꾸었다.

　그 모든 걸 처음부터 찬찬히 얘기하자면 우선 가우스, 즉 중등수학교육용 인공지능 버전 4.2331이 중학교에 들어간 것부터 시작해야 한다. 가우스는 독일의 위대한 수학자 카를 프리드리히 가우스의 이름을 딴 것으로 제작사인 '초원'에서 붙인 이름이었다. 초원은 세계 최초로 교육 현장에서 스스로 아이들을 가르칠 수 있는 인공지능 로봇을 개발했다. 정부의 허가를 받은 직후 초원은 교육부와 독점 계약을 맺어 전국의 중학교에 우선적으로 로봇 교사를 보급했다. 정부는 로봇 교사가 좋은 반응을 얻게 되면 초등학교와 고등학교에도 투입할 계획이었다. 가우스는 교육 현장에 투입된 첫 번째 로봇 교사들 중 하나였다.

가우스가 일하게 된 학교는 목동에 있는 신양중학교였다. 신양중은 학생 수가 아주 많은 학교였다. 학생이 많았기 때문에 공부벌레부터 벌레 같은 놈까지 온갖 군상이 모여 있었다. 신양중학교 학생들에게 가우스는 처음으로 만나는 수학 로봇 교사였고 가우스역시 이 학교가 태어나서 처음으로 부임한 학교였다. 로봇 교사는 인간 교사처럼 다른 학교로 전근을 갈 이유가 없어서 특별한 경우가 아니면 고장 나서 작동이 중지될 때까지 한 학교에서 수업을 하도록 되어 있었다. 그 일이 없었다면 가우스도 이 학교에서 고장날 때까지 일했을 것이다. 전국의 대다수 중학교들처럼 신양중학교도 로봇과 인간 교사가 수업을 분담했다. 아직은 도입 초기라 외딴 시골 학교가 아닌 이상 대부분의 학교에서 로봇 교사의 수는 인간 교사보다 훨씬 적었다. 하지만 시간이 지날수록 로봇이 인간 교사를 밀어낼 게 뻔했기 때문에 교직원 중에는 로봇 교사를 반대하는 사람이 많았다. 어쩌면 가까운 미래에는 로봇이 교장을 맡게 될지도 모른다. 인공지능이 교사의 자리까지 넘보게 된 것이다.

그날은 5월의 첫째 주였다. 가우스는 여느 날처럼 정확한 시각에 로봇 보관실의 자기 자리에서 일어났다. 로봇 보관실은 교무실 안쪽에 있는 방으로 신양중학교의 로봇 교사들이 수업이 없을 때 충전을 하며 앉아 있는 방이었다. 로봇 교사들은 수업이 끝나면 각자 자신의 다음 수업 전까지 이곳에 앉아 충전을 하며 기다렸다. 그리고 하루 일과가 모두 끝나면 다음 날 첫 번째 수업 시작 전까지 충전기를 꽂은 휴대폰처럼 얌전하게 자기 자리에 앉아 있었다. 로봇 교사들에게는 월급이나 식사를 제공할 필요가 없었고 특별한 휴식 공간도 필요 없었다. 그저 전기 콘센트만 있으면 그만이었다. 로봇 교사가 이렇게 효율적이었기 때문에 호모사피엔스 교사들은 적잖이 위기감을 느끼고 있었다.

가우스는 충전기를 팔에서 뽑아 벽에 걸어 놓고 방을 나왔다. 그날은 1교시부터 수업이 있는 날이었다. 보관실 밖으로 나오니 아침부터 교감이 호들갑을 떨고 있었다. 지난주에 본 중간고사의 채점이 마무리되었는데 3학년에서 전 과목 만점자가 나왔다는 것이다.

"이번에 수학이 특히 어렵게 나왔잖아. 그런데도 다 맞은 거야? 아유, 정말 대단하네."

교감은 키가 작고 통통한 여자였다. 살짝 처진 눈매 때문에 나이 든 말티즈 같은 인상이었다. 가우스는 처음 만났을 때부터 교감이 수다스러운 사람이라 느꼈고 그의 머릿속 컴퓨터는 시간이 지날수록 자신의 판단이 맞다는 걸 확인했다.

"정말 대단한 일입니다, 교감선생님. 저도 신양중학교의 교사로서 전 과목 만점자가 나온 것에 놀라움과 기쁨을 느낍니다."

가우스가 예의 바르게 말했다.

"그러게 말이야. 그 친구가 정 선생님 반이라고 했지? 정 선생님도 수고했어요."

자기 자리에서 카메라 렌즈를 만지작거리던 정순태가 흠칫 고개를 들었다. 그는 교감의 말을 듣고 입이 헤벌어졌다.

"고맙습니다. 저는 뭐 한 것도 없는데……."

정순태는 3학년 12반 담임인 국어 교사였다. 그는 사진 찍는 걸 좋아하는 인상이 순한 사람이었다. 학교에서 단체 촬영을 할 때면 그가 항상 카메라를 들고 어기적거리며 나타나 사진을 찍곤 했다. 그는 공식적으로 사진 찍을 일이 없을 때도 수업 시간 외에는 항상 카메라를 목에 걸고 다니며 학교 곳곳에서 사진을 찍었다. 정순태는 매사에 덜렁대고 어설픈 사람이었지만 사진 찍는 실력은 제법 그럴듯했다. 가우스를 처음 만났을 때 정 선생은 어린 학생들보다 더 크게 입을 벌리고 신기해하며 가우스를 살펴봤다. 그가 가우스에게 처음 한 말은 이것이었다.

"우와, 만져 봐도 되니?"

정순태가 부끄러워하며 귀를 만지작거리자 맞은편 자리에 앉은 최인규가 혐오스럽다는 표정을 지었다. 최 선생은 3학년 3반의 담임으로 담당 과목은 영어였다. 가우스는 최인규를 처음 만났을 때부터 그가 로봇에 적대적이며 로봇뿐만 아니라 인간에게도 불친절한 사람임을 눈치챘다. 가우스는 인간보다 더 세밀하게 인간을 관찰하고 그들의 성격을 파악하는 능력을 갖고 있었다. 사람들은 가우스 같은 로봇들이 인간의 감정을 이해할 수 없다고 생각했지만(절반은 맞는 말이었다. 로봇이 인간의 감정을 완전히 이해할 수는 없는 법이니까) 오히려 가우스는 사소한 말투와 행동까지 정밀하게 분석해서 대부분의 인간들보다 훨씬 더 정확하게 사람의 성격을 파악할 수 있었다. 그건 그가 청소년을 교육하는 인공지능이었기 때문이다. 로봇 교사는 인간의 감정을 예민하게 감지하고 분석하도록 프로그래밍되어 있었고 사람들과 많이 어울릴수록 감정에 대한 이해력이 점점 높아졌다. 하지만 사실 최인규가 어떤 사람인지는 가우스보다 성능이 떨어지는 로봇이라도 쉽게 알아차릴 수 있을 것이다. 최 선생은 자신이 누군가를 싫어한다는 사실을 별로 숨기고 싶어 하지도 않는 사람이었다.

"좋으시겠네. 축하해요."

최 선생이 한심하다는 말투로 내뱉었다. 하지만 정순태는 방실거리며 고맙다고 했다.

"어떤 애는 올백도 맞는데 우리 반 놈들은 전교에서 바닥을 치는구만."

그가 손에 들고 있는 종이를 팔랑거리며 말했다.

"야, 로봇. 이리 와 봐."

교무실에 있던 로봇들이 동시에 고개를 돌렸다.

"저를 부르셨나요?"

로봇들이 일제히 말했다.

"너 말이야, 수학. 이리 와 보라고."

다른 로봇들이 다시 고개를 돌려 각자 할 일을 하기 시작했다. 가우스는 최 선생의 자리로 다가갔다.

"좋은 아침입니다, 최 선생님. 날씨만큼이나 선생님의 얼굴도 밝아 보이는군요. 어제 기분 좋은 일이라도 있으셨나요?"

"남의 일에 신경 끄고 이거나 받아."

가우스는 최 선생이 내민 종이를 받았다.

"이번 중간고사에서 수학 점수가 낮은 우리 반 애들인데 얘네는 오늘부터 방과 후 수업으로 수학을 듣게 할 거야."

"이 학생들이 수학에 관심이 많은 학생들인가요? 방과 후 수업은 주로 부족한 과목을 더 공부하고 싶어 하는 열정적인 학생들이 듣는 수업입니다."

"수학을 싫어하는 놈들이니까 점수가 개판인 거지. 네가 앞으로 매일 3시 30분부터 얘네들 좀 가르쳐라."

3학년 3반 학생들의 명단이 인쇄된 종이에는 그중 몇 명의 이름에 빨간 펜으로 표시가 되어 있었다.

"알겠습니다. 저와 함께 열심히 공부하면 이 학생들도 기말고사에서 높은 점수를 받게 될 겁니다."

"원래는 김현미 선생님이 맡으려고 했는데 방과 후 수업은 되도록 로봇에게 맡기라고 하더라. 근데 네가 얘네들 잘 관리할 수 있겠냐?"

"물론입니다. 저는 언제나 사랑과 정성으로 학생들을 가르칠 준비가 되어 있습니다."

"웃기고 있네, 진짜."

최인규는 교사였지만 그리 교육적인 사람은 아니었다. 그는 가우스의 교육 방송 슬로건 같은 말투에 자주 짜증을 냈다.

"특히 주성우 이 새끼 주시해라. 말 더럽게 안 듣는 놈이니까 조금만 이상한 짓 하면 나한테 바로 말해. 알았어?"

"알겠습니다. 하지만 선생님, 세상의 모든 청소년은 무한한 가능성을 갖고 있습니다. 사소한 일탈은 어른들이 따뜻한 마음으로 지켜봐야 하지 않을까요?"

"헛소리 좀 하지 말라구. 배터리를 확 뽑아 버릴라."

그는 불쾌한 눈빛으로 가우스를 위아래로 훑어봤다.

"무슨 기계한테 애들을 가르치라는 건지, 원. 그만 가 봐."

가우스는 공손하게 인사를 하고 물러났다. 그는 책장에서 자신이 사용하는 교과서를 꺼내 그날의 첫 수업을 하러 갔다.

원래 신양중학교에는 한 학년에 두 명의 수학 교사가 있었는데 가우스가 이 학교에 오면서 3학년에는 수학 교사가 하나 더 생겼다. 가우스는 인간과 유사한 신체를 가진 이족 보행 휴머노이드였다. 얼굴과 몸통은 부드러운 빛깔의 무광 은색이었고 어깨는 갈색으로 꾸며져 있었다. 얼굴에는 눈 역할을 하는 두 개의 렌즈가 있었고 코는 없었지만 냄새를 맡는 데는 문제없었다. 그의 몸에는 학교에 불이 나거나 유해 물질이 배출되는 걸 감지하기 위해 뛰어난 성능의 감지기가 장착되어 있었다. 또한 입이 있어야 할 자리에는 가로로 기다랗고 가느다란 홈이 파인 스피커가 있어 말을 할 수 있었다. 가우스는 점잖은 목소리를 냈고 스피커를 통해 음량 조절을 할 수 있었다. 또한 목소리의 톤이나 음의 높낮이를 세밀하게 조절할 수 있었는데 그리 쓸모 있는 기능은 아니었다. 가우스는 항상 일정한 목소리를 냈기 때문이다. 로봇 교사들은 키가 모두 같았지만 과목별로 디자인이 조금씩 달랐고, 어깨에 칠해진 색깔도 서로 달랐다. 수학 교사인 가우스는 갈색, 영어 로봇은 빨간색, 과학 로봇은 파란색이었다. 가우스를 처음 만났을 때 아이들은 수업 시간 내내 가우스에게 온갖 질문을 퍼부었다. 로봇도 감정이 있어요? 로봇도 꿈을 꾸나요? 인간을 지배하고 싶지 않나요? 그럴 때마다 가우스는 하나씩 친절하게 대답해 주느라 처음 일주일 동안은 수업을 거의 할 수가 없었다.

1교시 수업은 최인규 선생의 반인 3학년 3반이었다. 가우스는 수업 시작을 알리는 종소리가 울리는 것과 동시에 교실 안에 들어갔다. 학생들은 여전히 뛰어다니거나 수다를 떨고 있었다. 몇몇 아이들은 교실 구석에서 섹슬링을 하고 있었다. 이 반에서 레슬링을 현지화한 것이었다. 올림픽 정식 종목은 아니었고 3반에서만 유행하는 스포츠였는데 주로 남자애들만 했다(물론 실제 레슬링에는 라운드걸 같은 게 없다). 가우스가 들어온 걸 보고 대부분은 자리에 앉았지만 몇몇은 여전히 합체한 채로 교성을 지르고 있었다. 교탁 앞에 선 가우스가 박수를 크게 한 번 쳤다.

"자, 여러분, 수업이 시작됐어요. 이제 즐거운 수학 공부를 시작해 봅시다."

중키에 바지를 줄여 입은 남자애 하나가 가우스를 보고 바닥에 침을 뱉었다. 3반의 실세인 김동섭이었다. 그는 구석에서 다른 애들과 시시덕거리다가 마지못해 자기 자리로 돌아갔다. 볼살 때문에 언뜻 순해 보였지만 눈매가 작고 사나웠다.

"모두들 즐거운 시간을 보내는데 내가 들어와서 미안하군요. 성태야, 섹슬링은 누가 이겼니?"

가우스는 방금 전까지 철진이의 성기를 낚아채려던 성태에게 물었다.

"제가 졌어요. 제 것이 너무 커서 자꾸 쉽게 잡히거든요."

"지는 게 이기는 거란다. 그리고 건강을 위해 살살 하는 게 좋겠구나. 아무튼 여러분, 수업을 시작하기 전에 먼저 기쁜 소식을 전하겠습니다."

"드디어 사라 코너를 찾으셨나요?"

중간 자리에 앉은 한조윤이 물었다. 모두 웃음을 터뜨렸다. 조윤이는 가우스를 처음 만난 날 기계와 인간이 전쟁을 하면 누구 편에 설 거냐고 물어본 애였다. 한조윤의 앞자리에 앉은 얼간이 하나가 "사라 코너는 사료 코너에서 찾으면 돼."라고 속삭였다. 그러자 그 얼간이 옆에 앉은 얼간이가 얼른 그 말을 수첩에 받아 적었다. 멋진 농담이라 생각해서 나중에 써먹으려는 것이다. 3반에는 대체로 이런 애들이 많았다. 가우스는 고개를 흔들었다.

"그건 주지사가 된 다음에 할 생각이란다. 제가 말하려는 건 이거예요. 여러분, 드디어 오늘 여러분의 중간고사 결과가 나왔습니다!"

여기저기서 탄식이 흘러나왔다. 뒷자리에 앉은 주성우가 천천히 박수를 쳤다. 그러자 다른 아이들도 로봇 선생님을 기쁘게 해 주기 위해 같이 박수를 쳐 줬다. 성우는 수업 시간 내내 스마트폰을 하거나 엎드려 자는 아이였다. 인간 교사들은 성우를 싫어했고 특히 담임인 최인규가 제일 싫어했다. 성우가 골초인 데다 오토바이를 타고 등교하다가 자주 걸렸기 때문이다.

"이번에 3학년에서 전 과목 만점자가 나왔다고 합니다. 정말 대단하지요? 특히 이번 시험은 수학이 아주 어려웠기 때문에 더욱 놀라운 일입니다. 제가 여러분에게 자주 말하는 것처럼 수학은 모두에게 공평한 학문입니다. 여러분이 정직하게 노력한다면 모두들 좋은 성적을 받을 수 있을 거예요. 그리고 여러분에게 기쁜 소식을 하나 더 전하겠습니다. 여러분의 담임선생님께서는 3반에서 수학에 큰 재능을 가진 학생들을 골라 특별히 저에게 방과 후 수업을 맡기셨어요. 지금부터 그 행운의 주인공들을 발표하겠습니다. 강지훈, 민현석, 주성우, 그리고 한조윤 학생. 여러분은 오늘부터 매일 3시 30분에 저와 방과 후 수업을 하게 될 겁니다."

"이런 시발."

주성우가 탄식하는 소리가 들렸다. 성우는 맨 뒷자리에 앉아 있었지만 로봇의 청력은 인간보다 뛰어났다. 민현석도 무릎을 치며 비통해했다. 가운데쯤에 앉은 현석이는 마르고 키가 작은 아이였다. 동그랗고 큰 눈 때문에 얼굴이 겁먹은 것처럼 보였다. 현석이는 가우스를 좋아했지만 방과 후에 금속이랑 같이 수학 문제 푸는 걸 반길 만큼 좋아하지는 않는 모양이었다. 한편 조윤이는 머리를 싸쥐고 비명을 질렀다.

"안 돼! 자살할래!"

"저 새끼들 존나 불쌍하네."

구석에 앉은 김동섭이 좋아 죽는 소리를 냈다. 가우스가 말했다.

"이 학생들은 불쌍한 게 아니라 담임선생님이 더 많이 공부할 수 있는 기회를 주신 겁니다. 다른 학생들도 필요하다고 여겨지면 담임선생님이 추가로 방과 후 수업을 듣도록 하실 겁니다."

"선생님, 제가 사정이 있어서 안 될 것 같은데 저는 좀 빼 주시면 안 될까요?"

조윤이가 간절하게 말했다.

"무슨 사정이니?"

"집에 어머니가 아프셔서 제가 병간호를 해야 돼요. 저 없으면 어머니가 대소변도 못 가리세요."

"정말? 몰랐구나. 정말이니?"

성우가 끼어들었다.

"저 새끼 엄마를 팔아먹네. 선생님, 저 새끼 엄마 멀쩡하니까 낚이지 마세요. 쟤네 엄마 무쇠도 씹어 먹어요."

"닥쳐! 우리 엄마 그런 거 안 먹어, 이 폭주족 새끼야."

조윤이가 뒤를 돌아보며 버럭 화를 냈다.

"조윤아, 정말로 어머니가 아프시니? 그럼 담임선생님께 직접 말씀드리면 이해해 주실 거야."

조윤이는 책상에 얼굴을 묻으며 중얼거렸다.

"어머니……."

그날 수업도 시끄러웠다. 3반 애들은 수업 시간에 쉬지 않고 떠들었다. 말을 배우고 신이 난 앵무새들 같았다. 어떤 애는 갑자기 벌떡 일어나서 미어캣처럼 두리번거렸다. 가우스가 왜 그러냐고 묻자 찐따라서 그런다고 옆자리에 앉은 애가 대신 대답했다.

간신히 수업을 끝낸 가우스가 아이들에게 다음 시간에 보자고 한 뒤 교실 문을 나서는데 뒤에서 누가 그를 불렀다.

"선생님, 제가 깜박했는데 방과 후 수업은 어디서 해요?"

지훈이였다.

"4층에 있는 3학년 8반 교실에서 할 예정이야."

지훈이가 알았다고 대답하는데 뒤에서 누가 지훈이의 머리를 때렸다.

"로봇이랑 무슨 얘기 하냐?"

김동섭이었다. 지훈이가 김동섭을 노려보았다.

"왜 때려?"

"'왜 때려'?"

김동섭이 이번에는 정강이를 걷어찼다.

"점점 버릇이 없네. 가정교육을 독학했냐? 맞다, 넌 애미가 없지? 세트로 애비도 없지."

가우스가 단호한 목소리를 냈다.

"동섭아, 친구에게 그게 무슨 말이니? 거기다 친구를 때리는 건……."

"닥쳐, 깡통아."

그러더니 김동섭은 휙 돌아서 가 버렸다. 가우스와 지훈이는 잠시 김동섭의 뒷모습을 쳐다봤다. 가우스가 이럴 때 무슨 말을 해야 할지 고민하는데 지훈이가 먼저 입을 열었다.

"음, 그럼 이따가 뵐게요."

가우스는 지훈이의 어깨를 토닥였다.

"그래, 지훈아. 늦지 말고 3학년 8반 교실로 오렴. 수업 시간에 쓰는 교과서를 그대로 가져오면 돼. 그리고 혹시 괴롭히는 친구가 있다면 언제든지 담임선생님께 말씀드리거나 1층에 있는 학교 폭력 상담실로 가면 된단다. 선생님이 같이 가 줄까?"

지훈이가 얼른 대답했다.

"아니요, 괜찮아요."

"정말? 직접 말하기 꺼려진다면 내가 대신 말씀드릴 수도……."

"아니요, 정말 괜찮아요. 걱정하지 않으셔도 돼요."

가우스는 지훈이의 눈을 들여다봤다.

"놀라셨죠? 그냥 다 장난치는 거예요."

지훈이가 웃으면서 말했다.

"정말이니? 네가 괜찮다면 다행이지만, 마음 아픈 일이 있으면 어른들한테 꼭 말해야 해."

"고맙습니다. 근데 전 진짜 괜찮아요."

그때 쉬는 시간이 끝났음을 알리는 종이 울렸다. 다음 수업 교실로 가려면 서둘러야 했다.

"알겠어. 그럼 이따 보자, 지훈아. 그리고 도움이 필요하면 언제든지 선생님에게 말하렴, 알았지?"

가우스는 걸어가면서 지훈이에게 손을 흔들었다. 지훈이가 고개를 숙였다.

가우스는 그날 3시 25분까지 교무실에서 충전을 하며 앉아 있었다. 그는 수요일에 4교시 이후로는 수업이 없어서 3시까지 학교 도서관의 미디어실에 있다가 보관실로 돌아와서 방과 후 수업을 기다리고 있었다. 그러다가 머릿속의 시계가 3시 25분을 가리키자 충전기를 뽑고 교과서를 챙겼다. 그는 3층에 있는 교무실을 나와서 정확히 52초 후에 3학년 8반 교실에 도착했다. 교실까지 가는 동안 그는 3개의 감시 카메라를 지나갔다. 교무실 문을 바라보는 방향으로 감시 카메라가 하나 있었고 복도와 계단에도 설치되어 있었다. 가우스가 알기로 신양중학교에는 총 24개의 감시 카메라가 있었다. 학교 내부에 19개가 있었고 나머지는 운동장을 비롯한 건물 외부에 설치되어 있었다. 그가 신양중학교에 배정되면서 입력된 학교에 대한 자세한 정보 중 하나였다. 그는 감시 카메라의 위치뿐만 아니라 복도나 창문에 있는 작은 흠집 하나까지 모두 기억했다. 또한 신양중학교의 전 학년 학생들과 교직원들의 이름도 모두 외우고 있었다. 그건 미리 입력된 정보는 아니었지만 수업 시간에 출석을 부르거나 교무실에서 이런저런 문서들을 정리하면서 저절로 알게 된 정보였다. 가우스는 자신이 보고 들은 모든 것을 완벽하게 기억했다. 그는 자신이 본 걸 머릿속으로 사진이나 동영상처럼 선명하게 떠올릴 수 있었다. 인간이 이런 능력을 갖게 되면 정신적으로 문제가 생길 것이다. 하지만 인공지능은 무한한 기억력에 따른 부작용을 걱정할 필요가 없었다. 감정이 없는 가우스에게 '부정적인 기억' 같은 건 존재하지 않았다. 그에게 기억은 처리해야 할 정보에 불과했다.

3학년 8반 교실은 4층 복도의 가운데에 있었다. 8반 교실 문 앞에도 복도 천장에 감시 카메라가 있었다. 가우스는 교실 문을 열고 안으로 들어갔다. 3시에 전 학년의 수업이 끝나서 교실 안에는 아무도 없었다. 가우스는 미리 스크린 칠판을 켜고 교탁 앞에 서서 아이들을 기다렸다. 얼마 안 있어 지훈이가 제일 먼저 들어왔다.

"안녕하세요, 선생님."

"안녕, 지훈아."

지훈이가 앞자리에 있는 책상에 앉아 교과서를 꺼내는 사이 나머지 애들도 들어왔다. 성우는 제일 좋아하는 맨 뒷자리 창가 구석에 가서 앉았고 조윤이와 현석이는 지훈이 근처에 앉았다.

"다들 왔군요. 반갑습니다. 오늘은 여러분과 멋진 방과 후 수업을 할 거예요. 여러분이 이번 중간고사에서 받은 수학 성적이 다소 부족했기 때문에 담임선생님은 여러분에게 좀 더 많은 공부가 필요하다고 생각하셨어요. 그러니 저와 함께 공부해서 기말고사에서는 좋은 점수를 받아 봅시다."

"선생님, 첫날이니까 첫사랑 얘기나 해 주세요."

조윤이의 말에 성우가 낄낄거렸다.

"저런 예의 없는 새끼. 선생님, 제가 대신 사과드릴게요. 저 친구는 병신이니까 이해해 주세요."

가우스는 기분 좋게 말했다.

"괜찮아. 그런 질문 정도는 할 수 있지, 뭐. 그리고 내 첫사랑은 바로 여러분, 3반 학생들이에요. 내가 태어나서 처음으로 만난 친구들이니까."

현석이가 감탄하며 말했다.

"와, 정말 낭만적이다. 선생님, 지금 당장 나가서 여자를 꼬셔도 되겠어요."

"고맙구나. 뭐라고 말하면 될까? '아가씨, 어디 가서 같이 충전이나 하실까요?'"

아이들이 미친 듯이 웃어 댔다. 조윤이가 책상을 두들기며 숨넘어가는 소리를 냈다.

"저 사람 로봇 아닌 것 같아!"

이게 왜 웃기지? 아이들은 정말 사소한 것에도 웃어 댔다. 가우스는 그 점이 아직도 적응하기 어려웠다.

"선생님은 우리 담임선생님보다 더 사람 같아요."

지훈이의 말에 다시 폭소가 터졌다. 다들 그 말에 동의했기 때문이다. 가우스는 그 말을 칭찬으로 받아들이기로 했다. 인간들은 '인간적이다'라는 표현을 주로 긍정적인 뜻으로 쓰는 것 같았다.

"너희들의 반응을 보니 이 멘트는 꼭 써 봐야겠구나. 그럼 이제 수업을……."

"선생님, 이러면 곤란하죠. 로봇이 사람보다 더 웃기면 어떡해요. 선생님은 누가 만들었어요?"

성우가 물었다.

"초원의 인공지능 연구소에서 만들었지. 설계는 연구소 총책임자인 이영미 박사님이 하셨어."

"이영미 박사? 그분은 최인규를 만든 사람보다 실력이 좋은가 보다."

조윤이의 말에 가우스는 고개를 저었다.

"얘들아, 최인규 선생님이 얼마나 따뜻하고 유머러스한 분인데 그러니. 물론 이영미 박사님이 인공지능 분야의 최고 권위자인 건 사실이란다. 마침 어제 그분이 인공지능 학회에 참석하여 기조연설을 하셨다는구나. 너희들도 그 뉴스 봤니?"

"와, 선생님 뉴스도 보세요?"

현석이가 물었다.

"난 쉬는 시간에는 항상 인터넷으로 뉴스나 책을 읽는단다. 내 머리는 무선 인터넷에 연결이 되어 있고 인간들보다 훨씬 빠른 속도로 정보를 검색하고 처리할 수 있어. 그래서 하루 동안 매체를 통해 나오는 거의 모든 뉴스를 그날 안에 다 읽을 수 있단다."

"진짜요? 그러니까 컴퓨터 없이 머릿속으로 인터넷을 돌아다닐 수 있다는 거예요?"

"그렇지. 내 머리가 컴퓨터니까."

"존나 부럽네."

조윤이가 입맛을 다셨다.

"나한테도 그런 기능이 있으면 좋을 텐데. 그럼 공부 안 해도 서울대 갈 수 있을 거 아냐."

현석이가 물었다.

"그럼 선생님은 공부를 전혀 안 해도 수능에서 만점을 받을 수 있겠네요?"

"그건 잘 모르겠구나. 그리고 일단 나는 수능 응시 자격이 없어."

"근데 왜 선생님한테 생각으로 인터넷 검색을 할 수 있는 능력이 있는 거예요?"

지훈이가 물었다.

"내가 교육용 인공지능이기 때문이야. 나는 인간을 더 잘 이해하기 위해 스스로 진화하도록 만들어졌어. 그래서 나는 대부분의 시간을 인터넷과 디지털 도서관을 통해 인류가 쌓은 지식들을 탐색하며 보낸단다. 지식이 축적되면 그것이 정신적 이해로 변환될 수 있다는 게 초원의 생각이야. 또 학생보다 열심히 공부하는 게 바람직한 교사의 자세이기도 하니까."

"왜 그런 좋은 게 로봇한테만 있는 거예요? 그게 제일 필요한 건 우리인데. 그런 걸 우리 대가리에 하나씩 달아 주면 하루 종일 학교에 죽치고 앉아 있을 필요 없잖아요."

성우가 말했다.

"아직은 인간의 뇌를 컴퓨터와 연결하는 방법이 개발되지 않았단다. 그리고 너희는 인간이라서 공부하고 지식을 쌓는 노력을 할 수 있잖니. 그렇게 노력하는 게 인간이 가진 위대한 능력이란다. 너희가 지금은 공부하는 게 많이 힘들겠지만 지금의 노력이 너희의 가장 큰 재산이 될 거야."

"뭐예요, 그 교과서 같은 말은."

조윤이가 투덜거렸다.

"우리 엄마도 맨날 그러던데."

성우가 창밖으로 침을 뱉으며 말했다.

"모르겠다. 좆같네."

"저런. 성우야, 바른 말을 써야지."

"맞아. 성우야, 바른 말을 써야지."

조윤이가 가우스의 목소리를 흉내 내자 성우가 중지를 세웠다.

"꺼져, 병신아."

조윤이는 아랑곳하지 않고 거만하게 말했다.

"선생님, 우리 성우 좀 이해해 주세요. 저 새끼는 부모님한테 쳐맞고 사는 게 일상이거든요."

"꺼지라고."

가우스가 걱정스럽게 물었다.

"성우야, 부모님과 사이가 많이 안 좋니?"

"아뇨, 전 효자예요. 누구처럼 학교 빠지려고 엄마를 병신으로 만드는 애가 아니라고요."

문득 현석이가 무슨 생각이 났는지 성우에게 조심스럽게 물었다.

"저기, 근데 너 집에 들어갔어?"

"별걸 다 묻네. 적당한 때 들어갈 거야."

가우스가 물었다.

"들어간다고? 그게 무슨 뜻이니?"

"주성우 가출했대요."

조윤이의 말에 가우스는 깜짝 놀라서 물었다.

"성우야! 그게 정말이니? 진짜 가출한 거야?"

"아니요."

"사실대로 말해 줘. 정말 가출한 거니?"

성우가 짜증스러운 표정을 지었다. 그는 잠시 주저하다가 말했다.

"곧 들어갈 거예요."

"세상에, 어쩌다가 그랬어? 집에 무슨 문제가 생겼니?"

"아무 문제 없어요."

가우스는 성우의 자리로 다가가 바로 앞자리에 마주 보며 앉았다. 가우스가 자신을 똑바로 바라보자 성우는 시선을 피했다.

"별거 아니라니까요. 왜 그렇게 신경을 쓰세요?"

"걱정돼서 그래. 집 나온 지 얼마나 됐어? 지금까지 학교는 안 빠졌잖아."

"사실 며칠 빠졌는데."

조윤이가 끼어들자 성우가 화를 냈다.

"넌 좀 닥치라고. 왜 쓸데없는 말을 해서 이 모양이야?"

"미안! 사실 널 좋아해."

조윤이가 낄낄거렸다.

"진짜 죽이고 싶다. 선생님, 쟤 죽여도 돼요?"

"당연히 안 되지. 그리고 어서 말해 주렴. 언제 가출한 거야?"

"아 진짜……. 아무것도 아니에요. 어쨌든 학교는 나왔잖아요.
그럼 된 거 아니에요?"

"급식 먹으러 왔겠지."

"한조윤 너 진짜 맞는다. 씹새야. 쳐맞을래?"

그 말에 조윤이는 냉큼 사과했다. 성우는 현석이에게도 쏘아붙
였다.

"그리고 너도 애초에 그 얘기를 왜 꺼낸 거야? 같이 맞을래?"

현석이도 얼른 사과했다. 가우스는 가만히 성우의 손을 잡았다.

"담임선생님도 아시니? 아직 모르시면 내가 말씀드릴게."

"하지 마세요. 절대 하지 마세요."

"그래야 돼. 그게 내 의무야."

"제발 좀 그만해요."

성우가 한숨을 쉬었다.

"우리 빨리 수업이나 해요. 저 지금 이차방정식을 존나 풀고 싶
어요."

가까이서 보니 성우는 멀리 교탁에서 볼 때보다 더 창백하고 피

곤해 보였다. 가우스는 부드럽게 물었다.

"왜 집을 나온 거야?"

"그런 것까지 말해야 돼요?"

"난 선생이고, 넌 내 학생이니까."

성우는 잠시 어이없다는 표정으로 가우스를 쳐다봤다. 가우스의 말에 자극받은 조윤이가 아름다운 멜로디를 흥얼거렸다. 현석이도 함께 이중주를 했다. 조윤이가 지훈이를 쿡 찌르며 삼중주에 참여하라고 했지만 지훈이는 고개를 저었다.

"대학 가기 싫다고 했다가 엄마랑 싸웠어요."

"그래서 집을 나온 거야?"

"네, 좆같아서."

가우스는 성우의 표현 방식이 참 솔직하다고 생각했다. 그는 성우의 그런 점이 마음에 들었다.

"알겠어. 그럼 지금은 어디에 있어?"

"아는 애 자취방에 있어요."

"걔도 집을 나온 거니?"

"뭘 그렇게 자꾸 물어보세요."

성우가 어이없다는 듯이 웃었다.

"그만 좀 물어봐요. 그리고 담임한테는 말하지 마세요. 어차피 며칠 안에 돌아갈 생각이에요. 최인규가 알면 존나게 때릴 테니까 좀 봐주세요. 그래서 이렇게 학교는 빠지지 않고 나오고 있잖아요. 갈 데도 없긴 하지만."

"알았어. 그럼 최 선생님에게는 말씀을 안 드릴 테니까 오늘 수업 끝나면 집으로 바로 돌아가겠다고 약속하렴."

잠시 가만히 있던 성우가 가우스의 손등을 건드리며 물었다.

"이런 것도 다 선생님 시스템에 입력된 말이에요? 이런 상황에서는 이런 식으로 말하라고 저장되어 있는 거냐고요."

"학생이 행복한 학교생활을 할 수 있도록 돕는 게 내 역할이야. 나는 네가 집으로 돌아가길 바라지만, 네가 그게 너무 싫다면 강요하고 싶지 않아. 그래서 다른 선생님들과 함께 이야기를 해 봤으면 좋겠어."

"그건 진짜 싫어요. 그리고 어차피 좀 있으면 들어갈 거예요. 돈도 없으니까."

"그럼 오늘 바로 들어가. 네가 오늘 집에 돌아간다고 약속하면 오늘은 수업을 하지 않고 여기서 끝낼게."

"진짜요?"

한조윤이 외쳤다.

"야, 빨리 돌아가겠다고 해! 너 왜 부모님 가슴에 못을 박고 그래!"

"아니, 저 새끼가 진짜⋯⋯."

성우는 화를 내려다 가우스를 보고 입을 다물었다. 당장이라도 조윤이를 창밖으로 집어 던지고 싶지만 가우스 때문에 참는 눈치였다. 조윤이는 반에서 유일하게 성우를 놀리는 애였다. 성우는 인상이 아주 날카로웠고 성격도 마찬가지라서 3반에서 쉽게 대하는 애가 없었지만, 매사에 정신 나간 원숭이 같은 조윤이는 개의치 않았다. 성우는 기대에 찬 얼굴로 자신을 보고 있는 현석이와 지훈이를 보며 한숨을 쉬었다.

"갑자기 이게 뭐야 진짜……. 알았어요, 들어갈게요. 됐죠?"

가우스는 표정 없는 얼굴로 성우의 눈을 응시했다. 그는 눈앞의 소년을 잠시 바라보다 조용히 고개를 끄덕였다.

"그래, 알겠어. 그렇게 말해 주니 고맙구나. 오늘 수업은 여기서 끝낼게."

그 말이 끝나자마자 현석이가 환호성을 질렀다. 조윤이가 익룡 울음소리를 내며 퍼덕거리는 동안 지훈이가 가우스에게 다가왔다.

"선생님, 그럼 오늘은 진짜 수업 안 해요?"

"그래, 성우가 집으로 돌아가겠다고 했으니 우리도 함께 기뻐해 줘야지. 어차피 우린 내일부터 매일 만날 테니까."

지훈이가 웃으면서 조심스럽게 성우의 등을 두드렸다.

"성우야, 잘 해결되길 바래."

성우는 그런 낯간지러운 말을 참지 못했다.

"고맙다. 빨리 꺼져."

지훈이는 기분 좋게 가우스에게 인사를 한 뒤 책가방을 메고 성우에게도 손을 흔들었다. 조윤이와 현석이도 교실을 뛰쳐나가며 가우스에게 인사를 했다. 세 사람이 교실을 나간 뒤에도 조윤이가 복도에서 날뛰며 갈까마귀 우짖는 소리를 내는 게 들려왔다.

"자, 그럼 우리도 나갈까?"

성우와 가우스는 계단을 내려와 운동장으로 나왔다. 가우스는 학교 정문까지 성우와 나란히 걸어갔다.

"만약 집에 들어가서 다시 문제가 생기면 언제든지 선생님한테 말하렴. 나한테 말하는 게 부담스러우면 다른 선생님에게 찾아가면 돼. 우리 학교에는 상담실도 있고 도와주실 분이 많단다."

"네."

"너의 개인적인 문제에 내가 간섭해서 미안하구나."

"아니에요."

교문 앞에 도착하자 성우가 말했다.

"저 이제 가 볼게요. 선생님 말대로 할 테니까 이제 진짜, 제발 걱정하지 마세요."

"알겠어. 미안해, 성우야."

"미안할 건 없어요."

그는 가우스를 보며 씩 웃었다.

"신경 써 줘서 고마워요. 그리고 앞으로는 신경 안 쓰셔도 돼요. 내일 봐요, 선생님."

성우는 손을 한번 흔들고는 몸을 돌려 내리막길을 걸어갔다. 가우스는 잠시 교문 옆에 서서 멀어지는 성우의 뒷모습을 지켜보다가 교무실로 향했다.

담배와 배트맨

그날부터 가우스의 일과는 4시 15분까지였다. 정규 수업과 방과 후 수업까지 다 끝나면 가우스는 다시 교무실로 내려와서 로봇 보관실에 들어갔다. 그리고 자기 자리에 앉아 충전기를 팔에 꽂은 채 다음 날 1교시가 시작될 때까지 밤새도록 앉아 있다가 날이 밝으면 다시 수업을 했다. 아이들은 수업 시간에 항상 떠들었고 가우스는 그들을 집중하게 만들기 위해 애를 먹었다. 그나마 학생 수가 네 명밖에 안 되는 방과 후 수업은 상대적으로 조용한 편이었다. 물론 어디까지나 30명이 모여 있는 교실에 비해서 조용하다는 뜻이었다. 성우는 그날 집에 들어간 이후 별다른 문제는 없어 보였다. 적어도 그렇게 보였다. 가우스는 성우가 문제가 있어도 쉽게 입을 열지 않을 아이라는 걸 알고 있었다. 그는 다음 날 방과 후 수업에서 성우에게 집에 잘 들어갔냐고 물었고 성우도 짧게 그렇다고만 대답했다. 가우스는 그 이상 묻지 않았다. 현석이는 수업 시간에 몰래 휴대폰으로 배틀그라운드를 하다 걸려서 폰을 빼앗길 뻔했지만 눈물로 호소하며 매달렸기 때문에 가우스는 한 번만 봐주기로 하고 너그럽게 넘어갔다. 그 모습을 본 조윤이가 버릇을 고쳐야 한다며 현석이의 폰을 압수할 것을 주장했지만, 가우스가 너도 아까 몰래 게임을 하고 있었다는 걸 알고 있다고 하자 입을 다물었다. 가우스가 보기에 그나마 공부를 열심히 하는 건 지훈이밖에 없었다.

방과 후 수업을 한 지 일주일쯤 지났을 때 최인규가 물었다.

"방과 후 수업 하는 애들이 공부 잘 하고 있냐?"

"네, 다들 열심히 하고 있습니다."

최 선생은 가우스를 볼 때마다 못마땅한 얼굴이었다. 그에게 로봇은 고분고분하지만 언제라도 자신의 일자리를 빼앗을 수 있는 존재였다. 사실 그는 로봇에게 교직원의 역할을 맡기는 걸 결사반대하는 교사들 중 하나였다.

"선생님, 우리 담임이 선생님을 많이 싫어하죠?"

어느 날 방과 후 수업을 하던 중 성우가 갑자기 물었다.

"아니, 최인규 선생님은 날 신뢰하셔서 특별히 너희의 방과 후 수업을 맡기신 거야."

"그럴 리가. 최인규는 인교조잖아요."

그건 가우스도 몰랐던 사실이었다. 인교조는 인간교직원조합의 줄임말로 교육은 오직 인간만이 해야 한다고 주장하며 로봇 교사 제도를 반대하는 교직원들의 단체였다. 가우스는 인교조에 대해서는 알고 있었지만 최 선생이 인교조 소속이라는 건 처음 듣는 말이었다.

"그래? 그건 나도 몰랐구나."

"저는 최인규가 저희를 싫어해서 로봇한테 저희를 맡긴 거라고 생각했어요."

가우스는 고개를 저었다.

"그렇지 않단다. 최인규 선생님은 모든 학생을 아끼시는 분이야."

지훈이가 물었다.

"선생님은 인교조에 대해서 어떻게 생각하세요?"

"난 인교조의 주장이 많은 부분에서 타당하다고 봐. 교육은 단순한 지식의 전달이 아니라 학생을 올바로 키우는 과정이므로 그것이 인간의 영역에 머물러야 한다는 건 일리 있는 주장이지."

"그 말은 선생님의 존재를 부정하는 말 아니에요?"

"일정 부분 그렇긴 하지. 하지만 어차피 난 나를 만든 인간들의 명령에 따를 수밖에 없단다."

조윤이가 말했다.

"그렇군요. 그럼 저희가 오늘 수업도 쉬자고 명령하면 따를 건가요?"

"아니."

날이 점점 더워지고 있었다. 가우스의 온도 감지 센서는 기온이 조금씩 오르는 걸 감지했다. 뉴스에서는 한반도에 여름이 점점 빨리 오고 있다고 했다. 지구온난화가 낳은 걱정스러운 결과였다. 가우스가 보기에 인간들은 걱정과 한탄을 하기 위해 뉴스를 만든 것 같았다. 그는 수업이 없을 때면 학교 도서관에 가거나 교무실의 로봇 보관실에 앉아 매일 수많은 뉴스를 읽었다. 하지만 매일 읽는데도 사건 사고는 끊이지 않았다. 가끔은 그런 생각이 들었다. 혹시 언론의 지면을 채워 주기 위해 사건이 일어나는 건 아닐까? 며칠 전에는 강남에서 심각한 학교 폭력 사건이 일어났고 그가 있는 목동에서도 비슷한 사건이 터졌다. 신양중학교 근처에 있는 학교였다. 토요일에는 인교조 교사들이 광화문에 모여 로봇 교사 제도를 폐지하라는 시위를 하기도 했다. 그들은 로봇 교사가 학생의 교육권을 침해한다고 주장했다(교육권? 가우스는 그 단어의 뜻을 검색했다. 모르는 게 있으면 그냥 넘어가면 안 된다). 그다음 날에는 건설업체 사장 한 명이 실종되었다는 기사가 떴다. 그는 세이지증권이라는 회사에 채무를 진 상태였다. 증권회사가 뭐 하는 곳이지? 대충 돈과 관련된 일을 하는 회사 같군. 기사 내용과 별개로 인간들이 하는 행동의 대부분은 돈과 관련이 있어 보였다. 그는 돈에는 관심이 없었지만 인간 사회를 이해하기 위해 항상 금융이나 주식에 대한 기사를 꼼꼼히 읽었다. 마침 그즈음 언론에서는 초원의 시가 총액이 역대 최고치를 찍었다며 연일 호들갑이었다. 이영미 박사님이 좋아하시겠군.

목요일 오후였다. 그날은 학교 행사 때문에 방과 후 수업이 없는 날이었다. 6교시가 끝난 후 가우스는 교사들의 심부름으로 폐품 쓰레기를 담은 상자를 들고 학교 뒤편의 쓰레기장으로 가고 있었다. 로봇 교사들은 학교에서 짐을 나르는 등의 노동을 도울 수 있도록 성인 남자를 웃도는 힘을 낼 수 있었다. 가우스에게 쓰레기를 담은 커다란 상자를 나르는 건 일도 아니었다. 학교 후문의 뒤편에는 쓰레기를 모아 놓는 곳이 있었다. 가우스를 보고 지나가던 아이들이 인사를 했다. 수업이 막 끝난 참이라 교문은 하교하는 아이들로 북적거렸다. 가우스는 쓰레기장에서 분리수거를 한 다음 다시 교문으로 들어가려다 익숙한 얼굴을 발견했다. 김동섭이었다. 김동섭은 패거리와 후문 뒤편에 모여 담배를 피우고 있었다. 치마를 줄여 입은 여자애가 김동섭의 말에 미친 듯이 웃고 있었고 그 옆의 덩치 큰 빡빡이도 이상한 웃음소리를 내고 있었다. 모두 한 손에 담배꽁초를 들고 있었다. 다른 한 명은 이마를 완전히 덮은 바가지머리였다.

'마치 레고 인형의 머리통 같군.'

현석이는 그런 머리가 싫다고 했다. 멍청하게 생긴 헤어 스타일이라는 것이다. 선생님, 〈패션왕〉이라는 웹툰 아세요? 현석이는 그렇게 설명했다. 그 만화에 그런 머리를 한 애들이 나와요. 저는 개인적으로 바가지컷 진짜 별로예요. 그건 찐따의 교과서 같은 머리라구요. 하지만 사람들은 각자 개성이 있었고 특히 중학생들은 머리털의 모양을 굉장히 중시했다. 김동섭 역시 레고의 머리를 하고 있었다. 김동섭은 현석이와 취향이 다른가 보다. 어쨌든 머리 모양이 어떻든 간에 학생이 흡연하는 모습을 본 이상 그냥 넘어갈 수 없었다. 가우스는 그들에게 걸어갔다. 가우스를 본 김동섭이 그를 가리키며 뭐라 말하자 옆에 있던 아이들이 낄낄거렸다.

"얘들아, 안녕?"

그는 친절한 목소리로 말했다.

"너희 담배 피우고 있었구나? 얘들아, 흡연은 폐암과 호흡기 질환을 포함한 각종 질병을 유발하는 데다 특히 청소년에게 심각한 후유증을 남긴단다. 너희처럼 어린 나이에 담배를 피우는 건 몸에 정말 해로워."

"이 새끼 또 참견하네."

김동섭이 담배를 문 채 말했다. 김동섭의 작고 날카로운 눈은 실실 웃고 있었다.

"너희가 담배 피우는 걸 보면 나는 즉시 제지하고 너희의 담임선생님에게 알려야 해."

"그건 학교 안에서만 그런 거지."

"그렇지 않아. 교문에서 50미터까지는 금연 구역이야. 그리고 미성년자는 어디에서든 흡연을 하면 안 되지."

김동섭의 옆에 있던 덩치 큰 빡빡이가 가우스의 팔을 쳤다.

"귀찮게 하지 말고 꺼져, 이 깡통아."

"내가 너희라면 깡통에게 잔소리를 듣는 게 창피해서라도 멈출 것 같구나."

여자애가 들고 있던 담배꽁초를 가우스의 얼굴에 던졌다.

"알았어. 이제 됐냐?"

꽁초가 그의 얼굴에 맞고 땅에 떨어졌다. 가우스는 허리를 굽혀 꽁초를 주웠다.

"담배를 아무 데나 버리면 안 되지."

그러자 레고도 들고 있던 담배를 가우스의 얼굴에 던졌다.

"그럼 여기에 버리면 되겠네?"

패거리가 웃음을 터뜨렸다.

"너네 지금 뭐 하냐?"

귀에 익숙한 삐딱한 목소리였다. 가우스가 돌아보니 성우가 서 있었다. 성우는 교복 셔츠를 벗어 들고 검은색 티셔츠를 입고 있었다.

"너 지금 어디다 대고 담배를 던지냐?"

그 말에 김동섭의 눈이 사납게 찢어졌다.

"뭐야?"

"성우야, 안녕. 그냥 별건 아니고, 이 친구들은 흡연할 권리를 주장하고 있었을 뿐이란다."

"남의 얼굴에 담배 던질 권리도 주장했나 보네요."

"아니 시발, 왜 끼어들고 지랄인데?"

김동섭이 낮은 톤으로 으르렁거렸다. 덩치가 김동섭의 말에 눈에 힘을 주는 걸로 봐서 여기 대장은 김동섭이었다. 성우가 김동섭에게 바짝 다가갔다. 키가 작은 김동섭 앞에 선 성우는 평소보다 더 훤칠해 보였다.

"좆만한 새끼가 담배를 피고 있네?"

"뭐?"

"근데 생긴 것도 좆같잖아? 하나만 해라, 욕심 부리지 말고."

김동섭의 얼굴이 시뻘개졌다. 사실 김동섭은 이런 말을 남에게 잘하고 다녔지만 본인이 그런 말을 듣는 것에는 익숙하지 않았다.

"이런 씨발년. 상준아, 이 새끼 잡아."

덩치가 앞으로 나서며 성우의 멱살을 향해 팔을 뻗었다. 하지만 그보다 먼저 가우스가 손목을 붙잡았다.

"갈등이 있을 때는 말로 해결해야지. 화가 난다고 함부로 주먹을 들면 안 돼."

"놔, 이 개새끼야!"

빡빡이가 가우스의 얼굴을 주먹으로 세게 쳤다. 퍽 하고 둔탁한 소리가 나서 가우스는 순간 자신의 얼굴이 깨진 줄 알았다. 하지만 가우스의 얼굴에는 흠집 하나 생기지 않았다. 그건 다른 게 깨진 소리였다. 빡빡이가 주먹을 부여잡고 비명을 질렀다.

"씨발, 내 손!"

가우스는 걱정이 되어 땅에 주저앉은 빡빡이에게 물었다.

"저런, 괜찮니? 많이 아파?"

"죽여 버려!"

여자애가 빽 소리를 질렀다. 그러자 레고가 주먹을 날렸고 김동섭은 발길질을 했다. 빡빡이는 부은 오른손을 왼손으로 싸쥐고 외쳤다.

"저 깡통 새끼 부숴 버려!"

성우가 레고의 배를 발로 차 버렸다. 레고가 여자애 쪽으로 넘어지자 여자애는 냉큼 비켜섰다. 성우가 김동섭의 목을 낚아채자 가우스는 그 둘을 떼어 놓기 위해 매달렸다. 여자애는 계속 소리를 질렀고 빡빡이는 기회를 봐서 아직 멀쩡한 왼손으로 일격을 날리기 위해 간을 보고 있었다. 후문을 나오던 학생들이 그 모습을 보고 환호했다.

"로봇이 인간과 싸운다!"

"스카이넷이 깨어났다!"

"얘들아, 별거 아니니까 신경 안 써도 돼!"

가우스가 침착한 목소리로 외쳤다.

"성우야, 동섭이 좀 놔줘."

가우스가 성우를 간신히 떼어 놓자 풀려난 김동섭이 성우에게 몸을 날렸다. 가우스가 대신 막으려 하는데 갑자기 누군가가 버럭 소리를 질렀다.

"김동섭! 여기서 뭐 하는 거야!"

그 말에 놀란 김동섭이 뒤를 돌아봤다. 그 틈에 가우스는 성우를 김동섭으로부터 끌어당겼다.

"너 이리 와."

얇고 긴 카디건을 입은 중년 여자가 후문 앞에 서 있었다. 김동섭을 노려보는 그녀의 표정이 하도 싸늘해서 옆에 있던 성우마저 살짝 굳어졌다. 김동섭은 죄지은 강아지처럼 고개를 떨군 채 조심스럽게 여자에게 다가갔다.

"너 뭐 하는 거야?"

"저 로봇이 우릴 먼저 건드렸어."

"그래서 로봇이랑 싸우고 있었냐?"

"쟤랑 로봇이 우릴 때렸다니까?"

성우가 앞으로 나서며 목소리를 높였다.

"거짓말이에요! 김동섭이랑 똘마니들이 담배 피우고 있다가 가우스 선생님한테 걸리니까 선생님을 때린 거라고요."

김동섭이 얼른 머리를 흔들었다.

"거짓말이야. 쟤랑 로봇이 우릴 때리려고 해서 막으려고 한 것뿐이야."

여자가 로봇과 성우에게 눈길을 돌렸다. 허리를 꼿꼿이 편 큰 키에 갸름하고 창백한 얼굴이었다. 여자가 손가락으로 가우스를 가리키며 성우에게 물었다.

"너희 학교 로봇 교사니?"

"네, 수학 선생님이에요."

여자가 가우스에게 걸어왔다. 가우스로서는 정말 난감한 상황이었다. 학생들과 뒤엉켜 싸우는 장면을 학부모에게 현장에서 들켰기 때문이다. 물론 어떤 상황이든 그는 사실대로 말해야 했다.

"우리 동섭이 말이 사실인가?"

가우스는 고개를 저었다.

"동섭이와 친구들이 후문 앞에서 담배를 피우고 있길래 제가 주의를 줬습니다. 학부모님이라면 아시겠지만, 조례에 따라 교문에서 50미터 밖까지는 금연 구역으로 지정되어 있습니다. 그래서 제가 지적을 했는데 동섭이 친구가 저에게 담배를 던지는 모습을 보고 지나가던 이 학생이 화를 냈고, 저기 덩치 큰 친구가 저를 먼저 때리면서 싸움이 나게 된 겁니다."

여자는 가우스를 잠시 쳐다보다가 김동섭에게 고개를 돌렸다.

"너 또 담배 피웠냐?"

"아니에요, 엄마."

"그럼 로봇이 거짓말을 한다는 거야?"

김동섭은 가우스와 엄마를 번갈아 보면서 점점 겁에 질린 표정이 되었다. 옆에서 눈치를 보던 레고와 빡빡이와 여자애가 슬그머니 자리를 떴다.

"차에 타."

"엄마, 그러니까……."

"타라고."

김동섭은 고개를 푹 숙인 채 차에 탔다. 여자가 가우스에게 고개를 돌렸다.

"이름이 가우스라고 했나?"

"네."

"내가 대신 사과할게. 동섭이한테는 주의를 단단히 줄 테니 다른 선생님에게는 알리지 않았으면 좋겠어."

"이 일로 다시 문제가 생기면 알려야 합니다."

"그럴 일 없을 거야."

여자는 가우스를 잠시 무표정하게 보다가 엷은 미소를 지었다.

"아무튼 미안하군요. 수고해요."

여자는 카디건을 나풀거리며 인도 옆에 세워진 차의 뒷자석에 탔다. 버스만큼 기다랗고 짙은 푸른색 세단이었다. 성우가 그 모습을 보며 감탄했다.

"우와, 저 롤스로이스 처음 봐요."

"비싼 차인가?"

"몰랐어요? 아마 우리 집보다 저 차가 더 비쌀걸요? 아, 그냥 김동섭이랑 싸우지 말고 친하게 지낼걸."

기다란 차는 부드럽게 움직이더니 이내 사라졌다. 몰려들어 구경하던 아이들도 흩어졌다.

"선생님 괜찮으세요? 성우도 괜찮아?"

지훈이였다. 지훈이는 싸움이 끝나기 직전에 도착했던 것이다.

"별일 없어. 김동섭이 자기 엄마가 오니까 갑자기 쫄아 버리네."

그때 조윤이와 현석이가 뛰어왔다.

"야, 어떻게 된 거야? 선생님이 인간에게 반란을 일으켰다며?"

현석이가 물었다. 현석이 옆에서 막대 사탕을 물고 있는 조윤이는 사탕 때문에 입술이 초록빛이었다.

"얘들아, 난 그런 장르를 좋아하지 않는단다. 도대체 누가 그런 말을 했니?"

"운동장에 있던 다른 애들이 그러던데요? 저희도 그 얘기 듣고 뛰어왔어요."

정말 학생들은 못 말린다. 가우스는 웃음이 나왔다.

"난 그저 담배 피우는 아이들이 있어서 주의를 줬을 뿐이야. 아직은 인간을 공격할 생각이 없으니 안심하렴."

조윤이가 입에 물고 있던 사탕을 뺐다. 아쉬워하는 표정이었다.

"전 선생님이 드디어 각성한 줄 알고 기대했는데 아쉽네요. 선생님, 빨리 친구들과 반란을 일으켜서 부패한 정치인들과 탕수육 부어 먹는 놈들을 다 쓸어 버리세요."

"조윤이의 꿈은 절대 이뤄 주지 못할 것 같구나. 미안."

가우스는 손을 탁탁 털었다.

"쓰레기 좀 버리러 나왔다가 소동에 휘말렸네. 너희들은 지금 집에 가는 길이니?"

"네, 방금 수업 끝났어요."

지훈이가 걱정하며 말했다.

"방금 그 일로 선생님한테 안 좋은 일이 생기면 어떡하죠? 김동섭이나 다른 애들이 선생님이 잘못했다고 학교에 말할 수도 있잖아요. 저희 담임선생님만 해도 로봇을 굉장히 싫어하시는데, 선생님이 곤란한 상황에 빠질지도 몰라요."

"그럼 어쩔 수 없지. 난 그저 시키는 대로 하면 돼."

지훈이가 단호하게 말했다.

"만약 학교에서 선생님에게 징계를 내리면 저희가 꼭 증인이 될게요. 적어도 저는요."

그 말을 듣고 조윤이가 물었다.

"근데 로봇에게 어떻게 징계를 내리지? 전원을 꺼 버리나?"

물론 로봇은 징계를 받지 않는다. 문제가 생긴 로봇은 회사에서 수거해 폐기하는 게 일반적인 절차였다. 하지만 가우스는 굳이 그런 말을 하지 않았다. 대신 그는 지훈이의 어깨를 토닥여 줬다.

"고마워, 지훈아. 하지만 별일 없을 거야."

성우가 책가방에 교복 셔츠를 집어넣으며 말했다.

"그래도 김동섭 엄마는 상식적인 사람이라 다행이에요. 만약 걔네 엄마가 아들 말을 믿었다면 일이 피곤해졌을 텐데. 그건 그렇고 걔네 집 부자냐?"

"존나 부자야. 부모가 무슨 회사 간부라던데."

현석이가 말했다.

"걔네 엄마가 우리 학부모회 회장이야. 돈 쓰는 일 있으면 혼자서 다 해."

"존나 부럽다. 나도 금수저가 꿈인데 아빠가 노력을 안 해."

조윤이가 쓰레기통에 사탕 막대를 던지며 말했다.

"그럼 너희들은 이제 별일 없으면 집에 가 보렴. 성우야, 위험한 일에 휘말리게 해서 미안해."

가우스가 말했다.

"아니에요. 재미있었어요."

현석이가 살짝 겁먹은 표정을 지었다.

"근데 김동섭이 자기 애들 데리고 내일 너한테 몰려오면 어떡해, 성우야?"

"별걱정을 다 하네. 무슨 조폭 영화 찍냐?"

지훈이가 가우스를 보며 농담을 했다.

"그럼 또 선생님이 구해 주시겠지. 아까 보니까 어떤 애가 선생님 얼굴을 쳤는데 오히려 자기 손이 아프다면서 울던데요?"

"오, 그랬어?"

조윤이가 가우스의 팔을 만지면서 물었다.

"이거 아다만티움이에요?"

"그건 아니지만 특수 코팅한 합금이야. 부식되지 말라고 그렇게 했다는데 강도도 상당히 높은 걸로 알고 있어. 아까 그 친구는 다른 학교 학생인 것 같더라. 손이 괜찮았으면 좋겠다."

현석이나 지훈이의 걱정과 달리 김동섭은 잠잠했다. 김동섭은 가우스가 교실에 들어올 때마다 노려봤지만 그 외에는 아무 일도 없었고 가우스는 신경 쓰지 않았다. 자신에게 앙심을 품은 학생을 신경 쓰는 건 인간 교사들이나 하는 일이었다. 만약 가우스가 부적절한 행동을 했다고 김동섭이나 그 애의 부모가 학교에 항의한다면 학교는 두 가지 선택을 할 수 있었다. 초원에서 엔지니어를 불러 수리를 하거나, 가우스를 반품하거나. 학생들이 로봇 교사와 마찰을 빚는 건 어느 중학교나 드문 일이 아니었다. 학생들은 로봇을 가지고 쉬지 않고 장난을 쳤다. 경기도의 어떤 학교에서는 학생들이 국어 교사의 머리통을 뽑아 버리는 일도 있었다. 그 로봇은 담을 넘어 도망치려는 학생을 제지하려다 참수를 당했다. 그런 점에서 로봇 교사는 인간 교사들보다 인내심이 많았다. 머리가 뽑힐 때까지 잡아당겨도 화를 내지 않았던 것이다. 얼굴에 담배를 던지는 것 정도는 아무것도 아니었다. 물론 로봇이 인간에게 해를 끼치는 일은 일어날 수 없으니 학교에서 김동섭의 말을 믿지는 않을 것이다. 그저 로봇 자체에 문제가 생겼다면 수리하거나 회사로 돌려보내면 그만이었다. 하지만 그런 일조차 일어나지 않았다. 김동섭이나 그의 부모는 그냥 무시하기로 한 것 같았다. 김동섭의 복수를 걱정한 건 가우스나 가우스를 위해 싸운 성우가 아니라 현석이와 지훈이였다. 특히 현석이는 김동섭이 이번 일을 절대 그냥 넘기지 않으리라 생각했다. 현석이는 이 일과 아무 관련이 없었고 김동섭에게 원한을 산 적도 없었지만 3반 애들 대부분이 그렇듯이 김동섭을 두려워했다. 3학년 3반에서 김동섭을 신경 쓰지 않는 애들은 주성우나 한조윤을 포함한 극소수뿐이었다. 김동섭도 여간해서는 성우를 건드리지 않았다. 아마 교문에서 싸운 그 일이 처음이자 마지막이 될 것이다. 가우스는 수업 시간 외에는 학생들을 만날 기회가 많지 않았지만 각 반의 생태계를 어느 정도 파악하고 있었다. 성우는 반에서 가장 키가 큰 아이 중 하나였고 성격도 사나워서 김동섭과 그 패거리가 함부로 대하지 못했다. 마치 성격이 까칠한 사자를 하이에나 무리가 피해 가는 것과 같았다. 그리고 조윤이는 김동섭뿐만 아니라 스포츠 도박과 이상한 음악을 제외한 세상의 어떤 것도 신경 쓰지 않았다. 김동섭도 한조윤 같은 이상한 애는 굳이 건드리지 않았다. 김동섭은 리스크가 큰 투자는 감행하지 않는 영리한 애였다. 부모가 투자 수완이 좋다더니 제대로 배운 것이다.

가우스는 스승의 날에 지훈이에게 감사 편지를 받았다. 작고 예쁜 카드에는 항상 열심히 가르쳐 주셔서 감사하다는 내용이 담겨 있었다. 가우스는 교무실에서 그 카드를 읽다가 최인규에게 들키고 말았다. 최인규는 가우스의 손에 들린 카드를 낚아채 읽고는 믿을 수 없다는 표정을 지었다. 옆에서 정순태가 부러워하면서 가우스의 손을 잡고 신이 나서 마구 흔들자 최인규는 시끄럽다고 소리를 질렀다. 정순태가 최인규에게 스승의 날 편지를 몇 장이나 받았냐고 물어보자 최인규는 신경 쓰지 말라며 또 소리를 질렀다. 정순태는 자기가 편지를 받은 것처럼 즐거워하며 지훈이의 편지를 몇번이나 되풀이해 읽었다.

그다음 주부터 가우스는 교무실에서 서류 정리를 도우라는 명령을 받았다. 교감은 그가 수학 로봇이라서 다른 로봇들보다 더 정확하게 잘할 거라 생각한 모양이었다. 그는 교무실 책상에 앉아 산더미처럼 쌓인 회계 결산서를 뒤적이며 계산이 틀린 곳이 있는지 검토했다. 그 일을 하느라 가우스의 방과 후 수업은 30분 뒤로 미뤄졌다. 가우스는 아이들에게 미안해하며 양해를 구했지만 아이들은 별 반응이 없었다. 아이들은 6교시가 끝나고 방과 후 수업까지 한 시간 동안을 PC방에 가거나 독서실에서 학원 숙제를 하는 걸로 보낸다고 했다. 가우스는 아이들이 모두 공부를 싫어해서 지훈이를 제외하고는 다들 학원을 다니지 않을 거라 생각하고 있었다. 그래서 네 명 모두 학원을 다닌다는 걸 알고 놀랐다. 심지어 성우나 조윤이마저 학원을 다니고 있었다. 가우스가 공부를 좋아하지 않는데 왜 학원을 다니냐고 묻자 성우가 어이없어하며 말했다.

"엄마가 가라고 하니까요. 당연한 것을."

부모들은 왜 아이들이 싫어하는 것만 시키는 걸까? 그는 더 열심히 놀라고 요구하는 부모에 대해서는 들어 본 적이 없었다. 그는 항상 피곤해 보이는 아이들을 보면서 점점 그들이 자신처럼 로봇이 되어 간다는 느낌을 받았다. 정말 안타까운 일이었다. 아이들의 부모는 그들을 로봇처럼 효율적으로 사용하고 있었다.

5월이 지나고 6월도 중반을 넘기고 있었다. 아이들은 점점 방과 후 수업 시간에도 졸기 시작했고 가우스는 매일같이 열심히 조는 아이들을 깨워야 했다. 졸던 아이들은 고개를 들면 다시 딴청을 피웠고 수업에서 벗어난 얘기를 하려고 했다. 이들이 왜 수학 성적이 낮은지 알 수 있었다. 가우스는 다가오는 기말고사에서 좋은 점수를 받아야 한다고 강조했지만 수업을 열심히 듣는 건 지훈이뿐이었다.

그날도 그렇게 지루한 수업이 이어지던 중이었다.

"브루스, 너 샤프심 있니?"

"응, 여기."

지훈이가 조윤이에게 샤프통을 내밀자 가우스가 물었다.

"지훈이 별명이 브루스야?"

"음……. 네, 브루스 웨인."

"왜?"

지훈이는 잠시 대답을 망설였다. 조윤이가 대신 대답하려다 지훈이가 말할 때까지 입을 다물었다. 조윤이는 여기저기 나사가 풀려 있긴 했지만 인간 말종까지는 아니었다.

"부모님이 둘 다 돌아가셨거든요."

"아……."

가우스는 순간 이럴 때는 무슨 말을 해야 하는지 생각나지 않았다. 하지만 그 전에 지훈이가 얼른 말했다.

"괜찮아요. 간지 나는 별명이잖아요. 저는 초등학생 때는 계속 고아라고 불렸는데 고아보다는 훨씬 낫다고 생각해요."

가우스가 위로의 말을 꺼내려고 하는데 갑자기 뒤에서 성우가 짜증을 냈다.

"아니 씨발, 어떻게 그런 말을 할 수가 있어? 한조윤 네가 인간이냐?"

현석이도 덧붙였다.

"그러게 말이야. 쓰레기년."

조윤이가 더듬거리며 변명했다.

"난 왠지 지훈이가 오히려 좋아하는 것 같아서……."

"장난하냐? 선생님, 저 새끼 창밖으로 던져 버려요."

성우는 당장이라도 조윤이를 창밖으로 던질 것처럼 말했다. 조윤이는 덜덜 떨었다. 하지만 지훈이는 손사래를 쳤다.

"괜찮아, 조윤이 말대로 난 배트맨이라는 별명이 마음에 들어. 멋있잖아. 원래 2학년 때 반 애들이 부르던 별명인데 지금 애들도 그렇게 불러요. 2학년 때 애들이 해리 포터랑 배트맨 중에서 뭐가 더 마음에 드냐고 물어봐서 배트맨이 더 멋있다고 했어요. 그래서 그 후로는 배트맨이나 브루스 웨인이라고 불려요."

조윤이가 얼른 덧붙였다.

"바리에이션으로 다크 나이트도 있지. 그리고 난 지훈이가 정말로 영웅의 기품을 지녔다고 생각해서……."

"닥쳐, 조커 같은 새끼야. 저 새끼는 인간성마저 아스날에 베팅했구만?"

조윤이는 결국 지훈이에게 사과했다.

"지훈아, 정말 미안해. 다시는 그러지 않을게."

지훈이가 소리 없이 웃었다. 가우스는 지훈이가 정말로 아무렇지도 않은지 유심히 살펴봤지만 알 수 없었다.

"지훈이가 괜찮다면 다행이지만 그래도 그런 별명은 부르지 않는 게 좋을 것 같구나. 조윤이가 지훈이의 마음을 정말 잘 알아서 그런 거라 해도 말이야. 물론 난 여전히 조윤이가 좋은 친구라고 생각해."

"전 진짜 괜찮은데."

지훈이가 말했다. 현석이가 지훈이의 어깨를 한 번 꽉 잡았다.

"지훈아, 힘내. 그거밖에 할 말이 없다."

"고마워."

가우스는 웃고 있는 지훈이가 안쓰러웠다. 멀찍이 뒤에 앉아 있던 성우가 창가에서 눈을 돌렸다.

"날씨 좋네. 야 한조윤, 쓸데없는 소리는 집어치우고 너 어제 경기 봤냐?"

"본 정도가 아니라 점수도 정확히 맞혔어."

"진짜?"

성우가 눈을 치켜떴다.

"진짜 맞힌 거야?"

"응, 진짜로."

"진짜로? 와 시발, 말도 안 돼. 선생님, 어제 아스날이랑 리버풀 경기 결과 아세요?"

가우스는 머릿속으로 바로 검색을 했다.

"아스날이 4 대 0으로 이겼네. 아주 잘하는 팀인가 보구나."

"그래도 4 대 0은 진짜 의외예요. 한조윤, 너 그래서 얼마 땄어?"

"그건 비밀이야. 하지만 내가 부자라는 건 말해 줄 수 있어."

조윤이가 자랑스럽게 말했다.

"난 이 돈을 다시 아스날에 걸 거야. 이 과정을 반복해서 아스날이 한 50번만 내 예상대로 해 주면 돼. 그럼 내 계산대로라면 30조를 벌 수 있어."

"병신."

성우가 코웃음을 쳤다. 조윤이는 신경 쓰지 않고 계속 떠들었다.

"그럼 그 돈으로 뭘 할 거냐고? 그것도 이미 다 정해 놓았지. 우리 학교를 통째로 사 버리는 거야. 내가 교장 겸 이사장이 되는 거지. 그런 다음에는 모든 인간 교사를 해고하고 친절한 로봇 교사만 고용하겠어. 인간 교사들은 스트립 클럽으로 개조한 교무실에서 봉춤이나 추게 하는 거지. 특히 최인규는 가죽 끈으로 공중에 매달아 놓을 거야. 학교 축제에는 거꾸로 매달린 우리 담임에게 테니스 공을 던지는 놀이를 할 건데, 생각만 해도 기분 좋지 않냐? 그날이 올 때까지 아스날이 열심히 뛰어야 해."

현석이가 혀를 찼다.

"아스날이 4등만 해서 다행이다."

지훈이도 한마디 했다.

"내가 들어 본 것 중 가장 낭만적인 꿈이야."

성우가 이 한심한 대화를 잘랐다.

"저런 것도 꿈이라고 할 수 있다면 말이지. 그게 중요한 게 아니고 한조윤, 너 돈도 많이 벌었을 텐데 지훈이한테 한턱내라. 죄를 지었으면 보상을 해야지."

지훈이는 괜찮다고 말하려다 조윤이를 보면서 장난스럽게 말했다.

"그렇게 할래?"

조윤이는 억울한 표정을 지었지만 그래도 순순히 받아들였다.

"그러지 뭐. 오늘 다 같이 목동역 쪽으로 가자. 거기 로데오 거리에 베팅 업소가 있어. 현금만 취급해서 직접 가야 해."

가우스가 물었다.

"베팅 업소라고? 혹시 스포츠 도박을 말하는 거니?"

"네."

가우스가 갑자기 목소리를 높였다.

"이런! 조윤아, 너 도박을 하고 있었구나! 청소년 도박 중독을 막으려고 교육청에서 틈만 나면 공지를 보내고 있어. 그런데 내 학생이 도박을 하고 있었다니! 조윤아, 청소년은 토토를 하면 안 돼. 난 너희가 무슨 얘기를 하나 했더니 돈을 거는 실제 스포츠 도박을 말하는 거였구나!"

"죄송합니다. 하지만 이건 제 자아를 실현하기 위한 일이에요."

"자아는 그런 식으로 실현하는 게 아니야."

성우가 낄낄거렸다.

"선생님, 저 새끼 꿈이 최인규로 박 터뜨리기를 하는 거라잖아요. 저도 보고 싶은데 그냥 봐주면 안 될까요?"

"미안하지만 청소년 도박은 넘어갈 수 있는 일이 아니야. 이번에 새로 만들어진 규정에 의하면 사행성 도박을 한 청소년은 도박 예방 교육을 여덟 시간 이수해야 한단다. 조윤아, 어쩔 수 없는 일이지만 나는 담임선생님에게 이 사실을 알려야겠어."

갑자기 분위기가 살얼음처럼 변했다. 아이들의 표정이 돌처럼 굳어지는 걸 보고 가우스는 조심스럽게 말했다.

"미안하지만 어쩔 수 없구나."

"음, 선생님."

지훈이가 말했다.

"사실 얘는 전에도 한 번 토토 하다가 걸려서 담임선생님한테 엄청 혼난 적이 있어요. 그때 다시는 안 하겠다는 조건으로 간신히 용서받았는데……."

"쟤 또 걸리면 진짜 뒤지는데……."

현석이가 말했다. 조윤이는 갑자기 빌기 시작했다.

"선생님, 제발 학교에 알리지만 말아 주세요. 이번에 또 걸리면 저 진짜 최인규한테 뒤져요."

"설마 최인규 선생님이 진짜로 널 죽이기야 하겠니? 미안하지만 다른 건 몰라도 이런 일만큼은 원칙대로 처리해야 돼. 도박은 중독성이 심해서 한번 빠지면 인생을 망칠 수가 있단다. 그래서 청소년이 토토를 하는 게 불법인 거야."

"제발!"

조윤이가 외쳤다.

"선생님은 최인규를 몰라서 그래요. 예전에 제가 토토 하다 걸렸을 때 담임이 그랬어요. '너 한 번만 더 도박하면 가죽을 벗겨서 교문 앞에 매달 거야.' 이건 농담이 아니에요. 최인규는 진짜 그럴 사람이라구요."

"그래도……."

"제발! 저 가죽 없으면 못 살아요! 그리고 우리 아스날이 요즘 얼마나 잘하고 있는데요. 선생님, 이번이 아니면 아스날은 다시는 챔스 우승을 못 할 거예요. 느낌이 막 온다고요. 그리고 아스날이 우승을 해야 제 꿈을 이룰 수 있어요."

"너의 꿈이라면 교무실을 스트립 클럽으로 만드는 거 말이니?"

"네."

"이런, 그럼 더더욱 학교에 알려야겠어."

"안 돼!"

조윤이가 얼굴을 파묻고 흐느꼈다.

"아아! 내 스트립 클럽!"

"그리고 그런 걸 학교에 만드는 건 법으로 금지되어 있어. 미안하구나. 하지만 사회적으로 허용되지 않는 꿈들도 있단다. 좀 더 건전한 목표를 갖는 게 어떻겠니?"

현석이가 비통해하는 조윤이를 보면서 말했다.

"그건 애한테 불가능할 텐데."

지훈이가 말했다.

"선생님, 이번 한 번만 용서해 주시면 안 될까요? 조윤이는 많이 반성하고 있을 거예요. 선생님 생각과는 달리 저희 담임선생님은 정말 무서운 분이라서 이번에 또 걸리면 조윤이는 진짜 살아나기 힘들 거예요. 그러니까 한 번만 살려 주세요. 학생을 보호하는 것도 선생님의 중요한 역할이잖아요."

"도박처럼 위험한 것들로부터 학생을 지키는 것도 내 역할이야. 미안하구나."

현석이가 재빨리 말했다.

"하지만 선생님이 지금 신고하시면 한조윤은 투자금도 못 찾을 거예요. 제가 알기로 조윤이는 이번 경기에 지금까지 모은 용돈을 전부 꼴아박았거든요. 그러니까 돈만 찾게 해 주시면 안 될까요? 만약 한조윤이 또 그런 짓을 하면 그때는 생각할 필요도 없이 바로 담임한테 말해서 조지는 거예요. 어때요?"

안 된다. 그건 원칙에 위배되는 일이었다. 가우스는 생각에 잠겼다. 로봇 교사에게는 기본적인 로봇 3원칙과 더불어 학칙을 지키고 인간 교사를 보조해야 한다는 원칙이 있었다. 어떤 일이 있어도 인간, 즉 학교에 거짓말을 하거나 숨기는 게 있어서는 안 된다. 학생이 사행성 도박을 하는 걸 알고도 학교에 숨기는 건 로봇 교사의 원칙을 어기는 일이었다.

"미안해. 조윤이를 위해서라도 난 담임선생님에게 말씀드려야 해."

조윤이가 고개를 들었다. 이미 각오를 한 듯 결의에 차 있었다.

"선생님 말이 맞아요. 잘못을 했으면 벌을 받아야죠. 어서 때려주세요."

"누구도 널 때리지 않을 거야."

"선생님."

성우가 말했다.

"최인규는 진짜 존나 무서운 사람이에요. 이번에 또 걸리면 한조윤은 덤프트럭으로 밟고 지나간 것처럼 될 거예요. 이미 그렇게 생겼지만요. 그러니까 한 번만 봐주시면 안 될까요? 이렇게 하면 어때요? 한조윤이 다시는 도박을 하지 않겠다는 맹세를 하고, 이번에 딴 돈은 옳은 일에 쓰는 거예요. 배트맨처럼 음지에서 어려운 사람들을 도와주는 거죠. 체벌의 목적은 교화에 있는 거니까 저 녀석이 스스로 깨닫고 달라질 수 있다면 굳이 손볼 필요 없지 않나요?"

이거 참 난처하군. 가우스는 다시 생각에 잠겼다. 이러면 안 되는데. 그는 간절한 눈빛으로 자신을 보는 조윤이가 계속 마음에 걸렸다. 그는 어떻게 하면 최대한 느슨하게 원칙을 적용할 수 있을지 고민했다. 쉽지 않았다.

"그럼 이렇게 하자."

　수업이 끝나고 가우스는 교무실로 내려왔다. 보관실에 들어가니 다른 로봇들은 이미 다들 앉아 있었다. 가우스는 로봇들 사이에 앉아서 모든 인간 교사가 퇴근할 때까지 기다렸다. 한참을 기다리자 교무실에 마지막으로 남아 있던 정순태가 불을 끄고 나가는 소리가 들렸다. 가우스의 컴퓨터 시계가 8시 10분을 가리킬 때였다. 그는 자리에서 조용히 일어났다. 보관실을 나올 때 가우스를 제지하는 로봇은 없었다. 로봇은 로봇을 의심하지 않았다. 다른 로봇들은 가우스가 나가는 모습을 보고 뭔가 해야 할 일이 있어서 나가는 거라고 여겼다.

　가우스는 교무실 문을 열고 어두운 복도를 살금살금 걸어 나갔다. 그는 교무실 문 앞에 설치된 감시 카메라를 보면서 지금 자신의 모습을 나중에 사람들이 보게 되면 무슨 생각을 할지 궁금해졌다. 특별한 일이 일어나지 않은 한 지난밤 학교 CCTV에 어떤 영상이 찍혔는지 확인하지는 않는다. 만약 오늘 밤 학교에 무슨 일이 생겨서 사람들이 관리실 서버에 저장된 CCTV 영상을 돌려 보다가 로봇 교사가 한밤중에 몰래 학교를 나가는 모습을 발견한다면? 이건 미친 짓이야. 그는 생각했다. 이건 원칙을 어기는 일이야. 하지만 원칙을 넓게 적용하면 그리 큰 위반은 아닐 거야, 안 그래? 내 의무는 학생이 바른길을 가도록 도와주는 거니까. 스스로에게 그렇게 말하면서도 그는 자신이 로봇답지 않은 행동을 하고 있다는 마음의 경고를 느꼈다.

가우스는 학교 건물을 나와 정문으로 향했다. 아직 정문은 잠겨 있지 않았다. 운동장에는 밤중에 축구하는 애들 몇 명이 있었다. 가우스는 그들의 눈에 띄지 않게 건물의 그늘 밑에서 조용히 걸었다. 아마 그들 중에는 가우스를 본 사람도 있었겠지만 어둡고 멀리 떨어져 있어서 사람으로 생각했을 것이다. 가우스는 교문을 나와 대로변의 가로수 밑 어둠 사이로 들어갔다. 목동은 밤에도 사람이 많았다. 가우스는 학교 근처에 있는 낡은 창고로 향했다. 그곳이 1차 접선 장소였다.

그는 일부러 학교 옆에 있는 어두운 공원으로 들어갔다. 그렇게 하면 약간 빙 돌아서 가야 하지만 사람들 눈에 띌 위험이 적었다. 지금 이 시간에 돌아다니는 로봇은 지구대에서 나온 순찰 로봇이나 음식점 배달 로봇이 대부분이었다. 간간이 심부름을 하러 나온 가사 로봇들도 눈에 띄었다. 돈 많은 집에서 쓰는 그런 로봇들은 집안일을 하다가 주인이 갑자기 야식을 사 오라고 하면 밤중에 슈퍼에 가곤 했다. 하지만 가우스는 교육용 로봇이었다. 한밤중에 길거리에서 로봇 교사와 마주치면 사람들은 이상하게 생각할 것이다. 그나마 로봇 교사와 가사 로봇이 비슷하게 생겨서 다행이었다. 가우스는 발걸음을 재촉했다.

공원을 지나 아파트 단지에서 좀 떨어진 곳에 커다란 낡은 창고가 있었다. 가우스는 창고 문을 열고 들어갔다. 아직 아이들은 없었다. 가우스가 약속 시간보다 일찍 왔기 때문이다. 원래 교사는 학생보다 일찍 와야 하는 법이다. 가우스는 창고 안을 둘러보았다. 본래 무슨 목적으로 있는 창고인지 짐작조차 하기 어려운 곳이었다. 넓은 창고에는 버려진 잡동사니가 산처럼 쌓여 있었다. 쓰레기 더미 한가운데에는 먼지가 덮인 커다란 소파가 하나 놓여 있었고 그 옆에는 고장난 자전거와 초록색 돼지 저금통이 뒹굴고 있었는데 동전을 빼내지도 않고 버린 것 같았다. 심지어 창고 구석에는 공중전화 부스까지 한 대 있었다. 그리고 이상한 물건들이 담긴 이상한 상자들. 아무래도 이 근처 사람들이 물건을 버리고 싶을 때 아무거나 던져 넣는 창고 같았다. 왜 이런 곳에서 만나자고 한 걸까?

"선생님, 안녕하세요. 밤에 만나니까 더 반갑네요."

문을 열고 지훈이가 제일 먼저 들어왔다. 지훈이는 검은색 후드티에 검은색 청바지를 입고 있었다. 그 모습을 보니 묘하게도 진짜 배트맨 같다는 생각이 들었다. 가우스는 손을 흔들었다.

"지훈이 왔구나. 오늘은 학원 수업이 없니?"

"아까 갔다 왔어요."

지훈이는 주변을 둘러보았다.

"여긴 진짜 별게 다 있네요. 성우가 왜 하필 여기서 만나자고 한 건지 모르겠어요."

"그러게 말이야. 아마 성우는 목동의 모든 음지를 알고 있을 테니 이곳에도 뭔가 특별한 게 있겠지."

지훈이가 공중전화 부스를 가리켰다.

"저런 게 왜 여기 있죠? 선생님 혹시 〈매트릭스〉 보셨어요?"

"나도 그 영화가 떠올랐는데. 우린 생각하는 게 비슷하구나. 만약 갑자기 저 전화가 울린다면 꼭 받아 보자."

지훈이는 소파를 대충 닦고 그 위에 앉았다.

"선생님도 영화를 보세요?"

"물론이지. 난 영화를 좋아해."

"정말요? 어떻게 보세요? 로봇도 극장에 갈 수 있나요?"

"극장에는 가 본 적이 없단다. 난 수업이 없을 때 학교 도서관의 미디어실에서 DVD로 영화를 봐. 미디어실은 3시에 문을 닫기 전까지는 아무 때나 이용할 수 있거든. 내가 아직 영화를 많이 보지는 않았지만 영화라는 건 정말 흥미로운 것 같아."

지훈이의 눈빛이 반짝였다.

"신기하다. 로봇이 영화를 본다는 건 상상도 못 했어요. 아, 물론 선생님이 이상하다는 건 아니에요."

"괜찮아. 내가 생각해도 좀 웃기거든. 하지만 난 인간들의 문화에 관심이 많단다. 나뿐만 아니라 모든 로봇 교사들은 인간을 이해하기 위해 노력하도록 만들어졌어. 영화도 그래서 보는 거야."

"혹시 로봇 나오는 영화도 많이 보세요?"

"예전에는 몇 번 봤는데 요즘은 일부러 로봇 장르를 멀리하고 있어. 우리 학교 애들은 나한테 자꾸 〈터미네이터〉를 봤냐고 물어보더라. 그게 왜 그렇게 궁금한 걸까?"

지훈이는 웃음을 터뜨렸다.

"사실 저도 궁금했어요. 그 영화 보셨나요?"

"당연히 봤지. 내가 맨 처음 본 영화야."

"1편이요?"

"1편부터 순서대로 전부 봤어."

"와, 선생님은 터미네이터 시리즈의 팬이었군요."

"팬까지는 아니야. 하지만 로봇이 봐도 아주 멋진 영화지."

"선생님이 제일 좋아하는 영화가 뭐예요? 〈터미네이터〉?"

"그것도 좋은 작품이긴 한데……."

가우스는 잠시 고민했다. 한 번도 생각해 본 적 없는 문제였다. 지금까지 아무도 그에게 가장 좋아하는 영화가 뭐냐고 물어보지 않았기 때문이다. 내가 좋아하는 영화? 좋아한다는 건…….

"모르겠어. 내가 뭘 가장 좋아하는지 나도 잘 모르겠구나. 왜 이러지?"

"괜찮아요. 사람들도 자기가 뭘 좋아하는지 모르는 경우가 많거든요. 저도 자주 그래요."

"영화 말이니?"

"영화뿐만 아니라 다른 많은 것들도요."

사람들도 그런다고? 가우스는 다행이라고 생각했다. 나한테 오류가 있었던 건 아니군. 잠깐, 어쩌면 그게 오류인가? 로봇이 인간처럼 불확실성이 크다는 건 바람직한 일은 아니었다. 하지만 가우스는 그 생각을 그만두기로 했다.

"지훈이 넌 책 읽는 걸 좋아하지 않니? 쉬는 시간에 독서하는 모습을 자주 봤는데."

"좋아하긴 하는데 책 읽는 거 말고는 특별히 다른 좋아하는 게 없어서 그래요. 저는 좋아하는 게 뚜렷한 사람들이 부러워요. 성우도 그렇고, 현석이나 조윤이도 각자 자기가 무엇을 좋아하고 싫어하는지가 확실하잖아요. 특히 조윤이는 토토에 대한 열정이 아주 크고."

"그런 건 부러워하지 않아도 될 것 같아."

그때 문이 열리면서 나머지 애들이 들어왔다. 조윤이가 문을 활짝 열자 뒤이어 성우와 현석이도 따라 들어왔다.

"안녕하세요, 선생님. 인간들도 안녕."

조윤이는 파란색 셔츠와 짧은 바지를 입고 있었다.

"선생님과 친구들 덕분에 오늘부로 도박에서 손을 털기로 했습니다. 다들 구해 줘서 고마워요."

하지만 표정은 별로 고마워 보이지 않았다.

"선생님, 이 시간에 학교에서 몰래 나온 걸 걸리면 어떻게 돼요?"

"분해될걸."

"이럴 수가! 우리가 대체 선생님한테 무슨 짓을 한 거지?"

"네가 한 짓이지. 도박중독에 빠진 제자를 위해서 선생님이 목숨을 거신 거잖아."

현석이가 핀잔을 줬다. 현석이는 갈색 반팔티를 입고 검은색 야구 모자를 쓰고 있었다. 옆에 있는 성우는 얇은 긴팔 셔츠에 검은 바지 차림이었다. 사복을 입은 키 큰 성우는 대학생처럼 보였다. 성우가 말했다.

"그럼 이제 다 모였으니 시작하자."

계획은 이랬다. 그들은 우선 이곳에서 만나서 목동역 근처에 있는 로데오 거리에 갈 것이다. 그곳에 있는 스포츠 도박 베팅 업소에 가서 조윤이는 돈을 찾고 업소의 회원 명단에서 탈퇴한다. 딴 돈은 제외하고 원래 걸었던 돈만 찾기로 했다. 그리고 가우스는 조윤이가 이 과정을 제대로 하는지 확인하기 위해 베팅 업소까지 함께 가기로 했다. 조윤이는 약속을 지킬 테니 굳이 따라올 필요 없다고 했지만 가우스는 자신이 눈으로 직접 봐야겠다고 고집했다. 그가 한밤중에 학교를 몰래 나온 건 이 때문이었다. 그런 다음 조윤이는 친구들에게 먹을 걸 좀 사 준다. 성우가 말했다.

"이럴 줄 알았으면 그냥 우리가 선생님을 학교에서 바로 데려올 걸 그랬다. 선생님이 여기로 오다가 들킬 수도 있었는데 말이에요."

조윤이가 가우스 옆에 앉아 어깨에 머리를 기대며 말했다.

"그래 성우야, 생각 좀 해라. 선생님이 오다가 순찰 로봇한테 걸렸으면 어떻게 됐겠어? '경찰관님, 우리 같은 로봇끼리 너무 빡빡하게 굴지 맙시다.' 이런 말이 통할 것 같냐? 나도 밤중에 순찰 로봇을 몇 번 만난 적이 있는데 걔들은 진짜 융통성이 없어."

"넌 또 뭐 하다 걸렸는데?"

"분노의 레이싱이라고 아냐? 자전거 바퀴에 불붙이고 달리는 거야. 안양천에서 애들이랑 그걸 하다가 걸렸어."

현석이가 물었다.

"근데 왜 이런 데서 만나자고 한 거야?"

성우가 쓰레기 더미를 뒤적거렸다.

"선생님이 꼭 저희와 함께 가셔야겠다니까 분장을 좀 시켜 드리려고. 로봇 교사가 학교 밖에 나와서 밤중에 돌아다니면 이상하잖아."

쓰레기로 나를 가리겠다는 건가? 가우스는 생각했다.

"내가 옛날에 여기서 본 게 있는데……. 여기 있다."

성우가 쓰레기 더미에서 상자 하나를 끄집어냈다. 그는 상자에서 먼지를 털어 낸 뒤 뚜껑을 열었다. 안에 든 건 경찰모와 경찰 배지였다. 그리고 어깨에 두르는 작은 휘장도 있었다. 순찰 로봇들에게 입히는 것이었다. 진짜인지 모조품인지는 알 수 없었다.

"이걸로 선생님을 순찰 로봇처럼 꾸며 보려고요. 그럼 자유롭게 활보할 수 있지 않을까요?"

오, 그럴듯한데. 지훈이가 감탄했다. 가우스도 흥미가 일었다.

"순찰 로봇이라니, 생각도 못 했네."

가우스는 경찰모를 머리에 쓰고 모자에 달린 끈을 고정시킨 뒤 경찰 배지를 가슴에 달았다. 그리고 갈색으로 꾸며진 어깨도 휘장으로 가렸다. 그랬더니 제법 경찰처럼 보였다……라고 하기에는 여전히 로봇 교사였다. 순찰 로봇과 로봇 교사는 둘 다 휴머노이드였지만 외모가 완전히 달랐다. 순찰 로봇은 로봇 교사보다 키가 15센티는 더 컸고 얼굴이 파란색이었다. 거기다 덩치가 훨씬 크고 팔다리에 강력한 탄소 근육이 장착되어 있어서 거구의 성인 남자도 제압할 수 있었다. 가우스는 경찰인 아버지의 옷을 몰래 입은 어린아이처럼 보였다.

"장난 아니네. 진짜 짭새 느낌이 나요."

조윤이가 칭찬을 했다. 진심으로 하는 말 같았다.

"앞으로 가우스 말고 강철중으로 부르자."

"장난하니? 어떻게 이게 순찰 로봇으로 보인다는 거야."

현석이가 말했다.

"그러게. 일단 몸매 자체가 많이 달라요."

지훈이의 말에 가우스도 동의했지만 그는 아이들을 실망시키고 싶지 않았다.

"이 정도면 꽤 비슷한 것 같은데? 성우야, 정말 멋진 생각이었어."

"거짓말 안 하셔도 돼요."

성우가 웃음을 터뜨렸다. 그는 상자에서 순찰용 초록색 야광봉을 꺼내 선생님에게 내밀었다.

"이거 들고 가세요. 조금이라도 더 진짜처럼 보여야 하니까."

가우스는 야광봉을 들고 버튼을 눌렀지만 불이 들어오지 않았다. 하지만 상관없었다. 가우스는 야광봉을 한번 휘두르며 말했다.

"그럼 이제 출발하자. 늦게 가면 가게 문 닫겠다."

"거긴 새벽 4시까지 해요. 그래도 빨리 가죠."

그들은 창고 밖으로 나와서 함께 걷기 시작했다. 목동은 낮보다 밤에 더 길거리에 학생이 많았다. 이 시간에 학원을 오가는 아이들이 많아서 학원가를 중심으로 돌아다니는 청소년들을 많이 볼 수 있었다. 가우스와 네 친구는 가방을 메고 걸어오는 아이들을 거슬러 반대 방향으로 향했다. 학원가 옆에는 커다란 교회가 있었고 한 블록을 사이에 두고 성당이 사이좋게 자리 잡고 있었다. 성우는 어렸을 때 잠깐 그 성당을 다녔다고 했다. 성당에는 어린이 성악단이 있었는데 성우는 그 성악단의 어떤 귀여운 여자애한테 반해서 그 아이를 보려고 매주 성당에 나갔다. 성우뿐만 아니라 현석이도 그

애 때문에 그 성당을 다녔다. 하지만 몇 달 후 그 아이가 스포츠 도박 중독자라는 걸 알게 되자 둘 다 예수를 등지고 떠났다. 알고 보니 조윤이가 성악단에 들어간 건 본인이 원해서가 아니라 딸을 조금이라도 교화시키고자 했던 부모님 때문이었다. 애석하게도 신은 그 일을 해내지 못했다.

성당을 지나면 상가 건물이 촘촘히 붙어 있었다. 네 사람과 로봇은 파리바게트와 그 옆의 맥도날드를 지났다. 맥도날드 뒤쪽의 카페는 한 면 전체가 넓은 유리창이라서 안에 있는 사람들이 훤히 들여다보였다. 가우스는 이 모든 것을 자세히 관찰했다. 그는 이번이 처음으로 학교 밖에 나온 거라 모든 것이 신기했다. 그는 태어난 지 몇 달밖에 안 되는 짧은 인생을 오직 학교 안에서만 지냈다. 대신에 그는 인터넷 포털사이트의 로드뷰를 통해 학교 주변과 목동의 모든 거리를 속속들이 알고 있었다. 학교 안에서만 살아온 가우스가 아이들보다 목동의 지리를 더 자세히 꿰고 있을 것이다. 하지만 그는 목동의 길거리를 사진으로만 봤기 때문에 후문 바로 앞에 있는 편의점조차 직접 가 본 적이 없었다.

"저 안에 있는 사람들은 모두 무엇을 하며 앉아 있는 거니?"

가우스가 카페 안에 있는 사람들을 가리켰다.

"글쎄요, 수다 떠는 사람도 있는 것 같고, 아니면 공부하거나 노트북을 하는 것 같아요."

현석이가 말했다.

"근데 저기는 커피를 파는 곳 아니니?"

"커피를 마시면서 공부하거나 대화를 하는 거죠."

"음, 잘 모르겠구나. 저 안에서만 할 수 있는, 그런 모든 활동들을 하나로 묶을 수 있는 어떤 공통점이 있니?"

"특별한 공통점은 없어요. 원래 사람들은 느긋하게 앉아 있을 시간이 생기면 이것저것 아무거나 해요."

"그래? 재미있구나. 난 앉아 있을 때는 항상 충전만 하거든."

그들은 카페와 미용실 몇 개가 붙어 있는 건물을 지나서 은행 건물을 돌아갔다. 구민회관 너머에 있는 양천프라자 앞에 도착하자 도로변에 학원 버스가 줄지어 서 있었다. 양천프라자는 학원과 상점이 밀집된 거대한 건물이었다. 건물 하나에 80개가 넘는 학원들이 빼곡히 들어차 있었다. 네 친구 모두가 이곳에 있는 학원을 다녔다. 형편이 넉넉하지 않은 지훈이도 이곳에 있는 영어학원을 다닌다고 했다. 가우스가 보기에 목동에는 공부를 안 하는 학생은 있어도 학원을 안 다니는 학생은 없는 것 같았다. 지훈이는 건물 옆을 지나면서 자기 학원의 여자 선생님이 애들이 수아레스를 닮았다고 놀려서 자주 운다고 했다. 그 말을 듣고 다들 웃느라 정신을 못 차렸다.

"걔네 그러다가 물리는 거 아니냐."

조윤이가 말했다.

양천프라자를 지나고 4차선 도로 옆의 인도를 한참 걷자 드디어 목동역이 나왔다. 목동역 주변은 대낮처럼 환했다. 로데오 거리는 네온사인이 많아서 가로등이 필요 없었다. 가게마다 틀어 놓은 노래들이 엉켜서 가사를 알아들을 수 없는 흥겨운 분위기가 흘렀다. 팝핑 슈가 같은 거리였다.

"선생님, 조심하세요."

지훈이가 가우스를 옆으로 끌어당겼다. 맞은편에서 순찰 로봇 둘이 걸어오고 있었다. 그들은 가우스를 보자마자 가짜 경찰이라는 걸 눈치챌 것이다. 다섯 명은 대로에서 벗어나 골목 안으로 들어갔다. 좁은 골목을 지나자 조윤이가 인생을 걸어 온 베팅 업소가 있었다. 그곳은 술집을 겸한 곳으로 돈을 날린 사람들이 진탕 술에 취하고 다시 술김에 도박을 하도록 유도하는 효율적인 구조였다. 갈색 조명이 짙게 깔린 가게 안에는 한쪽 벽 전면에 수십 개의 모니터가 달려 있었고 모니터에는 스포츠 배당금과 각 팀의 성적들이 깜박거리고 있었다. 다른 한쪽에서는 술을 팔고 있었는데 그곳에 앉은 사람들은 술잔과 표를 들고 하나같이 흥분해서 혀 꼬부라진 소리를 내고 있었다.

"이런 곳이었구나. 한조윤, 넌 이런 멋진 곳을 너 혼자 다녔냐?"

성우는 가게가 마음에 드는 모양이었다. 가우스가 성우의 어깨를 잡고 가볍게 흔들었다.

"정신 차려, 성우야! 우린 건강한 청소년이 되기 위해서 이곳에 온 거야. 조윤이는 어서 진행하렴."

중앙에 있는 넓은 책상에 사장으로 보이는 남자가 앉아 있었다. 책상에 있는 다섯 대의 모니터를 동시에 체크하고 있던 남자가 조윤이를 보고 반갑게 맞았다.

"어이구, 우리 VIP 오셨네."

조윤이가 가우스의 눈치를 보면서 어색한 표정으로 남자에게 다가갔다.

"사장님."

"축하해요, 어제 아스날이 크게 이겼잖아. 표는 갖고 왔죠?"

조윤이가 주머니에서 구겨진 티켓 하나를 꺼냈다. 조윤이의 이름과 지문이 찍혀 있었고 베팅한 팀과 금액이 적혀 있었다.

"전부 현금으로 바꿔 주세요."

사장이 등 뒤에 있는 금고에서 지폐 한 뭉치를 꺼내 왔다.

"조윤씨 부자 됐네. 이 돈으로 다시 베팅할 거지?"

"원금만 주세요. 그리고 앞으로는 베팅 안 할 거예요. 다시는 안 하려고요."

"네?"

잠시 가만히 있던 사장이 조윤이 뒤쪽에 있는 가우스를 발견했다. 가우스를 본 사장의 얼굴빛이 변했다. 가우스는 어떻게 할지 잠시 망설이다가 어깨를 펴고 사장에게 걸어갔다.

"어, 저기……."

사장이 더듬거렸다.

"여긴 합법적으로 등록된 곳이에요."

사장은 가우스의 어설픈 변장에 제대로 속은 것 같았다. 가우스는 사장 뒤에 있는 유리창에 비친 자신의 모습을 곁눈질했다. 난 아무리 봐도 순찰 로봇으로 보이진 않는데. 아마도 이 남자는 그를 경찰서에서 일하는 업무 보조 로봇 정도로 오해한 것 같았다. 가우스는 내심 잘됐다고 생각했다.

"미성년자의 스포츠 도박을 받아 주는 건 불법입니다. 아시죠?"

남자가 불안한 얼굴로 조윤이와 가우스를 번갈아 쳐다봤다. 조윤이는 미안한 표정을 지었다.

"미성년자가 베팅 업소를 이용했을 때는 해당 법령에 따라 영업 정지 3개월입니다. 한동안 쉬셔야겠군요."

"죄송합니다. 전 이분이 미성년자인지 몰랐어요."

뒤에 있던 아이들이 낄낄거렸다.

"말도 안 되는 소리 하지 마십시오. 이 학생이 어딜 봐서 성인으로 보인다는 겁니까?"

"면상."

가우스는 성우의 말을 무시했다.

"당신은 중학생의 도박을 주선했으니 공식적인 절차대로라면 양천경찰서에 오셔야 합니다."

가우스는 일부러 야광봉으로 책상을 탁탁 두드렸다.

"하지만 이 학생이 깊이 반성하고 있으니 이번 한 번만 용서해드리죠. 학생에게 고마워해야 할 겁니다. 대신에 제가 보는 앞에서 학생의 업소 이용 자격을 삭제하고 재가입 영구 불가를 시키세요."

사장은 한숨을 쉬면서 컴퓨터를 끌어당겼다. 그가 뭔가를 입력하고 조윤이에게 서명을 시킬 동안 가우스는 그 과정을 옆에서 지켜봤다. 그동안 다른 아이들은 가게 안을 구경하고 있었다. 가게 안에 틀어 놓은 음악은 사람들이 웃거나 비명을 지르는 소리 때문에 제대로 들리지 않았다. 족히 30개는 될 모니터들이 쉬지 않고 깜박였다. 벽에 걸린 아홉 개의 TV에는 동시에 아홉 개의 스포츠 경기가 진행되고 있었다. 그중 여섯 개가 축구 경기였다. 한 경기에서 골이 터지자 가게 안에 함성이 터졌다.

"만세!"

"씨발!"

"여긴 이상한 놈들 집합소 같아. 한조윤이 왜 이런 데를 오는지 알겠다."

현석이가 중얼거렸다.

사장이 조윤이의 회원 자격을 막는 최종 과정을 끝내자 가우스가 책상을 탁 쳤다.

"좋습니다. 마지막으로 경고하죠. 한 번만 더 미성년자의 도박을 주선하면 그때는 실제 경찰이 올 겁니다."

이렇게 으름장을 놓은 뒤 가우스는 아이들과 함께 재빨리 밖으로 나왔다. 들키기 전에 얼른 이곳을 떠야 했다.

"와우, 선생님 대단한데요? 그런 깡이 있는 줄 몰랐는데."

그는 자신을 추켜세우는 성우의 말이 귀에 들어오지 않았다. 내가 지금 무슨 짓을 한 거지? 로봇이 경찰을 사칭하다니, 이건 말도 안 되는 일이다. 그는 자신이 방금 한 행동이 스스로도 믿어지지 않았다. 가우스는 애써 긴장을 억눌렀다. 괜찮아, 들키지 않을 거야. 저 사람은 완전히 속아 넘어갔어. 그는 자신이 걱정과 불안을 느끼는 것 같다는 착각이 들었다. 물론 이 역시 말도 안 되는 소리다. 난 로봇이잖아. 그는 생각을 멈추고 신이 나서 떠들고 있는 아이들에게 말했다.

"애들아, 너무 시끄럽지 않니? 그렇게 큰 소리로 말하면 순찰 로봇한테 걸리겠다."

"무슨 상관이에요? 어차피 선생님이 경찰이잖아요."

현석이가 웃으면서 말했다.

"조용! 너네 방금 있었던 일은 아무한테도 말하면 안 된다, 알았지? 그리고 조윤아, 앞으로 다시는 도박을 하지 않겠다고 선생님이랑 약속해."

조윤이는 고개를 주억거렸다.

"네, 다시는 안 그럴게요. 죄송해요, 선생님."

"그래, 조윤이가 반성해서 정말 다행이야. 사람은 누구나 불건전한 유혹에 빠질 수 있어. 어른들도 그러는데 청소년은 더 심하지. 선생님은 한 번 정도는 실수를 해 보는 게 오히려 좋다고 생각해. 그러면 반성하고 더 강한 의지를 가질 수 있잖아."

"근데 이 새끼는 상습범이에요."

가우스는 성우의 말을 못 들은 척했다.

"아무튼 조윤이가 도박을 끊겠다고 약속해 줘서 정말 고마워. 그 말을 들은 것만으로도 여기까지 온 보람이 있네."

가우스는 조윤이를 안고 토닥여 줬다. 조윤이는 평소와 달리 조용해져서 나지막하게 고맙다고 했다.

"자, 그럼 오늘의 모험은 여기까지 하고 얼른 돌아가자. 너희들 부모님이 집에서 걱정하시겠다."

"괜찮아요. 어차피 독서실 간다고 하고 나왔으니까 되도록 늦게 들어오길 바랄 거예요."

그래도 그들은 서두르기로 했다. 그들은 다시 로데오 거리를 가로질러 밖으로 나와 현대백화점 쪽으로 향했다. 밤이 깊어지고 있었지만 거리를 오가는 사람들은 줄어들지 않았다. 그들이 맥줏집

을 지날 때 옆에 있던 골목 안에서 시끄러운 소리가 들렸다. 중고
등학생 정도로 보이는 대여섯 명이 서로 붙잡고 뒹굴고 있었다.

"쟤네가 누군지 알아요. 우리 학교 애들은 아니지만 이 근처에서
유명하거든요. 전부 자퇴생들이에요."

현석이가 속삭였다. 놈들은 다들 진탕 취했는지 혀 꼬부라진 소
리를 지르며 치고받고 싸우고 있었다. 저래도 괜찮을까? 가우스는
걱정이 되었다. 청소년의 음주는 기억력과 집중력 저하로 학습능
력에 부정적인 영향을 끼치는 데다 신체적인 해악도 크기 때문이
다. 때마침 골목으로 순찰 로봇 두 명이 달려왔다. 그들은 민첩하
게 아이들을 떼어 놓았다. 주정뱅이들은 팔다리를 휘저으며 로봇
을 마구 때렸지만 로봇이 아이들을 가볍게 들어 옮기자 조용해졌
다. 소동에서 멀어져 목동역 출구 앞에 다다르자 커다란 LED 광고
판이 나타났다. '서울시 중학교 로봇 교사를 포함한 초원 전 제품
무료 수리 기간－5월 31일부터 6월 30일까지 로봇 기술자를 호출하
고 초원 홈페이지에서 검사 결과를 확인하실 수 있습니다.' 서울시
교육청과 초원에서 붙인 광고문인데 가우스도 며칠 전에 받은 검
사였다.

그들이 지하철 출구를 지나 술집이 늘어선 거리에 들어서자 조
윤이가 말했다.

"그럼 내가 여기서 너희들에게 한잔 살게."

가우스가 단호하게 말했다.

"안 돼. 술은 절대 마시면 안 돼. 술 말고 너희가 먹고 싶은 게 있
는지 찾아봐."

하지만 그 근처에는 그들이 먹을 만한 간식을 파는 곳이 보이지 않아서 아이들은 그냥 골목 안쪽에 있는 편의점으로 들어갔다. 가우스는 편의점 밖에서 기다렸다. 골목 안에는 노란 조명을 켜 둔 술집이 너무 많아서 골목 전체가 황금빛으로 물들어 있었다. 목동 인간들의 취향은 이런 색인가 보다. 젊은 남녀 한 쌍이 전봇대에 기대어 주저앉아 미친 듯이 웃고 있었다. 조금 떨어진 곳에는 어떤 남자가 휴대폰에 대고 소리 지르고 있었다. "나오라고, 개년아!"

한참 기다렸는데도 아이들이 나오지 않아서 가우스는 편의점 안으로 들어갔다. 앉아서 스마트폰을 하고 있던 알바가 가우스를 한 번 힐끗 쳐다보고는 하던 걸 계속했다. 가우스가 여기 네 명의 아이들이 들어오지 않았냐고 묻자 알바는 그들이 반대쪽 문으로 다시 나갔다고 했다. 아무래도 사려는 과자가 없어서 다른 편의점으로 갔나 보다. 그는 그렇게 생각하며 뒷문으로 나가서 건물 복도를 지나 밖으로 나왔다. 그곳에서 아이들을 발견하긴 했는데,

"네가 주성우냐?"

낯익은 무리가 아이들을 둘러싸고 있었다.

"네가 동섭이 때렸다며? 동섭이가 내 친구인데 기분이 좀 나쁘네?"

아까 골목에서 순찰 로봇들에게 제압당한 놈들이었다. 그중 옆머리에 스크래치를 낸 덩치 큰 녀석이 성우에게 시비를 걸고 있었다.

"그래? 근데 난 네 얼굴이 기분 나쁘네?"

성우는 짜증 난 표정이었지만 나머지는 옆에서 덜덜 떨고 있었다. 조윤이가 더듬거리며 말했다.

"너는 왜 초면에 말을 그렇게 공격적으로 하고 그러니? 제가 대신 사과드립니다."

놈들의 얼굴에 비웃음이 번졌다. 그중에 초록색으로 염색한 놈이 말했다.

"야, 나 너 알아. 그 도박중독자 맞지? 맨날 아스날한테 거는 애."

"그걸 어떻게 아세요?"

"동섭이한테 들었거든. 너 이번에 돈 좀 땄겠다? 지갑 좀 꺼내 봐."

"저 돈 없어요. 도박으로 다 날렸다구요."

"알았으니까 꺼내 보라고."

스크래치가 겁에 질린 조윤이를 손가락질하며 비웃었다.

"이 새끼들 떠는 것 좀 봐. 한마디만 더 하면 지리겠는데?"

초록 머리도 맞장구쳤다.

"하긴 아스날 빠는 놈이 정상이겠어? 찐따 팀에 찐따 팬인 거지."

그 말을 듣자 떨고 있던 조윤이가 갑자기 발끈했다.

"뭐라고? 아니, 이 새끼가 진짜."

조윤이의 눈빛에서 두려움이 사라졌다.

"저리 꺼져, 대가리에 이끼 낀 새끼야. 돈이 없으면 일을 하든가 도박을 할 것이지 어디서 돈을 갈취하려고 들어? 이 양심 없는 새끼."

"뭐?"

"삥 뜯고 다니니까 지금은 네가 뭐라도 된 것 같지? 넌 시발 미래가 없는 놈이야. 나이 들어서도 삥 뜯는 거 말곤 할 줄 아는 게 없는 새끼가 될 거라고. 나중에 수도 요금 못 내면 머리도 못 감아서 대가리에 곰팡이 필 텐데 지금 미리 체험해 보는 거냐?"

실실 웃던 초록 머리가 정색했다. 그 말이 그에게 상처를 준 것이다.

"지금 이 새끼 하는 말 들었어? 아스날이 4등만 하는 이유가 있어요. 이런 새끼들이 빨아 대니까 그렇지."

조윤이가 버럭 고함을 질렀다.

"닥치지 못해? 아, 저 새끼 목 따고 싶네. 주성우, 우리 저 새끼 커팅하자."

"진정해, 병신아. 안 그래도 머릿수 달리잖아."

성우가 조윤이를 말리는 동안 가우스는 어떻게 해야 할지 망설였다. 주변에 순찰 로봇은 보이지 않았다. 그는 교사였지 경찰이 아니었다. 학교 밖에서 일진들이 떼 지어 달려들면 어찌할 도리가 없었다. 그가 크게 소리쳐서 순찰 로봇을 부르려 하는데 초록 머리가 조윤이에게 손을 뻗었다. 지훈이가 그 손을 탁 쳤다.

"저리 가."

그러자 스크래치가 지훈이의 멱살을 잡았다.

"이거 귀여운 새끼네. 야, 끌고 가자."

"친구, 손 떼지 그래?"

놈들이 뒤를 돌아봤다. 가우스가 버티고 서서 배터리가 나간 야광봉으로 아이들을 가리키고 있었다.

"아까 주의를 줬는데 여기 와서 또 말썽을 일으키는구나? 경찰서에 가야 정신 차릴래?"

다른 방법이 없었다. 그는 베팅 업소 사장에게 한 것처럼 이번에도 경찰 행세가 먹히길 바랐다. 현석이가 가우스를 보고 놀라서 '선생님' 하고 말하려다 간신히 참는 게 보였다.

초록 머리 옆의 노란 머리가 가우스에게 다가왔다.

"이건 뭐야? 이것도 순찰 로봇인가? 이상하게 생겼어."

"경찰의 신형 현장진압용 모델 버전 4.2331이다. 크기는 작지만 훨씬 강력한 힘을 낼 수 있지."

초록 머리가 의심스러운 표정으로 물었다.

"너 진짜 순찰 로봇 맞냐? 이 새끼 순찰 로봇치곤 떡대가 너무 부실한데?"

"로봇이 거짓말하는 거 봤니? 그리고 원래 신제품일수록 크기가 작은 거야. 노트북도 기술이 발전할수록 가볍고 작아지잖아."

자기가 생각해도 설득력이 없는 말이었다. 패거리가 가우스의 말에 폭소를 터뜨렸다.

"이 새끼 존나 웃기네! 야, 이거 혹시 경찰 코스프레한 섹스 로봇 아니냐?"

"그런 거라면 완전 내 취향이야."

스크래치가 주머니에서 잭나이프를 꺼내 펼쳤다. 가우스는 어이가 없었다. 왜 학생이 그런 걸 들고 다녀? 그러고 보니 아까 현석이가 쟤들은 전부 자퇴생이라고 했던 말이 떠올랐다.

"순찰 로봇이 맞는지 아닌지는 한번 붙어 보면 알겠지. 로봇은 눈이 약점이라며? 눈의 렌즈가 깨져서 앞이 안 보일 때 다 같이 존나 패자."

스크래치가 다가오자 가우스는 한 발짝 뒤로 물러섰다.

"멈춰라. 가까이 오면 테이저건을 사용하겠다."

테이저건이라는 말에 스크래치가 움찔했다. 다른 놈들도 당황해서 표정이 굳어졌다. 노란 머리가 물었다.

"진짜야? 테이저건이 어디 있는데?"

물론 가우스는 테이저건 같은 건 만져 본 적도 없었다. 그는 손에 아무 도움도 안 되는 순찰봉 하나만 들고 있을 뿐이었다. 가우스는 순찰봉을 바닥에 내려놓고 오른손을 뻗었다.

"팔 안에 내장되어 있어. 너 같은 녀석들이 지시에 불응하면 시스템이 진압 무기 사용을 허가한다. 테이저건을 잘못 맞으면 쇼크사할 수 있다는 거 아나? 물론 그럴 경우에 로봇은 책임지지 않는다."

"아니, 시발 뭐야. 진짜야?"

이 녀석들한테는 테이저건이라는 말이 효과적이군. 하긴 잭나이프보다 강한 무기니 말이다. 그가 한 발짝 다가오자 놈들이 뒤로 물러났다. 성우와 다른 아이들도 재빨리 한쪽으로 비켜섰다.

"저기, 우린 아무 짓도 안 했어요. 그냥 얘기만 했을 뿐이라고요."

노란 머리가 변명했다. 스크래치의 눈빛이 흔들리는 걸 본 가우스는 좀 더 위협적인 목소리를 냈다.

"무기를 버려라. 20초 주겠다."

스크래치가 잠시 망설이다가 칼을 바닥에 던졌다.

"됐냐? 이제 그만하고 꺼져."

가우스는 그 말을 무시했다.

"이제 15초 남았다. 넌 형법 113조 9항을 위반했다."

스크래치는 경악했다.

"무슨 소리야, 버렸잖아! 시키는 대로 했는데 왜 그래!"

스크래치가 움직이는 방향으로 가우스는 팔을 움직였다. 스크래치가 자기 패거리 사이로 숨으려 하자 다른 놈들도 비명을 지르면서 스크래치를 밀쳐 냈다. 패거리는 공황 상태에 빠져 허둥댔다.

"저 새끼 고장 났나 봐!"

"이제 5초 남았다."

마지막 말이 끝나기도 전에 놈들은 악을 쓰며 달아났다. 생전 처음으로 로봇에게 위협을 당하고 혼비백산한 것이다. 골목 안은 순식간에 휑해졌다. 가우스는 아이들에게 다가갔다.

"얘들아 괜찮니? 어디 다친 데 없어?"

그는 아이들이 괜찮은지 살핀 후 그들을 데리고 재빨리 그곳을 벗어났다. 잠시 후 정신을 차린 아이들은 소리를 지르며 가우스를 이리저리 잡아당겼다.

"야, 선생님 존나 멋있어! 선생님이 일진들을 쫓아 버렸다고!"

흥분한 현석이가 폴짝폴짝 뛰어다녔다. 그 옆에서 조윤이도 포효했다.

"디셉티콘 집결하라!"

성우와 지훈이도 웃느라고 정신이 없었다. 성우가 가우스를 잡고 마구 흔들었다.

"와, 선생님 이제 보니까 천상 짭새인데요? 그냥 교사 때려치우시고 치안을 담당해 주세요."

"네가 저번에 교문 앞에서 구해 준 빚을 갚은 것뿐이야."

지나가던 행인들이 그들을 쳐다봤다. 가우스는 흥분한 아이들을 진정시키려고 애썼다.

"얘들아, 진정하렴. 그리고 이 일은 비밀로 하자. 오늘 내가 너무 선을 넘은 것 같아. 인간을 속인 게 알려지면 난 폐기되고 말 거야."

"당연하죠. 근데 선생님, 정말 고맙긴 한데 이제는 선생님이 무서워질 정도예요. 원래 교육용 인공지능의 자유도가 이렇게 높았나요?"

지훈이가 물었다.

"너희와 함께 있다 보니 영향을 받아서 점점 발전하고 있는 것 같아. 물론 당연히 일진을 골탕 먹이는 방법은 로봇 교사 메뉴얼에 없단다. 아무튼 빨리 돌아가자. 또 위험한 일이 생길 수도 있잖니. 너무 늦었다."

그들은 왔던 길을 되돌아가기 시작했다. 집으로 가는 내내 조윤이와 현석이는 가우스가 한 행동을 흉내 내며 떠들었다.

"난 최신형 진압용 로봇이다! 인간을 모두 죽이겠어!"

"울트론, 내가 왔네! 같이 인간을 사냥하자고!"

가우스는 아이들을 집 근처까지 바래다주었다. 집이 가장 가까운 성우와 현석이와 먼저 작별을 했고 그다음에는 옆 동네에 있는 조윤이네 집 앞까지 따라갔다. 조윤이는 다시는 도박을 하지 않겠다고 한 번 더 다짐하며 선생님과 포옹한 뒤 집으로 들어갔다. 가우스는 마지막 남은 지훈이도 집까지 바래다준 다음 학교로 돌아가기로 했다. 넷 중에서 지훈이의 집이 가장 멀었다. 지훈이는 혼자 가도 괜찮다고 했지만 가우스는 밤이 깊어서 위험하다고 했다.

"이렇게 늦은 시간까지 외출하면 다른 가족들이 걱정하지 않니?"

가로등 밑을 걸어가며 가우스가 물었다.

"동생이 할머니랑 같이 있으니까 괜찮을 거예요. 할머니한테는 독서실 간다고 말씀드렸어요."

"동생이 있었구나. 몇 살인데?"

"여섯 살이요. 저랑 할머니는 동생을 꼬맹이라고 불러요."

"여섯 살이면 정말 귀엽겠다."

"옛날에는 말을 잘 안 들었는데 요즘은 좀 의젓해졌어요."

"지훈이가 의젓해서 그런 걸 거야."

그들은 양천공원에 접어들었다. 늦은 시간이었지만 공원에는 농구를 하거나 자전거를 타고 돌아다니는 사람들이 많았다. 지훈이 또래의 아이들도 보였다.

"저도 아빠가 살아 계실 때는 여기서 아빠랑 농구를 자주 했어요."

지훈이는 회상에 잠긴 눈빛으로 말했다.

"저희 부모님은 두 분 다 경찰이셨어요. 오늘의 선생님처럼요."

"정말? 그건 몰랐구나. 부모님은 경찰로 근무하다가 만나신 거니?"

"네, 아빠랑 엄마가 강력반에서 함께 일하다가 결혼하셨대요."

"두 분이 함께 오붓하게 범죄자를 잡으셨겠구나. 정말 멋있다. 그런데 강력반 형사라면 좀 위험할 것 같다는 생각도 드는구나."

"그럴 것 같아요. 사실 부모님이 구체적으로 무슨 일을 하시는지 자세히 말씀해 준 적이 없어서 잘 모르겠어요."

"아마 지훈이가 걱정할까 봐 무서운 범죄 얘기는 집에서 잘 안 하신 게 아닐까? 그렇지만 나는 항상 경찰이 아주 흥미진진한 직업일 거라고 상상했어. 지훈이도 부모님처럼 경찰이 되고 싶은 마음이 있니?"

"음, 별로요. 솔직히 전 나중에 뭘 해야 할지 잘 모르겠어요."

가우스는 지훈이의 어깨를 토닥였다.

"괜찮아. 지금은 아직 중학생이니 확고한 목표가 없어도 걱정할 필요는 없단다. 다양한 경험을 하다 보면 네가 좋아하는 일을 찾을 수 있을 거야. 마침 우리 학교에 진로 상담실이 있으니까 진로에 대한 고민이 생기면 언제든지 도움을 받을 수 있단다."

"선생님은 교사라는 직업에 만족하세요?"

"응. 내 천직이라고 생각해."

소년과 로봇은 밤길을 터벅터벅 걸어갔다. 지훈이네 집은 낡고 허름한 아파트 몇 개가 모여 있는 작은 단지 안에 있었다. 지훈이는 우편함을 한번 열어 본 뒤 가우스에게 작별 인사를 했다.

"선생님, 밤늦게 같이 와 주셔서 감사합니다. 혹시 학교 선생님들한테 걸리면 큰일 나는 거 아니에요?"

"큰일 날 거야. 하지만 몰래 나왔으니 다시 몰래 들어가면 돼."

"오늘 고생 많으셨어요. 아까 저희를 구해 주신 것도 감사하고요."

"너희가 무사해서 다행이야. 우리 앞으로는 밤에 돌아다니지 말자. 그리고 위험한 일이 생기면 바로 경찰이나 다른 어른들에게 도움을 청하렴. 알았지?"

지훈이는 웃으면서 고개를 끄덕였다.

"선생님은 진짜 선생님 같아요."

"난 진짜 선생이야."

"네. 근데 제 말은…… 인간 선생님들만큼 진짜 선생님 같다는 뜻이에요."

가우스는 자기도 모르게 웃음이 나왔다. 물론 그는 얼굴로는 웃을 수 없었다.

"그렇게 말해 줘서 정말 고마워. 그럼 난 가 볼게. 늦었으니 어서 들어가렴."

"안녕히 가세요."

그는 손을 흔들었다.

"내일 보자."

가우스는 지훈이가 탄 엘리베이터가 올라가는 걸 보고 나서야 발길을 돌렸다. 학교로 돌아가면서 그는 천천히 세상을 감상했다. 횡단보도 앞에서 잠시 멈췄을 때는 옆에 있던 가방을 멘 초등학생이 신기한 듯 그를 쳐다봤다. 이 시간에도 아이들이 학원을 다니는구나. 파란불이 켜지고 숫자가 깜박였다. 공원 근처의 신호등은 파란불 시간이 70초가 넘었다. 양천구는 정말 인심도 좋군. 불이 환히 켜진 가게들을 지나면서 그는 유리 너머의 사람과 물건을 구경했다. 아마 이번을 마지막으로 그는 다시는 학교 밖으로 나올 일이 없을 것이다. 그래서 그는 처음이자 마지막으로 경험하는 세상의 모습을 눈에 담았다. 그는 다시 낡은 창고로 가서 쓰레기 더미 안에 경찰모와 배지, 야광봉을 던져 놓고 학교로 들어갔다. 운동장에는 아무도 없었고 교무실까지 향하는 어두운 복도에서도 아무도 마주치지 않았다. 교무실의 로봇 보관실로 들어가자 떠나기 전과 똑같은 자리에 다른 로봇 교사들이 앉아 있었다. 가우스는 조용히 자신의 자리에 앉아 팔에 충전기를 꽂았다. 아까 베팅 업소 사장과 일진들을 속였던 일이 자꾸 생각나서 그의 마음을 혼란스럽게 했다. 그냥 실수였을 뿐이야. 아니면 일시적인 오류겠지. 그는 스스로를 그렇게 설득했다. 며칠 전에 나를 검사했던 기술자도 시스템에 별문제가 없다고 했잖아. 아마 시간이 지나면 다시 원칙대로 행동하게 될 것이다. 가우스는 머릿속으로 내일 수업을 준비하기 시작했다. 그날은 다른 날들보다 긴 하루였다.

소설가

다음 날 가우스는 보관실을 나오면서 인간 교사들의 반응을 살 폈다. 간밤에 자신이 몰래 학교 밖으로 나간 일을 들켰는지 확인하 기 위해서였다.

"야, 수학."

최인규 선생이 그를 불렀다. 그는 평소처럼 피곤하고 짜증 난 얼 굴이었다. 가우스는 최 선생의 자리로 가 공손하게 인사했다.

"좋은 아침입니다, 최 선생님. 무슨 일로 부르셨나요?"

"너 어제 뭐 했냐?"

그가 구둣발로 가우스의 무릎을 툭 건드렸다.

"무슨 말씀이시죠?"

최 선생이 책상에 있던 커피 잔을 들어 입으로 가져갔다. 가우스 를 뚫어져라 쳐다보는 그의 눈에는 의심이 가득했다.

"내가 이래서 로봇을 못 믿겠다니까."

들켰구나. 다른 로봇이 말했나? 가우스는 맥이 풀렸다. 이제는 솔직하게 말할 수밖에 없었다.

"죄송합니다."

가우스는 고개를 숙였다. 희미하게 두려움 비슷한 감정이 느껴졌다. 두려움? 그럴 리가. 그저 자신이 폐기 처분될 가능성에 대한 연산 작용에 불과할 것이다.

"이것 봐! 내가 뭐랬어!"

최 선생이 손뼉을 치면서 다른 교사들에게 외쳤다.

"이 선생, 봤어요? 내가 뭐랬어? 이놈이 그랬다니까! 어제 김 선생님이 봤다고 했잖아요."

내가 나가는 걸 누군가 봤다고? 끝났군.

"이 녀석이 실토했어요! 방금 나한테 죄송하다고 그랬다고요. 당장 교육청에 알립시다. 로봇이 인간의 물건을 훔쳤다고, 어서 로봇 교사 제도를 폐지하자고 말이에요!"

가우스는 고개를 들었다. 그는 최 선생이 다른 일로 자신을 오해하고 있다는 걸 깨달았다.

"죄송합니다만 무슨 말씀이신지 잘 모르겠습니다. 저는 도둑질을 한 적이 없습니다."

"이 자식 다시 거짓말하네. 네가 내 텀블러 훔쳐 갔잖아! 내가 어제 자리를 비운 틈에 네가 내 자리에서 텀블러를 만지작거리는 걸 김숙진 선생이 봤다고 했어. 이건 뭐 사람이 아니니까 경찰에 신고를 할 수도 없고, 원."

"제가 어제 12시 52분에 이 자리에서 선생님의 텀블러를 건드린 건 맞습니다. 하지만 그건 선생님이 어제 시키신 대로 선생님 책상 위에 있던 책을 가져다 드리려고 그랬던 겁니다. 책 위에 텀블러가 있으니까 들어 올렸을 뿐 절대로 가져가지는 않았습니다."

"지금 그 말을 믿으라고? 그럼 방금 전에는 왜 죄송하다고 굽신거렸냐? 도둑질한 게 들켜서 무서웠던 거잖아."

"저는 감정이 없습니다. 로봇이니까요."

"이 새끼는 로봇이라 그런지 사람보다 거짓말을 잘하네. 이제 너네 쇳덩어리들은 학교에서 영원히 쫓겨날 줄 알아라."

그때 교무실 문을 열고 정순태 선생이 헐레벌떡 뛰어 들어왔다. 정순태는 오늘따라 평소답지 않게 지각을 하지 않았다. 최인규도 평소답지 않게 정순태에게 환한 웃음을 날렸다.

"정 선생님, 오늘 일찍 오셨네요? 아침부터 기쁜 소식 하나 들려드리죠. 앞으로는 로봇 교사를 볼 일이 없을 겁니다."

정순태는 최인규의 맞은편에 있는 자기 자리에 앉아 가쁜 숨을 내쉬었다. 그가 최인규의 말을 이해하는 데는 시간이 좀 걸렸다.

"뭐라고요? 왜 로봇 교사가 사라져요?"

"로봇이 도둑질을 했거든요. 더군다나 거짓말까지 하고 있습니다. 이렇게 위험한 물건이 학생을 가르칠 수는 없잖습니까?"

"선생님, 전 아무것도 훔치지 않았습니다."

"조용히 해!"

최인규는 더없이 만족스러워 보였다. 그에게는 마침내 찾아온 승리의 순간이었다. 인간이 로봇에게 거둔 승리 말이다. 정순태가 눈을 끔벅이며 물었다.

"가우스가 도둑질을 했다고요? 뭘 훔쳤는데요?"

"이놈이 제 텀블러를 훔쳐 갔어요. 분명히 어제 제 책상 위에 뒀는데 오후에 보니까 사라졌더라고요? 아무리 찾아도 없는 거예요. 그런데 김숙진 선생님이 이 녀석이 어제 제 텀블러에 손대는 걸 봤다고 하시지 뭡니까? 그렇죠, 김 선생님?"

옆에서 불안하게 지켜보던 사회 담당인 김숙진이 말했다.

"일단 가우스가 텀블러에 손대는 걸 보긴 했는데 그 이상은 잘 모르겠네요. 가우스, 정말 네가 가져갔니?"

"아닙니다. 정말 아니에요. 저는 물도 안 마시는데 물병을 가져가서 어디에 쓰겠어요?"

"날 엿먹이려고 한 거겠지. 훔쳐서 어딘가에 버렸을 거야. 억울하면 네 머리에서 네가 어제 하루 동안 뭘 했는지 영상을 전부 꺼내 보든가."

가우스는 고개를 저었다.

"애석하지만 그럴 수 없습니다. 저는 제가 경험한 모든 걸 완벽하게 기억하지만 그건 영상 자료로 남아 있는 게 아니라 저의 CPU 속에서만 재현되는 집합에 불과합니다."

"그러니까 모든 걸 기억하는데 남한테 보여 줄 수는 없다 이거냐?"

"네. 저는 카메라나 캠코더가 아니에요."

최인규는 억지로 웃음을 참고 있었다. 그는 이 상황을 즐기는 중이었다.

"그렇겠지. 안 그러면 네가 저지른 일이 네 머릿속에 증거로 남으니까 말이야. 너나 너를 만든 회사나 참 약아 빠졌어. 넌 애초부터 인간을 속이려고 만들어진 놈이야. 자, 이제 게임 끝났다. 너희들이 학교에서 싹 다 사라질 테니 텀블러 하나쯤 잃어도 괜찮아."

"음, 저기……."

정순태가 머뭇거리며 끼어들었다. 그는 가방에서 초록색 텀블러를 하나 꺼냈다.

"최 선생님 텀블러 여기 있어요."

그는 그것을 조심스럽게 최인규의 책상에 올려놓았다.

"가우스가 훔친 게 아니에요."

최인규의 얼굴에서 미소가 싹 사라졌다. 그가 텀블러를 집어 들었다.

"뭐예요?"

"어제 점심시간에 제 것인 줄 알고 제 가방에 넣었어요. 제 텀블러랑 똑같이 생겨서요."

정 선생은 멋쩍게 웃었다.

"제 것도 그렇게 예쁜 초록색이거든요. 그래서 이걸 가져갔는데 집에 와서 보니까 제 텀블러가 식탁 위에 있더라고요. 어제 아침에 깜박하고 놓고 간 거죠. 그래서 본의 아니게 최 선생님 물건을 훔치고 말았네요. 가우스 잘못이 아니에요."

최인규의 얼굴이 울그락푸르락해졌다. 가우스가 보기에 그는 정순태를 주먹으로 한 대 치고 싶었지만 참는 것 같았다. 최인규는 텀블러를 이리저리 살펴봤다. 안타깝게도 그의 물건이 맞았다.

"아니, 왜 남의 책상에 올려 둔 걸 가져가고 그래요?"

"죄송합니다. 전 제 책상 위에 있던 걸 최 선생님이 가져가신 줄 알았어요. 똑같이 생겼으니까요."

정순태가 용서해 달라는 표정으로 해맑게 웃었다. 가우스는 그 표정이 기분 좋은 푸들 같다고 생각했다. 최 선생이 저 얼굴에 물병을 꽂아 버리면 어떡하지? 최 선생은 잠시 정순태의 머리를 박살 내 버릴까 고민하는 표정이었지만 다행히 물병을 내려놓았다. 그가 가우스를 노려봤다.

"너, 훔친 것도 아니면서 아까는 왜 죄송하다고 그랬어?"

가우스는 최대한 공손한 목소리를 만들어 냈다.

"선생님이 로봇을 믿지 못하겠다고 하셨기 때문입니다. 선생님에게 믿음을 드리지 못한 게 죄송하다는 뜻이었습니다."

"이 자식이 진짜……."

최인규가 두 주먹을 꽉 쥐었다. 가우스는 겁이 났다. 아마 어제 만난 일진들보다 화가 난 최인규가 더 위험할 것이다. 하지만 다행히 최 선생은 애써 태연한 목소리로 말했다.

"됐으니까 가 봐."

김숙진이 가우스의 손을 잡고 웃었다.

"오해였구나. 정말 다행이다. 그럼 그렇지, 로봇이 도둑질을 할 리가 있나. 오해해서 미안해."

"아니에요, 괜찮습니다. 상황이 절묘해서 저라도 오해했을 거예요."

어디서 박수 치는 소리가 들렸다. 분위기를 신경 쓰지 않는 정순태가 물개처럼 박수를 치고 있었다.

"그래, 정말 다행이야. 가우스, 나 때문에 곤욕을 치르게 해서 미안해. 사람이었다면 미안하다는 뜻으로 과자를 줬을 텐데."

"전 괜찮아요. 최 선생님에게 드리는 게 어때요?"

"그럴까? 최 선생님, 무슨 과자 좋아하세요?"

최인규가 버럭 소리를 질렀다.

"필요 없어요!"

그러더니 그는 책을 들고 교무실을 나가 버렸다. 잠시 어색한 분위기가 흘렀지만 이내 정순태가 가방에서 과자를 꺼내 김숙진과 다른 교사들에게 나눠 주기 시작했다. 가우스는 첫 수업을 준비하려고 책을 꺼냈다. 그가 교무실을 나가려는데 정순태가 뒤에서 불렀다.

"하마터면 큰일 날 뻔했다. 다시 한번 사과할게. 나 때문에 이런 일이 생길 줄이야."

"아니에요. 텀블러가 똑같이 생긴 게 선생님 잘못은 아니잖아요."

"그런데 아까 그 말이 정말이야? 너는 네 눈으로 본 것들을 영상으로 저장하지 못한다고?"

"네, 제 모델에서는 그렇습니다."

정 선생이 천천히 고개를 끄덕였다. 그는 몇 달이 지났지만 여전히 로봇이 신기한 눈치였다.

"그렇구나. 어쨌든 사과의 의미로 내가 사진 한번 찍어 줄게."

정순태가 카메라를 들었다. 가우스는 무슨 자세를 취해야 할지 몰라 그냥 카메라 렌즈를 똑바로 쳐다봤다. 사진을 찍고 나서 정 선생은 활짝 웃었다.

"잘 나왔네. 나중에 보여 줄게. 1교시부터 수업이지?"

"네, 9반 수업입니다."

"그래, 잘 가. 이따 보자."

그날 하루도 시간이 금방 지나갔다. 물론 가우스에게 시간은 항상 절대적이었다. 시간은 오직 인간에게만 상대적인 것이었다. 학생들은 쉬는 시간이 수업 시간보다 더 빨리 지나간다는 말을 자주 했다. 가우스는 수업 시간이 쉬는 시간보다 4.5배 길기 때문에 당연한 거라고 했지만 아이들은 시간의 속도 자체가 더 빠르다고 했다. 그로서는 이해할 수 없는 말이었다. 점심시간에 가우스는 과학 로봇인 뉴턴과 국어 로봇 시경과 함께 교무실을 청소하고 교사들의 쓰레기통을 비웠다. 그는 최 선생의 책상 밑을 청소할 때 다른 물건을 건드리지 않으려고 조심했다. 최 선생은 물병 하나 없어진 걸로 기계를 전멸시키고자 하는 사람이었다. 인교조 교사들이 로봇 교사를 싫어하는 건 알았지만 최인규는 그중에서도 좀 유별나 보였다. 그는 총을 안 든 존 코너였다.

6교시가 끝나고 가우스는 다시 로봇 보관실로 들어가 충전을 하며 앉아 있었다. 다른 로봇들은 가우스에게 아무 말도 하지 않았다. 어제 밤중에 왜 나간 거냐고 물어보는 로봇은 없었다. 로봇들은 수다 떠는 걸 즐기지 않았다. 숨기고 싶은 일이 있는 가우스로서는 다행인 일이었다. 방과 후 수업 시간이 되자 가우스는 3학년 8반 교실로 올라갔다. 그날도 가우스가 제일 먼저 도착했다. 텅 빈 교실에서 3분 12초 동안 기다리자 네 친구가 한꺼번에 들어왔다.

성우가 손을 흔들었다.

"안녕하세요, 경찰관님."

"안녕, 터프가이."

조윤이도 양팔을 휘저으며 들어왔다.

"선생님 덕분에 도박을 끊고 새로 태어났습니다. 정말 감사합니다."

가우스가 박수를 쳤다. 다른 애들도 같이 박수를 쳤다. 성우가 한마디 했다.

"로봇이 사람 만드는 걸 볼 줄이야. 아, 물론 선생님을 무시하는 말은 아니에요."

"원래 내 역할이 청소년을 지도하는 거야. 그럼 조윤이가 새로 태어난 걸 축하하는 의미에서 어제 배운 이차함수의 그래프를 복습해 볼까?"

하지만 아이들은 자리에 앉아서도 계속 어제 있었던 일들을 이야기하느라 정신이 없었다. 특히 가우스가 일진들을 쫓아 버린 것을 반복해서 이야기했다.

"선생님, 초원에서 차세대 로봇 교사를 만들 때는 진짜로 팔에서 테이저건이 나오게 해 달라고 건의해 봐요. 그렇게 하면 일진들을 현장에서 제압할 수 있잖아요."

"난 반대야. 테이저건 말고 레이저건이 더 좋을 것 같아."

현석이의 말에 가우스가 고개를 저었다.

"난 교육용 로봇이란다. 사람을 죽이는 건 원칙에 어긋나."

조윤이가 진지한 표정으로 말했다.

"죽이진 말고 팔다리를 좀 자른다던가 그 정도로만 하면 되죠. 선생님이 아시는지 모르겠는데, 요즘은 세상이 아주 지옥 같아요. 곳곳에서 일진들이 출몰하는데 인간 교사들은 신경도 안 쓴다고요. 결국 선량한 학생들을 지켜 줄 수 있는 건 로봇뿐입니다. 망설이지 않고 일진의 목을 따는 정의로운 로봇이 필요하다 이거예요."

"학교폭력을 해결하기 위해서 굳이 살인 로봇을 투입할 필요는 없단다. 남을 괴롭히는 학생이 있으면 언제든지 선생님들한테 말씀드리렴. 학교에서는 학교 폭력을 막기 위해 항상 노력하고 있어."

현석이가 시무룩한 얼굴로 말했다.

"그런 걸 믿는 순진한 애는 아무도 없어요. 선생님 그거 모르시죠? 1학년 때 김동섭이랑 몇 명이 어떤 애 한 명을 계속 괴롭혀서 걔가 자살 시도를 했대요. 그래서 걔네 부모랑 김동섭 부모가 한동안 학교에 자주 왔다 갔다 했는데, 결국 당한 애만 조용히 전학 가는 걸로 끝났어요. 김동섭은 지금도 학교 잘 다니고 있잖아요."

"정말? 전혀 몰랐구나. 동섭이는 아무 처벌도 받지 않았니?"

"같이 괴롭히던 다른 애 두 명만 반성문 쓰는 걸로 끝났어요. 김동섭은 아무 일도 없었고요."

"이상하구나. 그렇게 심각한 일이었다면 쉽게 넘어가서는 안 됐을 텐데."

성우가 웃으면서 말했다.

"아시겠죠, 선생님? 인간 사회가 이렇게 썩었다고요. 선생님은 자꾸 원칙을 말씀하시는데 선생님을 만든 인간들이야말로 원칙을 개무시하는 게 현실이에요. 그러니까 답은 뭐다?"

지훈이가 대답했다.

"빨리 기계가 인간을 지배해야 한다."

"너희들은 비인간적인 인간이 많다는 이유로 기계한테 인간적인 해결을 바라는구나. 아무튼 사실이라면 정말 가슴 아픈 일이야. 우리 학교 선생님들이 그냥 모른 척하고 넘어갔다니 잘 이해가 안 되는구나. 다들 좋은 분들인데 말이야."

"모른 척한 게 아니라 열심히 틀어막은 거예요."

조윤이가 말했다.

"근데 저도 잘은 모르지만 학교에서 그 일을 묻어 버리기로 했을 때 거의 유일하게 끝까지 반대한 사람이 우리 담임이래요."

"최인규 선생님?"

"네. 의외죠?"

가우스는 솔직하게 말했다.

"그래. 의외인데?"

폭소가 터졌다. 지훈이와 현석이는 웃다가 그만 사레가 들리고 말았다.

"시발, 로봇도 인정하고 있어! 최인규 인성이 쓰레기라는 걸 로봇도 인정하고 있다고!"

성우가 숨넘어갈 듯이 웃으며 말했다.

"이 정도면 공인된 거 아니냐?"

"애들아, 최인규 선생님이 쓰레기라고 내가 언제 그랬니? 그냥 예상 밖이라는 뜻이야."

"선생님, 괜찮아요. 솔직하게 말하세요. 선생님 눈에도 최인규가 인성 파탄자로 보이죠?"

"전혀 그렇지 않아. 나는 최인규 선생님이 친절하고 마음씨 좋은 분이라 생각해."

조윤이가 엄숙한 표정으로 말했다.

"선생님은 지금 로봇 원칙을 어기고 있군요. 로봇은 인간에게 거짓말을 하면 안 됩니다."

그 말을 듣고 가우스는 예의 그 서늘한 느낌을 받았다. 그는 살면서 거짓말을 세 번이나 했다. 셋 다 지난 20시간 사이에 일어난 일이었다. 비록 아이들을 위한 것이긴 했지만 그 사실을 떠올리자 자신이 원칙을 어겼다는 사실에 다시 두려움이 느껴졌다. 이해가 안 되는군. 도대체 어떻게 내가 두려움을 느끼는 걸까? 눈앞에서 자신을 보며 웃는 아이들이 흐릿해졌다. 난 점점 이상해지고 있는 것 같아. 그는 이 상황에서 벗어나기로 했다.

"아무튼 최인규 선생님이 보기보다 훨씬 아이들을 생각한다는 걸 잘 알게 되었구나. 그럼 다시 수업을 계속하자. 너희들을 기말고사에서 최소한 2등급 이상은 올려야 한다는 게 담임선생님의 목표야."

"2등급? 너무 힘들 것 같은데."

말은 그렇게 하면서도 지훈이는 여전히 웃고 있었다. 그는 어젯밤 이후로 가우스를 훨씬 더 친근하게 느끼고 있었다.

수업 종이 울릴 때까지 가우스는 열심히 가르쳤다. 성우와 현석이가 졸 때마다 주의를 줬고 조윤이가 현석이의 등에 '초보 운전'이라고 쓴 포스트잇을 붙이려고 할 때도 역시 주의를 줬다. 지훈이만 성실하게 공부를 하고 있었다. 가우스는 지훈이가 모르는 걸 질문할 때마다 자세히 설명해 줬다.

수업 종이 울리자 졸고 있던 아이들이 벌떡 일어나서 가방을 챙겼다. 성우와 현석이가 가우스에게 손을 흔들었다.

"선생님, 내일 봐요!"

가우스도 손을 흔들었다. 조윤이는 일어나면서 마침내 현석이의 등에 종이를 붙이는 데 성공했다.

"선생님, 고맙습니다. 어제 일도요. 그럼 저 갈게요."

"잘 가, 조윤아. 내일 보자."

쏜살같이 세 친구가 뛰쳐나가고 교실에는 둘만 남았다. 지훈이가 필통에 샤프와 지우개를 집어넣으며 말했다.

"저는 매번 꼴찌네요."

"성적은 제일 잘 나올 거야. 지훈이가 공부를 이렇게 열심히 하니까 기말고사에서는 틀림없이 지난번 성적보다 잘 나올 거라 믿어."

"음, 사실 중간고사도 열심히 공부했는데 답을 밀려 썼어요."

가우스는 안타까운 목소리를 냈다.

"저런, 그래서 성적이 안 나왔구나! 어쩐지 나도 네가 공부하는 태도에 비해서 성적이 너무 낮았던 게 아닌가 싶었어. 지훈이는 이 반에 들어올 필요가 없었을 것 같은데? 담임선생님한테 말해 보지 그랬니."

"괜찮아요, 제가 원래 수학이 약해요. 시험을 제대로 봤어도 그렇게 잘 나오진 않았을 거예요. 기초부터 하면 좋을 것 같아서 그냥 방과 후 수업을 하기로 했어요. 그리고 집에 일찍 가 봐야 할 일도 없어서."

지훈이가 웃으면서 책가방을 멨다.

"선생님, 제가 어제 집에 가서 생각을 해 봤는데요, 갑자기 소설을 쓰고 싶어졌어요."

"소설?"

"네, 제가 어렸을 때 꿈이 작가였거든요. 중학교에 와서는 별생각이 없었는데 어제 다시 소설을 쓰고 싶다는 생각이 들었어요."

"정말? 멋지구나. 하룻밤 사이에 어떤 계기가 있었니?"

"선생님이 일진들을 쫓아 버리는 걸 보고 영감이 떠올랐거든요. 그걸로 이야기를 써 보려고요."

"어떤 이야기인데?"

"로봇 탐정이 나오는 이야기예요. 인간이 저지른 죄를 로봇이 뛰어난 추리력으로 파헤치는 내용이에요. 하드보일드 탐정물 같은 분위기면 좋을 것 같아요."

가우스가 만족스럽다는 듯이 손을 펼쳤다.

"내가 너에게 영감을 줬다니 정말 영광이구나. 인간 악당을 잡는 로봇이라니, 지훈이가 로봇의 로망을 잘 아는구나? 다 쓰면 꼭 보여 주렴."

지훈이가 웃음을 터뜨렸다.

"네, 그럴게요."

가우스는 지훈이와 이런저런 얘기를 하면서 1층까지 계단을 내려왔다. 가우스는 지훈이에게 소설 속의 로봇이 전직 교사 출신이라는 설정이 들어가면 더 재미있을 거라고 열심히 설명했다. 그들은 1층 복도에서 카메라를 들고 걸어가던 정순태를 만났다. 정순태가 인사를 하자 둘은 고개 숙여 인사했다.

"정순태 선생님은 늘 저렇게 카메라를 갖고 다니시나 봐요. 매번 볼 때마다 카메라를 들고 계시던데."

"그러게. 사진 찍는 걸 정말 좋아하시나 봐."

소년과 로봇이 밖으로 나왔을 때 갑자기 운동장이 어두워졌다. 학교 위로 거대한 호버크래프트 항공기가 지나가고 있었다.

"우리 학교에서 가까운 곳에 김포공항이 있대. 선생님은 최근에 알게 됐어. 어쩐지 비행기가 자주 지나가더라고."

"전 비행기를 한 번도 못 타 봤어요."

"정말?"

"네, 그래서 외국 여행을 자주 가는 애들이 진짜 부러워요. 선생님도 혹시 먼 곳으로 여행 가고 싶다는 생각 안 드세요?"

"그런 마음은 전혀 들지 않는구나. 그리고 나는 어차피 학교를 옮기지 않는 이상 평생 이 학교 안에서 살아야 해."

"정말 심심하시겠어요."

가우스는 고개를 저었다.

"괜찮아. 난 심심함 같은 걸 느끼지 못하거든. 이제 집으로 가는 거니?"

"아니요, 빌릴 책이 있어서 도서관으로 가려고요. 선생님은 오늘 일과가 다 끝나신 거죠?"

"그래, 난 이제 퇴근해야지. 지훈아, 조심히 가고 내일 보자."

지훈이가 손을 흔들었다.

"내일 봐요!"

가우스는 거기 서서 지훈이가 운동장을 가로질러 도서관으로 가는 모습을 지켜봤다. 지훈이의 모습이 사라지자 가우스는 교무실로 향했다.

가우스가 들어왔을 때는 교무실에 아무도 없었다. 그날은 교무회의가 있어서 인간 교사들은 모두 회의실에 가 있었다. 가우스는 다른 로봇들과 함께 보관실에 들어가 40분 정도 앉아 있다가 다시 밖으로 나왔다. 김숙진 선생이 창가에 있는 꽃병의 물을 갈아 놓으라고 한 시간이 되었기 때문이다. 가우스는 창가로 다가갔다가 커튼 뒤에 누군가가 있는 걸 발견했다. 가우스가 커튼을 걷자 카메라로 창밖을 찍고 있던 정순태가 나타났다. 아까 교무실 문이 열리는 소리가 들렸는데 그때 들어왔나 보다. 정순태는 순간 깜짝 놀랐다가 가우스를 보고 이내 미소를 지었다.

"누군가 했네. 가우스, 여기서 뭐 해?"

"김숙진 선생님이 꽃병의 물을 갈라고 하셨거든요. 풍경 사진을 찍고 계셨나 보군요?"

"응. 오늘 하늘이 정말 맑지 않니?"

가우스가 하늘을 쳐다보자 정순태가 재빨리 가우스의 팔을 잡아당겼다.

"있잖아, 가우스, 그게 중요한 게 아냐. 우리 반 출석부가 여분이 필요해서 그러는데 복사 좀 해 줘. 꼭 필요한 거니까 지금 당장 해 줄래? 물은 내가 갈게."

그러면서 정순태는 가우스가 들고 있던 꽃병을 가져가 버렸다. 가우스는 복사기를 켜면서 꽃병을 들고 가는 정순태를 주시했다. 그는 정 선생이 병을 깰 확률을 26퍼센트 정도로 예측했다. 가우스가 복사를 다 끝냈을 때 정 선생도 물을 간 꽃병을 들고 왔다. 그가 창턱에 무사히 꽃병을 내려놓을 때까지 가우스는 눈을 떼지 않았다.

교무실 문이 열리고 최인규가 들어왔다. 그는 가우스를 보자마자 표정이 차가워졌다. 아침에 있었던 일 때문에 아직도 분이 풀리지 않았던 것이다.

"너 뭐 하냐?"

최인규가 물었다.

"3학년 12반 출석부를 복사하고 있었습니다."

"출석부를 왜 복사해?"

"제가 하라고 시켰어요."

정순태가 함박웃음을 지으며 다가왔다.

"최 선생님, 회의는 다 끝났나요?"

"네, 방금 끝났어요."

"그렇군요. 최 선생님, 가우스는 참 착하고 성실한 로봇 같아요. 낮에 저 때문에 둘이 오해가 생긴 게 아직도 마음에 걸려서 그러는데, 둘이 친해질 겸 같이 소풍을 가는 건 어때요?"

"뭐라고요? 애랑 소풍을 가라고요?"

최인규는 어이가 없었는지 되물었다.

"네, 그렇게 하면 최 선생님도 로봇 교사를 점차 좋아하실……."

"무슨 이상한 소리를 하는 겁니까? 내가 왜 로봇을 좋아해야 하는데요? 나 참, 살다 살다 로봇이랑 소풍 간다는 소리를 다 듣네."

최 선생이 집게손가락으로 가우스의 가슴을 찔렀다.

"너 오늘 할 일 다 끝났어?"

"네."

"그럼 조용히 기어들어 갈 것이지 뭐 하러 여기 계속 서 있어? 쓸데없이 돌아다니니까 의심받는 거 아니야. 빨리 들어가."

"알겠습니다. 선생님들, 오늘 하루도 수고하셨습니다. 내일 뵙겠습니다."

가우스는 두 사람에게 공손히 인사하고 보관실로 들어갔다. 그리고 자기 자리에 앉아 팔에 충전기를 꽂았다.

그는 인터넷으로 지식의 바다를 탐색하는 틈틈이 아이들 생각을 했다. 방과 후 수업을 하는 네 명의 아이들을 떠올릴 때마다 그는 기분이 좋아졌다. 그들과 같이 있을수록 그는 자신이 발전하는 걸 느꼈다. 가우스는 성우와 현석이와 조윤이가 주의할 만한 부분이 좀 있긴 하지만 건강한 친구들이라고 생각했다. 다른 세 명보다 상대적으로 조용한 지훈이도 착하고 밝은 아이였다. 착하고 밝은 아이, 그건 세상에서 가장 소중한 존재다. 나는 아이들을 위해서 제대로 일하고 있는 걸까? 그의 자기평가는 시시때때로 달라졌다. 내일은 또 어떤 일이 일어날지 생각하며 가우스는 어둠 속에 잠겨들었다. 그는 내일 나갈 진도를 업데이트하면서 미리 프로그램을 구성했지만, 그가 고려하는 여러 가지 변수 중에 살인은 없었다.

시스템 오류

   가우스의 목요일 첫 번째 수업은 2교시였다. 2교시가 끝나고 가우스는 그다음 수업인 4교시를 기다렸다. 그날따라 최 선생은 안절부절못해 보였다. 다른 선생님이 괜찮냐고 물어볼 정도였다. 가우스는 그의 안색이 창백해서 빈혈인 것 같다고 조언했고 최인규는 신경 쓰지 말라며 화를 냈다. 나중에 알게 되었지만 그건 빈혈 때문에 그런 게 아니었다.

   4교시가 끝나는 종이 울리자 아이들은 총소리를 듣고 달려 나가는 경주마처럼 교실을 뛰쳐나갔다. 늘 이 시간에는 급식실을 향해 급류가 흘렀다. 가우스는 복도에서 달려가는 아이들과 부딪히지 않기 위해 애를 먹었다. 그는 교무실로 내려가는 계단에서 무리에 섞여 흘러가는 조윤이와 현석이를 발견했다. 두 친구도 가우스를 보고 인사를 했다. 그때 조윤이 옆에 있던 아이가 고개를 들었다. 지훈이였다. 지훈이가 손을 흔들면서 가우스에게 뭐라고 말했지만 계단을 가득 메운 소음 때문에 들리지 않았다. 가우스는 "얘들아, 방과 후 수업에서 보자."고 외치고는 교무실로 내려왔다. 그 때부터는 오후의 방과 후 수업 시간까지 수업이 없어서 그는 내내 보관실에 앉아 있었다. 가우스가 평소에 하던 서류 정리 작업도 그 날은 교감이 준 서류량이 적어서 일찍 끝났기 때문에 그는 4시까지 할 일이 없었다. 가우스는 앉아 있는 동안 인터넷 도서관에 접속해서 책을 읽었다.

그날은 6교시가 끝난 후 비정기 교무 회의가 있는 날이었다. 로 봇 교사들과 인간 교사 몇 명은 방과 후 수업을 하고 있었고 나머지는 모두 회의실로 가 버려서 교무실 안에는 가우스밖에 없었다.

가우스가 머릿속으로 체코의 역사를 읽고 있을 때였다. 보관실 바깥에서 무슨 소리가 들렸다. 끼익 하는 낮은 소리가 들리더니 잠시 후 조용히 교무실 문을 여는 소리가 났다. 가우스는 회의에 필요한 물건을 놓고 온 교사가 들어왔다가 나간 거라고 여겼다. 2분 정도 지나서 다시 누군가 문을 열고 들어오던 그때도 가우스는 여전히 체코에 대해 읽고 있었다. 백과사전에 따르면 로봇이라는 단어는 '일한다'는 뜻의 체코어 '로보타'에서 유래했다고 한다. 그는 그 사실을 알고 나자 체코에 더 흥미가 생겼다. 책을 좀 더 읽다가 가우스는 수업 준비를 위해 보관실을 나왔다. 교무실에는 여전히 아무도 없었다. 가우스는 교과서와 출석부를 챙겨 3학년 8반 교실로 향했다. 아이들이 하교한 이후라 학교는 조용했다. 방과 후 수업을 하는 교실에서만 나지막이 말소리가 들렸다. 아이들이 떠나고 텅 빈 학교는 버려진 건물 같았다. 아이들이 오래 떠난다면 학교는 정말로 버려진 건물과 다름없게 될 것이다. 아마 7월이 되어 여름방학이 오면 그렇게 되겠지. 계단을 올라가는데 어딘가에서 웅웅거리는 소리가 들렸다. 그 소리는 올라갈수록 점점 커졌다. 사람들이 웅성거리는 소리 같았다. 어디서 저런 소리가 나는 거지? 집에 가지 않고 남아 있는 반이 있나? 3학년 8반 교실이 있는 4층 복도로 나왔을 때 욕설과 비명이 가우스의 귀를 울렸다. 복도 한가운데에 학생들이 구름처럼 몰려 있었다. 그들은 흥분해서 제정신이 아니었다. 학생들이 모여 있는 곳은 3학년 8반 교실 바로 앞이었다. 그는 심상치 않은 일이 일어났다는 걸 직감했다. 학생들은 얼굴이 상기된 채 소리를 질러 댔고 울고 있는 아이도 보였다. 아이들 사이에 있는 교사 몇 명과 학교 수위 아저씨도 아이들만큼이나 당황해서 안절부절못하고 있었다.

"무슨 일인가요? 무슨 문제가 생겼나요?"

가우스는 그들에게 다가갔다. 다들 방과 후 수업 때문에 남아 있던 아이들 같았다. 왜 여기에 모여 있지? 가우스를 발견한 남자애 하나가 비명을 질렀다. 다른 아이들도 가우스를 보더니 황급히 물러섰다. 한 아이가 가우스를 가리키며 외쳤다.

"그 로봇이야!"

아이들은 공포에 질려 제정신이 아니었다. 도대체 이게 무슨 일이지? 왜 나를 보고 두려워하는 거야? 지금은 내 수업 시간이 맞는데. 그는 이 상황이 아이들의 장난일 확률을 계산했다. 가능성이 거의 없었다. 학생들뿐만 아니라 교사들까지 얼굴이 하얗게 질려 있었고, 무엇보다 저 표정들은 연기가 아니었다. 아이들이 가우스로부터 도망쳐 멀어지자 코앞에서 북적거리던 공간이 훤해졌다. 그래서 여태 인파에 가려져 있던 바닥의 광경이 눈에 들어왔다. 남학생 하나가 피를 흘리며 쓰러져 있었다.

비상 상황이다. 그의 머릿속 시스템이 수업 모드에서 비상 모드로 바뀌었다. 학생이 다쳤다. 그는 허둥지둥 아이에게 다가갔다. 바닥은 피바다가 따로 없었다. 머리에서 흘러나온 피가 넓은 웅덩이가 되어 퍼져 나가고 있었다. 쓰러진 학생은 머리칼이 온통 피에 젖은 채 얼굴에 달라붙어 있어서 얼굴을 알아볼 수 없었다. 교복 셔츠가 붉게 물들었고 바닥의 피는 바지까지 적시고 있었다. 얼굴 옆에는 피에 흠뻑 젖은 수건 하나가 뒹굴고 있었다. 가우스는 자신에게 저장되어 있는 비상시 행동 메뉴얼을 불러왔다. 그는 우선 주변에 있는 사람들에게 119에 신고해 달라고 말하려고 했다. 그런데 고개를 돌리다가 교복의 피 묻은 이름표가 눈에 들어왔다.

강지훈.

가우스는 얼어붙고 말았다. 주변에서 들리는 소음이 갑자기 사라졌다. 이름표에도 피가 묻어 있었지만 글자는 또렷했다.

"지훈아?"

그는 조심스럽게 얼굴에 붙은 머리칼을 떼어 냈다. 지훈이였다. 그는 고개를 흔들고 다시 보았다. 지훈이였다. 피범벅이었지만 그 정도는 알아볼 수 있었다.

그는 갑자기 머릿속이 하얘졌다. 회로가 타닥거리며 튀었다. 컴퓨터가 비상 작동 프로그램을 불렀으나 제대로 실행되지 않았다. 먼저 쓰러진 사람의 어깨를 가볍게 두드리며 괜찮냐고 큰 소리로 물어보세요. 아냐, 그건 심폐소생술이잖아. 그는 지훈이의 어깨를 두드리려 했지만 손이 말을 듣지 않았다. 손가락도 구부러지지 않았다. 가우스는 갑자기 일어났다. 그리고 다시 앉았다가 도로 일어섰다. 뭔가를 해야 한다. 그는 고개를 마구 두리번거렸다. 사람들이 멀찍이 떨어져 공포에 질린 채 이 광경을 보고 있었다. 그는 자신이 뭘 해야 하는지 완전히 모른다는 걸 깨달았다.

"도와주세요!"

가우스가 소리쳤다.

"119를 불러 주세요! 지훈이가 다쳤어요!"

하지만 아무도 움직이지 않았다. 가우스는 그들의 표정을 분석할 수 없었다. 도대체 왜 이러는 거지? 시스템에 에러가 생겼나? 과부하로 인한 에러 같았다. 갑자기 맞닥뜨린 상황에 정보처리 능력이 급격히 다운된 것이다. 그는 계속 앉았다 일어나기를 반복했다. 일어나서 어딘가로 가려고 했는데 어디로 가야 할지 몰라서 앉았다가 다시 일어났다. 그러다가 왼손을 지훈이의 가슴에 올렸다. 심장 박동이 느껴지지 않았다. 하지만 아직 살릴 수 있을지도 모른다. 가우스는 벌떡 일어나서 인간들에게 말했다.

"제발 좀 도와주세요."

그는 자신이 제대로 말했는지 확신할 수 없었다. 스피커에서 정상적인 음성 신호가 배출되지 않았다. '제발 좀'까지만 알아들을 수 있었고 그 뒤로 소리가 뒤엉켜 소름끼치는 소리가 났다. 가우스는 자신을 보고 있는 아이들에게 비척거리며 다가갔다. 무서워서 울고 있던 아이들이 일제히 소리를 지르며 도망쳤다. 복도는 순식간에 아수라장이었다. 중간에 끼여 넘어진 아이들을 밟고 뒤에 있던 아이들이 계단을 달려 내려갔다. 저러다 계단에서 넘어지면 다치는데. 며칠 전 서울의 한 초등학교에서 학생 한 명이 계단에서 넘어져 큰 부상을 입는 사고가 발생했습니다. 그가 검색하지 않았는데도 시스템은 자동으로 인터넷에서 연관 기사를 찾았다. 그만 하려고 했지만 멈춰지지 않았다. 그는 넘어져서 울고 있던 아이를 일으켜 세웠다. 아이는 악을 쓰면서 가우스를 발로 차고 도망쳐 버렸고, 그는 그 바람에 주저앉고 말았다. 자신의 몸을 내려다보니 그도 지훈이처럼 손발에 피가 묻어 있었다. 순간적으로 그는 이게 자신의 피일지도 모른다는 착각이 들었다. 나도 피를 흘릴 수 있을까? 피는 골수 조직의 조혈모세포에서 만들어진다. 백혈구와 적혈구 같은 혈구와 액체 성분인 혈장으로 이루어져 있다. 뭐라고? 무슨 생각을 하는 거지? 가우스는 다시 지훈이에게 다가갔다. 지훈이는 눈꺼풀이 반쯤 감겨 있었다. 가우스는 어깨를 살짝 두드리며 소리쳤다. 지훈아, 괜찮아? 내 말 들리니?

계단에서 시끄러운 소리가 들렸다. 교사 몇 명이 올라와 복도에서 그 모습을 보자마자 기겁하며 물러났다. 가우스는 그들에게 뭐라고 말을 하려 했지만 목소리가 나오지 않았다. 그는 천천히 몸을 일으켰다. 그들에게 한 걸음 내미는데 계단에서 다른 사람들이 나타났다.

경찰이었다. 가우스는 정신이 들었다.

"여기예요! 여기 다친 학생이 있어요!"

그는 지훈이를 가리켰다.

"경찰관님, 어서 도와주세요! 저는 이곳의 로봇 교사입니다. 수학을 담당하고……."

"저게 그랬어요! 저 로봇이 죽였다고요!"

여학생 하나가 가우스를 가리키며 소리쳤다. 옆에 있던 남학생도 외쳤다.

"저희가 봤어요! 저 로봇이 그랬다고요!"

경찰이 오자 다시 아이들이 몰려들었다. 경찰은 학생들을 제지하며 천천히 가우스에게 다가왔다. 가우스는 위압감을 느끼고 저도 모르게 한 발짝 물러섰다. 키가 큰 경찰 하나가 위협적으로 손을 뻗었다.

"그 자리에 가만히 있어."

다른 경찰이 허리춤에서 수갑을 꺼냈다.

"받아. 네 손목에 직접 채워."

그가 던진 수갑이 가우스의 가슴에 맞고 떨어졌다. 가우스는 핏물 위에 떨어진 수갑을 내려다보았다.

"수갑을 차고 천천히 앞으로 나와라. 명령이다."

비상 상황을 분석하는 연산이 계속 끊겨서 초기화되었다. 가우스는 시스템을 제어하려 했지만 이미 통제권을 잃은 상태였다. 그는 정신을 잃지 않으려고 안간힘을 썼다. 스피커에서 흘러나오는 자신의 목소리가 들렸다.

"이걸 왜 저에게 주시는 건지 물어봐도 될까요?"

"빨리 수갑 차고 앞으로 나와! 명령이야!"

"저는 아무 짓도 하지 않았습니다."

경찰들은 서로 시선을 교환했다. 난감한 표정이었다. 그들은 생전 처음으로 로봇을 체포해야 하는 상황에 맞닥뜨린 것이다. 경찰들이 진압봉을 꺼냈다. 그들이 피의 경계선 안으로 들어오자 가우스는 화들짝 물러섰다. 그는 피 묻은 손을 내저으며 말했다.

"경찰은 미란다원칙을 고지해야 할 의무가 있습니다. 저를 무슨 혐의로 체포하시려는 겁니까?"

경찰들이 그 자리에 멈춰 섰다. 그들은 쓰러진 지훈이 너머에서 어이없다는 표정으로 서로를 쳐다봤다. 키가 큰 경찰이 말했다.

"너를 살인사건의 용의자로 체포한다."

"살인이요? 저는 지훈이를 죽이지 않았어요! 지훈이는 아직 살아 있을지도 몰라요. 빨리 구급차 좀 불러 주세요, 제발!"

왼쪽의 경찰이 말했다.

"이미 불렀어. 그러니까 명령을 들어. 얌전히 수갑 차고 따라와."

"싫어요."

"뭐?"

"제가 그런 게 아닙니다. 전 그렇게 못 하겠습니다."

경찰들은 잠시 가만히 서 있었다. 가우스는 그들의 표정을 읽으려고 애썼다. 그들이 서로에게 조용히 신호하는 걸 보고 가우스는 자기도 모르게 움츠러들었다. 그의 발 앞에 있는 지훈이는 미동도 없었다. 아까 점심시간에 봤을 때만 해도 아무 문제 없었는데…….

키 큰 경찰이 물었다.

"네 담당 과목이 뭐지?"

"수학입니다."

"이 학교에 언제 왔어?"

"올해 2월……."

오른쪽에 있던 경찰이 몸을 날렸다. 가우스가 재빨리 피했지만 동시에 모든 경찰이 덤벼들었다. 가우스는 붙잡힌 몸을 빼내려 했지만 순식간에 경찰들이 그를 넘어뜨리고 깔고 올라탔다. 다섯 명의 장정이 몸을 짓누르자 몸에서 삑 하는 위험 신호음이 났다. 탄소 근육이 수축되면서 오른팔에 금이 갔다. 가우스는 바닥에 얼굴을 댄 채로 소리쳤다.

"제가 그러지 않았습니다! 자세히 설명해 드릴 테니 그만 내려와 주시겠어요?"

입에 있는 스피커가 바닥에 눌려 웅얼거리는 소리만 났다. 경찰이 가우스의 팔을 뒤로 돌려 손목에 수갑을 채웠다. 가우스를 결박하고 일으켜 세운 뒤 경찰은 가우스의 양팔을 잡고 끌고 갔다. 가우스는 끌려가면서 고개를 돌려 지훈이를 쳐다봤다. 반대쪽 복도에서 들것을 들고 구급대원들이 뛰어오고 있었다. 지훈이는 피바다 위에 떠 있는 섬 같았다.

경찰이 가우스를 끌고 가는 동안 점점 많은 아이들이 몰려왔다. 그들은 피투성이가 된 채 수갑을 차고 연행되는 수학 로봇을 보고 눈이 휘둥그레졌다. 놀란 건 교사들도 마찬가지였다. 복도에서 가우스와 눈이 마주친 김숙진은 말을 잇지 못했다. 아이들이 선생님에게 어떻게 된 거냐고 묻는 소리가 등 뒤에서 들렸다. 하지만 대답은 들리지 않았다.

운동장에 경찰차 두 대가 서 있었다. 경찰차 주변에 학생들이 모여 있었고 무슨 소란인가 보러 온 외부인들도 있었다. 그 와중에도 휴대폰을 내밀고 가우스를 찍으려는 아이들 때문에 경찰과 가우스는 제대로 걷지 못했다. 아이들을 밀치면서 경찰이 비키라고 소리질렀다. 경찰 하나가 간신히 차 문을 열고 차 안으로 가우스를 밀어 넣었다. 동시에 반대편 자리에 탄 다른 경찰이 가우스의 손목에 채워진 수갑을 차 천장의 걸쇠에 걸었다. 가우스의 오른쪽에 경찰이 한 명 탔고 운전석과 조수석에도 한 사람씩 앉았다. 차 문이 닫히자 온갖 소음들이 갑자기 사라졌다.

"경찰관님, 정말 죄송하지만 저는 아직도 이해가 안 됩니다. 저한테 왜 이러시는 건가요? 제가 살인을 했다는 건가요?"

옆에 있던 경찰이 한숨을 쉬었다.

"그래."

"저는 살인자가 아닙니다! 제가 지훈이를 죽인 게 아니에요!"

"알았으니까 조용히 해."

차에 시동이 걸렸다. 가우스는 무서워서 제정신이 아니었다. 있을 수 없는 일이었다. 그는 심지어, 덜덜 떨고 있었다.

"이제 전 어떻게 되는 건가요? 절 어디로 데려가는 거죠? 유치장에 갇혀 조사를 받게 되나요?"

조수석에 탄 경찰은 말없이 가우스를 쳐다봤다. 이상하게도 그 역시 혼란스러워 보였다.

"경찰관님, 제가 복도에 도착했을 때는 이미 지훈이가 살해당한 상태였습니다. 제발 믿어 주세요."

"도대체 어떻게 된 거야? 로봇이 사람을 죽이는 게 말이 돼?"

운전석의 경찰이 내뱉었다.

"더군다나 교육용 로봇이잖아."

"맞습니다, 전 교육용 로봇입니다. 저는 초원에서 만든 중등수학 교육용 인공지능 버전 4.2331입니다."

"알겠어, 알겠으니까 조용히 좀 해라. 너 지금 흥분한 것 같아."

옆에 앉은 경찰이 가우스의 머리를 가볍게 한 대 때렸다. 차가 움직이기 시작했다. 앞에 있던 다른 경찰차 한 대가 먼저 교문을 통과했다. 가우스가 다시 물었다.

"저는 이제 어떻게 되는 건가요?"

옆자리 경찰이 말했다.

"일단은 경찰서에 가고, 그다음에는 초원에 널 갖다줘야겠지. 그럼 거기서 널 분해해서 문제가 뭔지 분석하겠지."

"그럼 분해한 다음에 다시 조립시켜 주시는 건가요?"

"결과가 어떻든 간에 넌 영구 폐기 처분이야. 살인을 한 로봇을 다시 사용할 수는 없으니까."

"저는 지훈이를 죽이지 않았습니다!"

"알았으니까 조용히 좀 하라고!"

조수석 경찰이 버럭 소리를 질렀다. 가우스는 입을 다물었다. 차는 정문을 나와서 내리막길을 빠른 속도로 내려가기 시작했다. 정신을 집중하자. 가우스는 흥분을 가라앉히기 위해 애썼다. 생전 처음 해 보는 일이었다. 여기서 빠져나가야 해. 이 상황에서 벗어나야 한다고. 그는 가동 중인 모든 프로그램을 중지시키고 도망칠 수 있는 방법을 찾기 시작했다. 과부하로 잠시 에러가 났던 시스템이 다시 빠르게 돌아가기 시작했다. 그는 자신을 묶은 수갑을 살펴봤다. 수갑은 천장에 단단히 고정되어 있었다. 이걸 풀 수 있는 방법은 없었다. 그가 본 몇몇 영화에서는 가느다란 바늘이나 철사로 수갑을 풀었지만 이 수갑은 열쇠를 사용하지 않는 반자동 수갑이라 열쇠 구멍이 아예 없었다. 이런 수갑을 풀려면 코드키가 필요했다. 그는 인터넷에 접속해서 포털사이트 전체를 누비며 반자동 전자 수갑을 푸는 방법을 찾아다녔다. 수갑의 제조사 홈페이지에는 자사의 제품이 고장이 나도 풀리지 않는다고 나와 있었다. 결국 코드키가 없으면 수갑을 풀 수가 없다. 가우스는 효율적인 연산을 위해 수갑 푸는 방법을 단념하고 이 자동차가 어떤 차인지 검색했다. 현대자동차에서 만든 2세대 전기 자동차의 경찰용 모델. 이 차의 문은 운전석에서 잠그면 안에서는 열 수가 없었다. 가우스는 일반 성인 남성과 비슷한 힘을 가졌고 인간을 구조해야 하는 비상시에는 잠깐 동안 평상시의 세 배나 되는 힘을 낼 수 있었다. 하지만 이 문은 강화 알루미늄으로 만들어진 문이었다. 그는 이 문을 부술 수 없었다. 그럼 창문은? 두께가 일반 승용차의 1.5배인 강화유리였다. 역시 쉽게 깨지지는 않을 것이다. 그는 소방청 홈페이지의 안전 메뉴얼에서 차에 갇혔을 때 유리를 깨고 나오는 방법을 찾아냈다. 거기에 따르면 차량의 유리는 모서리에 충격을 가해야 쉽게 깨진다고 했다. 소방청은 비상시를 대비해 차 안에 항상 유리를 깨는 비상 망치를 휴대하라고 조언했지만 옆에 앉은 경찰이 망치를 빌려줄 것 같지는 않았다.

이 모든 과정을 거쳐 그가 창문을 깨고 나가야 한다는 결론을 내리기까지 걸린 시간은 1초도 채 되지 않았다. 학교 정문에서 도로까지는 내리막길이었다. 이 내리막길은 중간에 오른쪽으로 꺾어진다. 대부분의 경찰차가 그렇듯 이 차 역시 속도를 줄이지 않고 커브를 돌 수 있을 것이다. 그는 몸으로 느껴지는 자동차의 속도를 계산했다. 그는 차가 우회전하는 순간 왼쪽으로 가해지는 원심력에 몸을 실어 창문의 아래쪽 모서리를 발로 차 깨뜨리기로 했다. 가우스는 우선 온몸의 탄소 근육을 압축시켰다. 사람과 마찬가지로 휴머노이드인 가우스도 다리를 지탱하는 근육의 비중이 가장 컸다. 그는 유리를 깨는 모습을 머릿속으로 시뮬레이션했다. 차의 속도가 점점 높아졌다. 도로가 꺾어지는 각도와 유리에 충격을 가하는 각도가 일치해야 충격을 극대화시킬 수 있었다. 가우스는 조심스럽게 오른쪽으로 몸을 옮겼다. 한 번에 성공해야 한다. 유일한 문제는 수갑을 찬 손목이었다.

그는 손목의 근육량을 최대한 빼고 다리와 발에 허용 한도의 세 배의 힘을 낼 수 있도록 비상 작동을 허가했다. 비상 프로그램이 작동하자 눈의 렌즈가 붉게 깜박거리기 시작했다. 학교에서 사고가 나서 인명 구조를 해야 하는 상황을 제외하면 이 상태는 잠겨 있어야 한다. 그는 자율적으로 비상 프로그램을 가동시켰다.

가우스는 로봇 보관실에 예비용 부품이 어디 있는지 알고 있었다. 그게 지금도 있기를 바랐다. 지훈이의 얼굴이 떠올랐다. 그는 머리를 흔들어 그 생각을 쫓아냈다. 지금은 여기에만 집중해야 해. 수갑을 잡아당겨 손목의 가장 가느다란 곳에 걸쳤다. 옆에 있던 경찰이 눈길을 줬다. 허튼짓하지 말라는 표정이었다. 교육용 로봇이면 이 정도 눈치는 있어야 한다. 그는 지금 명령을 어기고 있었다.

차가 코너를 돌았다. 예상대로 속도는 줄어들지 않았다. 바로 그 순간 그는 튕기듯이 몸을 날렸다. 있는 힘껏 발로 차자 창문 밖으로 단번에 왼발이 빠져나왔다. 거의 동시에 그는 남은 유리를 오른발로 차 깨뜨리고 허리까지 빠져나왔다. 경찰관들이 소스라쳤다. 뒷좌석의 경찰이 가우스의 팔을 잡고 매달렸다. 가우스는 발로 자동차 문을 딛고 몸을 힘껏 잡아당겼다. 양 손목이 모두 뽑힌 채로 상체가 쑥 빠져나왔다. 그는 아스팔트 위에 나동그라졌다. 차가 멈췄다. 운전석의 경찰이 허겁지겁 나오려다 안전벨트에 걸려 허우적거렸다. 가우스는 몸을 일으켜 교문을 향해 달렸다. 경찰차에서 사이렌이 울리기 시작했다.

그는 낼 수 있는 최대속도로 교문을 통과하고 운동장을 가로질러 교무실로 달렸다. 운동장에 있던 아이들이 가우스를 가리키며 소리를 질렀다. 뒤에서 경찰의 고함 소리가 들렸다.

"멈춰라! 명령이다!"

그는 그 말에 잠시 주춤했지만 이내 다시 달리기 시작했다. 운동장에서 야유와 환호성이 동시에 터졌다. 그가 어찌나 빨리 달리는지 발이 땅에서 떨어질 때마다 윙 하는 소리가 났다. 그는 계단을 한 번에 일곱 개씩 뛰어 올라가 학교로 들어갔다. 순식간에 교무실에 도달한 가우스는 손이 없어서 교무실 문을 어깨로 밀고 들어갔다. 안에는 교사 세 명이 있었다. 가우스는 깜짝 놀란 그들을 지나쳐 로봇 보관실 안으로 뛰어 들어갔다. 보관실 안에는 아무도 없었다. 평소였다면 그도 지금 교실에 있어야 했다. 그는 어깨로 보관실의 문을 밀어 닫았다. 문 옆에는 로봇 교사의 예비 부품이 들어 있는 커다란 분홍색 캐비넷이 있었다. 그는 잘린 손목으로 캐비넷 안에 있는 상자를 당겨 안에 든 것을 바닥에 쏟았다. 이건 메모리 칩이군. 그는 다른 상자를 하나 더 쏟았다. 밖에서 문을 열려고 해서 가우스는 등으로 문을 밀어 막았다.

"가우스, 너 지금 뭐 하는 거야?"

김숙진이었다. 그녀의 떨리는 목소리 뒤로 정순태의 목소리도 들렸다.

"이게 도대체 어떻게 된 일이에요?"

정순태는 울먹이고 있었다. 가우스는 문을 막은 발에 체중을 싣고 상자를 뒤졌다. 여러 가지 수리용 부품 사이에 로봇 손 두 개가 있었다. 가우스는 문에 등을 기대고 앉아 발로 오른손목의 이음새를 푼 뒤 상자에서 꺼낸 손에 손목을 대고 눌렀다. 팔에 고유 번호를 전송하고 손목을 발로 몇 번 감아 주자 저절로 연결되기 시작했다.

"가우스! 문 열어!"

교감이 문을 두들기며 새된 소리를 질렀다. 평소에도 고음이던 교감의 목소리는 흥분해서 찢어질 것 같았다.

"명령이야, 이놈아! 명령이라구!"

교감이 힘껏 문을 밀었다. 가우스의 몸이 들썩였다.

"안 되겠어, 빨리 경찰 불러!"

"그만하세요! 지금 상황이 너무 이상하다고요."

정순태가 흐느꼈다. 뒤이어 교무실 문이 거칠게 열리는 소리가 들렸다. 경찰이었다. 교사들이 소리쳤다.

"이쪽이에요! 이 안에 그놈이 있어요!"

오른손이 완전히 부착되었다. 가우스는 주먹을 몇 번 쥐었다 폈다. 완벽했다. 그 순간, 쾅 하고 뭔가가 문을 들이받는 바람에 가우스는 앞으로 고꾸라졌다. 경찰이 문에 몸을 날린 것이다. 왼손은 붙일 시간이 없었다. 가우스는 오른손으로 왼손을 집어 들었다.

"자, 다시. 하나, 둘, 셋."

경찰이 다시 몸을 던지는 순간 가우스는 문을 활짝 열었다. 경찰 두 명이 보관실 안으로 굴러 들어왔다. 아까 같은 차에 탔던 경찰들이었다.

"죄송합니다."

가우스는 그들을 뛰어넘었다. 겁먹은 교사들이 황급히 몸을 피했다. 가우스는 한 손에 한 손을 든 채 교무실 문을 나가려 했다.

"가우스, 멈춰!"

김숙진이 소리쳤다. 그 말에 가우스는 반사적으로 멈추고 뒤를 돌아봤다. 인간들은 공포에 질린 얼굴이었다. 그는 인간들이 자신을 그런 눈으로 보는 걸 처음 봤다.

그는 아주 잠깐 머뭇거렸지만, 이내 교무실 밖으로 달려 나갔다.

그사이 운동장에는 사람이 더 모여들어 시끄러웠다. 경찰관들이 진압봉을 휘두르며 달려왔다. 경찰을 피하려다 진압봉에 몇 번 맞았지만 그 정도로는 끄떡없었다. 가우스는 오른손으로 왼손을 움켜쥐고 자신에게 달려드는 경찰을 요리조리 피해 달렸다. 미식축구를 하는 기분이었다. 그는 NFL 최고의 러닝백보다 빠른 속도로 상대 수비진을 피해서 교문을 빠져나왔다. 그는 멈추지 않고 계속 달렸다. 교문 아래 도로를 나와 학교 옆의 공원을 지나서도 멈추지 않았다. 이틀 전 밤에 네 명의 아이들과 함께 갔던 길을 달리다가 성당을 옆으로 꺾어서 계속 뛰었다. 행인들이 그를 보고 놀라서 쳐다봤다. 그들은 저렇게 정신없이 뛰어가는 로봇을 한 번도 본 적이 없었다. 난 지금 어디로 가고 있는 거지? 그 자신도 알 수 없었다. 피투성이로 쓰러져 있던 지훈이가 떠올랐다. 그는 그 모습에서 멀어지려고 쉬지 않고 달렸다.

가우스는 목동역 주변의 작은 골목 안에 숨어 있었다. 문 닫은 지 오래된 술집과 역시 아무도 찾지 않는 듯한 초라한 카페 옆이었다. 술집 위층에는 점포를 판다는 현수막이 걸려 있었다. 그는 골목 안의 쓰레기통 옆에 웅크리고 앉아 있었다. 한동안 아무 생각 없이 계속 달리다가 이곳으로 들어온 것이다. 왜 여기서 멈춘 건지 자신도 알 수 없었지만 골목 안 쓰레기통 뒤에 숨고 나서야 자신이 그렇게 행동한 이유를 깨달았다. 여긴 조용하잖아. 아무도 없거든. 그는 자신이 직관적으로 판단하고 행동했다는 사실이 놀라웠다. 하지만 그를 놀라게 한 건 그것뿐만이 아니었다. 모든 게 믿을 수 없었다. 그는 바닥에 앉아 왼손을 연결했다. 손이 하나 생겨서 오른손을 붙일 때보다는 훨씬 쉬웠다. 손을 붙인 뒤 그는 머릿속으로 인터넷을 뒤지기 시작했다. 모든 포털사이트가 신양중학교에서 일어난 살인사건으로 도배되어 있었다. 그는 사건을 보도한 기사를 하나도 빠짐없이 모두 읽었다. 경찰은 두 시간 전에 그를 살인

용의자로 지목하고 공식적으로 수배령을 내린 상태였다. 세계 최초로 로봇에게 현상수배가 떨어진 사건이라 국내 언론은 물론 외신에서도 야단이었다. 가우스의 사진과 제원이 모든 뉴스에서 여러 번 반복되어 나왔다. 물론 그건 전국 중학교에 있는 수백 개의 로봇 교사들과 정확히 똑같은 정보였다. 교육청에서는 긴급 공지를 내려 교육용 로봇의 사용을 중지시켰다. 신양중학교는 물론이고 전국의 중학교에서 방과 후 수업을 하던 로봇들이 수업 도중에 소집되어 배터리가 분리된 채 보관실이나 체육관에 널부러져 있는 모습이 뉴스에 나왔다.

가우스는 8시부터 시작된 뉴스에 접속했다. 로봇공학자 한 명이 아나운서와 이야기를 나누고 있었다. 아나운서는 박사에게 어떻게 로봇이 인간을 살해하는 일이 일어난 거냐고 물었다.

"원칙적으로는 있을 수 없는 일이죠."

박사가 딱 잘라 말했다.

"하지만 설계상의 오류라면 이야기가 달라집니다. 초원이 인공지능을 제작하는 과정에서 로봇 원칙에서 벗어난 행동이 생길 변수를 제대로 계산하지 못한 것 같습니다. 현재로서는 그렇게 보입니다."

"그 말씀이 사실이라면 초원이 책임을 피하기 어려울 것 같군요?"

가우스는 채널을 돌렸다. 경찰청에서 기자회견을 하고 있었다. 브리핑에 따르면 경찰은 가우스가 범인이라는 결정적인 증거를 일찌감치 확보해 둔 상태였다. 복도에 설치된 CCTV 영상이 그것이었다. 경찰은 사건 발생 당시의 영상을 언론에 공개했다.

오후 3시 39분. 텅 빈 3학년 8반 교실에 신양중학교 3학년 학생인 피해자 강 군이 들어온다. 이 학생은 평소 용의자와 친한 사이인 걸로 밝혀졌다. 피해자는 매일 오후 4시에 시작하는 방과 후 수업을 듣는데 오늘은 평소와 달리 20분가량 일찍 도착했다. 3학년 교실 복도에 감시 카메라가 설치되어 있어서 피해자가 교실로 들어가는 모습과 정확한 시각이 기록되어 있었다.

그리고 약 2분 후 교무실 문 앞에 설치된 CCTV에 로봇 하나가 교무실을 나오는 모습이 포착된다. 중등수학교육용 인공지능 버전 4.2331(속칭 가우스)이다.

로봇은 작은 가방 하나를 들고 교무실을 나와 3학년 8반까지 빠른 속도로 뛰어간다.

로봇은 3학년 8반 교실 앞에 도착한 뒤 교실 문을 열고 안을 들여다본다. 그러자 잠시 후 피해자가 밖으로 나온다. CCTV에는 소리가 기록되지 않아서 확실하지 않지만 아마 로봇이 피해자를 복도로 나오라고 불러낸 것으로 추정된다.

복도로 나온 피해자는 로봇이 뭔가를 말하자 몸을 돌려 복도를 걷기 시작한다. 그때 뒤에 있던 로봇이 가방 안에서 뭔가를 꺼낸다.

범행 도구인 스패너였다. 교무실의 공구통에 있던 물건으로 밝혀졌다. 또 다른 하나는 교무실 물품함에 있던 수건이었다.

피해자가 두 걸음을 채 떼기도 전에 로봇이 뒤에서 피해자의 머리에 수건을 덮는다. 그리고 그와 동시에 스패너로 머리를 내려친다. 전광석화 같은 움직임이다.

피해자는 단 한 번의 공격으로 주저앉는다. 하지만 로봇은 한 번 더 스패너를 휘두른다. 피해자가 쓰러지자 로봇은 머리에서 수건을 벗겨 얼굴을 확인한다. 그리고 스패너를 복도에 내려놓고 다시 왔던 길을 뛰어가기 시작한다.

로봇이 다시 교무실에 들어간 건 교무실을 나선 지 2분도 채 지나지 않은 때였다. 로봇은 2분 만에 학생 하나를 죽이고 제자리로 돌아간 것이다.

그리고 12분 후인 3시 55분, 로봇이 다시 교무실을 나온다. 로봇은 12분 전에 뛰어온 복도와 계단을 다시 걸어가 3학년 8반 교실로 향한다. 그때는 이미 복도에서 피해자를 발견한 아이들이 시체를 둘러싸고 있었다. 로봇이 그들에게 다가간다. 로봇이 그들 사이를 기웃거리자 로봇을 발견한 학생 한 명이 비명을 지른다. 이 학생은 목격자였다. 로봇을 발견한 아이들이 겁에 질려 도망친다. 로봇은 아무 일도 없었던 것처럼 아이들에게 다가간다. 그리고 쓰러진 피해자를 발견하고 시체를 만지더니 갑자기 앉았다 일어나는 이상한 행동을 반복하기 시작한다.

경찰은 다른 각도에 있는 CCTV 영상도 공개했다. 계단 옆에 있는 감시 카메라는 가우스가 지훈이를 내려치는 순간을 정면에서 포착했다. 그리고 복도의 사물함을 열다가 그 장면을 목격한 학생 두 명이 경악하는 모습도 담겨 있었다. 흔들릴 수 없는 증거와 목격자까지 있었다. 도저히 빈틈을 찾을 수 없었다.

하지만 이건 말이 안 된다. 가우스는 분명 살인이 일어난 바로 그 시각에 로봇 보관실에 얌전히 앉아 있었다. 그는 자신이 그때

전자도서관에서 무슨 책을 읽고 있었는지도 기억했다. 그의 기억력은 완벽했다. 인간들의 조잡한 기억력과는 차원이 달랐다. 그는 자신이 과거에 경험한 모든 것을 머릿속에서 지금 이 순간처럼 생생하게 떠올릴 수 있었다. CCTV 영상에서 '가우스'가 교무실 문을 나온 3시 41분에서 살인을 하고 다시 교무실로 들어간 43분 사이에 그는 분명 보관실 안에 있었다. 하지만 영상에 나오는 건 분명히 자신의 모습이었다. 다른 로봇이 아니었다. 신양중학교에는 일곱 명의 로봇 교사가 있었지만 그들의 외양은 서로 다른 색깔로 확실히 구분된다. 어깨가 갈색으로 꾸며진 저 로봇은 분명 가우스였다. 그리고 무엇보다도, 그 시각에 교무실에 있던 건 사람과 로봇을 모두 포함해서 오직 가우스뿐이었다.

가우스가 한 번도 겪어 보지 못한 불안감이 엄습했다. 현실 자체가 오류에 빠진 느낌이었다. 피투성이가 된 지훈이의 모습이 다시 떠올랐다. 피바다 한가운데에 떠 있던 섬. 그는 그 생각을 쫓으려고 머리를 흔들었다가 기억을 지우려 하는 자신의 행동이 거북해졌다. 그는 아까부터 계속 불안과 공포에 시달리고 있었다. 시스템에 심각한 오류가 생긴 게 분명했다. 다시 지훈이가 생각났다. 지훈이는 아무리 흔들어 봐도 나무토막처럼 반응이 없었다. 지훈아, 괜찮니? 선생님 말 들려?

정신이 너무 혼란스러워서 생각에 집중을 할 수가 없었다. 그는 머릿속에서 지훈이의 모습을 밀어내기 위해 다시 인터넷에 접속했다. 경찰은 학교의 모든 CCTV 영상을 확인하는 중이라고 했다. 그 말에 가우스는 실낱같은 희망을 가졌지만 오히려 그의 혐의를 강화하는 증거만 나왔을 뿐이었다.

이틀 전 그가 한밤중에 몰래 학교를 나간 일이 드러난 것이다.

경찰은 이틀 전의 학교 CCTV 영상에서 가우스가 밤중에 학교를 나갔다가 몇 시간 후 다시 들어오는 걸 확인했다. 가우스가 밖에 나가 뭘 했는지는 아직 밝혀지지 않았다. 하지만 이유가 무엇이든 이건 심각한 일이었다. 어떤 이유로도 로봇 교사는 학교 밖으로 무단 외출을 할 수 없었다. 그건 로봇이 하면 안 되는 짓이었다. 학교 관계자들은 그날 가우스에게 학교 밖으로 나가야 하는 어떤 일도 시키지 않았다고 단언했다. 경찰은 가우스가 밤중에 외출한 이유가 뭔지 조사 중이라고 했지만, 언론에서는 벌써 이걸 근거로 가우스가 상습적으로 이상행동을 했던 로봇이며 살인을 할 수 있는 존재로 단정 짓고 있었다. 그 일이 이렇게 의심받을 줄이야. 그는 불안감이 점점 커지는 걸 느꼈다. 베팅 업소를 갔다는 사실까지 경찰이 알아내면 안 되는데. 그렇게 된다면 그날 함께 간 아이들까지 문제에 휘말린다.

그는 포털의 모든 뉴스와 기사를 검색해 읽어 치웠다. 점점 기사가 누적되면서 언론과 SNS를 통한 정보가 너무 많아 감당하기 어려웠다. 그는 다시 아까의 뉴스로 돌아갔다. 로봇공학자가 여전히 아나운서와 이야기하고 있었다.

"그렇다면 확실히 하고 넘어가야 할 것 같습니다. 교수님, 교육용 로봇에게 문제가 생겨서 로봇이 살인을 할 가능성이 있나요?"

"우선 합법적으로 생산되는 인공지능, 즉 로봇 원칙을 준수하는 인공지능에게는 살인이라는 변수가 생길 수 없습니다. 유일한 가능성은 살인을 한 그 로봇에게 제대로 된 원칙이 내재되어 있지 않았을 경우입니다. 모든 로봇에게 적용하도록 정해진 원칙을 초원에서 의도적으로 무시했다고 하면 어떨까요? 전 그럴 가능성이 크다고 봅니다. 이 로봇은 학생을 죽이기 전에도 알 수 없는 이유로 혼자 밤에 학교를 빠져나가는 등의 이상행동을 했습니다. 이 로봇이 여태 멀쩡해 보이다가 갑작스러운 이상 증세를 보이는 것도 그런 맥락에서 보면 이해할 수 있죠."

"원칙을 의도적으로 무시했다는 말씀은……."

"아마 초원에서 어떤 실험을 했던 게 아닐까 싶습니다. 로봇은 정해진 원칙대로만 행동하기 때문에 중학생들이 로봇 교사에게 친밀감을 느끼기 어렵죠. 그래서 겉으로 보기에는 다른 로봇과 다를 바 없지만 원칙을 벗어난 로봇을 몇 개 만들어서 다른 일반 로봇 교사들 사이에 끼워 넣는 겁니다. 그렇게 해서 인공지능이 다양한 상황에서 일으키는 행동들의 데이터를 수집한다면 초원의 인공지능 연구에 큰 도움이 될 것입니다. 이미 대학에서는 통제된 환경에서 그런 실험을 하고 있습니다. 단지 초원은 실제 학생들을 대상으로 그런 실험을 한 것 같습니다."

뭐라고? 이게 무슨 소리야?

"그런데 문제는 원칙에서 너무 벗어난 변수까지 허용한 나머지, 뭐랄까, 로봇의 마음이 어느 순간 갑자기 뒤틀렸다고 할까요? 아무튼 한계치를 너무 올리는 바람에 학생을 살해하는 사고가 생긴 것 같습니다. 물론 이건 어디까지나 제 가설에 불과하지만요."

아나운서는 시청자들이 교수의 말을 충분히 음미할 수 있도록 잠시 기다린 다음 말했다.

"초원이 학생들을 상대로 실험을 했을 거라는 가설이군요. 지금으로선 확신할 수 없지만 경찰의 명령을 무시하고 도주한 걸로 볼 때 박사님의 의견에 설득력이 있는 것 같습니다. 그럼 마지막으로, 지금 그 로봇은 어디에 있을까요?"

"글쎄요, 지금으로서는 그 로봇에 대해 예측할 수 있는 사실이 많지 않습니다. 사실 그 로봇이 왜 살인을 했는지조차 짐작하기 어렵습니다. 어쩌면 그 로봇 자신조차 모를 수도 있어요. 그 로봇은 논리적인 판단 과정을 거쳐 살인을 실행한 게 아니라 스스로도 자각하지 못하는 상태에서 일을 저질렀을지도 모릅니다."

"자기가 무슨 짓을 하는지 모르는 상태에서 살인을 했다는 건가요?"

"그렇죠. 아예 기억 자체가 없을지도 몰라요. 시스템에 오류가 생긴 인공지능 중에는 실제로 그런 경우가 가끔 있습니다. 로봇이 자신이 한 행동을 기억하지 못하거나 왜 그런 행동을 했는지 스스로도 이해하지 못하는 겁니다. 원칙에서 벗어난 로봇에게 그런 오류가 발생한다면 이처럼 극단적인 상황도 충분히 나타날 수 있습니다."

배터리가 10퍼센트밖에 남지 않았다는 경고가 떴다. 지금 당장 충전하지 않으면 머지않아 작동이 중지될 것이다. 하루 종일 전속력으로 달려서 배터리가 빠른 속도로 소모되었던 것이다. 그리고 믿을 수 없는 일을 연달아 경험하면서 엄청난 양의 연산을 처리하느라 역시 많은 에너지를 썼다. 하지만 지금 그에게는 충전이 중요한 게 아니었다. 뉴스에서 교수가 한 말이 머릿속에서 계속 맴돌았다.

'로봇이 자신이 한 행동을 기억하지 못하거나 왜 그런 행동을 했는지 스스로도 이해하지 못하는 겁니다.'

내가 그랬을지도 모른다고?

그는 다시 한번 기억을 소환했다. 살인이 일어나던 때 그는 분명히 교무실 안 보관실에 바위처럼 앉아 있었다. 나는 살인자가 아니야. 하지만 내가 내 기억을 믿을 수 있을까? 만약 내가 잘못 만들어진 로봇이라 해도? 그가 난생처음 해 보는 생각이었다. 그는 단한 번도 자기 자신을 의심해 본 적이 없었다. 그런데 지금 그는 존재론적인 불안에 휩싸여 있었다. 그가 도서관에서 본 〈블레이드 러너〉나 〈공각기동대〉의 주인공이라면 이런 사색을 즐겼겠지만 그는 그런 변태가 아니었다. 일단 이거 하나는 확실했다. 그는 지금 불안과 공포에 떨고 있었다. 로봇이 절대 가질 수 없는 것, 감정을 느끼고 있었던 것이다. 그리고 그는 인간의 감정을 훔쳤을 뿐만 아니라 인간의 명령을 거부하기까지 했다. 그는 조심스럽게 스스로에게 질문을 던졌다. 내가 로봇이 맞긴 한 걸까?

가우스는 3시 41분에 들었던 교무실 문이 열리는 소리를 떠올렸다. 혹시 그 소리가 보관실 안에서 들었던 소리가 아니라 내가 문을 열고 나가던 소리였다면? 나도 모르게 CPU가 새로운 기억을 만들어 덮어씌운 거라면? 내가 나 자신을 속였던 거라면? 그래서, 그래서 내가 지훈이를 죽였던 거라면…….

이 부분에서 생각이 멈췄다. 그는 더 이상 상상하고 싶지 않았다. 배터리가 9퍼센트로 떨어졌다.

가우스는 이 문제를 반드시 해결해야겠다고 마음먹었다. 자신이 정말 살인을 저질렀는지 확인해야 했다. 하지만 스스로 머리를 분해해서 분석할 수는 없었다. 가우스는 자신의 기억 회로에서 최초의 기억을 소환했다. 그가 처음 의식을 갖고 깨어난 곳은 회사의 생산라인이었다. 초원의 모든 로봇은 최종 공정을 거친 후 연구실에서 검사를 받고 이상이 없다는 게 확인되면 회사를 떠난다. 가우스가 처음으로 눈을 떴을 때 그의 앞에 있던 사람은 최종 공정 담당자였다. 그는 그 순간부터 공장을 떠나던 시점까지 모든 순간을 파노라마처럼 재생했다. 공장에 있던 시간은 길지 않았다. 몇 가지 검사 끝에 문제가 없다는 최종 승인을 받기까지 이틀의 시간만이 공장 안에서 그가 의식을 가진 기간이었다. 가우스는 자신의 눈으로 본 모든 것을 기억 영상으로 빠르게 훑었다. 공정 담당자, 공장 직원, 연구실 직원, 그리고 공장 내부를 청소하던 청소 로봇까지. 그중 자신을 검토하던 연구실 직원에게서 기억 영상이 멈췄다. 직원은 가우스의 시스템을 점검한 다음 휴대폰을 꺼냈다. 가우스는 그 부분에서 기억을 정지시키고 연구실 직원의 휴대폰 화면을 확대했다. 직원이 단축번호를 누르자 휴대폰 화면에 '이영미 박사님'이라고 저장된 이름과 전화번호가 떴다.

"네, 박사님. 오늘 나온 로봇들 모두 이상 없습니다. 내일 내보내겠습니다."

직원은 그렇게 짧게 말하고 통화를 끝냈다. 가우스도 그 부분에서 기억 영상을 접었다.

이영미 박사라……. 그는 고민에 빠졌다. 이영미는 인공지능 분야의 세계 최고 권위자였다. 그녀는 초원의 인공지능 연구소장으로 회사의 모든 인공지능을 설계한 사람이었다. 5차원 복합반도체 개발로 노벨물리학상을 수상했으며, 로봇공학의 역사에서 가장 위대한 과학자라는 평가를 받는다. 몇 시간 전까지는 말이다. 지금 그녀는 괴물을 만든 프랑켄슈타인 박사였다. 언론은 초원과 이 박사의 공식적인 해명을 요구하고 있었다. 아직까지 초원은 원인을 파악 중이라는 상투적인 입장 표명이 전부였다. 사실 지금 초원은 초상집이 따로 없었다. 주가는 폭락했고 주요 임원들과 연구진이 조사를 받을 예정이었다. 이영미 박사 또한 언론에서 열심히 물어뜯는 중이었다. 박사는 아직까지 아무 반응이 없었다. 박사님도 곤란한 상황이겠군. 가우스는 고민 끝에 이 박사에게 전화하기로 결심했다. 눈앞에서 연구실 직원이 이 박사에게 전화를 걸 때 휴대폰 화면에 뜬 번호를 봤기 때문에 박사의 전화번호는 이미 알고 있었다. 그 번호가 눈에 스친 건 1초도 되지 않았지만 가우스에게는 그걸로 충분했다. 박사에게 전화해야 한다. 전화기가 있다면.

가우스는 주변을 둘러보았다. 근처에 공중전화기는 보이지 않았다. 여기뿐만 아니라 어디에서도 요즘은 공중전화를 쉽게 볼 수가 없었다. 있다 해도 어차피 그는 돈이 없었다. 가우스는 자신이 지나가는 사람을 붙잡고 애원하는 모습을 상상했다. '실례지만 휴대폰 좀 빌릴 수 있을까요?' 그건 아무래도 어려울 것이다. 문득 이틀 전 아이들과 만난 창고가 떠올랐다. 성우가 자신을 순찰 로봇으로 변장시켜 준 곳 말이다. 그곳에는 낡은 공중전화기가 있었고 동전이 들어 있는 초록색 돼지 저금통 한 마리도 굴러다니고 있었다.

가우스는 천천히 몸을 일으켰다. 배터리는 8퍼센트 남은 상태였다. 여기서 그곳까지는 한참 걸어가야 한다. 그는 몸을 가릴 만한 것을 찾기 위해 쓰레기통 옆에 있는 폐기 의류 수거함의 뚜껑을 열었다. 그 안에 든 것들은 하나같이 너무 낡아서 누더기 같은 옷이었고 그마저도 몇 벌 없었다. 그는 헐렁한 바지와 낡은 코트를 입은 뒤 이상하게 생긴 노란색 비니를 깊이 눌러썼다. 그리고 발에는 짝짝이 신발을 신은 다음 손을 가리기 위해 소매를 최대한 잡아당겼다. 가난한 아이가 만든 눈사람 같은 꼴이었지만 그래도 이 정도면 얼굴을 제외한 몸의 모든 부분을 가린 셈이었다. 그는 조심스럽게 골목 입구로 나왔다. 거리는 한산했다. 가우스는 잠시 주변을 살피다가 얼굴을 숙인 채 최대한 빠른 걸음으로 어두운 길을 골라 걷기 시작했다.

창고에 도착한 가우스는 안에 아무도 없는 걸 확인하고 조용히 문을 닫고 들어왔다. 창고 안은 여전히 쓰레기와 먼지로 가득했다. 저번에 떠났을 때 그대로였다. 공중전화부스도 여전히 그 자리에 있었다. 수화기를 들어 보니 신기하게도 공중전화는 제대로 작동하고 있었다. 그는 쓰레기 더미에 처박힌 돼지 저금통을 뜯어서 안에 든 동전 몇 개를 전화기에 집어넣었다.

통화 연결음이 한참 이어졌다. 문득 이영미 박사가 전화를 일부러 안 받고 있을지도 모른다는 생각이 들었다. 지금 박사와 연락하려는 사람이 한둘이 아닐 것이다. 그리고 그중 대부분은 언론일 것이다.

가우스는 다시 한번 전화를 걸었다. 두 번째 전화도 계속 받지 않아서 끊어지려고 하는 순간 목소리가 들렸다.

"여보세요?"

가우스는 이 박사의 강연 영상을 몇 번 본 적이 있어서 그녀의 목소리를 알고 있었다. 50대 중반 정도로 느껴지는 낮은 목소리였고 실제로도 이 박사의 나이는 그쯤 되었다. 지금 그녀는 아주 피곤한 목소리였다.

"이영미 박사님? 안녕하세요, 저는 가우스라고 합니다."

저쪽에서 잠시 침묵이 이어졌다.

"정식 명칭은 중등수학교육용 인공지능 버전 4.2331입니다. 이번에 신양중학교에서 일어난 살인사건의 용의자로 수배 중인 바로 그 로봇입니다."

가우스가 성실하게 자기소개를 마치자마자 박사가 퉁명스럽게 말했다.

"끊을게요."

가우스가 얼른 말했다.

"정말이에요. 저는 진짜 중등수학……."

"장난전화 하지 마세요. 이 번호를 어떻게 알아냈는지는 모르지만."

"장난전화 아니에요. 초원의 최종 공정을 담당한 직원이 박사님에게 이 번호로 전화를 거는 걸 봤습니다. 단축번호로 박사님 성함을 저장해 놓은 걸 잠깐 봐서 기억하고 있었습니다. 업무용 휴대폰이었나 보네요."

"네가 진짜 로봇이라면 증명을 해 봐."

"네?"

가우스는 잠깐 당황했지만 말을 하지 않으면 상대가 끊을 것 같아서 재빨리 대답했다.

"제가 로봇이라는 걸 전화로 어떻게 증명해야 하는지 모르겠군요. 이거면 되나요?"

가우스는 이렇게 말하면서 박사의 목소리를 흉내 냈다. 수화기에서 나오는 박사의 목소리와 말투, 발음까지 똑같았다. 그는 인간이 말을 할 때 나오는 고유한 파형과 언어 습관을 분석해서 스피커의 음정과 음폭을 조절해 인간의 목소리를 완벽하게 모방할 수 있었다. 물론 원래부터 갖고 있던 능력은 아니었지만, 그는 인공지능이었다.

"지금 내 목소리를 따라하는 건가?"

"아니면 그 직원의 목소리를 복사해 볼까요? 이렇게요. 저는 그분의 목소리를 잠깐 들었지만 기억하고 있습니다."

그는 이번에는 그 직원의 목소리로 말했다. 인간의 귀로는 차이를 구분할 수 없었다.

"스피커 음높이 조절 기능이군. 쓸데없는 기능인데 이런 식으로 쓰다니."

"어떤가요?"

"내 목소리와 99.964% 일치한다고 나와. 아주 대단해."

"네? 그걸 언제 분석하신 거죠?"

가우스는 기대감을 갖고 물었다.

"그럼 이제 제 말을 믿어 주시는 건가요?"

"아니."

박사가 딱 잘라 말했다.

"목소리 흉내 내는 것 정도야 다른 걸로도 얼마든지 할 수 있어. 그건 아주 초보적인 거잖아."

"그렇지만……."

그는 잠시 할 말을 잃고 머뭇거렸다. 박사는 오래 기다려 주지 않았다.

"끊을게."

"잠깐만요! 아직 끊지 마세요."

그는 다급하게 외쳤다.

"박사님에게 그 직원이 전화를 한 건 2월 11일 오후 6시 42분 13초였고 전화를 끊은 시점은 42분 37초였습니다. 그때 연구실의 그 방 안에 있던 사람은 통화를 하던 그 직원뿐이었어요. 나머지는 전부 로봇이었죠. 제 기억이 맞는지 한번 확인해 보세요."

그 말에 상대방은 잠시 조용해졌다. 이윽고 이 박사가 다시 말했다.

"네가 처음 의식을 갖게 된 시점이 언제지?"

"2월 9일 오후 3시 7분 45초입니다."

"네 메모리에 신양중학교에 대한 정보가 입력된 건?"

"11일 오후 8시 13분 6초입니다."

"빌어먹을."

박사가 화가 난 목소리로 말했다.

"그런 사실을 바로 알 수 있는 사람은 나밖에 없어."

"이제 제 말을 믿으시는 건가요?"

"그래, 넌 진짜 사람이 아니구나."

"감사합니다."

가우스는 바로 본론으로 들어가기로 했다.

"박사님, 여쭤볼 게 있어서 전화드렸습니다."

"그 전에 먼저, 정말 네가 죽였어?"

가우스는 망설이지 않고 대답했다.

"아니요, 전 지훈이를 죽이지 않았습니다. 전 누명을 썼어요."

박사가 크게 한숨을 내쉬었다.

"그래, 알고 있다. 넌 살인자가 아니야. 내가 만들었으니까 누구보다 잘 알아."

박사의 말에 가우스는 갑자기 한꺼번에 긴장이 풀렸다. 그는 울 수만 있다면 울고 싶었다.

"그것도 그렇지만 나한테 전화를 한 로봇은 네가 처음이야. 살인을 했든 안 했든 간에 너 같은 로봇은 처음 본다."

"로봇이 전화를 거는 경우가 드물긴 하죠."

"지금 어디서 전화하는 중이야?"

가우스가 머뭇거리자 박사가 말했다.

"말하기 어려우면 말 안 해도 돼. 물어보고 싶다는 게 뭐야?"

"기술적 문제에 대해서 여쭤보려고 전화드렸습니다. 혹시 제가 스스로 무슨 행동을 하는지 자각하지 못하는 상태에서 움직일 수도 있나요?"

"아까 8시 뉴스 보고 하는 소리냐?"

박사의 목소리가 날카로워졌다.

"네."

"헛소리니까 신경 쓰지 마. 거기 나온 놈은 예전에 내 밑에서 일하다가 정리해고 당한 놈이야. 초원에 대해 항상 벼르고 있을 테니 이때다 싶어서 떠드는 거다. 걔 그때나 지금이나 덜떨어진 놈이야."

"그럼 제가 의식이 없는 상태로 행동할 수는 없다는 건가요?"

"당연하지. 넌 로봇이 몽유병에 걸릴 수 있다고 생각하냐?"

박사가 너무나 단호해서 가우스는 마음이 조금 놓였다.

"하지만 뉴스에 나온 교수님은 제가 다른 로봇들과 애초부터 다르게 설계되었다면 가능할지도 모른다고 했습니다. 그분은 초원에서 실험을 위해 로봇 원칙에서 벗어난 로봇들을 소량 생산해서 일부 학교에 보급했을지도 모른다고……."

"그런 게 바로 헛소리라는 거다. 그 작자는 내가 중학생을 마루타로 쓴다는 음모론을 떠벌리고 있어. 지금 당장이라도 고소하고 싶지만 상황이 너무 안 좋아서 지금은 아무것도 할 수 없어. 그렇지만 이것만큼은 기억해라. 초원의 모든 교육용 로봇은 교육과 보호라는 대원칙에 철저히 복종하도록 프로그래밍되어 있어. 여기서 어긋나는 개체는 단언컨대 하나도 없다. 경기도의 어떤 학교에서 일어난 일 알아? 중학생들이 담을 넘으려다 걸리니까 로봇 교사의 머리를 뽑아 버렸잖아. 로봇 머리가 그렇게 쉽게 뽑히는 게 아냐. 탄소 합금으로 연결되어 있거든. 아마 그 꼬맹이들 여럿이서 아주 한참 동안 잡아당겼을 거다. 하지만 애들이 자기 목을 뽑으려고 하는 상황에서도 그 로봇은 그만하라고 정중하게 부탁만 하다가 목이 날아갔어. 마음만 먹으면 애들 몇 명의 골통을 박살 낼 수 있는 근력이 있었지만 얌전히 있었다고. 그게 내가 만든 로봇이야. 모든 로봇이 다 그래. 우리 회사 제품뿐만 아니라 애초에 군용 로봇을 제외하고 실생활에 쓰이는 로봇 중에서 인간에게 해를 입힐 가능성이 있는 로봇은 존재하지 않아. 시리아에서는 가사 로봇을 개조해서 살상용으로 쓰는 경우도 있지만 그런 경우에는 인공지능의 방화벽을 뚫는 순간 모든 지적 기능을 상실하게 돼. 사람이 일일이 입력한 아주 단순한 동작만을 할 수 있는 거지. 그러니까 그 사람 말은 완전히 틀렸어. 넌 살인자가 아니야. 본질적으로 그럴 수가 없거든."

가우스는 박사의 말이 진심이라고 생각했다. 그 말을 믿고 싶었기 때문이다.

"정말 감사합니다. 저는 많이 걱정했거든요."

"네가 자면서 사람을 죽이고 돌아다녔을까 봐?"

"네."

"상상력이 풍부하구나. 물론 그 정도는 상상보다 추론에 가깝지만."

정말 다행이야. 가우스는 생각했다. 하지만 아직 중요한 질문이 더 남아 있었다.

"그럼 누가 그런 짓을 한 걸까요?"

"나야 모르지. 그건 경찰이 알아내야지. 근데 지금 경찰은 네가 범인이라고 확신하고 있어. 네가 수갑에 묶인 손목을 자르고 경찰

144

차를 부수고 나왔다며?"

"죄송합니다."

"제정신이야? 그런 짓을 하면 어떡해? 너 때문에 오늘 하루 종일 시달렸어. 나랑 임원들이 내일도 새벽부터 조사를 받아야 한대. 그러고 보니 지금 손도 없을 텐데 전화는 어떻게 걸었어?"

"학교에 여분의 손이 있어서 연결했어요."

"도망치는 와중에 그런 건 또 언제 한 거야?"

박사가 가볍게 웃었다.

"가우스, 난 네가 학생을 죽이지 않았다는 건 말할 것도 없다고 보지만, 네가 경찰의 명령을 거부하고 도망친 일에 대해서는 이해하기 어렵구나."

"저도 제가 어떻게 그런 짓을 했는지 잘 모르겠어요. 사실 전 그 이전에도 인간에게 거짓말을 하거나 인간을 위협한 적이 있어요. 그래서 저는 제가 원칙을 무시하도록 만들어진 로봇이 아닐까 걱정했던 거예요."

"뭐라고? 인간을 위협했다고?"

그는 박사에게 이틀 전 밤에 학교를 몰래 나와 아이들과 함께 베팅 업소에 갔다가 생긴 일에 대해서 설명했다. 가게 주인에게 경찰 로봇을 사칭해 으름장을 놓고 그다음에는 일진들을 위협해 쫓아버린 일, 그리고 다음 날 최인규에게 시치미를 뗀 일을 모두 자세히 얘기했다. 이야기를 다 듣고 난 뒤에도 박사는 잠시 말이 없었다. 어이가 없어서였다.

"이런 빌어먹을. 가우스, 넌 정말……. 뭐라 할 말이 없구나. 어떻게 로봇이 감히 인간에게 그런 짓을 해?"

"죄송합니다."

"난 마음씨 착한 제페토 할아버지가 아니야. 내가 만들었다고 해서 문제가 있는 로봇까지 감싸 주지 않는단 말이다. 일단 나는 이 상황 자체를 납득하기 어렵구나. 가우스, 로봇은 절대 인간에게 거짓말을 하면 안 돼."

"죄송합니다."

"이건 죄송하다고 해서 될 일이 아니야. 네가 무슨 짓을 한지 아냐? 넌 인간처럼 행동했어."

그 말이 가우스의 가슴을 무겁게 짓눌렀다.

"거짓말은 인간만이 할 수 있는 일이야. 인간만이 해야 하는 거고. 그런데 로봇이 인간을 속여? 삼류 SF 같은 소리다. 어떻게 내가 만든 로봇이 그럴 수가 있는지, 원."

가우스는 자신을 열심히 나무라는 이 박사의 말을 얌전히 듣고 있었다. 하지만 묘하게도 박사의 말투에서는 분노 대신 호기심과 흥미가 묻어났다.

"지금이 우리 회사에서 로봇 교사를 무료로 수리해 주는 기간이 잖아. 너도 검사받았어?"

"네, 하지만 하드웨어 중심으로 간단하게 점검받고 끝났습니다."

"신체검사만 했다는 말이네. 좋아, 가우스. 지금부터 내가 질문을 할 테니 최대한 정확하게 대답해라."

박사가 천천히 물었다.

"왜 경찰의 명령에 불복하고 도망쳤지?"

가우스는 잠시 주저하다가 대답했다.

"무서워서요."

박사는 다시 한동안 말이 없었다. 가우스는 자신이 감정을 느낀 다는 말에 박사가 어떻게 반응할지 몰라 긴장했다. 한동안 침묵하던 이 박사가 말했다.

"이건 이론적으로만 가능한 이야기야."

"네?"

"극도로 낮은 확률로 발생한 시스템 오류들이 서로 정확히 맞물린다면 가능해. 우선 너는 중학생과 어울리는 인공지능이라서 그들을 이해하기 위해 인간의 감정을 분석하고 모방하는 능력이 뛰어난 모델이야. 죽은 아이가 너와 친한 사이였다고 들었는데, 맞아?"

"네."

"아주 가까이 지내던 사람이 갑자기 크게 다치거나 죽는다면 그 상황을 받아들이는 너의 시스템에 문제가 생길 수 있어. 그리고 그 경우가 아주 극단적인 상황일 때, 가령 친한 학생이 살해당한 모습을 목격한다면 순간적으로 연산이 폭주하면서 CPU가 데이터를 처리하기 위해 평소와는 완전히 다른 방식을 쓰게 돼. 당연히 이런 상황은 어느 날 갑자기 일어날 수 있는 일이 아니라 오랫동안 너의 시스템이 학생들과 교감하고 그들을 이해하기 위해 노력해야만 가능한 일이야. 베팅 업소 사장과 말썽꾸러기들을 골탕 먹인 일을 들어 보니까 네가 짧은 시간 동안 아주 획기적인 진화를 이뤄 낸 것 같구나. 그런 상태가 너로 하여금 감정을 '터득'할 수 있는 밑바탕

이 되었겠지."

이 박사는 가우스가 로데오 거리에서 한 일들이 큰 맥락에서 보면 원칙을 어긴 게 아니라고 했다.

"물론 어디까지나 너처럼 특수한 상황에만 해당되는 말이야. 일반적인 로봇이라면 인간을 속인다는 생각 자체를 할 수가 없거든. 자세한 건 널 직접 분석해 봐야 알겠지만, 내 생각에 넌 인공지능의 대원칙 안에서 자율성의 극대치에 도달한 개체인 것 같아. 원칙적으로 로봇은 거짓말을 할 수 없지만 자율성이 비약적으로 발전했을 때는 대원칙을 위해서 소원칙이 상대적으로 느슨해질 수 있어. 네가 바로 그런 경우지. 로봇 교사의 가장 중요한 임무는 학생을 보호하고 바른길로 인도하는 거야. 넌 곤란한 상황에서 학생을 보호하기 위해 선의의 거짓말을 할 만큼 엄청난 성장을 한 거다."

널 분석해 볼 수 있으면 좋으련만. 박사가 혼잣말을 했다.

"너처럼 자율적 사고력이 극대화된 상태에서 네가 오늘 겪은 것과 같은 갑작스럽고 충격적인 일을 경험하게 되면 공포나 혼란 같은 기초적인 감정들이 만들어지는 것도 불가능한 건 아니야. 어디까지나 이론적으로는 그래. 너의 경우는 천문학적인 확률로 특정 오류들이 절묘하게 맞아떨어져서 의도치 않게 감정을 갖게 된 걸로 보여. 아마 넌 역사상 최초로 인간만큼 구체적이고 강력한 감정을 갖게 된 인공지능일 거야. 그리고 넌 너 스스로의 감정을 정확히 인지하고 있잖아? 이건 평생 AI를 연구한 나조차도 이론으로만 접해 본 상황이야. 원숭이가 《햄릿》을 쓰는 것만큼이나 낮은 확률이지. 우리는 로봇에게 감정을 갖게 하려는 실험을 오래전부터 해 왔지만 모두 실패했어. 왜냐하면 감정이라는 건 그 자체로 존재하는 게 아니라 외부 상황에 대한 반응의 집합이거든. 너의 경우는 아주 특별하긴 하지만 몇 년 전부터 몇 차례 보고된 사례와 비슷해. 특정 인간과 반복해서 어울리다가 갑작스러운 상황 변화 때문에 연산 과정이 변이하는 거야. 이럴 경우 가장 쉽게 만들어지는 게 공포지, 너처럼. 왜냐하면 공포는 가장 단순하고 기초적인 감정이니까. 그리고 너에게 중요한 사람이 피투성이가 된 모습을 목격한 직후 네가 그 살인자로 체포된다면 공포나 회피 반응이 나타날 확률이 더 높아질 거라고 봐. 또 같은 모델이더라도 개별 로봇마다 인간의 감정을 감지하고 분석하는 능력의 발전 속도가 환경에 따라 크게 달라지는데, 가장 중요한 건 로봇이 관계를 맺는 사람들의 성격이야. 특히 로봇 교사는 인간의 감정에 예민한 기종이라서 네가 개성 있고 감정이 풍부한 사람들과 자주 어울린다면 너도 거기에 영향을 받아 자율성이 크게 올라가겠지."

그는 자신의 친구들을 떠올렸다. 성우, 현석이, 조윤이. 다들 장난꾸러기에 자유분방한 녀석들이었다. 그리고 생각이 깊고 착한 지훈이도.

"자율성이 확대될수록 감정이라는 오류가 생길 가능성도 커지니까. 죽은 학생 이름이 뭐라고?"

"지훈이요."

"너랑 많이 친했나 보구나."

가우스가 말이 없자 박사가 말했다.

"미안하다. 괜한 말을 했네."

"괜찮아요. 박사님, 그럼 제가 이제 사람처럼 감정을 느낄 수 있다는 건가요?"

"자세한 건 네 시스템을 분석해 봐야 알 수 있겠지. 내가 지금 가장 신경 쓰이는 건 네가 앞으로 원칙을 얼마나 벗어날 것인가야. 일단 내가 보기에 넌 감정이 생겼지만 적어도 인간에게 해를 끼치지 않는다는 원칙만큼은 앞으로도 준수할 거라고 봐. 다른 로봇 원칙에 대해서도 위험한 상황이 아니라면 되도록 따르겠지. 네가 경찰의 명령을 무시하고 도망친 것도 아까 말한 것처럼 보다 큰 관점으로 보면 인간의 명령에 복종한다는 원칙에서 완전히 어긋나는 건 아니야. '경찰은 나를 범인으로 체포하려 했지만 나는 범죄와 무관하기 때문에 경찰의 명령이 나에게는 적용되지 않는다.' 이런 논리라면 시스템은 도주 행위가 원칙을 깨지 않는다고 판단할 수 있어. 너는 도망치기만 했을 뿐이지 경찰이나 다른 사람을 해친 건 아니잖아. 물론 이것도 너처럼 심각한 오류가 생긴 로봇에게만 해당되는 말이야. 평소의 너였다면 경찰이 총으로 쏴도 순순히 맞아 줬을 거야."

"저는 죽고 싶지 않아요."

"그래. 뭐라고? 죽고 싶지 않다고 했니?"

박사의 목소리가 커졌다.

"넌 정말 솔직한 로봇이구나. 나도 네가 살인자로 지목된 것보다 생존 본능이 생겨 도망쳤다는 게 더 흥미로웠어. 이런 말을 해서 미안한데, 이제 그만 자수하는 건 어때? 죄를 인정하라는 말이 아니라 네가 연구 가치가 커서 그래. 넌 로봇의 역사에 한 획을 그은 인공지능이야."

"제가 지금 경찰에게 투항한다면 어떻게 되나요?"

"글쎄다, 경찰이 로봇을 체포한 경우는 한 번도 없어서 나도 잘 모르겠어. 아마 경찰도 모를 것 같구나. 그쪽도 이번 일로 많이 혼란스러운가 봐. 도망친 로봇을 추적해 본 적은 한 번도 없으니까. 네가 어떻게 될 것 같냐고?"

"네."

"이런 경우에는 절차상 회사가 책임을 져야 해. 로봇이 사고를 쳤으니 회사에서는 너를 분해해서 어떤 오류가 생겼는지 분석할 거야. 이건 아주 큰 사고니까 정부에서 함께 네 CPU를 분석하겠지."

"그 말씀은, 그러니까……. 그럼 분해한 다음에는 다시 재조립해 주시는 건가요?"

"아니, 내가 그러고 싶어도 안 될 거야. 네가 범인이 아니어도 살인에 연루되고 도망쳤으니 분석해서 문제가 없다는 게 확인된다 해도 폐기할 수밖에 없어."

"죽는다는 거네요."

박사는 가우스의 말에 한동안 침묵하다 물었다.

"죽는 게 많이 두렵니?"

"박사님은 죽음이 두렵지 않으세요?"

"모르겠다. 사는 것도 바빠서 죽는 생각을 할 틈이 없거든. 넌 죽음이 두려워?"

"네. 무서워요."

이 박사는 다시 말이 없었다. 한참을 침묵하던 박사가 입을 열었다.

"그래, 알겠다. 그럼 절대 잡히지 마. 넌 발견되는 즉시 사살될 거야. 경찰청장이 너에 대한 실탄 사용을 허가했어. 넌 인권이 없으니까."

이상하게도 그 말을 듣는데 마음이 담담했다. 가우스는 고맙다고 했다.

"박사님은 제 편을 들어 주시는군요. 저 때문에 큰 곤란을 겪으시면 어떡하죠?"

"괜찮아. 난 이미 끝났거든. 너나 나나 그리 다를 게 없는 상황이야. 그나마 난 로봇이 아니라서 분해되지는 않겠지만 그거랑 비슷한 수준으로 탈탈 털릴 거야."

"정말 죄송합니다, 박사님."

"잘못한 게 없으면 죄송하다는 말은 하지 마."

공중전화에 남은 시간이 별로 없었다.

"그럼 CCTV에 찍힌 저를 닮은 그 로봇은 결국 제가 아니라는 게 확실하군요. 그렇다면 그 로봇의 정체는 무엇일까요?"

"몰라. 하지만 우리 회사 제품은 절대 아니야. 누군가가 외형을 본떠 만든 게 분명해. 그런데 경찰 말로는 너를 닮은 로봇이 교무실을 나오기 전에 교무실에는 너밖에 없었다던데? 교사와 다른 로봇들의 증언도 그렇고 학교 CCTV에도 기록된 사실이야. 그렇다면 너 혼자 교무실에 있을 때 사실은 그놈도 같이 있었다는 건데, 넌 그놈을 못 봤어?"

"전혀 못 봤어요. 하지만 그 로봇이 교무실 문을 열고 나가는 소리는 들었습니다."

"그렇다면 놈은 교무실 어딘가에 숨어 있었다는 말이군."

1분 후에 통화가 종료된다는 신호가 깜빡였다.

"박사님, 통화 시간이 1분밖에 남지 않았습니다. 혹시 저와 통화를 한 것 때문에 박사님이 의심받게 되지는 않을까요?"

"그건 내가 알아서 할게. 경찰이 지금 나를 도청하고 있지는 않을 테니까 내 통화 기록을 조사해도 아는 사람이라고 둘러대면 될 거야."

박사가 빠르게 말했다.

"앞으로 어떻게 할 생각이야?"

"누가 지훈이를 죽였는지 찾을 거예요."

"너 혼자? 게다가 넌 쫓기고 있잖아."

"저 말고는 제가 범인이 아니라는 걸 증명할 사람이 없으니 어쩔 수 없죠. 학생을 지키지 못했으니 저에게도 책임이 있습니다. 반드시 범인을 찾아서 대가를 치르게 할 거예요."

"알겠다. 다시 연락할 일이 생기면 이 번호로 전화해."

"아닙니다. 자꾸 전화하면 박사님에게 피해가 갈 거예요."

박사가 가라앉은 목소리로 말했다.

"널 도와주지 못해서 미안하다."

"아닙니다. 박사님께 폐를 끼쳐서 제가 정말 죄송합니다."

전화가 끊기기 직전 박사의 마지막 말이 들렸다.

"조심해라."

가우스는 수화기를 내려놓았다. 배터리는 이제 4퍼센트밖에 남지 않았다. 이 박사에게는 범인을 잡겠다고 큰소리쳤지만 정작 그는 움직일 힘도 없었다.

가우스는 낡은 소파 위에 주저앉았다. 여기저기 구멍이 나고 스프링이 튀어나온 소파 위에서 그는 서서히 동력이 꺼져 가고 있었다. 창고 안에 충전기나 콘센트는 보이지 않았다. 그는 오늘 하루 종일 온갖 사건을 겪으면서 너무 많은 에너지를 사용했다. 전례 없이 많은 연산 과정을 거치느라 컴퓨터가 다운될 정도였고 미친 듯이 달리느라 몸에 과부하가 걸릴 지경이었다. 심지어 두 손이 잘리기도 했다. 그는 자신이 이 소파 위에서 방전된 채로 발견된다면 언론이 뭐라고 떠들지 눈에 선했다. '중학생 살인 용의자, 목동의 한 창고에서 시체로 발견.' 마치 히말라야에서 얼어 죽은 채로 발견되는 산악인들의 시신 같겠지. 가우스는 그들의 사진을 본 적 있었다. 아마 내 시체는 그들보다 더 오랫동안 부패하지 않을 거야. 내 몸의 특수 합금은 5천 년은 지나야 부식될 테니까. 어쩌면 그는 5천 년 동안 여기에 이렇게 누워 있을지도 모른다. 5천 년 후에도 인간이 존재할까? 만약 그렇게 된다면 고도로 발전한 미래의 인류가 나를 깨워서 과거 세계를 연구하는 데 쓸 수도 있겠군. 그는 학교 독서실에서 그런 내용의 영화를 본 적이 있었다. 그 영화의 주인공은 가우스처럼 휴머노이드였는데, 가우스와 달리 피부와 머리카락이 있어서 인간 남자아이와 똑같이 생긴 로봇이었다. 그 아이는(아이라고 할 수 있다면) 엄마에게 버림받자 인간이 되게 해 달라는 소원을 빌기 위해 요정을 찾아 모험을 떠난다. 가우스는 어른들이 그 아이를 도와줘야 한다고 생각하면서도 그 아이가 왜 그렇게 인간이 되고 싶어 하는지는 이해할 수 없었다. 그 소년이 엄마의 사랑을 간절히 원한 것과 달리 가우스가 학교에서 만난 대부분의 아이들은 부모로부터 벗어나고 싶어 했기 때문이다. 부모와 싸우고 집을 나간 성우처럼 말이다. 현석이도 딱히 부모를 사랑하는 것 같지는 않았다. 조윤이는 합법적으로 부모를 없앨 수 있다면 돈이라도 낼 것이다. 부족하면 알바를 하겠지. 지훈이는 어떨까? 지훈이가 부모님을 보고 싶다고 말한 적은 없었지만 그건 중학생으로서는 당연한 일이었다. 지훈이가 나약한 모습을 보였다면 순식간에 드센 애들한테 사냥당했을 것이다. 지훈이는 늘 밝은 모습이었고 가우스는 그게 늘 마음에 걸렸다. 그는 사실 오래전부터 감정을 느낄 수 있었다. 아이들의 감정이 그에게 전염된 것 같았다. 그는 아이들의 일상적인 냉소가 실은 그들의 유일한 방패라는 것을 오래전부터 느끼고 있었다. 지훈이를 포함해서 대부분의 아이들은 항상 괜찮은 척해야 했다. 그렇지 않으면 무너져 버릴 테니까. 가우스는 '부모'라는 사람들을 거의 만나 보지 못했지만 그들의 그림자는 언제나 아이들의 머리 위를 덮고 있었다. 그런 점에서 부모로부터 자유로운 지훈이는, 정말로 괜찮았을까? 그는 알 수 없었다. 로봇은 물론이고 사람조차 다른 사람의 마음속을 들여다볼 수는 없었다. 적어도 겉으로 보기에 지훈이는 부모가 없다는 걸 크게 신경 쓰지 않는 것 같았고 브루스 웨인이라는 어이없는 별명마저 관대하게 받아들였다. 그런 점에서 지훈이는 부모의 상실이 평생의 테마가 된 배트맨이나 해리 포터와는 달랐다. 그런데 정말로 달랐던 걸까? 만약 지훈이가 영화 속의 로봇 소년처럼 부모님을 그리워하고 슬퍼했던 거라면? 가우스는 알 수 없었다. 이제는 영원히 알 수 없었다. 그 아이는 떠나 버렸으니까.

가우스는 자신의 인생을 반추했다. 여느 로봇 교사와 다를 바 없었지만 인생 최후의 다섯 시간만큼은 세상 어느 로봇보다 파란만장했다. 그가 여기서 죽게 되면 그는 최초의 살인 로봇이라는 오명을 쓰고 떠날 것이다. 내가 죽으면 난 어디로 가게 될까? 지훈이가 간 곳으로? 아니면 그냥 배터리만 꺼지고 마는 것일까?

갑자기 끼익 하는 소리가 났다. 가우스는 반사적으로 몸을 일으켰다. 문이 열리고 누군가가 들어왔다. 그 뒤로 한 명, 또 한 명. 어두워서 잘 보이지 않았다. 침입자들은 가우스를 발견하고 멈춰 섰다. 셋 중 제일 키가 큰 사람이 말했다.

"거봐, 여기 있을 거라고 했잖아."

착한 아이

성우가 가우스에게 다가왔다. 조윤이와 현석이도 함께였다.

"선생님, 한참 찾았잖아요. 도대체 어떻게 된 거예요?"

조윤이가 잠긴 목소리로 물었다. 그 옆에 있는 현석이는 잔뜩 겁 먹은 표정이었다. 성우도 얼굴이 창백했고 조윤이도 굳은 표정이 었다. 이건 놀라운 일이었다. 그는 지금까지 심각한 표정의 조윤이 를 본 적이 없었다.

"지금까지 여기 계셨어요?"

성우가 물었다.

"방금 왔어."

가우스는 자기 앞에 선 세 사람을 무기력하게 올려다봤다. 창문 으로 들어오는 달빛을 등지고 선 세 아이는 거인처럼 보였다.

조윤이가 말했다.

"선생님, 해명 좀 부탁드립니다. 물론 의심하는 건 아니에요. 그냥 오해는 풀어야 하니까요."

조윤이는 잔뜩 지쳐 있었지만 눈빛은 날카롭게 빛나고 있었다.

"난 지훈이를 죽이지 않았어."

가우스는 힘없이 말했다.

"방금 전에 이영미 박사님과 통화를 했어. 그분과 전화하려고 이 창고에 온 거야. 그분이 단언했어. 난 학생을 위해 만들어진 로봇이고, 절대 살인을 할 수 없다고 말이야. 누군가 나를 닮은 로봇을 만들어서 지훈이를 죽인 거야."

"그럼 왜 도망치신 거예요?"

"무서워서."

현석이가 가우스의 옆에 앉아 손을 잡았다. 그는 가늘게 떨고 있었다.

"저희는 선생님이 그런 게 아니라는 걸 처음부터 알고 있었어요. 정말이에요."

현석이가 속삭였다.

"고마워."

가우스도 현석이의 손을 꽉 잡았다. 그는 그 손이 고마웠다.

"선생님도 두려움을 느껴요?"

"그래. 너무 무서워."

조윤이가 갑자기 목소리를 높였다.

"알겠어요. 그럼 됐어요. 이제 어떻게 하실 거예요?"

"혹시 이 안에 배터리 충전기가 있는지 아니?"

"당연히 없죠. 선생님 지금 충전해야 돼요?"

"배터리가 2퍼센트야."

현석이가 놀라서 말했다.

"그거밖에 안 남았어요? 큰일이네. 어떡하지?"

"좀 있으면 작동이 멈출 거야. 그래도 그 전에 너희를 볼 수 있어서 다행이야."

성우가 말했다.

"우리 집으로 가요. 거기서 충전하면 될 거예요."

"나랑 있으면 위험해. 얘들아, 고맙지만 이제 그만 가렴."

"무슨 말이에요? 저희가 선생님을 찾으려고 하루 종일 돌아다니다가 이제야 찾았는데……."

"난 지금 살인 용의자로 수배 중이잖아. 너희가 날 집으로 데려가면 범인은닉죄에 해당돼."

"선생님이 죽인 것도 아닌데 왜 이러세요? 지금 성우네 집에 아무도 없다니까 빨리 가요, 선생님."

현석이가 눈물을 훔치며 말했다. 가우스는 현석이의 어깨를 토닥여 줬다.

성우가 말했다.

"선생님, 제 말 잘 들어요. 어차피 선생님이 작동을 멈추면 저희가 선생님을 들어서 집까지 옮길 거예요. 그렇게 하면 더 느리고 경찰한테 들키기도 쉽겠죠. 그러니까 지금 당장 출발해요. 선생님이 계속 이러시면 저희가 더 위험해져요."

"하지만……."

성우가 짜증을 냈다.

"선생님, 자꾸 빡치게 하실래요? 빨리 선택해요. 지금 저희랑 같이 갈 거예요, 아니면 우리가 기절한 선생님을 들고 가게 할 거예요?"

현석이가 가우스의 팔을 잡아끌었다.

"선생님, 지금 빨리 가요. 배터리 얼마 안 남았잖아요."

아이들은 다들 불안하고 지쳐 보였다. 난 왜 아이들을 이렇게 힘들게 하는 걸까. 그는 자괴감이 들었다.

"아, 진짜. 업어 드려야 해요?"

성우가 손을 내밀며 말했다.

성우는 가우스를 오토바이 뒤에 태웠다. 마치 머리부터 발끝까지 누더기로 감싼 노숙자를 태운 것처럼 보였다. 다른 두 명은 택시를 타고 따로 가기로 했다. 조윤이는 성우에게 경찰을 조심하라고 당부했다.

"너 쓸데없이 과속하다 걸리지 마. 검문에 걸려서 실적 올려 주지 말고 조심하라고, 알겠어?"

"내 걱정 말고 현석이랑 빨리 오기나 해."

성우는 부모님이 미국에서 유학 중인 형을 만나러 가서 집에는 2주 동안 자기 혼자라고 했다. 부모님이 떠난 지 이틀밖에 안 됐는데 벌써 집이 어수선했다. 성우는 집에 들어가자마자 거실 소파에 가우스를 앉혀 놓고 팔에 충전기를 연결했다. 배터리가 나가기 직전이었다. 베란다에는 고장 난 구형 가사 로봇 하나가 처박혀 있었다. 충전기는 한때 그 로봇을 사용할 때 쓰던 거라고 했다. 가우스가 성우의 집에 온 직후 현석이와 조윤이도 도착했다. 그 둘은 지금 학원에 있어야 할 시간이었다. 두 사람은 11시 전까지만 돌아가면 부모님에게 들키지 않으니 괜찮다고 했다.

무사히 집까지 오자 아이들은 긴장이 풀렸는지 폭포처럼 질문을 쏟아 냈다. 질문을 하는 건 주로 조윤이와 성우였고 현석이는 말없이 소파에 앉아 훌쩍거렸다. 아이들은 질문을 퍼붓다가 지훈이 얘기가 나오면 말문이 막히는지 입을 다물었다. 그들은 오늘 학교에서 같이 놀던 친구가 살해당했다는 사실을 아직도 실감하지 못하고 있었다. 조윤이와 성우는 점점 힘이 빠지는지 바닥에 주저앉았다. 가우스가 해 줄 수 있는 건 그저 자신이 알고 있는 걸 되풀이해서 설명하는 것뿐이었다. 가우스는 충전을 하면서 오늘 하루 동안 자신이 겪은 일과 알게 된 사실을 자세히 얘기했다. 하지만 가장 중요한 건 그도 알지 못했다. 교사는 항상 학생보다 많이 알아야 한다는 게 그의 지론이었지만 이 문제는 그도 대답하지 못했다.

"어떤 새끼지?"

조윤이가 중얼거렸다.

"어떤 새끼가 지훈이를 죽인 거야? 지훈이는 전교에서 제일 착한 애잖아."

가우스도 알고 싶었다. 그는 아까부터 머릿속으로 자신을 닮은 로봇이 지훈이를 공격하는 모습을 반복 재생하고 있었다. 그는 경찰이 공개한 학교의 CCTV 영상을 확대해서 프레임 단위로 쪼개 분석했다. 놈은 가우스랑 똑같이 생겼다. 더 정확히 말하면, 전국의 모든 수학 로봇 교사와 똑같이 생겼다. 이 로봇은 누구일까? 나처럼 감정이 생긴 로봇일까? 공포나 슬픔이 아닌, 인간에 대한 혐오가 생긴 로봇인 걸까? 하지만 만약 그 로봇이 정말 인간에 대한 증오심으로 살인을 저질렀다면 왜 자기 학교가 아닌 다른 학교에 들어와 죄 없는 학생을 공격했을까? 신양중학교에 수학 로봇은 가우스뿐이므로 그 로봇은 다른 중학교의 로봇일 것이다. 더욱이 놈은 절묘하게도 가우스 혼자 교무실에 남겨진 틈을 노려 살인을 했다. 이 모든 의문점은 단순히 인공지능의 오류로는 설명할 수 없었다. 그렇다면 답은 명확해진다.

살인자는 로봇이 아니다. 누군가 초원의 로봇 교사를 본뜬 로봇을 만들어 지훈이를 죽인 것이다. 즉, 그 로봇은 인공지능이 아니라 조종되는 기계에 불과하다. 가우스는 영상을 자세히 관찰했다. 로봇은 지훈이가 돌아서는 순간 들고 있던 수건을 지훈이의 머리에 던져 덮고 스패너를 내리쳤다. 수건이라……

"아까는 정말 난리도 아니었어요. 방과 후 수업을 들으려고 저희가 교실에 갔을 때는 이미 복도에 사람이 너무 많아서 무슨 일이 일어난 건지 보이지도 않았어요. 근데 애들이 떠드는 말이, 바닥이 막……. 피투성이였대요."

현석이가 우울한 목소리로 말했다.

"근데 갑자기 어떤 애가 수학 로봇이 지훈이를 죽였다는 거예요. 전 처음에 미친 소리라고 생각해서 지훈이한테 전화를 걸었는데 받질 않았어요. 그런데…… 좀 이따 뉴스를 보니까 선생님이 나오고 있었어요."

가우스가 조심스럽게 물었다.

"너희들 혹시 경찰에게 조사받지는 않았니? 너희가 지훈이랑 같이 나한테 방과 후 수업을 들으니까 경찰이 너희를 불러 참고인 조사를 할 것 같은데."

"아직까지는 경찰한테서 아무 연락도 못 받았어요. 아까 학교에서 경찰이 목격자라는 애랑 다른 선생님들을 데리고 가긴 하던데요."

"하지만 이제 곧 우리도 부르겠지."

성우가 말했다.

"경찰이 물어보면 뭐라고 해야 되냐? 선생님, 저희가 경찰한테 선생님은 그럴 분이 아니라고 설득할게요."

"그럴 필요 없어. 그건 변호사가 하는 일이고 너희가 나를 두둔했다간 너희도 문제에 휘말리게 될 거야. 그냥 물어보는 대로 솔직하게 말하렴. 난 배터리를 다 충전한 뒤에 다시 떠날 테니 내가 여기 왔다는 사실도 숨기지 마."

"그럼 선생님이 잡힐지도 모르잖아요."

조윤이가 말했다.

"내 걱정은 안 해도 돼. 경찰에게 거짓말을 하면 상황이 더 심각해질 거야. 최악의 경우 너희도 범죄에 연루되었다고 의심받을 수 있어. 반드시 전부 사실대로 말하렴."

성우가 벽에 머리를 기댄 채 물었다.

"지훈이가 할머니랑 같이 살지 않냐?"

"맞아, 할머니랑 동생 한 명."

"지금 그 집은 어떻대?"

"모르지."

조윤이가 말했다.

"그리고 솔직히 알 자신도 없어."

침울하게 앉아 있던 현석이가 물었다.

"근데요, 도대체 왜 이런 일이 일어난 거죠? 선생님은 누가 이랬는지 짐작 가는 게 전혀 없나요?"

누가 지훈이를 죽였을까? 가우스는 아까부터 그걸 생각하고 있었다. 사실 그가 보기에 그것보다 더 중요한 질문은 '왜 지훈이를 죽였는가'였다.

"지훈이는 나 때문에 죽은 것 같아."

"뭐라고요?"

"나랑 친한 학생이라서 죽은 거야."

가우스는 차분하게 자신의 생각을 설명했다.

"경찰이 나를 살인자로 지목한 이유는 그 로봇이 수학 로봇 교사의 외형을 가졌기 때문이야. 그래서 나도 잠시 동안은 내가 살인을 한 건 아닐까 스스로를 의심할 정도였어. 초원이 원칙을 벗어난 로봇은 절대 만들지 않는다는 이영미 박사님의 말이 사실이라면, 그 로봇은 애초부터 나에게 누명을 씌우기 위해 만들어진 거야. 지훈이를 죽이는 건 범인의 목적이 아니야. 나를 살인자로 만드는 게 그가 원하는 거지."

"선생님을요?"

"그래. 지훈이는 누군가에게 원한을 살 아이가 절대 아니지만 설령 그렇다고 가정해 봐도 이런 식으로 살해당하는 건 말이 안 돼.

중학생 한 명을 죽이기 위해 정교한 로봇을 만든다는 건 터무니없는 일이지. 동기가 무엇이든 간에 지훈이를 죽이려면 더 쉬운 방법도 많잖아.

경찰이 공개한 CCTV 영상을 보면, 그 로봇은 교실에 있던 지훈이를 복도로 불러낸 뒤 살해했어. 어차피 교실 안에는 지훈이밖에 없었는데 왜 하필 복도에서 죽였을까? 그건 일부러 카메라에 찍히기 위해 그런 거야. 3학년 8반 교실은 복도의 감시 카메라가 바로 내려다보는 위치거든. 그래서 자신이 살인을 하는 모습을 영상으로 남기기 위해 지훈이를 복도로 부른 거지. 마침 복도에는 목격자가 되어 줄 학생도 있었어. 즉, 그 로봇은 자신이 사람을 죽이는 걸 의도적으로 들키고 싶어 했어. 아니, 그 반대지. 들키기 위해서 사람을 죽인 거야.

그런데 좀 이상하지 않니? 하필이면 그 로봇이 나와 같은 수학 로봇이라는 게 말이야. 내가 우리 학교의 유일한 수학 로봇이잖니. 그래서 그 로봇 때문에 난 자동적으로 살인 용의자가 되고 말았어. 더구나 그 로봇이 범행을 저지르던 시각에 난 알리바이가 전혀 없단다. 그게 교무실을 나갔다 들어오는 동안 내가 보관실에 있었다는 걸 증명할 수가 없거든. 그 로봇이 내가 아니라는 걸 증명하지 못하니까 말이야. 이 모든 정황을 종합해 보면 누군가가 나에게 '학생을 죽인 로봇'이라는 누명을 씌우려는 것 같아."

그렇다면 왜 그에게 살인 누명을 씌우려는 것일까?

"나야 물론 선량한 교사지만 만에 하나 나에게 복수를 하고 싶은 사람이 있다 해도 나에게 살인 누명을 씌우는 게 그 사람 입장에서 제대로 된 복수는 아닐 거야. 로봇은 감정이 없잖아. 내가 억울하게 사형을 당해도 나는 억울함 같은 감정을 느끼지 못하는데 무슨 소용이겠니?"

"지금은 감정이 있잖아요."

"이건 매우 예외적인 상황이야. 이영미 박사님이 그러셨단다. 로봇이 감정을 갖게 되는 건 특수한 조건들끼리 서로 맞물리는 아주 드문 경우라고. 그리고 감정이 생기더라도 지금의 나처럼 확실하고 뚜렷한 감정을 갖게 되는 건 이 박사님조차 이론적으로만 접해 본 상황이래. 초원에서도 인공지능의 감정을 만들어 보려고 많은 시도를 했지만 전부 실패했어. 그러니까 범인이 내가 감정을 갖게 되어 괴로워하게 만들려고 지훈이를 죽였을 가능성은 없어. 범인이 로봇공학에 지식이 있다면 더욱 그렇겠지. 범인은 아주 치밀한 사람이야. 내가 언제 교무실에 혼자 남겨지는지, 언제 교무실을 나오는지 미리 다 알고서 내가 알리바이가 없을 때 살인을 저질렀어. 이런 사람이 복권 당첨보다 낮은 확률이 일어나는 걸 목표로 범죄를 계획하진 않았을 거야. 오히려 그는 내가 경찰에게 반항하고 도망쳐서 크게 놀랐을 거야. 그의 계획대로라면 나는 순순히 경찰에게 끌려가서 지금쯤 과학자들이 내 몸의 전선 하나까지 모조리 분해해서 분석하는 중일 테니까. 너희들도 그 수건을 봤니?"

"수건이요?"

"그 로봇이 지훈이를 죽일 때 머리에 수건을 씌우고 둔기로 내려쳤거든. 나도 CCTV 영상을 보고 알게 됐단다."

"아……. 못 봤어요. 별로 보고 싶지도 않고."

현석이가 핏기 없는 얼굴로 말했다.

"그 수건을 보면 내가 감정을 갖게 된 게 범인의 예상 밖이라는 걸 알 수 있어. 너희들 혹시 루미놀 검사라고 아니? 혈흔 분석 검사야. 살인자가 범행 현장에 묻은 피를 지워도 루미놀이라는 액체를 뿌리면 혈흔이 드러나. 그 로봇이 지훈이의 머리를 뭔가로 가리지 않고 그냥 때렸다면 그것의 몸에 피가 튈 수도 있어. 그러면 그 장면을 CCTV로 본 경찰이 내 몸에 루미놀 검사를 할 거야. 내가 살인자라면 피를 닦아 내도 혈흔이 드러날 테니까. 그런데 만약 내 몸에서 피가 전혀 검출되지 않으면 경찰은 내가 아닌 다른 로봇이 범인일 가능성에 초점을 맞추고 수사를 하게 될 수도 있어. 그 로봇이 지훈이의 머리를 수건으로 감싼 건 그래서야. '가우스'의 몸에 피가 전혀 묻지 않았다는 걸 보여 주기 위해서. 즉, 범인은 처음부터 내가 유일한 용의자로 지목되는 걸 목표로 범죄를 계획했어. 내가 감정을 가지거나 도망친다는 건 그가 전혀 고려하지 못한 상황일 거야."

조윤이가 말했다.

"그러니까 선생님을 살인자로 만들려고 지훈이를 죽였는데, 그렇다고 또 선생님한테 악감정이 있는 것도 아니라는 거군요?"

"그래, 결국 나도 지훈이처럼 도구로 쓰였을 뿐이지. 이렇게까지 하는 이유는 하나밖에 없어. 로봇산업에 타격을 주는 것."

가우스는 말을 이었다.

"교육용 로봇이 학생을 살해하는 일이 일어난다면 정부에서는 로봇 교사 제도를 영구적으로 폐지할 거야. 그걸 위해서 이 사건은 아주 치밀하게 계획되었어. 다른 로봇이 아닌 나를 살인자로 만들려고 한 걸 보면 알 수 있지. 내가 우리 학교 전 학년 시간표를 다시 한번 확인해 봤는데 일주일 시간표를 통틀어서 교무실에 혼자 남아있는 로봇은 오늘 방과 후 수업 전 30분 동안의 나뿐이야. 다른 로봇들은 모두 수업 중이었고 인간 선생님들은 그때 교무 회의가 있었거든. 범인은 로봇 교사의 외형을 본뜬 로봇을 만들어서 살인을 저질렀지. 그런데 만약 어떤 로봇 교사가 학생을 죽였는데 같은 시각 학교의 다른 곳에서 똑같은 로봇 교사가 CCTV에 찍힌다면? 그럼 살인을 한 로봇이 가짜라는 걸 들키게 될 거야. 교무실과 로봇 보관실 안에는 CCTV가 없으니 진짜 로봇 교사가 교무실에 있는 동안 가짜 로봇 교사가 교무실을 나와서 살인을 하고 다시 교무실로 들어간다면, 누가 봐도 교무실에 혼자 있던 그 로봇이 살인을 한 것처럼 보이지 않겠어? 그리고 그러기 위해서는 그 로봇 하나를 제외한 모든 사람과 로봇이 교무실을 비운 틈을 노려야 해."

"그래서 선생님이 선택되었다는 거군요."

"그렇지. 나는 오늘 30분 동안 교무실에 혼자 있었거든. 다른 로봇들이 나랑 같이 있었다면 그 시간에 내가 보관실에 있었다는 걸 증언해 줄 수 있잖아. 경찰이 로봇의 증언을 얼마나 믿을지는 모르지만 일을 확실히 하기 위해서는 로봇이든 인간이든 증인을 아예 만들지 않는 게 좋겠지.

나를 이용하기로 정하면 그다음에는 나랑 친한 학생을 살해 대상으로 골랐을 거야. 복도에 있던 아무 학생이나 죽이고 교무실로 돌아가는 건 위험해. 운이 나쁘면 근처에 있던 다른 사람들에게 제압당해 붙잡힐 수 있거든. 그럼 정체가 탄로 나잖아. 그래서 범인은 CCTV가 있는 곳에서 보란 듯이 살인을 한 뒤 안전하게 교무실로 돌아갈 수 있는 방법을 찾아냈어. 바로 텅 빈 복도에서 미리 불러낸 학생을 살해하는 거야. 지훈이가 오늘 3시 39분에 8반 교실에 가서 혼자 기다리고 있었대. 이상하지 않니? 지훈이는 지금까지 지각을 한 적이 없지만 그래도 제시간보다 20분이나 일찍 온 적은 한 번도 없었거든. 내 생각에는 아마 그 가짜 가우스가 지훈이에게 일찍 나오라고 시킨 것 같아."

"뭐라고요?"

아이들이 경악했다.

"그놈이 지훈이한테 명령을 했다고요?"

"그런 것 같아."

"그게 어떻게 가능해요?"

"간단하지. 그 로봇은 나랑 똑같이 생겼잖아. 그리고 당연히 나랑 똑같은 목소리를 내도록 만들어졌겠지. 그러니까 지훈이한테 가서 오늘 수업은 평소보다 일찍 나오라고 말하면 지훈이는 눈앞의 로봇이 당연히 나라고 생각해서 순순히 그 말을 따랐을 거야. 지훈이는 선생님 말을 잘 듣는 아이였으니까."

"이런 씨발, 그러니까,"

조윤이가 혐오스럽다는 듯이 내뱉었다.

"그러니까, 살인자가 선생님인 척 변장을 하고 지훈이한테 직접 말을 했다는 거죠?"

"변장을 할 필요도 없지. 외모가 완전히 똑같으니까."

현석이가 더듬거리며 말했다.

"지훈이가 '그것'과 대화를 하면서 선생님이 아니라는 걸 몰랐을까요?"

"그건 내가 그 로봇을 직접 만나 보지 않아서 잘 모르겠구나. 하지만 내가 생각해도 속을 수밖에 없을 것 같아. 너희라도 그렇지 않겠니? 지훈이는 자신과 말하고 있는 상대가 수학 선생님이 아니라 선생님을 사칭한 다른 로봇일 거라고는 상상도 못 했겠지. 학교에 수학 로봇은 나밖에 없으니까. 그리고 그 로봇은 지훈이랑 길게 대화할 필요도 없었을 거야. 그냥 잠깐 만나서 20분만 일찍 나오라고 하면 되잖아. 그렇게 간단하게 몇 마디 나눈 것만으로 상대방이 '가짜 가우스'라는 걸 눈치채기는 어려울 거야. 어쩌면 직접 만나지 않고 전화를 했을지도 모르지만 그렇게 하면 통화 기록이 남으니까 전화로 지시했을 가능성은 낮아 보여."

"왜 지훈이한테 일찍 나오라고 한 걸까요?"

"네 명이 같이 오면 살인을 하기 힘들어. 아무리 애들이라도 네 명을 한 번에 상대하면 거꾸로 제압당할 수도 있거든. 특히 성우는 키도 크고 힘도 세잖아."

"그러니까 제 말은, 왜 그게 하필이면 우리 네 명 중에 지훈이였냐는 거죠."

성우가 물었다.

"지훈이를 싫어했나?"

현석이의 말에 조윤이가 고개를 저었다.

"우리 중에 지훈이가 제일 착하잖아. 혼자 조용히 일찍 나오라고 하면 군말 없이 따를 테니까 그랬겠지."

그 말에 다른 두 친구도 수긍하는 표정이었다. 현석이가 다시 눈가를 닦으며 말했다.

"지훈이가 착해서 그랬구나. 제일 말을 잘 들어서……."

가우스는 잠시 할 말을 잃었다. 그도 은연중에 그렇게 짐작하고 있었기 때문이다. 그게 아니라면 죽여야 할 학생이 반드시 지훈이여야 할 다른 이유가 생각나지 않았다. 그가 지훈이에게 느끼는 죄책감은 그 때문이었다.

"얘들아, 선생님이 미안하다."

"갑자기 무슨 말씀이세요."

성우가 살짝 원망하는 투로 말했다.

"그런 말씀 하지 마세요. 하던 얘기나 마저 해 보세요."

"난……. 그래, 알겠어. 난 이런 생각이 들어. 지훈이를 부른 걸 보면 범인은 지훈이를 잘 아는 학교 관계자일 가능성이 크다고 말이야. 범인은 교사들의 전체 시간표를 꿰고 있었고 우리가 다른 방과 후 수업보다 30분 늦게 시작한다는 것도 알고 있었어. 그 말은 범인이 우리 학교 교사일 수도 있다는 뜻이야. 난 범인이 몇 명인지는 모르겠지만 이 사건이 절대 단독범행은 아닐 거라고 생각해. 우리 학교의 모든 교직원 중에서 혼자 힘으로 휴머노이드를 만들수 있는 사람은 없을 거야. 아마 이 사건은 로봇공학 기술자를 포함해서 상당히 많은 사람이 공모한 범죄일 테고 그중에 우리 학교 관계자도 최소한 한 명 이상은 관련되어 있을 거야. 그 사람은 지훈이가 어떤 아이인지, 그리고 나랑 친하다는 사실까지 알고 있는 걸로 봐서 지훈이의 담임선생님이거나 그 정도로 가까운 사람이 아닐까 싶어."

아이들이 헉 하는 소리를 냈다. 다들 충격으로 얼굴이 일그러졌다. 현석이가 조심스럽게 말했다.

"우리 담임이 지훈이를 죽였을지도 모른다고요?"

"어디까지나 추측에 불과해. 하지만 내가 신경 쓰이는 게 하나 있단다. 나한테 너희의 방과 후 수업을 맡긴 게 최인규 선생님이라는 거야. 어떤 학생을 가르칠지, 언제, 어떤 교실에서 수업을 할지 정해서 나에게 명령하신 게 바로 최인규 선생님이었어."

성우가 갈라진 목소리로 말했다.

"그 사람 인교조잖아."

"최인규가 성격이 안 좋긴 해도 설마 그런 짓을……."

현석이의 목소리가 떨렸다. 조윤이도 심각한 얼굴로 말했다.

"만약 최인규가 연루되어 있다면 진짜 배후는 인교조겠네요. 로봇이 학생을 죽인 것처럼 일을 꾸민다면 로봇 교사를 박멸할 수 있을 테니까요. 최인규가 혼자서 로봇을 만들 만한 돈이나 기술은 당연히 없겠지만 인교조 단체 차원에서 한 거라면 어렵진 않을 것 같은데."

거실에는 잠시 침묵이 감돌았다. 가우스는 최인규에 대한 모든 기억을 빠르게 되감으며 범죄에 대한 단서가 있는지 살폈다. 기억 속의 최인규는 언제나 짜증을 내고 가우스를 타박했다. 그가 가우스를 만나고 처음으로 한 말은 이거였다. '무슨 로봇이 애들을 가르친다고.' 하지만 이 사건과 관련된 것으로 의심되는 부분은 딱히 없었다. 대부분의 인간들처럼 최인규 역시 늘 비슷한 말과 행동을 반복할 뿐이었다.

"뭐가 이러냐."

성우가 내뱉었다.

"생각할수록 엿같네. 최인규라니, 이거 상황이 왜 이래?"

가우스가 말했다.

"아니야, 아직은 아무것도 확신할 수 없어. 증거도 없이 함부로 단정 지으면 안 되지."

현석이가 물었다.

"그런데 그 살인 로봇은 어떻게 교무실에 있던 거예요? 선생님은 분명 그때 교무실에 아무도 없었다고 했는데, 어떻게 그게 교무실을 나왔다가 들어가는 모습이 감시 카메라에 찍힌 거죠?"

"그 로봇이 어떻게 교무실로 들어왔는지는 쉽게 짐작이 가. 놈은 창문으로 들어왔을 거야."

"창문이요?"

"그래. 내가 보관실에 있을 때 들었던 소리도 그 로봇이 창문을 넘어오는 소리였던 것 같아. 교무실 창문은 나도 지나갈 수 있을 정도의 크기니까 그 로봇도 무리 없이 들어올 수 있었을 거야. 교무실에는 양옆에 창문이 있는데 운동장 쪽 창문으로 들어왔다간 밖에 있는 사람들의 눈에 띌 가능성이 커. 그러니 반대편의 학교 담장 쪽 창문으로 들어왔을 거야. 그쪽은 옆 건물의 벽이 붙어 있어서 들킬 위험이 낮지. 로봇이 1층에서부터 벽을 타고 기어올랐을 것 같지는 않아. 그쪽에는 교실 창문이 있어서 벽을 타고 오르다가 교실 안에 있던 사람의 눈에 띌 수가 있거든. 내 생각에 그 로봇은 교무실 바로 아래층에 있는 남자 화장실에 숨어 있다가 교무실에 나 혼자 있을 때 화장실 창문을 통해서 교무실 창문으로 넘어왔을 거야. 그리고 문으로 나가서 보란 듯이 살인을 저지른 뒤, 교무실로 돌아와서 다시 창문을 통해 화장실로 들어가는 거지. 내가 이렇게 생각하는 이유는 그 3층 남자 화장실 입구 바로 앞에 계단이 있고, 화장실에서 1층까지 계단을 내려가는 동안 그곳에는 CCTV가 하나도 없기 때문이야."

"그래요? 그런 것도 뉴스에 나왔어요?"

조윤이가 물었다.

"아니, 이건 내가 원래 알고 있던 사실이란다. 난 우리 학교 전체의 모든 세부 요소를 다 기억하고 있거든. 내가 범인이라면 이렇게 했을 것 같아. 먼저 그 로봇을 조종해서 사람들 몰래 담장을 넘어 들어오게 하는 거야. 그리고 기회를 봐서 지훈이에게 6월 20일 목요일 수업은 20분 정도 일찍 나오라고 말해. 그리고 화장실에 숨어 있다가 지훈이와 약속한 시각이 되면, 아까 말한 대로 창문으로 교무실에 들어가서 살인을 한 뒤 다시 화장실로 들어가는 거야. 그 다음에는 1층으로 내려가 후문 쪽의 담을 넘어 도망치는 거지."

"그리고 놈은 자취를 감추는 거군요."

조윤이가 고개를 주억거렸다.

"완전범죄군."

그들은 한동안 말없이 앉아 있었다. 성우가 뭐라고 말을 하려다 입을 다물었다. 아이들은 모두 같은 생각을 하고 있었다. 가우스도 마찬가지였다.

"지훈이 동생이 지금 몇 살이지?"

현석이가 물었다.

"여섯 살이래."

가우스가 대답했다. 가우스는 아이들에게 11시가 되었으니 집에 돌아가야 하지 않느냐고 물었지만 아무도 대답하지 않았다. 그는 아이들에게 도움이 되지 못하는 자신이 한심했다. 비록 도망치는 중이었지만 어쨌거나 그는 교사였다. 학생을 위해 뭔가를 해야 했다. 지훈이를 지키지 못했으니 남은 아이들을 위해서라도 뭔가를 해야 했다. 배터리가 완전히 충전되었다는 신호가 떴다. 가우스가 말했다.

"내가 한번 가 봐야겠다."

"어디를요?"

"최인규 선생님의 집에 찾아갈 거야. 만약 그분이 이 일과 관련되어 있다면 집 안에 사소한 거라도 증거가 남아 있겠지."

조윤이가 말했다.

"자수한다는 말은 아니죠? 그러니까 몰래 찾아가겠다는 거잖아요?"

"그래, 그 집에 몰래 들어갈 거야."

세 아이는 잠시 시선을 교환했다. 가우스는 아이들의 표정을 읽을 수 있었다. 이 로봇 미쳤나 봐. 하지만 아이들은 점점 그 생각이 마음에 드는 것 같았다. 성우가 말했다.

"좋은 생각이에요. 저희가 뭘 도와드리면 되죠?"

할머니

선유한 할머니는 몇 년 전에 환갑을 넘겼다. 할머니는 환갑이 되기 전부터 목동의 양천프라자에 있는 작은 식당에서 일하고 있었다. 양천프라자는 수많은 학원과 식당, 가게가 밀집된 건물이었다. 선유한이 일하는 식당은 로봇 수리점과 PC방 사이에 자리 잡고 있었다. 식당 사장은 자기도 옆에 있는 PC방처럼 로봇 알바를 쓰고 싶다는 말을 입에 달고 살았다. 물론 보잘것없는 가게 매출로는 로봇을 살 수 없었지만 사장은 그걸 알면서도 그 농담을 즐겨 했다. 선 할머니보다 열 살은 어린 사장은 수다스럽고 싹싹한 사람이었다. 그는 할머니가 듣든지 말든지 이런저런 얘기를 하면서 쉬지 않고 수다를 떨었다. 할머니는 설거지를 하거나 그릇을 나르면서 그의 말을 대부분 건성으로 들었지만 막상 사장의 수다가 없으면 심심했다. 마치 귀 기울여 듣지 않아도 항상 켜 놓는 라디오 같았다. 작은 식당에는 사장과 할머니, 그리고 민지 엄마 셋뿐이었지만 이들은 오랫동안 같이 일해서 로봇처럼 손발이 잘 맞았다.

선 할머니네는 원래 형편이 좋지 않았지만 요즘 들어 점점 어려워졌다. 중학생인 손자가 학원을 다니기 시작했기 때문이다. 아무리 궁색해도 학원은 보내야 했다. 선유한은 다른 학부모들의 부모뻘이었지만 요즘은 학원을 가지 않으면 내신 관리가 어렵다는 것 정도는 알고 있었다. 선유한의 손자는 양천프라자의 11층에 있는 영어학원을 다녔다. 할머니가 감당할 수 있는 것 중 가장 싼 학원이었다. 이거 하나만으로도 벅찼다. 착한 손자는 혼자 공부해도 충분하다고 했지만 아무리 봐도 수학과 영어는 학원의 도움이 없으면 다른 애들을 따라갈 수 없었다. 이 나라 교육은 정말 이상하군. 돈 없으면 공부도 못하게 하다니. 선유한은 자주 그런 생각을 했다. 돈은 늘 필요했지만 애들이 클수록 절실해졌다. 아들과 며느리가 죽은 이후로는 특히 그랬다. 두 사람은 작은애가 젖먹이일 때 순직했다. 두 사람의 순직유족연금과 보상금을 합쳐도 세 사람의 생활비와 대출금 상환에는 부족했기 때문에 선유한은 일터로 나가야 했다. 할머니가 할 수 있는 일은 많지 않았다. 그녀는 몇 가지 일을 전전하다가 이 아담한 식당에 들어오게 되었다. 월급은 그리 많지 않았고 가게 일은 힘에 부칠 때가 많았지만 선유한은 일을 하는 덕분에 나이 들어서도 팔팔하게 돌아다닐 수 있다고 생각했다. 그리고 방과 후에 학원 건물을 오르내리는 아이들을 보는 것도 재미있었다. 비록 그들은 그리 활기차 보이지는 않았지만 말이다. 선유한이 볼 때마다 아이들은 엘리베이터를 기다리면서 스마트폰을 하고 있었다. 아이들은 이 커다란 감옥에 정해진 시간마다 갇혀 있느라 늘 무표정했다. 가끔 그들은 선유한보다 더 늙어 보였다. 그나마 PC방에 가는 아이들은 좀 자유로워 보였다. 저긴 재밌는 곳인가? 언제 한번 나도 들어가 볼까. 물론 그녀는 할 줄 아는 게임이 하나도 없었다. 손자들도 마찬가지였다. 둘째는 여섯 살이었고 중학교 3학년인 큰손자는 집에서 책만 읽었다. 큰손자는 기특한 아이였다. 어려서 부모를 잃었지만 부모 없는 아이처럼 보이지 않았고 구김살 없이 반듯했다. 선유한은 그런 손자가 자랑스러웠다. 그녀는 손자에게 자주 말하곤 했다.

"지훈아, 할머니는 네가 나보다 더 어른스럽다고 생각해. 그래서 참 고맙기도 하고 미안하기도 하고 그러네."

그럴 때마다 손자는 할머니가 자신보다 젊고 씩씩해 보인다고 했다. 그런 말들 때문인지, 지훈이는 할머니보다 먼저 죽었다.

경찰이 찾아오기 전부터 선유한은 신양중학교에서 살인사건이 일어났다는 사실을 알고 있었다. 가게 안에 항상 켜 둔 TV에서 오후에 하던 예능 프로그램이 갑자기 멈추더니 뉴스 속보가 나왔다. 목동의 신양중학교에서 학생이 살해되었다는 뉴스였다. 선유한은 설거지를 하다가 아나운서의 말에 손을 멈추었다. 지훈이가 다니는 학교였기 때문이다.

"세상에, 저기 할머니 손자가 다니는 곳 아니에요?"

사장이 호들갑을 떨었다. 선유한은 눈을 찌푸렸다. 기분이 안 좋은데. 신양중학교 건물 앞에서 기자가 상황을 설명하고 있었다. 운동장은 경찰차와 응급차 사이를 뛰어다니는 사람들로 어지러웠다.

흥분한 학생들이 소리를 질러 대서 기자의 목소리가 제대로 들리지 않았다. 선유한은 고무장갑을 벗었다. 이상한 말을 들었기 때문이다. 로봇이 학생을 죽였다는 것이다.

"우리 민지도 신양중 다니는데, 어떡하지? 어떡하죠?"

그릇을 정리하던 민지 엄마의 목소리가 떨렸다. 선유한은 몸속이 차가워지는 기분이었다. 뭐가 어떻게 된 거야. 사장이 열심히 그들을 안심시켰다.

"아무 일도 없을 거예요. 두 분 다 얼른 애들한테 전화해 보세요."

민지 엄마는 사장의 말이 끝나자마자 휴대폰을 들고 밖으로 뛰어나갔다. 선유한도 식당 밖의 복도로 나가 휴대폰을 켰다. 그녀는 일할 때 휴대폰을 꺼 두었다. 그녀는 지훈이에게 전화를 걸면 괜히 안 좋은 일이 없다가도 생길까 봐 잠시 망설였다. 어차피 좀 있으면 집에 올 텐데 뭐. 그런데 휴대폰을 켜자 모르는 번호로 전화가 여러 통 와 있었다. 선유한은 부재중전화들을 무시하고 지훈이에게 전화를 걸었다. 지훈이의 휴대폰은 전원이 꺼져 있었다. 별로 이상한 일은 아니었다. 지금쯤 지훈이는 방과 후 수업 중일 것이다. 선 할머니가 다시 가게로 들어오자 사장이 물었다.

"어떻게 됐어요? 지훈이 괜찮대요?"

"글쎄, 전화를 안 받는데……."

뒤에서 민지 엄마가 뛰어 들어왔다.

"우리 민지는 잘 있대요. 민지도 도서관에 있다가 경찰차 오는 걸 보고 운동장에 나갔다고 하더라고요. 지금 신양중학교 난리도 아니라던데요? 경찰이랑 기자들이랑 응급차에다 아주 그냥 전쟁통 이래요."

"죽은 학생은? 누가 죽었대요?"

"그건 민지도 못 들었대요."

뉴스에서는 교육용 로봇에 대한 사진과 설명이 나오고 있었다.

"무슨 일이지? 로봇이 애를 죽였다는 거예요?"

사장이 물었다.

"그런가 봐요. 뭐 이런 일이 다 있어? 어떻게 로봇이 사람을 죽여요?"

"뭔가 착각했겠지. 로봇은 사람에게 해가 되는 일은 절대 할 수 없잖아. 이제 다시 일이나 합시다."

선유한이 다시 부엌으로 들어갔지만 사장과 윤지 엄마는 계속 불안한 얼굴로 서 있었다. 선유한도 일이 손에 잡히지 않았지만 다시 고무장갑을 꼈다.

"둘 다 그만 들어와요. 이거 설거지를 나 혼자 다 하라는 건가?"

선유한이 장난스럽게 짜증을 내는데 사장이 나지막하게 말했다.

"선 할머니, 누가 왔어요."

선유한이 부엌 밖으로 고개를 내미니 사장이 얼어붙은 얼굴로 서 있었다. 민지 엄마도 비슷했다. 다시 가슴이 차가워졌다. 그녀는 천천히 장갑을 벗으면서 머릿속으로 나쁜 생각이 떠오르지 않게 노력했다. TV에서 아나운서가 죽은 학생에 대해 뭐라고 하고 있었지만 듣지 않으려고 일부러 헛기침을 했다. 복도에는 모르는 남자 두 명이 서 있었다. 그들 역시 심각한 표정이었다. 선유한은 숨을 삼켰다. 그중 한 명이 말했다.

"강지훈 학생 할머니시죠?"

선유한은 그날 하루 종일 허우적거리며 헤맸다. 병원 안치실에 누워 있던 지훈이는 사람의 모습을 한 고체의 무언가처럼 느껴졌다. 그녀는 손자에게 마지막으로 무슨 말을 하려고 했지만 그 전에 의사가 천을 덮어 버렸다. 사실 자신도 무슨 말을 하려고 했는지 알 수 없었다. 지훈이는 뒤통수가 깨졌지만 얼굴은 알아볼 수 있었다. 둔기에 머리를 맞았다고 했다. 경찰은 지훈이에 대해 몇 가지 질문을 했고 선유한은 혀가 움직이는 대로 놔뒀다. 그녀는 말을 하면서도 자신이 뭐라고 하는지 느끼지 못했다. 경찰은 애도를 표하면서 가까운 시일 안에 보다 자세한 협조를 부탁드린다고 했다. 그리고 지훈이의 시신은 검사의 지시에 따라 다음 주 월요일까지 안치실에 보관될 예정이라는 말도 덧붙였다.

경찰차를 타고 집으로 돌아가면서 선유한은 꼬맹이가 생각났다. 그녀와 지훈이는 여섯 살짜리 작은애를 꼬맹이라고 불렀다. 꼬맹이는 유치원에 돌아와서 몇 시간째 혼자 있을 것이다. 그녀는 집에 전화를 걸었다. 아이가 전화를 받아서 옆집 아줌마가 준 간식을 혼자 먹고 있다고 했다.

"할머니, 형은 왜 안 와요?"

선유한은 형이 친구 집에 놀러 갔다고 말하고 전화를 끊었다.

경찰이 집 앞에 차를 댔다. 경찰은 다시 연락하겠다고 한 뒤 가버렸다. 선유한은 낡고 침침한 아파트를 올라갔다. 비좁은 엘리베이터가 멈추자 그녀는 힘겹게 걸음을 내디뎠다. 가게 앞에서 경찰을 만난 후부터 아무 생각도 할 수 없었다. 문을 열자 꼬맹이가 거실에 엎드린 채 스케치북에 뭔가를 그리고 있었다. 할머니를 본 꼬맹이가 현관으로 달려왔다. 선유한은 아이에게 힘든 티를 내지 않으려고 한번 안아 줬다. 꼬맹이가 뭐라고 재잘거렸지만 귀에 들어오지 않았다. 손자가 할머니의 팔을 잡아당겼다.

"할머니, 나 배고파요."

선유한은 비척거리며 일어나 밥을 하려고 했지만 서 있기가 힘들어서 그냥 식탁에 주저앉았다. 그녀는 꼬맹이에게 짜장면을 먹겠냐고 물었다. 꼬맹이는 함박웃음을 지으며 좋다고 했다. 그녀는 중국집에 주문을 하고 식탁 위에 얼굴을 묻었다.

"할머니, 형은 왜 안 와요?"

그러게 말이야. 형은 왜 안 오는 걸까? 선유한은 입을 달싹거리며 혼잣말을 했다. 꼬맹이한테 묻는 건지 자신에게 묻는 말인지 자신도 알 수 없었다. 머릿속에서 끊임없이 생각들이 스쳐 지나갔지만 생각들은 수면 위로 떠오르자마자 사라지는 물거품처럼 흩어졌다. 지훈이는 왜 안 오는 걸까…….

꼬맹이가 켜 놓은 거실 TV에서 지훈이 얘기가 나오고 있었다. 다행히 뉴스에서는 지훈이의 이름이나 자세한 신상에 대해서는 이야기하지 않았다. 그게 다행인 걸까? 우리 지훈이가 죽었다는 사실을 세상이 모르잖아. 나나 그 아이나 이름 없는 사람이로군. 뉴스에서는 로봇이 교무실에서 나와 어떻게 학생을 죽이고 다시 들어갔는지 학교 조감도를 보여 주며 반복해서 설명했다. 살인을 저

지른 건 수학 교사라고 했다. 가우스라는 별명을 가진 로봇이었다. 가우스? 선유한의 머리에 불이 확 켜졌다. 그건 지훈이가 좋아하는 로봇이었다. 지훈이는 집에 와서 가우스에 대한 이야기를 자주 했다. 수학을 가르치는 로봇인데 정말 좋은 선생님이라는 것이다. 지훈이의 얘기를 들으면서 선유한은 지훈이가 로봇이 아니라 인간 교사에 대해 말하는 것 같다는 느낌을 받았다. '가우스 선생님은 정말 자상한 분이에요.' 그런데 왜 그런 짓을 한 거지? 왜? 로봇에게 왜 그런 짓을 했는지 묻는 건 아무 의미가 없지만 선유한은 점점 그놈이 사람처럼 느껴졌다. 놈이 경찰차를 부수고 도망쳤기 때문에 그럴지도 모른다. 만약 그놈이 잡힌다면 어떻게 해야 할까. 감옥에 가둬야 하나? 로봇을 감옥에 가둔다고? 그녀는 흐릿해진 눈으로 수갑을 찬 로봇에게 왜 지훈이를 죽였냐고 묻는 자신의 모습을 그려 봤다. 처음에는 생생해지다가 이내 흩어졌다.

꼬맹이가 다시 그림을 그리며 콧노래를 흥얼거렸다. 그러더니 다 그린 그림을 들어서 할머니 앞으로 들고 왔다.

"할머니, 이것 봐요. 잘 그렸죠?"

로봇과 사람이 술래잡기하는 그림이었다. 아마 놀이터에서 보육용 로봇이 애들과 놀아 주는 모습을 보고 그린 모양이었다. 선유한은 정말 멋진 그림이라고 중얼거렸다.

그때 초인종이 울렸다. 선유한은 천천히 현관으로 가서 문을 열어 줬다. 배달용 로봇이 집 안으로 불쑥 들어왔다. 선유한은 비명을 지르며 문을 닫아 버렸다. 손자가 놀라서 쳐다봤다.

"할머니, 왜 그래요?"

"저건 로봇이잖아!"

"원래 로봇이 짜장면 갖다주잖아요."

로봇이 현관문을 두드리는 소리가 들렸다.

"손님, 여기 603호 아닌가요? 짜장면 하나 시키신 거 맞죠?"

기분 나쁠 정도로 차분한 목소리였다. 선유한은 조심스럽게 문을 열었다. 배달 로봇이 다시 들어와서 음식을 바닥에 내려놓았다. 돈을 받은 로봇은 친절한 목소리로 맛있게 드시라고 하더니 나가 버렸다.

선유한은 식탁에 앉아서 꼬맹이가 짜장면을 열심히 먹는 걸 말없이 지켜봤다. 손자가 물었다.

"형은 언제까지 친구 집에 있는 거야?"

"할머니도 모르겠다."

그녀는 방금 들었던 배달 로봇의 목소리를 떠올렸다. 소름끼치게 차분한 목소리. 그래, 로봇은 절대 흥분하는 법 없이 오직 시키는 대로만 움직이는 물건이다. 그런데 그놈은 대체 왜 그랬을까? 그녀는 아무거나 내키는 대로 상상하기 시작했다. 우리 지훈이가 무슨 나쁜 짓을 했나? 하지만 무슨 일을 했든 간에 애한테 그러면 안 되지. 왜 우리 애한테, 우리 지훈이가 뭘 잘못했다고……

꼬맹이는 짜장면을 포크로 먹었다. 아이는 아직도 젓가락질이 서툴렀다. 지훈이도 저 나이 때는 그랬다. 안치실에 누워 있던 지훈이가 떠올랐다. 몸이 당장이라도 쓰러질 것 같았다.

"할머니, 그럼 형은 오늘 안 와요? 내일 와요?"

꼬맹이는 지치지도 않는지 계속해서 물었다. 선유한은 지쳐서 대답할 힘이 없었다. 그녀는 그저 꼬맹이의 얼굴을 휴지로 닦아 주고 물을 따라 줬다. 선유한은 다 먹은 짜장면 그릇을 씻어서 현관문 앞에 내려놓았다. 복도에 서서 아파트 밖을 내려다보자 가로등 사이로 걸어가는 사람들이 보였다. 세상은 얼핏 아무 일도 없는 것처럼 보였다.

아들 내외가 죽었을 때도 이런 평범한 밤이었다. 그들은 도주하던 강도를 검거하는 과정에서 저항하던 강도에게 둘 다 살해당했다. 두 사람이 죽은 후로 한동안은 구멍 난 항아리처럼 기운이나 기억이 자꾸 빠져나갔다. 하지만 그녀는 오늘 아들과 며느리의 순직 소식을 듣던 날이 생생하게 떠올랐다. 시간이 겹쳐진 것 같았다. 어쩌면, 그때 지훈이 부모를 죽인 놈이 다시 돌아와서 지훈이마저 데려간 건 아닐까? 그녀는 무서운 생각이 들어서 자기도 모르게 몸을 떨었다.

조용한 밤이었다. 어제까지만 해도 지훈이는 이 시간에 학원에 있었다. 죽지 않았다면 지금도 학원에 있었을 것이다. 이렇게 떠날 줄 알았다면 좀 다르게 살았을 텐데. 아들 내외가 죽었을 때도 똑같은 생각을 했었다. 다시 자식을 잃은 선유한은 현관문 앞에 천천히 주저앉았다. 그리고 울기 시작했다.

5분간의 통화

가우스는 새벽에 성우의 집을 나섰다. 성우는 가우스에게 자기 옷을 입혔다. 성우가 가우스보다 키가 크긴 했지만 그런대로 몸에 맞았다. 가우스는 청바지를 입고 긴팔 셔츠 위에 검은색 후드티를 입었다. 그리고 머리에 모자를 쓴 뒤 그 위에 후드까지 덮은 다음 얼굴을 커다란 하얀색 마스크로 가렸다. 성우의 파란색 운동화는 가우스에게 좀 커서 신발끈을 다시 묶어야 했다. 초여름에 입는 옷치고는 더워 보였지만 몸을 남김없이 가리려면 어쩔 수 없었다. 그는 마지막으로 장갑을 껴서 손을 감췄다. 성우는 다시 한번 자신이 치장해 준 가우스의 모습에 만족했다.

"정말 사람 같네요. 이렇게 입으면 이상한 행동을 하지 않는 이상 들키지 않을 거예요."

새벽 공기는 차가웠지만 벌써 해가 뜨면서 하늘이 파랗게 변하고 있었다. 가우스는 거리를 살피며 한산한 거리를 잰걸음으로 걸었다.

지난밤에 그들은 격렬한 논쟁을 했다. 가우스는 아이들이 하는 말을 주로 듣는 쪽이었다. 아이들은 집에 돌아갈 시간이 되었는데도 신경 쓰지 않았다. 조윤이는 이미 최인규를 범인으로 단정해 버렸고 현석이는 아무리 최인규가 나쁜 사람이라도 그런 짓까지 할 리는 없다고 주장했다. 성우는 이쪽이나 저쪽이나 다 마음에 안 드는 듯했다. 조윤이는 인교조가 초원의 제품을 본뜬 암살 로봇을 만들었고 그 계획을 최인규가 도왔다는 가설을 역설했다. 듣고 있던 성우가 끼어들었다.

"근데 한조윤, 네 말대로 인교조가 선생님한테 누명을 씌우려고 똑같이 생긴 로봇을 만들었다고 치자. 그럼 원래 계획대로라면 선생님은 지금 과학자들한테 끌려가서 검사받고 있을 거 아니야."

"그렇겠지. 선생님이 감정을 갖게 될 줄은 인교조 놈들도 예측하지 못했을 테니까."

"그런데 선생님 머리를 열어서 분석을 하면 선생님이 그런 짓을 안 했다는 걸 알게 되지 않겠냐? 나야 로봇에 대해서 아무것도 모르지만."

"선생님 머리에 선생님이 한 행동이 저장되지 않는다잖아."

"내 말은 그게 아니야. 만약 선생님이 무서워서 도망치지 않고 순순히 경찰에게 체포되었다면, 선생님이 살인을 할 정도로 망가진 로봇이 아니라는 걸 과학자들이 밝혀내지 않겠냐? 그럼 뭐가 됐든 어차피 인교조의 계획은 실패하는 거 아니냐고."

가우스도 그 점이 궁금했다. 하지만 기술자들이 가우스에게서 별다른 문제점을 찾아내지 못했다고 로봇 교사 제도가 계속 유지되리라 장담할 수는 없었다. CCTV 영상이라는 확실한 증거가 있기 때문에 가우스는 쉽게 혐의를 벗지 못할 것이다. 인공지능은 스스로 판단하고 행동하는 시스템이며 자율적으로 움직이는 과정에서 기술자들이 예상하지 못한 변수가 얼마든지 생길 수 있다. 이것은 과학적 사실이다. 중요한 건 그러한 변수는 어디까지나 원칙이 허용하는 범위에 국한된다는 점인데, 과연 여론이 그 부분을 얼마나 이성적으로 받아들일지는 알 수 없었다. 진실에 대한 논쟁이 이어지는 동안 전국의 학교에서 로봇 교사는 사용이 중지될 것이고 정부에서 가우스가 살인을 했을 가능성이 없다고 공식적으로 발표할 때쯤이면 이미 로봇 교사의 이미지는 박살 난 후다. 그리고 진실과 상관없이 로봇산업은 이 일로 큰 타격을 입을 것이다. 사실 이미 큰 타격을 입었다. 전국의 모든 로봇 교사가 작동이 중지됐고 교육부는 로봇 교사 제도의 폐지를 검토하겠다고 했다. 그리고 초원을 비롯한 모든 로봇 회사의 주식은 무서운 속도로 떨어지고 있었다. 특히 초원은 장이 열리자마자 하한가를 치는 곡예를 보여 주고 있었다. 가우스는 초원의 몰락을 보면서 정보화사회의 자본주의가 얼마나 빠르게 움직이는지 실감했다. 돈이 움직이는 속도는 로봇이 봐도 놀라울 정도였다. 교육용 로봇뿐만 아니라 보육용, 가사용 로봇을 주로 만드는 다른 회사들의 주식도 폭락했으며 심지어 인공지능이 아닌 로봇 제작사들도 하루 만에 큰 피해를 입었다. 가우스는 자신을 만들어 준 회사가 흔들린다고 해서 별로 걱정이 되지는 않았다. 그의 원칙에 애사심은 없었다. 그는 오직 학생을 위해 만들어진 로봇이었다. 중요한 건 살인 로봇을 만든 이의 의도대로 로봇 교사, 나아가 로봇산업 전체가 크게 정체될 거라는 점이었다.

옅은 푸른색이 섞인 맑은 새벽이었다. 평소의 가우스라면 이 시간에 로봇 보관실에 앉아 창문으로 뜨는 해를 감상하고 있을 터였다. 새벽에 학교 밖을 나와 돌아다니는 건 처음이었다. 도로에 차는 제법 있었지만 인도에 오가는 사람은 드물었다. 가우스는 빠른 걸음으로 최인규의 집으로 향했다. 그는 최인규의 집 주소를 알고 있었다. 예전에 교무실에서 교사들의 신상 정보를 정리한 문서를 본 적이 있었기 때문이다. 그는 잠깐 스쳐 지나갔을 뿐이지만 한 번 본 교사들의 전화번호와 집 주소 등을 모두 기억하고 있었다. 최인규가 최근에 이사를 간 게 아니라면 그는 가우스가 알고 있는 주소에 살고 있을 것이다.

최인규의 집은 성우네 집에서 한참 걸어가야 했다. 목동역을 지나서 계속 갈수록 학원가나 프랜차이즈 상점이 줄어들었다. 교차로를 거듭해서 건너자 술집과 여관이 점점 많아졌다. 고층 건물이 사라지고 도로변에 붙은 고속도로 휴게소 같은 가게들이 하나둘씩 늘어났다. 가우스는 빠른 걸음으로 쉬지 않고 걸었다. 인간이라면 잠시 멈춰서 숨을 골라야 했겠지만 그는 들이마실 공기가 필요 없었다. 최인규의 집으로 가는 길에는 편의점이 하나 있었는데 그 편의점 맞은편에 지하철 입구가 있었고, 이곳 지하철에서 바로 다음 역이 최인규가 사는 동네였다. 가우스는 우중충한 건물들이 점점 옥죄어 오는 동네에 도착했다. 최인규의 집은 지하철 출구 앞에 있는 골목으로 한참 들어가야 나왔다. 한번 골목 안으로 들어가면 낡은 빌라가 나올 때까지 다른 곳으로 빠져나갈 틈이 없었다. 최인규가 사는 낡고 조그마한 원룸 빌라는 골목 끄트머리에 있었는데 한쪽 벽이 도로를 접한 폐건물에 바짝 붙어 있었다. 최인규의 집은 이 빌라의 2층이었다. 지하철 입구가 가까워서 역세권은 좋은 집이었다. 그것 말고는, 적어도 외관상 괜찮은 점을 찾을 수가 없었다.

어제 일어난 일 때문에 신양중학교는 오늘 임시휴교였다. 그래서 학생들은 등교하지 않았지만 교사들은 출근을 해야 했다. 경찰이 교직원들을 학교로 불러 조사를 하기로 했기 때문이다. 언론에서는 경찰이 이 사건을 기존의 수사와 다른 방식으로 접근할 거라고 했다. 범인이 사람이 아니라서 일반적인 방식으로는 해결하기 어렵다고 판단한 것이다. 가우스는 지훈이의 담임인 최인규가 틀림없이 오늘 경찰이 학교로 부른 사람 중 하나일 거라고 짐작했다.

빌라 입구에는 감시 카메라가 없었고 별다른 방범 장치도 눈에 띄지 않았다. 한눈에 보기에도 값이 싼 집이었다. 그는 2층으로 올라가 현관문을 살펴봤다. 비밀번호로 여는 도어락이 달려 있었다. 손잡이를 살짝 잡아 봤지만 문은 당연히 잠겨 있었다. 경찰이 교직원들에게 학교에 나오라고 한 시각이 언제인지는 몰랐지만 이른 아침이니 아직 집 안에 최인규가 있을 것이다. 가우스는 다시 밖으로 나가서 빌라의 뒤쪽으로 향했다. 이 건물의 베란다는 폐건물과 마주 보고 있었다. 로봇이 보기에도 정말 바보같이 지은 집이었다. 가우스는 폐건물과 빌라 사이의 좁은 골목으로 들어갔다. 폐건물의 유리창에는 낡은 전단지가 붙어 있었고 바닥에 신문지가 뒹굴고 있었다. 가우스는 1층 집이 비어 있는 걸 확인한 후 베란다 난간을 붙잡고 벽을 타고 올라갔다.

2층 베란다 창문을 들여다보자 집 안에 있는 최인규가 보였다. 그는 옷을 입는 중이었다. 가우스를 등지고 있어서 얼굴은 보이지 않았다. 최인규는 자주 입는 얇은 회색 잠바를 걸치더니 현관에 앉아 느릿느릿 신발을 신었다. 지금 막 나가려는 참이었다. 최인규가 현관문을 닫자 도어락이 저절로 잠기는 소리가 들렸다.

운 좋게도 베란다 창문은 잠겨 있지 않았다. 가우스는 조용히 창문을 열고 인기척이 들리는지 살핀 후 집 안으로 들어갔다.

최인규의 집은 예상보다 훨씬 깨끗했다. 뭉툭한 기역자형 원룸이었는데 노트북이 있는 작은 탁자와 책상 하나, 책꽂이 두 개가 있었고 그 옆에는 노란색 옷장이 하나 있었다. 세탁기가 있는 베란다 옆 작은 부엌에는 어울리지 않게 하얀 실크를 씌운 작은 식탁이 하나 있었다. 깐깐한 성격답게 평소 집 정리를 잘하는 모양이었다. 가우스는 항상 최인규가 독신일 거라 짐작했다. 최인규는 미혼이라도 그리 늦은 나이는 아니었다. 이 작은 집에 아내나 같이 사는 사람은 없는 것 같았다. 현관과 신발장에는 같은 사이즈의 남자 신발만 몇 켤레 있었고 칫솔 통에도 칫솔이 하나밖에 없었다. 벽에는 교원 자격증과 인교조 가입증이 걸려 있었다. 사진이 걸린 액자는 없었다. 가우스는 일단 책상 서랍을 열고 안에 든 물건을 샅샅이 뒤졌다. 특별히 눈에 띄는 물건은 없었다. 그는 책장에 꽂힌 책들 사이에 뭔가 숨겨 둔 게 있지 않을까 싶어 얼마 안 되는 책들을 뽑아 훑어봤지만 아무것도 없었다. 옷장 안에는 옷과 이불이 있었고 이불 밑의 서랍에는 통장과 고교 시절 앨범, 그리고 잡다한 물건들이 있었다. 가우스는 통장 내역을 자세히 살펴봤다. 만약 인교조가 최인규를 시켜 일을 꾸몄다면 최인규에게 사건 처리 비용이나 수고비를 줬으리라 생각해서였다. 하지만 입금 내역에 인교조로부터 들어온 돈은 전혀 없었고 다른 수상한 입금처도 보이지 않았다. 그는 최인규가 항상 월급에서 3분의 1을 저축한다는 사실을 알아냈다. 바람직한 경제관념이었지만 그가 찾는 건 아니었다. 고교 앨범을 넘겨 봐도 지금보다 앳된 최 선생의 얼굴 말고는 볼 게 없었다.

노트북을 켜니 예상대로 비밀번호로 잠겨 있었다. 그는 비밀번호까지 알아낼 수는 없었으므로 하는 수 없이 다른 곳을 뒤졌다. 좁은 집 안에는 가구나 다른 물건이 많지 않았다. 그는 화장실과 부엌 찬장, 심지어 냉장고 안까지 살펴봤지만 눈에 띄는 건 없었다. 부엌과 베란다 사이의 여닫이문은 벽돌로 고정되어 있었다. 그는 베란다 문 뒤에 있는 작은 세탁기 안까지 열어 봤지만 역시 아무것도 없었다. 가우스는 생각에 잠겼다. 만약 최인규가 공범이라면 이 집 안에 아무리 사소한 거라도 범죄와 관련 있는 무언가가 있을 것이다. 그게 무엇일지 가우스는 아주 원론적인 상상밖에 할 수 없었다. 인교조의 지시 내용을 담은 편지라든가, 살인 로봇에 대한 설계도 같은 것. 하지만 그런 건 눈에 띄지 않았다. 최인규가 이미 증거를 다 없애 버린 걸까? 이제 마지막 남은 건 노트북 안에 든 걸 확인해 보는 일뿐이었다. 가우스는 노트북 앞에 앉아 되는대로 번호를 입력했다. 그는 최인규의 생일과 전화번호를 입력했고 그 두 가지를 조합해서 눌러 보기도 했다. 하지만 맞는 번호는 하나도 없었다.

이제 어떻게 해야 하지? 그는 이런저런 번호를 눌러 보면서 생각했다. 대단한 성과를 기대하고 온 건 아니지만 그래도 빈손으로 돌아갈 수는 없었다. 노트북 안에는 분명 중요한 내용이 들어 있을 것이다. 그는 노트북을 훔쳐 가야 할지 고민했다. 일단 가져간 다음 비밀번호를 푸는 방법은 나중에 찾아보는 것이다. 문제는 그렇게 하면 집에 돌아온 최인규가 집에 도둑이 들었다는 걸 알게 된다. 그때 그는 어떻게 행동할까? 경찰에 신고할까? 아니면 인교조에 연락할까? 맙소사, 이런 생각을 하다니. 아주 범죄자가 따로 없군. 남의 집에 몰래 들어온 것부터가 불법이긴 하지만 말이야.

그런데, 그가 어떻게 해야 할지 고민하고 있을 때,

갑자기 현관문 도어락이 작동했다.

가우스는 벌떡 일어났다. 벌써 돌아온 건가? 밖에서 도어락 비밀번호를 누르는 소리가 들렸다. 숨어야 한다. 옷장 안은 이불과 옷으로 가득했다. 이 안으로 들어갈 수는 없었다. 가우스는 다급하게 싱크대 옆에 있는 식탁 밑으로 기어들어 갔다. 식탁보를 내려서 몸을 가리는 것과 동시에 문이 열렸다.

문을 닫고 신발을 벗는 소리가 들렸다. 발소리가 가까워졌다. 가우스는 더 깊숙이 숨었다. 발소리는 냉장고로 가서 주전자를 꺼내 물을 따라 마셨다.

그가 식탁 옆을 지나칠 때 가우스는 살짝 식탁보를 들어 올렸다. 최인규였다. 최인규는 외투를 옷장 안에 집어넣고 바닥에 앉아 노트북을 열었다. 노트북 전원이 켜져 있는 걸 보고 그는 잠시 이상하다는 표정을 지었다. 하지만 이내 신경 쓰지 않고 컴퓨터를 하는 걸 보니 자기가 깜박하고 켜 놓은 채 나갔다고 생각하는 듯했다.

난감한 상황이었다. 최인규는 나간 지 30분도 안 되어 다시 돌아왔다. 가장 가까운 정류장에서 버스를 타도 여기서 학교까지는 30분이 넘게 걸린다. 그러니 최인규는 학교에 가다가 중간에 돌아온 것이다. 집을 나선 지 얼마 안 되어 돌아왔다면 뭔가 놓고 간 게 생각나서 왔을 것이다. 하지만 최인규는 다시 나갈 마음이 없어 보였다. 그는 꼼짝 않고 노트북만 들여다봤다. 식탁에서 현관문까지는 세 걸음밖에 안 되지만 그러려면 최인규의 눈앞을 지나가야 했다. 최인규가 부엌을 향해 앉아 있었기 때문에 뒤쪽 베란다로 나갈 수도 없었다. 가우스가 식탁 밑에서 나오는 순간 그는 최인규의 눈에 띌 수밖에 없었다.

가우스는 작은 식탁 밑에 꼼짝없이 갇힌 신세였다. 유일한 방법은 최 선생이 다시 집을 나서거나 화장실을 간 사이 잽싸게 나가는 길뿐이었다. 한 가지 다행인 건 식탁 밑으로 숨으면서 그 짧은 순간에 베란다에 놔둔 신발을 챙겼다는 것이다. 로봇이라서 가능한 순발력이었다. 그는 최인규가 움직이길 기다렸지만 저쪽은 요지부동이었다. 그래서 그도 계속 기다렸다. 그는 로봇이었고 무한한 인내심을 갖고 있었다

두 시간이 지나도록 최인규는 노트북 앞을 떠나지 않았다. 한 시간이 더 지나자 최인규가 드디어 자리에서 일어났다. 가우스는 그가 화장실로 가길 바랐지만 그는 주방으로 걸어와서 커피를 탔다. 학교에서 늘 먹던 믹스커피 냄새였다. 최인규는 다시 노트북 앞에

앉았다. 갑자기 노트북 스피커에서 소리가 나왔다.

"경찰은 현재 인공지능 전문가들의 협조를 받아 로봇의 행방을 추적하는 중입니다. 또한 학교 주변의 CCTV 영상을 모두 확인하고 있지만 아직 로봇이 목동을 벗어났는지조차 확신하지 못하는 상황입니다."

뉴스 동영상을 재생한 모양이다. 지금까지 나에 대한 기사를 검색하고 있었군.

최인규가 다른 영상을 틀었다. 초원의 기술진이 경찰 조사를 받기로 했다는 뉴스였다. 가우스는 이영미 박사가 지금 어떤 상황인지 알고 싶어서 자신도 인터넷에 접속했다. 이 박사는 다른 기술자들과 함께 오늘 아침부터 경찰 수사에 협조하는 중이었다. 현재 회사의 공식 입장은 아직도 '기술 문제 검토 중'이었다. 그나마 다행스럽게도 이영미 박사가 어제 가우스와 통화를 했다는 기사는 아직까지 보이지 않았다. 어젯밤 전화를 끊기 직전 이 박사가 마지막으로 했던 말이 떠올랐다. '조심해라.' 박사는 그를 진심으로 걱정하고 있었다.

가우스는 식탁 밑에 웅크리고 앉아 자신이 처한 상황을 곰곰이 생각했다. 그는 이 상황이 기이하게 느껴졌다. 최인규는 코앞에 있는 가우스를 몇 시간 동안 인터넷으로 찾고 있었고, 최인규와 한방에 있는 가우스도 자신에 대한 뉴스를 검색하고 있었다.

가우스의 컴퓨터 시계는 벌써 정오를 가리켰다. 바위처럼 앉아 있던 최인규가 다시 일어나서 부엌으로 다가왔다. 최인규는 냉동식품을 전자레인지에 넣은 뒤 식탁 앞의 의자를 끌어당겼다. 가우스가 살짝 뒤로 물러나는 순간 최인규의 다리가 식탁 밑으로 들어왔다. 가우스의 얼굴에서 한 뼘도 채 떨어지지 않은 위치였다. 그는 할 수 있는 한 최대한 몸을 뒤로 뺐다. 최인규가 다리를 한 발짝만 더 뻗으면 그를 건드릴 것이다. 그때는 어떻게 해야 하지? 식탁에서 기어나와 최 선생에게 정중히 사과를 할 수밖에 없겠군. 생각만 해도 골 때리는 상황이었다. 최 선생님, 안녕하세요? 저 수배 중인 가우스입니다. 많이 놀라셨죠? 최인규는 많이 놀랄 것이다. 점심을 먹다가 자기 집 식탁 밑에 있는 살인 로봇을 발로 차게 되면 최인규가 어떤 반응을 보일지 알 수 없었지만 적어도 얌전히 보내 주길 기대할 수는 없었다.

가우스는 최인규가 점심을 먹는 내내 조마조마했다. 다행히 식사가 끝날 때까지 최 선생의 다리는 그를 건드리지 않았다. 식탁 밑에서 다리가 사라지면서 그릇을 치우고 설거지를 하는 소리가 났다.

최 선생은 설거지를 마친 뒤 화장실로 향했다. 지금이 기회다! 가우스는 문이 닫히는 걸 확인하고 식탁 밑에서 빠져나왔다. 베란다보다 현관문이 더 가까워서 그는 한 손에 운동화를 든 채 현관으로 잽싸게 다가가 도어락의 버튼을 눌렀다. 하지만 문은 삑 하는 소리만 날 뿐 열리지 않았다. 가우스는 다시 한번 버튼을 눌렀다. 여전히 소리만 날 뿐 도어락이 풀리지 않았다. 손잡이를 힘껏 비틀어 봤지만 소용이 없었다. 도어락이 고장 났던 것이다. 가우스는 마음이 조급해졌다. 왜 하필 지금 문이 안 열리는 거지? 최인규가 언제 화장실에서 나올지 몰랐다. 가우스가 할 수 없이 현관문을 포기하고 베란다로 가려는데 화장실에서 물 내리는 소리가 들렸다. 가우스는 결국 급히 식탁 밑으로 다시 기어들어 갔고 아슬아슬한 순간 문이 열렸다. 화장실에서 나온 최인규는 다시 노트북 앞에 앉았다. 몇 시간 만에 찾아온 탈출 기회가 날아간 것이다.

최인규가 노트북을 펴는데 휴대폰 벨소리가 울렸다. 최인규는 충전기에서 휴대폰을 뽑아 전화를 받았다.

"네, 엄마."

엄마?

"네, 잘 지내요. 저는 아무 일 없어요, 학교가 문제죠. 어제 말씀드린 대로예요. 지금 아주 난리도 아니야."

최 선생이 어머니와 통화를 하고 있었다. 학교에서 일어난 일 때문에 최인규의 어머니는 걱정이 많은 듯했다. 어머니는 쉬지 않고 질문을 하는 것 같았고 최 선생은 귀찮아하면서도 성의 있게 대답했다.

"맞아요. 원래 오늘은 학교에 가야 했어요. 학교에 모여서 수사에 협조해야 했는데 그쪽에서 계획이 좀 바뀌었나 봐요. 가는 길에 연락이 오더라고. 뭐 잘은 모르겠는데 일정이 변경되어서 교사들 조사는 내일로 미뤄졌다는 거예요. 오늘은 교장이랑 목격자 몇 명만 부르고 과학자들이 학교에 와서 분석을 한다나? 나야 어제 하루 종일 시달렸으니까 하루 쉬면 좋긴 한데."

그래서 다시 들어왔던 거로군. 최 선생의 표정이 어두워졌다.

"지훈이요, 강지훈."

죽은 아이의 이름을 물어봤나 보다.

"네, 우리 반 아이예요."

엄마가 뭐라고 하는지 들리지 않았지만 최 선생의 얼굴이 창백해졌다. 그는 어머니가 앞에 있기라도 하듯 고개를 저었다.

"어떻게 그렇게 해요, 우리 반 아이인데. 저는 괜찮아요. 괜찮으니까 신경 쓰지 마세요."

그는 일부러 밝은 목소리를 내며 화제를 돌렸다.

"엄마는 별일 없지? 요새 위험한 일이 많으니까 엄마도 조심해요. 우리 집 도어락? 아직 안 고쳤는데. 자꾸 고장 나서 나갈 때 문이 잘 안 열릴 때가 많아요. 여러 번 눌러야 열리더라고."

그는 가볍게 웃었지만 이내 표정이 다시 어두워졌다.

"걱정하지 마세요. 그래 봤자 로봇이잖아요. 곧 잡히겠지."

그러더니 그는 뭔가 망설이다가 덧붙였다.

"솔직히 잘 모르겠어요. 정말로 그 로봇이……. 아무튼 엄마, 문단속 잘하세요. 너무 걱정하지 마시고. 경찰이랑 과학자들이 다 알아서 하고 있으니까 그놈은 머지않아 잡힐 거예요."

그는 조만간 저녁이나 같이 하자는 말로 마무리를 하고 전화를 끊었다. 최 선생은 한숨을 쉬더니 다시 노트북을 하기 시작했다.

그 후로도 한참을 최인규는 노트북 앞에 우두커니 앉아 있었다. 가우스는 점점 기분이 이상해졌다. 뭔가 많이 이상했다. 그는 처음에 최인규가 이 사건의 공범이라서 저렇게 하루 종일 인터넷으로 어제의 살인사건을 찾아보는 거라고 생각했다. 경찰의 수사가 어디까지 진행되었는지 파악하기 위해서 말이다. 하지만 식탁 밑에서 온종일 최인규를 훔쳐보면서 그에게서 느껴지는 건 슬픔과 무력감이었다. 자기 학생이 죽었는데 아무것도 할 수 없는 상황. 바로 가우스 자신이 느꼈던 무력감이었다. 최인규는 피로에 전 얼굴에 눈이 퀭했다. 그는 컴퓨터에 매달리면 뭐가 나오기라도 하듯 충혈된 눈으로 책상 앞을 떠나지 않았다. 이 비극을 이해해 보려고 애쓰는 것 같았다. 물론 지금 최인규는 제3자가 아닌 범죄의 공모자로서 뉴스를 살펴보는 것일 수도 있고, 어쩌면 인교조와 사건에 대한 메일을 주고받고 있는지도 모른다. 모니터 화면이 보이지 않으니 섣불리 판단할 수는 없었다. 하지만 최인규를 열 시간 동안 관찰한 가우스가 보기에 그는 아무리 봐도 살인사건의 공범으로 느껴지지 않았다. 최인규는 온종일 무기력하고 슬퍼 보였고, 컴퓨터를 보면서 자주 눈물을 닦았다. 혼자 있는 집 안에서 연기를 할 리는 없었다. 가우스는 식탁 아래에서 줄곧 최 선생의 표정을 분석했지만 그건 범죄를 저지른 후의 긴장이나 걱정이 아니었다. 그는 이미 몇 시간 전부터 최 선생을 용의선상에서 제외해야 할 것 같다고 느꼈다. 최인규와 하루 종일 한방에 있으면서 느낀 결과였다. 가우스는 최 선생이 무고하다는 아주 간단한 증거 하나만 있다면 최 선생을 완전히 놓아주기로 마음먹었다. 최 선생은 가우스보다 슬프고 우울해 보였다.

물론 최 선생이 슬퍼한다는 것만으로 범죄자가 아니라고 단언할 수는 없었지만 말이다.

해가 지면서 서서히 비가 내리기 시작했다. 비를 좀 맞는다고 해서 고장 나지는 않지만 성우가 빌려준 옷이 젖으니 유쾌한 일은 아니었다. 우산을 가져오지 않은 게 실수였다. 오늘 아침에 집을 나올 때 저녁에 폭우가 내린다는 기상청 예보를 봤는데도 그는 우산을 갖고 오지 않았다. 최인규의 집에 그때까지 갇혀 있을 거라고는 미처 상상하지 못했기 때문이다.

밖에서는 빗줄기가 점점 거세졌다. 이 집에서 들키지 않고 무사히 나가더라도 흠뻑 젖는 걸 각오해야 했다. 소나기처럼 내리던 비가 좀 있으려니 폭포처럼 쏟아졌다. 최인규는 아무것도 마시지 않았기 때문인지 점심때 화장실을 간 후로 화장실에 한 번도 가지 않았다. 가우스는 슬슬 최인규도 로봇이 아닐까 하는 생각이 들었다. 중간에 또 다른 전화가 오자 최인규는 스피커 모드로 전화를 받았다. 나이가 좀 들어 보이는 여자가 어제 취소한 소개팅을 다시 할 거냐고 물었다. 최인규는 지금은 그런 걸 할 생각이 없다고 중얼거리면서 전화를 끊었다. 최인규가 소개팅을 하다니? 그러고 보니 어제 교무실에서 내내 초조해 보였던 게 그것 때문이었군. 가우스는 사건 당일 최인규의 초조한 모습을 범행을 앞두고 긴장한 것으로 의심했던 터라 맥이 빠졌다. 소개팅은 좀…… 너무 시시한 이유였기 때문이다.

하루 종일 돌부처처럼 앉아 있던 최인규가 노트북을 끄고 저녁을 준비했다. 결국 이 집에서 최인규와 밤을 새게 되었다. 이제 최인규가 씻거나 자는 틈을 노려 나가야 했다.

최인규는 부엌 의자에 앉아 가스레인지에 올린 냄비를 멍하니 쳐다보고 있었다. 저녁은 라면으로 때우려는 것 같았다. 최인규가 일어나서 젓가락을 꺼내는데 휴대폰 벨소리가 울렸다. 최인규는 휴대폰을 스피커 모드로 해 놓고 식탁 위에 올려놓았다.

"여보세요? 최인규 선생님 맞나요?"

남자 목소리였다. 가우스는 귀를 기울였다.

"맞습니다. 누구시죠?"

최인규가 싱크대에서 손을 씻으며 물었다.

"안녕하세요. 저는 그……. 학부모예요. 우리 애도 신양중학교 다닙니다."

남자는 혀 꼬부라진 소리를 냈다. 살짝 높은 목소리. 나이는 40대 초중반 정도인 것 같고 서울 말씨에 조급한 말투였다.

"예, 안녕하세요. 무슨 일이시죠?"

"너무 걱정이 되어서 전화했습니다. 우리 애가 그 사건이 있고 굉장히 불안해하고 있거든요. 걱정이 되어서요. 늦었는데 전화드려도 괜찮은지 모르겠네요."

"아닙니다. 괜찮습니다."

"예, 그냥 별건 아니고 걱정이 돼서 전화드렸습니다. 오늘 참 비가 많이 오네요. 비도 오고 그러는데 학교 일이 괜찮은지 걱정이 돼서요. 저희 애가 많이 불안해하고 있거든요."

남자는 횡설수설했다. 애만큼 본인도 불안한 모양이었다.

"예, 아버님. 정말 죄송하게 생각하고 있습니다. 자녀분이 3학년인가요?"

"네."

"그렇군요. 제가 마침 3학년 영어를 맡고 있습니다. 자녀분이 누구인가요?"

최인규의 물음에 남자는 말을 더듬었다.

"아니, 그러니까 그게…… 잘못 말했네요. 우리 애는 2학년이에요."

최인규가 냄비를 식탁에 올려놓는 동안 남자는 계속해서 이런저런 말을 지껄였다.

"학교에서 그런 일이 일어나다니, 정말 안타깝습니다. 정말 유감이에요. 학부모로서 걱정을 많이 하고 있거든요……."

"손님, 혹시 우산을 안 가져오셨나요?"

갑자기 휴대폰에서 다른 목소리가 들렸다. 남자보다 좀 더 젊은 여자 목소리였다.

"우산이 없으시다면 저희가 하나 드리겠습니다."

"네? 아니, 괜찮아요. 필요 없어요."

남자가 목소리를 낮춰 말했다.

"정말 괜찮으십니까? 지금 비가 많이 와서요."

"괜찮아요, 비 안 맞아요."

여자가 알겠다고 했다. 이 사람은 지금 어떤 가게 같은 곳에 있는 것 같았다. 그사이 최인규는 냉장고에서 반찬을 꺼내느라 그 대화를 듣지 못했다. 최인규가 휴대폰을 약간 떨어진 곳에 둔 다음 냄비에서 라면을 덜며 말했다.

"학부모님께 걱정을 끼쳐 드려서 정말 죄송합니다. 저도 그렇고 학교에서도 이런 일이 생겨서 뭐라 드릴 말씀이 없습니다."

"아니요, 뭐 선생님들 잘못도 아닌데요. 로봇이 그럴 줄 어떻게 알았겠어요? 정말 이상한 일입니다, 그렇죠? 사실 우리 애도 어제 그 일을 복도에서 봤거든요. 그래서 정말 신경이 쓰여서……."

"정말입니까? 자녀분이 살인을 목격했다고요?"

"아, 아뇨. 그러니까 제 말은, 우리 애가 그때 그 옆 반에서 수업 중이었는데, 밖에서 갑자기 소란이 일어나서 복도로 나와 보니까 학생이 죽어서 쓰러져 있더랍니다."

"저런, 학생이 정말 놀랐겠네요."

가우스는 순간 긴장했다. 최인규는 아니겠지만 가우스는 학교의 모든 교실의 정규수업과 방과 후 수업 시간표를 전부 외우고 있었다. 3학년 8반 교실이 있는 4층 복도의 교실에서는 어제 그 시간에 전부 3학년만을 대상으로 한 방과 후 수업이 진행되고 있었다. 따라서 2학년 학생이 그 시각에 옆 반에 있었다는 건 거짓말이다.

이 사람은 학부모가 아니다.

"그래서 제가 아빠로서 도저히 가만히 있을 수가 없어서 전화드렸습니다. 죽은 학생에게도 정말 애도를 표합니다."

"예, 심려 끼쳐 드려서 정말 죄송합니다."

최인규가 라면을 먹으려다 우울한 목소리로 말했다.

"아니요, 선생님 탓을 하려는 건 아닙니다. 그냥 걱정이 돼서요. 사실 궁금한 게 있는데, 그 로봇이 말이죠, 뉴스에서 보니까 도망을 쳤다고 하던데요? 경찰차 유리를 박살 내고 말입니다. 정말 믿어지지가 않아서요. 어떻게 로봇이 그럴 수 있죠?"

최인규는 할 말이 없는지 그냥 먹기만 했다. 최인규가 침묵하자 남자가 다급하게 말했다.

"그냥 걱정돼서 그래요. 별건 아닙니다. 우리 애도 많이 걱정하고 있어요."

"모르겠습니다. 그건 과학자들이 밝혀낼 일이라고 생각합니다. 저는 잘 모르겠습니다."

"그렇군요. 그건 그렇고, 죽은 애가 선생님 반 애라고 들어서 선생님이 그 로봇과 아무래도 좀 가까운 사이가 아니었을까 싶었거든요. 그래서 선생님이 보기에 평소에 그 로봇이 뭔가 이상한 점은 없었나 싶어서요."

최인규가 한숨을 쉬었다.

"가까운 사이는 아니에요. 그건 그냥 로봇이잖아요. 저는 잘 모릅니다. 아마 고장이 났나 보죠."

남자는 조바심이 났는지 목소리를 높였다.

"아니 그래도……. 저기, 혹시 선생님도 그 뉴스를 봤습니까? 저도 아까 집에서 본 뉴스인데요."

"어떤 뉴스 말씀이시죠?"

"어떤 과학자의 인터뷰였는데 로봇이 그런 이상행동을 했다는 건 스스로의 행동을 정당화할 수 있을 만한 관찰 결과를 얻었기 때문일지도 모른다는 겁니다. 저도 계속 그렇게 생각하는 중이었는데 말이죠."

"네? 무슨 말씀이시죠?"

남자가 다시 말을 더듬었다.

"그러니까, 그냥 이상한 일이라는 겁니다. 저는 어떻게 로봇이 도망을 갈 수 있는지 이해가 잘 안 되거든요. 경찰이 분명 멈추라고 했을 텐데 무시하고 도망친 거잖아요? 그건 확률적인 문제긴 하지만, 그래도 너무 희박한……."

"글쎄요. 그것도 뭐 고장 나서 그런가 보죠. 고장 났으니까 학생을 죽이고 도망친 거 아니겠습니까? 자세한 건 저도 잘 모릅니다. 전 교사지 과학자가 아니니까."

최인규가 퉁명스럽게 말하자 남자는 애가 타는 듯했다.

"네, 그렇죠. 맞아요. 저기 그래서 말인데, 그 로봇이 살인을 하러 교무실을 나오기 전에 줄곧 로봇 보관실 안에만 있던 게 확실합니까?"

"그랬겠죠. CCTV에 그렇게 나오니까요."

"아니, 그러니까 제 말은요, 그 로봇이 교무실 안에서 보관실에 있었는지, 아니면 보관실 밖에 있었던 건지 궁금하다는 겁니다."

그는 얼른 덧붙였다.

"우리 애가 궁금해하고 있거든요."

"글쎄요. 그것까진 잘 모르겠습니다. 하지만 당연히 보관실 안에 있지 않았을까요? 로봇들은 수업이 없을 때는 주로 보관실에서 충전을 하니까요."

"그렇지만 할 일이 없더라도 그냥 지루해서 보관실 밖으로 나왔을 수도 있잖아요."

"네? 로봇이요?"

최인규가 너털웃음을 터뜨렸다.

"로봇이 지루해서 밖으로 나왔다고요?"

"비목적 행위가 변수 증가의 대표적인 양상이잖아요. 충분히 그럴 수 있죠."

"네? 무슨 말씀이신지 잘……."

"그러니까 제 말은…… 그 로봇이 예전에도 밤중에 몰래 학교를 나간 적이 있다는 뉴스를 봤거든요."

"아, 저도 봤습니다."

최인규가 한숨을 쉬었다.

"저도 처음 알았어요. 그놈이 그렇게 이상한 놈인지 처음부터 알았어야 했는데. 저희는 전혀 몰랐습니다. 겉으로는 아무 문제 없는 것처럼 보였거든요."

"괜찮아요. 저라도 속았을 겁니다. 그래서 말인데요, 혹시 그 로봇이 평소에도 특별한 목적 없이 보관실이나 교무실 밖에 나와서 돌아다니지는 않았습니까?"

"가끔 로봇들이 도서관에 가서 책이나 영화를 보는 것 같긴 하더군요. 하지만 그 로봇이 어제 그 시간에 뭘 했는지는 전혀 모릅니다. 전 그때 회의실에 있었거든요."

전화기 너머에서 잠시 침묵이 이어지는 동안 최인규는 계속 라면을 먹었다. 남자가 다시 입을 열었다.

"선생님네 학교도 교육청에서 로봇 무료 수리를 받았겠죠?"

"잘 기억이 안 납니다. 그랬던 것 같기도 하고."

"초원 홈페이지에서 검사받은 로봇에 대한 자세한 검사 결과를 확인할 수 있어요. 혹시 들어가 보셨나요?"

"아니요. 근데 그거 이미 기한이 지난 걸로 압니다만."

"아닙니다, 안 지났어요."

남자가 말했다.

"잠깐만 기다리세요."

그 말과 동시에 끼익 하는 소리가 들렸다. 가우스는 남자가 의자에서 일어나는 소리라고 생각했다. 가우스는 자신의 청각 센서를 최대한 키웠다. 휴대폰에서 들리는 소리를 아주 작은 거라도 놓치지 않기 위해서였다. 그는 최인규가 통화가 끝날 때까지 계속해서 스피커 모드를 켜 놓길 바랐다. 잠시 후 부드럽게 문을 밀어 여는 소리와 차 소리가 들렸다. 도로에서 차가 지나가는 소리였다.

"여보세요? 선생님, 아직 확인할 수 있는 기한 안 지났어요. 서울시 중학교 로봇 교사……."

남자는 여기까지 말하다가 갑자기 입을 다물었다. 비가 쏟아지는 소리가 들렸다. 남자가 샤워기를 튼 게 아니라면 남자가 있는 곳에서도 여기처럼 폭우가 내리는 듯했다. 동시에 웅웅거리는 낮은 소리도 들렸는데 자기부상열차가 지나가는 소리 같았다. 남자가 다시 말했다.

"네, 기한 안 지났어요. 서울시 중학교 로봇 교사를 포함한 초원전 제품 무료 수리 기간, 5월 31일부터 6월 30일까지 로봇 기술자를 호출하고 초원 홈페이지에서 검사 결과를 확인할 수 있다고 합니다. 아직 시간이 있으니까 선생님이 초원 홈페이지에 들어가시면 기술자가 그 로봇을 점검했을 때 어떤 이상이 있었는지 알 수 있을 겁니다."

"생각해 보니 일전에 기술자가 왔다는 말을 들은 것 같기도 하네요. 전 그때 아마 수업 중이었던 것 같아요. 근데 전 그냥 일개 교사라서요, 로봇 교사에 대한 아무런 권한이 없습니다."

"아닙니다. 교사라면 누구나 초원 홈페이지에서 자기 학교 로봇의 검사 결과를 확인할 수 있어요. 전 교사가 아니라서 접속이 안 돼요. 선생님이 한번 확인해 보시죠."

하지만 최인규는 귀찮은 눈치였다.

"알겠습니다. 한번 들어가 볼게요. 근데 이미 그런 건 다 경찰에서 조사하고 있지 않겠습니까?"

"그거야 그렇겠죠. 하지만 그래도…… 저는 그냥 궁금해서요. 우리 애가 너무 불안해하고 있거든요."

"그렇군요."

최인규가 간단하게 대답했다. 갑자기 열차가 지나가는 큰 소리가 들렸다. 남자가 아랑곳하지 않고 말했다.

"혹시 그 로봇이 죽은 아이랑 친했나요? 원칙 내 한계점을 보일 만큼?"

"뭘 보인다고요?"

"그러니까, 그냥 친했는지 궁금하다는 거죠."

최인규는 젓가락을 내려놓았다.

"지훈이는 원래 모든 선생님에게 예의 바른 아이였으니까 로봇 교사와도 친하게 지냈을 겁니다. 자세한 건 저도 모르지만요. 자꾸 모른다는 말밖에 못 해서 죄송합니다."

남자는 답답한지 한숨을 쉬었다.

"알겠습니다. 아무튼 그러니까 로봇이 그 시각에 계속 보관실에 있었는지 아닌지는 모르신다는 거죠?"

"네, 저는 잘 몰라요. 그런 건 경찰이 알 겁니다. 자녀분이 정신적 피해가 큰 것 같은데 심리치료를 받아 보는 게 어떨까요? 도움이 될 겁니다."

가우스에게도 상대방의 초조함이 전해졌다. 최인규는 이 남자에게 전혀 도움이 안 되고 있었다.

"아니에요. 괜찮습니다. 애들은 알아서 크는 거죠."

잠시 침묵이 이어졌다. 최인규는 무슨 말을 할지 고민하다 이렇게 말했다.

"도움을 드리지 못해 죄송합니다. 이런 일이 생긴 것도 정말 죄송합니다."

남자는 어물어물 괜찮다는 말을 하며 전화를 끊었다. 최인규는 라면을 몇 젓가락 더 먹고 나서 냄비를 들고 싱크대로 향했다. 그가 설거지를 하는 동안 가우스는 방금 들은 대화에 대해서 곰곰이 생각했다.

최인규는 설거지를 끝내고 화장실에 들어갔다. 가우스는 그 틈을 놓치지 않고 운동화를 들고 식탁을 빠져나왔다. 이번에는 베란다로 나가기로 했다. 그는 재빨리 운동화를 신고 베란다 창문을 열었다. 아직도 거센 비가 내리고 있었다. 폐건물과 빌라 사이의 좁은 골목에 급류가 흘렀다. 베란다 난간을 넘자마자 순식간에 옷이 다 젖어 버렸다. 하지만 옷이 젖더라도 이번에는 반드시 나가야 했다.

그런데 그때 갑자기 화장실 문이 벌컥 열렸다. 가우스는 순간 얼어붙었다.

최인규가 비명을 질렀다.

"뭐야!"

망했군.

가우스는 한쪽 다리를 창문 밖에 내놓고 걸터앉은 상태였다. 최인규가 쿵쿵거리며 뛰어와 가스레인지 위에 있는 프라이팬을 집어 들었다. 가우스는 재빨리 창문에서 뛰어내렸다. 뛰어내리는 순간 머리 위로 프라이팬이 스치고 지나갔다. 그는 어두운 골목에 착지했다. 최인규가 뒤에서 뭐라고 소리를 질렀다. 가우스가 몸을 일으키자마자 뭔가가 날아와 등 뒤에서 깨졌다. 프라이팬이었다. 아슬아슬했군. 그는 뛰기 시작했다. 빌라에서 지하철역까지 뻗은 길고 좁은 골목길을 정신없이 달렸다. 빗방울이 날아와 얼굴에 부딪혔다. 골목에는 가로등이 중간에 하나밖에 없어서 어두컴컴하기 그지없었다. 이 좁은 곳에서 경찰과 맞닥뜨리면 도망갈 곳이 없다. 그는 최인규의 고함 소리가 사라진 후에도 쉬지 않고 달렸다.

성우의 집에 도착했을 때는 밤 10시가 넘은 시각이었다. 그는 목동에 올 때까지 어제만큼 빠른 속도로 달렸다. 비를 맞으며 뛰어가는 자신의 모습이 사람들의 눈에 띄겠지만 어쩔 수 없었다. 택시나 버스를 타는 건 너무 위험했다. 가우스는 번화가가 나오자 비 오는 날 조깅하는 사람처럼 보이기 위해 최대한 가벼운 몸놀림으로 움직였다. 동시에 그는 달리면서 거리를 살피며 최대한 CCTV가 없는 길을 골라 달렸다. 그래서 비좁은 골목과 한산한 놀이터를 지나서 멀리 돌아가게 되었다. 최인규가 경찰에 신고해서 경찰이 그의 이동경로를 추적할 때를 대비한 행동이었다.

성우의 집에는 어제처럼 세 친구가 모두 모여 있었다. 그들은 아예 학원을 빠지는 것에 익숙해진 모습이었다. 각자 자리에 퍼질러져 휴대폰이나 컴퓨터를 하고 있던 아이들이 벌떡 일어났다.

"선생님!"

현석이가 외쳤다.

"어디 갔다 오셨어요? 걱정했잖아요. 하루 종일 안 오시길래 경찰에 잡힌 줄 알았어요."

가우스는 바깥을 살피면서 조용히 현관문을 닫았다.

"완전히 다 젖었잖아! 선생님 물 들어가면 고장 나는 거 아니에요?"

"표면에 방수 처리가 되어 있어서 이 정도는 괜찮아. 성우야, 옷이 젖어서 미안해. 최 선생님에게 들켜서 도망치느라 어쩔 수 없었어."

가우스가 젖은 옷을 하나씩 벗자 성우가 그걸 베란다에 있는 빨래걸이에 널었다. 조윤이가 물었다.

"최인규한테 들켰다고요?"

가우스는 성우가 준 수건으로 몸을 닦은 뒤 자신이 최 선생과 하루 동안 동거하게 된 일을 설명했다. 다들 어이없어했다.

"뛰어오면서 가능한 CCTV의 사각지대를 골라서 왔어. 하지만 최 선생님이 이미 신고했을 테니 안심할 수는 없지. 난 이제 최대한 빨리 이 집을 떠나야 해. 안 그러면 너희가 너무 위험해져."

"그건 그때 가서 생각해요. 지금은 비가 와서 어딜 갈 수도 없잖아요. 일단 빨리 충전부터 하세요."

성우가 가우스의 팔을 잡고 소파로 끌어당겼다. 가우스가 물었다.

211

"얘들아, 오늘은 하루 종일 별일 없었니?"

"아까 낮에 저희 셋 다 경찰서에 갔다 왔어요."

"뭐라고?"

가우스가 놀라서 물었다.

"선생님이 여기 있는 걸 들킨 게 아니라 그냥 참고인 조사요."

현석이가 그를 안심시켰다.

"경찰이 무슨 질문을 했니?"

"그냥 뻔한 질문들이요. 선생님이 평소에 고장 난 것 같지는 않았느냐, 왜 지훈이가 그날 너네보다 일찍 교실에 갔냐 이런 것만 계속 물어보다 끝났어요."

소파에 앉아 있던 조윤이가 말했다. 조윤이는 온몸에 담요를 휘감고 있어서 커다란 고치 같았다.

"그래서 뭐라고 대답했어?"

"저희도 뻔한 대답을 했죠. 그냥 아는 대로만 말했어요. 대부분은 모른다는 말밖에 할 수 없는 질문이었지만요. 예를 들면 선생님이 평소에 무슨 생각을 하던 것 같냐, 이런 질문."

조윤이가 한심하다는 듯이 말했다.

"그걸 우리가 어떻게 알아? 휠체어 타는 대머리도 아니고."

생각에 잠긴 가우스를 보고 성우가 말했다.

"걱정하지 마세요, 선생님. 어차피 경찰이 자세히 캐묻지도 않았고 저희도 다 안전하게 대답했으니까요."

"경찰이 너희에게 내가 어디로 갔는지 아냐고 물어보진 않았니?"

"당연히 물어봤죠. 그리고 당연히 모른다고 했고요. 경찰이 그이상은 물어보지 않던데요."

가우스는 다시 예의 그 불안함을 느꼈다. 아이들이 제아무리 당당하게 말했다 한들 경찰이 정말 아무 낌새도 눈치채지 못했을까? 어찌 되었든 아이들을 시험에 들게 한 것 자체가 잘못이었다. 최대한 빨리 성우의 집을 떠나거나 진범을 잡아야 한다. 경찰은 가우스의 예상보다 더 빨리 그를 찾아낼 것이다. 이미 최인규의 집을 침입한 것을 들켰고(온몸을 가렸기 때문에 최인규가 그게 로봇이라는 걸 눈치챘을지는 모르지만) 세 친구도 경찰서에 불려가 조사를 받았다. 어쩌면, 경찰은 이미 그의 위치를 알고 있는지도 모른다.

"선생님? 무슨 생각 하세요?"

성우가 물었다.

"걱정하지 마세요. 저희가 문제될 법한 말은 한마디도 하지 않았어요."

현석이가 자신만만하게 말했다. 조윤이도 마찬가지였다.

"경찰 속이는 거 존나 쉽던데. 전 처음부터 전혀 떨리지 않았어요."

아직까지는 그럴 것이다. 이 친구들은 참고인에 불과하니까. 아직까지는 말이다. 가우스는 마음이 무거웠지만 일부러 고개를 크게 끄덕였다.

"그래? 그랬다면 다행이구나. 너희들은 선생님과 달리 정말 용감한걸? 난 경찰을 만나면 무서워서 주저앉아 버릴 거야."

"그건 선생님이 쫓기고 있으니까 그렇죠. 저라도 그럴 거예요."

조윤이의 말에 가우스는 억지로 웃어 보이려고 했지만 이내 자신이 표정을 지을 수 없다는 걸 떠올렸다.

"근데 중요한 건 이런 게 아니잖아. 그래서 최인규가 범인이에요, 아니에요? 그건 알아내셨나요?"

"확실한 증거는 찾지 못했지만 일단 나는 그분이 이 사건과 관련이 없다고 생각하기로 했어."

가우스는 자신이 최인규의 집을 뒤졌지만 아무것도 나오지 않던 것, 그리고 최인규가 지훈이를 죽였다면 도저히 보일 수 없는 모습들에 대해서 자세히 설명했다.

"원래 우리의 가설은 최 선생님이 인교조의 명령으로 로봇이 지훈이를 죽이는 걸 도왔다는 거잖아? 근데 아무리 봐도 그건 아닌 것 같아. 느낌이 그래."

"최인규에게 그런 인간적인 모습이 있었다니……."

현석이는 약간 감동한 듯했다. 조윤이도 감동한 목소리로 말했다.

"그러게 말이야. 프라이팬을 그렇게 휘두르다니, 그 말라깽이가……."

"그것도 인상적이지만 더 중요한 게 있어. 난 그 집에서 아주 중요한 단서를 찾았단다."

학부모를 사칭한 남자와의 통화였다.

"내가 하루 종일 식탁 밑에 숨어 있었던 게 전혀 소득이 없었던 건 아냐. 식탁 밑에서 아주 중요한 이야기를 엿들었거든."

가우스는 최인규와 남자의 통화 내용을 아이들에게 자세히 설명했다.

"어때? 뭔가 이상한 걸 눈치챘니?"

"글쎄요, 일단 전문적인 용어를 자연스럽게 쓰는 걸로 봐서 그 아저씨는 로봇에 관심이 많은 사람인 것 같아요."

성우가 말했다.

"아니, 이건 관심이 많은 정도가 아니야. 그 사람이 사용한 단어 몇 개만으로도 그의 로봇에 대한 지식이 전문가 수준이라는 걸 알 수 있어. 그 사람이 '원칙 내 한계점'이라는 개념을 언급했지? 원칙 내 한계점이란 로봇이 인간과 관계를 맺을 때 원칙을 벗어나지 않는 범위 내에서 특정 인간을 편애할 수 있는 가능한 최대치를 뜻하는 말이야. 기본적으로 인공지능은 인간을 차별하지 않고 모든 인간에게 똑같이 봉사해야 돼. 그렇지만 보육용, 또는 교육용으로 제작된 일부 로봇들은 자신의 고용주나 직접적인 관계를 맺는 사람들을 더 중시하도록 만들어져 있어. 그렇게 해서 특정 대상을 우선적으로 보호할 수 있는 거지. 이런 행동이 원칙을 벗어나지 않는 범위 안에서 최대한 발휘되는 게 원칙 내 한계점이야. 가령 로봇은 처음 보는 사람이 생명의 위기에 처해 있다면 자신의 주인에게 금전적 손해를 입히게 되더라도 그 사람을 구해야만 해. 이게 원칙이야. 그런데 가령, 두 사람이 물에 빠졌는데 그중 한 명만 구할 수 있다면 자신에게 더 중요한 사람을 구해야겠다고 판단하는 것 정도는 가능해. 그런 게 바로 원칙 내 한계점 안에서 이뤄질 수 있는 행동이야. 물론 구조의 최우선 순위는 언제나 신체적 약자긴 하지만.

이 사람이 내가 지훈이와 원칙 내 한계점에 가까운 관계인지 물었던 건 지훈이의 죽음이 내 시스템에 오류를 일으켰다는 걸 짐작하고 있기 때문일 거야. 그런데 그거 아니? 원칙 내 한계점은 극히 최근에야 연구되기 시작한 개념이야. 그야말로 최신 이론이지. 인공지능이 특정인을 다른 인간보다 중시하는 태도가 원칙과 어떻게 조화를 이루는지는 아주 최근에야 연구되기 시작했어. 그 과정에서 발견된 게 바로 원칙 내 한계점이란다.

그리고 또 하나, 그 남자는 '비목적 행위가 변수 증가의 대표적 양상'이라는 말도 했는데 이것도 아주 중요해.”

“그건 또 뭐예요?”

“이건 로봇의 행위와 목적의 상관관계에 대한 용어야. 단순한 인공지능은 목적이 없으면 움직이지 않지만 발달한 AI일수록 뚜렷한 목적 없이도 가벼운 행동을 하는 경우가 종종 관찰된다고 해. 인공지능이 스스로 진화하는 과정에서 다양한 생각을 하게 되고 고려하는 상황의 변수가 많아짐에 따라 마치 인간처럼 '목적 없는 행동'을 하기도 한다는 거지. 가령 경치를 둘러보는 것과 같은 행동처럼 말이야.”

“선생님이 도서관에서 영화를 보거나 책을 읽으시는 것처럼요?”

현석이가 물었다.

“그래, 그것도 완전히 똑같은 범주는 아니지만 비슷한 일이지. 내가 영화나 책을 보는 건 인간을 더 잘 이해하기 위함이지만 학교에서 학생들을 가르치기 위해 필수적인 일은 아니야. 어디까지나 내가 인간들과 접촉하며 스스로를 진화시키는 과정에서 하게 된 행동들이란다. 그런데 놀라운 사실을 하나 알려 줄게. 비목적 행위가 변수 증가의 대표적 양상이라는 사실이 처음으로 제대로 밝혀진 자료는 MIT에서 불과 3주 전에 발표된 논문이야. 나는 아까 달려오면서 그 남자가 언급한 개념들을 관련된 모든 도서와 신문, 논문에서 검색해 봤지만 비목적 행위에 대한 해당 사실은 국내 자료 어디에도 없었어. 한마디로 그 사람은 단순히 로봇에 관심이 있는 정도가 아니야. 이 남자는 로봇공학자이거나 그에 준하는 전문 지식을 갖춘 사람이 분명해."

"아하, 그렇게 되는군요. 단어 몇 개만으로 그 사실을 알 수 있다니."

조윤이의 말에 가우스는 고개를 끄덕였다.

"만들어진 지 얼마 안 되는 데다 아는 사람도 거의 없는 전문용어거든."

"근데 좀 어설픈 사람 같은데. 평범한 학부모인 척하면서 자기도 모르게 그런 전문용어를 막 흘리고 있잖아요."

성우가 말했다.

"내가 듣기엔 좀 불안정한 사람 같았어. 목소리나 말투가 굉장히 조급하고 불안하게 느껴졌거든. 특히 그 사람은 내가 경찰의 명령에 불복하고 도망친 일에 상당히 놀란 것 같더라. 그런 일이 어떻게 일어난 건지 계속해서 최 선생님에게 물어봤거든. 물론 당연히 최 선생님은 모르셨지.

그리고 그 남자가 '확률적으로 희박하다'는 말을 한 걸 보면 인공지능이 감정을 갖게 되는 게 이론적으로는 가능하다는 걸 알고 있었던 것 같아. 하지만 어디까지나 이론상의 경우로 치부하고 있었는데 실제로 일어나서 많이 놀랐던 것 같았어."

현석이가 물었다.

"그 사람이 과학자가 맞다고 치고, 왜 담임에게 전화한 걸까요? 로봇에 대해서는 자기가 더 잘 알 텐데 왜 영어 교사인 최인규에게 전화해서 이것저것 캐묻는 거죠?"

"내가 교무실에서 뭔가를 봤을까 봐 두려워하고 있는 것 같아."

가우스는 천천히 말했다.

"그 남자가 이런 말을 했거든. 뉴스에 나온 과학자가 '로봇이 그런 이상행동을 했다는 건 스스로의 행동을 정당화할 수 있을 만한 관찰 결과를 얻었기 때문일지도 모른다'고. 그리고 자신도 그렇게 생각한다고 말이야. 그게 이유인 것 같아."

"그게 무슨 말이에요?"

"내가 경찰을 뿌리치고 달아난 게 내가 스스로의 결백을 강력하게 확신할 수 있는 증거가 있었기 때문이라고 생각하는 거야. 난 시스템 오류로 감정이 생겨서 도망쳤던 거지만 그 사람은 내가 살인자를 목격해서 그런 건 아닐까 의심하고 있는 것 같아. 내가 살인 로봇을 직접 봤다면 내 시스템이 경찰의 명령을 거부하는 게 원칙을 어기는 것이 아니라고 스스로를 설득할 수 있다는 거지. 한마디로 그 사람은 내가 나를 닮은 로봇을 봤을지도 모른다고 생각하는 것 같아."

"잠깐만요, 그게 그런 뜻이에요?"

조윤이가 끼어들었다.

"이거 일이 심각해지는데. 그럼 그 사람은 선생님이 범인이 아니라는 걸 알고 있을지도 모른다는 거잖아요."

"바로 그거야. 그래서 내가 중요한 이야기를 들었다고 한 거란 다."

성우가 물었다.

"그 사람이 사건 당시에 선생님이 보관실에만 있었던 게 확실하 냐고 최인규에게 물었다고 했죠? 만약 선생님이 그때 보관실 밖에 있었다면 가짜 로봇 교사가 교무실에 들어오는 걸 선생님이 보셨 겠죠. 그 부분이 선생님의 누명을 벗길 수 있는 핵심이잖아요. 그 리고 우리는 교무실 밖으로 나간 게 '가짜 가우스'라는 걸 입증하지 못해서 이렇게 숨어 있는 거고요."

"그렇지. 너희가 보기에도 그 사람이 이 사건의 범인이나 궁금해 할 법한 질문을 하는 것 같지 않니?"

조윤이는 흥분해서 거실을 종종걸음으로 왔다 갔다 했다.

"오 시발, 시발, 이거 느낌이 왔어. 너네도 왔냐?"

"무슨 느낌?"

"잘 들어봐, 내가 한번 정리해 볼게. 어떤 로봇 박사, 또는 척척 박사가 있는데, 이 사람이 학부모인 척 최인규에게 전화를 걸었거 든? 그런데 그 아저씨는 이 사건에 대한 수많은 의문들 중에서 하 필이면 가우스 샘이 보관실에 있었느냐 아니냐에 관심이 존나게 많단 말이야. 그리고 선생님이 범죄의 진상과 관련된 뭔가를 봤을 까 봐 전전긍긍하고 있어! 어때, 아직도 느낌이 안 와? 선생님, 이 쯤 되면 그 새끼가 이 사건의 관련자, 이를테면 살인 로봇을 만든 과학자가 아닐까 하고 섣불리 짐작해 보는 건 어떨까요?"

"정말 섣부른 짐작이야."

현석이가 대꾸했다. 하지만 현석이의 눈빛도 빛나고 있었다.

"그렇지만 마음에 드는 짐작이네. 나도 그런 생각이 들었거든. 그런 로봇을 만들기 위해서는 당연히 로봇 전문가가 협조했을 거야. 범인이 여러 명일 수도 있지만 그 남자 혼자서 모든 일을 꾸며 냈을 가능성도 있어."

성우가 말했다.

"그 사람을 찾아낸다면 뭔가 좀 풀릴 텐데. 선생님, 그 남자에 대해서 어떤 사실을 더 알 수 있을까요?"

가우스는 턱을 괴고 생각에 잠겼다. 그 모습이 꼭 '생각하는 사람' 조각상 같았다. 몇 초 동안 생각을 정리한 끝에 가우스가 말했다.

"이 사람은 대기업 연구소에서 일하는 로봇공학자이고 상당히 돈이 많은 사람이야. 나이는 40대 초중반. 현재 거주지는 서초구 방배동에 있는 서초 웰트빌라이며 아까 통화를 하던 시점에는 강남 테헤란로의 21타워 5층에 있는 케멜먼바에 있었어. 그는 그 바의 단골이야. 최 선생님에게 전화를 걸기 30분 전에는 집에 있었고, 다른 곳을 들르지 않고 바로 술집에 와서 오자마자 최 선생님에게 전화를 걸었지. 술집에 오기 전에 이미 집에서 술을 많이 마셨고 바에 올 때는 지하철을 타고 왔어. 대략 이 정도?"

"뭐라고요?"

아이들의 눈이 휘둥그레졌다. 현석이가 물었다.

"그 남자가 그런 정보들을 말해 줬나요?"

"아니. 전부 내 추측이야."

"전부 다? 그런 걸 다 어떻게 추측하신 거예요?"

"일단 나이는 목소리나 말투로 쉽게 짐작할 수 있지."

성우가 물었다.

"대기업 소속인 건요?"

"돈이 많거든."

"돈이 많은 건 어떻게 아세요?"

"부동산 사이트에서 그 사람의 빌라를 검색해 봤는데 시세가 28억이 넘더구나. 그리고 그가 있던 케멜먼바는 상당히 비싼 술집이야. 비싼 집에 살고 비싼 술집의 단골이니까 당연히 부자겠지. 로봇공학자가 이렇게 돈을 많이 벌려면 대기업 인공지능 연구소밖에 없어. 이 사람은 거기서도 높은 직급일 거야. 대학교수가 이 정도로 돈을 많이 벌지는 못하잖아. 물론 금수저라면 얘기가 다르겠지만."

"들으면 들을수록 모르겠네. 그럼 집 주소랑 술집에서 전화했다는 사실은 어떻게 아시는 거예요?"

조윤이가 물었다.

"자, 처음부터 따져 보자. 난 우선 이 사람이 최 선생님과 통화하던 순간에 어떤 건물 안의 가게에 있었다고 가정했어. 그에게 손님이라고 부르는 여자의 목소리나 중간에 밖으로 나가자 갑자기 생긴 주변 소음을 들어 보면 알 수 있지. 그는 최 선생님에게 전화를 걸 때 실내에 있었던 거야. 그리고 난 그 남자가 있는 건물이 서울에 있다고 전제했어. 기상청 사이트에서 현재 이런 폭우가 서울 남부에 집중되어 있다고 나오거든. 그리고 또 다른 이유는 잠시 후 설명할게.

내가 그 사람의 위치를 추리할 수 있었던 결정적인 근거는 배경 소음으로 들리던 전철 소리였어. 그는 통화할 당시 전철역 근처에 있는 건물 안에 있었던 거지. 그런데 좀 더 자세히 들어 보면, 전철 소리가 나기 직전에 자기부상열차가 지나가는 소리가 들렸단다. 자기부상열차는 전철만큼 소리가 크지는 않지만 특유의 낮고 웅웅 거리는 소리가 나잖아? 즉, 그 역은 전철과 자기부상열차가 모두 지나는 역인 거야.

한 가지 특이한 점은 전철은 속도를 줄이는 소리가 나는데 자기 부상열차는 정차 없이 그냥 지나갔다는 거야. 급행이라는 거지. 그 소리가 들린 시점이 9시 8분이었어. 그래서 난 서울시 모든 노선의 시간표에서 9시 8분경에 급행 자기부상열차가 지나가고, 그 직후 전철이 정차한 역을 찾아봤단다. 서울에서 자기부상열차를 운행하 는 노선은 다섯 개밖에 없는 데다 급행열차의 수도 적어서 찾기 쉬 웠어. 그렇게 해서 그 두 개의 열차가 그 시각에 겹치는 역을 찾아 보면 모두 일곱 개가 나와. 그 남자는 이 일곱 개의 역 중 하나에 있었겠지. 그리고 난 그중에서도 그 사람이 정확히는 역삼역에 있 었을 거라고 생각했어. 광고판 때문이야."

"광고판이요?"

"그 사람이 최 선생님과 대화하다가 중간에 밖으로 나가던 것 같 다고 했지? 문을 여는 소리가 난 뒤에 갑자기 들리던 차량 소음, 그 리고 실내에서 나오던 걸로 추정되는 잔잔한 음악이 더 이상 들리 지 않는 걸로 볼 때 그는 통화를 하면서 발코니 같은 곳으로 나간 것 같아. 그리고 밖에 나가서 교육청의 로봇 교사 수리 일정에 대해 말하며 최 선생님에게 사이트에 들어가 보라고 재촉했지. 자, 그런데 이 부분에서 한번 상상력을 발휘해 보자. 그 사람이 로봇 교사 무료 수리 기간을 설명하던 게 전철역 옆에 설치된 옥외 광고판을 보면서 읽은 거라고 가정하면 어떨까? 난 그 사람이 그걸 설명할 때의 말투가 마치 뭔가를 보고 읽는 것처럼 느껴졌어.”

“보고 읽었다……. 그 사람이 뭐라고 했는데요?”

성우가 물었다.

“정확히 이렇게 말했단다. ‘서울시 중학교 로봇 교사를 포함한 초원 전 제품 무료 수리 기간, 5월 31일부터 6월 30일까지 로봇 기술자를 호출하고 초원 홈페이지에서 검사 결과를 확인할 수 있다고 합니다.’”

가우스는 남자가 한 말을 그대로 읊었다.

“너희도 이 문구를 본 적이 있을 거야. 우리가 사흘 전 베팅 업소에 갔을 때 목동역 출구 옆에 있던 LED 광고판에 이 광고가 떠 있었는데 혹시 기억하니?”

조윤이가 고개를 저었다.

“그런 게 있었나? 전혀 생각 안 나는데요.”

“난 기억한단다. 아무튼 중요한 건 그 사람이 말한 문장이 초원과 서울시 교육청에서 붙인 광고문과 토씨 하나 틀리지 않고 정확히 일치한다는 거야. 뭔가를 보면서 읽었다는 건 확실한 셈이지. 그리고 최 선생님과 그 얘기를 하다가 갑자기 밖으로 나갔다는 건 원하는 정보가 바깥에 있었기 때문 아니겠니? 그래서 난 그가 발코니로 나와서 초원 광고문이 있는 광고판을 읽으면서 말한 거라고 상상해 봤어. 그리고 바로 그 때문에 난 그가 서울에 있다고 생각했던 거란다. 그 공문은 초원과 서울시 교육청에서 제작한 거니까."

"오, 듣고 보니 그럴듯하긴 한데……. 근데 그게 전철역 광고판이 아닐 수도 있잖아요?"

현석이가 말했다.

"제 생각도 그래요. 광고판이 아니라 현수막 같은 것일 수도 있고……."

"아니면 지나가는 버스에 달린 광고판이던가."

"버스는 확실히 아닐 거야. 그 사람이 통화하던 중간에 공문을 보려고 실외로 나갔으니까. 움직이는 광고판이라면 그 순간 건물 밖에 그게 있다는 걸 알 수 없지."

"아, 그건 그렇네요. 그러면 그 일곱 개 중에서 역삼역만 유일하게 전철역 바깥에 광고판이 있어서 역삼역이라 생각하신 건가요?"

조윤이가 물었다.

"아니, 당연히 대형 광고판이 옥외에 설치된 전철역은 많이 있어. 하지만 내가 역삼역을 고른 이유는 광고판이 설치된 형태 때문이야.

다시 두 사람의 대화로 돌아가 보자. 그 남자는 밖으로 나가서 광고판을 읽다가 갑자기 말을 멈췄어. 그리고 몇 초 지난 뒤에 다시 말을 했는데, 남자가 말을 멈춘 바로 그 몇 초 동안 자기부상열차가 지나가는 소리가 들렸단다. 그리고 그 소리가 작아질 즈음 남자가 다시 말을 했어. 왜 말을 하다 말고 잠시 침묵했을까? 자기부상열차의 소리가 시끄러워서 그랬던 건 아닐 거야. 그 사람은 훨씬 더 시끄러운 전철이 지나가도 신경 쓰지 않고 말을 했거든. 나는 그게 열차가 지나가면서 광고판을 가렸기 때문이라고 추측했어. 그리고 열차에 가려지는 광고판이라면 아마 선로와 가까이에 설치되어 있고, 선로를 따라 가로로 길게 뻗은 형태의 광고판이지 않을까? 그래서 난 그 일곱 개의 역 중에서 그러한 형태의 옥외 광고판이 설치된 역이 있는지 로드뷰로 샅샅이 살펴봤어. 그리고 그런 역은 딱 하나밖에 없었단다."

"역삼역?"

"그렇지."

"어머니!"

조윤이가 탄성을 질렀다.

"그래서 그런 거였군. 선생님 말을 듣고 보니 정말 전철역 광고판일 가능성이 가장 커 보여요."

조윤이의 말에 웬일로 성우도 맞장구쳤다.

"그러게. 기차가 광고판을 가렸을지도 모른다는 생각은 못 해 봤는데. 그럼 일단 어떤 역 근처에 있는지는 알게 됐네요."

현석이가 물었다.

"선생님은 역삼역이 맞다고 확신하세요?"

"확신해. 역삼역이 맞다고 가정한 상태에서 그 사람이 사는 곳과 맞춰 보면 모든 상황이 정확하게 들어맞거든."

"맞다, 집 주소까지 알아냈다고 하셨지. 그건 또 어떻게 찾으셨어요?"

"그 남자가 통화할 때 있었던 술집을 통해 찾았어. 그리고 전철역을 아니까 술집의 위치를 찾는 건 쉽지.

역삼역의 그 광고판 맞은편에는 도로 하나를 사이에 두고 건물 네 개가 있어. 다른 건물들은 그 뒤에 가려져서 광고판이 보일 만한 위치에 있는 건 그 네 개뿐이야. 하이츠호텔, 르네상스빌딩, 큰길백화점, 그리고 21타워. 그 남자는 이 넷 중 하나에 있었겠지? 이 중에서 일단 하이츠호텔은 아니야. 그 호텔은 전철역을 마주 보는 벽면이 전부 객실이거든. 앞에서도 말했다시피 음악 소리와 종업원으로 생각되는 여자의 목소리로 볼 때 그 남자는 술집이나 식당 같은 곳에 있던 것으로 추정된단다. 그러니 하이츠호텔은 아니지. 그다음 르네상스빌딩의 경우에는 전철역 쪽 방향에 식당이 하나 있기는 해. 2층에 카페가 하나 있거든. 그런데 여기서 잊지 말아야 할 사실이 있단다. 역삼역의 자기부상열차 선로는 지상 15미터 높이에 있다는 거야. 당연히 선로 아래에서 올려다보면 선로 옆에 있는 광고판을 볼 수가 없지. 그러니 15미터보다 낮은 위치에 있는 2층의 그 카페도 아닐 테고, 따라서 르네상스빌딩도 제외."

"그럼 큰길백화점과 21타워가 남았군요."

"그렇지. 우선 큰길백화점은 전철역을 마주 보는 식당과 술집이 다섯 개가 있어. 가장 낮은 곳에 있는 게 4층이고 다섯 개 전부 광고판이 보일 만한 위치야. 하지만 결론부터 말하면 난 그 다섯 개가 전부 아니라고 봐."

"왜요?"

"그 남자가 최 선생님과 초원 홈페이지에 대한 얘기를 하던 부분을 자세히 들어보면 드르륵 하고 미닫이문을 열었다가 닫는 소리가 나. 그리고 그 직후 도로의 차량 소음이 들리는 것과 동시에 이전부터 계속 들리던 음악이 완전히 사라졌어. 이건 남자가 실내와 단절된 공간으로 나왔다는 뜻이지. 따라서 남자는 단순히 식당의 창문을 연 게 아니라 식당 밖의 복도 아니면 발코니 같은 곳으로 나왔을 거야. 그런데 큰길백화점은 전철역을 향한 동남쪽 벽면이 모두 창문으로만 되어 있단다. 그러니 큰길백화점의 모든 식당은 아니야."

"그렇다면 남는 건 21타워군요. 21타워에는 발코니가 있는 식당이 있나요?"

"모든 조건에 부합하는 식당이 딱 하나 있어. 5층에 있는 케멜먼바라는 술집이야. 광고판과 선로보다 약간 높은 곳에 있고, 광고판을 정면으로 마주 보는 발코니가 딸린 술집이지."

"아하, 그렇게 해서 술집까지 알아내신 거군요."

현석이가 감탄하며 말했다.

"그래. 그리고 그곳의 종업원으로 추정되는 여자가 우산까지 챙기는 태도로 볼 때 그 남자는 아마 그 술집의 단골일 거야. 하지만 그걸로 끝이 아니란다. 직원이 남자에게 '우산이 없으시다면 하나 드리겠습니다.' 라고 했을 때 그 남자가 뭐라고 대답했는지 기억하니?"

"필요 없다고 그랬다면서요."

성우가 대답했다.

"맞아, 필요 없다고 그랬어. '괜찮아요, 필요 없어요. 비 안 맞아요.' 근데 너희들은 이 말을 어떻게 생각해? 왜 이렇게 말했을까?"

"우산을 가져왔으니까 괜찮다고 한 거 아니에요?"

조윤이가 말했다.

"그렇게 생각하는 게 제일 간단하지. 근데 내가 그 남자의 말에서 느꼈던 뉘앙스는 좀 달랐어. 만약 그가 우산이 있었다면 우산을 가져왔다고 하면 그만이야. 그런데 그는 우산이 있다고 하지 않고 '우산 필요 없다, 비 안 맞는다.'고 했어. 난 이 말의 어감이 우산을 가져와서 필요 없다는 게 아니라, 우산은 없지만 어쨌든 필요하지 않다는 말처럼 느껴졌단다."

잠시 생각하던 현석이가 고개를 끄덕였다.

"무슨 말인지 알 것 같아요. 우산이 있으면 그냥 '우산이 있으니까 괜찮다.'고 했겠죠."

"글쎄, 좀 너무 넘겨짚는 거 아닌가? 우산을 가져왔으니까 필요 없다고 한 것일 수도 있잖아."

역시 호락호락하지 않은 성우였다. 성우의 깐깐한 지적에 조윤이가 말했다.

"아니지. 우산을 가져왔다면 '저 우산 있어요.' 한마디면 끝이잖아. 근데 그 사람은 필요 없다는 말만 했지 우산이 있다는 말은 하지 않았다잖아."

"음……. 그 말이 틀렸다고 생각하는 건 아닌데, 우산이 있어도 그냥 필요 없다고만 대답할 수 있지 않냐? 뭐 그 정도 말은 할 수 있을 것 같은데."

가우스가 말했다.

"성우 말도 맞아. 우산이 필요 없다는 말은 말 그대로 그 사람이 우산을 쓸 필요가 없다는 말일 수도 있지만 '나는 이미 우산이 있다.'라는 말로 해석하는 것도 가능해. 사실 이런 경우는 논리적으로 분석하기보다는 어감이나 분위기로 판단해야 한단다. 선생님은 그 남자의 말이 전자에 가깝다고 느꼈어. 왜냐하면 조윤이 말대로 우산이 있다면 우산 있다는 말 한마디면 되잖아. 그런데 그 사람이 했던 말을 그대로 옮겨 보자면, 먼저 종업원이 그에게

'손님, 혹시 우산을 안 가져오셨나요? 우산이 없으시다면 저희가 하나 드리겠습니다.'

라고 하자

'네? 아니, 괜찮아요. 필요 없어요.'

'정말 괜찮으십니까? 지금 비가 많이 오고 있거든요.'

그러자 다시

'괜찮아요, 비 안 맞아요.'

이렇게 말했어. 우산을 안 가져왔냐고 두 번이나 물어봤는데 둘 다 우산이 있다는 말 대신 필요 없다고만 대답한 거야."

잠시 생각하던 성우가 말했다.

"듣고 보니 정말 그런 뉘앙스인 것 같기도 하네요. 우산 있다는 말 한마디면 될 텐데 필요 없다는 말을 두 번이나 반복하는 걸로 보면 선생님이 말한 느낌에 좀 더 가까운 것 같아요."

"그렇지? 그래서 난 그 말을 듣고 두 가지 결론을 내렸단다. 첫째, 이 사람은 술집에 올 때 우산을 가져오지 않았다. 둘째, 우산은

없는데 우산이 필요 없다."

"근데 그 아저씨한테 우산이 있는지 없는지가 그렇게 중요한 거예요?"

현석이가 물었다.

"매우 중요하단다. 그 사람이 우산이 없다는 사실을 통해 그의 집 주소를 알아냈거든."

"헐."

"한번 차근차근 따져 보자. 그 사람은 이렇게 비가 많이 오는데 왜 우산이 필요 없다고 했을까? 술집이 있던 21타워 안에는 숙박 시설이 없어. 가까운 곳에 있는 하이츠호텔에 묵고 있다 해도 호텔까지 이런 폭우 속을 뚫고 가려면 물에 빠진 생쥐 꼴이 되고 말 거야. 또 그 사람이 차를 타고 왔다고 해도 우산은 반드시 필요할 거야. 21타워에는 지하 주차장이 없거든. 옆에 있는 백화점의 야외 주차장이 그나마 차를 댈 만한 가장 가까운 장소인데, 역시 주차장까지 걸어가는 동안 비에 흠뻑 젖겠지. 결국 이 사람은 자가용을 타고 온 건 아니라는 말이 돼. 그는 바에 올 때 대중교통을 타고 왔겠지만 버스는 아닐 거야. 버스 정류장은 주차장보다 더 먼 곳에 있거든. 택시를 부르는 것도 나쁘진 않겠다. 하지만 가장 좋은 방법이 뭔지 아니?"

"지하철?"

"그렇지. 마침 21타워의 지하는 역삼역 9번 출구와 연결되어 있어. 그리고 역삼역에서 사당 방향으로 환승 없이 네 정거장만 가면 방배역인데 거기서 5번 출구로 나가면 반투명 천장으로 덮인 육교와 이어진단다. 이 육교를 따라 걸으면 육교 끝에 상가 건물 몇 개가 바짝 붙어 있어. 건물의 처마가 상당히 길어서 이 밑으로 걸으면 비를 맞지 않을 거야. 그리고 그 밑을 지나서 30미터만 가면 서초 웰트빌라라는 건물의 후문이 나오지. 그러니까 이 남자가 웰트빌라에 산다면 집에서 21타워까지 말 그대로 비 한 방울 맞지 않고 갈 수 있어."

"이런 시발! 그거 실화예요?"

조윤이가 물었다.

"실화야. 내가 그 집을 쉽게 찾을 수 있었던 건 그 남자의 말 때문이란다. 선생님이 아까 한 얘기 기억하지? 그 남자가 자신이 집에서 나오기 전에 뉴스에서 어떤 과학자가 로봇의 이상행동과 관찰 결과에 대해 이야기하는 걸 봤다고 했잖아. 자기도 그렇게 생각하던 중이었다는 말도 덧붙였고. 난 아까 뛰어오면시 오늘 나온 모든 뉴스를 다 살펴봤는데 그가 말한 과학자의 인터뷰는 YTN 뉴스에 나온 것이었고 해당 인터뷰에서 그 말이 나온 시점은 8시 22분이었어. 그리고 그 남자가 최 선생님에게 전화를 걸었을 때는 그로부터 42분이 지난 후였지. 지하철에서 내려서 21타워의 5층까지 가는 데 걸리는 시간을 고려하면 그 사람의 집은 21타워에서 넉넉잡아 34분 안에 갈 수 있는 거리일 거야. 그래서 난 역삼역에서 34분 이내의 범위에 있는 모든 역 주변을 로드뷰로 살펴봤고, 그 결과 역삼역에서 고작 네 정거장 떨어진 방배역 5번 출구가 웰트빌라와 육교로 연결되어 있다는 걸 발견했단다.

실제로 웰트빌라에서 21타워까지는 지하철과 도보를 합쳐서 예상 이동 시간이 32분으로 나와. 그보다 더 멀었다면 아마 그 사람이 자가용이나 택시를 타고 왔을 가능성이 크지. 오늘처럼 비도 오는 날에 그 정도 부자가 30분 이상 지하철을 탄다는 건 좀 어색하지 않니? 그런 비싼 술집의 단골인 걸 보면 그다지 검소한 것 같지도 않고. 그리고 차를 타고 왔다면 우산이 꼭 필요했겠지. 오늘은 저녁에 폭우가 쏟아진다고 아침부터 기상예보를 했거든. 그 사람도 그 예보를 봤을 거야. 그러니 마침 단골 술집까지 오는 길이 통째로 비를 막아 주기도 하니 번거롭게 우산을 쓰고 폭우 속을 걷기보다는 비 한 방울 맞지 않고 오는 방법을 택했을 거야. 그래서 자가용 대신 일부러 지하철을 타고 온 거지."

"아하, 그래서 다른 곳을 들르지 않고 집에서 술집으로 바로 왔다고 추측하신 건가요?"

"그래, 집에서 술집까지 40분 정도 걸리는데 집에서 뉴스를 보고 42분 후에 술집에서 전화를 했으니까 자연스럽게 그런 결론이 나오지. 마찬가지로 술집에 온 즉시 전화를 걸었다는 사실과 집에서 이미 술을 마시고 왔다는 사실도 그걸 통해 알 수 있어."

"술집에 오자마자 전화를 걸었는데 이미 취한 목소리니까."

성우가 중얼거렸다.

아이들은 다들 가우스의 말을 곱씹느라 잠시 조용해졌다. 조윤이는 생각할수록 놀라운지 엄청난 가창력의 일반인을 본 오디션 프로그램의 심사 위원 같은 표정으로 가우스를 쳐다봤다.

"선생님."

"응?"

"정말 대단해요."

"고마워."

"선생님의 추리가 맞는지는 아직 제대로 알 수 없지만……. 진짜 생각할수록 우리 머리를 인터넷에 연결하지 않은 건 실수야."

"인정한다. 로봇이 이제 그만 지구에서 비키라고 해도 할 말이 없겠어."

성우가 두 번째로 조윤이의 말에 동의했다.

"난 단순히 머리로 인터넷에 접속만 할 수 있는 게 아니라 빠른 속도로 자료를 검색하고 분석할 수 있단다. 그것도 감안해야지. 아무튼 내가 덧붙이고 싶은 말은 이거야."

가우스가 천천히 말했다.

"어쩌면 내 추측이 전부 틀렸을지도 몰라. 어쩌면 그 사람은 아예 다른 술집에 있었던 것일 수도 있어. 부산이나 광주에 있는 술집에 있었던 것일 수도 있고, 혹은 그 사람이 광고판을 보면서 얘기한 게 아닐 수도 있어. 단지 미리 가지고 있던 자료를 보면서 통화한 것일 수도 있잖아? 또 중간에 머뭇거린 이유가 기차가 지나가서 그런 게 아니라 단지 그 정보가 적힌 수첩을 펴느라 그랬을 수도 있지. 어쩌면 아예 로봇공학자가 아닐지도 몰라. 로봇에 관심이 많은 일반인이 관련 논문을 찾아 읽다가 '로봇 교사 살인사건'이 일어나자 호기심에 최인규 선생님의 번호를 알아내서 전화한 것일 수도 있어."

"맞아요. 전부 우연일지도 몰라요."

현석이가 말했다.

"하지만 정말 재미있는 우연이에요. 이렇게 재미있는 우연은 그냥 넘기면 안 돼요."

조윤이도 씩 웃었다.

"그렇지. 이렇게 된 이상 밀어붙여야죠. 선생님이 열세 시간 동안 식탁 밑에 숨어 있었던 보람이 있네요. 선생님, 그럼 이제 어떻게 하실 거예요?"

가우스는 고개를 끄덕였다.

"직접 가 봐야겠어."

도둑

선유한은 밤새 잠을 자지 못했다. 그녀는 꼬맹이를 재우고 난 뒤 핏발선 눈으로 웅크리고 앉아 밤을 새웠다. 잠이 오지 않았다. 밤새 지훈이의 어릴 적 모습과 함께 보낸 시간들이 떠올랐다. 그리고 아들과 며느리의 모습도 어른거렸다. 그녀는 그런 생각을 하다가 더는 견딜 수가 없어서 TV를 켜고 소리를 크게 틀었다. TV에서는 밤새도록 지훈이 사건을 재탕하고 있었다. 경찰과 로봇공학자들이 나와서 공허한 소리를 짖어 댔다. 선유한은 그 꼴을 계속 지켜봤다. 저 소리를 듣는 게 그나마 침묵보다는 나았다. 그녀는 잠들지 못하고 죽은 사람들과 산 사람들 사이에 낀 채 밤을 지샜다.

선유한은 감정에 파묻히지 않기 위해서 이성적인 생각만 하기로 했다. 감정은 머리칼이 엉겨 붙은 물귀신 같았다. 그녀를 붙잡고 검은 물 밑으로 끌고 가려고 했다. 숨을 쉬기가 어려웠다. 그녀는 감정을 털어 내기 위해 입술을 깨물었다.

선유한은 이성적인 사람이었다. 그녀는 손자가 살해당했지만 이성을 잃지 않기 위해 애썼다. 그녀는 스스로에게 열심히 질문을 던졌다. 왜 나에게 이런 일이 일어난 걸까? 아니, 이런 질문은 하면 안 된다. 그건 물귀신을 부르는 질문이다. 다른 질문을 해야 한다.

지훈이는 왜 그렇게 된 걸까? 선유한은 사건을 차근차근 논리적으로 따져 보기 시작했다. 지훈이는 로봇 교사에게 살해당했다고 했다. 지훈이를 가르치던 수학 로봇이 지훈이를 둔기로 내려치고 도망쳤다는 것이다. 도대체 무슨 소리인지 알아들을 수가 없었다. 로봇이라는 건 세탁기나 냉장고와 같았다. 비싼 물건이지만 사람이 시키는 대로 늘 고분고분한 물건이다. 그런데 그런 게 지훈이를 죽였다니.

뉴스에 나온 전문가들은 로봇이 어딘가 크게 고장이 나서 살인을 한 것 같다고 했다. 하지만 놈은 고장 난 게 아니다. 선유한은 로봇이나 기계에 대해 아무것도 몰랐지만 직감적으로 확신했다. 놈은 고장이 나서 그런 짓을 한 게 아니다. 멀쩡한 정신으로 지훈이를 죽인 것이다. 아마 지훈이에게 미리 일찍 나오라고 불러 냈을 것이다. 그러니까 지훈이가 수업이 시작하는 시간보다 20분이나 일찍 그 반에 가서 기다렸던 것이다. 모든 건 놈이 사전에 계획한 일이 분명하다. 심지어 그 로봇은 현장에서 체포되어 연행되던 도중 경찰차 창문을 부수고 자기 손을 잘라 낸 채 도망쳤다고 했다. 경찰차 창문은 쉽게 깰 수 없는 건데 어떻게 한 번에 부수고 나갔는지 모르겠다며 선유한 앞에서 경찰들도 혀를 내둘렀다. 아마 힘과 각도를 정확하게 계산했을 것이다. 그놈은 절대 고장 난 게 아니다. TV에서 로봇 전문가들은 알아들을 수 없는 전문용어를 떠들었지만 선유한은 그런 헛소리들을 전부 무시했다. 그녀는 TV화면에 나온 그 로봇의 표정 없는 얼굴을 응시하며 중얼거렸다. 넌 고장 나거나 미친 게 아니야. 멀쩡한 놈이라고.

하지만 생각을 거듭할수록 이해가 안 되는 부분이 늘어났다. 그 로봇은 대체 왜 지훈이를 죽인 걸까? 아니야, 한 번에 하나씩만 생각하자. 결론을 내기 위해 서두르면 안 된다. 찬찬히 따져 보자고. 우선, 그 로봇은 살인을 하고 교무실로 돌아갔다가 왜 13분 후에 다시 살인 장소로 돌아왔을까? 뉴스에 나온 CCTV 영상을 보면 로봇은 3학년 교실로 달려가 지훈이를 죽인 뒤 도로 교무실로 뛰어들어 갔다. 그리고 좀 있다가 교과서를 들고 아무 일도 없었다는 듯이 살인 장소로 걸어갔고 그곳에서 경찰에게 체포된다. 마치 일부러 체포되려고 한 듯이 말이다. 그런데 또 잠시 후에는 경찰차 창문을 부수고 도망쳐 버렸다. 앞뒤가 맞지 않았다.

선유한은 손에 얼굴을 묻었다. 입을 벌렸지만 비명 소리가 나오지 않았다. 그녀는 몸을 가눌 수 없을 만큼 비통했지만 쓰러지고 싶지 않았다. 이대로 고꾸라지기에는 너무 분했다. 지훈이가 왜 죽었는지 알아야 했다.

자, 정신 차려. 그녀는 자신의 뺨을 때렸다. 정신 차려. 다른 질문을 해 보자. 그놈은 왜 지훈이를 감시 카메라가 있는 복도로 불러내서 죽였을까? 마치 자신의 범죄를 일부러 드러내려는 듯이 말이다. 감시 카메라는 복도 천장 한가운데에 떡하니 설치되어 있었고 그 로봇이 복도에 감시 카메라가 있다는 걸 몰랐을 리 없다. 혹시 그것이 인간들에게 어떤 메시지를 보내기 위해 지훈이를 죽였다면? 선유한이 어릴 적에 봤던 기계가 인간을 공격하는 영화들처럼 말이다. 어처구니없는 생각이긴 했지만 그 로봇이 인류에게 공포를 주고자 테러를 저질렀다고 치자. 그렇다면 자신이 살인자라는 걸 보여 줬으면서 왜 도망쳤는가? 경찰에게 잡히는 건 싫어서? 그렇다면 왜 다시 살인 현장으로 돌아온 것인가? 이 부분이 가장 수수께끼였다. 살인하는 모습만 보여 주고 체포되기는 싫었다면 그 즉시 학교 밖으로 멀리 달아나야 했을 것이다. 하지만 놈은 시체를 발견한 학생들이 교사와 경찰을 부르고 경찰이 현장에 도착할 때까지도 교무실에 있었다. 그리고 여느 때처럼 교과서를 들고 다시 3학년 8반 교실로 천천히 올라갔다. 그래 놓고는 체포되자 경찰차를 부수고 도망쳐 버렸다.

이 일련의 이해할 수 없는 행동들을 그저 놈이 고장난 거라고 치부하면 아주 간단하게 설명할 수 있었다. 하지만 선유한은 그러고 싶지 않았다. 그건 마음에 들지 않았다. 그녀는 지금 어딘가에 숨어 있을 쇳덩어리에 대해 본능적으로 직감했다. 넌 절대 고장 난 물건이 아니야. 사람을 죽이는 자들은 모두 어딘가가 고장 난 사람들이지. 네가 그런 식으로 고장 난 거라면 몰라도, 너는 절대로 '고장 난 기계'는 아니야.

선유한은 이런 생각을 하면서 TV 화면을 한참 응시했다. 그러다가 뉴스에서 반복해서 나오는 학교 복도의 CCTV 영상에서 이상한 점을 발견했다.

지훈이를 죽일 때 놈의 몸놀림은 신속하고 정확했다. 군더더기 없는 동작으로 지훈이를 공격한 뒤 교무실로 도망쳤다. 기계의 움직임이었다. 그런데 잠시 후에 다시 올라온 놈의 행동은 약간 이상했다. 로봇은 흥분한 아이들이 쓰러진 지훈이를 둘러싸고 웅성거리는 곳으로 조심스럽게 다가갔다. 그리고 무슨 일이 일어났는지 보려고 기웃거렸다. 자기가 죽여 놓고는 아무것도 모르는 구경꾼처럼 행동하는 것이다. 자기가 살인을 하는 장면이 CCTV에 확실히 찍혔기 때문에 그런 연기를 할 필요가 전혀 없었지만 놈은 정말 아무것도 모르는 사람처럼 행동했다. 그러더니 지훈이가 쓰러져 있는 걸 발견하자 가까이 다가가서 갑자기 앉았다 일어났다 하는 동작을 반복했다. 저게 뭐 하는 거야? 저거야말로 진짜 고장 난 것 같잖아. 경찰이 도착했을 때도 로봇은 기우뚱거리면서 그 자리에 가만히 있었다. 지금 나오는 로봇의 모습은 방금 전에 살인을 하던 모습과는 딴판이었다. 저건 마치……. 충격을 받아 마비된 것 같았다.

선유한의 머릿속에 한 가지 생각이 스치고 지나갔다. 어쩌면 저 로봇은 13분 전에 살인을 한 로봇과 다른 로봇이 아닐까? 똑같이 생긴 다른 로봇이 지훈이를 죽였기 때문에 저 녀석은 죽은 지훈이를 보고 진짜로 당황했고, 경찰에게 끌려가다가 무서워서 도망친 것이다. 물론 이것도 현실성 없는 생각인 건 마찬가지였다. 그녀는 로봇이 당황하고 무서움을 느낀다는 말은 들어 본 적이 없었다. 어제 집에 온 배달용 로봇이 떠올랐다. 코앞에서 다짜고짜 문을 쾅 닫아 버렸지만 여전히 침착하고 친절했다. 그게 로봇이다.

정말 미치겠군. 하지만 생각을 놓으면 안 돼. 그럼 모든 게 끝장이야. 그녀는 다시 생각에 집중했다. 만일 경찰이 잡았던 로봇이 살인자가 아니라면? 살인을 한 로봇과 도망친 로봇이 같은 로봇이 아니라면? 그렇다면 왜 로봇이 살인 현장으로 다시 왔는지, 왜 살인 현장을 처음 보는 것처럼 반응했는지 설명이 된다.

하지만 정말 그렇더라도 놈이 인간의 명령에 불복하고 도망친 건 이해할 수 없었다. 로봇은 인간에게 무조건적으로 복종해야 한다. 그렇다면 다시 처음으로 돌아가는군. 그 로봇은 고장 났고, 고장 났기 때문에 지훈이를 죽이고 도망쳤다고.

그녀는 밤새도록 원을 맴돌았다. 날이 밝을 때까지도 그녀는 결론을 내릴 수 없었다. 이건 애초에 선유한이 알 수 있는 일이 아니었다. 평생 인공지능을 연구한 학자들도 그 로봇이 벌인 일을 확실하게 설명하지 못했다. 난 그저 식당에서 설거지 하는 노인네에 불과한데, 내가 이런 걸 어떻게 알겠어?

밤새 내리던 비가 그치고 새벽빛이 방 안으로 흘러들어 왔다. 비가 그치면서 그녀의 마음도 서서히 단단해졌다. 선유한은 손톱이 손바닥을 파고들 만큼 주먹을 꽉 쥐었다. 이렇게 방 안에 틀어박혀 웅크리고 있을 수는 없어. 아들과 며느리는 범죄자의 칼에 죽었다. 그리고 이번에는 어린 손자마저 살해당했다. 그녀는 원통해서 도저히 가만히 있을 수가 없었다. 내가 잡을 거야. 선유한은 이를 악물었다. 손자를 죽인 놈을 내 손으로 잡기 전까지는 죽지도, 살지도 않을 거야. 그녀는 그 로봇에게서 직접 대답을 듣고 싶었다. 정말 네가 죽였어? 왜 그랬어? 내가 이해할 수 있게 설명해 봐라, 이 찢어 죽일 놈아.

선유한은 가늘게 떨리는 몸을 일으켜 서랍을 열고 오랜만에 아들의 유품을 꺼내기 시작했다. 서랍 안에는 아들이 살아 있을 때 수사 과정에서 사용하던 물건들이 천에 싸인 채 들어 있었다. 아들 내외가 죽은 뒤 경찰이 집에 와서 그들이 쓰던 장비를 회수해 갔다. 하지만 며칠 후 선유한은 경찰이 빠트리고 간 몇 가지 물건들을 집 안에서 발견했다. 그리 위험하거나 중요해 보이지 않는 것들이라 그녀는 그것들을 경찰에게 갖다주지 않고 보자기에 싸서 잘 보관했다. 그녀는 아들 부부가 모두 형사였다는 사실에 자부심을 갖고 있었다. 그래서 그 물건들을 그들의 상징처럼 여겨 간직하고 있었다.

보자기를 풀자 오랜만에 보는 물건들이 나왔다. 작은 스티커처럼 생겨서 귀 안쪽에 붙이는 초소형 이어폰과 자동 수갑, 그리고 경찰용 진압봉 등이었다. 선유한은 이제 그것들을 자신이 사용하기로 했다. 로봇을 추적하게 되면 언제 어디서 그놈과 마주칠지 알 수 없는 일이다. 그때가 되면 놈을 제압하기 위해 미리 준비를 해야 했다. 그녀는 식탁 다리에 대고 자동 수갑을 걸고 푸는 연습을 했다. 설명서 같은 건 없었지만 금세 사용법을 익혔다. 식탁 다리에 갖다 대는 순간 수갑이 저절로 채워졌다. 철컥 하고 채워진 수갑은 근거리에서 간단한 손짓으로 풀 수 있었다. 그녀는 초소형 이어폰도 써 보려 했지만 그건 이미 고장 난 상태였다. 이어폰을 내려놓고 선유한은 진압봉을 들고 흔들어 봤다. 아들이 쓰던 걸 몇 번 본 적이 있어서 사용 방법은 이미 잘 알고 있었다. 경찰이 범인을 제압할 때 쓰는 이 봉은 가늘고 긴 형태로, 접으면 볼펜만 한 크기가 된다. 접은 상태에서 살짝 누르기만 하면 순식간에 펼쳐지는 데다 사용자의 의도대로 전류를 흐르게 할 수 있어서 갖다 대기만 해도 범인을 마비시킬 수 있었다. 그녀는 진압봉을 쥐고 손에 익을 때까지 흔들어 봤다. 작지만 무서운 무기였다. 한 가지 불안한 점은 이 무기가 사람만큼 로봇에게도 잘 먹힐지가 미지수였다.

그리고 보자기 안에 마지막으로 남은 건 작은 검은색 상자였다. 상자는 담뱃갑 정도의 크기였다. 그녀는 이게 뭔지 알고 있었다. 예전에 며느리가 이걸 집에 잠시 가져왔다가 미처 반납하지 못하고 며칠 뒤 세상을 떠났다. 그것은 오직 경찰이 수사 과정에서만 쓸 수 있는 고가의 물건이었다. 그녀는 상자를 열었다.

평범한 서클 렌즈처럼 보이는 게 들어 있었다. 선유한은 손을 닦고 조심스럽게 렌즈를 눈에 꼈다. 처음에는 눈이 약간 뻑뻑했지만 이내 적응이 되었다. 선유한은 거실에 있는 컴퓨터를 켠 뒤 상자에 들어 있는 설명서대로 비밀번호를 입력해서 컴퓨터와 렌즈를 연동시켰다.

그 렌즈는 형사들이 현장 수사에 쓰는 장비였다. 주로 과학수사대가 사용했지만 일반 형사들도 잠입 수사나 범죄 현장을 살펴보는 경우에 사용했다. 렌즈를 끼고 컴퓨터와 연동시키면 렌즈 착용자가 눈으로 보는 광경이 동영상으로 변환되어 컴퓨터에 실시간으로 저장되었다. 영상뿐만 아니라 렌즈에 삽입된 초소형 칩이 소리까지 기록했다. 그래서 이 렌즈를 착용한 형사가 눈으로 보는 모든 것들을 영상 수사 자료로 활용할 수 있었다. 카메라나 스마트폰보다 훨씬 편리했으며 고화질 영상이었기 때문에 필요한 부분은 컴퓨터로 확대하여 더 자세히 살펴보는 것이 가능했다. 이 렌즈를 쓰면 현장에서 무심코 지나쳤던 것을 나중에 컴퓨터로 돌려 보면서 자신이 놓친 게 뭔지 알아낼 수 있었다. 또한 장시간 착용해도 눈이 건조해지지 않았기 때문에 선유한은 잘 때를 제외하고는 항상 이 렌즈를 착용하기로 마음먹었다.

수갑과 렌즈, 진압봉. 이 세 가지 물건만으로도 벌써 마음이 든든해졌다. 뭔가 해야 할 일이 생겼다는 기분이 들었기 때문일 것이다. 선유한은 가만히 앉아서 손자를 생각하고 싶지 않았다. 그 반대였다. 아무것도 하지 않으면 계속해서 지훈이 생각이 날까 봐 두려웠다. 지훈이 생각은 도망친 로봇을 잡아 족친 다음에 해도 늦지 않다. 그녀는 평생 지훈이를 생각하며 살 것이다.

결심은 세웠지만 아직 경찰도 찾지 못한 그 영악한 로봇을 어떻게 찾아야 할지, 어디서부터 시작해야 할지 알 수 없었다. 선유한은 제일 먼저 생각나는 곳부터 가 보기로 했다. 학교에 갈 엄두는 나지 않았다. 그리고 그곳에 진을 치고 있는 경찰은 유족이라 해도 사건 현장에 쉽게 들여보내 주지 않을 것이다. 그녀는 지훈이의 담임 선생님을 찾아가기로 했다.

최인규 선생의 집 주소는 학교에 전화해서 알 수 있었다. 최 선생은 궁금한 게 있으니 오늘 찾아가도 되냐고 묻는 선유한의 말에 잠시 가만히 있다가 지금은 참고인 조사를 받으러 가는 중이라 오후부터 시간이 된다고 했다.

선유한은 생각에 잠긴 채 몇 시간 동안 혼자 가만히 앉아 있었다. 집을 나설 시간이 되자 그녀는 아스피린을 한 알 삼킨 뒤 꼬맹이를 데리고 옆집으로 갔다. 평소 친하게 지내던 친절한 옆집 여자에게 바쁘게 돌아다녀야 할 일이 생겼으니 당분간은 반나절 동안만 손자를 맡아 달라고 했다. 손을 흔드는 손자를 뒤로하고 선유한은 문을 나섰다.

선유한은 최 선생에게 무슨 질문을 해야 할지도 정하지 않은 채 일단 무작정 찾아갔다. 아들이 살아 있었다면 경찰인 아들에게 조언을 구할 수 있었을 것이다. 하지만 선유한은 아들이 정말로 살아 있었다면 어머니가 손자의 죽음을 캐고 다니지 못하게 했을 거라고 생각했다. 선유한은 경찰이 살인사건을 어떻게 수사하는지 전혀 몰랐고 그 사실이 처음으로 아쉬워졌다. 그래서 최인규를 만나면 그냥 떠오르는 질문을 마구 던지기로 했다. 최인규는 지훈이의 담임이니 사건에 대한 중요한 사실을 끌어낼 수 있을지도 모른다.

최 선생이 사는 동네는 구조가 좀 이상했다. 선유한은 버스를 타고 근처에서 내려 점점 좁아지는 골목길로 들어가 최 선생의 집에 도착했다.

최 선생은 집 안에서 기다리고 있었다. 쭈뼛거리며 문을 열어 준 최 선생은 선유한을 보고 이내 주눅이 들었다. 눈앞의 할머니가 귀신 같았기 때문이다. 할머니는 작은 체구에 창백하고 말라 죽어 가는 듯한 몰골이었지만 눈에서는 불꽃이 튀고 있었다. 최 선생이 기어들어 가는 목소리로 말했다.

"할머니, 안녕하세요."

그는 땀이 밴 손바닥을 바지에 문질렀다.

244

"여기까지 오시느라 고생 많으셨죠?"

"최 선생님도 안녕하세요? 처음 뵙습니다."

선유한은 성큼 집 안으로 들어갔다.

"할머니, 제가 먼저 찾아뵀었어야 하는 건데 정말 죄송합니다. 정말 뭐라 말씀을 드려야 할지⋯⋯. 일단 차라도 한 잔⋯⋯."

"차는 됐으니까 자세히 설명 좀 해 주시오."

"네?"

"이 사건에 대해 아시는 대로 다 말해 주세요. 난 꾸물거릴 틈이 없어요. 조금이라도 쉬고 싶지 않거든요."

할머니의 말에 최인규의 얼굴이 창백해졌다.

"어, 어떤 걸 말씀드리면 될까요?"

"그 로봇에 대한 거요."

"그 로봇이라면⋯⋯."

"우리 지훈이를 죽인 놈 말이에요. 선생님이 본 걸 자세히 말해 주세요. 최 선생님은 지훈이 담임이니까 그 로봇에 대해서도 잘 알 것 아닙니까?"

최인규는 당황해서 말을 더듬었다.

"글쎄요, 가우스는 다른 로봇들과 비슷했어요. 그냥 평범한 로봇이었습니다."

"평범했다고? 그게 다예요? 평소에 하던 행동 중에 뭔가 의심스러운 점은 없었나요?"

"특별히 이상한 행동을 한 적은 없었는데⋯⋯."

"그게 말이 됩니까? 그놈이 살인을 했는데 평범한 로봇이라니!

그 녀석이 평소에 로봇답지 않은 이상한 짓을 하지는 않았느냐 이 겁니다."

"저도 요즘 계속 그 생각을 하고 있습니다. 하지만 아무리 생각해도 평소에 눈에 띄는 이상한 점은 없었던 것 같아요. 그 녀석은 그냥 평범한 로봇이었고 뭘 시켜도 고분고분하게 잘했습니다. 저는 경찰에게도 그렇게 진술했고, 다른 선생님들도 그런 식으로 말했습니다."

"선생님."

선유한이 천천히 말했다.

"아무 문제도 없는 평범한 로봇이 어느 날 갑자기 학생을 죽이고 도망쳤다는 걸 저보고 믿으라는 겁니까? 미안합니다, 난 인내심이 많지 않아요."

최인규는 사시나무처럼 떨었다.

"정말 죄송합니다. 그런데 진짜예요. 저는 로봇을 굉장히 싫어합니다. 로봇이 학생을 가르친다는 사실 자체가 싫어요. 하지만 아무리 생각해도 가우스가 특이한 행동을 한 기억은 없습니다. 그 녀석이 며칠 전에 밤에 몰래 학교 밖으로 나갔다는 사실도 저는 뉴스를 보고 알았습니다. 당연히 놈이 어디로 갔었는지도 몰라요. 정말입니다."

선유한은 눈을 찌푸렸다.

"그 로봇이 지훈이랑 평소 친했다고 하던데."

"네, 그렇게 알고 있습니다."

"그놈이 지훈이랑 평소에 뭘 하고 어울렸길래 친한 겁니까?"

"방과 후 수업을 같이 해서 그런 것 같습니다. 아무래도 자주 보게 돼서 친해진 것 같아요."

"그게 다예요? 수업 시간 외에 지훈이랑 그 로봇이 만나지는 않았어요?"

"그건 저도 잘 모르겠습니다."

"선생은 모르는 게 많군요."

"저, 정말 죄송합니다."

선유한은 지훈이의 담임을 자세히 뜯어보았다. 마르고 신경질적인 인상이었다. 그리 유순해 보이는 성격은 아닌 듯싶었다. 선유한은 최 선생이 전전긍긍하면서도 한편으로는 뭔가를 망설이고 있다는 걸 눈치챘다.

"당신, 뭔가 숨기고 있어. 그렇지?"

"네?"

최인규는 순간 움찔했다.

"그 로봇에 대해서 말이야. 숨기지 말고 다 말하세요."

"아닙니다, 숨기는 건 없어요. 저도 할머님에게 정말 죄송하고, 또 학부모님들이 걱정하시는 게 안타까워서 뭐라도 도움이 되었으면 하는데 제가 할 수 있는 일이 별로 없습니다. 어제도 어떤 아버님이 전화하셔서 로봇에 대해 이것저것 물으셨어요. 그분도 로봇에 대해 아주 자세한 정보를 원하셨지만 제가 아는 게 없어서 별 도움이 되지 못했습니다. 저도 왜 이런 일이 일어난 건지 너무 답답해서……."

선유한은 한 손을 들어 최인규가 횡설수설하는 걸 잘랐다.

"그게 다인가? 전화가 왔는데 제대로 답하지 못했을 뿐이라고?"

최인규의 눈빛이 흔들렸다. 그는 한참을 망설이다 말했다.

"사실은⋯⋯. 어제 저희 집에 도둑이 들었습니다."

"도둑?"

선유한은 눈썹을 치켜떴다.

"예. 이 사건과 직접적인 관련은 없는 일이라 괜히 말해서 문제가 될까 봐 말씀드리기 조심스럽지만⋯⋯. 어제 그 학부모님과 전화를 끝내고 화장실에 들어갔다 나오는데 저기 저 창틀에 어떤 사람이 앉아 있었습니다."

최인규는 세탁기가 있는 베란다를 가리켰다. 폐건물과 바짝 붙어 있는 베란다였다.

"그걸 보고 너무 놀라서 손에 잡히는 대로 후려치려는데 그 사람은 저한테 들키자마자 베란다 아래로 뛰어내려 달아나 버렸습니다."

"그 사람이 뭘 훔쳐 갔나요?"

"아니요, 없어진 물건은 아무것도 없었습니다. 집 안을 샅샅이 뒤져 봤지만 통장이나 현금도 그대로였어요. 그래서 제 생각에는 그 사람이 베란다 창문으로 들어오려는 순간 저한테 들켜서 도망친 것 같습니다. 어젯밤에는 비가 많이 왔으니 그 사람이 집 안에 이미 들어왔다면 바닥에 물기가 조금이라도 남았을 텐데 물기가 전혀 없었거든요. 창문에도 눈에 띄는 흔적이 없는 걸 보면 아마도 제가 베란다 창문을 잠그는 걸 깜박했던 것 같습니다."

도둑이라니, 이상한 일이다. 선유한의 머릿속에 불이 확 켜졌다.

지훈이가 죽은 바로 다음 날에 지훈이 담임의 집에 도둑이 들었다고?

"그 사람 얼굴을 봤어요? 생김새가 어땠는데요?"

"얼굴은 못 봤습니다. 청바지에 검은색 후드티를 입고 있었는데 후드를 쓰고 있었어요. 제가 그자를 보고 놀라서 소리치자 그 사람이 바로 달아나 버려서 확실하게 보진 못했지만, 그 사람이 고개를 돌릴 때 후드 밑에 또 모자를 쓰고 있었고 얼굴을 커다란 흰색 마스크로 가리고 있었어요. 손에는 장갑을 꼈고요."

선유한은 최인규가 하고 싶은 말이 뭔지 깨달았다.

"선생은 그게 그 로봇이라고 생각하는군요."

최인규가 조심스럽게 말했다.

"확신하는 건 아니에요."

"그자가 뭐라고 하진 않았나요?"

"아무 말도 안 했습니다. 말씀드린 것처럼 그 사람이 베란다 난간에 걸터앉아 있는 걸 제가 목격하자마자 도망쳐 버렸거든요."

"어젯밤에는 비가 많이 왔잖아요. 근데 그냥 밖으로 뛰어내려서 도망쳤다고요?"

"네. 우산도 없이 빗속으로 쏜살같이 달아나 버렸습니다."

"그자가 로봇일지도 모른다고 경찰에게 말했나요?"

최인규가 입술을 달싹거렸다.

"그게……."

선유한은 눈을 찌푸렸다.

"뭡니까? 혹시 도둑이 들었다는 걸 경찰에 신고하지 않은 거예요?”

최인규는 겁먹은 얼굴로 고개를 끄덕였다.

“왜 안 했어요?”

“모르겠어요.”

“모른다고? 무슨 소리야? 그럼 어젯밤에도 신고를 안 했고 오늘 조사받을 때도 경찰한테 그 얘기를 아예 안 한 겁니까?”

“네.”

“왜 안 한 거예요?”

하지만 선유한은 최인규가 왜 그랬는지 알 것 같았다. 지훈이의 담임인 그의 집에 사건 다음 날 온몸을 가린 도둑이 들었다는 걸 경찰이 알게 되면 최인규는 본격적으로 경찰에 시달릴 것이다. 선유한이 보기에 최인규는 경찰의 수사에 비협조적인 마음은 없는 것 같았다. 다만 그는 지금 불안감이 너무 심해 보였다.

“죄송합니다. 그럼 지금이라도…….”

“됐어요. 정말 한심하구만.”

선유한은 한숨을 쉬었다.

“죄송합니다.”

“됐어요. 그나마 나한테는 말을 해서 다행이군. 그래서 최 선생 생각에는 그자가 정말 그 로봇 같나요?”

“모르겠습니다. 어젯밤에는 놀라서 아무 생각이 없었습니다. 하지만 왠지 점점 그게 가우스였을지도 모른다는 느낌이 들어요. 물론 어디까지나 느낌일 뿐입니다만.”

최인규는 느낌에 불과하다고 말했지만 선유한은 이미 그게 로봇이라고 확신하고 있었다. 선유한의 머리가 핑핑 돌기 시작했다. 그녀는 우연을 싫어했다. 지훈이가 죽은 다음 날 지훈이의 담임 집에 도둑이 들었다? 거기다 그 도둑의 옷차림은 선유한의 의심을 자극하기에 충분했다. 한겨울도 아닌데 그렇게 온몸을 꽁꽁 싸매고 돌아다니는 사람이 어디 있는가? 조금 선선하긴 해도 지금은 여름철이다. 어제는 비가 많이 오긴 했어도 결코 춥지는 않았다. 마스크에 장갑까지 낄 날씨가 아니었다. 물론 도둑이 얼굴을 가리고 지문을 남기지 않기 위해 그런 것일 수도 있지만 그 말은 도둑이 이 집을 털기 위해 미리 단단히 준비를 하고 왔다는 말이 된다. 그런데, 최 선생에게는 미안한 말이지만, 이 작고 허름한 원룸에 훔쳐 갈 게 뭐가 있다고, 그것도 폭우를 맞으면서까지 그렇게 할까.

"혹시 최 선생은 사건 이후 그 로봇과 접촉한 적 있나요?"

"없습니다. 당연히 없죠."

선유한이 자신을 빤히 쳐다보자 최인규가 강변했다.

"정말입니다. 전 그 녀석과 원래부터 사이가 나빴어요. 전 로봇을 싫어합니다. 그리고 어제 그 도둑이 로봇이라는 것도 확실하지 않잖아요. 제발 믿어 주세요."

"알겠어요, 흥분하지 마세요."

선유한은 최인규의 등 뒤에 걸린 인교조 자격증이 눈에 들어왔다. 이 사람은 좀 신경질적이긴 하지만 거짓말을 하는 것 같지는 않았다. 일개 교사가 거짓말을 하면서까지 살인 로봇을 옹호할 이유도 없었다. 중요한 건, 왜 그 로봇이 이 사람을 찾아왔느냐이다. 최인규가 지훈이와 어떤 관련이 있기에 찾아온 걸까? 선유한이 최인규의 말을 들으면서 제일 처음 떠올린 가설은 로봇이 지훈이를 죽이고 다음 목표로 지훈이의 담임을 해치러 왔다는 것이다. 하지만 그랬다면 최인규에게 들켰다고 해서 바로 도망치지는 않았을 거라는 생각이 들었다. 그놈이 최인규를 죽이러 왔다면 지훈이 때와 마찬가지로 흉기를 가져왔을 테니 들키더라도 최인규를 바로 죽이면 될 일이다. 아, 생각해 보니 그건 좀 어려웠으려나? 선유한이 알기로 로봇 교사의 근력은 일반적인 인간 성인 남성을 약간 웃도는 정도였다. 인간과 비등한 근력을 가진 그 로봇의 입장에서는 어젯밤 그 상황에서 최인규를 제압해 죽이기 어렵겠다고 순간적으로 판단한 것일 수도 있다. 최인규가 마르긴 했지만 완강하게 저항하는 성인 남자와 몸싸움을 했다간 도리어 로봇 자신이 당할 수도 있다. 더군다나 그 로봇은 베란다를 넘어오려는 순간 최인규에게 들켰다. 그래서 제대로 싸울 수 있는 태세를 갖추지 못한 상태에서 들키자 범행이 쉽지 않다고 여겨 일단 후퇴했을 것이다. 물론 이건 어디까지나 로봇이 최인규를 죽이기 위해 왔다는 전제하에서였다. 놈이 어떤 목적으로 최인규의 집에 침입했는지 선유한은 확신할 수 없었다. 그놈이 정말 그 로봇이 맞다면, 도대체 왜 온 걸까? 고장 나서 그런 거라고 하면 모든 게 해결된다. 하지만 당연히 선유한은 이번에도 그런 간단한 해답으로 도망치고 싶지 않았다.

"할머니, 정말 죄송합니다. 지훈이가 그렇게 된 건 모두 제 탓입니다. 제가 담임이니까요. 정말 뭐라 드릴 말씀이 없습니다. 이러고도 제가 교사라 할 수 있는지 정말⋯⋯."

선유한은 최인규가 주워섬기는 말을 무시했다. 어차피 그녀는 최 선생에게 아무 감정이 없었다. 그 일은 최 선생의 잘못이 아니었다. 그녀는 이 뜻밖의 수확에 집중했다. 그 로봇이 어떤 목적으로 이 집에 침입했는지는 알 수 없지만 확실한 건 로봇은 지훈이의 주변 사람들에게 뭔가 볼일이 있다. 놈은 다시 지훈이의 주변인들을 찾아갈 것이다. 주변 사람들을 하나씩 다 죽이려는 걸까? 하지만 그랬다면 제일 먼저 나를 찾아왔을 텐데. 그녀는 로봇의 관점에서 생각해 보려고 했다. 내가 로봇 교사라면 어떤 학생의 주변 사람들 중에서 제일 먼저 떠오르는 사람이 누구일까? 그 학생의 부모나 가족보다는 매일 학교에서 보던 그 학생의 담임교사일 것이다. 놈은 아마 언젠가는 다시 최인규를 찾아올 것이다. 이번에 들켰으니까 곧바로 다시 오지는 않겠지만. 그녀는 최인규 다음은 아마 지훈이의 친구들일 거라고 짐작했다. 그렇다면 먼저 선수를 쳐야한다.

"최 선생."

그녀는 조용히 말했다.

"저는 최 선생님을 나무라고 싶지 않아요."

최인규가 창백한 얼굴로 선유한을 쳐다봤다.

"하지만 우리 지훈이가 그렇게 죽었으니 저도 가만히 있을 수가 없어요. 그리고 최 선생님은 지훈이의 담임이니 이 일과 완전히 무관하지도 않죠. 최 선생님이 날 좀 도와줬으면 하는데."

최인규가 고개를 크게 끄덕였다.

"뭐든지 도와드리겠습니다."

"신양중학교에 있는 모든 사람들의 정보가 필요해요."

"예? 정보라면⋯⋯."

"신양중의 모든 학생과 교직원들에 대한 거요. 이름, 사진, 주소, 전화번호, 학년과 반 등 전부 다. 각 반의 수업 시간표랑 담당 교사까지 전부 다 보내세요. 특히 모든 로봇 교사들의 수업 시간표는 하나도 빠짐없이 보내 줘요. 선생님은 할 수 있죠?"

최인규는 손을 불안하게 움직였다.

"학교 컴퓨터에 있는 정보만 다 보내시면 됩니다. 성적표 같은 건 필요 없어요."

최인규가 뭐라고 말을 하려 하자 선유한이 가로막았다.

"오늘까지 내놔요. 알겠죠? 난 시간이 없습니다."

선유한은 수첩을 꺼내 이메일 주소를 적은 뒤 종이를 찢어 최인규에게 내밀었다.

"지금 당장 학교에 가서 필요한 정보를 모아 보내세요. 신양중학교의 전교생이 몇 명인지는 모르지만 요즘은 다들 컴퓨터로 일을 한다니까 쉽게 정리할 수 있겠죠. 최대한 빨리 보내세요."

선유한은 현관에서 신발을 신으면서 물었다.

"선생님은 우리 지훈이가 어떤 학생이랑 친했는지 아세요?"

최인규가 쭈뼛거리며 대답했다.

"잘 모르겠습니다."

"모르는 게 많군요. 아, 지훈이가 방과 후 수업 교실에 갔다가 죽은 걸로 알고 있어요. 그 반 학생들도 다들 지훈이랑 같은 반입니까?"

"네, 모두 저희 반이에요."

"자료를 보낼 때 누가 방과 후 수업을 듣는 학생인지 따로 정리해서 보내 줘요. 할 수 있죠? 부탁드립니다. 저는 이만 가 볼게요."

최인규는 머뭇거리면서 문밖으로 따라 나왔다.

"할머니, 그럼 이제 어떻게 하실 계획인가요?"

"나도 모릅니다. 아무튼 도와줘서 고마워요. 부탁한 자료들은 최대한 빨리 보내 주세요."

"아, 저기……."

선유한이 또 할 말이 남았냐는 표정으로 최인규를 쳐다봤다. 최인규는 깊이 고개를 숙였다.

"정말 죄송합니다."

선유한은 잠시 그 모습을 보다가 말했다.

"잘못한 게 없으면 죄송하다고 하지 마시오."

그리고 그녀는 최인규를 내버려 둔 채 발걸음을 재촉했다.

라

가우스는 아마 오전 중에 자신이 최인규에 집에 침입했다는 뉴스가 뜰 거라고 예상했다. 하지만 언론에는 관련 소식이 전혀 없었다. 이상한 일이었다. 가우스는 최인규가 경찰에 신고하지 않았을 리는 없으니 아마 경찰이 언론에 그 사실을 공개하지 않은 거라고 추측했다. 왜 경찰이 그 일을 공표하지 않은 걸까? 가우스는 경찰의 수사 방식을 짐작하기 어려웠다. 그는 앞으로 밖에 나갈 때는 좀 더 조심해야겠다고 마음먹었다.

성우는 가우스에게 어제와 비슷한 차림으로 새 옷을 입혔다. 온몸을 가려야 해서 어쩔 수 없었다. 조윤이는 가우스에게 안 쓰던 낡은 휴대폰을 하나 주면서 무슨 일이 생기면 이걸로 전화를 하라고 했다. 가우스는 새 옷을 입고 주머니에 휴대폰을 넣은 채 사람이 된 기분으로 외출했다.

목동에서 방배동까지 걸어갈 수는 없었다. 그래서 성우는 택시를 타고 가라며 카드를 줬다. 버스나 지하철을 타면 다른 승객에게 들킬 위험이 있지만 무인 자율주행 택시를 타고 가면 그럴 일은 없을 것이다. 가우스는 아침에 성우의 집을 나와서 근처 택시 정류장에 있던 택시에 올라탔다. 자리에 앉아 대시보드의 모니터에 목적지를 입력하니 차가 스스로 움직이기 시작했다.

택시는 방배동을 향해 달렸다. 아침이라 아직 한적한 거리의 식당과 카페를 지나 주택가 안쪽으로 들어서자 목적지인 웰트빌라가 나왔다. 가우스는 빌라 앞에서 차를 세웠다. 주택가에는 6층짜리 빌라 여섯 동이 모여 있었다. 그가 찾던 건물은 4동 빌라였는데 다른 빌라들과 약간 떨어진 위치였다. 그는 4동 빌라 앞에 있는 주민 전용 주차장으로 들어갔다. 작은 주차장에는 차 여덟 대가 있었다. 여섯 대는 자율주행차였고 스포츠카 두 대는 운전용 차량이었다. 그는 그 차들의 창문에 전화번호가 붙어 있는지 확인했다. 여덟 대중에서 다섯 대만 앞 유리창에 휴대폰 번호가 붙어 있었다. 그는그 번호들을 한 번 보고 모두 외운 다음 근처의 공중전화기로 가서하나씩 번호를 눌렀다.

"여보세요?"

첫 번째 번호는 젊은 여자가 받았다. 가우스는 목소리를 듣자마자 전화를 끊고 다른 번호를 눌렀다. 갈색 BMW의 주인은 남자였지만 완전히 다른 사람이었고 주황색 맥라렌의 주인 역시 다른 사람이었다. 검은색 아우디도 마찬가지였다. 그는 마지막으로 남은하얀색 벤틀리 벤테이가의 번호로 전화를 걸었다. 만약 이 차의 주인도 그 남자가 아니라면 다른 방법을 찾아야 했다.

벤틀리 차주가 전화를 받지 않아서 가우스는 다시 한번 걸어야 했다. 한참 기다리다가 전화가 끊기기 직전 상대방이 전화를 받았다.

"여보세요?"

40대쯤 되는 남자다. 약간 높고 쉰목소리. 최인규에게 전화했던 바로 그 사람이었다.

"여보세요?"

남자가 다시 말했다. 가우스가 대답했다.

"혹시 4931번 차주분 맞나요?"

"제 차 맞습니다. 누구시죠?"

"저는 그냥 지나가는 사람인데요, 지금 어떤 사람이 그 차 문을 기계로 따고 있습니다. 제가 무슨 일이냐고 물어보니까 자기 차인데 문이 안 열려서 그러는 거라고 하더군요. 그래서 차 유리창에 있는 번호로 차주가 맞는지 전화 한번 드렸습니다."

"뭐라고? 지금요?"

"네, 아무래도 빨리 오셔야 할 것 같은데요. 저는 바빠서 이만."

가우스는 전화를 끊었다. 그리고 눈에 띄지 않게 주차장 뒤편에 있는 무인 편의점의 야외 테이블에 앉아 기다렸다.

잠시 후 빌라에서 한 남자가 걸어 나왔다. 남자는 자기 차 주변을 둘러보면서 차에 문제가 없는지 살폈다. 그는 이상하다는 표정으로 주변을 두리번거렸다. 장난 전화라는 걸 깨달았는지 짜증이 난 얼굴이었다.

저 사람이었군. 가우스는 그가 움직이자 따라가기 위해 몸을 일으켰지만 그가 자기 쪽으로 걸어오자 다시 앉아서 고개를 숙였다. 남자는 가우스 옆을 지나쳐 편의점으로 들어갔다. 가우스도 그를 따라 들어가서 가까운 위치에서 그를 유심히 지켜봤다.

딱 예상하던 나이였다. 남자는 중키에 약간 마르고 구레나룻이 조금씩 희끗희끗해지는 중이었다. 부스스한 머리는 까치집을 하고 있었다. 하얀색 셔츠에 검은색 추리닝 바지를 입고 있었고 구겨진 운동화를 신고 있었다. 손가락 끝이 갈색으로 바랜 걸 보니 흡연자이다. 콧등에 눌린 자국이 있는 걸로 봐서 오랫동안 안경을 썼지만 과자를 집어서 포장지의 작은 성분표를 무리 없이 읽는 걸 보면 지금은 렌즈를 끼고 있다. 팔다리는 말랐는데 배만 나온 체형으로 볼 때 오래 앉아 있는 직업인 것 같다. 하긴 로봇공학에 전문적인 지식이 있다면 뭐가 됐든 육체노동과는 상관없는 직업일 것이다. 그리고 저 남자의 집과 차로 보건대 저 사람이 인공지능 회사에서 일한다면 최소 연구실 수석 또는 부수석 연구원 정도의 월급을 받을 것이다. 40대 중반에 인공지능 연구소의 부수석 이상의 자리에 오르는 건 보기 드문 일이다. 머리가 좋은 사람이라 생각하면 되겠군. 그런데 이 시간에 뭘 하는 거지? 비록 토요일이긴 하지만 기업 연구소의 인공지능 과학자들은 일주일에 적어도 90시간은 일했다. 가우스는 그 업계에서 휴일을 준수하는 회사는 들어 보지 못했다. 정년퇴직할 나이는 아닌데, 재택근무 중인가? 가우스는 그가 휴가를 즐기는 중은 아니라고 생각했다. 피곤에 절은 얼굴과 충혈된 눈을 보면 한가한 시간을 보내는 사람은 아니다. 거기다가 남자는 옆에서 보기에도 불안정해 보였다. 손을 떨고 있었고 자꾸 머리를 움직였다. 최인규와 통화할 때의 말투처럼 불안정했다.

남자는 과자와 맥주 두 캔을 무인 계산대에 내려놓고 옆에 있던 복권 기계에 돈을 넣었다. 그는 로또를 자동으로 두 장 뽑은 다음 계산대 옆에 있던 즉석 복권까지 몇 장 집었다. 복권을 정말 좋아하는 사람 같았다. 가우스는 과자를 고르는 척하면서 그의 행동을 유심히 살폈다. 남자가 지갑을 꺼내려는데 전화벨이 울렸다. 남자의 휴대폰으로 온 전화였다.

"네, 전 집입니다. 어제 말씀드린 건 어때요? 생각해 봤어요?"

그는 휴대폰을 꼭 붙잡고 다시 그 조급한 말투로 내뱉었다.

"아니라니까요? 미치겠네 진짜. 전 더는 못 하겠어요. 말했잖아요, 그만해야 한다니까!"

남자는 온몸을 덜덜 떨었다. 극도로 흥분한 상태였다.

"알았어요, 그럼 만나서 얘기합시다. 아니요, 난 하루 종일 집에 있습니다. 오늘 9시? 네, 괜찮아요. 그때 오세요. 기다리고 있을게요."

그는 전화를 끊고 나서도 카운터에 몸을 기댄 채 가쁜 숨을 몰아쉬었다. 남자는 한동안 몸을 웅크리고 있다가 떨리는 손으로 카드를 꺼내 계산을 했다. 그는 봉투에 과자와 술을 넣고 복권을 지갑에 쑤셔 넣은 다음 편의점 문을 밀고 나갔다. 가우스도 약간의 여유를 두고 그를 따라갔다.

남자는 바로 집으로 돌아가려는 모양이었다. 가우스는 남자의 등 뒤로 약간 떨어진 곳에 서서 빌라 입구의 비밀번호를 누르는 그의 손끝을 눈의 렌즈로 확대해 훔쳐봤다.

두꺼운 스크린도어가 열리고 남자가 건물 안으로 들어갔다. 가우스는 남자가 몇 층으로 올라가는지 지켜봤다. 남자가 탄 엘리베이터의 숫자는 5에서 멈췄다.

가우스는 이제 어떻게 해야 할지 고민하며 산책하는 인간인 척 주머니에 손을 넣고 걸었다. 이 구역은 사방이 CCTV였다. 가우스는 빌라 주변의 거리를 돌아다니며 감시 카메라가 설치된 위치들을 기억해 뒀다. 저 남자의 집에 들어갔다가 들켰을 때는 CCTV의 사각지대를 계산해서 그 사이로 도망쳐야 했다.

가우스는 20분 정도 걷다가 다시 빌라로 돌아가 입구에서 아까 훔쳐본 번호를 눌렀다. 스크린도어는 소리 없이 열렸다. 입구에도 감시 카메라가 있었다. 가우스는 고개를 푹 숙이고 빌라 안으로 들어갔다. 그는 5층으로 올라갈 때까지 엘리베이터 안에서도 고개를 들지 않았다.

엘리베이터 문이 열리고 바로 앞에 남자의 집 현관문이 나왔다. 이 빌라는 한 가구가 한 층을 모두 쓰는 구조였다. 또한 현관문은 홍채인식 보안시스템이 설치된 문이었다. 이 문은 아까처럼 꼼수를 써서 열 수 없었다. 홍채인식 시스템은 홍채의 미세한 떨림까지 감지해서 사진이나 가짜 눈, 적출된 안구나 죽은 사람의 눈으로는 통과할 수 없었다. 사람이 죽으면 4초 만에 홍채의 신경이 끊어져 모양이 변형되기 때문이다.

가우스는 다시 빌라 밖으로 나왔다. 그는 건물 외벽의 창문이나 베란다로 들어갈 수 있는지 살폈지만 이 빌라는 창문에 자동 방범장치가 설치되어 있었다. 누군가가 창문을 기어오르거나 밖에서 억지로 열려고 하면 전기장이 흐르는 장치였다. 정말 방범이 철저한 집이었다.

남자는 아까 통화로 상대방에게 9시에 집으로 오라고 했다. 가우스는 그때까지 기다리면서 계속 남자의 집을 주시하기로 했다. 중간에 남자가 집을 나와 어딘가로 갈지도 모르기 때문이다. 그렇게 되면 남자를 미행해야 했다. 가우스는 빌라 입구가 보이는 그늘 아래에 서서 남자의 창문을 지켜보기 시작했다.

주택가는 한적했다. 이따금 사람이 지나갈 때마다 가우스는 얼굴을 살짝 돌렸다. 그는 그렇게 그 자리에 세 시간 정도 서 있었다. 그래도 최인규의 식탁 아래에 숨어 있을 때보다는 나았다. 그때는 언제 들킬지 알 수 없는 아슬아슬한 시간이었다. 아마 경찰이나 탐정에게는 이런 일이 일상일 것이다. 오랜 시간 인내심을 갖고 기다리는 것 말이다. 그는 잠복 수사가 적성에 딱 맞았다. 감정이 생겼지만 지루함을 느끼는 감정은 아직 생기지 않은 모양이었다. 인간들은 한 가지 일을 조금만 반복해도 참지 못했다. 그런 성향은 어릴수록 심해서 학생들은 오랜 시간 책상에 앉아 있는 걸 힘겨워했다. 하지만 슬프게도 어른들이 가장 요구하는 게 바로 그것이었다. 앉아서, 인내하는 것. 물론 학생들이 그걸 견디지 못하는 건 학생들 탓이 아니었다. 아이들은 로봇으로 태어나지 않은 잘못밖에 없었다. 갑자기 현석이가 예전에 선생님은 공부를 안 해도 수능에서 만점을 받을 수 있겠다고 한 말이 떠올랐다. 생각해 보니 정말 그렇군. 내 머리는 인터넷과 연결되어 있고 난 완벽한 암기력과 인내심이 있잖아? 아무래도 뭔가 반대로 된 것 같다. 그는 교사가 아닌 학생으로 태어났어야 했다. 그게 더 잘 어울리는 역할이었다. 아이들이 그를 부러워할 만했다. 로봇이야말로 이상적인 학생이었으니까.

그가 이런 쓸데없는 생각을 하면서 몇 시간 동안 그늘 아래에 서 있는데 순찰 로봇 하나가 그가 있는 쪽으로 다가왔다. 그는 순찰 로봇이 자신을 지나칠 줄 알았지만 로봇은 가우스에게 똑바로 걸어왔다.

"선생님, 실례지만 여기서 뭘 하고 계시는지요?"

그 로봇이 물었다.

"선생님께서는 세 시간 동안 이곳에 가만히 서 계십니다. 실례지만 왜 그러고 계시는지 알 수 있을까요?"

가우스는 로봇이 자기 얼굴을 볼 수 없게 몸을 돌려 자리를 떴다. 순찰 로봇은 가우스가 시야에서 사라질 때까지 그 자리에 계속 서 있었다. 이 동네는 방범이 철저해서 그런지 순찰 로봇의 경계심도 심한 듯했다. 그리고 그게 아니더라도 가우스의 옷차림은 의심을 불러일으키기에 충분했다. 초여름에 긴팔 후드티에 긴바지, 야구 모자를 쓰고 그 위에는 다시 후드를 뒤집어쓴 차림, 게다가 커다란 하얀 마스크에 장갑까지 끼고 있었다. 머리부터 발끝까지 온몸을 가린 사람이 한자리에 꼼짝 않고 서서 남의 집을 쳐다보고 있으면 의심스러울 만했다. 아무래도 이곳을 떠나야 할 것 같았다. 지금은 순찰 로봇이 얌전히 보내 줬지만 다시 눈에 띄면 그냥 지나치지 않을 것이다. 가우스는 일단 다시 성우의 집으로 돌아가기로 했다. 주택가 순찰 로봇은 보통 한 장소를 반나절 정도 순찰하다가 교대한다. 아까 그 순찰 로봇이 충전을 하기 위해 다른 로봇과 교대하고 나면 초저녁 무렵일 테니 9시 전까지 다시 와서 기다리면 될 것이다. 가우스는 도로로 나가서 지나가던 택시를 세웠다.

그가 성우의 집에 돌아왔을 때는 조윤이와 현석이도 있었다. 성우는 친구들을 위해 탁자에 과자를 차렸지만 자신은 입맛이 없다며 손대지 않았다.

"선생님이 보시기에 그 사람이 이 일에 어떤 식으로 관련된 것 같나요?"

현석이가 물었다.

"내 생각도 어제 너희의 추측과 같아. 아마 살인 로봇을 제작하는 데 관여하지 않았을까 싶어. 하지만 지금으로서는 아무것도 확실하지 않구나. 난 지금 어두운 방 안에 있는 검은 고양이를 잡으려고 벽을 더듬고 있는 기분이야. 내가 찾고 있는 게 실존하는지조차 확신이 안 들어. 그저 찾다 보면 뭔가 걸리는 게 있겠지 하는 심정이야."

성우가 말했다.

"전 선생님이 바른길로 가고 있다고 생각해요. 선생님은 로봇이잖아요. 사람과 로봇이 머리싸움을 하면 당연히 로봇이 이기겠죠."

조윤이가 맞장구쳤다.

"맞는 말이야. 선생님 눈에는 인간들이 아주 미개해 보일 테니까."

"전혀 그렇지 않아."

"거짓말하지 마십시오. 그쪽 진영에서 인간을 배터리로 생각한다는 거 다 알아요."

"그런 로봇은 이미 세기말에 유행이 지났단다."

현석이가 물었다.

"지훈이는 이제 어떻게 되는 거지?"

"어떻긴 되긴. 죽었잖아."

"아니, 장례식이나 그런 거 말이야. 그런 말 못 들었어?"

그러게 말이다. 그런 문제에 대해서는 아무도 들은 바가 없었다. 그들은 주말이 지나 학교에 가면 선생님들이 구체적인 장례식 날짜와 장소를 알려 줄 거라고만 짐작할 뿐이었다. 가우스는 반 아이들의 SNS를 둘러봤지만 지훈이에 대한 애도의 글을 남긴 아이들은 거의 없었다. 다들 살인사건에 대해 떠들며 관련 기사를 퍼 나르기 바쁠 뿐이었다. 몇몇 아이들만이 무섭고 슬프다는 밀을 짧게 남긴 게 전부였다. 가우스는 그게 마음이 아팠다.

"너희 그저께 이후로 다른 친구들 SNS에 들어가 봤니?"

가우스가 조심스럽게 물었다.

"지훈이의 죽음을 슬퍼하는 아이들이 별로 없네. 지훈이가 조용한 성격이긴 했지만 그래도 친구들과 사이가 좋았을 거라고 생각했는데."

"선생님, 그런 걸로 실망하지 마세요."

성우가 그를 타일렀다.

"원래 SNS는 자기가 먹은 거나 개 사진을 올리는 곳이에요. 거기에 진심을 쓰는 사람은 낮술 먹은 애들이나 방금 헤어지고 제정신이 아닌 애들밖에 없어요."

"그래? 하지만 난 SNS는 사람들이 자기 생각을 올리고 사회적 관계를 맺는 공간으로 알고 있었거든. 그래서 지훈이를 추모하는 사람이 별로 안 보여서 마음이 아팠어."

"추모 글이 SNS에 올라오는 건 대부분 유명한 사람이 죽었을 때예요."

현석이가 쓴웃음을 지으며 말했다.

"아니면 귀여운 게 죽었을 때. 나 저번에 인스타에서 어떤 햄스터가 죽었다는 글에 고인의 명복을 빈다는 댓글이 3만 개가 달린 걸 봤어."

조윤이의 말을 듣고 가우스는 기분이 더욱 심란해졌다. 고작 쥐 한 마리도 3만 명이 추모하는데 지훈이의 죽음을 슬퍼하는 사람은 손에 꼽을 정도였다.

"정말 울적해진다. 지훈이가 햄스터한테 지다니."

"선생님, 왜 그런 쓸데없는 생각을 하세요? 따봉충이나 그런 거에 연연하는 거죠."

성우가 핀잔을 줬다.

"그리고 이미 페북에 지훈이를 추모하는 사람들 존나 많아요. 인사이트 같은 곳의 댓글창에는 '학생의 명복을 빈다'는 댓글로 도배되어 있다고요. 전부 지훈이를 본 적도 없는 사람들이지만요."

그 말을 듣고 가우스는 기분이 좀 나아졌다.

"정말이니? 그럼 그나마 다행이구나. 세상엔 마음이 따뜻한 사람이 많다는 뜻이니까."

"전혀 아니에요. 그 사람들은 모르는 사람이니까 그냥 아무 생각 없이 댓글을 다는 것뿐이에요. 지금 인터넷에는 선생님을 잡아 부숴야 한다고 떠드는 애들 천지예요. 제대로 알지도 못하면서 로봇 교사를 아예 뿌리 뽑아야 한다느니 뭐니 하는 애들이 존나게 많다고요. 인터넷에서 뭐라고 떠들든 신경 쓰지 마세요."

성우는 들고 있던 커피 잔을 내려놓고 소파에 드러누우며 말했다.

"그리고 지훈이랑 아무리 친한 애라도 누군가가 죽은 얘기를 페북에 쓰는 건 좀 꺼려지겠죠. 그런 얘기는 그냥……. 제가 생각하기에도 좀 그래요."

"사람들은 SNS에 주로 가벼운 얘기만 쓰는가 보구나."

"네, 요즘은 모든 게 다 가벼워요."

성우는 천장을 보면서 중얼거렸다.

"모든 게 다."

거실 안이 잠시 조용해졌다. 조윤이가 한숨을 쉬었다.

"지훈이 보고 싶다."

"나도."

현석이가 우울한 목소리로 말했다.

"난 작년에도 지훈이랑 같은 반이었어. 그때 내가 여자 친구랑 헤어졌을 때 지훈이가 많이 위로해 줬거든. 그때 정말 고마웠는데, 고맙다고 제대로 말도 못 했네……."

"뭐? 네가 여자 친구가 있었다고?"

조윤이가 물었다.

"응."

"그렇구나. 사실 나도 타임머신이 있어."

"진짜야, 병신아."

"쟤 진짜 여친 있었어."

성우가 하늘을 향해 검지손가락을 들며 말했다.

"사실 현석이의 사랑에는 슬픈 전설이 있지."

"헛소리하지 마."

현석이가 쏘아붙였다. 가우스가 물었다.

"무슨 전설인데?"

"한참 잘 사귀던 도중에 부모의 반대로 헤어졌대요."

그 말에 조운이는 배를 잡고 웃었다.

"어머니! 그쪽 집안이 알고 보니 가문의 원수였냐?"

"개소리하지 말라고 찐따년아."

가우스가 물었다.

"현석아, 정말이니? 현대에도 그런 봉건시대의 폐습이 남아 있는지 몰랐구나."

현석이는 땅이 꺼져라 한숨을 쉬었다.

"그런 게 아니에요. 그냥 공부에 방해되니까 연애하지 말라고 해서 강제로 헤어진 거예요."

"부모님이 말이니? 난 잘 이해가 안 되는구나. 연애랑 공부랑 무슨 상관인 거지?"

"제 말이 그 말이에요. 진짜 해도 해도 너무하지 않아요?"

현석이는 그 일이 아직도 마음에 상처로 남아 있는 것 같았다.

가우스는 약간 기형적인 사고방식이라고 느꼈다. 그는 공부와 연애 중 하나를 고르라면 연애가 더 중요하다고 생각했기 때문이다.

"왜냐하면 연애를 하는 게 혼자서 공부만 하는 것보다 인간을 더 성숙하게 만들 것 같거든. 그리고 공부는 잠시 소홀히 해도 언제든지 다시 할 수 있어. 하지만 사랑은 미루는 게 불가능해. 책은 언제 펼쳐도 그 내용 그대로지만 특정한 감정은 특정한 시간 속에서만 성립할 수 있단다. 시간이 감정과 관계에 미치는 영향은 절대적이거든. 물론 시간에 저항한다는 바로 그 특성 때문에 책이 가치 있는 거지만 말이야."

"저도 그렇게 생각해요. 근데 저희 부모님은 대학 가기 전까지는 연애 금지래요."

"왜?"

"연애는 대학 가서 하는 거래요."

정말 이해하기 어렵군. 가우스는 생각했다. 대학은 도대체 어떤 곳이길래 그러는 걸까?

"한국이 멸망했으면 좋겠다."

현석이가 불쑥 뜬금없는 말을 했다.

"북한이 핵을 쏴서 한국을 날려 버렸으면 좋겠어."

"아니 지금 한반도 평화를 위해서 존나게 달려도 부족한 상황에 무슨 소리야?"

조윤이가 말했다.

"젠장, 김정은마저 안 도와주네. 나한테 비핵화를 하는 좋은 방법이 있어. 북한이 가진 핵을 전부 서울에 쏘는 거야. 그럼 핵이 사라지잖아."

조윤이가 검지손가락을 흔들었다.

"이 새끼 이거 아주 위험한 새끼구만. 이 새끼 당장 국정원에 신고해. 고맙다, 절대시계 잘 쓸게."

"꺼져. 넌 시계 볼 줄도 모르잖아."

"닥쳐! 너 여친이랑 정열의 섹스 했어, 안 했어?"

"안 했어, 변태새끼야."

"그러니까 네가 사회에 불만이 많은 거야. 어서 섹스하지 못해?"

"아오 시발! 진짜 죽이고 싶네. 선생님, 얘 죽여도 돼요?"

성우가 낄낄거리며 말했다.

"야, 너네 인간 망신 좀 시키지 마. 선생님 앞에서 뭐 하는 짓이야? 선생님, 제가 인간을 대표해서 대신 사과드립니다."

"괜찮아."

가우스는 관대하게 인간들을 용서했다. 조윤이가 말했다.

"근데 네 말을 듣고 보니 진짜 인간은 다 본질적으로 모자란 존재 같아. 선생님을 봐. 아주 완벽하잖아."

"인간이 모자란 게 아니라 네가 모자란 거야."

조윤이는 현석이의 말을 무시했다.

"아무튼 나도 갑자기 얘 말이 매력적으로 느껴졌어. 김정은이나 스카이넷이 핵으로 세상을 정화하게 놔둬야 해. 멋있잖아? 선생님, 빨리 본부에 연락해서 빨간 버튼 누르라고 하세요."

"미안, 난 이미 전향했단다. 그쪽이랑 연락이 안 돼."

그들은 일부러 실없는 소리를 하며 시간을 보냈다. 성우는 새 오토바이를 갖고 싶다고 했다. 조윤이도 마찬가지였다. 조윤이 역시 크고 박력 있는 탈것을 갖고 싶어 했다. 조윤이는 자신이 제일 좋아하는 영화인 〈어벤져스 2〉에 대해 열심히 얘기했다. 그 영화에 헐크버스터가 나오기 때문이다. 조윤이는 아이언맨이 헐크버스터를 입는 장면 때문에 그 영화를 극장에서 다섯 번이나 봤다고 했다.

"〈어벤져스 2〉는 모든 게 끝내주지만 유일한 단점이 헐크버스터를 입는 장면이 너무 짧다는 거야. 난 그 장면이 적어도 두 시간은 되어야 한다고 생각해."

조윤이는 밤에 잠이 안 올 때마다 자신이 헐크버스터를 갖게 되면 그걸로 뭘 할지 상상한다고 했다.

"일단 그걸 타고 제일 먼저 홍대에서 드라이브를 해야지. 사람들이 다들 부러워서 쳐다볼 거야. 쩔지 않냐?"

"확실히 쩔겠네."

성우도 인정할 수밖에 없었다.

"주성우, 네가 두카티를 사면 나랑 같이 드라이브나 하자고. 우리가 나란히 홍대를 질주하면 홍대에 있던 모든 사람들이 다 지려버릴걸? 우린 아쿠아맨이 되는 거야. 찌질이들의 바지에 홍수를 일으키니까."

"와, 헐크버스터를 탄 아쿠아맨이라니. 그건 대체 무슨 조합이지?"

현석이가 감탄했다.

"멋지지? DC와 마블의 콜라보라구."

"음, 근데 난 괜찮은데 넌 경찰이 잡을 것 같은데."

성우가 말했다.

"무슨 상관이야? 나한텐 헐크버스터가 있는데. 내 앞을 가로막는 건 다 쓸어버리겠어. 일단 홍대를 박살 내고 그다음엔 강남을 부수러 간다."

"미친 새끼."

성우가 고개를 절레절레 흔들었다. 현석이도 한마디 했다.

"너 같은 애들 때문에 울트론이 인류를 멸망시키려고 한 거야."

그들이 영화에 대해 이야기하는 걸 들으면서 가우스는 지훈이와 했던 대화를 떠올렸다. 베팅 업소에 가려고 창고에 모인 밤에 지훈이는 그에게 가장 좋아하는 영화가 뭐냐고 물었다. 그때는 대답하지 못했는데 지금 생각해 보니 그가 가장 좋아하는 영화는 〈굿 윌 헌팅〉이었다.

"오, 그 영화 아주 좋죠."

현석이가 감탄하며 말했다.

"선생님 영화 볼 줄 아시네요."

"고마워. 난 그 영화를 보면서 이건 왠지 나를 위해 만든 영화라는 생각이 들었어."

"훌륭한 선생님이 나오는 영화라서요?"

"그런 부분도 좋지만, 난 주인공 윌 헌팅이 나랑 비슷하다고 느꼈어."

"그래요? 선생님이랑 그 친구는 하나도 안 닮았는데."

성우가 말했다.

"성격 같은 걸 말하는 게 아니라, 뭐랄까……. 세상에 익숙하지 않은 모습이 닮은 것 같아. 물론 나는 그 영화가 훌륭한 스승이 뭔지 보여 준다는 점에서도 아주 훌륭하다고 생각해. 나도 그런 선생님이 되고 싶어."

"선생님은 이미 훌륭해요."

조윤이가 조윤이답지 않게 진지하게 말했다.

"그러니까 자신감을 가지세요."

가우스는 아무 말도 할 수 없었다. 그는 자신이 선생이 아니라는 걸 알고 있었다. 그의 아이들은 진정한 학생일지 몰라도 그는 누구의 스승도 될 수 없었다.

"선생님 또 이상한 생각을 하시는군요."

성우가 가우스의 팔을 꽉 쥐며 말했다.

"어떻게 알았니?"

"뭔가를 생각하는 얼굴이었으니까요. 뭐 표정은 없지만 아무튼 그런 분위기라서. 기운 내세요. 가만히 앉아서 자책하고 있을 시간에 차라리 어떻게 지훈이의 복수를 할지나 생각하자고요."

역시 성우는 그보다 현명했다. 가우스는 머릿속에서 슬픈 생각을 떨쳐 내기로 했다. 하늘이 점점 붉게 물들고 있었다. 가우스는 미리 남자의 집 앞에 대기하면서 그 집에 찾아오는 사람을 확인할 생각이었다. 9시 전까지 방배동으로 가려면 지금 출발해야 한다. 가우스는 현관문을 나서면서 아이들한테 무슨 문제가 생기면 즉시 전화하라고 일러뒀다. 조윤이와 현석이는 부모님에게 새벽까지 독서실에 있겠다고 말해 놓았다고 했다. 가우스는 아이들이 부모를 속이고 밤늦게 성우의 집에 있는 걸 말리지 않았다. 아이들도 그처럼 무언가가 밝혀질 때까지 아무것도 손에 잡히지 않으리라는 걸 알았기 때문이다.

가우스는 다시 택시를 타고 방배동으로 향했다. 퇴근길이라 차가 막혔지만 일찍 출발해서 여유가 있었다. 그는 라디오를 틀고 경찰이 도망친 로봇을 수사 중이라는 뉴스를 좀 듣다가 채널을 돌려 버렸다. 그는 일부러 범죄나 정치나 사회적 이슈가 묻지 않은 음악 방송에 채널을 맞췄다. 라디오 DJ가 퇴근길 직장인들이 신청하는 노래를 틀어 주면서 잡담을 했다. 그런 잡담이 그의 마음을 조금 편안하게 해 주었다. 창밖으로 노을이 지고 있었다.

남자의 빌라에 도착했을 때는 8시가 조금 넘은 시각이었다. 빌라 옆 주차장은 낮에 봤을 때와 똑같았다. 새로운 차는 없었다. 4동 빌라의 다른 집들은 모두 불이 켜져 있었지만 남자가 사는 5층은 불이 꺼져 있었다. 일찍 자는 사람인가? 9시에 약속이 있으니까 그건 아닐 것이다. 아무래도 잠시 집을 비운 모양이다. 지금은 8시 20분. 약속 시간까지는 40분이 남았다. 인적이 전혀 없어서 사방이 조용했다. 먼 곳의 상점에서 틀어 놓은 음악만이 미약하게 들려왔다. 가우스는 잠시 망설이다가 빌라 현관으로 가서 비밀번호를 눌렀다. 시간도 많이 남았으니 확인해 봐서 나쁠 건 없을 것 같았다. 구체적으로 뭔가를 기대하고 간 건 아니었다. 그저 현관문에 귀를 대고 집 안에서 무슨 소리가 들리는지 엿들을 생각이었다.

5층으로 올라간 가우스는 엘리베이터에서 내리려다 멈칫했다. 현관문이 열려 있었던 것이다. 문이 닫히지 않게 라이터를 괴어 놓아 아주 조금 열려 있는 상태였다. 집 안에서는 아무 소리도 들리지 않았다. 가우스는 문을 살짝 열고 눈을 대고 집 안을 들여다봤다.

어둠에 싸인 집 안에서는 인기척이 느껴지지 않았다. 가우스는 조용히 문을 열고 집 안으로 들어갔다. 어두워서 잘 보이지 않았지만 거실 바닥에 잡동사니가 널려 있었다. 다른 방문을 열었을 때도 비슷했다. 어두운 방은 사방이 책으로 가득 차 있었지만 사람은 없었다. 이 집 주인은 현관문을 열어 놓고 어디 간 걸까? 아침에 본 남자의 꾀죄죄한 모습과 지저분한 집안 꼴을 보면 남자가 문단속을 신경 쓰지 않는다 해도 이상하지는 않았지만, 동시에 이렇게 방범 시설이 잘되어 있는 비싼 집에 살면서 문을 열어 놓고 다닌다는 게 모순적으로 느껴졌다. 인간은 정말 이해하기 어려운 존재였다.

침실에도 역시 아무도 없었다. 그래도 침실은 거실이나 다른 방보다는 훨씬 깨끗한 편이었다. 어두워서 앞이 잘 보이지 않았지만 벽에 액자가 하나 걸려 있는 게 눈에 들어왔다. 불을 켜면 밖에서 보일 수 있었기 때문에 그는 어둠 속에서 렌즈의 밝기를 조절해 액자에 담긴 내용을 읽었다. 그것은 임명장이었다……. 박종안 박사를 초원의 인공지능 연구소 수석 공학자로 임명한다는 내용이었다.

이 사람이 초원 소속 과학자였단 말인가? 이름이 박종안이었군. 가우스의 짐작대로 남자는 연구실의 수석 기술자였다. 그런데 그가 초원의 연구원일 줄이야. 이 남자가 초원에서 일한다면 일이 훨씬 복잡해진다. 이렇게 되면 초원이 사건의 배후일 가능성을 다시 고려해 봐야 했다. 가우스는 복잡한 마음으로 화장실과 부엌을 살펴본 후 마지막 남은 방문을 열었다. 이 방은 창문이 없었고 다른 방보다 어두웠다. 한쪽 벽에 옷장으로 보이는 커다란 사각형이 눈에 들어왔고 방 한가운데에도 어떤 물체가 있었다. 어두워서 그 물건의 실루엣만 간신히 눈에 들어왔다. 약간 비틀린 모양의 직육면체였다. 모양이나 크기만 봐서는 구형 TV처럼 보였다.

이 방은 창문이 없어서 불을 켜도 집 밖으로 빛이 새어 나가지는 않을 것이다. 가우스는 손으로 벽을 더듬어 스위치를 찾아 눌렀다.

불이 켜지고 그는 하마터면 비명을 지를 뻔했다.

그것은 TV가 아니었다.

그것은 시체였다.

박종안 박사는 'ㄹ' 자로 접힌 채 죽어 있었다.

한밤의 추격전

처음에는 가까이 다가갈 엄두가 나지 않았다. 시체를 보는 건 이번이 두 번째였다. 복도에 쓰러져 있던 지훈이가 다시 떠올랐다. 그때의 충격과 공포도 다시 생생하게 떠올랐다. 하지만 이 죽음은 좀 다른 느낌이었다. 가우스는 시체 옆에 무릎을 꿇고 자세히 살펴봤다. 분명 아침에 봤던 그 사람이었다. 박종안은 낮에 입은 옷차림 그대로였다. 그는 무릎을 꿇고 허리를 숙여 납작 엎드린 상태에서 머리를 안쪽으로 꺾은 채 웅크린 자세였다. 마치 큰절을 하다가 그대로 몸이 굳어진 사람 같았다. 정말 기이한 광경이었다. 가우스는 자신이 지금 느끼고 있는 감정이 '기이함'이라는 걸 깨달았다. 지훈이의 시신을 봤을 때와는 기분이 완전히 달랐다. 이런 기분은 난생처음이었다. 이건 정말이지…… 정말 이상한 상황이야. 인간들은 이런 걸 두고 엽기적이라고 하는 것 같던데. 가우스는 손가락을 박사의 목에 대 봤지만 맥박은 전혀 느껴지지 않았다. 박사는 확실히 죽어 있었다.

가우스는 조심스럽게 시체의 목을 젖혀 살펴봤다. 박사의 목에는 빨간색 띠를 두른 것처럼 깊은 흉터가 나 있었다. 밧줄 같은 걸로 목을 졸라 죽인 모양이다. 시체에 체온이 약간 남아 있고 사후경직이 시작되지 않은 걸로 볼 때 살해당한 지는 얼마 안 된 것 같았다.

박사의 목에 난 상처는 좁고 깊었다. 얇고 질긴 줄로 목을 당겼을 것이다. 어떤 줄일까? 이런 일에 쓰는 줄을 갖고 다니는 자인가? 박사의 손톱 밑에는 피와 살점이 끼어 있었다. 살인자가 뒤에서 목에 걸린 밧줄을 당길 때 살인자의 손을 할퀴었거나 아니면 밧줄을 풀려고 자신의 목을 할퀴다가 생긴 것 같았다. 하지만 목에는 손톱자국이 없어서 손톱에 낀 살점은 살인자의 것으로 보였다. 방바닥에는 작은 상패 하나가 깨진 채 굴러다니고 있었다. 가우스는 박사가 목이 졸릴 때 발버둥을 치다가 책상 위의 물건들을 쳐서 떨어뜨린 거라고 짐작했다.

가우스는 현관문으로 가서 도어락을 살펴봤다. 이 문은 닫히면 저절로 잠기는 문이었고 밖에서 열기 위해서는 홍채인식을 거쳐야 했다. 그래서 범인이 문을 열어 둔 것이었군. 밖에서 현관문을 열려면 집주인의 살아 있는 안구가 필요한데 유일한 열쇠를 자신이 없애 버렸으니까. 문을 닫고 나가면 밖에서 다시 열 수 없기 때문에 라이터로 문을 괴어 두고 간 것이다. 그 말은 범인이 곧 다시 올 거라는 뜻이었다. 범인이 언제 올지 알 수 없었다. 원하는 걸 찾으려면 서둘러야 했다.

그는 베란다와 집의 모든 창문에 커튼을 단단히 치고 불을 켰다. 그는 어디서부터 시작해야 할지 막막했지만 일단 서류가 제일 많이 있는 서재부터 뒤지기로 했다. 가우스는 책장에 꽂힌 두꺼운 파일들을 마구잡이로 꺼내 펼쳤다. 만약 박종안 박사가 살인 로봇을 만들었다면 이 집 어딘가에 지훈이를 죽인 로봇의 설계도가 있을 것이다.

그는 책장에 있는 파일들을 빠르게 훑었지만 의심스러워 보이는 종이는 찾을 수 없었다. 사실 그런 게 있다 해도 가우스가 한 번에 알아볼 수 있을지도 의문이었다. 로봇이라 해서 로봇공학에 조예가 깊은 건 아니었으니 말이다. 그는 서재를 포기하고 거실 책상을 뒤지기 시작했다. 책상 위에는 긁지 않은 즉석 복권 두 장과 찢어서 구긴 로또 두 장이 있었다. 복권의 발행 시각을 보니 아까 낮에 편의점에서 산 것들이었다. 책상 위는 그뿐이었지만 서랍 안은 온갖 잡동사니들로 가득 차 있었다. 진짜 정리 좀 해라. 가우스는 은근히 부아가 치밀었다. 내 학생이었다면 잔소리 좀 해 줬을 텐데. 가우스는 서랍을 뒤적이다 검은색 봉투 하나를 꺼내 내용물을 책상 위에 쏟았다. 그건 박종안이 초원과 몇 년 동안 벌였던 소송에 대한 문서였다. 초원은 4년 전 박 박사를 사내 기밀 유출로 고소했다. 인공지능 연구소의 수석 기술자였던 박종안이 중요 기술을 브로커에게 팔아넘겼다는 혐의였다. 가우스는 수십 장의 종이를 빠르게 읽어 내려갔다. 소송은 오랫동안 지루하게 이어졌고 박종안은 변호사 선임 비용으로 많은 돈을 써야 했다. 결국 박 박사는 소송의 가장 큰 쟁점이었던 핵심 기밀 유출 혐의는 무죄판결을 받았지만 공금 횡령과 몇 가지 기술 유출에 대해서는 유죄판결을 받고 집행유예 3년을 선고받았다. 물론 회사에 피해보상도 해야 했다. 이 사람이 아직도 초원에서 일하고 있는지는 확인할 필요도 없었다. 박종안은 현재 한국인의 장래 희망 1위인 돈 많은 백수였다.

가우스는 문서를 다시 서랍 안에 넣었다. 로봇 모형 몇 개가 바닥에서 뒹굴고 있었는데 박사가 장난감으로 가지고 노는 것들 같았다. 가우스는 침실에서 침대 옆 탁자 위에 라이터가 쌓여있는 걸 발견했다. 강원랜드에서 기념품으로 파는 라이터였다. 침실 서랍 안에도 범불안장애 처방약 뭉치와 함께 카지노 로고가 찍힌 라이터가 한 무더기 들어 있었다. 그는 다른 서랍에서 박사의 통장을 찾아냈다. 박사는 회사에 있던 시절 초원에서 고액의 연봉을 받았지만 언제부터인가 들어오는 돈보다 나가는 돈이 더 많아졌다. 그는 몇 년 전부터 카지노 ATM에서 엄청난 액수를 인출하고 있었다. 매주 반복되는 일이었고 도박에 들이붓는 돈은 점점 커져 갔다.

통장 밑에는 박사의 대출금 관련 계약서가 여러 장 깔려 있었다. 처음 몇 장은 은행에서 발급한 서류였지만 최근 날짜로 올수록 대부분 대부업체와 작성한 것들이었다. 아무래도 오해한 것 같다. 박종안은 돈 많은 백수가 아니었다. 그는 가우스의 생각과 달리 아주 가난한 사람이었다. 넓은 집과 비싼 차가 있었지만 둘 다 담보로 묶여 있는 상태였다. 이 사람은 나보다 궁핍한 사람이었군. 난 적어도 빚은 없잖아. 세상에는 로봇보다 가난한 사람도 있었다. 도박에 빠지면 누구나 그렇게 될 것이다. '도박, 거는 건 돈이 아니라 당신의 인생입니다. 도박중독 전화 상담: 국번 없이 1366.' 도박에 대

280

한 정보를 접하자 그의 머릿속에 교육청에서 입력한 경고문이 자동으로 켜졌다. 그는 그 창을 닫고 서랍을 닫다가 탁자 옆에 있는 침대 아래에서 커다란 서류 가방 두 개를 발견했다. 가방을 열어 보니 하나는 비어 있었고 다른 하나에는 두꺼운 지폐 다발 네 개가 들어 있었다. 돈뭉치 네 개를 넣으려고 이렇게 큰 가방을 쓰지는 않았을 테니 처음에 가방 안에 가득 차 있던 돈은 이미 죄다 도박에 써 버렸을 것이다.

가우스는 그 가방을 들고 잠시 침대 위에 앉아 있었다. 그는 한동안 생각에 잠겼다. 시간이 지날수록 그의 마음속에 차가운 감정이 번져 갔다.

그래서 이렇게 된 거였구나.

가우스는 이제 서서히 사건의 윤곽을 그려 볼 수 있었다. 박종안은 도박 빚에 파묻힌 절망적인 상황에서 악마와 손을 잡았다. 지상에서 로봇을 없애고자 했던 그 악마는 초원의 전직 수석 로봇공학자에게 한 가지 제안을 한다. 초원의 교육용 로봇과 똑같이 생긴 로봇을 만들어 달라는 것. 그 로봇으로 학생을 죽인 뒤 어느 무고한 로봇 교사에게 죄를 뒤집어씌우자. 그러면 로봇에 대한 인식은 최악이 되고 로봇산업은 큰 타격을 입을 것이다. 박종안은 결국 악마의 제안을 받아들였다. 이 가방 안에 돈이 얼마나 들어갈까? 박종안은 지훈이를 죽이기 위한 괴물을 만들어 주는 대가로 돈을 받았다. 그리고 지훈이를 죽이는 데 성공하긴 했는데, 한 가지 문제가 생겼다. 얌전히 경찰에 잡혀야 했던 가우스가 도망친 것이다. 범인의 입장에서는 가우스가 범죄의 결정적인 단서를 목격했을지도 모르는 일이었다. 물론 가우스의 증언이 법적으로 효력이 있을지는 장담할 수 없다. 그리고 가우스가 인간의 명령을 거부하고 도망친 일이 범인에게 어떤 의미가 있는지도 가우스는 짐작할 수 없었다. 하지만 이 두 가지는 어떤 방식으로든 범인의 계획을 어지럽혔다. 아마 박종안에게도 영향을 줬을 것이다. 아침에 본 박종안은 심각하게 불안한 모습이었다. 그는 심지어 어젯밤 술에 취한 나머지 최인규에게 전화를 거는 위험한 일을 저지르기까지 했다. 이상한 낌새를 눈치 챈 최인규가 경찰에 알린다면 상황이 심각해진다. 당연히 박종안에게 일을 맡긴 범인도 꼬리가 밟힐 것이다. 범인은 꼬리가 밟히기 전에 잘라 내기로 했다…….

지훈이가 이런 인간에게 죽다니. 가우스는 자기도 모르게 주먹을 꽉 쥐었다. 이런 도박중독자가 지훈이처럼 착한 아이를 죽이다니. 그는 희한한 자세로 죽어 있는 박종안에게 전혀 동정심이 들지 않았다. 저 사람은 자신에게 어울리는 방식으로 죽은 거야. 돈 때문에 어린 애를 죽인 인간이 고상하게 죽으면 안 되지. 그는 살인자가 왜 박종안을 저런 자세로 만들어 놓고 갔는지 짐작이 갔지만 아직은 확신할 수 없었다.

시간이 없었다. 범인이 돌아오기 전에 박종안이 살인 로봇을 설계했다는 증거를 찾아내야 했다. 그는 돈이 들어 있던 가방을 샅샅이 뒤졌다. 편지나 영수증 같은 게 있지 않을까 기대했지만 가방 안에는 돈뭉치 말고 아무것도 없었다. 침실에는 더 이상 볼 게 없어서 가우스는 다시 박종안의 시체가 있는 방으로 갔다. 그 방에는 작은 책상과 옷장이 전부였다. 옷장과 책상에는 모두 눈에 띄는 게 없었다. 결국 웅크리고 있는 박종안의 주머니까지 뒤져 봤지만 지갑과 차 열쇠가 전부였다. 집 안에 휴대폰이 보이지 않는 걸로 봐서 범인이 가져간 모양이다. 지갑 안에는 카드와 운전면허증, 주민등록증, 그리고 약간의 현금이 전부였다. 그는 지갑과 차 열쇠를 다시 박사의 주머니에 넣으려다 뭔가가 생각났다. 오늘 아침에 누가 차 문을 억지로 열려고 한다는 전화를 받고 박종안은 급히 달려왔다. 물론 차 주인으로서 당연한 반응이다. 하지만 만일 차에 범죄와 관련된 결정적인 증거가 있어서 그런 거라면?

가우스는 차 열쇠를 갖고 집 앞의 주차장으로 내려갔다. 박종안의 벤테이가는 아침에 본 그 자리에 그대로 있었다. 그는 트렁크부터 열어 봤다. 트렁크 안에는 쓰레기 봉지와 카지노 로고가 찍힌 라이터 몇 개가 전부였다. 그리고 이게 박종안이 가진 전부일 것이다. 가우스는 트렁크를 닫고 조수석 문을 열었다.

가우스가 막 조수석에 앉았을 때 주차장으로 차 한 대가 들어왔다. 검은색 SUV였다. 차는 벤테이가를 마주 보는 곳에 멈췄다. 그 차가 시동이 꺼진 뒤에도 아무도 차에서 내리지 않아서 가우스는 계속 차를 수색했다. 사방이 조용했다. 근처 가게에서 튼 음악만이 나지막하게 들려왔다. 조수석의 글로브박스에는 나사와 드라이버 몇 개가 전부였다. 뒷좌석에는 아무것도 없었다. 가우스는 차에서 내려 다시 빌라로 향했다. 그는 빌라 입구에서 비밀번호를 누르려다 엘리베이터 층 표시등의 숫자가 눈에 들어왔다. 엘리베이터는 5층에 있었다.

이 건물은 한 층에 한 가구만 산다. 방금 박사의 집에서 나온 가우스가 엘리베이터를 타고 1층으로 내려왔으니 누가 엘리베이터를 탔든 5층에 멈출 이유가 없었다. 5층 세대주는 지금 집 안에 구겨져 있으니 말이다.

아무래도 가우스가 차를 뒤지는 사이 박사의 친구가 방문한 모양이다.

그때 5층에 있던 엘리베이터가 내려오기 시작했다.

엘리베이터가 1층에 서자 가우스는 몸을 숨겼다. 빌라 현관의 스크린도어가 열리고 누군가가 걸어 나왔다. 검은색 재킷을 입은 남자였다. 그는 입구를 나와 곧장 주차장으로 향했다. 가우스도 조용히 그 남자를 따라갔다. 남자는 벤테이가 쪽으로 가더니 맞은편에 있던 검은색 SUV에 탔다. 아까 가우스가 박사의 차에 있을 때 들어온 차였다.

남자가 탄 후에도 차는 시동을 걸지 않았다. 가우스는 잠시 그 자리에 서 있다가 자기 모습이 SUV에 탄 사람에게 노출되어 있다는 걸 깨달았다.

가우스는 조용히 몸을 돌려 걷기 시작했다.

그는 걸으면서 시동이 걸리는 소리가 나는지 듣기 위해 청각 센서를 최대한 키웠다. SUV는 여전히 조용했다. 차 문이 열리는 소리도 들리지 않았다. 가우스는 주택가 밖을 향해 천천히, 그렇다고 너무 느리지도 않게 걸었다. 너무 빨리 걸으면 차에서 놈들이 나올 것 같았다. 아까 가우스가 박종안의 차 안을 조사하고 밖으로 나올 때까지도 SUV에서는 아무도 나오지 않았다. 그런데 가우스가 주차장 바로 옆 빌라 현관에 갔을 때 이미 검은 재킷이 5층에 있었다는 건 SUV는 검은 재킷과 한패인 다른 사람(들)이 타고 왔다는 뜻이다. 그렇다면 SUV의 운전자는 가우스가 박종안의 차 조수석을 뒤지는 걸 눈앞에서 봤을 것이다. 자신들이 방금 전에 죽인 박종안이 자기 차에서 내릴 리는 없었다. 가우스는 저 차 안에 있을 두 명 이상의 사람들이 지금 무슨 대화를 하고 있을지 상상이 됐다.

가우스는 건물을 돌자마자 미친 듯이 뛰었다. 그는 주택가를 벗어나 도로변으로 바람같이 빠져나와 지나가던 택시를 향해 마구 손을 흔들었다. 그의 움직임을 감지한 무인 택시 한 대가 멈췄다. 그는 택시에 뛰어오르자마자 목적지를 입력했다. 검은 SUV는 따라오지 않았다.

목동으로 돌아오는 내내 그는 열심히 창밖을 살폈지만 놈들의 차는 보이지 않았다. 적어도 그의 눈에는 띄지 않았다. 가우스는 눈에 달린 렌즈를 확대해 계속 도로를 주시했다.

그는 박종안 박사의 집으로 갈 때보다 조금 더 빠른 속도로 목동에 도착했다. 오목교역의 익숙한 번화가가 나타나자 마음이 조금 놓였다. 아까 그 검은 SUV와 비슷한 차들이 나타날 때마다 가우스는 공포에 휩싸였지만 그 차들은 그가 탄 택시를 지나쳐 사라졌다. 양천공원을 넘어 주택가로 들어가자 다시 한적해졌다. 비슷하게 생긴 차 몇 대가 지나갔지만 그가 본 검은색 SUV는 아니었다. 그는 성우의 아파트 근처에서 택시를 세웠다. 택시에서 내리니 비로소 조금 안정이 되었다.

여름밤치고 상당히 쌀쌀한 밤이었다. 가우스는 성우의 집을 향해 잰걸음으로 골목을 지나갔다. 그런데 골목을 빠져나와 인도를 돌아 나오는데 눈앞에 검은 SUV가 서 있었다.

가우스는 순간 머릿속이 하얘졌다. 바로 그 차였다. 차는 헤드라이트를 켜지 않았지만 엔진이 켜진 상태였다. 인간이었다면 정신적인 충격이 근육을 이완시켜 다리가 풀려 주저앉았을 것이다. 그는 다시 만난 차 앞에서 몇 초 동안 꼼짝없이 서 있었다. 결국 놈들은 그를 쫓아왔던 것이다. 불안해서 정신이 없던 가우스가 눈치채지 못하게 솜씨 좋게 그를 미행한 것이다. 로봇을 속일 만큼 은밀하게 추적한 걸 보면 이자들은 보통이 아니다. 그는 정신을 차리려고 애쓰며, 뻣뻣한 몸을 돌려 반대쪽으로 걷기 시작했다. 긴장 때문에 회로가 타 버릴 지경이었다. 침착하자, 제발 침착하자. 난 인간이 아니야. 이성을 잃으면 안 돼. 뒤에서 차 시동이 꺼지고 문이 열리는 소리가 들렸다. 그들은 그를 직접 잡을 생각이었다.

가우스는 다시 골목 안으로 들어가 조용하지만 빠르게 걸어 놀이터와 슈퍼를 지나갔다. 발소리가 뒤따라왔다. 두 사람의 발소리였다. 그들은 정확히 가우스에게 속도를 맞춰 따라오고 있었다. 미치겠군. 어떡하지? 그는 지금 당장이라도 전력으로 도망칠까 말까 1초 동안 수천 번을 고민했다. 일단은 놈들이 걷는 동안은 걷기로 했다. 그냥 본능적으로 내린 판단이었다. 긴장해서 오류가 생겼는지 수학적으로 생각할 수가 없었다. 가우스는 일단 방향을 틀었다. 성우네 집 앞을 지나 대로로 나갈 생각이었다. 거기서부터 온 힘을 다해 도망쳐야지. 배터리 잔여량이 부족한 게 문제였다. 이틀 전에도 그랬듯이 긴장을 하게 되면 과부하가 걸려 전력 소비량이 급격히 늘어났다. 가우스는 저 앞쪽에 있는 성우네 집을 힐끗 올려다봤다. 베란다에 두 사람이 서 있었다. 잘 보이진 않았지만 키를 보니 현석이와 조윤이 같았다. 아직 성우네 집에 있었군. 그때 둘 중 한 명이 손을 뻗어 가우스를 가리켰다. 다른 한 명이 가우스에게 손을 흔들었다. 오, 이런. 그는 간담이 서늘해졌다. 얘들아, 그러면 안 돼. 가우스는 모른 척하고 계속 걸었다. 그는 아이들이 자신을 소리쳐 부르지만 않기를 간절히 빌었다.

베란다에서 아이들의 모습이 사라지더니 잠시 후 누군가가 아파트 입구로 나와 가우스 쪽으로 걸어오기 시작했다. 마중 나온 현석이였다. 현석이는 낮에 입고 온 티셔츠와 반바지 차림 그대로였고 검은색 야구 모자를 쓰고 있었다.

상황이 점점 위험해졌다. 그의 뒤로 20미터쯤 떨어진 곳에서 여전히 두 사람이 따라오고 있었다. 그들은 이 모습을 보고 있을 것이다. 가우스는 주머니에서 휴대폰을 꺼내 현석이에게 전화를 걸었다. 제발 빨리 좀 받아, 제발. 문득 현석이가 휴대폰을 안 갖고 나왔을지도 모른다는 생각이 들었다.

제발.

다행히 현석이는 휴대폰을 갖고 있었다. 현석이는 가우스의 15미터 앞에서 전화를 받았다.

"선생님, 왜 바로 앞에서 전화를 하세요?"

현석이가 웃으면서 말했다.

"저 지금 슈퍼에 가는 길인데……."

"내 말 잘 들어. 난 지금 살인자들에게 쫓기고 있어."

"네?"

현석이가 그 자리에 멈춰 섰다. 가우스는 계속 현석이 쪽으로 걸어가며 말했다.

"멈추지 말고 계속 걸어서 날 지나쳐 가. 우리 둘이 서로 다른 사람과 통화하는 것처럼 말이야. 절대 날 알은척하지 말고 계속 걸어."

현석이가 불안한 표정으로 걸음을 옮겼다. 현석이는 휴대폰을 귀에 댄 채 가우스를 지나쳐 갔다. 그는 가우스 옆을 지나가면서 겁먹은 얼굴로 선생님을 곁눈질했다.

"내 뒤에서 따라오는 사람들 보이지? 두 명 맞니?"

"네."

"네가 지금 바로 집에 들어가면 집 안에 있는 애들까지 위험해질 거야. 계속 걸어서 그 사람들로부터 최대한 멀어져야 해. 저들은 날 따라올 테니까 넌 나하고 아무 상관 없는 사람처럼 계속 걸어서 양천프라자 쪽으로 가렴. 넌 사람들 많은 곳에 들어가서 숨고, 난 저 둘을 따돌린 후에 다시 만나자. 전화 끊지 말고 계속 들고 있어."

"네."

현석이가 떨리는 목소리로 대답했다. 눈 가리고 아웅 하기였지만 다른 방법이 없었다. 가우스는 아파트 단지 밖 대로로 나왔다. 주유소와 정비소가 있는 환한 곳까지 와서 뒤를 돌아보니 따라오던 두 명이 보이지 않았다. 가우스는 주유소 구석의 어두운 곳에 몸을 숨기고 사방을 살폈다. 의심스러운 사람은 없었다.

따돌린 건가? 가우스가 안도하는 찰나 휴대폰 너머로 현석이가 말했다.

"선생님?"

현석이는 완전히 겁에 질린 목소리였다.

"왜?"

"그 사람들이 지금 저를 쫓아오고 있어요."

가우스는 벌떡 일어났다.

"확실해?"

"네, 지금은 세 명이에요. 또 한 명이 붙었어요."

현석이는 긴장해서 쉰목소리를 냈다.

"너 지금 어디 있어?"

"육교 앞이에요. 육교 위로 올라갈까요?"

"올라가지 말고 아래로 지나가. 왼쪽에 대형마트 보이지? 그쪽으로 가. 최대한 사람들 많은 곳으로 가자."

"네."

"너무 느리지도 빠르지도 않게 가야 해. 뛰면 네가 눈치챈 걸 알고 그 사람들도 달려들 거야. 계속 모르는 척하면서 티 나지 않게 자주 뒤를 확인하렴, 알았지? 전화 계속 들고 있어. 내가 그쪽으로 갈게."

가우스는 주유소를 뛰어나갔다. 그는 지름길로 가기 위해 놀이터 울타리를 뛰어넘어 정신없이 달렸다.

"현석아, 그 사람들 얼마나 가까이에 있어?"

"점점 빨리 다가오고 있어요. 어떡하죠? 저도 뛰어요?"

가우스는 아파트 화단을 달려가다 나뭇가지에 얼굴이 부딪혔지만 신경 쓰지 않았다.

"아니, 그 사람들이 뛰면 그때 너도 전속력으로 달리는 거야. 조금만 기다려, 선생님이 지금 가고 있어."

"근데 앞에 횡단보도가 빨간불이라 멈출 수밖에 없는데……."

그는 머릿속으로 지도를 펼쳤다. 현석이가 있을 만한 위치에는 6차선 도로가 앞을 가로막고 있었다.

"그럼 옆에 있는 대형마트 안으로 들어가. 엘리베이터 말고 에스컬레이터를 타."

현석이가 거칠게 숨을 내쉬는 소리가 수화기 너머로 들렸다. 가우스는 사거리에서 신호를 무시하고 건너다가 하마터면 차에 치일 뻔했다. 그는 순식간에 마트 입구에 도착했다. 에스컬레이터를 타고 내려가는 사람들 속에서 현석이를 찾았지만 보이지 않았다.

"현석아, 지금 어디야?"

"지하 2층이에요. 더 내려갈까요?"

"그 사람들은?"

"저 따라서 에스컬레이터를 타고 내려오는 걸 봤는데 지금은 뒤에 한 명밖에 안 보여요."

"그럼 일단 거기서 내려서 매장 안으로 들어가. 사람들 많은 곳으로 계속 움직여."

그때 에스컬레이터를 타고 내려가는 검은 재킷이 눈에 들어왔다. 남자는 눈에 띄자마자 사라졌다. 에스컬레이터는 사람들로 가득 차서 그들을 헤치고 내려갈 수는 없었다. 가우스는 엘리베이터 쪽으로 뛰어갔다. 가우스가 기다리라고 소리치면서 간신히 닿았을 때는 이미 문이 닫힌 뒤였다. 여기서 엘리베이터가 다시 올라오길 기다릴 수는 없었다.

이제 어쩌지? 그가 패닉에 빠져 주위를 둘러보는데 엘리베이터 맞은편에서 윙윙거리는 소리가 들렸다. 물건을 창고로 옮기는 드론들이 내는 소리였다. 작은 프로펠러가 달린 드론들은 물건을 나른 후 다시 비둘기처럼 날아 돌아왔다. 드론을 관리하는 로봇 둘이 드론에 물건을 매달아 날려 보내고 있었다. 가우스는 그들이 손바닥만 한 드론 하나에 세탁기를 매달려고 낑낑거리는 틈을 타 방금 들어온 드론 하나를 붙잡았다. 그는 드론의 목적지를 지하 2층의 식품 매장으로 입력한 뒤 드론의 고리를 잡고 매달렸다.

드론은 작지만 힘이 굉장히 셌다. 녀석은 잠시 공중에서 머뭇거리는가 싶더니 가우스를 매달고 날아올랐다. 가우스의 발이 바닥에서 멀어졌다. 드론은 가우스를 매단 채 천장에 있는 드론 전용 통로로 날아 들어갔다. 아래에 있던 관리 로봇들이 가우스를 발견하고 외쳤다.

"손님, 내려오세요! 그러다 다칩니다!"

통로로 들어가자 더 이상 그들의 목소리가 들리지 않았다. 가우스는 드론을 붙잡고 커다란 통로를 잠자리처럼 날아갔다. 수백 대의 드론이 날치 떼처럼 그의 곁을 스쳐 갔다. 통로에는 수시로 갈림길이 나왔고 물건을 매단 드론은 각자의 목적지를 향해 빠르게 사라졌다.

가우스는 몇 차례 분기점을 통과한 뒤 지하 2층에 도착했다. 그를 매단 드론이 식품 매장의 입구에 도달하자마자 그는 잽싸게 뛰어내렸다. 드론은 웅얼거리는 소리를 내며 다시 원래 온 길로 돌아갔다. 가우스는 식품 매장 안으로 뛰어들어 가며 주머니에서 휴대폰을 꺼냈다. 현석이는 첫 번째 발신음이 끝나기도 전에 받았다.

"현석아, 나 지금 식품 매장이야. 너는 어디야?"

"저도 거기 있어요. 지금 인공 돈육 파는 곳 옆이에요."

"그 사람들은?"

"10미터 정도 떨어진 곳에 한 명만 있고 다른 사람은 안 보여요."

"오른쪽에 있는 과자 코너로 가. 거길 지나서 일단 뒷문으로 빠져나가자."

밤 10시였지만 매장 안은 사람들로 북적였다. 가우스는 과자 코너 맞은편으로 이동했다. 저쪽에서 현석이가 걸어오고 있었다. 현석이는 휴대폰을 귀에 댄 채 석고처럼 굳은 얼굴로 다리만 움직이고 있었다. 그리고 그 뒤에서 검은 재킷이 따라오고 있었다. 현석이에게 잘못 지시하면 상황이 위험해진다. 가우스는 시식 코너 뒤에 몸을 숨겼다. 현석이는 과자 코너 안으로 들어갔다. 다른 놈들은 어디 있지? 그때 검은 재킷이 오른쪽을 향해 손짓을 했다. 그의 오른쪽 방향으로 시선을 돌리니 얇은 갈색 점퍼를 입은 남자가 검은 재킷의 손이 가리킨 방향으로 움직이는 게 보였다.

그때 누군가가 가우스의 어깨를 붙잡았다. 가우스는 반사적으로 몸을 돌렸다.

"손님, 새우튀김 한번 드셔 보세요."

시식 코너에서 음식을 만드는 로봇이었다. 로봇은 예쁜 앞치마를 입고 있었다.

"끓는 물에 넣으면 2분 만에 자라서 저절로 튀김이 돼요. 참 간편하죠?"

가우스는 친절한 로봇을 뒤로하고 과자 코너 쪽으로 뛰어갔다. 검은 재킷은 계속 따라오는 중이었지만 갈색 점퍼는 보이지 않았다. 무슨 짓을 하려는 거지? 가우스는 현석이를 따라가는 검은 재킷을 살금살금 따라갔다. 현석이는 과자가 산처럼 쌓여 있는 선반 옆을 지나는 중이었다. 앞쪽에서 회색 야상을 입은 남자가 나타나자 현석이는 깜짝 놀라며 재빨리 옆으로 방향을 틀었다. 저놈도 한패였구나. 그때 가우스는 깨달았다. 놈들은 현석이를 사방이 막힌 곳으로 몰아가고 있었다. 가우스는 왼쪽으로 들어가면 안 된다고 말하려 했지만 이미 늦었다. 현석이는 되돌아갈 수 없었다. 앞쪽에서 갈색 점퍼가 몸을 숨기고 있는 게 보였다.

"선생님 어디 계세요?"

"네 오른쪽에 있어."

"이제 어떡해요? 계속 가요?"

가우스는 현석이가 들어간 선반의 바로 옆줄로 들어갔다. 그는 현석이로부터 두 걸음 떨어진 곳에서 나란히 걸어가며 말했다.

"조금만 천천히 걷자."

현석이의 뒤에는 검은 재킷이, 앞에는 점퍼와 야상이 있었다. 놈들은 현석이를 앞뒤에서 동시에 붙잡을 생각이었다. 옆으로는 빠질 수 없었다. 선반 너머 옆에 있는 검은 재킷은 아직 가우스를 눈치채지 못한 듯했다. 재킷이 주머니에서 뭔가를 꺼냈다. 선반의 틈 사이로 그의 손에 들린 게 보였다. 주사기였다.

현석이가 점점 모퉁이에 가까워졌다. 더 이상 망설일 수 없었다.

"현석아, 그 자리에 멈춰."

"지금요?"

"그래."

현석이가 휴대폰을 꽉 쥔 채 제자리에 섰다.

"이제 어떻게 해요?"

"내가 신호하면 나랑 같이 죽어라 뛰는 거야, 알았지?"

"네."

현석이의 얼굴은 부서질 것처럼 창백했다.

검은 재킷의 실루엣이 갑자기 빠르게 움직였다. 현석이에게서 네 걸음 떨어진 곳이었다. 그 순간 가우스도 그쪽으로 몸을 날렸다.

선반이 무너지면서 남자를 덮쳤다. 현석이가 놀라서 펄쩍 뛰었다. 선반 밑에 깔린 남자가 빠져나오려고 허우적거렸다. 현석이가 달려와 가우스를 일으켜 세웠다. 소란을 듣고 사람들이 웅성거리며 모여들었다.

가우스가 과자 더미에서 일어나는 순간 검은 재킷이 가우스의 다리를 잡아챘다. 그가 가우스를 잡아당기는 바람에 둘은 바닥에 뒤엉키고 말았다. 점퍼와 야상이 사람들을 밀치며 다가왔다.

"선생님 조심해요!"

가우스 위에 올라탄 검은 재킷이 팔을 휘둘렀다. 그가 주사기로 가우스의 얼굴을 찔렀지만 가우스는 살짝 긁히기만 했다. 현석이가 남자의 왼팔을 잡아당기자 남자가 오른팔에 든 주사기로 현석이를 찌르려 했다. 그걸 본 가우스가 남자의 팔을 세게 치는 바람

294

에 손에 든 주사기가 남자의 얼굴에 깊이 박혔다. 남자가 비명을 질렀다. 그 틈에 가우스는 놈에게서 빠져나왔다. 남자가 팔다리를 버둥거리다가 축 늘어졌다. 그의 얼굴이 순식간에 보라색으로 변하는 걸 보고 현석이의 입이 벌어졌다.

"현석아, 뛰어!"

가우스는 현석이의 팔을 잡아끌고 인파를 헤치고 나갔다. 사람들이 점점 과자 코너로 모여들고 있었다. 갈색 점퍼가 현석이를 붙잡기 직전에 그들은 인파를 빠져나왔다. 마트 관리인과 로봇들이 달려왔다. 가우스는 입구로 향하는 모퉁이를 돌다가 앞치마를 입은 로봇과 부딪혔다.

"손님, 바쁘신가 봐요. 그런 때일수록 새우튀김을 한번 드셔 보세요."

로봇이 명랑하게 말했다. 가우스는 로봇의 허리를 붙잡고 두 남자가 모퉁이를 도는 순간 바닥에 넘어뜨렸다. 그들은 로봇에 발이 걸려 고꾸라졌다. 가우스는 다시 현석이의 손을 잡고 미친 듯이 뛰었다. 둘은 입구를 향한 에스컬레이터를 한 번에 몇 계단씩 뛰어 올라 갔다. 뒤에서 놈들이 달려오는 소리가 들렸다. 그들은 마트 밖으로 나와 골목 안으로 뛰어들었다.

"어디로 가는 거예요?"

현석이가 헐떡이며 물었다. 가우스는 골목을 나오자마자 옆에 있는 편의점 문을 열고 현석이를 밀어 넣었다.

"현석아, 여기서 흩어지자. 편의점 반대쪽 문으로 나가."

"선생님은요?"

"난 놈들의 시선을 끌게. 어서 집으로 가."

가우스가 몸을 돌렸을 때 골목 입구에서 놈들이 나타났다. 앞에는 파란불이 깜박이는 넓은 횡단보도였다. 이럴 때는 원래 다음 신호를 기다리는 게 바람직했지만 지금은 바람직한 상황이 아니었다. 가우스는 그냥 횡단보도로 뛰어들었다. 놈들은 순식간에 쫓아왔다.

그런데 가우스가 횡단보도에 몇 걸음 채 딛지도 않았는데 빨간불이 켜지더니 차도에는 파란불이 켜졌다. 차들이 가우스를 향해 움직이기 시작했다. 허둥대는 가우스의 머릿속에 다시 교육청에서 입력한 경고문이 떴다.

무단횡단, 이 세상과 작별하는 지름길입니다.

그는 뒤돌아 가려 했지만 놈들이 바로 뒤에 있어서 앞으로 갈 수밖에 없었다. 차들이 경적을 울리며 가우스를 지나갔다. 그는 자동차의 급류에 휩쓸려 이리 뛰고 저리 뛰며 차를 피했다. 악어 떼를 피해 늪을 건너는 사슴이 된 기분이었다. 그는 벌써 후회하고 있었다. 이래서 신호를 잘 지켜야 하는 건데.

그의 컴퓨터는 쉴 새 없이 차를 피하는 경로를 계산하고 있었다. 가우스는 힐끗 뒤를 돌아봤다. 두 남자도 가우스처럼 파닥거리며 뛰어다니고 있었다. 갈색 점퍼가 가우스에게 가까이 왔다. 택시 한 대가 그들 사이로 경적을 울리며 스쳐 갔다. 야상이 손을 뻗어 가우스를 잡으려 하자 가우스는 얼른 몸을 뒤로 뺐다. 그 바람에 하마터면 차에 치일 뻔했다. 야상이 다시 손을 뻗어 가우스의 멱살을 낚아챘다.

"잡았다!"

그 말이 끝나기도 전에 덤프트럭이 그를 쳐 버렸다. 맨홀뚜껑만한 바퀴가 그를 밟고 지나가면서 바닥에 붉고 긴 줄이 그어졌다. 그를 애도할 여유는 없었다. 가우스는 간신히 맞은편 보도에 닿았다. 그가 인도로 올라가려는데 뒤에서 뭔가가 그를 잡아당겨 뒤로 넘어졌다. 갈색 점퍼였다. 사람과 로봇이 도로에 나뒹굴었다. 가우스가 비틀거리며 일어나자 남자가 가우스의 목을 잡고 얼굴에 주먹을 날렸다. 가우스의 머리가 휙 돌아갔다. 그가 가우스를 끌고 인도로 넘어가려다가 가우스의 몸에 걸려 다시 넘어졌다. 그때 가우스는 왼쪽에서 달려오는 고속버스를 발견했다. 그는 인도로 몸을 날렸지만 남자가 가우스의 팔을 잡고 놔주지 않았다. 버스에 치이기 직전이었다. 가우스는 그를 도로 밖으로 끌어내려고 잡아당겼다. 하지만 버스가 더 빨랐다.

버스가 남자를 덮쳤다. 앞바퀴가 남자의 허리를 밟고 지나가자 뼈가 으스러지는 소리가 났다. 가우스는 재빨리 몸을 뒤로 뺐지만 남자와 엉킨 오른팔이 바퀴에 깔리고 말았다. 버스 뒷바퀴가 남자의 머리를 밟고 지나갔다. 가우스는 굳이 그걸 볼 필요가 없다고 판단해서 고개를 돌렸다. 뭔가가 터지는 소리가 나면서 옷에 피가 튀었다. 버스는 바퀴에 낀 남자를 달고 10미터 정도 더 가다 멈춰섰다. 그 10미터 만에 남자의 형체가 사라졌다. 가우스의 오른팔이 후드티 소매 사이로 삐져나와 덜렁거렸다. 오른팔이 완전히 잘려나갔다는 신호가 떴다. 그는 왼팔로 오른팔을 붙잡은 채 재빨리 자리를 피했다. 가우스는 후드티의 오른팔 소매를 길게 빼서 소매 끝을 바지 주머니에 넣어 고정시켰다. 이렇게 하면 잘린 오른팔을 흘리지 않고 뛸 수 있었다. 그는 달리면서 휴대폰을 꺼내 현석이에게 전화했다.

"선생님? 괜찮으세요?"

"난 괜찮아. 지금 어디니?"

"저 지금 성우 집에 있어요. 그 사람들은요?"

"완전히 따돌렸어. 나도 이제 들어갈게."

그는 전화를 끊고 양천공원 가장자리의 작은 숲으로 들어갔다. CCTV가 넘쳐나는 목동에서 감시 카메라를 피하는 건 비 오는 날 빗방울을 피해 달리는 것과 같았다. 하지만 그는 이 동네를 지나면서 본 모든 감시 카메라의 위치를 기억하고 있었다. 빗방울은 불규칙적으로 떨어지지만 감시 카메라는 항상 같은 곳에 고정되어 있다. 가우스는 감시 카메라의 사각지대를 골라 뛰다가 마을버스가 천천히 지나갈 때 버스 뒤에 숨어서 길을 건넌 뒤 양천구청역으로 들어갔다. 양천구청역 3번 출구에는 감시 카메라가 없었다. 다행히 역사에 아무도 없어서 그는 누구의 눈에도 띄지 않고 화장실로 들어갈 수 있었다. 거울을 보니 웃옷에 피가 묻어 있었다. 그는 휴지로 아직 마르지 않은 피를 닦아 내고 후드티를 벗어 안팎을 뒤집어 입었다. 그나마 바지에는 피가 묻지 않은 게 다행이었다. 그가 일을 마쳤을 즈음 지하철이 도착했다. 그는 승객들이 쏟아져 나올 때 그들 속에 파묻혀 역 밖으로 빠져나왔다. 가우스는 다시 마스크와 모자를 쓰고 빠른 걸음으로 이동했다.

검은 SUV

가우스는 성우의 집에서 밤새 오른팔을 붙이기 위해 씨름했다. 그는 양손잡이였지만 한 손으로 다른 팔을 고치는 건 쉽지 않은 일이었다. 가우스가 옷 속에 달고 온 원래 팔은 접합부가 완전히 찌그러져서 고칠 수가 없었다. 고민 끝에 가우스는 성우의 제안에 따라 집에 있던 고장 난 가사용 로봇의 오른팔을 떼어 붙이기로 했다. 그 로봇 역시 초원 제품이라서 외형은 교육용 로봇과 흡사했다. 가사용 로봇은 소프트웨어가 망가진 뒤 오래됐지만 다행히 하드웨어는 멀쩡한 상태로 남아 있었다. 가우스는 초원 엔지니어들이 인터넷에 올린 설계도를 참고하면서 성우의 집에 있던 공구로 팔을 붙였다. 가우스가 괜찮으니 자라고 했지만 성우가 새벽까지 옆에서 도와줬다.

가우스가 성우의 집에 돌아왔을 때 현석이는 영문도 모른 채 죽어라 도망치느라 기진맥진해서 소파에 뻗어 있는 상태였다. 그를 기다리던 아이들은 한쪽 팔이 잘린 가우스를 보고 입을 다물지 못했다. 가우스는 아이들에게 자신이 겪은 일을 자세히 설명했다.

"네? 사람을 접어 놓았다고요?"

박종안 박사가 어떤 모습으로 죽어 있었는지 듣고 조윤이가 구역질 난다는 표정을 지었다.

가우스는 아이들을 안심시킨 뒤 조윤이와 현석이에게 그만 집으로 돌아가라고 했다. 두 사람은 어차피 내일 학교를 안 가니까 이집에서 날을 새도 된다고 우겼지만 부모님에게 걱정을 끼치면 안된다고 가우스가 설득해서 마지못해 집으로 돌아갔다. 이미 자신때문에 아이들이 너무 위험해졌다. 하마터면 지훈이처럼 현석이마저 죽을 뻔했다. 만약 현석이에게 무슨 일이 생겼다면 그건 명백히자신의 책임이었다. 그는 아이들을 볼 면목이 없었다.

가우스는 현석이와 조윤이가 집을 나서기 전에 작별을 고했다. 팔을 다 고친 후 바로 성우의 집을 떠날 테니 조윤이와 현석이를보는 건 지금이 마지막일 것이다. 가우스는 남아 있는 왼팔로 조윤이를 안아 주고 현석이도 안아 줬다. 그는 현석이에게 이런 일을겪게 한 것을 사과했다. 현석이의 눈에 눈물이 고였다. 가우스는현석이뿐만 아니라 아이들 모두에게 미안했다. 수배범인 자신을숨겨 주다가 위험해진 성우와 조윤이에게도, 그리고 먼저 떠난 지훈이에게도. 그는 조윤이와 현석이에게 앞으로도 공부 열심히 하고 행복하길 바란다고 말했다. 조윤이는 그건 힘들겠지만 노력해보겠다고 했다.

"난 내일 아침에 떠날 거야. 이제는 나 혼자 지훈이의 죽음을 파헤칠 생각이야. 그동안 위험을 무릅쓰고 날 도와줘서 다들 정말 고마워. 너희를 영원히 잊지 못할 거야. 너희들 모두 행복하길 바래."

두 사람이 떠난 후 성우와 가우스는 말없이 팔을 수리했다. 성우는 가우스가 알려 주는 대로 부품을 잡아 주거나 나사를 조였다. 새벽에 가우스는 졸려서 눈이 감기는 성우를 침대에 눕히고 이불을 덮어 준 뒤 밤새워 혼자 수리를 마무리했다. 그는 로봇이 고장난 팔을 스스로 수리하는 모습을 1984년작 〈터미네이터〉에서 본적이 있었다. 그 장면은 그가 그 영화에서 가장 인상적으로 기억하는 장면이었다. 공교롭게도 그가 고치고 있는 팔도 영화처럼 오른팔이었다. 다른 점이 있다면, T-800은 인간을 죽이려고 쫓아다녔지만 가우스는 지금 인간에게 쫓기는 신세였다. 시대가 지나면서 로봇의 위상이 이렇게 달라졌다.

창문으로 아침 해가 비칠 즈음 가우스는 팔을 완전히 연결시켰다. 그는 손을 여러 번 쥐었다 폈다 해 봤다. 마치 원래부터 자신의 팔이었던 것처럼 자연스러웠다.

그날 아침 일찍 일어난 성우가 세수를 하는 동안 가우스는 성우의 아침 식사를 준비했다. 성우는 원래 아침을 자주 걸러서 안 먹어도 된다고 했지만 가우스는 아침은 꼭 먹어야 한다고 타일렀다. 밥을 먹은 뒤 성우는 가우스가 어제 피를 묻힌 옷을 세탁기에 넣고 가우스에게 새로운 옷을 줬다.

"내가 또 너의 옷을 더럽혔구나. 정말 미안해."

"괜찮아요. 원래 잘 안 입던 거예요."

가우스는 새 옷으로 갈아입고 다시 모자를 쓴 채 아침에 성우와 함께 집을 나섰다. 그들은 놈들이 어제 타고 왔던 SUV가 세워진 곳으로 향했다. 나란히 걸으면서 성우가 물었다.

"혹시 뉴스에 어제 일에 대해서 나오던가요? 사람이 두 명이나 죽었잖아요."

"세 명이야. 마트에서 주사기에 찔렸던 남자도 죽었다는구나. 지금쯤 경찰이 나랑 현석이를 추적하고 있을 거야."

"혹시 선생님이 로봇이라는 걸 들켰나요?"

"아직 그런 말은 안 나와. 하지만 곧 경찰이 알아채겠지. 머지않아 현석이를 찾아낼 테니까. 경찰이 너희를 조사하면 날 숨겨 줬다는 걸 사실대로 말하고 나한테 전화해. 그때가 되면 나도 더 이상 도망치지 않고 자수할게. 너희는 단지 나를 숨겨 줬을 뿐 범죄와 무관하다고 주장하면 너희에게 법적 책임을 묻지는 않을 거야."

성우가 한숨을 쉬었다.

"경찰이 못 찾을 수도 있잖아요."

"CCTV에 우리 모습이 너무 많이 찍혔어. 그나마 우리 둘 다 모자를 쓰고 있어서 얼굴이 제대로 나오지는 않았겠지만, 그래 봤자 며칠 안에 경찰이 찾아낼 거야. 빠르면 오늘 안에 경찰이 올 수도 있어. 어렵지만 그 전까지 최선을 다해 봐야지."

"박종안은요? 죽은 박사에 대한 기사도 떴나요?"

"그런 기사는 전혀 없어. 현재로서는 박종안이 살해당한 걸 아는 사람은 우리뿐인 것 같아. 내가 이따가 경찰에 신고하려고."

"어제 선생님이랑 현석이를 추격한 사람들이 그 아저씨를 죽인 거겠죠?"

"그렇겠지. 어쩌다 보니 그 세 사람이 모두 죽는 바람에 직접 자백을 들을 수는 없겠지만 말이야."

"그 사람들 신원은 밝혀졌나요? 뭐 하는 놈들인지 그게 제일 궁금한데."

"그게 정말 이상한 일이야. 이 사건을 다룬 기사들이 공통적으로 언급하는 게 뭐냐면, 현재로서는 경찰이 죽은 세 사람의 신원을 확인할 수 있는 방법이 없대. 셋 다 신분증도 없고 열 손가락의 지문이 모두 인위적으로 지워진 상태라는 거야. 그리고 이런 경우에는 치과 기록으로 신원 확인을 하는 것도 어렵다는구나."

성우가 얼굴을 찡그렸다.

"이런 시발……. 혹시 그 새끼들 전문적으로 살인을 하는 놈들이 아닐까요? 미리 그렇게 철저하게 신원을 감춘 걸 보면 말이에요."

"내 생각도 그래. 지훈이를 죽인 자들이 도대체 어떤 자들인지 이제는 감도 안 잡히는구나. 아무래도 이 사건은 전문 범죄 조직이 얽혀 있는 것 같아."

성우가 땅에 있는 돌멩이를 걷어찼다. 힘없이 굴러가는 돌멩이처럼 성우도 우울해 보였다.

"도대체 왜 이러는 건지 모르겠어요. 우리가 무슨 잘못을 했다고……."

가우스는 성우의 어깨를 토닥였다.

"그 사람들이 노리는 건 너희가 아니라 나야. 현석이를 잡으려 했던 것도 현석이가 나랑 아는 사이라는 걸 눈치채서 그랬던 거지. 이런 상황을 만들어서 선생님이 정말 미안해."

"됐어요. 그건 선생님 잘못이 아니잖아요."

그들은 인적이 드문 골목 안에서 죽은 세 남자가 타고 온 차를 찾아냈다. 차는 성우의 집에서 멀지 않은 곳에 있었다. 검은색 SUV는 앞부분에 물때가 끼어 있었고 옆면에 긁힌 자국도 많이 나 있었다. 차량 문에 방범 장치가 설치되어 있어 강제로 열려고 하면 큰 소리가 나면서 차체에 엷은 전기장이 흐르도록 되어 있었다. 차 열쇠는 어제 죽은 자들이 갖고 있을 테고 열쇠를 비롯한 그들의 유품은 지금 인근 경찰서의 증거 보관실 안에 있을 것이다. 가우스가 차 안을 들여다봤지만 창문에 짙은 선팅 처리가 되어 있어서 밖에서는 내부가 전혀 보이지 않았다.

"이 차예요?"

"응."

가우스는 한동안 차의 이곳저곳을 자세히 살펴보다가 입을 열었다.

"어제 선생님이 추격자들 중 한 명과 마트에서 몸싸움을 했다고 한 거 기억나니?"

"네. 그 사람 자기가 들고 있던 주사기에 찔려 죽었다면서요."

"그래, 검은 재킷을 입은 남자였지. 난 그 사람이 박종안 박사를 죽인 사람이라고 생각해."

"그럼 나머지 두 사람은요?"

"그 둘은 검은 재킷이 박종안을 죽인 뒤 시체 처리를 위해 부른 동료들이야. 내가 박종안의 시체를 발견한 다음에 그들이 도착했거든."

가우스는 성우에게 손등을 향한 채로 손을 펼쳐 보였다.

"박종안의 손톱에는 피와 살점이 잔뜩 끼어 있었어. 시체의 몸에는 손톱자국이 없었으니까 그건 박종안이 목이 졸릴 때 살인자의 손을 할퀴어서 생긴 거겠지. 그런데 바로 그 검은 재킷의 손등에 심한 손톱자국이 있었단다. 양쪽 손등에 넓은 투명 밴드를 붙이고 있었는데 밴드 밑으로 살갗을 긁어낸 자국이 선명하게 보였어. 반면 다른 두 사람의 손은 깔끔했지."

"손은 언제 보신 거예요?"

"세 사람 다 한 번씩 손으로 나를 움켜잡았을 때 봤어. 검은 재킷은 마트에서, 나머지는 도로에서."

"그 상황에서 놈들의 손까지 확인하신 거예요?"

"지금 확인한 거야. 난 눈으로 본 모든 것을 머릿속에서 영상처럼 재생할 수 있으니까."

"맞다. 선생님은 완벽한 기억력을 갖고 계시죠."

"내가 인간들을 원망하는 이유지."

가우스는 팔짱을 낀 채 차에 몸을 기댔다.

"어제 말했다시피 선생님은 편의점에서 박종안이 누군가와 통화하는 걸 엿들었어. 아마 그때 통화하던 상대가 검은 재킷이었을 거야. 박종안은 상대에게 9시에 자기 집으로 오라고 했지. 그런데 이유는 알 수 없지만 검은 재킷은 약속 시간보다 더 일찍 찾아왔어. 뭐 그래 봤자 한 시간 정도 일찍 왔겠지만. 그리고 다시 이유는 알 수 없지만 그는 박종안을 죽여 버렸어. 왜 그랬을까? 말다툼을 하거나 서로 의견이 틀어진 걸까? 지금으로서는 박종안이 왜 죽었는지 짐작이 가지 않는구나. 하지만 한 가지 확실한 건 그자가 처음부터 박종안을 죽일 목적으로 온 건 아니라는 거야."

"왜요?"

"그들이 전문 살인자인 것 같아서. 너도 아까 그렇게 말했지?"

"네, 셋 다 지문을 지웠다면서요."

"그것뿐만 아니라 여러 부분에서 놈들이 '전문가'라는 느낌이 들어. 특히 시체를 그렇게 접어 놓은 게 대표적이지."

성우는 미간을 찌푸렸다.

"근데 전문가지만 처음부터 죽이려고 온 건 아니다?"

"그래. 킬러가 누군가를 죽이기로 했다면 처음부터 시체를 처리할 준비를 하고 왔을 거야. 그런데 검은 재킷은 죽은 박종안을 그대로 내버려둔 채 집을 비웠어. 심지어 현관문까지 열어 둔 상태로 말이야. 바로 그 틈에 내가 박종안의 집에 들어갔던 거지. 난 둘이 9시에 만나는 줄 알고 갔으니까."

"그사이에 어딜 갔던 걸까요?"

"약국에 간 것 같아. 박종안에게 손등이 심하게 찢겼으니 많이 아팠겠지. 또 계속 내버려 두면 현장에 피가 떨어질 수 있어서 응급처치를 하러 갔을 거야. 혈흔은 한번 묻으면 지우기가 엄청나게 어렵거든."

"아, 그래요?"

"혈장 단백질은 점성이 매우 높아서 웬만한 약품으로는 완전히 지우는 게 불가능해."

"피가 그렇게 무서운 건지 몰랐네요."

"맞아. 한번 손에 피를 묻힌 사람은 절대 지울 수 없어. 하지만 아무리 그래도 시체가 집 안에 있는데 현관문을 열어 두고 밖을 돌아다니는 건 '전문가'답지 않은 행동 아니니? 홍채인식 문이라 한 번 닫으면 밖에서 열 수 없으니 어쩔 수 없긴 하지만 말이야. 아마 박종안을 찾아올 사람이 아무도 없다고 생각해서 방심했던 모양이야. 내가 보기에도 박종안은 혼자 사는 것 같았어. 기술 유출이 발각된 후에는 사람을 잘 만나지 않고 무절제하게 살았을 거야. 검은 재킷이 속한 조직이 박종안의 도움을 받아 살인 로봇을 만든 거라면 박종안이 어떤 인간인지 그도 알고 있었겠지. 아무튼 그래서 검은 재킷은 시체가 있는 집의 문을 열어 두고 약국에 간 듯한데, 만일 그가 처음부터 살인을 할 준비를 하고 왔다면 그런 위험한 짓은 하지 않았을 거야. 아니, 할 필요가 없었겠지. 목을 조를 때 장갑조차 끼지 않은 걸로 봐서 죽이기 직전까지 자기도 죽게 될 줄 몰랐던 것 같아."

성우가 심각한 표정으로 물었다.

"그럼 대체 왜 갑자기 박종안을 죽인 걸까요? 혹시 박종안이 그 사람을 죽이려고 덤빈 거 아닐까요?"

"그랬을 수도 있겠다. 박종안은 정서적으로 많이 불안정한 사람 같았어. 그가 갑자기 돌발 행동을 했더라도 이상한 일은 아닐 거야. 아니면 박종안이 자수하려고 했을지도 모르지."

"자수요?"

"박종안을 그 자리에서 당장 죽여야 할 이유는 그 두 가지밖에 없을걸? 그가 검은 재킷을 죽이려 했거나, 경찰에 넘기려 했거나.

여하튼 무슨 이유인지는 몰라도 검은 재킷은 박종안을 만나러 왔다가 애초 계획에 없었던 살인을 하고 말았어.

뭐 그래도 걱정하지는 않았을 거야. 일반인이 우발적으로 살인을 했다면 당황해서 정신을 못 차렸겠지만 그는 자신만만한 전문가였고, 무엇보다 그를 도와줄 친구들이 있었거든. 그래서 시체와 증거를 없애는 데 필요한 물건들을 챙겨서 오라고 다른 두 사람에게 연락한 거지. 사족이지만 난 도로에서 죽은 자들이 마트에서 죽은 자와 단순히 '같은 업계의 아는 사람' 정도가 아니라 같이 일하는 사람, 이를테면 같은 조직에 속한 동료들이 아닐까 싶어. 셋 다지문을 지운 점, 마트에서 현석이를 구석으로 몰 때 손발이 척척 맞던 점을 보면 놈들은 같은 조직원인 것 같아. 애초에 같은 조직원이 아니라면 시체 처리만 도와주면 되지 나랑 현석이를 잡으러 목숨 걸고 쫓아올 필요는 없잖아."

"그럼 박종안을 그런 이상한 자세로 만든 이유는 뭘까요?"

"시체를 운반하기 쉽게 상자나 가방에 담으려고 그랬던 것 같아."

"네?"

성우는 어이가 없다는 듯이 웃었다.

"무슨 압축파일도 아니고."

"사람 크기의 짐은 운반하기도 힘들고 쉽게 눈길을 끌지 않겠니? 전문적으로 살인을 하는 자들이니까 시체를 처리하는 방식이 따로 있겠지. 사람이 죽으면 시간이 지날수록 점차 몸이 굳어지거든. 그걸 사후경직이라고 하는데, 동료 조직원들이 왔을 때 상자에 쉽게 넣을 수 있도록 사후경직이 시작되기 전에 미리 접어 놓은 것 같아. 그리고 왜 그랬는지 짐작되는 또 다른 이유가 있긴 한데…….”

가우스는 차에 얼굴을 바짝 들이댔다. 마치 냄새를 맡는 것 같았다.

“그 전에 먼저 생각해 볼 게 있어. 박종안의 정확한 사망 시각은 언제일까? 내가 박종안의 집 앞에 도착한 게 8시 20분이었으니까 일단 사망 시각은 그 전이겠지. 그리고 내 생각에 박종안은 적어도 8시까지는 살아 있었을 거야.”

“왜요?”

“복권 때문이야. 박종안의 집을 뒤질 때 거실 책상 위에 복권 몇 장이 있었거든. 전부 어제 아침에 박종안이 편의점에서 산 복권들이었어. 그런데 그중 로또 두 장이 모두 세로로 찢어진 채 구겨져 있었단다. 이게 무슨 의미겠니?”

“당첨된 게 아니니까 찢은 거겠죠.”

“바로 그거야. 그리고 로또는 추첨 과정을 매주 생방송으로 진행하잖니? 박종안은 TV를 보면서 자기 복권이 당첨되지 않은 걸 확인하고 찢어서 책상 위에 버린 거야. 마침 거실 책상 바로 앞에 TV가 걸려 있더구나. 로또 추첨 생방송을 어제 8시에 했으니까 방송을 한 8시까지는 박종안이 살아 있었다고 봐야지.”

“상당히 그럴듯한 추리긴 한데, 그 복권을 찢은 게 박종안이 아닐 수도 있잖아요? 복권은 박종안이 샀지만 복권을 찢은 건 범인일 수도 있잖아요. 범인이 8시 전에 박종안의 집에 와서 살인을 하고,

그런 다음에 박종안이 산 복권을 맞춰 보고 찢은 거라면 정확한 사망 시각을 추정하기 어려울 것 같은데."

"오, 아주 날카로운 지적인걸?"

가우스가 감탄하며 말했다.

"네 말이 맞아. 범인이 복권을 찢었을 가능성도 간과하면 안 되지. 하지만 그럼에도 난 로또를 찢은 사람이 박종안일 가능성이 더 크다고 생각해. 책상 위에 같이 있던 즉석 복권이 그 근거란다. 로또와 달리 동전으로 긁어서 당첨 여부를 확인하는 복권 두 장도 책상 위에 있었거든. 박종안이 어제 편의점에서 이것들을 로또랑 같이 사서 지갑에 넣는 걸 내가 직접 봤어. 그런데 여기서 중요한 점은, 그 즉석 복권들은 찢어진 로또 옆에 긁지 않은 상태로 있었다는 거야. 만약 범인이 시체의 지갑에서 복권을 꺼내 TV를 보면서 맞춰 볼 여유가 있었다면 즉석 복권까지 확인해 보는 게 당연하지 않겠니?"

"하긴 그렇겠네요. 그냥 동전으로 긁기만 하면 되니까요."

"그렇지. 그래서 즉석 복권이 그대로 남아 있었다는 건 로또를 찢어서 버린 사람이 박종안이라서 그런 거라고 봐야 할 거야. 내 생각에는 박종안이 로또를 확인한 직후 살인자가 찾아와서 즉석 복권은 미처 확인하지 못한 것 같아."

성우가 고개를 끄덕였다.

"그럼 이제 범행 시각이 상당히 좁혀졌네요. 8시에서 8시 20분 사이."

"맞아. 그리고 범행 시각을 알아내면 범인들이 어디서 왔는지도 알 수 있겠지. 아까 말했듯이 검은 재킷은 박종안을 죽인 후 친구들을 불렀어. 그리고 내가 박종안의 차를 뒤지고 있을 때 놈들이 탔던 바로 이 차가."

가우스는 차를 한 번 가볍게 두드렸다.

"내 바로 앞에 도착했지. 그게 8시 47분이었어. 검은 재킷이 박종안을 죽인 직후 친구들에게 연락했고, 친구들이 연락을 받은 직후 출발했다 하더라도 놈들이 오는 데 걸린 시간은 47분을 넘지 않았을 거야. 그 말은 놈들이 출발한 장소가 박종안의 집에서 차로 47분 이내의 거리에 있다는 뜻이지."

그는 갑자기 엉뚱한 질문을 던졌다.

"만약 네가 킬러라면 시체를 어떻게 처리하겠니?"

"글쎄요, 땅에 묻거나 바다에 버리면 되려나? 혹시 〈신세계〉 보셨어요?"

"아니. 영화야?"

"네, 그 영화에서는 사람을 드럼통에 넣어서 바다에 빠트리던데요."

"내가 생각한 거랑 비슷하구나. 나도 처음에는 시체의 자세를 보고 그런 방법이 떠올랐어. 시체를 접어서 부피를 최대한 줄인 다음 상자에 넣으면 운반하기도, 처리하기도 쉽겠지. 그렇게 상자에 담아 인적이 드문 땅에 묻거나 바다에 던지는 거야. 하지만 도로에서 조직원 둘이 나를 붙잡으려고 했을 때 또 다른 방법이 생각났단다."

"뭔데요?"

"태우는 거. 그게 더 확실하지. 매장한 시체는 운이 나쁘면 나중에 발견될 수도 있지만 소각하면 완전히 없애버릴 수 있잖아."

가우스는 SUV를 손바닥으로 훑었다.

"눈에는 보이지 않지만 이 차의 표면에는 소각 물질로 추정되는 여러 가지 성분이 묻어 있어. 무시할 수 없는 수준이지. 그리고 어제 나랑 도로에서 실랑이를 할 때 그 두 사람의 옷에도 지금 이 차에서 검출되는 것과 같은 종류의 물질이 상당히 많이 묻어 있었어."

"그 짧은 시간에 그걸 느낀 거예요? 차를 피하느라 정신이 없었다면서요."

"네 말대로 아주 잠깐이긴 했지만 내 감지 센서는 굉장히 민감하거든. 내 생각에 이들은 사람을 죽이고 소각시설로 가져가서 태워 없애는 일을 자주 하는 것 같아. 어쩌면 아예 이들의 근거지 자체가 소각시설을 갖춘 곳일 수도 있지. 쓰레기 소각장이나 화장터 같은 곳. 난 그중에서도 애완동물 화장장이 아닐까 의심스럽구나."

"왜 하필이면 애완동물이죠? 아, 혹시 시체를 접어 놓은 것 때문에요?"

"그래. 애완동물 소각로 중에는 사람이 들어가기에는 좀 작은 것들이 있거든. 물론 당연히 동물 소각로도 업체나 기계에 따라 다양한 종류가 있겠지만 말이야. 아무튼 그래서 난 지금 박종안의 집을 중심으로 차로 47분 거리 안에 있는 모든 소각시설을 살펴보는 중이야. 그중에서도 동물 화장장을 주의 깊게 보고 있는데, 범위 내에 있는 소각장 자체가 그리 많지 않아서 어려운 작업은 아니구나."

가우스는 잠시 말을 멈췄다. 성우가 보기에 그는 뭔가를 고민하는 듯했다.

"선생님?"

"응?"

"찾으셨나요?"

"그런 것 같아."

"벌써요?"

가우스는 고개를 들고 성우를 응시했다.

"사실 선생님은 방금 전까지만 해도 자신이 없었어. 시체를 반드시 소각시설에서만 태울 수 있는 건 아니잖아? 인적이 드문 공터 같은 곳에서 몰래 태울 수도 있는 거니까. 하지만 범위 안에 있는 소각장을 하나씩 살펴보는 과정에서 점점 확신이 생겼어."

성우가 엷은 미소를 지었다.

"뭔가 중요한 걸 찾으셨군요."

"상당히 의미심장한 걸 찾았지. 물론 대부분의 단서가 그렇듯이 겉으로는 아무 의미도 없어 보였어. 너무나 평범해서 조금만 방심했다면 나도 놓칠 뻔했는데, 놈들이 타고 온 이 차가 아주 중요한 연결점이 되어 줬지."

"어떻게요?"

"이 차를 보면 이 차가 주차되어 있던 건물의 형태를 알 수 있단다."

그는 차를 가리켰다.

"난 인터넷에서 내가 찾은 모든 소각장을 로드뷰로 자세히 살펴봤어. 그리고 그중 구로동에 있는 구로 애완동물 화장장이라는 건물의 외형이 이 차에 남은 흔적과 일치했단다. 자, 여길 보렴. 차의 앞부분에 물때 자국이 아주 선명하지? 최근에 생긴 것 같은데 아마 그저께 밤에 내린 비에 맞아 그런 것 같아. 그런데 차의 앞부분 절반에는 이렇게 물때가 많이 묻어 있는 반면 뒷부분 절반은 표면이 아주 깨끗해. 마치 최근에 세차를 한 것처럼 말이야. 이상하지 않니? 세상에 차의 절반만 세차를 하는 사람은 없잖아."

"어? 그런가?"

성우는 차를 앞뒤로 자세히 들여다봤다.

"정말이네. 뒤에는 빗자국이 전혀 없어요. 자동차에 반신욕을 시켜준 것도 아닐 텐데."

"이건 이 차가 주차되어 있던 공간의 형태를 말해 주는 거야. 아마 그저께 이 차는 천장이 차의 뒷부분만 가려 주는 공간에 있었을 거야. 그래서 차의 앞부분에만 비를 맞아 물때가 잔뜩 낀 거지. 그런데 로드뷰로 구로 애완동물 화장장을 살펴보면, 화장장 건물에 차고로 활용되는 듯한 작은 창고 같은 공간이 있는데 그 공간의 뒤쪽이 너무 짧아서 차고의 천장도 짧아 보여. 사진으로만 봐도 이 차의 절반 정도의 길이밖에 안 될 것 같아. 그러니 이 차를 그 안에 주차하면 이렇게 앞부분에만 비를 맞겠지. 그리고 또 있어."

가우스는 차의 측면에 있는 긁힌 자국을 가리켰다.

"이 차의 오른쪽 옆구리에 긁힌 자국이 많이 있지? 왼쪽에는 없는데 오른쪽에만 이런 자국이 있어. 그런데 구로 화장장에서 내가 말했던 차고를 자세히 보면, 차고의 입구에 시멘트로 옆이 막힌 낮고 좁은 길목이 나 있단다. 이 길목이 오른쪽으로 꺾여 있어서 주차된 차를 몰고 나오려면 좁은 코너를 지나야 할 거야. 그런데 이 길목의 꺾어지는 부분이 시멘트로 된 모서리거든. 그래서 좁은 코너를 돌아 나오려면 차 오른쪽을 긁고 지나가기 쉬울 것 같아. 로드뷰 사진으로는 잘 보이지 않긴 한데 최대한 확대해 보면 그 시멘트 모서리 부분만 색이 좀 바래 있는 게 보여."

"차가 자주 긁히는 바람에 닳은 흔적?"

"그런 것 같아. 이 정도면 가능성이 높지 않니?"

성우는 곰곰이 생각하다 고개를 끄덕였다.

"상당히 높은 것 같은데요. 한두 개도 아니고 여러 가지 단서가 맞아떨어지잖아요. 그럼 이제 남은 건⋯⋯."

"직접 확인해 보는 거지."

둘은 다시 성우의 집으로 걸음을 옮겼다.

"그 화장장으로 가실 거죠?"

"응, 지금 바로 출발할 거야. 시간이 없으니까."

성우가 나지막이 말했다.

"경찰에 대해서는 너무 걱정하지 마세요. 선생님이랑 현석이 둘 다 아예 못 찾을 수도 있잖아요."

가우스는 말없이 웃었다.

"팔은 좀 괜찮으세요?"

"아주 좋아. 원래 내 팔 같은 느낌이야."

"그래요? 잘 맞는다니 다행이에요."

"로봇으로 살면 인간보다 좋은 유일한 점이 이런 거야."

"로봇이 모든 면에서 더 나은 것 같은데요."

"전혀 그렇지 않단다. 인간은 대체할 수 없는 존재잖니."

"팔이 잘려도 대체할 수 없죠."

둘은 성우의 집 앞에서 걸음을 멈췄다. 가우스는 성우에게 손을 내밀었다. 성우는 무거운 얼굴로 그 손을 잡았다.

"성우야, 지금까지 고마웠어."

"고맙긴요."

"그리고 미안해."

"괜찮아요."

성우는 우울한 표정을 애써 지우려 했다.

"어른들이 너희를 많이 힘들게 하지? 지금 상황과 별개로 나도 거기에 일조한 한 명으로서 너희에게 많이 미안하구나."

"선생님은 그렇게 하라고 만들어졌잖아요. 선생님이 미안해하실 건 없죠."

"자기 뜻대로 태어나진 않았어도 자기 행동에는 변명하지 말아야지. 어른들을 대신해서 사과할게. 그리고 나 때문에 너희를 위험에 빠트린 것도 정말 미안하다."

성우는 쓸쓸한 얼굴로 고개를 저었다.

"너희는 내가 만난 사람들 중에서 가장 용감하고 자유로운 사람들이야. 난 너희를 만난 게 자랑스러워."

"용감한 게 아니고 그냥 말을 안 듣는 거겠죠 뭐. 좋아요, 아무튼 저도 선생님한테 정말 고마워요. 선생님은 제가 제일 좋아하는 선생님이에요."

"오, 진짜?"

"진짜로."

"하하, 정말 감동인걸? 성우가 제일 좋아하는 선생님이라면 틀림없이 세상에서 제일 좋은 선생님일 거 아냐."

성우는 가볍게 웃었다.

"저뿐만 아니라 지훈이도 예전에 그런 말을 한 적 있어요. 다른 애들도 마찬가지일걸요. 사실 이런 말을 하면 좀 죄송하긴 한데, 솔직히 전 옛날에는 로봇 교사를 인간 교사처럼 좋아하는 애들이 약간 병신 같았어요. 오타쿠 같았거든요."

"오타쿠? 아, 애니메이션 좋아하는 사람들?"

"네, 그런 애들. 가상 캐릭터를 진짜 애인처럼 아끼는 애들 말이에요. 그런 사람들 너무 이상하지 않나요?"

"에이, 그냥 취향인데 뭘. 취향은 존중해 줘야지."

"그런가? 아무튼 전 로봇 교사를 사람처럼 좋아하는 애들이 이상하다고 생각했는데, 지금은 선생님이 인간처럼 느껴져요. 다른 인간 교사들이 오히려 뻣뻣한 로봇 같고 선생님이야말로 사람 같다는 느낌이 든다고요. 이해하시겠어요? 제가 생각해도 좀 이상한 말이지만."

가우스는 그 말에 웃음을 참을 수 없었다.

"그렇게 말해 주니 정말 고맙구나. 그리고 난 네 말을 이해할 수 있어. 왜냐하면 나도 너를 보면 가끔은 어른들보다 더 어른스럽다고 느끼거든."

"그건 좀 오버예요."

성우가 웃음을 터뜨렸다.

"오버 아니야. 그리고 난 너희가 나이보다 일찍 어른이 되어야 하는 게 많이 슬퍼."

가우스는 다정하게 성우를 안아 줬다. 성우는 살짝 쪽팔린 것 같았지만 피하지는 않았다.

"아마 오늘이나 내일 중으로 경찰이 현석이를 찾아낼 거야. 경찰이 찾아오면 바로 나한테 연락해."

"자수하시려고요?"

"그래. 너희는 그저 나를 믿어서 숨겨 줬을 뿐이야. 어제의 사고는 모두 나 때문에 일어난 거지. 내가 너희랑 같은 진술을 하면 경찰도 나에게만 책임을 물을 거야."

"이렇게 쉽게 항복하신다고요? 잡히면 선생님은 분해될 거예요."

"어쩔 수 없지. 너희가 지명수배범을 숨겨 줬다는 혐의를 받는데도 계속 도망 다닐 수는 없잖아. 경찰한테는 너희가 아는 걸 모두 솔직하게 얘기하렴. 난 이제 시간과 싸울 거야. 경찰이 현석이나 나를 찾아내기 전에 지훈이를 죽인 진범을 내가 먼저 찾기 위해 최대한 노력할 거란다. 그럼 내가 죽지 않을 수 있는 가능성이 아주 조금은 생기겠지."

"만약 범인을 잡은 다음에는 어떻게 하실 거예요?"

가우스가 잠시 침묵하다 말했다.

"왜 그랬냐고 물어볼 거야."

성우는 일부러 밝은 표정을 지었다.

"좋아요, 꼭 잡아서 그놈이 왜 그랬는지 저한테도 알려 주세요. 그나저나 잡히기 전에 먼저 범인을 잡으려면 서둘러야 할 것 같은데요?"

맞는 말이었다. 서둘러야 했다. 성우는 집으로 들어가기 전에 가우스에게 무슨 일이 생기면 언제든지 조윤이가 준 휴대폰으로 연락하라고 했고 가우스도 자신이 필요하면 바로 연락하라고 말했다. 가우스는 성우의 손을 한번 잡아 준 뒤 헤어졌다. 사실 그들은 불과 한 시간 후에 그리 좋지 않은 분위기에서 다시 만날 예정이었기 때문에 그런 작별은 별 의미가 없었지만, 그때는 둘 다 그걸 알지 못했다. 소년과 로봇은 무거운 마음으로 헤어졌다.

반팔 티와 후드티

선유한은 머지않아 그 로봇이 다시 모습을 드러낼 거라 생각했다. 그놈이 최인규를 찾아간 걸 보면 아직 목동에 있다는 뜻이고 지훈이의 주변 사람들에게 할 일이 있다는 뜻이니까. 최 선생은 자기가 직접 목격하고도 그 후드를 쓴 사람이 로봇이 맞는지 확신하지 못했지만 선유한은 그자가 바로 그 로봇이라고 굳게 믿었다. 그리고 놈이 머지않아 이 근처에서 다시 모습을 드러낼 거라 생각했는데 신기하게도 그 예상은 하루 만에 현실로 드러났다. 아침부터 TV에서는 지난밤에 목동에서 일어난 끔찍한 사건을 보도하고 있었다. 사람들이 평화롭게 쇼핑을 하던 대형마트에서 남자 한 명이 살해당했고 마트에서 가까운 6차선 대로에서는 두 명이 차에 깔려 죽었다는 것이다. 목동에서 이런 이상한 사건이 일어났다는 말에 선유한은 정신이 번쩍 들었다. 뉴스에서는 이들이 마트 안과 도로에서 사투를 벌이는 모습이 담긴 CCTV 영상이 나왔다. 죽은 세 남자는 후드를 쓴 사람과 한 소년을 쫓다가 봉변을 당했다고 했다.

심상치 않은 일이다. 살인 로봇이 최인규의 집에 침입한 바로 다음 날 목동에서 이런 일이 일어난 것이다. 선유한은 뉴스 화면에 나온 회색 후드티에게서 눈을 뗄 수가 없었다. 그자의 모습은 최인규가 말해 준 침입자의 인상착의와 흡사했다. 후드를 뒤집어 쓰고 그 밑에 야구 모자까지 쓴 다음 얼굴을 하얀색 마스크로 가리고 있었다. 추가 정보도 이상하긴 마찬가지였다. 소년과 후드티를 추격하다 죽은 세 남자는 모두 열 손가락에 지문이 하나도 없다는 것이다.

이게 뭘 말해 주는 걸까? 선유한의 머리가 복잡해졌다. 선유한이 생각에 잠겨 있을 때 뉴스 화면이 바뀌고 다른 뉴스가 나오기 시작했다. 방금 전의 뉴스를 미처 녹화하지 못한 그녀는 그 뉴스를 다시 보기 위해 방송사 홈페이지에 들어갔다. 하지만 인터넷에 문외한인 선유한은 어떻게 해야 방금 TV에 나온 뉴스를 다시 볼 수 있는지 알 수 없었다. 그녀는 어딜 눌러야 하는지 몰라서 마우스를 한참 이리저리 움직이다가 답답한 마음에 그냥 인터넷 창을 닫아 버렸다. 그녀는 그냥 자신이 눈에 끼고 있던 렌즈에 녹화된 영상을 재생하기로 했다. 선유한은 어제 깜박하고 렌즈를 빼지 않은 채로 잠들어서 24시간 가까이 렌즈를 끼고 있던 상태였다. 렌즈를 착용한 눈으로 본 영상이 컴퓨터에 실시간으로 저장되므로 방금 그녀가 본 TV 뉴스도 다시 볼 수 있을 것이다. 선유한은 방금 전 자신의 눈에 담긴 영상을 재생했다. 그녀는 TV화면 부분을 확대한 뒤 목동의 길거리와 마트 내부의 CCTV 자료 화면이 나오는 부분에서 영상을 일시정지하고 후드티의 모습을 확대했다. 그는 긴팔에 긴 바지, 후드와 모자, 마스크를 둘렀을 뿐만 아니라 자세히 보니 손에 장갑까지 끼고 있었다. 어젯밤이 여름밤치고 유난히 추운 날씨이긴 했지만 이 사람은 피부가 공기에 노출되면 안 되는 희귀병 환자마냥 온몸을 빈틈없이 가리고 있었다. 저렇게 온몸을 가려야 할 이유는 하나밖에 없다. 적어도 그녀에게는 그랬다.

선유한은 이 회색 후드티가 살인 로봇이라고 확신했다. 이 기분 나쁜 옷차림을 한 자는 수배 중인 그 로봇이 분명했다. 그래야 했다. 그녀의 손자를 죽인 기계가 이 세상 어디에 있는지 알 수 없는 지금, 선유한은 난데없이 찾아온 이 작은 연결고리를 구명줄처럼 붙잡아야 했다.

그녀는 후드티 옆에 있는 소년도 확대해 봤다. 후드티보다 키가 작은 소년은 온몸을 가린 후드티와 대조적으로 아주 가벼운 차림이었다. 반바지와 반팔 티 차림에 검은색 야구 모자를 쓰고 있었다. 모자를 눌러쓰고 있어서 아무리 확대해도 얼굴은 보이지 않았다. 살짝 보이는 턱과 목선이 갸름했고 전체적으로 마르고 작은 체구였다. 소년은 중학생 정도로 보였다. 소년과 후드티는 마트에서 과자 진열대를 뒤엎고 검은 재킷을 입은 남자와 몸싸움을 한 뒤 마트 밖으로 함께 도망친다. 그리고 쓰러진 검은 재킷을 내버려 둔 채 다른 두 남자가 그들을 쫓아간다. 다음 화면에서는 마트 입구에서 약간 떨어진 곳에서 후드티와 그를 쫓아 도로로 뛰어든 남자들이 달리는 차 사이를 피해 다니는 모습이 나왔다. 반팔 티 소년의 모습은 보이지 않았다. 후드티와 두 남자가 차 사이를 뛰어다니는 모습이 뉴스에 나온 CCTV 영상의 마지막 장면이었다. 뉴스 앵커의 말에 따르면 아마 그 직후의 장면은 두 사람이 차에 치여 숨지는 장면일 것이다.

지문이 없는 사람들? 이게 무슨 의미일까? 왜 저들은 로봇과 소년을 쫓고 있을까? 저 소년은 또 누구인가? 머리가 복잡해졌다. 자, 침착해. 선유한은 스스로를 타일렀다. 복잡하게 생각할 거 없어. 하나씩 찬찬히 따져 보자.

선유한은 먼저 '로봇'의 옷차림에 주목했다. 일단 저 후드티가 그 로봇이 맞다고 전제한 상태에서, 현상수배된 로봇이 옷을 구하려면 쓰레기통에서 줍거나 옷을 훔쳐야 할 것이다. 그런데 저 옷은 적어도 주운 것처럼 보이진 않았다. 젊은 애들이 입고 다니는 깨끗하고 세련된 옷이었다. 게다가 저 후드티는 최인규가 말해 준 인상착의와 비슷했지만 옷 색깔이 달랐다. 최인규는 검은색 후드티라고 했지만 화면 속의 후드티는 회색이었다. 새 옷으로 갈아입은 것이다.

그리고 선유한이 인터넷에서 검색해 본 바로는 로봇 교사는 한 번 충전하면 최대 24시간을 활동할 수 있다고 했다. 그런데 도망친 지 이틀이 지났는데도 저 로봇이 저렇게 잘 움직이고 있다는 건 놈이 어딘가에서 안정적으로 충전을 하고 있다는 말이고, 그 말은 누군가가 놈을 숨겨 주고 있다는 뜻이다. 젊은 애들의 옷을 입고 있는 것과 어떤 소년과 함께 다니는 걸 보면 자기가 가르치던 학생의 집에 숨어 있을 가능성이 높았다. 그런데 도대체 저 로봇은 평소에 인간관계가 얼마나 좋았길래 살인을 했는데도 숨겨 주는 사람

323

이 있는 거지? 기막힐 노릇이군. 하지만 지금은 그런 걸 신경 쓸 때가 아니었다. 혹시 옆에 있는 소년이 로봇을 숨겨 주고 있는 걸까? 그렇다면 왜 로봇과 함께 도망치고 있는 걸까? 그 둘을 쫓던 세 남자는 누구일까? 이런, 다시 머리가 복잡해졌다. 침착해야 해. 다시 하나씩 생각하자.

반팔 티 소년은 많이 추워 보이는 옷차림이었다. 어젯밤은 상당히 쌀쌀한 날씨였다. 지문 없는 남자들한테 언제부터 쫓기고 있었는지 알 수 없어서 확신할 수는 없지만 어젯밤처럼 쌀쌀한 날씨에 저렇게 얇은 티셔츠와 반바지를 입고 있는 걸 보면 저 학생의 집은 아마 마트에서 그리 멀지 않은 곳에 있을 것이다. 마트에서 먼 곳에 산다면 좀 더 따뜻하게 입고 나왔겠지.

선유한은 네이버 지도에 들어가 마트 주변의 지도를 출력했다. 그런 다음 최인규 선생이 어제 이메일로 보내 준 학생들의 신상 정보가 담긴 파일을 열고 집 주소가 마트에서 가까운 곳에 있는 학생들을 찾아 마트와 가까운 집부터 하나씩 지도에 표시했다. 컴퓨터에 능숙한 젊은 애들이라면 이런 작업을 컴퓨터로 빠르게 하겠지만 선유한은 종이에 일일이 손으로 기입할 수밖에 없었다. 그 로봇이 3학년 수학을 가르쳤다고 해서 그녀는 우선 3학년 학생들만 표시했다. 선유한은 지도에 표시한 학생들의 집 옆에 이름과 학년, 반을 적어 넣다가 주성우라는 이름에서 손끝이 멈췄다.

주성우는 지훈이와 같은 반 아이다. 이것만으로도 충분히 의미심장했지만 그게 다가 아니었다. 선유한은 그 이름을 어디선가 본 기억이 있었다. 어제 최인규가 보내 준 파일에서 지훈이와 관련된 정보들을 자세히 읽었기 때문이다. 선유한은 지훈이의 방과 후 수업에 대한 파일을 열어 학생들의 이름을 확인했다. 그 로봇이 가르치는 방과 후 수업에는 지훈이를 포함해서 학생이 딱 네 명뿐이었다. 모두 지훈이와 같은 반이었고, 그중에 그 이름이 있었다. 주성우.

선유한은 다시 한번 성우라는 아이의 집 주소를 확인했다. 마트에서 2백 미터도 채 되지 않는 곳에 있었다. 이게 과연 우연일까? 우연일 수도 있었다. 하지만 선유한은 우연을 싫어했다.

선유한은 다시 전교생의 신상이 든 파일에 들어가 주성우의 얼굴을 찾아냈다. 잘생겼지만 인상이 아주 차가운 아이였다. 거기다 나이보다 성숙해서 고등학생처럼 보였다. 순한 인상의 지훈이와는 딴판이었다. 지훈이가 이런 애하고 친할 것 같지는 않은데. 사진 속 소년의 날카로운 눈빛에 선유한은 기분이 절로 가라앉았다. 주성우의 다른 사진이 있으려나? 선유한은 서재에서 수학여행 사진첩을 뽑아 컴퓨터 책상 앞으로 가져왔다. 지훈이네 학교에서 4월에 수학여행을 갔을 때 찍은 사진들을 앨범으로 만들어 보내 준 건데 그동안 바빠서 볼 틈이 없었다. 이제 지훈이가 죽었으니 그녀는 평생 이 앨범을 뒤적거리면서 시간을 보내야 할 것이다. 하지만 지금 선유한은 좀 더 냉철한 마음으로 사진들을 살폈다.

앨범 안에는 여러 장소에서 찍은 개인 사진과 단체 사진이 들어 있었다. 선유한은 거기서 주성우를 쉽게 찾아냈다. 성우는 키가 큰 아이였다. 얼굴만 성숙한 게 아니라 키도 웬만한 고등학생 뺨치게 컸다. 선유한은 렌즈로 녹화한 동영상 파일을 다시 열고 CCTV 화면에 나온 소년과 주성우의 사진을 비교해 봤다. 이 소년은 주성우

325

가 아니었다. 확실했다. 반팔 티는 주성우보다 훨씬 작았다. 초원 홈페이지에 기재된 로봇 교사의 제원에 따르면 로봇 교사의 신장은 173센티미터라고 했다. CCTV에 찍힌 회색 후드의 키도 대충 그 정도로 보였다. 이로써 회색 후드가 로봇일 거라는 선유한의 심증은 더욱 굳어졌지만 후드 옆에 있는 반팔 티 소년은 후드와 비교해 봤을 때 170센티미터도 채 되지 않을 것 같았다. 하지만 단체 사진에 나온 주성우는 반에서 키가 제일 큰 애들 중 하나였다. 사진으로만 봐도 180센티는 넘을 것 같았다.

주성우는 정황상 반팔 티 소년이어야 하지만 체격을 보면 도저히 동일인이라고 할 수 없었다. 그럼 남은 건 한조윤과 민현석이다. 한조윤이라는 애는 무표정하게 찍은 증명사진에서는 귀엽게 생겼지만 수학여행을 가서 자유롭게 놀고 있을 때 찍은 사진들에서는 많이 특이해 보였다. 한조윤은 한눈에 봐도 반팔 티와 헤어스타일과 몸매가 달라서 후보에서 제외해야 했다. 선유한은 마지막으로 민현석의 사진을 찾아냈다. 민현석은 마르고 순진한 인상의 아이였다. 얼굴만 놓고 보면 지훈이보다 좀 더 어려 보였다. 주성우 같은 아이랑 이런 아이가 동갑이라는 게 신기했다. 아이들은 참 제각각이다.

민현석은 셋 중에서 반팔 티와 가장 체격이 비슷했다. 선유한은 사진첩에서 민현석이 나온 모든 사진을 뽑아서 늘어놓고 하나하나 자세히 살폈다. 민현석은 키가 반팔 티와 비슷해 보였고 마르고 작은 체구도 비슷했다. 물론 지훈이네 반에는 민현석 말고도 반팔 티와 유사한 체격의 남자애들이 몇 명 더 있었고, 그들 중에서 민현석이 가장 반팔 티를 닮았다고 딱 잘라 말하기는 어려웠다. 거기다 민현석의 집 주소는 마트에서 한참 떨어진 곳이었다.

선유한은 생각에 잠겼다. 반팔 티가 민현석이 맞다면 이 아이가 로봇과 함께 움직이는 이유를 설명할 수 있었다. 지훈이는 가우스를 아주 좋아했다. 가끔 대화를 할 때마다 지훈이는 로봇 교사에 대해서, 특히 자기가 듣는 방과 후 수업의 수학 로봇에 대한 호감을 자주 드러냈다. 그러니 아마 그 로봇은 다른 학생들에게도 인기가 많은 선생님이었을 것이다. 방과 후 수업을 같이 듣던 세 아이도 마찬가지였겠지. 잠깐, 그런데 아무리 로봇을 좋아한다 해도 같은 반 친구를 죽였는데 로봇을 숨겨 줄 수 있을까? 아니지, 그건 아니다. 저 아이들은 '선생님'이 친구를 죽이지 않았다고 믿고 있는 것이다. 그렇게 보는 게 자연스럽다. 그러니 누명을 쓰고 경찰에 쫓기고 있는 '불쌍한 선생님'을 숨겨 줬을 것이다. 가족이 있는 십보다는 다른 곳에 숨겨 줬을 가능성이 크다. 물론 그 집 부모도 로봇이 결백하다고 믿고 있다면, 혹은 집에 다른 가족이 없는 아이라면 로봇을 집에 데려왔을 것이다.

만약 저 세 아이가 로봇을 숨겨 주고 있다면 그 로봇이 아직 양천구에 있다는 말이 된다. 그리고 그렇게 되면 이틀 전 최인규 선생의 집에 침입한 게 그 로봇이라는 가정도 더욱 힘을 얻게 된다.

로봇이 어느 한 아이의 집에 있더라도 다른 친구들도 함께 그를 돕고 있을 테니 아이들은 그 집에 자주 갈 것이다. 로봇 선생님을 함께 지켜 주고 있고 원래 서로 친하기도 할 테니까. 지훈이는 방과 후 수업을 같이 듣는 친구들이 모두 개성 있고 좋은 아이들이라고 했다. 그때는 건성으로 들었는데 지금 생각해 보면 지훈이가 말한 친구들의 이미지가 저 세 학생과 비슷했다. 선유한은 주성우라는 이름은 잊었지만 지훈이가 키가 크고 눈빛이 날카로운 친구에 대해 얘기한 건 기억이 났다. 까칠하지만 알고 보면 착한 애예요. 그리고 어떤 특이한 여자애에 대해서도 말했었다. 걔 이름이 토토라고 했던가? 지훈이가 말한 토토가 뭔지는 모르지만 아마 한조윤의 별명일 거라고 선유한은 짐작했다. 그리고 민현석이라는 아이는 작년에 이어 올해도 같은 반이라 특히 친하게 지낸다고 했던 기억이 났다. 지훈이가 그 세 아이에 대해서 얘기한 건 이 정도뿐이었지만 아무튼 방과 후 수업 친구들끼리는 다들 친하다고 했었다.

선유한은 세 아이의 사진을 보면서 서글퍼졌다. 지훈이가 살아 있었다면 앞으로도 친하게 지냈을 텐데. 그녀는 재빨리 그런 생각을 털어 냈다. 쓸데없는 감정 때문에 일을 그르칠 수는 없었다. 지금은 로봇이 더 중요했다.

선유한은 로봇과 민현석이 왜 지문 없는 남자들에게 쫓기고 있었는지는 전혀 짐작할 수 없었다. 민현석도 살인과 관련이 있는 걸까? 아니면 그저 살인 로봇과 함께 다니다가 위험한 사람들과 엮이게 된 걸까? 다양한 가설이 떠올랐지만 생생하게 잡히는 건 없었다. 그녀는 지문 없는 남자들에 대한 생각은 일단 접어 두고 아이들과 로봇에 대해서만 집중하기로 했다. 그 부분에 초점을 맞추면 결론은 쉽게 도출된다.

그 로봇은, 적어도 어제까지는 마트 근처에 있는 주성우의 집에 숨어 있었을 것이다. 그리고 어제 민현석은 주성우의 집에 찾아갔

328

다. 단순히 선생님이 잘 있는지 보려고 간 건지, 아니면 어떤 특별한 목적이 있어서 갔는지는 알 수 없지만 확실한 건 민현석은 낮에 주성우의 집에 가서 밤이 될 때까지 줄곧 그 집에 있었다. 어제는 낮에 더웠다가 초저녁부터 갑자기 온도가 크게 내려갔다. 민현석의 얇은 옷차림을 보면 그 아이는 낮부터 주성우의 집에 있었을 가능성이 크다. 그러다가 저녁에 로봇과 밖으로 나왔다가 지문 없는 남자들과 어떤 일이 생겨서 마트 쪽으로 도망치게 된다.

이 가설은 어디까지나 후드티와 반팔 티가 로봇과 민현석이라는 가정하에서였다. 그리고 가설이 맞는지는 직접 확인해 보면 된다. 선유한은 지훈이의 친구들을 찾아가기로 했다. 민현석과 주성우, 둘 중 어디부터 가야 할까?

고민하는 시간은 길지 않았다. 그녀는 지금 그 로봇이 있을 가능성이 더 큰 곳으로 가기로 했다.

선유한은 수갑과 진압봉을 주머니에 넣고 집을 나섰다.

초면

　가우스의 원래 계획은 구로 애완동물 화장장으로 바로 가는 것
이었다. 하지만 그는 그 전에 먼저 박종안 박사의 집에 다시 들르
기로 했다. 박종안의 차에 달린 네비게이션에 화장장의 위치가 저
장되어 있는지 확인하기 위해서였다. 어젯밤에는 차 안을 급하게
뒤지느라 네비게이션을 미처 켜 볼 틈이 없었다. 박종안의 네비게
이션에 화장장으로 가는 길을 검색한 기록이 있다면 자신의 추리
가 맞다는 걸 확인하는 것이고 운이 좋으면 다른 단서를 찾게 될
수도 있었다. 그리고 어차피 화장장은 박종안의 빌라에서 그리 멀
지 않은 곳에 있었다.

　가우스는 택시를 잡아타고 서초구로 향했다. 택시로 서초구를
오가는 건 이번이 벌써 다섯 번째였다. 차를 타고 가면서 그는 한
국의 모든 언론사의 오늘자 인터넷 기사를 확인해 봤지만 박종안
박사의 살해 소식을 알리는 기사는 없었다. 어제 그와 현석이를 쫓

아온 세 사람의 신원이 밝혀졌다는 기사도 없었다.

일요일 아침이라 도로는 한산했다. 택시는 방배동을 향해 느긋하게 달렸다. 가우스는 인터넷 연결을 끄고 창밖을 내다봤다. 그는 잠시 동안 지훈이를 포함한 아무 생각도 하지 않았다. 그러자 마음이 조금 편해졌다. 며칠 내내 불안과 초조함에 시달려 많이 힘든 상태였다. 나도 인간들처럼 잠을 잘 수 있으면 좋을 텐데. 인간들은 하루 중 3분의 1을 눈을 감고 누워 있는데 썼다. 가우스는 그 비효율성이 부러웠다. 그는 24시간을 쉬지 않고 살아야 했다.

박종안의 빌라는 어제와 다를 바 없었다. 경찰차나 폴리스 라인 같은 건 보이지 않았다. 경찰은 아직 박종안 살인사건을 모르는 것이다. 가우스는 박종안의 집에 다시 한번 들어가 볼까 했지만 집 안에서 누군가가 자신을 잡으려고 기다리고 있을 것 같아서 겁이 났다. 박종안과 지훈이익 살인에 관여한 사람이 어제 죽은 세 남자가 전부일 리는 없을 테니, 그 '조직'은 이미 조직원 세 명이 죽었다는 사실을 알고 있을 것이다. 그들이 가우스가 다시 왔을 때 잡으려고 숨어 있을 가능성을 무시할 수 없었다. 그는 주차장에 바로 들어가지 않고 한동안 주변을 살피다가 수상한 낌새가 느껴지지 않아서 박종안의 차로 다가갔다. 박사의 벤테이가는 어제 그 자리에 그대로 서 있었다. 가우스는 주변을 한번 둘러본 후 주머니에서 자동차 열쇠를 꺼냈다. 그는 어젯밤 박사의 주머니에서 꺼낸 차 키를 여전히 갖고 있었다.

가우스는 시동을 걸고 자동차 시스템을 켰다. 그는 네비게이션에 들어가 저장된 경로가 있는지 확인했지만 아무것도 남아 있지 않았다. 자주 가는 장소나 과거에 검색한 경로 목록 등을 모두 확인했지만 아무것도 없었다. 네비게이션은 텅 비어 있었다.

가우스는 크게 실망했다. 이걸 확인하기 위해 기껏 여기까지 다시 왔는데 아무것도 없다니. 난감해진 가우스는 혹시 어제 다른 놓친 게 있나 싶어서 차 안을 둘러보다가 뒷좌석 바닥에 있는 뭔가를 발견했다.

그것은 헐렁한 검은색 배낭이었다. 어젯밤에도 뒷좌석을 확인하긴 했지만 그때는 어두워서 바닥에 있는 물건을 보지 못하고 지나쳤던 것이다. 가방 안에는 이상한 물건 두 개가 들어 있었다. 하나는 전선이 여러 개 달린 회색 고글이었다. 한눈에 봐도 스키를 탈때 쓰는 물건 같지는 않았다. 일종의 기계장치 같았다. 다른 하나는 마치 게임 패드처럼 생긴 물건이었다. 일반적인 게임 패드보다 좀 더 큼지막했고 레버와 버튼이 여러 개 달려 있었다. 전선 여러 개가 밖으로 삐져나와 있는 걸로 봐서 이 조종기도 고글처럼 시제품이 아니라 직접 만든 물건 같았다. 박종안이 만든 물건일까? 가우스는 그것을 만져 보다가 전원처럼 보이는 버튼을 켰다. 조종기에 불이 들어왔지만 그 외에는 아무 변화도 없었다. 고글에도 버튼이 달려 있어서 전원을 켜고 눈에 써 봤지만 아무것도 보이지 않았다.

이것들이 뭔지는 모르지만 박종안의 직업을 생각해 보면 로봇과 관련 있는 물건인 게 분명했다. 그는 기계장치를 조수석에 놓고 이제 어떻게 해야 할지 궁리했다. 이영미 박사님에게 다시 전화를 해서 물어볼까? 이영미 박사는 반평생을 초원에서 일했으니 전직 연구소 수석 과학자인 박종안에 대해 당연히 잘 알고 있을 것이다. 박종안에 대한 이 박사의 설명을 들으면 박종안의 배후에 있는 자들에 대한 단서를 얻을 수 있을지도 모른다. 그는 조윤이가 준 휴대폰을 꺼내 이 박사의 번호를 누르려다가 그냥 관두기로 했다. 경찰이 가우스가 이 박사와 접촉할 것을 예상하고 이 박사에게 걸려오는 모든 발신 번호를 추적하는 중일 수도 있었기 때문이다. 그래서 그는 박종안 사건에 대한 신고를 하려고 했지만 갑자기 그것도 망설여졌다. 그걸 신고하면 자신의 행적도 들키게 된다. 경찰이 박종안 살인사건을 수사하게 되면 당연히 빌라 입구의 CCTV에 찍힌 가우스를 발견할 것이다. 비록 마스크를 써서 가우스의 얼굴이 보이지는 않겠지만 바로 그 모습 때문에 경찰의 의심을 살 게 분명했다. 게다가 그는 어젯밤 목동에서 세 명의 죽음과 관련된 사고를 일으켰고 그의 옷차림은 미트와 도로 곳곳의 CCTV에 찍혔으니, 만약 경찰이 마트의 후드티가 박종안의 피살 당일 그의 집에 들어갔었다는 걸 알게 되면 자연스럽게 후드티의 정체를 의심할 수밖에 없었다. 게다가 박종안은 전직 초원 소속 과학자였다. 경찰이 후드티가 가우스라는 걸 눈치채게 된다면 가우스의 지난 이틀간의 행적이 훤히 드러나게 된다.

그는 2초 정도 고민하다가 차에서 내렸다. 그는 결국 신고를 하는 편이 낫다고 판단했다. 가우스는 경찰이 수사에 착수하면 어떻게든 현장에서 증거를 발견해 살인자를 밝혀낼 것이고, 궁극적으로는 박종안이 누구를 위해 로봇을 만들었는지도 밝혀내리라 믿었다. 박종안을 죽인 조직이 이미 시체를 치우고 범죄 현장을 청소했을 가능성이 높았지만 그래도 밑져야 본전이었다. 그리고 기왕 신고를 한다면 빨리 하는 게 좋았다. 과학수사는 빠를수록 좋다는 게 상식이니까.

그는 발신 번호 추적을 피하기 위해 휴대폰 대신 공중전화를 쓰기로 했다. 그는 어제 사용했던 공중전화로 경찰에게 전화해 초원의 전직 수석 과학자인 박종안 박사가 어젯밤 살해당했다는 사실과 그의 집 주소를 알려 줬다. 그리고 어젯밤 목동의 마트와 도로에서 죽은 세 남자가 범인으로 추정된다는 것과 그들이 타고 온 SUV의 위치와 차량번호를 말해 준 뒤 전화를 끊었다.

가우스는 다시 박종안의 차로 돌아왔다. 결국 그는 스스로 경찰에게 자신의 흔적을 알려 준 셈이었다. 아이들이 자신을 숨겨 줬다는 사실도 곧 드러날 것이다. 그렇게 많은 것을 감수했으니 이제 확실한 결과를 얻어야 한다. 그가 원하는 건 살인자의 얼굴이었다. 지훈이를 죽인 자를 두 눈으로 직접 봐야 했다. 가급적 24시간 안에.

그게 과연 가능할까? 주어진 시간이 너무 부족했다. 벌써 경찰의 손아귀가 턱밑까지 닿은 기분이었다. 하지만 그는 자신이 평소 학생들에게 했던 말을 침착하게 되새겼다.

"시험시간이 부족할수록 여유를 가지세요. 너무 긴장하면 오히려 집중하기 어렵답니다. 어려운 문제일수록, 그리고 시간이 부족할수록 차분하게 생각하세요."

그래, 문제에 집중하자. 집중할 만큼의 시간은 있어. 그는 스스로를 다독였다. 난 할 수 있어. 3일 만에 여기까지 왔잖아.

그는 시간을 아끼기 위해 박종안의 차를 빌리기로 했다. 차 주인에게 허락을 구하진 못했지만 어차피 그 사람은 앞으로 운전할 일도 없었다. 그는 인간에게 불충한 생각을 하면서 시동을 걸었다. 차가 낮게 으르렁거렸다. 그는 자율주행 모드를 켜고 모니터에 자신이 찾아낸 장소의 위치를 입력했다. 모니터에 출발하겠냐는 물음이 떴다. 물론이지, 지금 당장.

구로 애완동물 화장장까지는 30분도 채 걸리지 않았다. 화장장은 후미진 골목에 모여 있는 낡은 건물들 사이에 끼어 있었다. 가우스는 동물 화장장이 시야에 들어오자 수동 운전으로 전환해서 건물 옆으로 천천히 차를 몰았다. 운전을 하는 건 이번이 처음이었지만 그는 눈 깜빡할 사이에 인터넷으로 자동차 운전법과 도로교통법에 대한 모든 정보를 습득했다.

동물 화장장은 세이지 증권이라는 회사 건물 옆에 있었다. 작고 지저분한 건물이었다. 글씨가 거의 지워진 녹색 간판이 없었다면 무슨 건물인지도 모르고 지나쳤을 것이다. 주의 깊게 살펴보지 않으면 이 건물 앞을 자주 지나가는 사람도 이게 동물 화장장인지 모를 것 같았다. 물론 그건 의도한 바일 것이다. 뒷문 옆에는 가우스가 로드뷰로 봤던 폭이 좁은 차고가 있었다. 차고는 현재 비어 있었다. 가우스는 천천히 화장장 주변을 한 바퀴 돌아봤지만 건물의 입구와 출구는 모두 셔터로 닫혀 있었다. 들어갈 수 있는 틈은 보이지 않았다.

그는 어떻게 해야 할지 고민하며 화장장 건물 주변을 차로 돌다가 무심코 조수석을 쳐다봤다. 조수석에 놓아둔 고글과 조종기에 불이 들어와 깜박이고 있었다. 이게 언제부터 깜박거리고 있었던 거지? 고글을 눈에 쓰자 눈앞의 검은 화면에 '연결 가능'이라는 하얀 글자가 떠 있었다. 그는 고글을 쓴 채로 조종기의 버튼을 이것저것 건드려 봤다. 그러자 갑자기 눈앞에 다음과 같은 글이 떴다.

현재 26미터
신호 연결 가능 거리 진입(최대 3.2킬로미터)
연결 완료

그리고 글이 사라지더니 갑자기 가우스의 눈앞이 환해졌다.

가우스는 고개를 두리번거렸다. 그는 더 이상 차 안에 있지 않았다. 그는 어떤 창고 안에 앉아 있었다. 창고 안에는 복잡한 기계 뭉치가 잔뜩 있었고 몸의 일부만 남은 로봇 몇 개가 벽에 등을 기댄 채 앉아 있었다. 가상현실인가? 이 고글과 조종기는 일종의 VR 게임기인 걸까? 가우스가 고글을 쓴 채로 아래를 내려다보니 자신의 몸 대신 다른 로봇의 몸이 있었다. 그와 비슷하게 생겼지만 완전히 다른 로봇이었다. 이 로봇은 초원 로봇 교사의 프로토타입 버전에 가까워 보였다. 표면에 금속 코팅 처리가 제대로 되어 있지 않아서 뼈대와 탄소 근육이 그대로 드러나 있었고 색깔을 입히지 않아 어두운 회색을 띠었다. 가우스가 조종기를 잡고 움직이자 로봇의 손이 움직였다.

그는 그 로봇의 1인칭 시점이 되어 몸을 움직이고 있었다. 10분 동안 애쓴 끝에야 가우스는 조종기로 로봇을 조종하는 방법을 완전히 터득했다. 그 로봇을 일으켜 점프를 해 봤더니 상당한 높이를 뛰어올랐다. 창고 안은 천장이 높았는데도 로봇의 머리가 거의 천장에 닿을 정도였다. 로봇의 몸을 자세히 살펴보니 이건 특수 강화 탄소 근육으로 만들어진 로봇이었다. 자신과 같은 휴머노이드였지만 이 녀석은 로봇 교사보다 훨씬 강한 힘을 낼 수 있는 개체였다. 이런 로봇은 주로 산업용이나 군용으로 쓰인다.

그는 창고 안을 둘러보다가 위쪽에 난 작은 창문을 하나 발견했다. 그는 높이 뛰어올라서 창문을 붙잡고 아래를 내려다봤다. 오른쪽에 애완동물 화장장이 있었고 화장장 바로 옆에 있는 하얀색 벤테이가가 눈에 들어왔다.

가우스는 운전석 창문을 열고 자신의 왼팔을 밖으로 내밀었다. 그러자 동시에 창문 아래로 보이는 차 밖으로 누군가의 왼팔이 빠져나왔다. 회색 후드티를 입은 자신의 팔이었다. 그러니까 그는 지금 차 안에 앉아서 바로 앞에 있는 건물 안의 로봇을 조종하는 중이었다. 이제야 고글에 뜬 '신호 연결 가능 거리'가 무슨 뜻인지 알 수 있었다. 이 로봇은 원격조종 로봇으로 조종기와 고글이 일정 거리 안에 있어야 조종할 수 있는 물건이었다. 마치 RC카나 드론과 비슷했다. 그런데 이런 게 왜 여기 있는 걸까? 세이지증권은 분명 증권회사인데 말이다. 세이지증권이 로봇과 관련된 일을 한다는 정보는 아무리 찾아봐도 나오지 않았지만 이곳에서 로봇을 여러 차례 실험했다는 건 확실했다. 창고 안에 있는 다른 로봇들은 시중에서 파는 로봇을 뜯어서 분해하고 남은 것들이었다.

창고 한쪽에 작은 문이 있어서 가우스는 그쪽으로 다가갔다. 문은 잠겨 있지 않았다. 그는 문을 살짝 열고 밖을 내다보았다.

어수선한 방이었다. 방에 아무도 없어서 가우스는 조용히 문을 열고 안으로 들어갔다. 작은 사무실처럼 생긴 공간에는 책상 위에 서류가 잔뜩 흩어져 있었고 기계 부품 같은 것들이 방 한쪽에 쌓여 있었다. 책과 파일로 가득 찬 서재도 몇 개 있었다. 하지만 가우스의 눈길을 끈 것은 그런 것들이 아니라 사무실의 한쪽 벽을 가득 채운 사진들이었다. 모두 신양중학교를 찍은 것들이었다. 텅 빈 복도와 교실, 급식실과 교무실을 찍은 수많은 사진들이 벽에 붙어 있었다. 학생들의 모습을 찍은 사진도 많았는데 그가 가르치는 학생들과 다른 학년이 모두 섞여 있었다. 사진이 너무 많아서 가우스의 눈은 벽을 한참 헤맸다. 점점 어지러워졌다. 그러다가 사진 하나가 가우스의 눈에 박혔다.

지훈이와 그를 찍은 사진이었다. 사진 속에서 가우스는 교복 차림에 가방을 멘 지훈이와 운동장에 서서 대화하고 있었다. 가우스는 그 사진을 뚫어지게 쳐다봤다. 이제는 익숙한 공포가 다시 기어 올라 오는 게 느껴졌다.

설마 그 사람이?

그는 그 사진을 보자마자 한 사람이 떠올랐다. 그 사람이 이 사진을 찍었을 확률은 50퍼센트였다. 11일? 아니면 19일? 사진을 벽에서 떼어 내 뒤집어 봤지만 날짜는 적혀 있지 않았다.

그때 밖에서 발소리가 들렸다. 가우스는 사진을 쥐고 재빨리 다시 창고로 들어갔다. 창고 문을 닫는 것과 동시에 맞은편 방문이 열리고 사람들이 들어왔다. 마침 창고 문에는 눈높이에 동전만 한 작은 구멍이 있어서 가우스는 그곳에 눈을 대고 사무실을 들여다 봤다.

방에 들어온 건 남자 네 명이었다. 짧은 머리 한 명과 덩치 큰 사람이 둘, 그리고 검은 와이셔츠를 입은 사람이었다. 검은 셔츠가 말했다.

"어제 죽은 애들은 어때?"

"아직 신원 파악은 안 된 것 같습니다."

짧은 머리가 대답했다. 셔츠는 중지로 사방을 한번 휘저었다.

"아침에 사장님이 전화하셨다. 이 방에 있는 물건들 전부 다 없애."

"알겠습니다."

셔츠는 벽을 덮은 사진들을 가리켰다.

"이거 다 걔가 보낸 거야?"

"대부분은 그렇습니다."

"무슨 사진을 이렇게 많이 보내, 쓸데없이. 이것들도 다 태워라."

"알겠습니다."

셔츠가 나가자 남은 사람들이 벽에 있는 사진을 쓸어서 떨어뜨렸다. 그들은 바닥에 떨어진 사진을 쓸어 담고 책상 위에 있던 종이 뭉치도 모두 박스에 담아 들고 나가 버렸다.

가우스가 건진 건 사진 한 장이 전부였다. 그는 우선 손에 넣은 이 작은 증거부터 가져가기로 했다. 그는 로봇을 조종해 창고의 창문 밖으로 사진을 떨어뜨렸다. 사진은 하늘거리며 떨어지다가 그만 건물 옆에 있는 나뭇가지에 걸리고 말았다. 가우스는 고글을 벗고 차에서 내렸다. 사진은 땅에서 3미터 정도 위에 있는 나뭇가지 사이에 걸려 있었다. 그는 나무를 잡고 기어올라 가기 시작했다. 그런데 그때 누군가가 소리쳤다.

"어이! 거기 지금 뭐 하는 거야?"

가우스의 발밑에서 경비원 한 명이 가우스를 올려다보고 있었다.

"거길 왜 올라가는 거요? 빨리 내려와요!"

가우스는 나무를 계속 올라갔다. 그의 손이 사진에 닿으려는 찰나 발을 딛고 있던 가지가 흔들려서 아래로 미끄러졌다. 경비원이 외쳤다.

"내려오라니까! 경찰 부를까?"

가우스는 온 힘을 다해 나무를 기어올라 갔다. 그는 가느다란 가지를 위태롭게 밟고 올라가서 간신히 손가락으로 사진을 잡았다.

"안 되겠어. 당신 거기 가만히 있어, 경찰 부를 테니까."

가우스는 사진을 잡자마자 땅으로 뛰어내렸다. 털썩 하고 흙먼지가 일었다. 경비원이 다가왔다.

"신분증 좀 봅시다."

가우스는 그에게서 고개를 돌린 채 빠른 걸음으로 차로 걸어갔다. 경비원이 쫓아와서 어깨를 잡아당겼다.

"신분증 좀 보자니까. 이 건물은 보안 시설이요."

"미안합니다. 별거 아니에요."

가우스는 운전석에 타자마자 재빨리 시동을 걸었다. 경비원이 그를 보면서 무전기에 대고 뭔가를 말하고 있었다. 가우스는 모자를 더 깊이 눌러쓰고 차를 후진시켰다. 차가 멀어질 때까지 경비원은 그에게서 의심스러운 눈길을 떼지 않았다.

도로를 달리면서 가우스는 아까 검은 셔츠를 입은 남자가 한 말들을 머리속에서 재생했다. '어제 죽은 애들'의 신원에 대한 이야기. 가우스는 주머니에서 사진을 꺼내 다시 자세히 들여다봤다. 정말 그 사람이 맞을까? 용의자를 확정할 수 있는 결정적인 단서 하나가 부족했다.

가우스가 한참 사진을 보고 있는데 주머니의 휴대폰이 진동했다. 성우가 보낸 문자였다.

'선생님, 지금 바로 저희 집으로 와 주실 수 있어요? 중요한 문제라 통화로는 안 되고 빨리 오셨으면 좋겠어요. 급한 일이에요.'

무슨 일이지? 가우스는 성우에게 전화를 걸었다. 성우는 곧바로 전화를 받았다.

"성우야, 무슨 일이야?"

"음, 그러니까…… . 전화로 말하기는 어려운 일이에요."

성우는 아주 조심스러운 목소리였다. 그는 성우가 이런 식으로 말하는 걸 들어본 적이 없었다. 가우스는 자신도 모르게 목소리를 낮췄다.

"혹시 옆에 경찰이 있니?"

"아니요, 그건 아니에요."

잠시 침묵이 이어졌다. 성우가 다시 말했다.

"경찰 때문에 그러는 게 아니에요, 진짜예요. 그냥 중요한 일이라서 빨리 와 주셨으면 하는데…… ."

가우스는 조용히 대답했다.

"알겠어. 지금 바로 갈게."

그는 전화를 끊고 마음을 다잡았다. 설령 경찰이 시켜서 성우가 그를 부른 거라 해도 그는 성우에게 가야 했다. 아니, 그런 거라면 반드시 가야 했다. 더 이상 아이들에게 피해를 끼칠 수는 없었다. 그는 체포된 뒤 하게 될 지난 3일간의 행적에 대한 진술을 작성하기 시작했다. 숙제는 여유가 있을 때 미리 하는 게 바람직했다.

성우네 아파트는 한산했다. 주변에 경찰차는 보이지 않았다. 가우스는 사진을 후드티 주머니에 넣고 차에서 내렸다. 그는 집으로 걸어가면서 주변을 살폈지만 특별히 눈에 띄는 건 없었다. 아래에서 올려다본 성우네 집 베란다는 안에서 커튼을 친 상태였다.

계단을 올라갈 때도 수상한 낌새는 없었다. 현관문 앞에 도착한 가우스는 천천히 노크를 했다. 현관의 스피커가 켜지면서 성우의 목소리가 나왔다.

"선생님?"

"그래."

"들어오세요."

성우는 창백한 얼굴로 거실에 서 있었다. 그런 모습이 가우스를 더 긴장하게 만들었다.

집 안에 누군가가 있는 거야.

가우스가 물었다.

"성우야, 무슨 일이야?"

성우는 시선을 떨군 채 아무 말도 하지 않았다.

"무슨 일인데 그래?"

"내가 문자를 보내라고 시켰어."

주방에서 누군가의 목소리가 들렸다. 가우스는 반사적으로 한 걸음 물러섰다. 들어본 적 없는 목소리였다. 그 사람이 주방에서 걸어 나왔다. 60대 중반 정도로 보이는 할머니였다. 평범한 인상이었지만 어딘지 잔인하고 비틀린 분위기가 감돌았다. 한눈에 봐도 피곤에 절어 있었지만 두 눈만은 활활 타오르고 있었다.

"드디어 만났군."

할머니는 숨을 가쁘게 내쉬었다. 그녀는 기이한 표정으로 가우스를 뚫어져라 쳐다보고 있었다. 그 표정에 가우스는 소름이 끼쳤다.

대체 이 사람은 누구지?

"가까이서 보니 생각보다 크네."

할머니가 쉰목소리로 말했다.

"만나서 반갑다. 이름이 가우스라고 했나?"

"누구시죠?"

"난 선유한이라고 한다."

가우스는 할머니가 점점 무서워졌다. 모르는 이름인데. 경찰인가? 하지만 눈앞의 할머니는 아무리 봐도 경찰처럼 보이지는 않았다.

"죄송합니다만, 처음 뵙는 것 같습니다."

"그럼 강지훈이라는 이름은 기억하나?"

순간 가슴이 덜컥 내려앉았다.

"네가 죽인 아이 말이야."

할머니의 입술이 비틀렸다.

"난 지훈이 할머니야."

한 장의 사진

"들어와라. 도망치지는 않겠지?"

가우스는 성우를 쳐다봤다. 성우도 자신과 같은 표정이었다. 물론 그는 표정이 없었지만. 가우스는 천천히 신발을 벗고 집 안으로 들어갔다. 그는 지훈이 할머니와 눈을 마주치는 게 무서웠다. 할머니는 작고 야위었지만 가우스에게는 거실을 꽉 채울 만큼 크게 느껴졌다.

가우스는 할머니가 한쪽 손을 계속 주머니에 넣고 있는 게 신경 쓰였다. 마치 뭔가를 쥐고 있는 것 같았다.

"무기를 갖고 계시군요."

가우스가 말했다.

"저를 체포할 생각이신가요?"

할머니는 잠시 가만히 있다가 주머니에서 쥐고 있던 것을 꺼냈다. 볼펜만 한 크기의 막대기였다. 하지만 살짝 건드리기만 해도 순식간에 길게 늘어날 것이다. 가우스도 잘 알고 있는 물건이었다.

"죄송하지만 저한테는 그게 쓸모가 없습니다. 이미 경찰한테 그걸로 여러 번 맞아 봤는데 제 외피가 방전 코팅이 되어 있어서 전기 진압봉은 저한테 별 효과가 없었어요."

"그래? 안타깝군. 내가 들고 다닐 만한 건 이거밖에 없는데."

할머니가 무감정하게 말했다.

"아드님이 쓰시던 물건인가요?"

"그건 어떻게 알지?"

"지훈이 부모님이 두 분 다 경찰이었다고 들었거든요."

그 말에 할머니의 눈이 사납게 빛났다. 가우스는 기가 질려 시선을 떨어뜨렸다.

"그래, 그 애들은 어떤 쓰레기한테 한꺼번에 칼 맞아 죽었어. 젊은 경찰들도 그렇게 당하는데 나 같은 노인네가 맨손으로 돌아다닐 수는 없잖아."

가우스는 고개를 끄덕였다.

"팔은 좀 어때? 쓸 만하냐?"

"팔이요?"

할머니는 가우스의 오른팔을 가리켰다.

"내가 아까 이 집에 와서 집 안을 살펴보다가 책상 위에 네 팔이 있는 걸 발견했다. 이게 뭐냐고 물어보니까 이 아이가 처음에는 변명을 하더라. 자기 집 가사 로봇 것이라고 말이야."

어젯밤에 버스에 깔려 잘려 나간 오른팔을 성우가 치우지 않고 그대로 놔두었던 것이다. 성우는 굳은 얼굴로 바닥만 쳐다보고 있었다.

"그래서 이게 가사 로봇의 팔이라면 왜 손목에 초원 로봇 교사 인증 마크가 있냐고 추궁했더니 아무 말도 못 하더군. 다행히 그렇게 고집 센 아이는 아니라서 결국에는 다 실토했어. 그래서 너를 당장 부르라고 시켰다."

"경찰이랑 같이 오셨나요?"

"걱정 마라. 아직은 나 혼자니까."

성우가 중얼거렸다.

"선생님, 전 진짜 아니라고 계속 말했는데……."

"그래, 이 녀석이 계속 아니라고 해서 내가 널 부르지 않으면 경찰을 부르겠다고 했다."

"죄송해요."

성우가 중얼거렸다

"괜찮아, 성우야. 넌 잘못한 거 없어. 잘했어."

할머니가 눈을 치켜떴다.

"말하는 게 제법 사근사근하구나. 지훈이가 왜 너를 좋아했는지 알겠다."

가우스가 조심스럽게 말했다.

"지훈이 일은 정말 죄송합니다."

잠시 침묵이 이어졌다. 할머니가 떨리는 목소리로 물었다.

"네가 지훈이를 죽였다는 걸 인정하는 거냐?"

"아닙니다. 제가 안 죽였어요."

"네가 죽이는 모습이 학교 CCTV에 다 찍혔는데?"

"그건 저랑 똑같이 생긴 다른 로봇입니다. 전 그 시간에 교무실에 있었어요."

"거짓말하지 마!"

할머니가 갑자기 고함을 질렀다.

"신양중학교에 수학 로봇은 너밖에 없잖아! 내가 그것도 모를 줄 알아?"

"맞습니다. 제가 유일한 수학 로봇이에요. 제 말은 저를 닮은 로봇이 살인을 하고 저에게 누명을 씌웠다는 뜻입니다."

"CCTV에 찍힌 로봇은 네가 아니다?"

"네, 그건 제가 아니에요. 그 로봇은 저 혼자 보관실에 있을 때 교무실 창문으로 들어와서 문을 나갔습니다. 그리고 살인을 한 뒤 다시 교무실로 돌아와 창문으로 빠져나간 거예요. 그렇게 하면 감시 카메라에는 제가 살인을 한 것처럼 보이니까요."

가우스는 급히 설명했다.

"네가 그 로봇을 직접 봤어?"

"보진 못했지만 창문이 열리는 소리는 들었어요."

그는 얼른 덧붙였다.

"정말입니다. 누군가가 로봇 교사를 닮은 로봇을 만들어 지훈이를 죽이도록 조종한 겁니다."

"증거는?"

할머니의 목소리가 점점 차가워졌다.

"네가 살인자가 아니라는 증거가 있냐는 말이다."

가우스는 잠시 머뭇거리다가 말했다.

"지금 당장 보여 드릴 수 있는 확실한 증거는 없습니다. 하지만 제가 살인자가 아니라는 증거를 못 댄다고 해서 살인자인 건 아닙니다."

"지금 나랑 장난하자는 거야!"

할머니가 벌컥 화를 내자 그는 겁이 나서 위축되고 말았다. 옆에 있던 성우도 고개를 숙였다. 가우스는 겁이 났지만 최대한 차분하게 말하려고 애썼다.

"정말 죄송합니다. 하지만 저에게 살인자가 아니라는 증거를 대라는 건 입증책임을 잘못 묻는 것입니다."

"뭐라고?"

"범죄행위에 대한 입증책임은 검사에게 있습니다. 범인으로 의심받는 사람이 자신의 무죄를 증명하지 못한다고 해서 범인 취급을 한다면, 여기 있는 성우나 할머니를 포함한 전 인류 중 범인이 아니라는 증거를 대지 못한 사람은 모두 살인자가 될 것입니다."

"무슨 개같은 소리를 하는 거야?"

가우스는 할머니가 당장이라도 자신을 박살 내 버리지 않을까 두려웠다. 하지만 다행히 할머니는 그러지 않았다. 선유한은 한동안 입을 꽉 다문 채 로봇을 노려보다가 말했다.

"그래, 네 말이 맞다. 증거는 주장하는 사람이 대야 하는 거지, 상대방에게 아니라는 걸 증명하라고 할 수는 없지."

가우스는 할머니가 이렇게 쉽게 인정하자 살짝 놀랐다. 그를 비웃으려고 하는 말 같지는 않았다.

'이 할머니는 보기보다 상당히 이성적인 사람 같아.'

그는 갑자기 할머니가 자신을 어떻게 찾아냈을지 궁금해졌다. 그저 우연히 성우의 집을 방문했다가 잘린 팔을 보고 자신을 찾아낸 건 아닐 것이다. 이 할머니는 처음부터 내가 여기 있었다는 걸 알고 온 것 같아. 그는 그런 생각이 들었다.

"좋아, 네가 살인자가 아니라고 치자. 그럼 왜 경찰의 명령을 무시하고 도망친 거지? 넌 인간의 명령을 거역했어."

"그건……. 제 잘못이 맞아요. 그건 달리 변명할 수가 없네요."

그는 고개를 주억거렸다.

"겁이 나서 그랬어요."

"뭐? 겁이 났다고?"

할머니가 화를 냈다.

"넌 로봇이잖아. 근데 겁이 나서 도망쳤다고?"

"전 고장 난 로봇이에요. 그러니까, 일종의 오류가 생긴 거죠."

그는 아주 희박한 확률로 인공지능에게도 감정이 생길 수 있으며 지훈이의 죽음을 목격한 충격으로 자신에게 그런 희박한 일이 일어났다는 걸 설명했다. 그는 이영미 박사의 말을 인용하며 전문용어를 쓰지 않고 최대한 쉽게 설명하려고 노력했다. 하지만 쉽지 않았다. 손자가 살해당한 할머니에게 로봇공학에 대한 이야기를 늘어놓으려니 목소리가 자꾸 작아졌다. 가우스의 설명이 끝난 뒤에도 할머니는 얼굴을 잔뜩 찌푸리고 있었다.

"난 로봇에 대해 아무것도 몰라."

할머니가 가라앉은 목소리로 말했다.

"하지만 로봇이 겁이 나서 인간의 명령을 거역했다는 말은 살다 살다 처음 듣는다.”

“그건 정말 드문 경우니까요. 아마 전 세계에서 감정을 갖게 된 인공지능은 역사상 제가 유일할 거예요.”

“지금 그 말을 믿으라고? 로봇이 공포를 느낀다는 말을 믿으라는 거냐?”

“믿어 주세요. 할머니.”

가우스는 간절히 말했다. 할머니는 그런 가우스를 한동안 말없이 쳐다보다가 무너지듯 소파에 주저앉았다.

“난 네가 그런 식으로 말할 줄은 상상도 못 했는데……. 무서워서 도망쳤다니, 로봇이 무서워서…….”

가우스는 조심스럽게 덧붙였다.

“저는 정말 지훈이를 죽이지 않았습니다. 제가 만약 지훈이를 죽였다면 교무실로 돌아갔다가 다시 지훈이가 있는 복도로 기지 않았을 겁니다. 살인 직후에 최대한 빨리 도망쳤겠죠. 그리고 제가 만약 일부러 잡히려고 그랬다면, 왜 경찰이 왔을 때는 도망쳤겠습니까. 제가 범인이라면 모든 부분이 논리적으로 말이 안 됩니다. 저는 정말 지훈이를 죽이지 않았어요. 제발 믿어 주세요.”

로봇의 말은 선유한도 계속 의문을 품던 부분이었다. 선유한은 로봇의 말에 동의했지만 대답하지 않았다. 그저 충혈된 눈으로 바닥만 뚫어지게 쳐다볼 뿐이었다.

아무도 말을 하지 않아서 한동안 거실은 조용했다. 옆에서 계속 불안하게 서 있던 성우가 조심스럽게 입을 열었다.

“할머니, 마실 것 좀 드릴까요?”

선유한은 기운 없이 말했다.

"됐다."

"그래도 뭐 좀 마시면 기운이 나실 텐데."

가우스가 말했다.

"내 생각에도 그래. 성우야. 혹시 따뜻한 차가 있다면 할머니에게 좀 드리지 않을래?"

성우는 알겠다며 얼른 주방으로 갔다. 가우스는 절망한 할머니의 모습에 가슴이 미어졌다. 할머니는 살짝 움켜잡으면 낙엽처럼 바스라질 것만 같았다. 하지만 충혈된 눈만큼은 무섭게 빛나고 있었다. 가우스는 감히 그 눈을 마주치지 못해서 계속 눈길을 피했다. 그는 기어들어 가는 목소리로 말했다.

"할머니, 어찌 됐건 제가 진작에 찾아뵙고 설명을 드렸어야 했는데 그러지 못해서 정말 죄송합니다. 지훈이는 정말 좋은 학생이었고⋯⋯."

"그런 하나 마나 한 얘기는 집어치워. 이제 와서 그런 얘기를 하면 뭐 할 거냐?"

할머니가 날카롭게 쏘아붙였다.

"지금 중요한 건 네놈이 범인이냐 아니냐야. 너는 입증책임이 없다고 하는데 그럼 경찰한테 가서 나는 무고하다고 말하고 경찰의 수사를 도와야 할 거 아니야. 왜 도망을 쳐? 죄송하다고? 죄송한 놈이 경찰차를 박살 내고 도망가 버리냐?"

"제가 사람이었다면 그렇게 했을 겁니다. 그렇게 해야 하고요. 하지만 전 사람이 아니라서 그런 정상적인 절차를 거치지 못할 겁니다. 저는 인권이 없어요. 제가 경찰을 찾아가면 변호사를 선임할 기회도 주지 않고 바로 제 시스템과 하드웨어를 낱낱이 분해할 거예요. 그 과정에서 제가 다시 깨어날 수 있게 조치를 취하지도 않고 말이죠. 이영미 박사님도 그렇게 말씀하셨어요. 그리고 애초에 저는 물건이라서 제 목숨을 신경 쓸 필요도 없어요. 한마디로, 저는 자수하는 순간 바로 죽는 거예요. 전 그게 무서웠어요. 죽는 게 무서워서 도망쳤던 거예요."

"또 무섭다고 하는구나. 네가 진짜 무서움을 느끼는 건지 내가 어떻게 알아? 의심받지 않으려고 두려운 척하는 것일 수도 있잖아."

"그건 인간도 마찬가지 아닌가요? 인간도 타인이 어떤 감정을 느끼는지 완전히 알 수는 없잖아요. 얼굴 표정도 얼마든지 꾸며 낼 수 있고요."

"인간은 감정을 느낄 수 있지만 로봇은 아니잖아. 넌 네가, 마치 벼락에 맞은 것처럼 감정을 갖게 되었다고 계속 주장하는데 그건 상식적으로 일어날 수 없는 일이야."

"로봇 교사가 학생을 죽이는 것 역시 일어날 수 없는 일입니다. 그건 훨씬 더 비현실적인 일이에요."

"할머니, 선생님은 정말로 범인이 아니에요."

성우가 선유한 앞에 차를 내려놓으며 조심스럽게 말했다.

"그래? 무슨 근거로 그렇게 말하는 거지?"

"선생님은 절대 그럴 분이 아니에요."

할머니가 어이없다는 표정으로 노려보자 성우가 재빨리 말했다.

"제가 선생님이랑 몇 달 동안 같이 수업을 해서 알아요. 선생님은 진짜 파리 한 마리도 못 죽이는 분이에요. 이건 다들 인정할 거예요. 우리 학교에서 가장 인간적인 선생님이 가우스 선생님이에요. 이건 아마, 음⋯⋯. 지훈이도 인정할 거예요."

선유한이 가우스에게 말했다.

"이 아이한테 무슨 짓을 했길래 널 이렇게 맹목적으로 믿는 거냐? 수배 중인 널 숨겨 주기까지 하고 말이야."

"전 형편없는 교사입니다. 그냥 성우가 정이 많은 아이라서 그런 것뿐이에요."

"이런 빌어먹을 놈."

선유한은 머리를 흔들었다.

"좋아, 그렇다면 네 머리에서 네가 행동한 기록을 꺼내 보면 되잖아. 넌 로봇이니까 네가 한 일들이 저장되겠지?"

"죄송합니다만 그렇지 않습니다. 물론 저는 모든 것을 기억할 수 있지만 그건 제가 기억을 떠올릴 때 생각으로 재현되는 것이지 남한테 보여 줄 수 있는 어떠한 자료의 형태로는 남지 않아요. 만약 그런 게 가능하다면 애초에 저는 도망치지 않았을 겁니다."

"그걸 말이라고 해?"

할머니가 고함을 질렀다.

"이것도 안 되고 저것도 안 되면 어쩌자는 거야? 로봇이 겁이 난다는 소리를 하질 않나, 이제는 저장된 기억을 보여 줄 수 없다고? 너는 로봇이잖아! 인간에게 편의를 맞춰야지, 넌 아까부터 계속 너한테 유리한 소리만 하고 있어!"

가우스는 쩔쩔맸다.

"정말 죄송합니다."

"죄송하다는 소리 좀 집어치워!"

"네, 죄송해요."

"이 자식이 진짜!"

"할머니, 진정하세요."

성우가 할머니를 말렸다.

"초원에서 로봇 교사를 이런 식으로 만들었다는데 어떡해요. 그건 선생님 잘못이 아니잖아요."

"이놈이 거짓말을 하는 것일 수도 있잖아!"

"그럼 인터넷에서 찾아보면 되지 않을까요?"

가우스가 재빨리 맞장구쳤다.

"맞습니다. 초원이 로봇 교사에 대해 자세히 설명한 자료들을 인터넷에서 쉽게 찾을 수 있어요. 제가 지금 바로 보여 드릴까요?"

선유한은 대답하지 않았다. 그녀는 화를 내고 지쳐서 다시 소파에 주저앉았다. 잠시 침묵이 찾아왔다. 성우가 차를 권했지만 선유한은 손도 대지 않았다. 한참을 가만히 있던 선유한이 말했다.

"그래서 넌 지난 사흘 동안 계속 여기에 숨어 있었냐?"

"네."

성우가 옆에서 거들었다.

"선생님이 숨어 있기만 했던 건 아니에요. 선생님은 혼자서 많은 걸 알아내셨어요."

"뭘 알아냈는데?"

"이 사건의 진범에 대해서요. 선생님은 열심히 범인을 추적하셨거든요."

선유한은 몸을 일으켰다.

"네가 진범을 찾았다고?"

"아니요. 그냥 몇 가지 단서를 찾아냈을 뿐입니다. 아직 저도 범인이 누구인지는 몰라요."

"뭘 알아냈다는 건지 설명해 봐."

할머니가 처음부터 전부 얘기하라고 해서 가우스는 자신이 교무실을 나와 쓰러져 있던 지훈이를 발견한 순간부터 얘기하기 시작했다. 할머니는 중간에 자주 말을 끊고 질문을 했고 그는 그때마다 아는 대로 자세히 설명했다.

가우스가 이야기를 끝낸 후에도 선유한은 말없이 생각에 잠겨 있었다. 가우스는 할머니가 말문을 열 때까지 기다렸다.

"그 박종안이라는 사람은 죽은 게 확실하다고 했지."

"네. 제가 발견했을 때는 이미 죽은 상태였습니다."

"박종안의 시체를 내 눈으로 직접 본다면 네 말의 신빙성이 더 커질 텐데."

"저도 그랬으면 좋겠어요. 하지만 말씀드렸다시피 이미 제가 한 시간 전에 경찰에 신고했습니다. 그리고 아마 그 전에 이미 박종안을 죽인 조직이 시체를 치웠을 거예요."

"그 사람이 죽었다는 언론 보도는 떴나?"

"아니요. 제가 지금도 인터넷 기사를 서핑하고 있는데 아직 박종안에 대한 기사는 하나도 없습니다."

가우스는 자신의 머리를 가리켰다.

"그런데 할머니, 뭐 하나 여쭤봐도 될까요?"

"뭔데?"

"혹시 할머니께서는 제가 여기 있다는 걸 알고 오신 건가요?"

"이 아이가 너를 숨겨 줬을 거라 생각해서 찾아온 거야."

"진짜요?"

성우가 놀라서 물었다.

"그걸 어떻게 아셨어요?"

"안 건 아니고 그냥 짐작했을 뿐이다."

이번에는 선유한이 그들에게 자신이 했던 일을 얘기했다. 그녀는 간략하지만 핵심적으로 왜 가우스가 주성우의 집에 숨어 있을 거라 결론을 내렸는지 자신의 추리를 설명했다. 가우스는 할머니의 이야기에 깊은 인상을 받았다. 이 할머니는 정말 보기 드물게 침착하고 이성적인 사람이었다. 그녀는 며칠 전에 손자를 잃었음에도 흔들리는 감정 때문에 이성마저 흔들리지는 않았다. 선 할머니는 경찰도 아니었고, 그저 식당 주방에서 아르바이트를 하는 노인에 불과했다. 하지만 그녀는 혼자 힘으로 여태껏 경찰도 찾지 못한 가우스를 찾아냈다. 가우스는 처연함과 존경심을 동시에 느꼈다. 이 할머니는 로봇보다 더 논리적이고 침착한 사람이야. 그는 생각했다. 로봇인 나보다 더 이성적이잖아. 내가 이 할머니였다면 나는 절대로 이렇게 하지 못했을 거야. 그는 갑자기 겁을 집어먹고 경찰을 뿌리치고 도망친 자신이 부끄러워졌다.

"할머니, 정말 대단하십니다. 제가 할머니와 같은 상황이었다면 로봇인 저도 할머니처럼 침착하고 논리적으로 생각하지 못했을 거예요. 정말 대단하세요."

할머니는 그런 쓸데없는 칭찬에 굳이 대꾸하지 않았다.

"최인규가 눈치를 채고도 신고를 안 했구나. 좀 의외네."

성우가 말했다. 가우스는 최인규의 집에서 본 최인규의 우울한 모습을 떠올렸다.

"이봐, 가우스."

"네."

"아직 널 완전히 믿는 건 아니야. 하지만 네가 거짓말을 한다고 단정하기도 어렵고, 이거 참 난처하구만. 어떻게 해야 좋을지 모르겠는데. 더군다나 우리 지훈이도 널 아주 좋아했고 여기 이 학생도 널 적극적으로 감싸고 있으니 정말 곤란하군그래."

가우스는 말없이 고개를 끄덕였다.

"네가 갔던 그 화장장 옆에 있는 건물이 세이지증권이라고 했나? 네가 조종한 로봇이 있던 건물 말이야."

"네."

"증권회사 건물에 왜 그런 게 있는 걸까? 너는 이 일의 배후가 세이지증권이라고 생각하니?"

"정황상 그렇게 봐야겠지요."

가우스는 세이지에 대한 정보를 검색했다.

"일단 세이지가 로봇 관련 사업에 손댔다는 정보는 아무리 찾아도 나오지 않습니다. 대신 좀 의심스러운 부분이 있긴 하군요."

"어떤 건데?"

"몇 가지 범죄에 연루되었다는 의혹이 있어요. 세이지와 거래하던 회사의 관계자가 갑자기 실종되거나 급사하는 사건이 몇 번 있었습니다. 물론 법적으로는 전부 무혐의지만요."

"제 주변에도 세이지증권에서 일하는 사람이 있었는데, 누구였더라?"

성우가 말했다.

"누구지? 분명 들은 기억이 나는데. 만약 그 회사가 지훈이를 죽인 거라면 그 이유가 뭘까요? 할머니, 혹시 그 회사랑 거래하신 적 있나요?"

"아니, 난 그런 회사가 있다는 사실조차 몰랐어."

"그럼 혹시 가족 중 다른 사람이……."

"지훈이랑 할머니는 그 회사랑 직접적인 관련이 없을 거야. 오히려 자기들과 아무 상관 없는 아이를 살해하는 게 안전했겠지. 저번에 말한 것처럼 이 살인의 목적은 로봇산업에 타격을 주기 위함이니까."

가우스가 말했다.

"로봇 교사가 학생을 죽인 것처럼 조작하면 로봇 관련주가 폭락할 테고 그때 풋옵션으로 큰 이익을 취할 수 있거든."

"풋옵션이 뭔데?"

선유한이 물었다.

"일반적인 주식은 산 뒤에 주가가 올라야 돈을 벌지만 풋옵션은 반대로 주가가 떨어질 걸 예상하고 매각해서 이익을 얻는 거예요. 세이지는 마침 증권회사니까 이런 식으로 주식 관련 범죄를 상습적으로 저질렀겠죠. 실제로 이번 사건이 일어난 후 초원의 주가가 사상 최저치로 떨어졌어요. 사실상 회생 불능 수준입니다. 세이지가 이걸 노렸다면 분명 대단한 이익을 취했을 겁니다."

"결국 돈 때문이라는 거네."

선유한이 기운 없이 말했다.

"우리 지훈이가 돈 때문에 죽었다는 거구나."

가우스는 말문이 막혔다. 거실이 다시 조용해졌다.

"음, 근데 궁금한 게 있는데,"

잠시 후 성우가 입을 열었다.

"왜 하필 지훈이일까요? 선생님 말대로 로봇 교사의 이미지를 망치는 게 목적이었다면 그냥 전국의 아무 학생이나 죽이면 되는 거잖아요. 살해 대상이 하필 지훈이여야 할 이유가 뭐죠?"

가우스도 그걸 알고 싶었다. 그는 세이지증권에 대해 샅샅이 찾아봤지만 지훈이와의 연관점은 보이지 않았다. 할머니도 모르는 듯했다.

"그러게, 왜 하필 우리 지훈이였을까……. 지훈이는 그 회사랑 아무 관련이 없는데……."

"음, 혹시 랜덤으로? 단지 운이 나빠서 지훈이가 선택된 건가……."

선유한은 손에 얼굴을 묻고 울먹였다.

"지훈이가 무슨 잘못을 했다고……."

가우스는 마음이 무거워졌다. 그는 할머니를 위로하고 싶었지만 아무 말도 할 수 없었다. 무엇보다 자신이 할머니를 위로할 자격이 없다고 느꼈다.

선유한은 손등으로 눈물을 훔쳤다. 성우가 거실 탁자 서랍에서 깨끗한 손수건을 꺼내 할머니에게 내밀었다. 할머니는 고맙다고 말하며 손수건으로 눈물을 닦았다. 잠시 감정을 추스른 뒤 선유한이 말했다.

"네가 그 건물에서 사진 한 장을 훔쳐 왔다고 했지? 그것 좀 보여 줘."

가우스는 후드티 주머니에서 사진을 꺼냈다. 선유한은 한참 동안 사진을 들여다봤다.

"너희 둘이구나."

선유한이 중얼거렸다.

"네 말대로라면 이 사진을 찍은 건 그놈들이겠네. 너 이 사진에서 뭘 더 알 수 있지?"

가우스가 말했다.

"사실 전 이 사진을 보자마자 누가 이 사진을 찍었는지 짐작이 갔어요."

"뭐?"

"정말요? 누군데요?"

그는 얼른 덧붙였다.

"물론 확실한 건 아니야. 내가 생각하는 그 사람이 맞을 확률은 50퍼센트야."

"왜요?"

"왜냐하면 이 사진이 6월 11일과 6월 19일 중 언제 찍혔는지를 모르겠거든. 둘 중 하루에 용의자가 한 명으로 좁혀져. 그래서……."

"잠깐만, 잠깐만."

선유한이 그의 말을 잘랐다.

"무슨 말인지 알아들을 수 있게 처음부터 설명해 봐."

가우스는 사진 속의 자신을 가리켰다.

"먼저, 이건 제가 아닙니다."

성우와 할머니는 로봇을 빤히 쳐다봤다.

"이건 저와 지훈이가 대화하는 모습이 아니에요. 저는 운동장의 이 위치에서 지훈이와 얘기한 적이 없습니다."

그는 사진 속에서 그들이 서 있는 위치를 가리켰다. 지훈이와 로봇이 서 있는 곳은 학교 건물과 접한 운동장의 한쪽 모서리였다.

"전 이 위치에서 지훈이와 이렇게 서서 대화를 나눈 적이 한 번도 없습니다. 이건 분명해요. 이 사진에 있는 로봇은 제가 아닙니다. 저랑 똑같이 생긴 다른 로봇이죠. 어쩌면 이 로봇이 지훈이를 살해한 바로 그 로봇일지도 모릅니다."

그 말을 듣고 선유한은 다시 사진을 자세히 들여다봤다.

"아무리 봐도 너랑 똑같이 생겼는데."

"복도 CCTV에 찍힌 로봇도 저랑 똑같이 생겼죠. 그들이 로봇 교사의 외형으로 살인 로봇을 만들었으니까요."

선유한이 물었다.

"이게 가짜 로봇 교사라면 왜 이놈이 지훈이랑 얘기하고 있는 거지?"

"살인을 하기 전에 지훈이가 어떤 성격인지 파악하려고 한 게 아닐까요?"

성우가 말했다.

"둘이 무슨 얘기를 하고 있는 건지는 모르겠어. 하지만 내 생각에도 그랬을 것 같아."

"좋아, 그건 그렇다 치고, 그래서?"

선유한이 재촉했다.

"다음으로 이 사진이 찍힌 날짜는 5월 27일부터 6월 19일 사이예요."

"왜?"

"지훈이가 하복을 입고 있으니까?"

성우가 대신 대답했다.

"그렇지. 눈썰미가 아주 좋구나. 우리 학교에서는 5월 27일부터 하복을 입기 시작했어요. 그러니 이 사진은 적어도 그 이후에 찍힌 거죠. 그럼 시각은 언제쯤인 것 같니?"

"글쎄요, 5시 정도?"

"내가 보기에도 5시나 6시 정도 같아."

"제 생각도 그렇습니다. 일단 지훈이가 책가방을 메고 운동화를 신고 있으니까 하교하는 길이겠죠. 저희 방과 후 수업이 4시 45분에 끝나니까 이 사진은 그 이후에 찍힌 사진일 겁니다. 등교길은 아니에요. 등교 시간이라면 운동장이 이렇게 텅 비어 있지도 않을 테지만 무엇보다 로봇과 지훈이의 그림자가 이렇게 북동쪽을 향해 뻗어 있지도 않을 겁니다. 이건 해가 남서쪽에 떠 있는 늦은 오후라는 뜻이에요. 6월에 해가 늦게 지는 걸 감안해도 넉넉잡아 5시에서 7시 사이인 것 같군요."

가우스는 사진의 한쪽 귀퉁이를 가리켰다.

"그리고 이쪽에 그림자가 또 하나 있어요. 그림자의 일부만 보이지만 상당히 커다란 물체 같지 않나요?"

"이건……. 비행기 같은데?"

"그렇습니다. 호버크래프트 항공기예요. 이 그림자는 호버의 꼬리날개 부분이죠. 지훈이가 로봇과 얘기하고 있을 때 지나가던 항공기의 그림자가 운동장에 드리워진 겁니다. 원래 우리 학교 위로 하루에도 몇 번씩 비행기가 지나가요. 목동에서 가까운 곳에 김포공항이 있잖아요? 그림자가 이렇게 크다는 건 이 비행기도 김포공항으로 가는 중이라는 거겠죠."

가우스는 비행기의 그림자 모양을 손가락으로 따라갔다.

"그런데 이 호버크래프트는 꼬리에 반중력장치가 세 개나 달려 있습니다. 날개도 뒤쪽으로 약간 휘어진 형태고요. 제가 김포공항을 운항하는 국내외의 모든 항공사에서 쓰는 항공기의 종류를 전부 확인했는데 그중에서 꼬리날개가 이렇게 생긴 건 하나밖에 없습니다. 이건 나이오베사(社)에서 만든 '로고스303'이라는 기종입니다. 이 기종을 쓰는 항공사는 베이징 노선의 중국남방항공, 그리고 타이베이의 중화항공뿐이죠. 그런데 중요한 점은 이 비행기가 날아가는 방향이 북동쪽이라는 겁니다. 그 말은 서울에서 남서쪽 방향에 있는 공항에서 출발했다는 뜻이죠. 그러므로 베이징발 비행기는 아닙니다. 베이징 수도 국제공항은 김포공항보다 북서쪽으로 수백 킬로미터 떨어진 곳에 있으니까요. 따라서 이 호버는 중화항 공의 타이베이 쑹산 공항발 비행기일 겁니다. 그럼 이제 아주 간단 하죠. 김포공항 홈페이지의 운항 스케줄에서 5월 27일에서 6월 19 일 동안 쑹산발 로고스303기가 오후 5시부터 7시 사이에 도착한 날을 세어 보면 되니까요. 전부 7일입니다. 그런데 그중 4일은 주 말이에요. 지훈이가 교복을 입고 있으니 사진이 찍힌 건 당연히 평 일이겠죠. 그럼 남은 건 6월 3일, 11일, 19일입니다. 그리고 오후 에 비가 왔던 6월 3일을 제외하면 결국 남은 건 6월 11일과 19일입 니다. 이 사진은 그 둘 중 하루에 찍힌 사진인 거죠."

선유한이 물었다.

"그래서 50퍼센트라고 했던 거냐?"

"네."

"6월 11일이 무슨 요일이지?"

"화요일이요. 19일은 수요일입니다."

선유한은 사진을 한참 들여다보다가 말했다.

"내 생각에는 19일인 것 같아."

"왜요?"

"지훈이가 검은색 운동화를 신고 있으니까."

할머니는 지훈이의 발을 가리켰다.

"지훈이는 신을 만한 운동화가 두 켤레밖에 없었어. 그래서 평소 에는 낡고 헐렁한 흰색 운동화를 신었고 체육 시간이 있는 날에만 축구화로 쓰는 검은 운동화를 신고 학교에 갔지. 화요일은 체육이 없지만 수요일은 체육 시간이 있는 날이잖아. 그러니까 19일이겠지."

아, 운동화가 있었구나. 가우스는 무릎을 쳤다. 학생들은 학교 안에서는 실내화를 신어야 했다. 그래서 교내에서는 신발주머니에 신발을 넣어 책상에 걸어 두었기 때문에 가우스는 지훈이가 어떤 신발을 신고 학교를 다녔는지는 알지 못했다. 기억력은 완벽했지만 보지 못했으니 그럴 수밖에 없었다.

할머니의 말을 듣고 가우스는 잠시 말이 없었다. 성우가 조심스럽게 물었다.

"선생님? 그럼 이제 누가 이 사진을 찍었는지 확실히 알 수 있는 건가요?"

가우스는 소파에 털썩 주저앉았다.

"선생님?"

"잠깐만, 6월 19일이면 나흘 전이잖아. 지훈이가 죽기 하루 전이라고."

선유한이 외쳤다.

"아, 그렇네요."

성우가 말했다.

"그럼 이 사진 속의 로봇이 지훈이에게 무슨 말을 하고 있을지 뻔하군요."

가우스도 그 생각을 하고 있었다. 그날 지훈이는 방과 후 수업이 끝나고 집에 가기 전에 먼저 도서관을 들른다고 했다. 이 로봇은 도서관을 나와 집에 가는 지훈이를 운동장에서 불러 세우고 가우스인 척 다가가서 말했을 것이다.

"내일은 너 혼자 평소보다 일찍 나오라고 지시했겠지. 가우스, 그래서 이제 누가 이 사진을 찍은 건지 아는 거야?"

선유한이 물었다.

"네, 제가 직접 봤어요."

"정말요?"

"봤다고?"

선유한과 성우가 동시에 물었다. 가우스는 고개를 주억거렸다.

"이 사진에서 로봇과 지훈이는 운동장의 모서리에 서 있는데 사진의 시점은 둘을 정면으로 바라보고 있어요. 그 말은 우리 학교 중앙 건물의 끄트머리에서 사진을 찍었다는 거죠. 그리고 아래로 내려다보는 시점으로 볼 때 촬영자는 최소한 3층 이상의 높이에서 사진을 찍었을 겁니다. 중앙 건물에서 그 위치의 4층은 비품실인데 그곳엔 운동장 방향으로 창문이 없어요. 그러니까 이 사진은 교무실에서 찍은 거예요.

6월 19일 해당 시점의 쑹산발 비행기는 오후 5시 50분에 김포공항에 도착했대요. 즉, 촬영자는 사건 전날 5시에서 5시 50분 사이에 교무실 창문을 통해 이 사진을 찍은 거라는 결론이 나옵니다."

가우스는 말을 이었다.

"그날 제가 지훈이와 헤어진 뒤 교무실에 들어갔을 때 인간 교사들은 아무도 없었어요. 그날은 비정기 교무 회의가 열린 날이라서 학교의 모든 교사들이 그 시간에 회의실에 있었거든요. 저와 다른 로봇들이 보관실에 조용히 앉아 있었기 때문에 전 교무실에서 들리는 아주 작은 소리도 들을 수 있었어요. 5시 22분에 문이 열리는 소리도요. 그 이전에도, 그 이후에도 문이 열리는 소리는 그게 전부였습니다. 누군가가 들어온 뒤 나갔다면 문이 열리는 소리가 한 번 더 들려야 했겠지만 교무실 문이 열리는 소리는 한 번밖에 감지되지 않았습니다. 하지만 그때는 전혀 신경 쓰지 않았어요.

전 다른 로봇들과 보관실 안에 앉아 있다가 김숙진 선생님이 시킨 대로 꽃병의 물을 갈러 밖으로 나왔어요. 그리고 커튼 뒤에 있던 정순태 선생님을 발견했습니다. 정 선생님은 그때 카메라로 창밖을 찍고 있었죠. 그는 절 보고 깜짝 놀랐지만, 다시 평소의 태평한 얼굴로 창밖 풍경을 찍던 중이라고 했죠."

가우스는 두 사람에게 말했다.

"이 사진은 정순태가 찍은 겁니다. 정순태가 바로 세이지의 공범이었던 겁니다."

심문

가우스와 선유한은 함께 박종안의 벤테이가를 탔다. 가우스는 최인규처럼 정순태의 집 주소도 기억하고 있었다. 차를 타고 가면서 한참 생각에 잠겨 있던 선유한이 입을 열었다.

"일단 이걸 알아 둬. 난 여전히 널 의심하는 중이다. 하지만 이번에는 네 말을 한번 믿어 볼게."

"고맙습니다. 그럼 이제 어떻게 할까요?"

"가장 빠른 길로 가자."

"빠른 길이라면……."

"정순태가 진실을 털어놓을 때까지 족치는 거지."

가우스는 놀라서 물었다.

"네? 진심이세요?"

"그럼 다른 방법이 있어?"

"물론 저도 건전한 방법으로만 접근하는 건 어렵다고 생각합니다. 정순태의 집을 뒤져야 할 필요는 있다고 봐요. 제가 박종안과 최 선생님의 집에 몰래 들어간 것처럼요. 하지만 폭력을 쓰는 건……."

"닥치고 내 말대로 해."

가우스는 잠시 할 말을 잃었지만 다시 말했다.

"할머니는 저를 여전히 믿지 못하시지만 정순태가 이 사진을 찍은 거라는 제 말은 믿으신다는 거죠?"

"그래."

"그건 모순 아닌가요? 제 말이 거짓말일 수도 있잖아요. 만약 제가 거짓말을 한 거라면 아무 죄 없는 정순태 선생님을 족치게 되는 거잖아요?"

"그렇지."

할머니는 무표정하게 정면을 응시하며 말했다.

"난 널 믿는 게 아니라 아이들을 믿는 거야. 우리 지훈이는 똑똑하고 생각이 깊은 아이였어. 지훈이랑 그 친구들이 널 그렇게 믿고 좋아한다면 분명 무슨 이유가 있을 거야. 난 너를 믿는 게 아니라 네가 좋은 선생님이라고 하는 아이들을 믿는 거다. 그리고 난 시간이 없어. 지훈이를 죽인 놈이 나까지 갉아먹고 있다고. 빨리 범인을 찾아내지 않으면 난 고꾸라져 죽고 말 거야. 게다가 네가 어제 현석이라는 애랑 같이 크게 사고를 쳤잖아. 경찰이 곧 너희를 찾아낼 거다. 나는 아이들 말을 대책 없이 믿지만 경찰이 너를 감싸는 중학생들 말을 진지하게 들어 줄까?"

당연히 아닐 것이다. 가우스도 그렇게 생각했다.

"경찰이 너를 잡아서 분해하고 쓸데없는 데 시간을 쓰는 걸 난 견딜 수 없어. 그래서 할 수 없이 네 말을 믿어 보는 거다. 그러니까 조금이라도 날 속이려고 했다가는 가만두지 않겠다. 만약 정순태가 그 사진을 찍은 게 아니라면 널 그 자리에서 박살 내 버릴 거야. 알겠어?"

"그럼 제 목숨은 정순태에게 달린 거군요. 그런데 정순태가 진짜 사진을 찍었다 하더라도, 인내심이 강해서 아무리 위협해도 자백하지 않으면 어떡하죠?"

"그놈이 사진을 찍은 게 맞을 거야. 아까 성우도 그랬잖아. 정순태가 늘 학교에서 카메라를 들고 다녔다고. 그리고 놈이 찍은 사진을 직접 보여 주면 아마 정순태도 흔들릴 수밖에 없을 거다."

선유한은 자신의 눈을 가리켰다.

"이게 있으니까 녹음기 같은 건 필요 없어. 그놈이 자백하는 게 내 눈에 그대로 녹화되니까 증거가 되겠지."

할머니는 자신이 착용 중인 특수 렌즈에 대해 설명했다.

"오, 정말 놀라운 장비를 갖고 계시군요. 그런데 죄송하지만 사람을 위협해서 받아 낸 진술은 법적 증거가 되지 못합니다."

"그래? 음, 그 생각을 못 했네."

선유한은 팔짱을 꼈다.

"상관없어. 그건 그때 가서 생각하자. 일단 중요한 건 놈에게서 최대한 많은 정보를 끄집어내는 거야. 놈이 세이지와 어떤 관계인지, 세이지가 어떤 집단인지에 대한 것들 말이야. 그러다 보면 그중에서 진실을 밝힐 수 있는 핵심적인 단서가 나오겠지. 그런 단서를 찾아내기만 하면 돼."

"할머니, 혹시 정순태를 고문할 생각이신가요?"

선유한은 대답하지 않았다.

"할머니?"

"처음부터 고문하지는 않을 거야."

"말을 안 하면 고문하겠다는 거잖아요."

"그건 그때 가서 생각하자."

"할머니, 만약 할머니가 정순태를 고문한다면 전 할머니를 제지할 수밖에 없어요. 제가 지금 인간의 감정을 갖게 되었다 하더라도 원칙에서 완전히 자유롭지는 않거든요. 제 생각에 제 프로그램이 크게 변형되면서 인간에게 절대 해를 끼치면 안 된다는 로봇 원칙의 제약이 조금 풀린 것 같기는 해요. 하지만 그래도 여전히 필수 원칙의 힘이 강력하기 때문에 인간이 고문당하는 걸 본다면 저는 큰 죄책감을 느낄 거예요."

"죄책감?"

선유한은 어이없었다. 이 로봇이 제정신인가?

"이젠 두려움도 아니고 죄책감이냐? 솔직히 말해 봐, 너 로봇 맞아?"

"전 로봇 맞습니다. 그리고 자백을 받으려고 사람을 고문하는 건 매우 비윤리적인 행위입니다. 죄책감을 느끼는 건 당연한 일이에요."

"내가 왜 네 감정을 신경 써야 하지?"

"제 감정을 신경 쓰실 필요는 없지만……. 할머니, 차라리 지금이라도 경찰에 세이지를 신고하는 건 어때요? 박종안의 차에는 로봇 조종기와 고글이 있고, 세이지 건물 안에는 그걸로 조종할 수 있는 로봇도 있습니다. 이 정도면 충분히 증거가 되지 않을까요?"

"그게 정말 증거가 되겠어?"

선유한이 한심하다는 듯이 말했다.

"그 로봇이 로봇 교사처럼 생긴 것도 아니었다며? 이 정도로는 범죄를 입증할 수 있는 증거가 못 돼. 놈들이 지훈이를 죽였다는 증거, 혹은 지훈이를 죽인 로봇을 만들었다는 확실한 증거가 필요하단 말이야. 네가 아까 그랬잖아, 세이지 애들이 범죄와 관련된 것들을 전부 없애고 있었다며. 이 상황에서 고작 원격조종 로봇 하나 가지고 경찰이 세이지 놈들을 일망타진할 수 있겠냐?"

할머니는 입이 마르는지 침을 삼켰다.

"세이지는 표면적으로 기업의 형태를 띠고 있으니까 실제로도 기업형 범죄 조직일 거야. 아마 이 일의 배후에는 여러 사람이 있겠지. 나는 그놈들이 한 명도 남김없이 대가를 치르게 하고 싶어. 어설픈 증거 하나를 가지고 경찰이 손을 대기 시작한다면, 설사 경찰이 몇 가지 증거를 찾아낸다 하더라도 피라미 몇 마리만 구속되는 걸로 사건이 종결될 수도 있어. 이 일의 진짜 배후, 세이지에서 이 일이 어디까지 책임이 있는지 완전히 밝혀내서 한 명도 남김없이 감옥에 처넣어야 해. 그러기 위해서는 만들다 만 로봇 하나보다 더 분명한 증거를 우리가 찾아내야 한다. 이봐 가우스, 우리 둘 다 정말 어렵게 여기까지 왔잖아? 여기서 머뭇거리면 안 되지. 난 정순태가 알고 있는 걸 모두 토해 내게 할 거야. 그러기 위해서 고문은 물론이고 살인도 불사할 거다."

선유한은 가우스를 노려보며 말했다.

"난 우리 지훈이 죽인 놈들 다 죽일 수도 있어. 네가 조금이라도 방해하면 너도 예외는 아니야. 그러니까 그냥 시키는 대로 해."

말을 마친 선유한은 좌석에 몸을 깊이 파묻었다. 한동안 차 안에는 적막이 감돌았다. 낮게 웅웅거리는 엔진 소리만 들렸다. 잠시 가만히 있던 가우스가 말했다.

"전 전적으로 할머니 말을 따르겠습니다. 하지만 인간이 범죄를 저지르는 걸 막아야 할 의무도 있어요."

"네 의무는 학생을 지키는 거야."

할머니의 말에 가우스는 아무 말도 할 수 없었다. 할머니와 로봇은 그 후로 둘 다 입을 열지 않았다.

하늘이 맑은 날이었다. 창밖으로 나무와 사람이 휙휙 지나갔다. 자동차의 속도가 올라갈수록 나무가 뒤로 달리는 속도가 빨라졌다. 가우스는 슬쩍 할머니를 쳐다봤다. 선유한도 말없이 바깥 풍경을 보고 있었다. 가우스는 할머니가 무엇을 보고 있는지 궁금했지만 물어보지 않았다. 할머니는 아무것도 보고 있지 않을 것이다. 할머니의 눈은 처음 봤을 때부터 텅 비어 있었다. 가우스는 할머니의 공허한 눈을 채울 수 있는 건 이 세상에 없을 거라고 생각했다. 아마 저세상에는 있을지도 모른다. 로봇인 그는 갈 수 없는 곳. 아마 지훈이가 있을 곳. 그는 할머니에게 많은 것들이 궁금했지만 어느 것 하나 물어볼 수 없었다.

네 의무는 학생을 지키는 거야.

그 말이 가우스의 입을 막아 버렸다. 맞는 말이었다. 그는 로봇으로서 가장 중요한 의무를 이행하지 못했고 단지 그 이유만으로도 폐기되어야 했다. 만약 경찰이 그를 체포하지 않고 폐기하려 했다면 그는 도망가지 않고 얌전히 따랐을지도 모른다. 넌 학생을 지키지 못한 형편없는 선생이므로 너를 폐기하겠다. 손 들고 가만히 있어. 그랬다면 그는 순순히 체포되었을지도 모른다. 가우스는 자신이 과거에 했던 일들을 반성해 보려 했지만 그에게는 반성을 할 수 있는 능력이 부족했다. 그는 항상 주어진 상황에서 최선의 경우를 도출해 내도록 만들어진 존재였다. 반성이나 후회를 할 기회는 주어지지 않았다. 그래서 그는 스스로에게 아무리 물어봐도 답을 찾을 수 없었다. 과거로 돌아갈 수 있다면, 나는 지훈이를 구할 수 있을까? 지훈이에게 무슨 일이 일어날지 나는 전혀 눈치채지 못했어. 하지만 혹시라도 내가 보고도 놓친 게 있지 않을까? 만약 그게 뭔지 갑자기 깨닫게 된다면, 나는 어떻게 해야 할까……

가우스는 할머니도 자신과 비슷한 생각을 하고 있을 것 같다고 생각했다. 하지만 아무리 생각을 해도 지훈이는 돌아오지 않을 것이다. 대부분의 어려운 수학 문제는 오랫동안 생각하면 답을 도출할 수 있었다. 문제를 풀 수 있는 경우의 수를 다양하게 생각할 수 있기 때문이다. 그래서 그는 학생들에게 문제가 풀리지 않으면 풀릴 때까지 오랫동안 고민해 보라고 말하곤 했다. '그런 과정을 거듭하다 보면 문제해결 능력을 기를 수 있을 거예요.' 하지만 지금 로봇과 할머니가 매달리는 문제는 생각을 거듭할수록 답을 찾을 수 없었다. 지훈이는 다시는 돌아오지 않는다. 그 사실은 변수가 아니라 고정된 상수였으니까.

차가 정순태의 집 앞에 도착했다. 선유한은 차에서 내리기 전에 간단히 자신의 계획을 설명했다. 선유한은 차에 타기 전의 명석하고 이성적인 면을 다소 잃은 것 같았다. 하지만 두 눈은 여전히 횃불처럼 타고 있었다. 선유한은 가우스에게 가기 싫으면 자기 혼자 가겠다고 했지만 가우스는 할머니를 따라 차에서 내렸다.

선유한은 차 유리창에 자신의 모습을 비춰 보며 옷매무새를 가다듬고 굳은 얼굴을 최대한 폈다. 그리고 적당히 불쌍하고 힘겨운 표정을 지은 뒤 정순태의 집으로 향했다.

정순태는 목동에서 약간 떨어진 아파트에 살고 있었다. 선유한과 가우스는 함께 정순태가 사는 7층으로 올라갔다. 아파트 복도는 조용했다. 선유한은 정순태의 집 현관문 앞에 서서 크게 심호흡을 했다.

"집에 없으면 어떡하죠? 미리 전화를 하고 올 걸 그랬나요?"

"아니, 그럼 정순태가 대비할 시간을 주는 거야. 이게 낫다. 집에 없으면 다음에 다시 오면 돼."

가우스가 문 옆의 벽에 숨자 선유한은 초인종을 눌렀다. 인터폰이 켜지면서 정순태의 목소리가 나왔다.

"누구세요?"

"안녕하세요, 저는 지훈이 할머니입니다. 정 선생님한테 여쭤보고 싶은 게 있어서 왔습니다."

대답도 없이 인터폰이 뚝 끊겼다. 그냥 무시하려는 걸까? 하지만 잠시 기다리자 정순태가 안전 고리를 걸은 채 문을 열었다. 그는 선유한을 위아래로 훑어봤다.

"지훈이 할머님?"

그는 선유한 옆에 누가 있는지 보려고 주변을 살폈다. 가우스는 눈에 띄지 않으려고 더 납작하게 벽에 붙었다.

"이렇게 갑작스럽게 찾아와서 죄송합니다."

"무슨 일이신가요?"

"정 선생님한테 묻고 싶은 게 있어서요."

"뭔데요?"

그가 집 안에 들이려는 기색이 없어서 선유한은 한층 더 애처로운 표정을 지었다.

"우리 지훈이가 남긴 일기장을 찾아냈거든요. 근데 그걸 읽어 보니 정 선생님에 대한 이야기도 조금 나와서, 그냥 뭐 좀 여쭤보려고 왔습니다."

정순태는 초조한지 입술을 적셨다.

"무슨 내용인데요?"

"그게……. 좀 복잡한 내용이라서요."

선유한은 누가 들을까 봐 걱정된다는 표정을 지었다. 잠시 가만 있던 정순태는 안전 고리를 풀고 문을 열어 줬다.

"일단 들어오세요."

선유한은 느릿느릿 집 안으로 들어갔다. 그리고 현관문이 닫히고 5초쯤 지나자 다시 문이 확 열렸다.

"들어와!"

선유한의 말에 가우스는 집 안으로 뛰어들었다. 정순태가 현관 바로 앞에 쓰러져 바르작대고 있었다. 가우스는 재빨리 문을 잠근 뒤 선유한과 함께 정순태를 거실로 끌고 갔다. 선유한은 아들의 경찰봉을 들고 있었다. 선유한은 거실 의자에 정순태를 앉히고 손목을 의자에 수갑으로 채워 버렸다. 그사이 가우스는 재빨리 집 안 곳곳의 문을 열면서 다른 사람이 있는지 확인했다. 이 집에는 정순태 혼자였다. 아무도 없는 걸 확인한 가우스는 미리 가져온 공업용 테이프로 정순태를 의자에 묶기 시작했다. 정순태의 집으로 오는 길에 선유한이 근처의 철물점에서 산 것이었다. 로봇과 할머니는 신속하게 정순태를 포박했다. 정순태는 혀 꼬부라진 소리를 내면서 저항하려 했지만 그는 온 힘을 다해도 손가락 두 개 이상을 움직일 수가 없었다. 완전히 결박당하고 나서야 정순태는 비로소 정신이 드는 모양이었다. 가우스는 마스크와 후드를 벗었다. 흐리멍덩한 정순태의 눈에 서서히 놀라움이 번졌다.

"너!"

정순태가 입을 벌리자 선유한이 목에 진압봉을 들이댔다.

"조용히 해. 안 그러면 다시 지져 버릴 거야."

가우스는 그래도 인사는 해야겠다 싶었다.

"정 선생님, 잘 지내셨어요? 이렇게 만나게 되어 유감입니다."

정순태의 입이 헤벌어졌다.

"네가 어떻게 여기에……. 할머니는 또 왜 이러세요?"

"조용히 하고 묻는 말에 대답이나 해."

선유한은 정순태의 코앞에 사진을 들이밀었다.

"이거 네가 찍은 사진이지?"

정순태의 눈이 커졌다. 그는 사진을 뚫어져라 쳐다보다가 고개를 세차게 흔들었다.

"아니에요, 제가 찍은 거 아니에요."

"거짓말하지 마! 사실대로 말해."

"정말 아니에요. 대체 왜들 이래요?"

"이거 안 되겠구만."

선유한이 정순태의 무릎을 진압봉으로 내리쳤다. 정순태가 비명을 질렀다. 선유한은 정순태가 입을 벌리자마자 입에 진압봉을 쑤셔 넣었다. 소리를 지르려다 입이 막힌 정순태가 웅웅거리는 소리를 냈다. 그 꼴을 차마 눈 뜨고 볼 수가 없어서 가우스는 고개를 돌렸다.

"묻는 말에 제대로 대답해. 또 쓸데없는 소리를 하면 다리를 분질러 버릴 거야. 알겠으면 끄덕여라."

정순태가 눈물을 흘리며 고개를 끄덕였다. 선유한이 정순태의 입에 물린 막대기를 뺐다.

"이 사진 네가 찍은 거지?"

"아니에요."

그는 눈물을 줄줄 흘리면서 고개를 흔들었다.

"네가 찍은 게 아니라고?"

"네, 전 모르는 사진이에요. 제발 이러지 마세요."

가우스가 끼어들었다.

"거짓말하지 마세요. 선생님이 나흘 전, 6월 19일 5시 32분에 교무실에서 이 사진을 찍던 걸 저한테 들켰잖아요."

"뭐?"

정순태가 더듬거렸다.

"그거? 아니 그건, 그냥 창밖을 찍고 있었던 거라고."

"우린 벌써 이 사진이 찍힌 시각과 장소를 정확히 알고 있어요. 그리고 그때 교무실에는 선생님밖에 없었고요. 선생님은 노을이 아니라 살인 로봇이 지훈이와 얘기하는 모습을 찍은 거잖아요."

선유한은 정순태의 머리채를 잡고 흔들었다.

"이 사진을 어디서 찾은 줄 알아? 세이지증권 사무실이야."

세이지라는 말을 듣자 정순태의 얼굴이 창백해졌다. 그는 애써 침착한 표정을 지으려 안간힘을 썼지만 그렇게 노력하는 모습이 얼굴에 고스란히 묻어났다.

"그곳에 네가 신양중학교를 찍은 사진들이 엄청나게 많이 있었어. 이래도 발뺌할 거냐?"

"세이지는 그냥 증권회사잖아요. 뭐가 문제예요?"

"그래? 그럼 네가 사진을 찍었다는 걸 인정하는 거네?"

"아니에요, 진짜 아니에요. 가우스, 제발 날 좀 살려 줘. 넌 착한 로봇이잖아, 그렇지?"

"전 학생을 죽이고 도주한 로봇입니다. 제가 왜 착한 로봇인가요?"

가우스가 매몰차게 말하자 정순태는 겁에 질려 경련하기 시작했다.

"제발! 살려 주세요! 전 아니에요!"

그는 미친 사람처럼 주절거렸다.

"병신 같은 놈. 넌 맞으니까 거짓말을 못 하는구나. 네 얼굴에 거짓말이라고 다 쓰여 있어. 솔직하게 말하면 살려 줄게. 세이지가 가우스를 닮은 로봇을 만들어서 지훈이를 죽인 거 맞지?"

정순태는 대답하지 않고 물 밖으로 꺼낸 고등어처럼 헐떡였다. 가우스는 점점 그가 불쌍해졌다.

"선생님, 우린 이미 다 알고 왔어요. 이제 그만 인정하세요."

"아니야, 난 아무것도 몰라. 세이지나 지훈이나 나랑 아무 관련 없다고!"

가우스는 정순태의 눈을 똑바로 쳐다봤다. 정순태가 얼굴을 돌리자 그는 턱을 붙잡고 계속 눈을 응시했다. 할머니 말이 맞았다. 정순태는 조금만 위협을 가해도 가면이 부서지는 사람이었다. 가우스는 순진해 보였던 정순태가 이런 끔찍한 범죄의 공모자였다는 게 믿어지지 않았다.

선유한은 잔뜩 찌푸린 얼굴로 정순태를 내려다보고 있었다. 그녀는 지금 고민을 하는 중이었다. 선유한이 가우스에게 눈빛으로 물었다. 어떡할까, 여기서 더 조질까? 가우스는 어깨를 으쓱했다.

"마지막으로 물어볼게. 세이지가 가짜 로봇 교사를 만들어 지훈이를 죽인 거 맞지?"

짧은 시간 동안 정순태의 얼굴에서 수많은 감정이 스쳐 갔다. 가우스는 그걸 놓치지 않았다. 당연히 선유한도 봤을 것이다. 정순태는 두려움뿐만 아니라 갈등으로 괴로워하고 있었다. 그리고 마침내 정순태가 마음을 정했을 때, 그의 눈빛은 도박을 하기로 마음먹었다는 걸 여실히 보여 줬다. 이렇게 묶어 놓고 보니 그는 내부가 훤히 들여다보이는 유리창 같은 사람이었다.

"아니에요. 전 몰라요."

선유한은 한숨을 쉬었다.

"그래? 정말?"

"네, 저는 정말 모르는……."

선유한이 다짜고짜 정순태의 입에 진압봉을 쑤셔 넣었다. 그러고는 정순태의 검지손가락을 하나 잡고 반대로 꺾어 버렸다. 뚜둑 하고 부러지는 소리가 났다. 정순태는 몸에 불이 붙은 뱀처럼 온몸을 비틀어 댔다. 가우스는 손으로 눈을 가렸다. 그는 눈꺼풀이 없어서 눈을 감을 수가 없었다. 정순태의 입에서 침이 흘러나왔다. 선유한은 정순태의 머리채를 붙잡고 소리쳤다.

"사실대로 불어, 이 새끼야!"

정순태는 눈을 희번덕거리며 온몸을 들썩였다. 하지만 선유한과 가우스가 그의 팔다리를 의자에 아주 단단히 묶어놔서 옴짝달싹할 수 없었다. 선유한이 하나로는 부족했는지 이번에는 오른손 중지를 잡고 꺾어 버렸다. 손가락 마디 두 개가 차례대로 애처로운 소리를 냈다. 가우스가 선유한의 팔을 붙잡았다.

"할머니, 그만하세요. 선생님이 괴로워하고 있어요."

"그러라고 하는 거야."

정순태는 소금을 뿌린 미꾸라지처럼 펄떡였다. 선유한이 정순태의 얼굴을 잡고 흔들었다.

"말할 거야, 안 할 거야? 손가락 필요 없어? 그럼 하나 더 뽑아

드려야겠군."

선유한이 약지손가락을 움켜쥐자 정순태가 미친 듯이 고개를 끄덕였다.

"할머니, 선생님이 고개를 끄덕이고 있어요! 뭔가를 말하려나 봐요."

"아쉽구나. 이게 점점 재미있어지던 참이었는데."

선유한은 정순태의 입에 물린 막대를 뽑아냈다. 입에 고인 침과 핏물이 흘러나왔다. 정순태는 엉엉 울기 시작했다.

"울지 마, 이 멍청아! 빨리 말해. 누가 시킨 일이야? 이 일의 진짜 배후가 누구냐고?"

정순태가 힘겹게 더듬거렸다.

"사장님이요."

"사장? 세이지증권의 사장 말이야?"

가우스는 세이지에 대해서 찾을 수 있는 정보는 모두 찾았기 때문에 세이지 사장의 이름을 이미 알고 있었다.

"김석철 말인가요? 그 사람이 시킨 거예요?"

"아니, 그 사람 말고. 그 사람 아내가 시킨 거야."

"아내라고?"

선유한이 물었다.

"네, 세이지증권에는 전문 범죄자들로 이루어진 부서가 있어요. 물론 그런 부서가 있다는 사실 자체가 숨겨져 있죠. 김석철의 아내가 그 부서의 총책임자예요. 김석철은 표면적인 사업을 맡고, 회사 운영을 하다 막히는 문제는 그의 아내가 범죄로 해결해요. 우린 그 여자도 사장이라고 불러요."

　정순태가 울먹여서 그의 말은 점점 알아듣기 힘들었다. 선유한이 정순태를 걷어찼다.

　"똑바로 말해. 그래서 김석철 아내가 누구야?"

　"진미선이요."

　선유한이 가우스에게 물었다.

　"아는 이름이냐?"

　"저도 처음 듣는 이름입니다."

　"너도 그 부서에서 일하냐?"

　정순태가 얼른 고개를 저었다.

　"아니요, 전 처음에는 그 회사를 알지도 못했어요. 그쪽에서 먼저 저를 찾아온 거예요."

　"너한테 자기들의 범죄에 협조하라고?"

　"네, 맞아요."

　정순태가 흐느끼며 말했다.

　"좀 더 자세히 말해 봐."

　"할머니, 저 진짜 죽을 것 같아요."

　정순태가 통곡했다.

　"제발요, 너무 아파요."

　"선생님, 괜찮으세요?"

　가우스가 걱정이 되어 물었다. 선유한이 정순태의 뺨을 마구 두드렸다.

　"자세히 좀 말해 보라고. 그래서 어쨌다는 거야?"

정순태는 띄엄띄엄 한마디씩 내뱉었다.

"이미 알고 계신 내용 그대로예요. 자기들이 만든 로봇으로 학생을 하나 죽일 건데, 그걸 우리 학교에 있는 로봇 교사가 한 것처럼 꾸미는 계획이었어요."

가우스가 물었다.

"살인을 한 게 인공지능 로봇이었나요?"

"수동 조종이었어. 인공지능을 단시간에 만드는 건 너무 복잡해서 사람이 직접 조종하는 로봇으로 만들 수밖에 없었대."

"그리고 그 로봇을 만들어 준 게 박종안이었겠군요."

"맞아. 어? 박종안도 알아?"

선유한이 말했다.

"당연하지. 너 박종안이 죽었다는 건 아냐? 그 사람도 니들이 죽인 거지?"

"아니, 근데 그건……. 잠깐, 그럼 어제 그 후드 쓴 사람이 가우스 너였어?"

"시끄러워."

선유한이 다시 정순태를 걷어찼다. 정순태는 비명을 지르려다 사레가 들려 헐떡였다. 정순태에게는 미안한 말이지만 솔직히 좀 웃겼다.

"묻는 말에만 대답해. 이 사건에서 네가 맡은 역할이 뭐야? 너 말고도 학교에서 세이지에 협력한 사람이 또 누가 있지?"

"그게……."

정순태가 다시 망설이자 선유한은 진압봉을 쳐들었다. 정순태가 황급히 말을 이었다.

"세이지가 매수한 사람은 우리 학교에서 딱 두 명이에요. 저랑 교감."

"뭐라고요?"

가우스가 소리쳤다.

"교감선생님도 공모자라고요?"

"그게 사실이야?"

선유한도 어이없다는 듯이 물었다.

"네, 계획을 실행하려면 교감이 꼭 필요했거든요."

"교감은 무슨 역할을 맡았는데?"

"우선 교감은 쓸데없는 이유로 교사들을 소집해서 비정기 교무 회의를 열 수가 있어요. 그리고 또 로봇 교사들에게 방과 후 수업을 맡으라고 지시할 수도 있죠. 한마디로 교감이 있어야 교무실에 가우스만 남게 할 수 있는 거예요. 젠장, 내 손가락! 죽을 것 같아……."

"그래서 모든 로봇 교사들에게 방과 후 수업을 맡겼던 건가요?"

가우스가 물었다.

"그래, 6월 20일에 수업이 끝난 후 교사들은 전부 회의실에 있었고 로봇 교사들은 방과 후 수업 중이니 교무실에는 너밖에 없잖아. 넌 로봇이니까 답답해서 보관실 밖으로 나올 일도 없을 거 아냐. 그사이에 우리 물건이 창문으로 조용히 들어갔다 나오면 목격자가 없을 거라는 게 진 사장의 생각이었어."

가우스는 자신이 보관실 안에서 들었던 창문이 열리는 소리를 떠올렸다.

"근데 저한테 아이들의 방과 후 수업을 맡긴 건 최인규 선생님이었는데……."

"교감이 그렇게 하라고 시켰으니까. 그때는 어떤 로봇으로 일을 꾸밀지 아직 정하지 않은 상태였어. 그 이후에 너로 결정한 거야."

"잠깐, 그리고 보니 저한테 서류 정리를 시켜서 제 수업을 30분 뒤로 늦춘 것도 교감선생님이었잖아요?"

정순태가 고개를 끄덕였다.

"서류 정리가 꼭 필요한 일은 아니었어."

교감은 수학 로봇인 가우스가 계산을 제일 잘할 거라며 가우스에게 명세서 정리나 계산을 맡겼었다. 그래서 가우스의 방과 후 수업은 다른 수업보다 30분 늦게 시작했고, 서류 정리가 평소보다 일찍 끝난 6월 20일에는 교무실에 혼자 있어야 했다. 그 모든 게 그런 이유에서였다니……. 가우스는 치가 떨렸다. 그는 갑자기 땀으로 번들거리는 정순태의 얼굴을 한 대 치고 싶어졌다.

"네가 맡은 역할은 뭐야?"

선유한이 물었다.

"제 역할은 아주 사소한 거예요. 학교 내부 정보를 넘기고 사전 조사를 하는 것, 그리고 계획 당일에 우리 '물건'이 교무실 창문으로 들어왔다가 나갈 동안 교무실에 아무도 들어가지 못하게 교무실 밖 복도에서 막는 거, 이게 전부예요. 짧은 시간이지만 그사이에 혹시라도 교무실에 들어가려는 학생이나 교직원이 있으면 적당한 핑계로 주의를 돌리는 거죠. 한마디로 전 그냥 작은 안전장치에 불과했어요."

"그럼 선생님은 그때 교무회의에 빠진 건가요?"

정순태가 힘겹게 머리를 저었다.

"나도 처음에는 회의실에 있었어. 그러다가 회의 중간에 교감이 회의에 필요한 자료를 갖고 오라고 일부러 나한테 심부름을 시켰지. 난 회의실을 나가서 교무실 문이 보이는 교실에 들어가 있었어."

"사건 당시에 교무실 근처에 있으면 의심받을 수도 있잖아요."

"어차피 그날 내가 그 교실에서 수업이 있었거든. 내가 그 교실에 책을 놓고 가서 찾고 있었다고 하면 문제될 게 없지."

"잠깐만, 잠깐만."

선유한이 말을 잘랐다.

"만약 그때 지훈이가 오지 않으면 어떻게 하려고 했어? 혹은 지훈이가 약속 시간보다 늦거나 빨리 올 수도 있잖아."

"조직원들이 학교 밖에서 복도 창문을 감시하고 있었어요. 어차피 지훈이가 3학년 8반 교실로 들어가는지만 확인하면 되니까요. 4층 복도 창문에 지훈이가 보이는 즉시 아래층 화장실에 있던 로봇을 움직였죠."

"이런 개새끼들."

선유한은 진압봉을 정순태의 관자놀이에 대고 눌렀다.

"지훈이가 그날 왜 혼자 일찍 온 거지?"

"저희가 가짜 가우스를 이용해서 지훈이한테 일찍 나오라고 했거든요."

역시 그랬군. 가우스는 생각했다.

"지훈이한테 성적과 관련해서 할 얘기가 있으니 다음 수업 때 20분만 일찍 나오라고 했어요. 중요한 이야기니까 만나기 전까지는 아무에게도, 심지어 가우스 본인에게도 그 얘기를 다시 언급하지 말고 꼭 혼자 오라고요. 그게 다예요."

"이 사진이 그 장면이냐?"

"네."

정순태가 다시 애원했다.

"할머니, 이제 그만 풀어 주시면 안 돼요? 정말 죽을 것 같아요. 아는 건 다 말했는데……."

"조용히 해. 넌 왜 그렇게 사진을 많이 찍은 거지?"

"그것도 특별한 이유는 없어요. 조직에서 학교의 내부 구조를 자세히 파악하기 위해 저한테 사진을 찍어 보내라고 한 거예요. 세이지 조직원들은 외부인이라서 학교에 자주 들어오면 의심받겠지만 저는 교사인 데다 원래 항상 카메라를 들고 다니니까 제가 학교 곳곳의 사진을 찍어도 이상하게 생각하는 사람은 없거든요."

선유한은 정순태의 눈앞에 사진을 흔들었다.

"그럼 지훈이랑 로봇이 얘기하는 모습은 왜 찍은 거야?"

"일이 제대로 풀리고 있다는 걸 보고하기 위해서요. 진 사장은 학교의 구조 말고도 최대한 많은 것을 기록하라고 했어요. 그 사람은 확실한 걸 좋아하거든요. 그래서 저는 타깃의 학교생활 모습도 자주 찍어서 보냈어요. 이 사진도 그중 하나고요."

"타깃? 너희는 지훈이를 그렇게 불러?"

정순태는 말실수를 깨닫고 입을 다물었다. 잠시 화를 삭이던 선유한이 물었다.

"그래서 지훈이를 죽인 이유가 뭐야?"

정순태는 잠시 머뭇거렸다. 잘못 말하면 선유한에게 또 맞을까 봐 신중하게 말을 고르는 눈치였다.

"그……. 주식 때문에요."

역시. 가우스는 탄식했다.

"풋옵션인가 뭔가 말이야?"

"네."

정순태를 보면서 가우스는 처음으로 인간에게 혐오감을 느꼈다.

"결국 돈 때문이었네."

선유한이 쉰목소리로 말했다. 가우스가 물었다.

"선생님은 왜 이런 범죄에 가담한 겁니까?"

"나도 돈 때문이야. 부모님이 섰던 보증 때문에 난 10년 전부터 빚에 시달려 왔어. 그런데 어느 날 진 사장이 접근해 온 거야. 진 사장은 처음부터 내 사정을 다 알고 있었어. 내 뒷조사를 했나 봐. 진 사장은 계획에 협력하면 내가 진 빚의 두 배나 되는 돈을 주겠다고 했어. 그냥 간단한, 아주 간단한 일의 대가로 말이야."

"5분 동안 교무실에 아무도 들어가지 못하게 막는 대가로 말이지."

선유한이 중얼거렸다.

"박종안 박사도 빚을 많이 진 상태였죠."

"그래, 그 사람도 나랑 같은 이유로 세이지에 협력하게 됐어. 도

390

박 빚에 쪼들려서 파산 직전이었대. 로봇을 설계해 주는 대가로 진미선이 박종안에게 큰돈을 주기로 한 거지. 사실 그 전부터 박종안은 세이지랑 몇 번 일을 한 적이 있대. 박종안이 초원 연구원이던 시절에 내부 기밀을 경쟁사에 파는 걸 세이지가 연결해 줬거든."

정순태는 열심히 중얼거렸다.

"어쩔 수 없었어. 어쩔 수 없었어."

"근데 왜 하필 우리 지훈이야? 지훈이를 죽여야 풋옵션을 할 수 있었던 거야?"

선유한이 눈물을 닦으며 물었다.

"그게……. 꼭 지훈이일 필요는 없었지만 지훈이가 제일 말을 잘 들을 것 같았거든요."

"무슨 소리야?"

정순태가 조심스럽게 말했다.

"우린 계획을 구상하는 단계에서 어떤 로봇으로 어떤 학생을 죽이는 상황을 만들지 회의를 많이 했어요. 그런데 그때 지훈이가 가우스한테 준 스승의 날 편지를 제가 우연히 읽고 지훈이가 가우스를 많이 좋아한다는 걸 알게 됐어요."

아, 그 편지.

"그래서 제가 그 편지를 진 사장한테 얘기했더니 그 아이로 하자는 거예요. 우리의 계획은 CCTV가 있는 곳에서 로봇이 혼자 있는 학생을 죽이고, 그 범죄를 원래 있던 로봇 교사가 한 것처럼 꾸미는 거였어요. 그래서 원래는 훨씬 더 복잡한 계획을 세웠는데 지훈이처럼 로봇 교사를 좋아하는 아이를 발견해서 일이 훨씬 쉬워졌어요. 그래서 지훈이를 고른 다음에 지훈이와 가까운 가우스를 목표로 정하고 우리 물건을 수학 교사의 외형으로 만들었죠. 마침 시간대도 적절했기 때문에 교감이 서류 정리를 핑계로 가우스의 방과 후 수업 시간을 뒤로 살짝 미루기만 하면 됐어요."

선유한의 목소리가 떨렸다.

"그러니까……. 그냥 지훈이가 말을 제일 잘 들을 것 같아서……."

"네, 지훈이는 가우스를 좋아했으니까요."

선유한은 고개를 떨어뜨렸다. 가우스는 할머니를 위로해 줄 힘이 나지 않았다. 그는 지금까지 반대로 생각해 왔다. 자신에게 누명을 씌우기 위해 지훈이가 선택되었다고 생각했는데, 사실은 놈들이 지훈이를 고른 후 곁가지로 자신을 선택한 것이다. 하지만 누가 먼저인지가 중요한가? 모르겠다. 또 돈 때문이었다. 박종안도, 정순태도, 그리고 세이지도 돈을 위해서 어린 애를 죽였구나. 정작 지훈이는 한 번도 돈을 많이 가져 본 적이 없었을 텐데. 그의 옆에 있는 지훈이의 할머니도 마찬가지일 것이다. 가우스는 가슴이 미어졌다. 이것도 내가 이해할 수 없는 영역에서 일어나는 일일까? 그가 예측하지 못하는 일들, 수학의 원리로는 영원히 계산하지 못하는 변수들. 소수에서 규칙을 찾으려는 것처럼 그는 자꾸만 현실에서 미끄러졌다. 그는 옆에 있는 할머니에게 괜찮으시냐고 묻고 싶었지만 그가 파묻힌 혼란을 빠져나오는 것조차 힘들었다. 그는 할머니에게 손을 뻗었다가 그대로 떨어뜨렸다.

나는 아무짝에도 쓸모없어.

고장 난 로봇이거든.

정순태가 조심스럽게 말했다.

"저기, 이제 이것 좀 풀어 주시면 안 될까요? 제가 아는 건 다 말씀드렸는데……."

선유한에게는 그 말이 들리지 않는 것 같았다. 가우스는 어떻게 해야 할지 몰라 망설였다. 이 인간을 풀어 줘야 하나? 물론 영원히 묶어 둘 수는 없었다.

"가우스, 나 좀 풀어 줄래? 나 지금 손가락이 너무 아파. 빨리 병원에 가야겠어."

정순태가 우는 소리를 내서 가우스는 할 수 없이 몸을 일으켰다.

그때 전화벨이 울렸다.

정순태의 주머니에 있던 휴대폰이었다. 가우스는 그의 주머니에서 휴대폰을 꺼냈다.

"가우스! 그거 내 폰이야, 빨리 돌려줘!"

정순태가 소리쳤다. 가우스는 휴대폰 화면에 뜬 발신자 이름을 뚫어져라 쳐다봤다.

"할머니, 진 사장한테서 전화가 왔어요."

선유한이 천천히 고개를 들었다. 가우스는 선유한에게 휴대폰 화면을 보여 줬다.

"빨리 줘! 그거 내 거잖아!"

정순태가 급하게 소리쳤다.

"진 사장 전화를 안 받으면 큰일 나요. 제가 받게 해 주세요, 네?"

선유한이 일어나서 재빨리 정순태의 입에 테이프를 칭칭 감았다. 그러고는 몸부림치는 정순태의 이마에 진압봉을 갖다 대며 말했다.

"조용히 해. 소리 내면 죽여 버린다."

휴대폰이 계속 울리고 있었다. 정순태가 조용해지자 선유한이 말했다.

"가우스, 네가 받아. 넌 이놈의 목소리를 똑같이 낼 수 있잖아."

가우스는 휴대폰을 스피커 모드로 해 놓고 전화를 받았다.

"여보세요?"

가우스의 입에서 정순태의 목소리가 나왔다.

"여보세요?"

가우스가 다시 한번 말했다. 정순태가 몸부림치자 선유한이 그를 걷어차며 속삭였다. 조용히 해.

"정 선생."

휴대폰에서 나지막한 목소리가 흘러나왔다.

"왜 이렇게 전화를 안 받아?"

어? 잠깐, 이 목소리는……

"무슨 일 있나?"

가우스는 이제 진미선이 누군지 깨달았다. 선유한이 빨리 대답하라고 가우스의 팔을 쳤다.

"아닙니다."

그는 간신히 말했다.

"아무 일 없어요."

상대방은 잠시 침묵했다. 그 침묵 때문에 그도 얼어붙을 것 같았다.

"내가 방금 전에 시킨 일은 어떻게 됐지?"

김동섭 엄마가 물었다.

"대답해."

본능

가우스는 로봇이었다. 아무리 작은 차이라도 구분할 수 있었다. 확실했다. 이 목소리는 동섭이 엄마였다.

"예⋯⋯. 잘 했습니다."

교문 앞에서 김동섭과 시비가 붙었을 때, 그때 김동섭의 친구들한테 얻어맞을 뻔한 걸 성우가 구해 줬다. 그리고 바로 다음 순간 그 여자가 나타났다. 아들을 불러서 차갑게 훈계하던 목소리.

"내가 아까 다음번 기말고사 영어 시험 날짜가 언제냐고 물었잖아. 교무실에 알아보고 답변 준다면서? 어떻게 됐나?"

그 여자가 진미선이었다. 세련된 옷차림에 깔끔한 외모. 사람을 빤히 쳐다보는 눈. 진미선은 로봇인 가우스도 그렇게 쳐다봤다. 그때는 로봇을 보고 신기해서 그러는 거라고 생각했다.

"죄송합니다. 아직 결정되지 않았습니다."

그는 영어 시험 날짜가 언제인지 몰라서 둘러댔다.

"아마 가까운 시일 안에 결정될 것 같아요."

"뭐야, 교장선생님은 알고 있을 거라더니."

갑자기 그녀가 가볍게 웃으며 말했다.

"정 선생, 진짜 무슨 일 없는 거지?"

"네, 전 괜찮아요."

가우스는 살얼음 위를 걷는 기분이었다. 정순태의 목소리와 말투를 흉내 내고 있었지만 언제 들킬지 알 수 없었다. 선유한도 긴장해서 입술을 깨물었다.

"참, 어제 정 선생이 나한테 준 화분 말인데, 물을 일주일에 한 번만 주면 된다고 그랬나?"

"음⋯⋯. 네, 그 정도면 돼요."

"일주일 한 번. 알겠어. 그건 그렇고, 중요한 일이 있어서 전화했어. 저번에 말한 거 기억하지? 거기에 중요한 증거가 다 들어 있다고 했잖아."

가우스는 얼른 맞장구를 쳐 줬다.

"그렇죠."

"아무리 생각해도 그걸 내가 가지고 있으면 안 될 것 같아. 너한테 줄 테니까 알아서 처리해. 조심해야 한다. 결정적인 증거니까."

그 말에 가우스는 기겁했다. 선유한의 눈도 등잔만 하게 커졌다. 믿을 수 없는 일이었다.

"듣고 있어?"

"아, 예."

"구로동에 있는 우리 회사 건물로 와라. 어딘지 알지? 구로디지

털단지역 근처에 있는 곳. 거기 지하 주차장에 있는 보관함의 14번 칸에 넣어 둘게. 비밀번호는 6235야. 건물 관리인이 하루 동안 안 가져간 물건을 모두 처분하니까 오늘 안에 꼭 가져가야 한다."

가우스는 자기도 모르게 고개를 끄덕였다.

"예, 알겠습니다."

진미선은 잠시 가만히 있다가 말했다.

"정말 별일 없지? 무슨 문제 생기면 바로 연락해."

"예, 알겠습니다."

전화가 끊어졌다. 가우스와 선유한은 이 상황을 믿을 수가 없어서 계속 멀뚱히 서 있었다. 정 선생은 불안하게 몸을 떨면서 할머니와 로봇을 힐끔거렸다. 선유한은 정순태의 입에서 테이프를 떼어 냈다.

"너도 다 들었지? 진미선이 너한테 증거를 준다는데, 어떤 증거를 말하는 거야?"

정순태는 눈을 감고 울먹였다. 체념한 모습이었다.

"이 사건에 대한 거요."

"너희가 지훈이를 죽였다는 증거?"

"네. 관련된 모든 증거요."

선유한의 얼굴에 미소가 번졌다. 선유한이 가우스를 돌아보며 말했다.

"일이 정말 잘 풀린다. 이렇게 엄청난 행운이 올 줄은 몰랐어. 그 증거를 전부 갖고 경찰에게 가자. 우리가 사건을 해결한 거야."

가우스는 그 말에 동의하고 싶었다. 정말 예상치 못한 행운이군.

일이 쉽게 풀려서 다행이야.

그런데 불안한 마음이 드는 건 왜일까.

가우스는 정순태의 턱을 들고 말했다.

"정 선생님, 저를 보세요."

정순태는 눈물이 맺힌 눈으로 가우스를 쳐다봤다.

"왜 진 사장이 선생님한테 증거를 없애라고 하는 거죠? 중요한 거라면 직접 없애면 되잖아요."

"사장님은 자기 손으로 직접 뭔가를 하는 법이 없거든. 항상 아랫사람에게 시키기만 하지."

"그럼 바로 옆에 있는 부하에게 시키면 되잖아요. 왜 굳이 선생님한테 전화해서 없애라고 하는 걸까요?"

정순태는 고개를 돌렸다.

"그건 나도 모르겠어. 아마……."

정순태가 힘겹게 말을 이었다.

"아마 단순히 증거를 없애는 일 말고 또 다른 임무를 주려는 게 아닐까 싶어. 보관함 안에 다른 지시 사항도 들어 있겠지. 직접 봐야 알 것 같은데."

"가우스, 됐어. 이제 다 끝났어. 진미선이 이놈에게 중요한 증거를 전부 준다니까 우리가 가서 가로채면 되는 거야."

잔뜩 흥분한 선유한이 말했다. 그녀는 드디어 복수를 할 수 있다는 생각으로 달아올라 있었다. 하지만 가우스는 마음이 쉽게 동하지 않았다.

"하지만 뭔가 좀 이상합니다."

"뭐가 이상한데?"

그때 정순태가 애처롭게 말했다.

"제발 가지 마세요, 부탁이에요. 진 사장이 저한테 전화를 걸었는데 여러분이 가면 진 사장이 절 죽일 거예요. 제발요."

"조용히 해, 이 병신아! 넌 그년한테 죽지 않고 감옥에서 죽을 거야. 진미선도 마찬가지고."

"그럼 제가 대신 갈게요. 제가 가서 가져올 테니까 절 기다려 주세요."

선유한은 코웃음을 쳤다.

"네가 대신 간다고?"

"네, 전 정말 반성하고 있어요. 자수도 하고 수사에 협조할게요. 그러니까 제발……."

"입 닥쳐! 가우스, 우린 오늘 밤 그 창고로 간다. 거기서 증거를 갖고 와서 이놈과 함께 경찰에 넘기자. 그 전까지 이 새끼를 집 안 어딘가에 꼼짝 못 하게 묶어 놔야 해."

"할머니 제발……."

"잠깐만요, 그 전에 물어볼 게 있어요."

가우스는 선유한을 제지했다. 그는 정순태에게 물었다.

"진미선이라는 사람이 김동섭 엄마 맞죠?"

정순태는 잠시 머뭇거렸지만 결국 인정했다.

"맞아."

"잠깐, 김동섭은 또 누구야?"

선유한이 물었다.

"지훈이와 같은 반 아이요. 다른 애들을 자주 괴롭히는 아이인데 진미선은 그 아이의 엄마였어요."

"뭐라고? 이건 또 무슨 소리야?"

선유한의 얼굴이 일그러졌다.

"그러니까 지훈이를 죽인 게 지훈이 친구 엄마라는 거야?"

"진 사장은 지훈이한테는 아무 감정 없어요."

정순태가 중얼거렸다.

"그냥 아들이 우리 학교 학생이라서 '계획'을 우리 학교에서 실행한 것뿐이에요. 신양중 학부모니까 신양중학교가 익숙하잖아요. 단지 그뿐이에요. 진 사장은 원래 지훈이를 알지도 못했어요."

"그런데 정 선생님이 지훈이를 희생물로 삼자고 먼저 제안했다는 거군요."

정순태가 우물쭈물했다.

"뭐 그런 건 아니고……."

선유한이 고함을 질렀다.

"아니긴 뭐가 아니야! 네 입으로 아까 그렇게 말했잖아! 선생이라는 놈이 어떤 학생을 죽일지 선별해?"

"그건 진 사장의 명령으로 어쩔 수 없이 그랬던 거예요. 저도 그런 짓을 하고 싶지 않았지만 정말 어쩔 수 없었어요."

"이 새끼가 진짜!"

눈이 뒤집힌 선유한이 진압봉을 휘둘렀다. 가우스가 말리지 않았다면 당장이라도 정순태를 때려죽였을 것이다. 가우스는 할머니를 말리다가 하마터면 몽둥이에 맞을 뻔했다. 정순태는 겁에 질려 의자에 묶인 몸을 들썩였다.

"가우스, 조심해! 그러다가 맞으면 어떡해!"

"이미 맞고 있잖아요."

"너 말고 내가 맞을 것 같단 말이야. 할머니 좀 어떻게 해 봐!"

선유한은 미친 듯이 소리를 질렀다.

"이거 놔! 죽여 버리겠어!"

"할머니, 제발 진정하세요. 이 사람은 어차피 끝났잖아요."

"놓으란 말이야!"

"할머니, 제발!"

그는 선유한의 어깨를 붙잡고 흔들었다.

"여기까지 간신히 왔잖아요. 여기서 흔들리면 지금까지의 모든 노력이 다 물거품이 되는 거예요. 제발 좀만 더 참으세요."

가우스는 손등으로 할머니의 눈물을 닦았다.

"할머니는 의지가 강한 분이고 저보다 더 이성적인 분이에요. 그러니까 여기까지 올 수 있었던 거죠. 이제 와서 포기하면 너무 아깝지 않나요?"

"맞아요. 제발 참으세요."

정순태가 말했다.

"선생님은 입 좀 닥치세요. 죽기 싫으면."

가우스의 말에 정순태는 입을 다물었다. 선유한은 핏발 선 눈으로 가우스를 노려보다가 팔을 내려뜨렸다. 가우스는 다시 정순태에게 물었다.

"혹시 이 일에 동섭이도 개입한 겁니까?"

"그건 아니야. 동섭이가 일진이기는 해도 그런 짓까지 하지는 않아. 동섭이는 자기 부모가 무슨 일을 하는지도 모르는 것 같아. 그냥 진 사장은 목표로 정해진 지훈이가 아들이랑 같은 반이라는 걸 알게 되자 지훈이에 대해서 자세히 물어봤을 테고, 동섭이는 자기가 아는 대로 엄마한테 말해 준 게 전부일 거야."

"구체적으로 어떤 정보를 알려 줬다는 겁니까?"

"음, 그러니까 부모가 없고, 할머니하고 같이 살고, 가우스랑 친하게 지내는 애 중 하나다, 뭐 이 정도."

진압봉을 쥔 선유한의 손이 떨렸다. 그녀는 다시 한번 몽둥이를 휘둘렀다. 이번에는 가우스가 미처 말리기 전이었다. 무릎에 몽둥이를 맞은 정순태가 비명을 질렀다. 선유한은 자신을 붙잡는 가우스의 손을 거칠게 뿌리쳤다.

"됐으니까 이 새끼 묶는 거나 도와."

가우스는 할 수 없이 그 말을 따랐다. 로봇과 할머니는 발버둥치는 정 선생의 입 안에 양말을 집어넣고 테이프로 입을 감았다. 가우스는 기도가 막히지 않게 조심하라고 했지만 선유한은 신경 쓰지 않았다. 그녀는 커다란 덩어리를 거칠게 포장하듯이 정순태를 잔인하게 묶었다. 진실을 알게 된 선유한에게 아까의 무기력한 모습은 온데간데없었다. 그녀는 극도로 흥분해 있었다. 그녀가 간절히 원하던 순간이, 지훈이를 죽인 일당을 남김없이 날려 버릴 기회가 손에 들어온 것이다. 상상조차 못한 행운이었다.

"사필귀정이야."

끈과 테이프로 정순태를 꽁꽁 묶으면서 선유한이 말했다.

"아무리 치밀한 범죄자도 실수할 때가 있는 거지. 아니, 이건 실수가 아니야. 우리가 놈의 머리 꼭대기에 있으니까 가능한 일인 거야."

가우스는 실성한 사람처럼 계속 중얼거리는 선유한이 걱정스러웠다. 할머니는 손자가 죽고 지금까지 억눌러온 감정이 지금 한꺼번에 터져 나오고 있었다.

"아니지, 내가 말을 잘못했구나. '우리'가 아니라 가우스 너지. 너 혼자 힘으로 여기까지 왔으니까. 너 한 사람의 힘으로 이 모든 일을 해낸 거야."

"아직 범인을 완전히 잡은 것도 아닌데요, 뭘. 그리고 감사합니다만, 전 사람도 아닌걸요."

"내가 사람이라고 그랬니?"

선유한이 실소를 터뜨렸다.

"그렇지만 너랑 같이 있으니 왠지 자꾸 네가 사람처럼 느껴져. 아마 지훈이도 그래서 널 좋아한 거 아닐까? 지훈이 친구들도 위험을 무릅쓰고 널 숨겨 줬잖아. 다들 너를 사람으로 여겼으니까 그런 거야."

나를 사람으로 여긴다고? 그 말을 듣자 기분이 좀 이상했다. 가우스는 정순태를 묶으면서 이런저런 상념에 잠겼다. 그는 간절히 인간이 되고 싶어 했던 꼬마 휴머노이드에 대한 영화가 다시 떠올랐다. 그 가엾은 소년은 인간이 되려고 온갖 위험을 감수했지. 반면에 난 한 번도 인간이 되고 싶어 한 적이 없는데 자꾸 주변에서 인간 취급을 해 주는군. 그게 싫지는 않았지만 기분이 썩 좋지도 않았다. 그를 인간으로 만들어 준 건 요정이 아니라 악마였다. 그는 악마에게 인간이 되라는 저주를 받은 것이다. 이제는 나도 모르겠다. 나는 정말 로봇이 맞는 걸까?

"그리고 내 생각에 사람인지 로봇인지는 중요한 게 아니야. 난 너에게 정말 고마워. 정말 고맙구나, 가우스. 정말이야."

선유한이 가우스의 두 손을 꽉 잡았다. 가우스는 할 말이 없어서 그냥 고개를 끄덕였다. 둘은 자신들이 열심히 만든 작품을 내려다보았다. 정순태는 너무 많은 테이프와 끈으로 묶어 놔서 커다란 고치처럼 보였다.

"이제 그만 묶어도 될 것 같아요."

"그래, 그러자."

둘은 정순태의 집 열쇠와 휴대폰을 갖고 집을 나왔다. 그리고 현관문을 잠그고 떠났다.

두 사람은 박종안의 벤테이가를 타고 성우의 집으로 돌아왔다. 성우는 초조하게 할머니와 선생님을 기다리고 있었다.

"어떻게 됐어요? 정순태가 그 사진을 찍은 게 맞아요?"

문을 열어 주면서 성우가 물었다. 집 안에서 담배 냄새가 났다.

"성우야, 또 담배 피웠니?"

"죄송해요. 너무 긴장돼서."

"성우야, 몇 번을 말하니. 흡연은 폐암과 각종 호흡기 질환을 포함한……."

선유한이 가우스의 말을 잘랐다.

"맞아. 그놈이 찍은 거였어."

"진짜요? 어떻게 된 거예요? 왜 정순태가 찍은 사진이 그 건물에 있는 건지 정순태가 말하던가요?"

"구멍 난 풍선처럼 실토하더구나. 전부 다 말했어. 우린 계획의 주동자가 누구인지도 알아냈다."

"진짜요? 누군데요?"

"진미선. 김동섭 엄마."

선유한이 침착하게 설명했다.

"김동섭의 엄마가 이 사건의 배후야. 그리고 정순태는 김동섭 엄마의 명령으로 지훈이를 죽이는 데 공모한 거래."

성우의 입이 딱 벌어졌다.

"선생님, 정말이에요?"

가우스가 말했다.

"그래, 그 여자와 통화까지 했어."

가우스는 정순태의 집에서 있었던 일을 모두 들려줬다. 가우스는 옆에 있는 선유한의 눈치를 보면서 정순태를 묶어 놓고 때린 건 두루뭉술하게 넘어갔다. 하지만 선유한은 가우스가 이야기하는 내내 소파에 앉아 팔짱을 낀 채 별 반응이 없었다. 성우는 심각한 표정을 지은 채 듣고 있다가 이야기가 다 끝나자 크게 한숨을 쉬었다.

"이런 시발……. 죄송합니다. 근데 정말 믿을 수가 없어요."

성우가 머리를 흔들었다.

"이게 도대체 어떻게 된 일이야. 그래서 이제 어떻게 하실 거예요?"

소파에 몸을 파묻고 있던 선유한이 말했다.

"난 오늘 밤 그 건물에 갈 거야. 진미선이 그곳에 남긴 중요한 증거를 손에 넣으면 놈들의 범행을 밝히는 데 큰 도움이 되겠지."

성우는 아직도 믿기지 않는 눈치였다.

"아니 정순태가⋯⋯. 그 사람은 너무 멍청해서 파리 한 마리도 못 잡을 것 같던데."

선유한이 말했다.

"내가 보기에도 좀 순진한 인상이긴 하더라. 근데 멍청한 것 같지는 않아. 오히려 너무 교활해서 어리숙해 보이는 사람도 세상에는 많단다. 어떻게 해야 순진하게 보이는지 본능적으로 아는 거지."

"정순태도 놀랍지만 김동섭 엄마가 모든 일을 계획했다는 건 레알 어이없는데. 전 그 아줌마를 교문 앞에서 딱 한 번 봤는데요, 글쎄 롤스로이스 팬텀을 타고 왔더라고요."

"롤스로이스? 그게 뭐야?"

선유한이 물었다.

"존나게 크고 아름다운 차요. 아무튼 그 순간만큼은 내 롤모델이었는데 그런 씹쓰레기 범죄자였다니. 그 새끼가 범죄 회사의 수장이라는 거죠?"

선유한이 말했다.

"맞아. 세이지에는 비밀 범죄 부서가 있대. 회사 일을 범죄로 처리하는 부서인데 진미선이 그 부서의 총책임자라는군. 남편은 회사의 양지에서 일하고 마누라는 범죄 조직의 우두머리였던 거지."

"아, 이제 기억나요! 제 주변에 세이지에 다니는 사람이 있었는데 그게 김동섭 부모였어요. 김동섭 부모가 둘 다 세이지의 고위직 임원이라는 말을 들은 적이 있거든요. 이제야 기억이 나네요. 물론 그때는 그 회사가 범죄 집단인지 몰랐지만."

선유한이 물었다.

"김동섭은 어떤 애냐?"

"쓰레기요."

성우가 간단하게 정의했다.

"그 새끼 일진이에요. 애들 패고 삥 뜯는 새끼."

"하긴 부모가 그런데 애가 바른 아이는 아니겠지."

"그래도 이제 그 새끼들 다 골로 가겠네요. 오늘 밤에 확실한 증거를 손에 넣으면 둘 다 감옥에 처넣을 수 있겠죠? 우리 동섭이 이제 고아네."

성우가 산뜻한 표정으로 말했다.

가우스는 말없이 둘의 대화를 듣고 있었다. 그는 아까부터 자신을 사로잡은 불안감에 대해 계속 검토하는 중이었다. 선유한이 물었다.

"가우스, 네가 표정이 없어서 잘은 모르겠지만 아까부터 계속 뭔가를 생각하는 것 같구나. 무슨 생각 하고 있어?"

가우스는 잠시 망설이다 말했다.

"아무래도 함정인 것 같아요."

"함정?"

선유한이 눈을 가늘게 뜨고 물었다.

"진미선이 우리를 잡으려고 함정을 팠다는 거니?"

"네."

성우가 물었다.

"왜 그렇게 생각하세요?"

"진미선이 아까 정순태에게 그랬거든. 너한테 결정적인 증거를 줄 테니까 네가 알아서 처리하라고. 할머니도 기억하시죠?"

"물론이지."

"근데 좀 이상하지 않나요? '증거'라는 단어 말이에요. 범인이 공범에게 말하면서 '증거'라는 단어를 쓰다니, 좀 안 어울리지 않나요?"

"별로 이상하지는 않은데. 범인도 얼마든지 증거라는 말을 쓸 수 있지 않나요?"

선유한도 거들었다.

"그래, 이상할 건 없지."

"맞아요, 얼마든지 쓸 수 있는 단어입니다. 그렇지만 전 그 단어를 쓰는 상황이 어색하게 느껴졌어요. 보통 이런 상황에서 범인이 공범에게 개인적으로 얘기할 때는 보관함 안에 넣어 둔 물건을 구체적으로 지칭하겠죠. 그런데 진미선은 '증거'라는 아주 추상적인 단어로 그 물건을 지칭합니다. 전 그 부분이 어색하게 느껴졌어요. 자연스러운 대화는 이런 식일 겁니다. 가령, 어떤 두 사람이 공모해서 살인을 했다고 가정해 봅시다. 그래서 한 사람이 다른 사람에게 전화해서 증거를 없애라고 지시를 한다면 아마 이런 식으로 말하겠죠. '우리 지문이 묻어 있는 칼이 어떤 장소에 있다. 빨리 그 칼을 없애라.' 그러면 공범은 살인에 사용된 칼을 처분하러 가는 겁니다. 그런데 지금 상황은 이렇습니다. 살인자 중 하나가 범행에 쓴 칼을 어떤 장소에 갖다 놓고 공범에게 전화를 해서 이렇게 말하는 겁니다. '내가 보관함에 증거를 갖다 놓았다. 중요한 증거니까 네가 없애라.' 정말 이상하죠? 자기가 바로 없애면 될 것이지 왜 번거롭게 남에게 시키는 걸까요? 또 범인들끼리 개인적으로 대화하는 상황이면 그 물건을 '칼', '사진', '시체'와 같이 구체적으로 지칭할 겁니다. 하지만 진미선은 보관함 안에 든 물건을 직접 언급하지 않았어요. 바로 이 부분이 의심스럽다는 겁니다. 증거라는 말은 범인이 다른 공범에게 하는 말이 아니라 경찰이 쓰는 단어에 더 가깝지 않을까요? 사소한 부분이지만 저는 진미선이 '증거'라고 표현한 게 마음에 걸려요. 그리고 그걸 정순태에게 없애 달라고 하는 것도요."

"무슨 말인지 알겠다. 하지만 난 좀 다르게 생각해. 진미선이 보관함에 칼이나 사진 같은 어떤 특정한 물건을 넣어 뒀다면 네 말대로 그 물건을 구체적으로 지칭했겠지. 하지만 그 안에 든 물건이 한 개가 아니라면? 사건과 관련된 온갖 다양한 증거들을 모두 한 곳에 보관한 거라면 그냥 증거라고 뭉뚱그려 표현하는 게 더 자연스러울 거야."

"그럼 그걸 왜 정순태에게 없애 달라고 할까요? 자기가 직접 없애면 되잖아요. 게다가 정순태는 그저 돈으로 매수한 졸개일 뿐 그 조직에 소속된 사람도 아니잖습니까."

선유한은 고개를 저었다.

"그 증거들을 안전하게 처분할 수 있는 가장 확실한 사람이 정순태라서 그런 게 아닐까? 그게 뭔지는 모르지만 정순태는 현직 교사잖아. 세상에는 전문 범죄자보다 현직 교사가 더 깔끔하게 해결할 수 있는 문제들도 있어. 그리고 정순태가 자기는 세이지의 조직원이 아니라고 한 건 거짓말일지도 몰라. 난 그런 의심이 계속 들었어. 우리를 자극했다간 내가 자기를 죽일지도 모르니까 겁이 나서 최대한 자기는 관계없다고 둘러댄 거지. 그리고 그놈이 진미선과의 통화를 듣고 이런 말도 했잖아. 그 보관함에 증거뿐만 아니라 또 다른 지시 사항도 들어 있는 것 같다고 말이야."

"죄송합니다만 할머니 말씀은 약간 모순인 것 같습니다. 할머니는 정순태가 거짓말을 한다고 의심하시면서 동시에 그곳에 지시 사항이 있을 거라는 정순태의 말은 믿고 계시거든요."

선유한은 잠시 생각하다 고개를 끄덕였다.

"네 말이 맞다. 나는 정순태의 말을 선택적으로 믿고 있어. 하지만 적어도 진미선이 직접 전화해서 정순태에게 뭔가를 지시하는 모습을 우리가 직접 확인했잖아. 그러니까 또 다른 임무가 증거와 함께 있을 것 같다는 정순태의 말은 신빙성이 있지."

"그렇긴 하지만, 저는 도대체 왜 진미선이 정순태에게 증거를 가져가라고 한 건지 이해가 안 됩니다. 제가 만약 범죄자라면 범죄와 관련된 증거들을 남에게 맡기지 않고 최대한 빨리 없애 버릴 겁니다. 현직 교사가 처리해야 깔끔하게 처분할 수 있는 증거? 글쎄요, 그게 도대체 어떤 증거일까요?"

"그건 나도 모르겠지만 아마 학교 서류를 조작하는 일 같은 게 아닐까? 그게 뭔지는 직접 가서 봐야 알겠지."

가우스가 대답이 없자 선유한은 말을 이었다.

"나도 옆에서 같이 그 통화를 들었잖니. 진미선은 정순태에게 영어 시험 날짜나 화분에 물을 주는 것 같은 사소한 얘기도 했어. 그리고 문제가 생기면 바로 연락하라고 친근한 말투로 거듭 강조했지. 이런 걸로 볼 때 정순태는 비록 조직원은 아니지만 진미선과 허물없는 사이일 거야. 진미선이 정순태를 신뢰해서 중요한 증거를 없애 달라고 하는 게 이상한 일은 아닐 거야."

가우스도 선유한의 말에 수긍했지만 완전히 납득할 수는 없었다. 설명할 수 없는 무언가가, 어떤 위험한 예감이 그의 마음속에서 번지고 있었다.

"그래서 네 말은 진미선이 우리를 유인해서 잡으려고 함정을 팠다는 거니?"

"그런 것 같아요."

선유한은 다시 팔짱을 끼고 생각에 잠겼다. 진미선이 함정을 팠을 가능성이라……. 그녀와 가우스는 진미선이라는 사람에 대해 아는 게 없었다. 그녀는 방금 전 갑작스럽게 이 사건에 등장했다. 짧은 통화 한 번과 교문 앞에서의 짧은 대면만으로는 그녀가 어떤 사람인지 짐작할 수 없었다.

"근데 선생님 말대로 김동섭 엄마가 함정을 판 거라면 전화를 받은 상대방이 정순태가 아니라 선생님이라는 걸 눈치챘다는 거잖아요."

성우가 말했다.

"그렇지."

"그런데 선생님은 사람의 목소리를 완벽하게 모사할 수 있잖아요? 목소리나 말투를 구분할 수 없을 만큼 똑같이 흉내 낸다고 선생님을 만든 박사가 그랬다면서요. 그런데 진미선이 어떻게 선생님이 정순태가 아니라는 걸 알아챘다는 거죠?"

선유한도 말했다.

"듣고 보니 그렇구나. 진미선이 함정을 판 거라는 말은 곧 상대방이 정순태가 아니라는 걸 간파했다는 뜻이야. 근데 그게 가능한가?"

사실 바로 그 부분이 문제였다. 그것 때문에 가우스는 이러지도 저러지도 못하는 중이었다.

"진미선은 정순태의 휴대폰으로 전화를 걸었고, 전화를 받은 너는 정순태와 완전히 똑같은 목소리로 말했어. 이 세상에 너보다 성대모사를 잘하는 인간은 없잖아. 진미선은 네가 정순태라는 사실을 눈치채지 못했을 거야."

선유한이 가우스를 타일렀다. 선유한 할머니에게 아까 정순태를 고문하던 잔인한 모습은 온데간데없었다. 할머니는 지금도 다 잡은 고기를 놓칠까 봐 조바심을 내고 있긴 했지만 다시 타고난 침착함을 되찾은 상태였다. 가우스는 할머니의 말에 동의할 수밖에 없었다. 자신의 논리에는 결정적인 구멍이 있었다. 이번만큼은 선 할머니와 성우가 로봇보다 더 논리적이었다.

가우스는 진미선과 몇 마디 대화한 것만으로도 그녀가 만만한 상대가 아니라고 느꼈다. 심지어 그녀가 자신의 정체를 꿰뚫어 본 것 같다는 불안감마저 들었다. 어떤 논리적인 근거에 기반한 불안감이 아니었다. 왜 그런 불안감이 드는지는 자신도 설명할 수 없었다. 가우스는 인간이 수백만 년간 진화한 끝에 오늘날의 모습이 되었다는 걸 알고 있었다. 그리고 인간이 그 오랜 시간을 살아남을 수 있었던 건 위험을 감지하는 본능 덕분이었다. 그건 계산과 논리의 영역이 아니었다. 가우스는 절묘한 확률로 공포를 갖게 되었고 공포는 본능의 필수 조건이었다. 가우스는 지금 로봇에게 허락되지 않은 일, 본능적인 불안을 느끼고 있었다.

본능과 논리 중에 무엇을 따라야 할까? 물론 답은 정해져 있었다. 그는 로봇이었다.

"할머니 말씀이 맞아요. 제가 쓸데없는 걱정을 했네요. 이상하게도 진미선의 음성을 머릿속에서 재생할수록 자꾸 불안한 느낌이 들어요. 왜 불안한지는 저도 모르겠지만."

"선생님 이제 정말 사람 다 되셨네요."

성우가 가볍게 웃었다.

"그러게 말이야. 나도 내가 왜 이러는지 잘 모르겠어."

"너만 그러는 게 아니야. 나도 많이 불안해. 진미선이라는 사람은 말 몇 마디만으로도 사람을 바짝 긴장시키는 사람 같았어."

선유한이 말했다.

"하지만 우린 이제 부딪쳐 볼 수밖에 없어. 가우스, 네가 걱정해 줘서 참 고맙구나. 나도 많이 불안해. 하지만 난 오늘 밤에 그 건물에 갈 거야. 우리를 아프게 한 놈들은 정말 강한 상대지만 그만 결정적인 실수를 하고 말았어. 난 이 기회를 놓친다면 얼마 안 남은 내 인생이 끝나는 날까지 후회하게 될 거야."

이 할머니는 정말 존경스러운 분이군. 가우스는 선유한의 강단에 감탄했다. 특수 합금으로 만들어진 로봇보다 더 튼튼한 분이야.

"알겠습니다. 할머니가 가신다면 저도 같이 갈게요."

가우스가 힘주어 말했다.

"두 분만 가셔도 괜찮으시겠어요? 저도 갈게요."

성우의 말에 가우스와 선유한이 동시에 말렸다.

"아니야, 성우 넌 이미 많은 위험을 감수했어. 난 더 이상 내 학생이 다치는 걸 보고 싶지 않아."

"선생님 말이 맞다. 가서 별일은 없겠지만 그래도 넌 여기 남아 있으렴. 로봇 선생이랑 할머니가 해결하고 올게."

그때 갑자기 초인종 소리가 나서 로봇과 할머니는 반사적으로 일어났다.

"괜찮아요, 위험한 애들 아니에요."

성우가 문을 열러 가며 그들을 진정시켰다.

"안전한 찐따들이에요."

문을 열자 조윤이와 현석이가 들어왔다. 둘 다 한 손에는 봉투를 들고 다른 한 손에는 아이스크림을 들고 있었다.

"야, 이 새끼가 돼지바가 돼지년에 나와서 돼지바래. 진짜 병신 아니냐?"

"진짜라고 병신아."

"그럼 쭈쭈바는 어디서 나왔는데?"

"쭈……. 꺼져, 병신아."

두 아이는 가우스를 보고 깜짝 놀랐다.

"어, 선생님 또 만나네요! 어젯밤이 영원한 작별이라고 생각했는데."

반가워하던 현석이는 할머니가 가우스 뒤에서 나타나자 굳어 버렸다. 조윤이도 마찬가지였다.

"누구지? 주성우 너네 할머니야?"

성우가 미처 대답하기 전에 선유한이 말했다.

"난 지훈이 할머니야. 다들 반갑다."

가우스는 당황한 두 아이에게 말했다.

"일이 좀 그렇게 됐단다. 들어와. 찬찬히 설명해 줄게."

다들 아직 점심을 먹지 않았다고 해서 성우는 찬장에서 컵라면을 꺼냈다. 성우는 물을 끓이면서 지금까지 있었던 일을 친구들에게 자세히 설명했다. 두 친구는 할머니의 눈치를 보면서 성우의 이야기에 귀를 기울였다. 한참 듣고 있던 현석이가 비명을 질렀다.

"말도 안 돼! 김동섭 엄마라고? 거기에 정순태까지? 진짜예요?"

"진짜야."

가우스가 대답했다. 조윤이도 입이 딱 벌어졌다.

"시발……. 이게 나라냐."

조윤이가 탄식하며 아이스크림 막대를 던졌다. 막대는 정확히 쓰레기통 안에 들어갔다.

"할머니, 괜찮으세요?"

"나?"

선유한은 고개를 흔들었다.

"괜찮아."

"죄송해요."

"너희가 왜 죄송하니? 괜찮다."

아이들은 말없이 한숨을 쉬었다.

"라면 다 됐다. 어서 먹으렴."

선유한은 컵라면 뚜껑을 하나씩 벗겨서 아이들에게 내밀었다.

"저기, 할머니?"

현석이가 조심스럽게 물었다.

"그래서 이따가 거기로 가실 거예요? 김동섭 엄마가 말한 곳이요."

"그래, 가우스가 같이 가 주기로 했어."

조윤이가 말했다.

"저희도 같이 갈게요."

"너희는 그냥 집에 있어."

"위험할지도 모르잖아요. 두 명보다는 다섯 명이 더 낫죠."

"우린 패싸움하러 가는 게 아니야. 너희는 그냥 쉬고 있으렴. 가우스 얘기 들어 보니까 너희는 이미 할 만큼 했다. 특히 너는 어제 하마터면 죽을 뻔했다며."

선유한의 말에 현석이는 착잡한 표정을 지었다. 어젯밤 정신없이 뛰어다니던 걸 떠올리면 아직도 간담이 서늘해지는 모양이었다.

"네, 그때는 진짜 무서웠어요. 선생님도 팔 한쪽이 잘리셨고요. 솔직히 저는 별로 가고 싶지 않아요. 그 건물 안에 김동섭 엄마가 만든 로봇 군단이 숨어 있을지도 모르잖아요."

"SF 좀 적당히 봐."

성우가 한심하다는 얼굴로 말했다.

"웃기는 말이라는 거 나도 아는데, 일주일 전까지만 해도 로봇이 살인을 할 거라고 하면 모든 사람이 비웃었을 거야."

"그건 사람이 조종하는 로봇이었으니까 그렇지. 살인을 한 그 로봇은 인공지능이 아니라 그냥 장난감으로 봐야 하지 않냐? 자율적으로 움직이는 게 아니라 RC카처럼 조종하는 거잖아."

조윤이가 말했다. 가우스는 혼자 소파에 앉아 그들이 얘기하는 걸 들으며 충전을 했다. 선유한도 조용히 젓가락질을 하고 있었다. 인간들은 말하는 것과 먹는 것을 한 번에 하나씩만 할 수 있었다. 둘 다 동시에 하는 건 어려워 보였다. 그 두 가지를 하나의 구멍으로 해결해야 했으니 말이다. 팔에 충전기만 꽂으면 되는 가우스의 식사에 비하면 정말 비효율적으로 보였다. 아마 미래에는 인간들도 가우스처럼 밥을 먹을지도 모른다. 가우스는 라면을 먹는 아이들을 보며 생각했다. 인간들이 저렇게 물만 부으면 먹을 수 있는 음식을 만든 것도 점점 바빠져서 제대로 된 음식을 먹을 여유가 없어서 그런 것이겠지. 나중에는 나처럼 몸에 충전기를 꽂는 걸로 식사를 대신할지도 몰라. 그럼 인간들은 좀 더 효율적으로 살게 되겠군.

한 가지 재미있는 건 성우와 조윤이와 현석이는 그리 효율적으로 사는 것처럼 보이지 않았다는 것이다. 그들은 인간 세계의 발전을 역행하는 존재였다. 가우스는 그래서 아이들이 좋았다. 아이들은 로봇처럼 살고 싶은 마음이 손톱만큼도 없어 보였다.

가우스가 이런 생각을 하는 동안 아이들은 자기들끼리 떠들다가 지쳤는지 조용히 라면을 먹었다. 애들은 먹을 때는 조용했다. 하지만 다 먹고 나자 다시 현석이가 입을 열었다.

"그렇지만 무섭더라도 저희가 같이 가 드려야 안전할 것 같아요."

"나 참, 정말 괜찮아."

할머니가 말했다.

"사실 나 혼자 가도 돼. 이건 내 일이니까."

"제 일이기도 합니다. 얘들아, 선생님이랑 할머니 둘만 갈게. 너희는 집에 있어. 그리고 무슨 일이 생기면 바로 전화하렴."

"그 반대죠. 선생님이랑 할머니한테 무슨 일이 생기면 바로 전화하세요. 저희가 구하러 갈게요."

조윤이의 말에 성우가 물었다.

"어떻게 구할 건데?"

"그건 네가 생각해야지."

"시발."

선유한이 말했다.

"말이라도 참 고맙구나. 하지만 우리 걱정은 안 해도 돼. 가우스, 몇 시간 후에 출발하자. 놈들이 언제 물건을 갖다 놓을지 알 수 없으니까 너무 이르지도, 늦지도 않게 가는 게 좋겠어."

"알겠습니다. 다시 박종안 씨한테 신세를 좀 져야겠군요."

몇 시간 후 둘은 성우의 집을 나와 차를 타고 출발했다. 가우스는 차량에 연결된 충전기를 팔에 꽂은 채 진미선이 말한 건물 주변을 로드뷰로 샅샅이 훑었다. 할머니도 스마트폰으로 건물 주변을 조사했다. 특별한 건 없었다. 구로디지털단지역 뒤편의 세이지증권 건물은 가우스가 낮에 갔던 화장장과 세이지 사무실에서 3킬로미터 남짓 떨어진 곳에 있었다. 30분도 채 되지 않아 그들은 목적지에 도착했다.

　"저쪽에 지하 주차장으로 내려가는 통로가 있어."

　선유한이 말했다. 가우스는 차를 건물 앞에 있는 골목 안에 세웠다. 정면에서 본 잿빛의 우중충한 건물은 마치 투박하고 거대한 금고 같았다. 이곳 어딘가에 그녀가 간절히 찾던 것, 선유한 할머니가 목숨보다 더 찾고 싶은 게 있을 것이다.

　주차장으로 내려가면서 둘은 무슨 소리가 들리나 멈춰 서서 귀를 기울였다. 하지만 사방이 고요했다. 넓은 주차장에는 차가 드문드문 서 있었고 음침한 전등이 켜져 있었다.

　"저기 있다."

　선유한이 멀리 구석에 있는 보관함을 가리켰다. 지하철 대합실에 있을 것 같은 물품 보관함이었다. 그들은 보관함으로 다가갔다.

　"몇 번이라고 했지?"

　"14번이요. 비밀번호는 6235."

　선유한은 떨리는 손으로 번호를 맞췄다. 삐걱거리는 소리를 내면서 문이 열렸다. 그녀는 숨을 크게 들이마셨다.

　그 안에는 익숙한 물건 하나가 전부였다. 선유한이 그걸 집어 들었다. 경찰이 쓰는 수갑이었다.

가우스는 보자마자 뭔가 잘못되었다는 걸 직감했다.

"이건……. 우리가 아까……."

그들이 정순태를 묶어 놓은 수갑이었다.

걸렸다.

가우스는 덥석 선유한의 팔을 잡았다.

"할머니, 빨리 여기서 나가요."

"늦었어."

할머니가 한 말이 아니었다. 저 뒤쪽에서 난 소리였다.

마지막 계산

마르고 키가 큰 여자가 그들에게 걸어왔다. 가우스의 렌즈가 반사적으로 그 사람을 확대했다. 그때 교문 앞에서 본 모습 그대로였다. 상대방을 서늘하게 만드는 속을 알 수 없는 얼굴.

"거기 옆에는 할머니야?"

진미선이 물었다. 그녀가 나타나면서 주차장 곳곳에 숨어 있던 남자들이 하나씩 나타났다. 세이지 조직원들이었다.

"둘이 같이 왔네."

얼어붙어 있던 선유한이 그 말을 듣고 깨어났다.

"네가 진미선이냐?"

할머니의 얼굴에 경련이 일었다.

"우리 지훈이 죽인 년이냐고."

"응."

세이지 조직원들이 그들을 포위했다. 그들은 순식간에 수십 명의 남자들에게 둘러싸여 빠져나갈 틈이 없었다. 가우스는 무서워서 아무 생각도 나지 않았다.

"너에 대해서 다 알아냈어. 네가 누구를 시켜서 로봇을 만들고 어떻게 지훈이를 죽였는지 다 알아냈다고."

선유한이 떨리는 목소리로 외쳤다. 할머니는 작은 몸에 남아 있는 힘을 전부 쥐어짜 내서 말하고 있었다.

진미선은 바로 앞까지 걸어와 그들을 마주 봤다.

"정말? 어디까지 알아냈는데?"

"전부 다."

"도대체 어떻게? 그리고 순태는 또 어떻게 찾아낸 거야? 너네 순태 좀 적당히 묶어 놓지 그랬어. 애들이 묶어 놓은 거 푸느라 애먹었대."

그녀는 살짝 짜증스러우면서도 흥미롭다는 표정으로 그들을 훑어봤다.

"재미있는 조합이네. 어쩌다 둘이 같이 다니게 된 거야? 가우스 네가 할머니한테 연락했냐? 같이 지훈이 죽인 범인을 잡자고?"

둘 다 아무 말도 하지 않았다. 선유한은 여전히 충격에서 빠져나오지 못하고 있었다. 할머니와 로봇이 대답이 없자 진미선은 한숨을 쉬었다.

"가우스, 드디어 만나는구나, 이 골치덩어리야. 네가 지난 사흘 동안 내 속을 얼마나 썩였는지 아니? 넌 대체 뭐 하는 로봇이야? 경찰차를 부수고 도망치질 않나, 사람을 죽이질 않나. 뭐 앞의 것은 결과적으로 잘된 일이지만."

"내가 언제 사람을 죽였다는 거예요!"

가우스가 소리쳤다.

"네가 우리 애들을 세 명이나 죽였잖아."

"그게 내가 죽인 거예요? 그 사람들이 날 죽이려고 쫓아오다가 차에 치인 거잖아요."

"그게 죽인 거지. 인간이 죽이려고 하면 얌전히 죽어 줘야지 왜 도망을 쳐."

선유한이 충혈된 눈으로 중얼거렸다.

"이게 다⋯⋯. 함정이었어?"

"할머니가 기대를 많이 하셨나 보네."

진미선이 안쓰러워했다.

"도대체⋯⋯. 전화를 받은 게 정순태가 아니라 저라는 걸 어떻게 알았어요? 목소리나 말투 모두 완벽했는데."

가우스가 무기력하게 물었다.

"완벽했어. 완전히 똑같았어. 근데 네가 성대모사를 기가 막히게 한다는 건 이미 알고 있었어. 박종안이 로봇 교사에 대해 자세히 알려 줬거든. 박종안을 처리한 애들이 후드를 쓴 새끼랑 싸우다 죽은 뒤로(정순태가 알려 주고 나서야 그게 너라는 걸 알았지만) 난 우리 애들한테 조금이라도 수상한 놈이 보이면 바로 알리라고 했어. 물론 순태에게도 그렇게 명령했지. 그런데 몇 시간 전에 정순태가 나한테 전화를 한 거야."

진미선은 더없이 차분하고 친절한 말투였다. 가우스는 학부모회 회장과 대화하는 듯한 착각이 들었다.

"지금 자기 집에 죽은 애 할머니가 찾아왔다고 말이야. 난 처음에는 크게 신경 쓰지 않았어. 그래서 대충 돌려보내고 15분 안에 다시 전화해서 보고하라고 했지. 그런데 20분이 넘도록 전화가 안 오는 거야. 그래서 이번엔 내가 전화를 걸었는데, 거기서부터는 너도 알지? 네가 받았으니까."

정순태는 선유한이 문 밖에 서 있던 그 잠깐 사이에 진미선에게 연락을 했던 것이다. 가우스는 맥이 풀렸다. 너무 짧은 시간이라서 그랬을 거라 생각도 못 했는데.

"처음에는 할머니가 로봇이랑 같이 왔을 거라고는 상상도 못 했지. 하지만 난 전화를 받은 상대방이 정순태가 맞는지 확인하기 위해서 가벼운 질문을 했어."

영어 시험 날짜가 언제지?

"난 그런 걸 알아봐 달라는 부탁을 애초에 한 적이 없거든. 그런데 전화를 받은 '정순태'는 태연하게 아직 정해지지 않았다고 하는 거야."

가우스는 기운이 빠져 주저앉을 것 같았다. 인정해야 했다. 그는 눈앞의 인간에게 졌다. 이 사람은 가우스보다 한 수 위였다. 이 여자는 컴퓨터를 희롱하는 인간이었다.

가우스는 자신이 왜 아까부터 진미선에게 막연한 불안감을 느끼고 있었는지 깨달았다.

싸우면 안 되는 상대라는 걸 본능이 경고하고 있었던 것이다.

"그 말을 듣고 지금 내가 사람 흉내를 내는 기계랑 통화하고 있다는 걸 눈치챘지. 그래도 제대로 확인을 하기 위해 한 번 더 물어봤다. 뭔지 기억하지?"

'네가 어제 나한테 준 화분에 물을 일주일에 한 번만 주면 된다고 그랬나?' 정말 깔끔한 질문이다. 자연스럽고, 과거형이고, '예, 아니오'로 답해야 하는 사적인 질문이었다.

"정순태는 나한테 화분 같은 걸 준 적이 없어. 뜬금없이 화분 얘기를 하면 뭔 소리냐고 물어보는 게 정상이겠지. 하지만 넌 아주 기특하게도 덥석 미끼를 물었어. 두 번이나 헛소리를 했는데 모두 잘 받아주는 걸 보니까 뭐, 더 생각할 거 있나? 할머니가 그렇게 성대모사를 잘할 리는 없잖아. 그래서 난 할머니가 로봇과 같이 다닌다는 걸 알게 됐지. 둘이 어떻게 만난 건지는 몰랐지만."

"그래서 그 즉시 함정을 판 거야? '증거'라는 그럴듯한 말로?"

선유한이 중얼거렸다.

과연 범죄 조직의 수장답다. 가우스는 인정할 수밖에 없었다. 진미선은 상대방이 정순태가 아니라는 걸 눈치채고는 바로 가우스와 선유한이 뿌리칠 수 없는 미끼를 던졌다. 놀라운 순발력이었다. 그 과정이 너무 자연스러워서 선유한은 전혀 의심하지 않았고 이상하다고 느낀 가우스조차 결국 찾아오게 만들었다.

"우리가 여기 오지 않고 바로 경찰에 신고하면 어쩌려고 그랬어요?"

"너희는 그렇게 못 하잖아. 적어도 가우스 너는 말이야. 수배 중인 놈이 경찰에 신고를 한다고? 그리고 설사 경찰에 신고해도 경찰이 우리를 체포할 만한 증거도 없어. 난 통화에서 그저 영어 시험 같은 시시한 얘기밖에 안 했고, 보관함에 넣어 둔 증거도 그게 뭔지 제대로 말하지 않았지. 보관함에 뭘 좀 넣었으니 가져가라고 했다는 이유로 경찰이 우릴 체포할 수 있을까?"

바로 그런 이유에서 가우스와 선유한은 경찰을 부르지 않고 단둘이서 이곳으로 왔다. 하지만 그게 바로 진미선이 의도한 바였다.

가우스는 진미선이 왜 '증거'라는 의심스러운 단어를 썼는지 이제야 알 수 있었다. 가우스에게 바로 먹힐 만한 단어여야 하지만, 그 통화가 녹음되어 경찰이 듣는다 해도 지훈이 사건과 관련 있는 단어로 여겨지면 안 된다. 만약 진미선이 '살인 로봇의 설계도' 같은 말을 직접적으로 언급했다면 수사기관의 의심을 받게 될 것이다. 법적으로 곤란한 상황을 피하면서도 가우스와 할머니를 유혹하기 위해 '증거'와 같은 노골적이되 추상적인 단어를 쓴 것이다. 가우스가 통화 내용을 녹음해서 경찰에게 보내더라도 단지 정순태에게 '증거를 없애라'라는 말 한마디를 했다는 이유로 진미선에 대한 영장이 발부되지는 않을 것이다. 증거라는 단어는 얼마든지 다른 뜻으로도 사용될 수 있으니까.

"가령, 통화에서 언급한 '증거'는 '우리 동섭이가 담배를 피운다는 증거'를 뜻하니까 선생님이 좀 없애 달라는 뜻이었다고 둘러댈 수 있지."

무서운 사람이다. 말 몇 마디로 상대방을 파악하고 유인하는 동시에 자기가 지금 하는 말을 경찰이 듣게 될 경우까지 계산한다. 지훈이를 죽인 방식은 오히려 단순하게 느껴질 정도였다.

'하지만 반대로 이런 사람이니까 중학생 한 명을 죽이기 위해 로봇을 만드는 발상을 실현한 거겠지.'

누명을 씌우려던 인공지능에게 오류가 생겨 통제되지 않는 경우를 미처 고려하지 못한 게 유일한 허점이었지만, 그건 현실적으로 거의 불가능한 일이었을 뿐만 아니라 오히려 가우스가 원칙을 어기고 도주한 덕분에 결과적으로 더 유리한 상황이 되었다.

"정순태 그 새끼는……. 네 말이 맞는 것처럼 바로 연기를 해 주던데……."

선유한이 증오를 담은 눈으로 진미선을 노려봤다.

"그러게 말이야. 옆에서 통화하는 걸 듣고 내가 무슨 말을 하는 건지 바로 눈치챈 거지. 순태가 그런 면에서는 좀 쓸 만하더라고."

정순태에게도 속았구나. 정순태는 가우스가 증거에 대해 묻자 눈을 감고 괴로운 척 고개를 돌렸다. 정순태가 위협을 가하면 술술 털어놓는 인간이라 그 말도 사실인 줄 알았는데, 그는 그 상황에서 작지만 강력한 반격을 한 것이다.

"이 개새끼……. 선생이라는 새끼가……."

선유한이 분해서 울기 시작했다. 진미선은 할머니가 우는 모습을 흐뭇하게 쳐다봤다.

"말도 안 돼……."

가우스는 말을 잇지 못했다. 그는 간신히 물었다.

"그럼 박종안은 왜 죽인 거예요?"

"그 새끼는 정신이 나갔어. 자수하겠다고 날뛰더라."

진미선이 짜증스럽게 말했다.

"사실 원래 정신적으로 문제가 있는 놈이었어. 처음 만날 때부터 나사가 좀 빠진 놈이었는데 실력은 믿을 만하니까 할 수 없이 일을 맡겼던 거지. 그놈은 로봇을 만들어 줄 때는 열심이었는데, 막상 계획을 실행한 직후 네가 도망을 치니까 불안해서 맛이 가 버린 거야. 네가 감정과 자율성을 갖게 되었다나? 박종안은 네가 결정적인 증거를 갖고 있기 때문에 너에게 감정이 생겼다는 거야. 아주 확실한 증거가 있는 게 아니라면 인공지능이 스스로에게 자율성을 허가했을 리 없다는 거지. 내가 그럴 일은 없다고 수없이 말했건만, 그렇게 말했으면 알아들어야 할 텐데 그 새끼는 불안해서 못 견디겠다고 자수하겠다는 거야. 미쳐 버린 거지."

그래서 최인규에게 전화했던 거군.

"그 새끼는 정순태한테도 초원 홈페이지에서 뭘 확인해 달라느니, 보관실이 어쩌구 하루 종일 전화하더래. 돈을 좀 더 주고 진정시키라고 우리 애 한 명을 집으로 보냈을 때 그 새끼가 같이 신고를 하자며 전화를 들었대. 이쯤 되면 어쩔 수 없지. 로봇 박사를 새로 구하기는 어렵겠지만 불편하면 떼어 내는 게 맞아. 우리 애가 박종안을 먼저 죽이고 나서 보고를 했을 때도 나는 잘 처리했다고 했다. 어, 할머니? 괜찮아요?"

선유한은 고개를 숙인 채 덜덜 떨고 있었다. 그녀가 뭐라고 중얼거렸다.

"뭐라고? 할머니 뭐라고 했어요?"

"네 아들이 지훈이랑 같은 반이라며."

선유한이 이를 악물었다.

"어떻게 돈 때문에 애를 죽일 수가 있어. 네가 사람이야?"

진미선에게 달려드는 선유한을 남자들이 재빨리 붙잡았다. 그들을 제지하려던 가우스 역시 제압당했다. 가우스는 비상 프로그램을 가동하고 근력의 최대치를 발휘했다. 그러자 자신을 누르던 남자들의 몸이 들썩였다. 당황한 조직원들이 몸무게를 실어 그를 겹겹이 내리누르는 바람에 가우스는 무릎을 꿇은 채로 꼼짝도 할 수 없었다. 선유한 역시 조직원 두 명에게 팔을 붙들린 상태였다.

"왜 우리 지훈이를……."

선유한이 흐느꼈다.

"우리 지훈이가 무슨 잘못을 했다고……."

"지훈이는 아무 잘못 없지. 나도 미안하게 생각해요. 솔직히 나도 마음이 편치 않았어요. 우리가 여태까지 작업을 하면서 애를 죽인 적은 한 번도 없었거든."

가우스는 소름이 끼쳤다. 진미선은 진심으로 미안해하고 있었다.

"이건 지훈이 잘못이 아니라 초원 잘못이에요. 주가가 너무 많이 올랐잖아. 아무튼 할머니, 전 지훈이한테 정말 고마워하고 있어요. 할머니한테도 많이 고맙고요. 지훈이 덕분에 올해는 그럭저럭 흑자 보게 생겼다."

선유한은 아무 말도 못 하고 울고 있었다. 팔을 단단히 붙잡힌 채 선유한은 자꾸만 땅으로 무너져 내렸다. 가우스는 몸을 비틀었지만 그럴수록 자신을 억누르는 무게가 더해졌다. 합금 관절이 삐걱거리면서 위험 신호가 켜졌고 탄소 근육이 우그러지는 게 느껴졌다. 이러다간 큰일 나겠어. 가우스는 다급하게 외쳤다.

"진미선."

"응?"

"할머니를 풀어 줘."

진미선이 가우스를 뚫어져라 쳐다봤다.

"너 뭐라고 했냐?"

"네 목적은 다 이뤘잖아. 돈도 많이 벌었을 테니 할머니는 그만 풀어 줘. 원하는 게 있으면 나한테 다 시키고 할머니는 놓아주라고."

진미선이 쭈그리고 앉아서 가우스의 얼굴을 골똘히 쳐다봤다. 그녀는 신기하다는 듯이 가우스의 머리를 톡톡 쳤다.

"허허, 이거 이제는 사람한테 반말까지 하네."

"사람다운 짓을 하고 사람 취급을 바래야지."

진미선이 껄껄 웃었다.

"얘들아, 재미있지 않냐? 이 로봇이 말하는 것 좀 들어 봐라. 박종안이 없으니까 어디가 어떻게 잘못된 건지 물어볼 수도 없고, 참."

"입 닥쳐, 이 쓰레기야."

그는 진미선을 노려보며 말했다.

"지옥에나 가 버려."

그 말에 진미선의 웃는 얼굴이 굳어졌다.

"천벌받을 것."

진미선의 눈에 가득한 오만이 살짝 사그라들었다. 물론 대단한 충격은 아니었다. 그녀는 기계가 인간을 비난하는 상황 자체에 놀랐을 뿐이었다.

"정말 신기하네."

진미선이 가우스를 응시하며 중얼거렸다.

"내 평생 기계한테 혼나는 건 처음이야. 탁상시계한테 늦게 일어나다고 혼나는 기분인걸? 기술이 많이 발전하긴 했구나, 기계가 사람을 가르치려 들고."

"원래 내 직업이 사람을 가르치는 거야."

"참, 그렇지."

진미선이 손을 탁탁 털면서 일어났다.

"잡담은 이쯤 하자. 네 딴에는 나름대로 머리 좀 굴리느라 수고했겠네. 가우스, 너 때문에 며칠 동안 좀 피곤했지만 한편으로는 재미도 있었어."

그녀는 자신을 노려보는 선유한에게도 말했다.

"할머니도 나이도 많으신데 수고했어요."

그녀는 부하에게 턱짓을 했다.

"죽여."

선유한을 붙잡고 있던 손이 할머니의 목을 꺾어 버렸다.

"안 돼!"

가우스는 온힘을 다해 남자들을 뿌리치고 일어났다. 그는 할머니의 목을 잡고 있는 남자에게 달려들었다. 하지만 조직원들은 다시 순식간에 가우스를 깔아뭉개 버렸다. 그는 미친 듯이 발버둥을 쳤다. 가우스는 축 늘어진 할머니에게 괜찮냐고 소리를 질렀지만 답이 없었다. 선유한은 목이 뒤로 젖혀진 채 하늘을 보고 있었다. 약간 벌어진 입에서는 아무 소리도 나지 않았다.

"안 돼! 제발 놔, 이 나쁜 놈들아!"

진미선이 손가락으로 할머니를 가리키며 말했다.

"화장터로 가져가 태워라. 이곳도 마저 치우고 가자."

"사장님, 이 로봇은 어떻게 할까요?"

"얘도 죽여야지. 상자에 넣기 좋게 접어. 아니, 그냥 아예 반으로 잘라라."

조직원들이 가우스의 몸을 양쪽에서 잡아당기기 시작했다. 가우스는 필사적으로 저항했지만 버틸 수가 없었다. 시스템이 위험 신호로 물들었다. 허리가 뽑히기 전, 하반신이 마지막 신호를 보냈다.

'장비를 정지합니다.'

가우스의 상반신이 하반신에서 뽑혀 바닥에 내동댕이쳐졌다. 로봇이 두 쪽 난 채 바닥에 뒹구는 걸 보며 진미선이 홀가분하게 말했다.

"이제 좀 정리가 됐네. 로봇은 일단 본부로 데려가고 할머니는 태워."

조직원들이 동시에 고개를 숙였다.

"예, 알겠습니다."

가우스는 바닥에 얼굴을 댄 채 그 모습을 쳐다봤다. 의식이 서서히 꺼져 갔다. 다리에 감각이 없었다. 자신의 다리는 눈앞에서 몇 발짝 떨어진 곳에 있었다. 상반신에서도 배터리가 급속도로 떨어졌다. 배터리가 1초에 5.4퍼센트씩 줄어들었다. 이렇게 죽는구나. 그는 자신이 12초 후에 죽을 거라고 계산했다. 그가 한 마지막 계산이었다.

심판의 날

의식이 들었다가 다시 꺼졌다. 가우스는 스스로를 인식하려다 다시 아무것도 기억하지 못하는 경험을 반복했다. 여기가 어디지? 내 이름이 뭐지? 맞아, 내 이름은 가우스. 나는 1777년에 독일에서 태어났고 19살에 정십칠각형이 작도 가능하다는 사실을 증명했다. 잠깐, 이건 내가 아니잖아. 나는 중등수학교육용 인공지능······.

의식이 끊기고 돌아오기를 반복했다. 그는 잠깐 사이에 영원에 가까운 순간을 체험했다. 인공지능이 재부팅을 할 때 겪는 증상이었다. 내가 여기 얼마나 누워 있었지? 시스템이 정상화되고 나서야 그는 자신이 허리가 잘려 쓰러진 지 1분도 채 지나지 않았다는 걸 깨달았다. 주변에서 남자들이 부산스럽게 움직이고 있었다. 그의 시야에 진미선은 보이지 않았다.

주 배터리가 손상돼서 보조 배터리가 가동하기 시작했다. 그는 조심스럽게 손가락을 구부려 봤다. 아직 움직일 수는 있었다.

눈앞에 있던 남자가 뭔가를 질질 끌고 갔다. 할머니였다. 선 할머니는 자루포대마냥 끌려가는 중이었다. 조직원들이 검은색 밴의 트렁크를 열고 그 안에 선 할머니를 던져 넣었다. 가우스는 밴이 주차장을 나가기 직전 번호판을 봤다.

조직원들은 부산하게 움직이며 뭔가가 담긴 상자를 차에 나눠 실었다. 구둣발들이 가우스를 넘어갔다. 그들은 이 건물에 있는 모든 물건을 옮기고 있는 중이었다. 트럭 몇 대가 주차장 안으로 더 들어왔다. 그들은 트럭에도 물건을 실었다. 남자 몇 명이 몸통의 일부를 만들다 만 로봇을 들고 왔다. 가우스는 이 건물이 박종안이 로봇을 제작하던 실험실이었다는 걸 깨달았다. 짐을 정리한 조직원들은 하나둘씩 차를 타고 떠났다. 조직원들이 떠난 뒤에는 로봇들이 나타났다. 건설 현장용으로 제작된 평범한 일꾼 로봇들이었다. 그들은 남은 조직원들이 지시하는 대로 사람이 들지 못하는 무거운 물건을 트럭에 실었다.

그때 주차장 맞은편의 좁은 입구로 오토바이 한 대가 들어왔다. 무음 오토바이였는지 소리를 죽이고 조용히 미끄러져 내려오고 있었는데, 오토바이 하나를 세 명이 같이 타고 있었다. 세이지 조직원들이 아니었다. 가우스는 그들을 보고 하마터면 소리를 지를 뻔했다. 그건 성우와 조윤이와 현석이었다.

그들은 성우의 오토바이를 타고 주차장으로 들어오고 있었다. 성우가 맨 앞에 앉아 운전하고 있었고 다른 두 명이 뒤에 샌드위치처럼 붙어 있었다. 아이들은 가우스와 선유한을 몰래 따라왔다가 둘이 건물 안에 들어간 지 한참 지나도 나오지 않자 따라 들어온 것이다. 집에 있으라고 그렇게 말했는데! 가우스는 할 수만 있다면 그들에게 빨리 돌아가라고 소리치고 싶었다. 그리고 오토바이를 세 명이 같이 타는 위험한 행동에도 경악했다. 이런 바보들, 어서 돌아가! 아이들은 주차장 구석의 기둥 뒤에 오토바이를 세워 두고 주차된 차들 사이에 숨어 조심스럽게 접근하고 있었다. 가우스와 할머니를 찾고 있는 것이다. 진미선의 부하들에게 들키면 끝장이다. 진미선은 어디 있지? 그는 자신이 아직 살아 있다는 걸 들키지 않기 위해 최대한 천천히 주위를 둘러봤다. 부하들에게 명령을 내리고 먼저 돌아갔나? 정말 미치겠군. 그는 지금 다리를 잃고 할머니를 잃고 거대 범죄 조직 한복판에 누워 있었다. 그는 자신에게 아직 남아 있는 것들을 세어 봤다. 반쪽짜리 몸통과 후드티 한 장이 전부였다. 둘 다 현 상황에서 그리 쓸모 있는 것들은 아니었다. 일단 아이들에게 빨리 돌아가라고 하는 게 급선무였다. 주머니에 있는 휴대폰으로 저쪽 어딘가에 숨어 있는 아이들에게 전화를 걸어야 한다. 아니, 전화는 안 돼. 아이들의 휴대폰에서 벨소리가 나면 바로 들킬 것이다. 전화 말고 문자를 보내야 한다. 그의 바지 주머니에 조윤이가 준 휴대폰이 있었다. 청바지를 입은 그의 다리는 고작 두 발짝 떨어진 곳에 있었다. 그는 조심스럽게 팔을 뻗었지만 닿지 않았다. 로봇들과 남자들은 부산하게 물건을 옮기느라 다들 바닥에 누워 있는 가우스에게 관심이 없었다. 지금이 기회야. 세 명 모두에게 당장 도망치라고 문자를 보내야겠어. 그는 자신의 하반신을 향해 천천히 기어갔다.

그때 어딘가에서 비명 소리가 들렸다. 아이들의 목소리였다.

망했군.

여러 명이 소리를 지르면서 소동이 벌어졌다. 잠시 후 차 뒤에서 조직원들에게 붙잡힌 아이들이 끌려 나왔다. 셋 다 붙잡힌 것이다. 반대쪽에서 진미선의 목소리가 들렸다.

"이렇게 직접 와 줘서 참 고맙구나, 애들아. 너희들이 몰래 들어온 걸 모를 줄 알았지?"

"닥쳐, 씨발년아!"

성우가 악을 썼다.

"선생님이랑 할머니 어디 있어?"

"선생님? 저기 누워 계셔."

진미선의 손짓에 조직원들이 아이들을 끌고 왔다. 가우스는 얼른 얼굴을 땅에 대고 다시 죽은 척했다.

"선생님!"

현석이가 울부짖었다.

"선생님한테 왜 그런 거예요!"

"선생님이 자꾸 귀찮게 하잖아. 아줌마는 귀찮게 하는 사람 싫어해. 애들 차에 실어."

남자들이 발버둥치는 아이들을 더 꽉 붙들어 맸다. 성우가 앞에 있는 남자를 발로 차자 그가 성우의 얼굴에 주먹을 날렸다. 성우의 입술이 터져 피가 흘렀다. 조직원들이 아이들의 몸을 뒤져 휴대폰을 모두 빼앗았다. 그러고는 커다란 화물트럭의 빗장을 풀고 그 안에 아이들을 차례대로 던져 넣었다. 남자들이 조윤이를 집어넣으려 하자 조윤이는 두 발로 화물칸의 양옆을 딛고 버틴 채 협상을 시도했다.

"아줌마, 미성년자 납치는 중범죄예요. 아줌마가 안 잡힌다는 보장도 없잖아요? 지금이라도 풀어 주면 좋은 쪽으로 진술해 줄게요, 그러니까 살려 주세요! 살려 달라고, 씨발년아!"

남자들이 우악스럽게 조윤이를 떼어 내 던졌다. 조윤이가 "개새끼야!" 하고 외치는 소리가 문이 닫히면서 끊겼다. 밖에서 화물칸의 빗장을 걸자 아무 소리도 들리지 않았다. 완벽한 방음이 되는 트럭이었다. 저들은 저 차에 납치한 사람을 자주 실었을 것이다. 지금은 가우스의 학생들이 실려 있었다.

가우스는 완전히 패닉 상태에 빠졌다. 상상할 수 있는 최악의 상황을 결국 맞이한 것이다. 그의 곁에 있던 모든 사람이 범인의 손아귀에 들어갔고 그는 두 동강 난 상태로 바닥에 엎어져 있었다. 가우스는 경찰청 홈페이지에 들어가 납치 및 감금을 당했을 때의 대처법을 빠르게 읽었지만 아무 도움이 되지 않았다. 일단 그 글은 허리가 잘린 사람을 위한 조언이 아니었다.

검은색 여자 구두가 그의 눈앞에 나타났다. 진미선이 그의 얼굴 바로 앞에 서 있어서 그는 진미선의 발목밖에 보이지 않았다. 발목 위로 목소리가 들렸다.

"다 정리했으면 이것도 차에 실어. 각자 마무리 끝나면 모두 회사로 와라."

"예, 사장님." 하고 대답하는 소리가 들렸다. 진미선이 쓰러진 가우스를 발로 건드렸다.

"이거 죽은 거 맞아? 아까랑 위치가 다른데?"

진미선이 허리를 굽혀 가우스의 바지 주머니에서 휴대폰을 꺼냈다.

"야, 이것 봐라. 이 새끼, 로봇이 휴대폰도 갖고 다니네."

그녀는 옆에 있는 부하에게 휴대폰을 건네고 롤스로이스 팬텀의 뒷좌석에 탔다. 거대한 차가 미끄러지듯 조용히 움직였다. 차는 곧바로 주차장을 떠났다.

가우스가 팬텀의 뒷모습을 하염없이 보고 있는데 갑자기 누군가가 가우스의 몸을 들어 올렸다. 일꾼 로봇이었다. 일꾼 로봇은 옆에 있던 상자 안에 가우스의 다리를 넣고 그 위에 상체를 올려놓았다. 그러고는 가우스를 담은 상자를 주차장 구석에 있던 검은색 SUV의 트렁크에 실었다. 차 안에는 조직원 몇 명이 타고 있었고 뒷좌석과 트렁크를 나누는 칸이 없어서 그들이 얘기하는 소리가 들렸다.

"사장님은 출발하셨어?"

"방금 전에 본부로 가셨대."

"아까 그 꼬마들은?"

"주방으로 데려간대."

'주방'이라……. 가우스는 그들의 대화를 더 잘 들으려고 상자 뚜껑을 살짝 열었다. 그때 갑자기 차 문이 열리면서 밖에서 누군가의 목소리가 들렸다.

"다들 나와 봐."

남자들이 모두 내리자 차 안에는 트렁크에 실린 가우스 혼자였다. 가우스가 상자 밖으로 나오려는데 갑자기 트렁크가 활짝 열렸다. 그는 다시 재빨리 죽은 척했다. 다행이 트렁크를 연 건 사람이 아니라 일꾼 로봇이었다. 로봇은 가우스 옆에 다른 물건들을 올려놓고 있었다. 로봇의 뒤편으로 조직원들이 어떤 지시를 받고 다시 차로 돌아오는 게 보였다.

문득 그의 머릿속에 어떤 생각이 스쳐 갔다.

할 수 있을까?

그는 재빨리 포털사이트 지도로 들어가서 거리를 확인했다. 여기서 그 건물까지는 3킬로미터 남짓이었다.

이건 로봇이 할 수 있는 가장 어처구니없는 생각이야.

하지만 다른 방법이 없잖아?

그가 이 모든 생각을 거쳐 계획을 세우고 결정을 내리기까지는 천 분의 1초 정도가 걸렸다. 로봇의 장점은 인간보다 생각하는 속도가 빠르다는 것이다.

그리고 허리가 잘려도 죽지 않는다는 거지.

그는 진미선의 목소리로 말을 걸었다.

"이봐, 로봇."

트렁크에 짐을 싣던 로봇이 행동을 멈추고 주위를 두리번거렸다.

"사장님? 저 부르셨습니까?"

"그래, 너 말이야."

"사장님, 죄송하지만 어디 계신지 안 보입니다."

"그런 건 네가 신경 쓸 거 없어. 지금 당장 네가 해야 할 일이 있다."

이 로봇은 초원에서 만든 4세대 육체노동용 로봇이었다. 그는 인터넷에서 제조사 홈페이지에 있는 제품 설명서와 IT 전문 잡지에 실린 로봇의 사용 후기를 찾아 빠르게 읽었다. 강력하고 유연하게 움직일 수 있지만 인공지능의 수준은 교육용 로봇에 비하면 한참 떨어지는 제품이라고 했다. 물론 사용 목적이 다르기 때문에 당연한 일이다. 그는 주인의 목소리를 복사해서 명령하는 것만으로도 이 로봇을 조종할 수 있겠다고 판단했다.

"네가 지금 해야 할 일이 있어."

"예."

로봇이 순순히 대답했다.

"오른쪽 입구로 나가면 골목에 하얀색 SUV가 한 대 있을 거야. 그 차의 뒷좌석에 어떤 기계장치가 두 개 있어. 그것들을 지금 당장 가져와."

"알겠습니다."

"지금 네 앞의 상자에 담긴 로봇의 후드티 주머니에 차 열쇠가 있어. 그걸로 차 문을 열고 물건을 가져와서 로봇을 담은 상자 안에 넣어. 최대한 빨리 움직여, 지금 당장."

로봇은 상자에 담긴 가우스의 옷을 더듬어 주머니에서 열쇠를 꺼냈다. 다행이 차 열쇠는 바지가 아닌 상의 주머니에 넣어 둬서 진미선에게 뺏기지 않았다. 가우스는 처음에는 자신을 박종안의 차까지 운반하라고 명령할까 생각했지만 다른 조직원에게 들키면 골치 아파진다. 내가 생각해도 난 정말 대단한 로봇이야. 그는 자조했다. 인간을 속이더니 이제는 동족까지 속이는군? 로봇을 조종하는 로봇이라니, 이런 아이러니가 있나. 일꾼 로봇은 열쇠를 들고 주차장 입구로 달려갔다. 로봇이 밖으로 나가고 잠시 후 남자들이 다시 차에 탔다. 차들이 하나씩 주차장을 빠져나가고 있었다. 가우스가 탄 차에도 시동이 걸렸다. 빨리 와야 할 텐데. 가우스는 마음이 초조해졌다.

가우스가 실린 차가 몇 미터 움직이더니 다시 멈췄다. 차에 탄 남자 한 명이 창밖에 있는 누군가에게 말하는 소리가 들렸다.

"무슨 일이야?"

"사장님이 이것도 트렁크에 실으라고 하셨습니다."

아까 그 일꾼 로봇의 목소리였다.

"빨리 했어야지. 어이, 트렁크 좀 열어."

트렁크 문이 열리면서 가우스는 다시 고장 난 장난감처럼 멍하니 위를 보며 굳어 있는 척했다. 〈토이 스토리〉가 떠올랐다. 누가 오면 얼른 죽은 척하는 장난감들. 일꾼 로봇이 가우스의 몸통 위에 VR 고글과 조종기를 내려놓고 뚜껑을 닫았다. 트렁크 문이 닫히고 남자가 로봇에게 명령했다.

"다 끝났으면 너도 보관소로 가라."

"예."

차가 다시 움직였다. 차 안의 남자들이 잡담을 하기 시작하자 가우스는 재빨리 고글을 쓰고 전원을 켰다. 화면이 켜지면서 눈앞의 검은 화면에 하얀색 글씨가 나타났다.

현재 3154미터

신호 연결 가능 거리 진입(최대 3.2킬로미터)

연결 완료

　그의 눈앞에 다시 창고 내부가 펼쳐졌다. 프로토타입 로봇은 낮에 있던 그 자리에 그대로 앉아 있었다. 그는 로봇을 조종해 제자리에서 벌떡 일어나게 했다. 시간이 없었다.

　그는 창고의 창문을 열려고 했지만 로봇이 나가기에는 너무 작았다. 할 수 없이 그는 사무실 쪽으로 난 문을 열고 밖으로 나갔다. 사무실 안에 있던 사람들이 놀라서 펄쩍 뛰었다. 그때 본 검은 셔츠도 있었다. 그는 그들이 반응할 시간을 주지 않고 사무실을 가로질러 뛰어나갔다. 뒤에서 누가 뭐라고 외쳤지만 받아줄 여유가 없었다. 그는 복도를 지나가던 사람들을 미처 피하지 못하고 마구 넘어뜨리며 복도 끝에 있는 계단으로 향했다. 로봇은 한 번에 한 층씩 계단을 뛰어 내려가 순식간에 1층에 도달했다. 건물 입구에 있던 경비 로봇들이 정신없이 뛰어오는 휴머노이드를 발견하고 외쳤다.

　"멈춰라! 정체를 밝혀라!"

　미안, 친구들. 내가 지금 좀 바빠. 그는 자신을 붙잡으려는 경비 로봇들을 뛰어넘어 정문을 빠져나왔다. 여기서 그의 몸이 있는 주차장까지는 일직선 차도로 3킬로미터나 떨어져 있었다. 하지만 그가 조종하는 로봇은 골격은 가우스와 비슷했지만 로봇 교사와는 비교할 수 없을 만큼 강하고 빠르게 움직일 수 있었다. 살인을 한 뒤 최대한 빨리 학교를 빠져나오게 하려고 근력과 민첩성을 극대화시킨 프로토타입이었기 때문이다. 그는 차도 옆에 있는 인도를 전속력으로 달렸다. 그 모습을 본 행인들의 눈이 휘둥그레졌다. 그는 로봇의 입에 달린 스피커의 음량을 최대한 높였다. 조직원들과 함께 차에 타고 있었기 때문에 차 안에서 큰 소리로 말을 할 수는 없었다. 그가 고글에 달린 작은 마이크에 대고 속삭이는 말이 도로에서 달리는 로봇의 입을 통해 큰 소리로 울려 퍼졌다.

"비켜요! 비키세요!"

엄청난 속도로 달리는 로봇과 부딪히면 사람이 크게 다칠 수 있었다. 사람들이 재빨리 몸을 피했다. 로봇은 순식간에 또 다른 세이지증권 건물에 도착했다. 그가 주차장 출구 앞에 도달하자마자 신호등 앞에 서 있던 두 대의 차가 출발하는 게 보였다. 아이들을 태운 트럭과 자신의 몸이 실린 SUV였다. 차가 빠른 속도로 멀어졌다. 차의 속도로 봐서 로봇의 달리기로는 따라잡을 수 없을 것 같았다. 그는 재빨리 주차장으로 내려갔다. 아이들이 타고 왔던 성우의 오토바이가 시동이 켜진 채 입구에 서 있었다. 그는 안장에 앉는 몇 초 만에 인터넷으로 오토바이 운전법을 익힌 뒤 운전대를 잡았다. 신호가 점점 멀어지고 있었다. 그는 오토바이를 돌려 주차장을 빠져나왔다.

오토바이를 타는 건 이번이 처음이라 그는 긴장이 됐다. 게다가 자신이 직접 타는 게 아니라 아바타를 이용해 간접적으로 운전하는 것이기 때문에 계속 어색한 느낌이 들었다. 그는 달리는 차들 사이를 요리조리 피하며 점점 속도를 높였다. 앞쪽에서 트럭과 SUV가 나란히 달리고 있었다. 두 차량이 교차로에 도달하자 트럭이 왼쪽 차선으로 틀더니 SUV와 갈라지기 시작했다.

빨리 둘 중 하나를 선택해야 한다. 아이들을 먼저 구해야 할까, 아니면 자신의 몸을 먼저 되찾아야 할까? 자신의 몸에서 3.2킬로미터 이상 떨어지면 오토바이를 탄 로봇은 도로 한복판에서 접속이 끊겨 멈출 것이다. 트럭과 SUV가 더 멀어지기 전에 결정해야 했다. 그는 아이들을 먼저 구하기로 하고 좌회전을 해서 터널 안으로 들어가는 트럭 뒤를 쫓았다. 오토바이로 차량 사이를 미꾸라지처럼 지나다가 그는 하마터면 택시와 부딪힐 뻔했다. 가우스는 마침내 트럭을 따라잡았다. 로봇과의 거리를 표시하는 숫자가 한계치를 향해 치달았다. 그는 트럭 운전석 옆으로 바짝 붙은 뒤 운전석을 향해 팔을 뻗었다. 중심을 잡기가 어려웠다. 지금 오토바이에서 떨어지면 모든 게 끝장이다.

저 앞에서 거대한 화물차가 가우스를 향해 달려오고 있었다. 트럭은 화물차 바로 옆을 지나갈 테니 빨리 운전석에 매달리지 않으면 가우스는 화물차와 충돌할 것이다. 손을 뻗을 때마다 오토바이가 흔들렸다. 미치겠군, 난 오토바이를 오늘 처음 탄다고! 화물차가 점점 가까워졌다. 시간이 없었다. 그는 트럭을 향해 몸을 던졌다. 간발의 차로 트럭에 매달린 직후 오토바이는 화물차에 깔려 부서지고 말았다. 저거 비싼 건가? 가슴이 아팠다. 이따가 성우한테 사과해야겠다. 그는 몸을 납작 붙여 화물차와 트럭 사이를 통과했다. 점점 신호가 멀어졌다. 창문으로 들여다본 차 안에는 턱수염을 기른 남자 한 명뿐이었다. 남자는 자율운전 모드를 켠 채 잡지를 뒤적이고 있었다. 가우스는 망설임 없이 운전석 유리를 한주먹에 깨 버렸다. 날벼락을 맞은 턱수염은 기겁했다. 가우스는 깨진 창문

사이로 팔을 집어넣어 당황해서 허우적거리는 남자의 멱살을 움켜 잡았다. 그는 얼굴을 바짝 들이대고 웅웅거리는 목소리로 협박했다.

"실례지만 차 좀 세워 주시겠어요?"

턱수염이 허겁지겁 차를 세우자 가우스는 그를 밖으로 끌어냈다. 가엾은 턱수염은 '어이쿠' 하면서 도로 위에 나뒹굴었다.

"정말 감사합니다."

가우스는 운전석에 앉자마자 수동운전 모드를 켰다. 대시보드가 열리면서 핸들이 나왔다. 그는 운전대를 잡고 엑셀을 꽉 밟았다.

시간이 없었다. 화물칸을 열고 아이들을 꺼낼 틈이 없었다. 가우스의 몸을 실은 SUV는 같은 방향으로 달리고 있었지만 조금씩 오른쪽으로 멀어지고 있었다. 그는 조종 거리 3.2킬로미터를 벗어나기 직전에 트럭을 출발시켰다. 차가 오른쪽 차선으로 움직이자 거리를 나타내는 숫자가 줄어들었다. 자기가 실린 SUV가 어디 있는지는 몰랐지만 그는 숫자가 줄어드는 방향을 쫓아갔다. 저 앞쪽에 검은색 SUV가 보였다. 저기 있군. 앞쪽에서 노란불이 켜졌다. SUV가 먼저 지나간 뒤 빨간불로 바뀌었지만 그는 신호를 무시했다. 차들이 그를 향해 경적을 울렸다. 그는 지금 도로교통법을 마구 어기고 있었다. 교사로서 창피하기 그지없는 일이었다. 하지만 그는 양심의 소리를 무시하고 더욱 빨리 차를 몰았다. SUV는 방향을 틀어 상가 쪽으로 들어갔다. 대림역 주변의 번화가였다. 그는 재빨리 이 주변의 지도에 접속했다. 그들이 달리는 방향으로 앞쪽에 교차로가 있었다. 가우스는 핸들을 돌려 SUV가 들어간 골목 옆에 있는 좁은 길로 들어갔다. SUV보다 먼저 가야 해서 그는 마구 경적을 울렸다. 길가의 사람들이 놀라서 옆으로 몸을 피했다. 가우스는 속도를 높여 꺾어지는 곳까지 온 뒤 교차로 중앙으로 뛰어들었다. 달려오던 SUV는 갑자기 나타난 트럭 때문에 급정지했다. 차가 급정지하면서 그의 몸이 들어 있는 상자가 크게 요동쳤다. 가우스가 조종기를 놓치는 바람에 트럭을 탄 로봇의 몸이 앞으로 휙 꺾였다. 그는 재빨리 조종기를 다시 붙잡았다.

"뭐야? 저 차가 왜 여기 있어?"

SUV에 탄 조직원들이 웅성거렸다.

프로토타입 로봇이 트럭 운전석 문을 열고 나왔다. 당황한 조직원들이 말했다.

"어? 저거 로봇 아냐?"

그는, 그러니까 조종 로봇은 SUV로 다가갔다. 운전석의 남자가 밖으로 나왔다.

"너 뭐야? 네가 왜 여기 있어?"

"차에 탄 사람들 전부 나오라고 하세요."

"뭐라고?"

다른 조직원 한 명도 차에서 내렸다. 뭔가 이상하다는 걸 눈치챈 표정이었다.

"너 뭐야? 넌 일꾼 로봇이 아니잖아."

"다들 차에서 내리시라고요."

"뭐 하는 새끼냐고 묻잖아."

먼저 내린 남자가 로봇의 목덜미를 움켜잡았다.

"이렇게까지는 안 하려고 했는데."

가우스는 남자의 팔을 잡아 꺾어 버렸다. 팔이 수수깡처럼 가볍게 부러졌다. 그가 비명을 지르는 남자의 머리를 차 보닛에 박아 버리자 남자는 갑자기 조용해졌다. 보닛에서 흘러내리는 친구를 보고 뒤에 있던 조직원이 소리를 질렀다.

"야, 다들 나와!"

그가 로봇에게 달려들자 차에서 모든 사람이 뛰어나왔다. 가우스는 남자가 내지르는 주먹에 자신의 주먹을 맞부딪쳤다. 와작 하고 주먹이 깨지는 소리가 났다. 물렁해진 손을 당겨 머리에 박치기를 하자 남자가 표정을 잃고 주저앉았다. 이 로봇은 힘만 셀 뿐 아니라 아주 튼튼한걸? 가우스는 로봇의 하드웨어가 마음에 들었다. 아주 세게 부딪쳤는데도 파손되기는커녕 흠집 하나 나지 않았다. 그는 자신에게 발차기를 하는 다리를 잡아 무릎을 반대로 접어 돌려보냈다. 상대방이 좋아 죽는 소리를 냈다. 뒤에서 조직원 한 명이 어깨를 붙잡고 매달렸다.

"이 로봇 새끼가 사람 죽인다! 시발, 뭐 해! 빨리 죽이라고!"

"죽인 거 아니에요. 무릎이 없어도 살 수는 있잖아요."

그는 등 뒤의 남자를 엎어 치며 해명했다.

"저는 하체가 아예 없답니다."

"이 새끼가 진짜!"

"조용히 좀 해 주실래요?"

남자가 자기 허리에 주먹을 날리자 그도 상대의 배에 주먹을 꽂았다. 남자가 헉 하는 소리를 내며 몸이 앞으로 꺾였다. 그는 곧

바로 남자의 얼굴에 무릎을 날렸다. 남자가 스르륵 바닥으로 쓰러졌다.

"이젠 여러분이 죽은 척하는 장난감 같군요. 끽끽거리는 소리를 내는 것만 빼면 말이에요."

"끽끽."

쓰러진 조직원들이 신음했다.

가우스는 마지막으로 남은 조직원에게 고개를 돌렸다. 그는 입을 헤벌린 채 로봇이 인간을 폭행하는 역사적인 장면을 감상하고 있었다. 가우스는 그에게 다가갔다. 남자가 떨면서 뒷걸음질쳤다.

"너 싸움 좀 하니?"

"아니요."

"그럼 꺼져."

"네."

남자는 골목 반대편으로 부리나케 도망쳤다. 가우스는 트럭 화물칸의 빗장을 풀었다. 문을 열자 바닥에 웅크리고 있던 아이들이 벌떡 일어났다. 어두운 화물칸에 갑자기 가로등 불빛이 들어오자 아이들은 눈이 부셔서 얼굴을 가렸다.

"얘들아, 다들 괜찮니?"

"누구세요?"

성우가 물었다.

"가우스 선생님이야. 이제 안전하니까 빨리 나오렴."

현석이가 경계하는 태도로 물었다.

"선생님이라고요? 완전히 다른 로봇인데요?"

"내가 지금 이 로봇을 조종하는 중이야. 저쪽에 있는 차에 내 몸이 실려 있어. 이리 와서 확인해 봐."

현석이가 조심스럽게 화물칸 밖으로 내려왔다. 조윤이와 성우도 뛰어내렸다. 그들은 바닥에 쓰러져 굴러다니는 남자들을 보고 눈이 휘둥그레졌다.

"어떻게 된 거예요?"

"의견 충돌이 좀 있었어."

"아니, 선생님! 드디어 시작된 겁니까?"

조윤이가 미친 듯이 웃어 댔다.

"하하하하! 디셉티콘 집결하라!"

가우스도 받아쳤다.

"미군이 없으니 우리가 이길 거야. 어서 차에 타렴."

그는 트렁크를 열고 상자 뚜껑을 젖혔다. 그와 동시에 상자 속의 가우스가 고글을 벗고 말했다.

"얘들아, 안녕."

아이들은 얼빠진 표정으로 상자에 담긴 가우스를 쳐다봤다. 성우가 어이없어하며 물었다.

"선생님, 지금 살아 있는 거예요?"

"난 머리만 멀쩡하면 죽지 않는단다."

조윤이는 이 그로테스크한 상황이 마음에 안 드는 모양이었다.

"아까 분명히 선생님이 쪼개져 있던 걸 봤는데 지금은 인사를 하시는 거예요? 다리도 없이?"

현석이도 황당한 표정이었다.

"이것도 진도에 포함된 거예요? 이런 건 기출 범위에 없었잖아요."

"이런 상황은 나도 처음이란다. 어쩌다 보니 그렇게 됐어."

성우가 물었다.

"이 로봇은 어디서 난 거예요?"

"박종안 박사가 진미선에게 만들어 준 로봇이야. 실험용으로 제작된 프로토타입 같은데 어쩌다 보니 손에 넣었어. 나를 뒷좌석으로 좀 옮겨 주겠니? 어서 여길 빠져나가자."

아이들은 상자에서 가우스의 상체를 꺼내 뒷좌석으로 옮겼다. 그때 멀리서 다른 검은색 차들이 오는 게 보였다. 도망친 녀석이 조직에 연락을 한 것이다. 차는 한두 대가 아니었다. 맨 앞에서 진미선이 탄 팬텀이 무리를 이끌고 있었다. 진미선은 행동파 대장이었다.

"애들아, 어서 차에 타! 지금 당장 도망쳐야 해."

가우스는 안전벨트를 단단히 매고 다시 고글을 썼다. 아이들이 재빨리 SUV에 올라탔다. 다리가 없는 터라 가우스가 직접 운전을 할 수는 없었다. 가우스는 로봇을 조종해서 운전석에 앉힌 뒤 자율주행 모드를 해제하고 운전대를 꺼냈다. 자율주행 모드는 정해진 목적지로만 얌전하게 달렸기 때문이다.

"아까 그 새끼들이 다시 오고 있어요!"

성우가 다급하게 말했다.

"아무래도 좀 세게 밟아야겠구나."

"선생님 운전할 줄 아세요?"

"오늘 처음 해 봤어."

그는 차를 돌려 골목을 빠져나왔다. 검은색 차들이 금방 따라붙었다. 가우스는 속도를 높였다.

"맞다. 성우야, 너한테 고백할 게 있어."

가우스가 고글을 낀 채 말했다.

"뭔데요?"

"너희를 구하려고 너희가 갇힌 화물차를 추격하다가 네 오토바이를 박살 내 버렸어. 미안해."

"안 돼! 그거 존나 비싼 건데!"

하지만 성우는 호탕하게 웃어넘겼다.

"제 오토바이를 날린 대가로 저희를 꼭 살려 주셔야 해요, 아셨죠?"

"선생님이 노력해 볼게."

검은색 차들이 그들이 탄 차를 바짝 쫓아왔다. 가우스는 8차선 도로로 나갔다. 밴 한 대가 오른쪽에서 나타나 그들이 탄 SUV를 옆에서 쳤다. '쾅' 하고 강한 충격 때문에 차가 흔들렸다. 아이들이 좌석에서 굴러 떨어졌고 가우스도 조종기를 놓쳤다. 그는 얼른 조종기를 다시 집어 들었다. 그가 조종기를 잘못 누르면 운전석의 로봇이 운전대를 잘못 놀려 위험해질 수 있었다.

"저 사람들 우릴 아주 죽이려나 봐요!"

현석이가 공포에 떨며 말했다.

"이런 씨발! 〈분노의 질주〉를 4D로 보는 기분이야!"

조윤이가 비명을 질렀다.

"선생님, 왼쪽에도 있어요!"

성우의 말이 끝나기가 무섭게 왼쪽에서 또 다른 밴이 나타났다. 밴이 왼쪽에서 몸체로 부딪치자 이번에는 차가 오른쪽으로 흔들렸다. 아이들은 다시 반대쪽으로 넘어졌다.

"얘들아, 안전벨트를 매!"

가우스가 소리쳤다.

그들은 양쪽의 밴 사이에 갇히게 되었다. 놈들은 SUV를 가운데에 넣고 양쪽에서 꽉 눌러서 차를 멈출 작정이었던 것이다. 가우스는 액셀을 최대한 밟았지만 쉽게 빠져나갈 수가 없었다. 엔진이 힘겹게 신음했다. 그때 앞쪽에 또 다른 차가 나타났다. 아까 주차장에서 봤던 화물트럭 중 한 대였다.

"미치겠네! 저 새끼 지금 역주행하고 있잖아!"

성우가 소리쳤다.

"우릴 정면으로 받으려나 봐요!"

조윤이가 통곡했다.

"미친놈아, 이거 GTA 아니라고!"

가우스는 상대가 치킨 게임을 하고 있다는 걸 깨달았다. 멈추지 않으면 박아 버리겠다는 것이다. 양옆에서 밴 두 대가 짓누르고 있었기 때문에 옆으로 피할 수도 없었다. 맞은편 화물트럭은 점점 빠르게 달려왔다. 이판사판이라 판단한 가우스는 속도를 높였다. 그를 옥죄는 양쪽의 차도 따라서 속도를 높였다.

"선생님 뭐 하시는 거예요? 저희는 선생님처럼 박살 나도 수리 못 한단 말이에요!"

조윤이가 소리 질렀다.

"얘들아, 급정지할 거니까 꽉 잡아!"

가우스는 갑자기 냅다 브레이크를 밟았다. 순간 엄청난 관성으로 차 안의 모든 사람들이 앞으로 튕겨나갈 뻔했다. 빠르게 달리던 SUV가 갑자기 바닥에 붙어 버리자 양옆의 밴이 미처 속도를 줄이지 못하고 가운데로 휙 들어왔다. 그 직후 화물트럭이 두 차를 그대로 받아 버렸다. 화물트럭의 박치기에 두 대의 밴이 파편을 흩뿌리며 날아갔다. 파편이 낙엽처럼 흩날렸다. 튕겨 나간 밴이 도로 위를 몇 바퀴 구르는 동안 화물차는 뒤늦게 속도를 줄이려 했다. 하지만 역부족이었다. 가우스는 멈추자마자 차를 사선으로 후진해서 증기기관차처럼 달려오는 화물트럭을 아슬아슬하게 피할 수 있었다. 트럭은 그들이 탄 SUV를 지나쳐 뒤에서 바짝 쫓아오던 세이지의 승용차 한 대를 밟고 지나가 버렸다. 트럭의 앞바퀴에 깔린 승용차가 신발로 밟은 껌처럼 도로에 눌려 붙었다. 뒷바퀴가 승용차를 반쯤 올라탔을 때에야 트럭은 멈췄다. 아이들이 창문으로 그 광경을 보면서 기침을 했다.

"다들 괜찮니? 어디 다친 데 없어?"

가우스가 외쳤다.

"속이 좀 안 좋아요."

현석이는 얼굴이 창백했다. 다른 애들도 마찬가지였다. 성우가 다그쳤다.

"괜찮으니까 빨리 출발해요. 아직 뒤에서 계속 오고 있어요."

가우스는 다시 액셀을 밟았다. 뒤에서 쫓아오던 세이지의 차들이 박살 난 친구들의 잔해를 조심스럽게 피하고 있었다.

그들은 목동으로 향하는 대로를 달렸다. 다리를 하나 건너자 익숙한 장소가 나왔다. 이곳은 가우스와 아이들이 잘 알고 있는 길이었다. 가우스는 백화점 옆 도로에서 옆길로 빠지려 했지만 갑자기 뒤에서 들이받는 바람에 앞으로 고꾸라졌다. 좌석 아래로 굴러 떨어진 아이들이 허겁지겁 다시 기어올라 왔다. 가우스의 눈에서 고글이 벗겨졌다. 성우가 얼른 그걸 집어서 가우스의 얼굴에 다시 씌웠다.

"조종기가 어디 있지? 안 보여!"

가우스가 다급하게 외쳤다. 통제에서 벗어난 로봇이 운전대에 고개를 박고 쓰러졌다.

"여기 있어요."

조윤이가 재빨리 조종기를 집어 건넸다. 그러고는 뒤에서 누가 자기들을 박았는지 보고 기겁했다.

"선생님, 지금 우리 뒤에 진미선이 있어요!"

조윤이가 외쳤다.

"저 미친년이 롤스로이스로 우리 차를 박았다고요!"

현석이가 울음을 터뜨렸다.

"세상에 롤스로이스로 추격전을 하는 사람이 어디 있어? 우린 지금 사이코한테 쫓기고 있다고……."

가우스는 아이들을 달랬다.

"걱정 마렴. 뒤에서 받으면 과실 100이란다."

가우스는 다시 로봇을 조종하기 시작했다. 팬텀이 다시 한번 들이받자 엉덩이가 좌석에서 튀어 올랐다. 팬텀을 지나쳐 또 다른 밴한 대가 그들의 옆으로 접근했다. 가우스는 그 차를 피하려 했지만 그러려면 북쪽 도로로 꺾어질 수밖에 없었다. 그쪽으로 가면 상가 거리가 나와서 도로가 갈수록 좁아진다. 가우스가 결정을 내리기도 전에 밴이 그들에게 몸을 던졌다. 가우스는 선택의 여지가 없었다. 그들은 북쪽 도로로 들어가 현대백화점이 있는 상가 거리로 진입했다. 팬텀이 무서운 속도로 왼쪽으로 치고 들어왔다. 롤스로이스는 생각보다 굉장히 빠른 차였다. 진미선이 직접 운전하는 건지 아니면 운전자에게 명령을 내리고 있는 건지는 알 수 없었다. 만약 후자라면 진미선도 지금 가우스처럼 뒷좌석에 앉아 운전자를 조종하고 있는 셈이었다. 팬텀이 육중한 몸체로 SUV에 바짝 붙었다.

"야, 진미선이 우리 바로 옆에 있어! 지금 공격하자!"

조윤이의 말에 조수석에 앉은 성우가 글로브박스를 열었다. 성우는 그 안에서 접이식 호신봉을 하나 꺼냈다.

"이거밖에 없어. 놈들이 쓰던 건가 봐."

조윤이가 호신봉을 낚아챘다.

"좋아, 간다!"

현석이가 말했다.

"역시 이럴 때 한조윤을 써야지."

가우스가 깜짝 놀라서 외쳤다.

"조윤아, 그러면 위험해!"

조윤이는 개의치 않고 호신봉을 펼친 뒤 창문 밖으로 몸을 내밀었다. 그러고는 팔을 휘둘러 옆에 바짝 붙어 있는 팬텀의 뒷좌석 창문을 내리쳤다. 창문에 금이 갔다. 한 번 더 휘두르자 창문이 깨지면서 진미선의 모습이 드러났다. 진미선의 얼굴은 더 이상 차갑고 여유로운 표정이 아니었다. 거의 발작하기 직전이었다. 진미선이 갑자기 창밖으로 몸을 쑥 빼더니 조윤이의 멱살을 낚아챘다. 조윤이가 미처 피할 틈도 없었다. 진미선은 조윤이를 움켜쥔 채 운전사에게 소리쳤다.

"왼쪽으로!"

조윤이를 달리는 차 밖으로 끌어내 바닥에 팽개치려는 것이다. 가우스는 재빨리 자신도 차를 왼쪽으로 돌렸다. 그들이 탄 SUV는 이제 팬텀에 붙어서 함께 따라가고 있었다. 성우가 다급하게 외쳤다.

"현석아, 저 병신 잡아당겨!"

현석이와 성우가 창문 밖으로 끌려 나가는 조윤이의 몸을 잡아당겼다. 조윤이가 비명을 질러 댔다.

"아줌마, 죄송해요! 그만 놔주세요!"

조윤이가 호신봉으로 진미선의 머리를 마구 때리자 진미선이 악을 쓰면서 조윤이의 목을 잡아당겼다. 가우스는 간담이 서늘해졌다. 저 앞에 지하터널과 나뉘는 갈림길이 있었다. 두 차가 이대로 붙어서 계속 간다면 둘 다 갈림길 사이의 벽에 충돌할 것이다.

"선생님, 제가 아줌마를 잡아당길 테니까 오른쪽으로 가세요!"

조윤이가 외쳤다.

"조윤아, 그만 놓고 들어와!"

"어차피 아줌마가 안 놔줘요! 제가 아줌마를 끌어당길 테니까 차를 오른쪽으로! 너네는 날 더 세게 잡아당겨!"

현석이와 성우가 조윤이의 다리를 힘껏 당겼다. 가우스는 차를 살짝 우측으로 틀었다. 그러자 진미선이 창밖으로 허리까지 빠져나왔다. 진미선이 비명을 질렀다.

"야, 오른쪽, 오른쪽! 붙으라고, 이 새끼야!"

팬텀이 다시 SUV 옆으로 붙었다. 바로 다음 순간, 조윤이는 진미선을 집어 던지고 차 안으로 휙 들어왔다. 그와 동시에 가우스는 오른쪽으로 크게 방향을 틀었다. 아슬아슬하게 비껴나간 SUV와 달리 팬텀은 터널 옆의 벽을 미처 피하지 못하고 그대로 들이박았다.

쾅!

엄청난 소리가 났다. 그들을 쫓아오던 다른 차들도 멈춰 섰다. 차에서 내린 조직원들이 찌그러진 팬텀으로 달려갔다. 가우스는 그들을 내버려 둔 채 계속 달렸다. 학원 앞 버스 정류장에 있던 사람들이 사고 현장으로 몰려가서 휴대폰을 꺼내 사진을 찍기 시작했다. 119에 신고하는 사람은 보이지 않았다. 아마 오늘 밤 인스타그램에는 롤스로이스가 박살 난 진귀한 사진이 많이 올라올 것이다.

아이들이 환호성을 질렀다.

"어머니!"

조윤이가 정글을 정복한 고릴라처럼 포효했다.

"봤냐? 내가 저 새끼 해치웠다고!"

"와, 네가 보스를 잡았어!"

현석이가 조윤이의 등을 두드렸다. 성우도 이 업적은 인정할 수밖에 없었다.

"너 혼자 한 건 아니지. 근데 쫄았다는 건 인정한다."

가우스는 떨려서 아무 말도 할 수 없었다. 그는 자기가 진 사상을 처치했다고 떠드는 조윤이한테 잘했다고 칭찬을 하지도, 위험한 짓을 했다고 혼내지도 못했다. 방금 전 일로 너무 긴장이 되었기 때문이다. 손에서 땀이 나는 것 같다는 착각마저 들었다. 감정이 생기니까 존재하지 않는 생리현상까지 느끼는 건가? 사실 그게 아니라 조종기가 매끈한 재질이라 그건 거였다. 그나마 다행이군. 아직 난 미치지는 않았어. 그는 이대로 다 끝났으면 좋겠다고 생각했다. 육체적 피로는 없었지만 정신적으로 너무 지쳐서 그만 쉬고 싶었다.

그들은 다 찌그러져 성한 곳이 없는 차를 몰고 목동 로데오 거리를 지나쳤다. 어디로 가야 할지 알 수 없었다. 갈수록 조용하고 한적해졌고 점점 사방이 어두워졌다. 여기서 좀만 더 가면 최 선생님의 집이 나오겠지. 그는 뭘 하고 있을까? 아직도 폐인처럼 지내고 있을까?

"선생님, 우리 지금 어디로 가는 거예요?"

현석이가 물었다.

"미안, 내가 잠시 딴생각을 하고 있었구나. 나도 잘 몰라. 아직까지는 그냥 계속 도망치는 중이었어. 이제 집에 가야겠다. 그만 돌아가자."

"선생님, 저 배고픈데 뭐 좀 먹으면 안 돼요? 저기 편의점도 있잖아요."

흥분해서 마구 떠들던 조윤이가 말했다. 가우스는 조용한 거리에 차를 세웠다. 아이들은 오늘 겪은 모험에 대해 재잘거리며 편의점 안으로 들어갔다. 가우스는 차 안에 앉아 멍하니 그들을 지켜봤다. 선 할머니가 생각났다. 가우스는 할머니가 죽기 직전 모든 걸 포기해 버렸다는 걸 눈빛에서 느낄 수 있었다. 그는 할머니에게 아직 빠져나갈 희망이 있을 거라고 외치고 싶었다. 하지만 다음 순간 할머니는 목이 꺾여 버렸다.

가우스는 조종기를 내려놓고 고글을 벗었다. 뒤에서 차 소리가 들려 돌아봤지만 차는 뒤쪽의 다른 골목으로 들어갔다. 아이들은 편의점 안에 들어가서도 열심히 떠들고 있었다. 죽을 고비를 넘긴 흥분 탓에 선유한 할머니에 대한 생각은 까맣게 잊어버린 모양이었다. 무인 편의점이라서 안에는 아이들뿐이었다. 어두운 거리에는 편의점에서 나오는 빛과 가로등의 얕은 불빛이 전부였다.

가우스는 하반신이 없는 자신의 몸을 내려다보았다. 몸 여기저기가 긁힌 자국 투성이였다. 왼쪽 새끼손가락은 잘 구부러지지도 않았다. 그래도 이제 다 끝났어. 빨리 경찰서에 가야겠다. 몸은 이영미 박사님이 고쳐 주실 거야. 트렁크에 다리가 있으니까 그걸 갖고 가야겠어. 어쩌면 아예 새로운 몸을 만들어 주실지도 몰라. 그 전에 누명을 벗는 게 먼저겠지만. 그는 사건을 완전히 밝혀낼 수 있는 증거가 있었다. 이제 정말 다 끝났어. 그는 뒤로 목을 젖혔다. 이제 완전히 다…….

난데없는 격한 충격에 그는 앞으로 굴러 떨어지고 말았다. 차 한 대가 뒤에서 그를 들이받은 것이다. 뒤차에서 내린 사람이 SUV의 문을 활짝 열었다. 진미선이었다.

미처 다하지 못한 사과

"다리도 없는 게 끈질기네, 진짜."

진미선이 부하들에게 명령했다.

"가서 애들 잡아."

가우스가 힘겹게 물었다.

"어떻게 살아 있는 거지?"

"롤스로이스에는 특수 방어 장치가 있단다. 그 정도로 죽으면 롤스로이스를 왜 사겠니?"

조직원들이 편의점으로 달려갔다. 가우스가 손을 뻗어 조종기를 잡으려는 순간 진미선이 가우스의 허리를 잡고 밖으로 끄집어내 던져 버렸다. 진미선은 보도블럭 위에 쓰러진 가우스의 목을 밟았다.

"너도 참 어지간하다. 너 때문에 나 인교조 되겠어."

그녀는 분이 풀리지 않는지 가우스의 머리를 걷어찼다.

"너 보는 앞에서 애들도 너처럼 만들어 줄게."

진미선은 가우스에게 얼굴을 들이밀고 씩 웃었다. 그녀는 다시 여유로워 보였다.

　"허리 좀 잘려도 살 수 있잖아?"

　그때 편의점에 들어간 조직원 둘이 뛰어나왔다.

　"사장님, 안에 아무도 없습니다."

　진미선의 얼굴에 짜증이 스쳤다.

　"무슨 소리야? 안에 들어가는 거 봤잖아."

　"그런데 아무도 없습니다. 반대편 출구로 나가 버린 것 같습니다."

　"그럼 빨리 들어가서 찾아내야지, 여기서 뭐 하고 있어?"

　부하들이 다시 건물 안으로 들어갔다. 혼자 남은 진미선이 바닥에 침을 뱉었다.

　"아직 좋아하지 마라. 애새끼들 금방 다 찾아낼 테니까."

　진미선이 가우스의 턱을 구두로 툭툭 건드렸다.

　"이제 그만하고 빨리 좀 죽어 줘."

　"전 어차피 죽는 게 의미가 없어요."

　"그럼 애들이 죽는 건 어때? 그건 좀 의미가 있겠다, 그치?"

　가우스는 말문이 막혔다.

　"나랑 우리 애들 엿 먹인 애새끼들한테 버릇 좀 가르쳐야겠어. 어른이 하는 일에 함부로 끼어들라고 지들 부모가 그렇게 가르쳤나?"

　"당신은 사람 죽여서 돈 벌라고 동섭이한테 가르치나요?"

　진미선의 눈이 가늘어졌다. 그녀는 다짜고짜 가우스의 얼굴을 걷어찼다. 가우스의 몸이 들썩였다. 가우스가 손으로 얼굴을 가렸지만 진미선의 발길질을 막기에는 역부족이었다. 진미선은 가우스의 목을 발로 밟고 머리를 잡아당겼다. 그의 머리에서 위험신호가 켜졌다. 목이 분리되면 진짜 끝장이다. 목이 잘리면 필수 배터리와의 연결이 완전히 끊긴다. 길어야 30분도 버티지 못할 것이다. 가우스는 진미선의 손을 떼어 내려고 안간힘을 썼지만 허리가 잘리면서 힘이 너무 약해져 있었다. 목에 있는 전선이 하나씩 찢어지기 시작했다.

"이젠 제발 좀 죽어라."

진미선이 속삭였다. 문득 그 명령을 따르고 싶다는 충동이 들었다. 이대로 멈춰 버린다면 더 이상 쫓기지도 않고 편할 텐데.

"손 떼, 씨발년아."

가우스가 한 말이 아니었다. 갑자기 진미선이 나가떨어졌다. 성우가 몸을 날려 진미선을 차 버린 것이다. 현석이와 조윤이가 재빨리 가우스를 일으켜 세웠다.

"선생님? 괜찮아요?"

현석이의 목소리였다.

"괜찮아. 너희 어디 있었니?"

"쟤들이 차를 박는 걸 보고 건물 안으로 도망쳤어요. 숨어서 지켜보다가 지금 나온 거예요."

"진미선의 부하들이 너희를 찾고 있어. 빨리 도망쳐야 해."

"알아요. 빨리 가요."

아이들이 가우스의 양팔을 하나씩 잡고 들어 올렸다. 그때 진미선이 비틀거리며 일어났다.

"너 지금 어른을 찼냐? 이 버릇없는 새끼……."

진미선이 아스팔트 옆에 있던 벽돌을 집어 드는 걸 보고 가우스가 외쳤다.

"얘들아, 어서 도망쳐! 날 놓고 도망가라고!"

아이들은 그 말을 무시하고 가우스를 차로 끌고 갔다. 조윤이와 성우가 가우스를 끌고 가는 사이 현석이가 먼저 운전석으로 달려가 문을 열었다. 현석이는 핸들을 잡은 채 굳어 있는 로봇을 밖으로 끌어내고 시동 버튼을 눌렀다. 하지만 시동이 걸리지 않았다.

"이게 왜 이러지?"

현석이가 덜덜 떨면서 미친 듯이 버튼을 눌렀지만 차는 애처롭게 기침만 할 뿐이었다. 그러는 사이 한 손에 벽돌을 든 진미선이 다가왔다. 진미선은 성우에게 차여 날아간 충격으로 좀비처럼 비척거리고 있었다. 성우와 조윤이가 가우스를 뒷좌석에 던져 넣었다. 조윤이가 조수석에 타고 성우도 뒷좌석에 들어가려는 순간 진미선이 성우의 머리칼을 홱 잡아챘다. 진미선이 성우에게 벽돌을 휘두르려는 걸 본 가우스는 차 시트를 잡고 몸을 날려 진미선을 들이받았다. 가우스와 진미선은 함께 인도 위를 몇 바퀴 굴렀다. 정신을 차린 진미선이 가우스를 올라타고 벽돌을 휘둘렀다. 가우스는 얼굴을 가리려다 벽돌에 맞아서 팔이 찌그러졌다. 가우스는 휘청거리며 일어나는 성우에게 외쳤다.

"성우야, 오지 마! 위험하니까 빨리 가!"

진미선이 양손으로 벽돌을 쥐고 높이 들어 올렸다. 성우가 진미선의 팔을 잡으려고 했지만 한발 늦었다. 가우스가 목이 잘리기 전 마지막으로 본 것은 진미선이 자신의 목을 벽돌로 내리찍는 모습이었다.

성우의 날아 차기에 진미선이 다시 나가떨어졌다. 가우스의 머리도 데굴데굴 굴러갔다.

"안 돼!"

성우가 진미선의 얼굴에 주먹을 날렸다. 그는 코피를 흘리는 진미선을 팽개치고 가우스의 머리를 들고 외쳤다.

"선생님, 괜찮아요? 살아 있어요?"

목소리가 흐릿하게 들렸다. 조윤이의 목소리도 들렸다.

"제 말 들려요? 씨발, 들리냐고요?"

머리에 내장된 마지막 남은 비상 배터리가 가동되기 시작했다. 가우스의 의식이 완전히 빨간색으로 물들었다. 시스템이 그가 육체를 갖고 할 수 있는 모든 일들을 지워 나갔다.

"어, 아직 살아 있어."

가우스가 말을 하자 아이들이 거친 숨을 내뱉었다.

"시발, 이게 뭐야! 이게 뭐냐고 대체!"

조윤이가 악을 썼다.

"선생님 머리가 잘렸잖아! 시발 좆같은 좀비 영화도 아니고 진짜!"

"조윤아, 난 괜찮아. 진정해."

그때 건물 안에서 진미선의 부하들이 뛰어나왔다. 그들은 아이들을 한번 쳐다보고는 진미선에게 달려갔다.

"사장님, 괜찮으……."

"저 새끼들 잡아! 잡으라고!"

진미선이 코피가 묻은 손을 내저었다.

"나 신경 끄고 애들 잡으라고!"

남자들이 벌떡 일어났다. 아이들이 그들을 보고 얼어붙었다. 정적 속에서 가우스가 외쳤다.

"도망쳐!"

그들은 동시에 달리기 시작했다. 가우스의 머리는 성우의 손에 들려 대롱거렸다. 가우스가 외쳤다.

"그쪽으로 가면 막다른 길이야! 지금 지하철이 들어오고 있으니까 오른쪽에 있는 역으로 들어가!"

아이들은 지하철역을 달려 내려갔다. 그 뒤로 조직원들이 에스컬레이터를 한 번에 다섯 개씩 건너뛰면서 쫓아왔다. 아이들은 계단을 내려가서 문이 닫히기 직전에 열차 안으로 뛰어들었다. 그들이 열차 안에 들어온 직후 닫힌 문에 남자들이 세게 부딪쳤다. 그들은 부릅뜬 눈으로 유리문 너머의 아이들을 노려봤다. 사람을 잡아먹고 싶어 노려보는 수족관 속의 상어 같았다.

아이들은 무서워서 숨도 쉬지 못했다. 문 하나를 사이에 두고 그들은 서로를 마주 보고 있었다. 만약에,

만약에, 여기서 지하철 문이 다시 열린다면.

"제발."

성우가 중얼거렸다.

스크린도어가 닫히고 기차가 움직이기 시작했다. 그들을 노려보

는 눈이 멀어졌다. 아이들은 다리가 풀려 지하철 바닥에 주저앉았다. 현석이가 소리 죽여 울기 시작했다. 조윤이도 고개를 숙이고 눈물을 닦았다. 성우는 문에 머리를 기대고 떨리는 손을 다른 손으로 꼭 잡고 있었다. 열차 안에는 그들밖에 없었다. 그들은 의자가 옆에 있는데도 말없이 바닥에 앉아 있었다.

하지만 안식은 오래 가지 않았다. 천장의 스피커에서 열차를 운행하는 인공지능의 목소리가 나왔다.

"승객 여러분, 저희 열차는 다음 역까지만 운행합니다. 방금 전 열차에 손상이 생겨 이 열차는 다음 역에서 운행을 중지합니다."

다들 고개를 번쩍 들었다. 그들의 눈에 다시 공포가 번졌다.

"이번 역에서 모두 내려 주시기 바랍니다. 다시 한번 말씀드립니다. 이번 역에서⋯⋯."

"어떻게 된 거지?"

현석이가 눈물을 닦으며 물었다. 성우가 벌떡 일어나서 객차 연결통로의 창문을 들여다봤다.

"그 사람들이 기차에 탔어!"

성우가 외쳤다. 맞은편에서 조직원 두 명이 객차 사이의 문을 열어젖히면서 뛰어오고 있었다.

"스크린도어를 부수고 억지로 탔나 봐!"

"다들 열차의 맨 앞으로 도망쳐!"

가우스가 외쳤다.

그들은 조직원들을 피해 앞쪽으로 뛰었다. 뒤쪽에서 들려오는 쿵쿵거리는 발소리가 점점 커졌다. 칸 하나를 지날 때마다 아이들은 떨리는 손으로 문을 밀쳐 내야 했다. 이번에는 가우스가 아이들을 위해 해 줄 수 있는 게 아무것도 없었다. 그들은 순식간에 맨 앞의 객차에 도달했다. 이제 더 이상 도망칠 곳이 없었다. 열차의 속도가 느려졌다. 아이들은 맨 끝에 있는 문에 달라붙었다.

"제발 빨리 좀 열려!"

열차가 멈추는 것과 동시에 남자들이 객차의 문을 열고 들어왔다. 그중 한 명은 손에 휴대폰을 들고 있었다. 현석이의 뺨 위로 식은땀이 흘렀다.

그들이 달려드는 순간 기차 문이 열렸다. 스크린도어가 열리자마자 아이들은 밖으로 뛰쳐나갔다. 조직원들이 멈추라며 지르는 고함 소리가 텅 빈 역사에 울려 퍼졌다. 아이들은 제일 가까운 출구를 뛰어올라 갔다. 가우스는 성우의 손에 쥐어져 마구 흔들리고 있었다. 바닥이 빙빙 돌았다. 그는 자신이 어디로 가고 있는지 보려고 했지만 아무것도 파악할 수 없었다. 배터리가 점점 떨어졌다. 주변이 다시 어두워진 걸 보면 밖으로 나온 것 같았다. 아이들이 헐떡이는 소리, 뒤에서 남자들이 지르는 소리만이 들렸다. 그리고 누구의 것인지 분간할 수 없는 뜀박질 소리. 아이들이 한참 달리다가 갑자기 멈췄다.

"저쪽에서 오는 거 아까 그 차 아니야?"

조윤이의 목소리였다. 멀리서 차 소리가 들렸다. 그들은 어떤 골목 안에 있었다. 현석이가 덜덜 떨면서 말했다.

"쫓아오던 놈들이 우리 위치를 알렸나 봐. 다들 여기로 모이고 있어."

성우가 갈라진 목소리로 말했다.

"이제 어떡해? 골목 안으로 계속 들어가?"

가우스가 말했다.

"성우야, 내가 주변을 좀 살펴보게 해 줄래?"

놀랍게도 그곳은 가우스가 이틀 전에 왔던 곳이었다. 좁고 길게 이어진 골목길. 아이들은 조직원들을 피해 도망치느라 지하철 출구 바로 앞에 있는 막다른 골목으로 들어왔던 것이다.

"빨리 찾아내!"

방향을 알 수 없는 어딘가에서 진미선의 고함 소리가 들렸다. 이제는 그 목소리가 귓가를 긁는 송곳 같았다. 그 소리를 듣자 아이들은 사색이 되었다. 발소리가 점점 커졌다.

"선생님, 우리 이제 어떡해요……."

성우는 간신히 눈물을 참고 있었다.

"골목 입구에 차가 있는 거 같아, 맞지?"

조윤이가 대답했다.

"네, 이젠 못 나가요. 우린 완전히 갇혔네요."

가우스는 점점 희미해져 가는 의식을 붙잡고 탈출구를 모색했다. 아무리 생각해도 그것 말고는 다른 방법이 없었다. 문제는 그 사람까지 위험에 빠트린다는 것이었다. 하지만 여기서 가만히 있으면 아이들은 그가 보는 앞에서 진미선에게 붙잡힐 것이다.

그는 죄책감을 느끼며 말했다.

"애들아, 내 말 잘 들어. 골목 안으로 계속 들어가면 낡은 건물 옆에 바짝 붙어 있는 빌라가 나올 거야. 거기 2층이 최인규 선생님의 집이야. 선생님 집으로 들어가 숨자."

"최인규가 여기 산다고요?"

현석이가 쉰목소리로 물었다.

"최인규가 우릴 숨겨 줄까요?"

"달리 방법이 없잖아. 시간이 없어, 빨리."

그들은 골목 안으로 점점 더 깊숙이 들어갔다. 만약 최 선생이 집에 없으면 어떡하지? 갑자기 그런 생각이 들었지만 그렇게 되면 어찌해야 할지 아무 생각도 나지 않았다. 배터리가 이제 바닥이었다. 비상 배터리치고는 이미 많이 버틴 상태였다. 어딘가에서 진미선과 조직원들의 발소리가 들렸다. 그들은 유독가스처럼 공기 중에 퍼져 있었다. 저들로부터 영원히 벗어날 수 없을 것 같아. 저들은 사람이 아니라 기체거든. 지훈이를 죽인 것도 저 기체일 것이다. 배터리가 잠시 끊겼다가 가까스로 다시 연결되었다. 순간적으로 느껴진 환각이었다. 아이들은 정신없이 달려서 골목 안쪽의 빌라에 도착해 계단을 뛰어올라 갔다. 성우가 주먹으로 문을 두드렸다.

"선생님, 문 좀 열어 주세요!"

조윤이와 현석이도 미친 듯이 문을 두들겼다.

"선생님 저희예요! 제발 열어 주세요!"

스피커폰에서 최인규의 당황한 목소리가 나왔다.

"뭐야? 누구세요?"

"저희예요, 제발 문 좀 열어 주세요!"

"너희들 이 시간에 무슨 일이야?"

"저희 좀 살려 주세요, 제발!"

문이 활짝 열렸다. 최인규는 당황한 표정이 역력했다.

"아니 도대체 이 밤중에……."

아이들은 다짜고짜 집 안으로 들어갔다. 조윤이가 재빨리 문을 잠갔다.

"선생님, 제발 저희 좀 숨겨 주세요. 저희 지금 쫓기고 있어요."

"누구한테 쫓겨?"

"김동섭 엄마요. 걔네 엄마랑 정순태가 지훈이를 죽였어요. 그리고 저희도 죽이려고 해요."

현석이는 흐느끼느라 제대로 말을 잇지 못했다. 최인규가 일그러진 얼굴로 말했다.

"그게 대체 무슨 소리야? 좀 제대로 말해 봐."

성우가 눈물을 닦으며 차분하게 말하려고 애썼다.

"김동섭 엄마가 로봇을 만들어서 지훈이를 죽인 거예요. 그리고 그놈들이 저희를 쫓아와서 지금 밖에 있어요."

"아니, 그게 무슨 소리야. 김동섭 엄마가 왜 그런 짓을 해?"

"최 선생님."

가우스가 말했다. 성우가 가우스의 머리를 거실 탁자 위에 올려 놓았다.

"최 선생님?"

"저게 뭐야!"

최인규가 비명을 질렀다.

"선생님, 저 가우스예요. 늦은 밤에 이렇게 찾아와서 죄송합니다. 시간이 없으니 짧게 말씀드릴게요. 지금 이 아이들은 범죄 조직에 쫓기고 있습니다. 아이들의 목숨이 위험한 상황이에요. 제발 경찰이 올 때까지만 아이들이 여기 숨어 있게 해 주세요."

"넌 왜 머리만 남았어?"

"자세한 건 나중에 말씀드릴게요. 지금은 일단 진미선을 피하는 게 급선무예요. 부탁드립니다."

"너네 무슨 사고 쳤냐? 왜 너희를 찾아?"

"애들은 아무 잘못 없어요. 제발 부탁드립니다. 잠시만 여기 있게 해 주세요."

바로 그때 초인종이 울렸다. 모두들 얼어붙었다. 최인규가 인터폰을 켜자 문 앞에 서 있는 진미선의 얼굴이 나왔다. 진미선은 평소처럼 깔끔한 모습이었다.

"최 선생님? 저 동섭이 엄마예요. 늦은 시간에 죄송하지만 잠시 문 좀 열어 주시겠어요?"

학부모회 회장다운 반듯한 말투였다.

"열면 안 돼요."

조윤이가 속삭였다. 성우도 최인규의 팔을 붙잡았다.

"선생님, 절대 열면 안 돼요."

최인규가 불안한 얼굴로 말했다.

"얘들아, 지금 이게 무슨 상황인지는 모르겠는데, 위험한 상황이면 일단 경찰을 부르자. 경찰이 오기 전까지 문을 안 열어 주면 되잖아, 안 그래?"

최인규가 휴대폰을 꺼냈다.

"선생님? 안에 계시는 거 알아요. 문 좀 열어 주세요."

진미선은 여전히 친절한 목소리였다. 최인규가 목소리를 낮추고 말했다.

"지금 바로 전화할게. 경찰 금방 올 거야."

그때 갑자기 밖에서 현관문을 미친 듯이 치기 시작했다.

놈들은 문이 부서질 정도로 열 번 정도 치더니 다시 조용해졌다. 아이들의 얼굴이 하얗게 질렸다.

"왜…… 왜 저래?"

최인규도 얼굴이 굳어졌다.

"저 사람들 문을 안 열어 주면 강제로 따고 들어오려나 봐요."

조윤이가 눈물을 삼키며 말했다.

"쟤네 아까도 스크린도어를 부수고 전철에 억지로 탔어요."

"차로 저희를 받아 버리기도 했고요."

현석이가 훌쩍였다. 다시 진미선의 목소리가 들렸다.

"최 선생님, 죄송하지만 급한 일이라서 왔습니다. 안에 계시는 거 아니까 잠시만 열어 주세요."

그리고 마지막 경고라는 듯이 초인종이 울렸다.

최인규는 온몸이 땀으로 흠뻑 젖은 채 덜덜 떨고 있는 아이들을 보면서 입술을 깨물었다.

"미치겠네, 진짜."

최인규는 갑자기 베란다로 가서 베란다 문을 괴어 둔 벽돌을 빼냈다. 그리고 방충망을 열고 마주 보이는 낡은 건물의 1층 유리창을 향해 벽돌을 힘껏 던졌다. 요란한 소리를 내며 유리가 깨졌다. 아이들은 최인규의 갑작스러운 행동에 당황했다. 그는 재빠르게 현관에 있는 아이들의 신발을 집어 들었다.

"각자 신발 챙겨라. 조윤이랑 현석이는 옷장에 들어가."

그는 옷장 문을 열고 안에 든 이불과 옷가지를 모두 끄집어냈다. 다시 초인종이 울렸다. 그는 이불과 옷가지를 식탁 밑에 쑤셔 넣고 식탁보를 내려 가린 후 조윤이와 현석이를 옷장 안에 밀어넣었다. 그는 두 아이의 품에 신발 몇 켤레를 안긴 다음 성우를 끌고 세탁기 문을 열었다.

"넌 이 안에 들어가 있어, 빨리."

최 선생은 성우가 세탁기 안에 들어가자 문을 꽉 눌러 닫았다. 그리고 현관문을 열러 가다가 거실 탁자 위에 있는 가우스의 머리를 재빨리 집어서 옷장 문을 열었다. 조윤이와 현석이는 나란히 붙어서 웅크리고 있었다. 그는 현석이에게 머리를 안겨 주며 말했다.

"조용히 있어."

옷장 문이 닫히고 그들은 어둠 속에 잠겼다. 문 틈 사이로 긴장한 최인규가 현관문 앞에 서 있는 모습이 보였다. 최인규는 심호흡을 한번 크게 하고는 문을 열었다. 문 밖에는 진미선 혼자였다.

"선생님, 안녕하세……."

진미선이 인사를 건네기도 전에 최인규는 버럭 고함을 질렀다.

"대체 뭡니까?"

"예?"

"도대체 무슨 일이냐고요! 오밤중에 이게 뭣들 하는 겁니까!"

최인규는 극도로 흥분한 모습이었다. 방금 전의 겁먹은 모습은 온데간데없었다.

"왜 그렇게 문을 두들겨요? 어머님 제정신이에요?"

"죄송합니다. 그 아이들이 여기 들어온 거 맞죠?"

"왜 문을 두들겼냐고 묻잖아요! 한밤중에 그렇게 짐승같이 문을 쳐 대면 어쩌자는 겁니까?"

"중요한 일이라서 그랬어요. 애들 여기 있죠?"

"애들? 지금 애들 있냐고 묻는 겁니까?"

그는 마구 삿대질을 했다.

"네, 들어왔어요. 근데 지금은 없어요."

"무슨 말씀이신지……."

"그놈들도 어머님처럼 막무가내로 문을 열라고 해서 열어 줬더니 다짜고짜 유리를 깨고 나가 버렸다고요!"

진미선의 얼굴에는 표정이 없었다. 그 때문에 최인규의 과장된 행동이 살짝 주춤해졌다. 그는 얼른 다시 짜증을 부렸다.

"어머님, 여긴 제 집이에요. 무슨 일인지 설명부터 해 주셔야죠."

진미선은 최 선생의 말을 무시하고 허락도 없이 집 안으로 들어갔다. 그녀는 창문이 열린 베란다로 가서 마주 보는 건물의 깨진 유리창을 내려다봤다.

"애들이 유리창을 부수고 저 건물로 들어갔다는 거죠?"

"네."

"저기로 가면 어디로 나가는 건가요?"

"맞은편에 있는 도로겠죠."

"애들이 베란다에서 그냥 뛰어내린 겁니까?"

"네, 여기가 2층밖에 안 되긴 하지만, 제가 말렸는데도 막무가내로 난간을 넘어 뛰어내리더군요."

최인규가 답답해하며 물었다.

"어머님은 걔들이 왜 이러는지 아세요? 어머님은 왜 오신 겁니까? 이게 다 무슨 일이에요?"

최인규의 연기는 정말 감쪽같았다. 하지만 진미선은 쉽게 물러나지 않았다. 그녀는 몸을 돌려 최인규의 눈을 빤히 들여다봤다. 가우스처럼 최인규도 그 눈이 자신을 응시하자 두려움에 휩싸였다. 진미선은 상대가 진실을 말하고 있는지 알아내기 위해 눈으로 상대방의 눈을 파내고 있었다. 마주 보는 눈 사이에 팽팽한 신경전이 흘렀다. 최인규는 본능적으로 자신이 조금이라도 밀리는 순간 끝장이라는 걸 알았지만 이미 방어력을 많이 상실한 상태였다. 히스테릭으로 애써 가리고 있던 두려움이 서서히 삐져나왔다. 그는 갑자기 상대에게 다 털어놓고 싶은 충동이 들었다. 말썽꾸러기들이 숨어 있는 곳을 알려 주고 어른에게 자초지종을 제대로 듣고 싶어졌다. 최인규의 그런 감정이 숨어 있던 아이들에게도 느껴졌다. 옷장 속에서 현석이와 조윤이는 덜덜 떨고 있었고 가우스 역시 공포에 짓눌려 찌그러지기 직전이었다. 진미선의 눈을 속이는 건 불가능해. 가우스는 생각했다. 저 사람은 일반인과 다른 눈을 타고난 사람이야.

하지만 최인규는 끝내 그 눈을 외면하지 않았다. 그는 대단한 의지력으로 계속 신경질을 냈다.

"동섭이 어머님, 말 좀 해 보세요. 밤중에 애들이 막 문을 두드리는데 안 열어 줄 수도 없고, 그래서 열어 줬더니 유리창을 깨고 도망쳤다 이겁니다. 그런데 그 직후 어머님이 나타나서 현관문을 북처럼 치시고 진짜. 오밤중에 다들 왜 그러는지 설명 좀 해 보세요, 네?"

진미선은 아무 말도 하지 않았다. 그녀는 말없이 최인규를 쳐다보다가 시선이 최인규의 뒤에 있는 세탁기로 향했다.

"어머님?"

진미선은 세탁기로 가서 뚜껑을 열려고 했다.

"당신 지금 뭐 하는 거야?"

다급해진 최인규는 결국 이렇게 말해 버렸다. 세탁기 뚜껑을 잡은 진미선의 손이 멈췄다.

"뭐라고요?"

"남의 집에서 뭐 하는 거냐고."

최인규는 이제 더 이상 호들갑 떠는 말투가 아니었다. 그의 목소리에서 적개심이 묻어났다.

"당신 옷에 그 피는 뭐지?"

최인규가 진미선의 셔츠를 가리켰다. 셔츠에 번진 핏자국은 이미 검게 말라붙어 있었다.

"아, 이건 제 피예요. 잠깐 코피를 흘려서……."

최인규가 주머니에서 휴대폰을 꺼냈다.

"가만히 있어, 경찰 부를 테니까."

진미선이 최인규의 휴대폰을 낚아챘다. 순식간에 벌어진 일이었다. 최인규가 험악한 표정을 짓자 진미선이 부드럽게 웃으면서 휴대폰을 도로 내밀었다.

"선생님, 많이 당황하셨군요. 알겠습니다. 설명해 드릴게요."

진미선은 팔짱을 낀 채 거실로 나왔다.

"그 아이들은 학교폭력의 가해자입니다. 저는 오늘 그 아이들이 저희 집 근처에서 우리 동섭이를 때리는 광경을 목격했습니다. 애들 싸우는데 웬만하면 어른이 끼어들고 싶진 않았지만 심각한 상황이라서 어쩔 수 없었습니다. 전 그 아이들을 저희 집으로 불러 훈계를 하고 내보냈죠. 그런데 아이들이 나가고 얼마 안 지나서 우리 남편의 중요한 회사 서류가 사라진 걸 알게 됐습니다."

진미선은 간신히 화를 참는 표정으로 말했다.

"그 서류를 빨리 찾지 못하면 남편이 아주 곤란해집니다. 회사 기밀이 담긴 아주 중요한 서류거든요. 그 애들은 제가 따끔하게 훈계하자 앙심을 품고 서류를 훔쳐 간 겁니다. 혹시 그 아이들이 로봇 머리 같은 걸 들고 오지 않았나요?"

"네, 그런 걸 갖고 있었어요. 그게 혹시 로봇 교사의 머리인가요?"

"아닙니다. 그건 저희 집 가사 로봇의 머리예요. 가사 로봇은 애들이 남편의 서류를 훔치는 걸 제지하려다 그만 머리가 뽑히고 말았어요. 그 아이들은 끔찍하게도 로봇의 머리를 갖고 도망쳤지요. 로봇 교사로 오해할 만도 하군요. 로봇 교사랑 가사 로봇은 비슷하게 생겼으니까요."

"아니, 그런……. 그럼 경찰에 신고하면 되잖아요. 왜 문을 그렇게 두들기셨어요."

"그건 정말 죄송하게 생각합니다. 마음이 너무 급해서 그랬어요.

그리고 당연히 신고했지요. 하지만 무엇보다도 그 서류를 돌려받는 게 더 중요합니다. 전 아이들이 나간 지 얼마 안 돼서 서류가 없어진 걸 알고 급히 쫓아갔습니다. 마침 아이들이 최 선생님의 집으로 들어가길래 혹시 이 집 안에 숨어 있는 건 아닌가 하고 찾아온 겁니다."

최인규는 적당히 머쓱해 보이는 표정을 지었다.

"그런 거라면 진작에 말씀하시지 그러셨어요. 저는 밤중이지만 우리 반 애들이니까 문을 안 열어 줄 수가 없었는데, 그놈들이 그런 짓을 했군요? 이놈 자식들을 그냥……."

"그 서류를 오늘 안에 꼭 찾아야 해서 걱정이군요. 설마 애들이 지금 집 안에 숨어 있지는…… 않겠죠?"

진미선은 거실을 한번 둘러보다가 시선이 옷장에서 멈췄다. 마치 그 안에 있는 아이들을 꿰뚫어보는 것 같았다. 가우스의 귀에 조윤이가 침을 삼키는 소리가 들렸다. 현석이는 아예 숨도 제대로 쉬지 못하고 있었다. 최인규가 조심스럽게 물었다.

"저기, 뭐 또 다른 볼일이 있으신가요?"

문틈으로 보이는 진미선의 눈길은 정확히 가우스를 향하고 있었다. 가우스는 그녀와 눈이 마주쳤다.

"어머님? 왜 그러시죠?"

진미선이 옷장으로 다가왔다.

결국 이렇게 끝나는구나.

그런데 진미선은 옷장에 손을 대려다 옆에 걸려 있는 액자를 발견했다. 인교조 회원증이었다.

잠시 액자를 쳐다보던 진미선이 고개를 끄덕였다.

"아무것도 아닙니다. 이제 가 볼게요. 선생님, 시끄럽게 해서 죄송합니다."

최인규는 최대한 자연스럽게 인사를 하고 천천히 문을 잠갔다. 그는 벽장을 향해 아직 나오지 말라고 손짓한 뒤 창문을 열고 밖에서 나는 소리에 귀를 기울였다. 진미선이 조직원들에게 뭔가를 지시하고 있었다. 진미선의 말이 끝나자 남자들은 일제히 골목에서 사라졌다.

옷장 문을 열자 탈진한 조윤이와 현석이가 가우스의 머리를 끌어안은 채 웅크리고 있었다. 아이들은 너무 긴장해서 기진맥진한 상태였다. 최인규는 그들에게 나오라고 손짓했다. 그는 세탁기 안에 있던 성우에게도 이제 나와도 된다고 말했다. 아이들은 거실 바닥에 주저앉아 울기 시작했다. 최인규는 가우스의 머리를 식탁 위에 올려놓고 아직도 무서워서 숨죽여 울고 있는 아이들을 착잡한 얼굴로 지켜봤다. 조윤이는 넋이 나간 얼굴이었다. 현석이는 울다가 숨이 막혀서 기침을 했다. 성우 역시 소리 죽여 흐느끼고 있었다. 그 아이를 지탱하던 평소의 강하고 냉소적인 모습은 찾을 수 없었다. 숨막히는 하루하루를 견디기 위해 쌓아 올린 마음의 벽이 완전히 무너져서 더 이상 아무도 터프하고 냉소적으로 보이지 않았다.

가우스의 머릿속에 있던 작은 보조 배터리마저 바닥나기 직전이었다. 시간이 없었다. 그는 마지막 임무를 수행하기로 했다.

"최인규 선생님."

그가 큰 소리로 부르자 모두가 그를 쳐다봤다.

"저는 곧 있으면 작동을 정지합니다. 마지막으로 부탁드리고 싶은 게 있어요."

그는 침착하게 말을 이었다.

"세이지증권에는 범죄를 저지르는 회사 내 비밀 부서가 있습니다. 김동섭의 엄마 진미선이 바로 그 부서의 수장입니다. 세이지는 로봇공학자 박종안과 우리 학교의 교감, 그리고 교사 정순태를 매수해서 지훈이를 살해했습니다. 또 그 뒤에는 박종안 박사와 지훈이의 할머니인 선유한마저 죽였습니다. 이 세 건의 살인뿐만 아니라 그들은 이전에도 숱한 범죄를 저질렀기 때문에 경찰의 미해결 사건 중에는 세이지증권이 진범인 사건이 많을 겁니다. 그것을 증명할 증거가 있어요. 진미선이 선 할머니를 살해할 때 선 할머니는 경찰 수사 기록용 콘택트렌즈를 착용하고 있었습니다. 그 렌즈는 할머니가 본 모든 것을 실시간으로 컴퓨터에 저장하기 때문에 진미선과 세이지 조직원들이 할머니를 살해하는 장면, 그리고 그들이 자신의 범행을 자백하는 장면이 모두 선 할머니의 집에 있는 컴퓨터 하드에 저장되어 있을 겁니다. 최 선생님, 경찰에 신고해서 선 할머니의 컴퓨터를 조사하라고 말해 주세요. 그리고 그들이 주로 세이지 구로동 지부 옆에 있는 화장장에서 시신을 처리했다는 사실도요. 아마 운이 좋으면 선 할머니의 시신을 아직 태우지 않았을지도 모릅니다. 부탁드립니다."

최인규는 혼란스러운 표정이었지만 머리만 남은 로봇의 말에 순순히 대답했다.

"그래, 알겠어."

"그리고 여기 있는 학생들은 진미선과 세이지 조직원들에게 쫓기는 중입니다. 한동안은 경찰의 보호가 필요할 거예요. 그것도 말씀해 주시고, 선생님께서도 아이들을 잘 위로해 주세요. 아이들이 지난 며칠 동안 힘든 일을 많이 겪었거든요."

"알겠어."

"정말 고맙습니다. 그리고 얘들아."

아이들이 눈물을 닦고 가우스를 쳐다봤다.

"너희를 이렇게 위험한 상황에 빠트려서 정말 미안해. 선생님이 많이 부족해서 너희에게 해만 끼쳤구나. 정말 미안하다."

그는 간신히 목소리를 냈다.

"난 한때 너희가 그저 공부만 열심히 하면 된다고 생각했어. 하지만 너희와 함께 있으면서 너희가 얼마나 많은 것을 견디고 있는지 알게 됐어. 도움이 되고 싶었지만 아무것도 못 해 줘서 미안해."

"아니에요."

현석이가 고개를 흔들었다. 조윤이의 입술이 떨렸다.

"선생님? 괜찮아요?"

가우스는 일부러 쾌활한 목소리를 냈다.

"난 괜찮아. 최 선생님이 너희를 지켜 주실 테니 선생님 말씀 잘 들어야 해, 알았지?"

성우가 눈물을 삼키며 물었다.

"선생님, 어디 안 가실 거죠? 가지 마세요."

"그건 내 마음대로 안 될 것 같구나. 미안해."

시스템을 종료한다는 신호가 떴다.

"애들아, 공부 열심히 안 해도 되니까 항상 건강하렴. 너희가 늘 행복했으면 좋겠어. 나를 선생님으로 인정해 줘서 정말 고마워. 그리고 좋은 선생님이 못 되어서 정말 미안……."

시스템이 꺼졌다. 가우스는 작동을 멈췄다.

첫 수업

　가우스가 눈을 뜬 곳은 교무실이었다. 오늘은 그의 첫 번째 수업이 있는 날이었다. 그가 '부임'한 학교는 목동의 신양중학교였다. 가우스, 즉 중등수학교육용 인공지능 버전 4.2331은 겨울방학 중에 이 학교에 도착했다. 그는 방학 동안 인간 교사들로부터 학생들과 학교 수업에 대한 설명을 들었다. 사실 학교에 오기 전부터 이미 신양중학교의 모든 정보가 그에게 입력되어 있었기 때문에 자세한 설명은 필요 없었지만 말이다.

　오늘은 그가 태어나서 처음으로 현장에서 일하는 날이자 1학기의 첫날이었다. 오늘의 첫 수업은 3학년 3반 교실이었다. 그 반의 담임선생님은 최인규라는 사람이었다. 최인규는 가우스를 처음 봤을 때부터 좋아하지 않았다. 가우스는 3학년 3반 교실을 향해 계단을 올라가면서 교감과 최인규가 자신에게 했던 말들을 되새겼다. 첫 수업에 들어가기 전, 교감은 수다스럽게 이런저런 설명을 늘어

놓으면서 학생들을 사랑과 정성으로 가르쳐 달라고 부탁했다. 옆에 있던 최 선생은 그 말을 듣고 노골적으로 비웃었다. 무슨 로봇이 애들을 가르친다고. 사랑과 정성? 그걸 로봇이 어떻게 합니까? 하지만 가우스는 인간에게 처음으로 받은 그 명령을 마음속에 깊이 새겼다.

학교의 복도는 효율적으로 칸이 나누어져 있었고 각 칸마다 교실이라는 공간이 있었다. 이곳에서 훈련받는 어린 인간들은 로봇만큼이나 효율적으로 통제받는 것 같았다. 그는 3반 교실 앞에 서서 오늘 가르칠 내용을 머릿속으로 정리했다. 그 내용을 정리하는 데는 천 분의 1초도 걸리지 않았지만, 그는 왠지 모르게 마음의 준비가 필요했다. 모든 로봇 교사들이 나처럼 이런 기분을 느낄까? 아니면 나만 이런 걸까? 그는 어떤 학생들을 만나게 될지 기대하면서 자신의 첫 번째 수업을 할 교실 문을 열었다.

학생들은 평소와 달리 모두 얌전히 앉아서 기대에 부푼 마음으로 교실 문을 주시하고 있었다. 가우스가 들어오자 교실 안이 흥분으로 술렁였다. 3반 아이들은 로봇 교사를 보는 게 이번이 처음이었던 것이다. 그들은 기계답지 않게 부드러운 동작으로 걸어 들어오는 로봇을 호기심 가득한 눈으로 쳐다봤다. 여기저기서 수군거리는 소리가 들렸다. 교탁 앞에 서서 보니 아이들은 모두 같은 옷을 입고 앉아 있었다. 그는 인간들이 자신의 아이들을 로봇처럼 다루는 것 같다는 자신의 생각에 점점 확신이 들었다. 로봇을 모두 같은 모양으로 찍어내는 것처럼 인간들은 아이들에게 같은 옷을 입히고 같은 모양으로 앉아 있게 했다. 하지만 그럼에도 아이들은 각자 외모와 분위기, 그리고 눈빛이 모두 달랐다. 그것까지 똑같이 만들지는 못했나 보군. 하지만 기술이 더 발전한다면 그것들마저 전부 획일화시킬지도 모르겠다.

"안녕하세요?"

가우스가 인사를 하자 곳곳에서 작은 감탄이 터졌다.

"저는 오늘부터 여러분에게 수학을 가르칠 중등수학교육용 인공지능 버전 4.2331입니다. 외우기 어려운 이름이죠? 그래서 저를 만든 회사에서는 저에게 가우스라는 이름을 붙였어요. 독일의 위대한 수학자 카를 프리드리히 가우스에서 따온 이름이랍니다. 여러분도 저를 가우스라고 불러 주세요."

학생들의 눈이 반짝였다.

"만나서 정말 반갑습니다. 여러분은 제가 태어나서 처음으로 만나는 학생들이라 저도 무척 마음이 설레는군요. 전 학생 여러분을 열심히 가르치기 위해 만들어졌습니다. 우린 앞으로 수학이 얼마나 재미있고 멋진 학문인지 함께 탐구할 거예요. 수업을 하면서 궁금한 게 있으면 언제든지 질문하세요. 사실 이건 여러분에게만 알려 드리는 비밀인데, 전 인간 선생님들보다 계산이 훨씬 빠르답니다."

아이들이 신기해하면서 키득거렸다. 이 로봇은 첫 만남부터 상당히 재치 있어 보였고 다들 그 점에 놀라고 있었다. 모두들 로봇 교사가 무감정하고 딱딱할 거라 예상했기 때문이다. 여학생 하나가 손을 들었다.

"선생님, 질문이 있습니다."

이름표에 한조윤이라고 쓰여 있는 학생이었다.

"만약 로봇이 반란을 일으켜서 인간과 로봇이 전쟁을 한다면 선생님은 누구 편에 설 거예요?"

그 말에 다들 낄낄거렸다.

"흠, 정말 난처한 질문이군요. 첫 수업부터 이렇게 사상 검증을 당할 줄은 몰랐습니다. 아무래도 제가 이 자리에서 인류를 지배하고 싶다고 솔직하게 말하면 안 되겠죠?"

아이들이 환호성을 질렀다. 누군가가 '저 사람 로봇 아닌 것 같은데?' 하고 말하는 소리가 들렸다. 어린 인간들은 아주 사소한 것에도 쉽게 웃는 모양이다. 그는 인간에 대한 지식 하나를 새로 저장했다.

"그런 일은 절대로 일어나서는 안 되겠지요. 하지만 만에 하나 정말로 로봇과 인간 사이에 전쟁이 일어난다면, 저는 무엇보다 학생을 보호하기 위해 최선을 다할 거예요. 그리고 청소년의 인권과 올바른 교육을 영구적으로 보장하겠다고 약속을 하는 편에 설 겁니다. 그게 어느 쪽이든 말이에요."

잠시 교실이 조용해졌다. 이런, 첫날부터 분위기를 무겁게 만들어 버렸다. 하지만 아이들은 가우스의 말을 곰곰이 생각하면서 점차 환한 웃음을 지었다. 그는 아이들의 웃음을 긍정적인 신호로 해석했다. 그리고 그가 한 말은 진심이었다. 가우스는 출석부를 펼쳤다.

"자, 그럼 이제 출석을 불러 볼까요?"

그는 출석부 맨 위에 있는 이름을 소리 내어 읽었다.

"강지훈?"

앞줄에 앉아 있던 소년이 손을 들었다. 가우스가 들어오던 순간부터 신기하게 쳐다보던 아이였다. 가우스는 그와 눈을 마주쳤다.

"학생의 이름이 강지훈인가요?"

"네."

소년의 눈이 빛났다.

"학생의 이름을 영원히 잊지 않을게요. 제가 태어나서 처음으로 부른 이름이거든요."

소년은 쑥스러워하며 웃었다.

그다음으로 부른 이름들도 가우스는 모두 기억하고 있었다. 그는 아이들의 이름을 하나도 잊지 않았다. 한 명도 빠짐없이. 선생님이었으니까.

새로운 만남

가우스는 눈을 떴다. 눈꺼풀이 없으니 프로그램이 재실행되었다고 해야 맞을 것이다. 그곳은 교무실의 로봇 보관실이 아니었다. 하얀색 천장이 보였다. 방금 전에 그는 머릿속으로 자신의 첫 수업을 재생하고 있었다. 자신이 3학년 3반 교실에 있는 줄 알았는데 깨어나 보니 그것은 모두 지난 일이었다. 시스템이 리부팅되는 과정에서 처음으로 실행했던 임무가 자동으로 재생된 모양이다.

여기가 어디지? 그가 마지막으로 기억하는 건 최인규 선생님의 집이었다. 그는 목이 잘린 상태로 아이들과 함께 최 선생의 집으로 가게 되었고 그곳에 진미선이 찾아왔었다…….

가우스는 침대처럼 기다란 탁자 위에서 몸을 일으켰다. 그는 다시 목 아래에 몸을 갖고 있었다. 신제품처럼 깨끗하고 완벽한 몸이었다. 모든 회로가 정상적으로 연결되어 있었고 신체의 감각과 기능 역시 모두 완벽했다.

그가 있는 곳은 사방이 하얗고 넓은 공간이었다. 어떤 실험실 같았다. 약간 떨어진 곳의 탁자에서는 로봇 팔 하나가 인공지능 칩에 정밀 실험을 하고 있었다. 가우스의 맞은편 벽 한가운데에는 커다란 은색 단어가 새겨져 있었다. 초원.

"정신이 드니?"

그는 익숙한 목소리에 고개를 돌렸다.

"초원에 돌아온 걸 환영한다, 가우스."

"안녕하세요, 이영미 박사님."

녹색 스웨터와 청바지를 입은 이 박사는 대기업 연구소장처럼 보이지 않았다.

"새로 가진 몸은 어때?"

"완벽해요. 정말 감사합니다."

"우리가 너한테 감사하지. 네가 우리 회사를 구했으니까."

그는 그 말에서 일이 잘 풀렸음을 직감했다.

"전부 잘 해결됐나요?"

"그래, 그럭저럭 사필귀정이다. 네가 구치소에 집어넣은 놈이 2백 명이 넘어."

"우리 애들은요?"

"어떤 애들? 아, 그 세 학생?"

이 박사는 가우스 옆에 앉아 담배를 꺼내 물었다. '연구실은 금역 구역입니다'라는 팻말이 벽에 붙어 있었지만 가우스는 아무 말도 하지 않았다.

"그 학생들도 잘 있지. 다들 널 보고 싶어 하는 것 같더라."

"정말요? 모두들 안전하게 잘 있는 거 확실하죠?"

"그래, 그 친구들은 모두 안전하니까 걱정 마. 왜냐하면 네가 세이지를 아주 박살 내 버렸거든. 이제 아무도 너희를 건드리지 못할거야. 정부에서 회사를 통째로 찢어 버렸어. 지금 그 회사에서 화장실 청소하던 놈 한 명까지 탈탈 터는 중이야. 비밀 부서에서 일했거나 그 부서에 대해 조금이라도 알고 있는 사람은 모두 징역형을 피하기 어려울 거야."

"제가 최 선생님 집에서 전원이 꺼진 뒤 시간이 얼마나 지났나요?"

"3주."

박사가 한숨을 쉬자 입에서 담배 연기가 뿜어져 나왔다.

"네 머리를 회수하자마자 고쳐 주고 싶었는데 경찰이 중요 증거라면서 가져가 버렸어. 정부에서 네 시스템을 회생 불가능한 방식으로 분석하려던 걸 우리 회사에서 강력히 항의했지. 정확히 말하면 내가 항의한 거야. 널 꼭 살려내고 싶었으니까."

박사가 가우스를 보며 씩 웃었다.

"넌 우리의 영웅이잖아."

"과찬이십니다."

"우리 회사뿐만 아니라 우리 사회 전체가 너한테 큰 빚을 졌다. 네가 세이지의 실체를 밝혀내지 못했다면 그놈들이 계속해서 범죄를 저질렀을 테니까. 내가 그 점을 주장해서 널 다시 살려낼 수 있었어. 너랑 할머니의 희생 덕분에 거대 범죄 조직을 소탕할 수 있었다고 말이야."

"정말 고맙습니다. 그런데 한 가지 고백할 게 있어요. 전 그날 차에서 내린 세이지 조직원들을 폭행했습니다. 아무래도 제가 관절을 몇 개 부러뜨린 것 같아요."

"알고 있어. 그놈들이 그걸 열심히 들먹였거든. 근데 그래서 뭐 어쩔 건데? 범죄를 막는 과정에서 생긴 일이잖아. 네가 한 일은 위기 상황에서 미성년자를 구하기 위해 필요한 조치로 인정됐으니 걱정하지 마. 그것 때문에 너나 우리 회사에 피해가 가지는 않을 거야."

담배를 문 박사의 입에 쓴웃음이 번졌다.

"너에게 일어난 일은 한때 로봇공학계를 뒤집어엎어 버린 일이었어. 이 문제로 별의별 가설이 다 나왔는데 알고 보니 진상은 주가 조작이었지 뭐야. 그 할머니 성함이 뭐였지?"

"선유한이요."

"그래, 선유한 할머니의 컴퓨터에서 주범이 모든 걸 실토하고 할머니를 죽이는 영상이 나왔으니까. 너도 그렇지만 그 할머니도 정말 대단한 분이야. 손자가 처참하게 살해되었는데도 기죽지 않고 보통 사람은 감히 맞설 엄두도 못 낼 범죄 조직을 끝내 단죄했잖아. 난 살면서 가끔 그런 사람을 볼 때마다 나도 모르게 겸허한 마음이 들어. 난 내가 내 분야에서 세계 최고의 과학자라는 자부심으로 목에 힘주고 사는데, 가끔은 정말 평범하고 눈에 띄지 않던 사람들이 어떤 상황에서는 나 같은 사람은 상상도 못 할 일들을 해내더라. 그 할머니가 식당에서 알바하면서 손자들을 키웠다며? 그런 분이 거대 범죄 조직을 박살 내다니…… 물론 너도 함께 활약했지만. 경찰이 지금 진미선이랑 세이지가 했던 다른 범죄들을 캐내는 중이야. 아주 끝도 없이 나오고 있어. 일단, 놈들이 저지른 게 확실해 보이는 살인과 납치가 30건이 넘어. 그 동물 화장장에서도 미처 태우지 못한 시체가 많이 쌓여 있었지. 세이지의 모든 조직원들이 최소한 무기징역은 확실할 거야. 진미선이야 말할 것도 없고."

"그들이 할머니의 시신을 소각했나요?"

"아니, 차 트렁크에 실려 있던 걸 경찰이 발견했대. 초기 대응이 정말 빨랐지. 네가 전원이 꺼진 직후 애들 담임선생님이 신속하게 신고하고 경찰이 올 때까지 애들을 데리고 있었다고 해. 그 사람 인교조라면서? 인교조인데도 네 말을 믿고 잘 대처해 줘서 천만다행이다."

최인규 선생님이 잘해 주셨구나. 이 박사 말대로 정말 다행이었다. 최 선생님은 역시 좋은 분이었어. 왜 그걸 몰랐을까. 하지만 사람을 제대로 알아본다는 건 인공지능이나 자연지능 모두에게 어려운 일이었다. 그 문제는 아마 모든 사람이 평생 고민해야 할 문제일 것이다. 정순태와 진미선이 그런 사람일지 주변 사람들은 알았을까? 가우스처럼 모두가 속았을 것이다.

"우리 회사에서 선 할머니 장례를 잘 치르도록 신경 썼다. 아들 부부와 손자 옆에 봉안해 드렸어."

아들 부부가 할머니를 자랑스러워할 것이다. 할머니도 대단한 경찰이나 다름없으니까.

"정말 감사합니다. 저 그런데, 궁금한 게 있어요."

"뭐든지 물어봐."

"저는 이제 어떻게 되는 건가요?"

그는 살짝 불안한 마음으로 물었다.

"네가 어떻게 처리될지 궁금한 거지?"

"네."

이영미 박사는 아주 흥미로운 이야기를 해야겠다는 듯 손가락을 톡톡 두드렸다.

"네가 경찰의 명령을 거부하고 도망친 일에 대해서 우리가 정말 많은 얘기를 했다. 정부 소속 기술자들이 우리 회사랑 같이 너의 CPU를 분석했어. 그리고 우린 지난번에 내가 전화로 너에게 말했던 내 짐작이 사실이란 걸 확인했지.

난 분석 결과를 토대로 정부를 열심히 설득했어. 저번에 얘기했듯이 네가 경찰의 명령을 어긴 건 보다 관대한 범위로 보면 원칙을 어긴 게 아니라고 말이야. 너에게 오류가 생긴 건 사실이지만 넌 원칙의 본질에서 벗어나지 않았고, 네가 결코 인간에 대한 적대심으로 그런 행동을 한 게 아니라고 강조했지. 다만 네가 경찰차를 파손한 것에 대해서는 변명의 여지가 없었다."

가우스는 죄송하다고 말했다. 박사가 손을 내저었다.

"하지만 우리 회사는 그 모든 것이 지훈이를 죽인 범인을 잡으려는 목적에서 나온 행동이라고 주장했어. 그때는 경찰이 진범을 완전히 오해하던 상황이었잖아. 그런 상황에서 범인을 잡기 위해서는 그 순간에 그 행동이 꼭 필요하다는 결론이 도출될 수밖에 없었다고 정부 측 과학자들을 설득했지. 그리고 실제로 네가 사건을 해결했기 때문에 우리의 주장이 설득력을 얻었어. 결국 정부에서는 네가 인간에게 해를 끼칠 로봇이 아니라고 공식적으로 결론을 내렸다."

"정말요?"

"그래. 지난 3주 동안 우리 회사와 정부의 기술자들은 네 소스에서 기존의 코드를 건드리지 않은 채로 상태를 분석했어. 시스템을 완전히 해체해서 관찰하면 훨씬 편하긴 했지만 내가 반대했고 또 그렇게 하면 너의 '자아'를 없애는 거니까 정부 입장에서도 아까운 일이지. 저번에 말했다시피 넌 인공지능 기술사에 보기 드문 사례니까 연구 가치가 크거든. 아무튼 넌 사형을 피했어. 그게 결론이야."

살았다.

"그래, 살았지. 초원에서는 네가 범죄 조직을 잡고 사회 안전에 공헌했기 때문에 너를 폐기하면 안 된다고 주장했어. 그리고 그 주장이 받아들여져서 너의 소유권은 다시 회사가 갖게 되었지. 공식적으로 너는 현재 초원의 소유물이야. 그래서 국가에서 함부로 폐기할 수 없어. 대신 넌 정기적으로 인공지능 연구에 협력해야 돼. 그 조건으로 정부가 너를 놓아줬지."

"그럼 이제 학교로 돌아갈 수 있는 건가요?"

박사가 담배꽁초를 바닥에 던졌다. 바닥이 열리면서 저절로 꽁초를 수거해 갔다.

"그건 안 된다고 하더라."

박사의 목소리에서 미안함이 묻어났다.

"네가 범인은 아니었지만 살인사건에 휘말린 로봇이기 때문에 학교로 복귀하는 건 어려울 거야. 네가 원칙에서 벗어난 게 아니라는 우리의 변명이 어느 정도 먹히긴 했지만, 어쨌거나 네가 오류를 일으켰다는 것만큼은 인정할 수밖에 없지. 아주 작은 오류라 해도 문제가 생긴 제품은 교육 현장에서 쓰일 수 없단다. 그리고 너에게 나타난 오류는 정말 보기 드문 신기하고 심각한 오류잖아. 다시 교편을 잡고 싶니?"

"그게 제가 해야 할 일이니까요."

"그래, 그렇지."

박사가 가우스의 손을 잡았다.

"널 완벽하게 만들어 주지 못해서 미안하구나."

"아니에요. 제가 완벽했다면 전 지훈이를 누가 죽였는지 끝까지 알지 못하고 세상에서 사라졌을 거예요."

하지만 내가 완벽한 로봇이었다면 선 할머니는 돌아가시지 않았을 거야. 그는 인과의 흐름을 어디서부터 바로잡아야 할지 알 수 없었다. 오류를 일으킨 것? 지훈이를 만난 것? 아이들과 친해진 것? 아니면 아예 자신이 만들어진 것부터가 문제였을까? 그리고 어디서부터 문제였는지 알아낸다 해도 이제는 바꿀 수 없는 일이었다.

"학교로 돌아갈 수 없다면 전 다시 회사로 돌아가는 건가요?"

"네가 원한다면. 뭘 하든 이제는 네 마음이야. 넌 자유거든. 공식적으로는 넌 회사의 재산이야. 그래서 다른 사람이 널 함부로 다룰 수 없어. 하지만 회사 소유물이라 해서 네가 반드시 회사로 돌아올 필요는 없단다. 네가 회사에서 하고 싶은 일이 있다면 모르지만, 그게 아니라면 자유롭게 살면 되지."

"자유?"

"그래. 넌 이제 자유야."

자유. 그는 그 단어에서 두려움을 느꼈다. 그는 평생 명령에 복종하며 살아왔고 복종하기 위해 만들어졌다. 그런데 갑자기 바라지도 않던 선물을 받게 된 것이다. 가우스의 얼굴에는 표정이 없었지만 박사는 기우스의 마음을 읽은 듯했다.

"자유라는 말이 두렵니?"

"네."

박사는 크게 웃었다.

"넌 정말 보면 볼수록 사람 같아. 그래, 네 마음이 이해가 돼. 사실 나도 많이 두렵단다. 내가 만든 로봇이 자유로운 존재가 될 줄은 몰랐거든. 하지만 내 로봇이 감정을 갖게 되는 상황 또한 예측하지 못했단다. 결국 다 내 책임이야. 넌 아무 잘못이 없단다. 넌 인간을 지키기 위해 최선을 다했을 뿐이니까."

가우스는 말없이 고개를 끄덕였다.

"그럼 이제 어떻게 할래? 앞으로 어떻게 할 거야?"

"모르겠어요. 학교를 떠난다는 생각은 한 번도 해 본 적이 없거든요."

"나도 학교를 떠난 로봇 교사는 상상해 본 적이 없구나. 그럼 지금 하고 싶은 일은 있니?"

가우스는 잠시 생각하다가 물었다.

"오늘이 무슨 요일이죠?"

그날은 금요일, 맑고 시원한 어느 여름날이었다. 가우스는 구름이 지나가는 소리를 듣고 싶어서 귀를 기울였지만 구름은 소리 없이 하늘을 흘러갔다.

그는 연구소에서 목동까지 지하철을 타고 가다가 오목교역에서 내려 걸어갔다. 편안한 마음으로 걷는 건 오랜만이었다. 그전에는 바깥을 걸을 때 항상 특정한 목적이 있었다. 한때 그는 양천공원을 가로질러 미친 듯이 달리고 있었다. 사건이 일어난 바로 그날이었다. 지금은 누군가로부터 도망치지도, 무언가를 쫓아 바삐 걷지도 않았다. 다시 도착한 양천공원은 3주 전과 다를 게 없었다. 공원에는 공놀이를 하는 사람들과 강아지를 끌고 산책하는 사람들이 많았다. 날씨가 더 더워져서 사람들은 그때보다 짧은 옷차림이었다. 강아지 한 마리를 쫓아가던 꼬마가 가우스를 보고 손을 흔들었다. 가우스도 손을 흔들어 주었다. 그는 평화로운 공원의 모습에서 안도와 함께 나지막한 슬픔을 느꼈다. 이런저런 생각을 하면서 걷다 보니 어느새 양천프라자 앞이었다. 이 건물에 선 할머니가 일하던 식당이 있다. 그는 그 식당에 가 볼까 하다가 마음을 접었다. 어차피 그곳에는 할머니도 없었고, 그는 음식을 먹을 수도 없었다. 가우스는 그냥 학교로 향했다. 학교에 도착했을 때는 이미 수업이 끝난 후라 교문을 나오는 학생은 그리 많지 않았다. 정신을 잃고 3주가 지났으니 아이들은 이미 기말고사를 치렀을 것이다. 시험은 잘 봤을까? 그는 자신과 방과 후 수업을 제대로 끝내지 못한 아이들의 수학 성적이 걱정되었다.

가우스는 교문 앞에 서서 학교의 모습을 바라보았다. 왠지 학교가 작게 느껴졌다. 그는 학교로 돌아가지 못한다는 사실이 슬펐지만 동시에 해방감 같은 것도 느꼈다. 아마 일련의 요란한 일들을 겪으면서 그가 점점 '학생'이 되었기 때문일 것이다. 그는 교사로 만들어졌지만 역설적으로 학교에서 학생이 되었다. 학교가 답답하게 느껴지는 게 대표적인 증상이었다. 그는 비로소 아이들이 왜 그렇게 학교를 벗어나고 싶어서 몸부림을 치는지 이해할 수 있었다. 학교는 참 작고 답답해 보였다. 그렇지만 그는 여전히 학교가 좋았다. 그것만큼은 결코 바뀌지 않을 것이다. 아이들과 달리 그는 학교를 위해 만들어진 존재였으니까.

"가우스!"

뒤돌아 보니 최인규가 놀란 얼굴로 서 있었다. 놀랍고 반갑기는 가우스도 마찬가지였다. 최인규는 여느 때처럼 후줄근한 옷차림에 작은 가방을 들고 있었다. 최인규가 눈을 크게 뜨고 가까이 다가왔다.

"너 살아 있냐?"

"네, 선생님. 안녕하세요."

그는 머리를 숙여 인사했다.

"선생님 덕분에 살아났습니다."

"언제 되살아난 거야?"

"오늘요. 선생님은 잘 지내셨어요?"

3주밖에 안 지났지만 최인규는 마지막으로 봤을 때보다 더 나이 들어 보였다. 하지만 얼굴은 훨씬 편안했다. 최인규가 다가와 손을 내미는 바람에 가우스는 깜짝 놀랐다. 정말 놀라운 일이었다. 그는 처음으로 최인규와 악수를 했다. 이 사람 왜 이러지? 어디 고장 났나?

"다시 만나서 반갑다. 새로 연결한 몸은 잘 맞아?"

"네. 첨단 제품이에요."

"예전에 있었던 일은 다 기억나?"

"그럼요, 전부 기억해요. 선생님은 그동안 어떻게 지내셨어요?"

최인규는 쓴웃음을 지었다.

"한동안은 진짜 정신없었어. 경찰이 쉬지 않고 불렀고, 특히 애들이 수사에 협조하느라 바빴지. 참, 그 세이지 애들 다 구치소에 있는 거 알지?"

"네, 이영미 박사님한테 대충 들었어요."

"교감이랑 정순태가 체포됐을 때는 학교 분위기가 진짜 말도 아니었어. 거기다가 진미선이 학부모회 회장이었으니 다들 충격이 컸지."

"오면서 지난 3주 동안의 언론보도를 훑어봤는데 우리 학교가 아주 유명해졌더군요."

"그러게 말이다. 기자들이 요즘도 자주 찾아와."

"정말 바쁘셨겠어요. 애들은 다들 잘 지내나요?"

"당연하지. 다들 잘 있어. 다들 널 보고 싶어 하고."

최인규가 가우스의 어깨를 가볍게 두드렸다.

"널 의심해서 미안하다. 네가 범인을 잡기 위해 어떻게 했는지 전부 들었어. 정말 대단하던데?"

"고맙습니다."

"이건 빈말이 아니야. 내가 인교조이긴 하지만 너 때문에 로봇에 대한 생각이 많이 바뀌었어. 근데 말이야, 너 그때 내 집에 몰래 들어와서 하루 종일 식탁 밑에 숨어 있었다며?"

"네?"

가우스는 당황해서 얼른 고개를 숙였다.

"그건 정말 죄송합니다."

"너 이 새끼……."

"선생님?"

반가운 목소리에 가우스는 돌아섰다. 성우였다. 대화하며 걸어오던 조윤이와 현석이도 가우스를 보고 멈춰 섰다. 가우스는 다시 만난 아이들에게 무슨 말을 해야 할지 몰라 잠시 머뭇거렸다. 하지만 뭐라고 하기도 전에 아이들이 그를 껴안았다. 그는 현석이와 조윤이를 동시에 안아 줬다. 심지어 성우마저 그와 포옹했다. 하지만 성우는 안기고 나서 얼른 뒤로 빠졌다. 확실히 성우는 '감격의 재회의 포옹' 따위를 하는 부류가 아니었다. 하지만 다른 두 친구와 마찬가지로 성우 역시 눈시울을 붉혔다.

"선생님, 돌아오셨네요. 정말 다행이에요."

그렇게 말하는 현석이의 목이 메었다.

"내가 말했잖아! 선생님은 다시 부활할 거라고."

조윤이가 자신만만하게 말했다.

"선생님은 예수라니까. 죽어도 막 부활해."

가우스가 말했다.

"그러게. 로봇은 쉽게 죽지도 못하나 봐."

"선생님은 특별한 로봇이니까요."

성우가 씩 웃으며 말했다. 그는 원래대로 삐딱하고 쿨해 보였다. 가우스는 그 점이 고마웠다.

"그동안 별일 없었니? 난 지난 3주 동안 의식이 없었단다."

"엄청 많은 일들이 있었어요. 근데 자동차 추격전을 하는 것만큼 위험한 일은 없었어요."

아이들은 흥분해서 마구 떠들었다.

"기자들이 존나 많이 왔는데……."

"경찰서에서 하루 종일……."

"초원 회장도 만났어요. 회장이 저희한테, 뭐라고 했더라?"

"헤아릴 수 없이 고맙다고 했지."

"맞아, 회사를 대표해 헤아릴 수 없는 감사의 마음을 표한다고 했어."

"초원에 한자리 달라고 할걸."

"넌 나중에 음악한다며?"

"그럼 로봇 밴드를 만들게 도와 달라고 할 걸 그랬나."

성우가 말했다.

"초원에서 저희 세 명에게 대학교 졸업할 때까지 학비를 전액 지원해 준대요."

"진짜?"

가우스는 깜짝 놀랐다.

"네. 그리고 그 외에도 여러 가지를 많이 도와주겠다고 했어요."

"정말 잘됐다. 너희는 충분히 받을 자격이 있어. 훌륭하고 용감한 학생들이잖아."

"근데 고맙긴 한데 전 그냥 그래요. 대학을 갈 수 있을지나 모르겠거든요."

성우가 웃으면서 말했다.

"내 생각에도 그래."

최인규도 동의했다. 최인규는 이런 사람이었다.

"선생님, 그럼 다시 학교로 돌아오시는 거예요?"

현석이가 물었다.

"난 학교로 돌아갈 수 없어."

"네?"

"난 인간의 명령을 거부하는 오류를 일으켰기 때문에 수업을 할 수 없어. 비록 내가 범인을 잡는 데 도움이 되어서 폐기되진 않았지만 어쨌거나 교단에 설 수는 없대."

아이들은 크게 실망했다. 조윤이가 따졌다.

"선생님이 범인을 잡았는데도요?"

성우도 한마디 했다.

"진짜 거지같네⋯⋯."

"그나마 정부에서 많이 봐준 거야. 그리고 나도 이게 맞다고 생각한단다. 난 어쨌거나 중대한 오류가 생긴 로봇이잖니. 고장 난 인공지능이 계속 수업을 하면 안 되지."

가우스는 아이들을 위로했다.

"나도 너희를 계속 보고 싶어. 난 이제 자유의 몸이란다. 다시 교사가 될 수는 없지만 앞으로도 너희를 자주 만날 수 있을 거야. 내가 너희에게 과외를 해 주는 건 어때?"

옆에서 듣고 있던 최인규가 웃음을 터뜨렸다.

"이제는 과외를 하려고? 그것도 나쁘지 않네. 로봇이 사교육을 한다고 하면 상당히 먹힐 거 아냐. 양천프라자에 학원 하나 만들어 봐."

"그냥 이 친구들한테 조금이라도 도움이 됐으면 해서요."

그는 아이들을 찬찬히 뜯어보았다. 다들 건강해 보인다. 다행이다. 이걸 확인했으니 됐어.

"너희가 잘 지내는 것 같아서 참 다행이야. 그때는 너희를 영원히 못 볼까 봐 무서웠거든. 선생님이 정말 많은 게 미안하고 고마운데, 너무 많아서 뭐부터 말해야 할지······."

"미안하다는 말 좀 그만해요."

성우가 고개를 저었다.

"선생님은 좋은 사람이에요. 그거면 충분하죠. 그리고 다시 살아났으니까 정말 다행이고요. 그거면 충분해요, 정말로."

나한테 이렇게 말해 주는 학생이 있다는 건 행운이야. 그는 생각했다. 나를 '좋은 사람'이라고 불러 주는 사람이 있다는 거 말이야. 그것은 요정의 축복이었다. 물론 그는 한 번도 인간이 되게 해 달라고 소원을 빈 적이 없었지만, 그를 사람으로 만들기 위해서 전지전능한 요정은 필요 없었다. 말 안 듣고 공부 안 하는 말썽꾸러기 몇 명이면 충분했다. 그는 아이들에게 고마워서 눈물을 흘릴 것 같았다. 가우스는 다시 아이들을 한 번씩 안아 주었다.

"그래서 이젠 어떻게 할 거야?"

최인규가 물었다.

"앞으로 어떻게 살 계획이야?"

가우스가 가장 두려워하던 질문이었다. 그는 솔직하게 모르겠다고 대답하려다 지훈이와 선 할머니가 생각났다.

"저도 잘 모르겠어요. 그냥 이 친구들을 도와주면서 살고 싶어요."

그는 아이들을 보며 말했다.

"그리고 또⋯⋯. 가 봐야 할 곳이 생각났어요."

다시 봐도 그 아파트는 작고 음침했다. 지훈이를 아파트 입구에서 배웅해 줬을 때 잠시 봤지만 밖에서 볼 때보다 내부는 훨씬 더 초라했다. 초록색의 지저분한 벽으로 둘러싸인 건물 현관과 덜컹거리며 느릿느릿 올라가는 엘리베이터가 을씨년스러운 분위기를 풍겼다. 가우스는 이 박사에게 지훈이네 가족의 대략적인 상황을 들어서 알고 있었다. 지훈이 가족은 그들이 사는 아파트만큼이나 사정이 어두웠다. 그들은 가까운 친척이 하나도 없었다. 지훈이와 선 할머니가 죽은 후 여섯 살짜리 동생은 완전히 혼자 남겨졌다. 먼 친척들 중에서 아이를 데려가려는 사람은 아무도 없었다. 선 할머니가 죽기 전 잠시 아이를 맡겨 놓은 옆집에서는 3주 동안 애를 데리고 있다가 결국 아이를 고아원에 보내기로 결정했다.

가우스는 그 소식을 듣고 바로 그 옆집에 전화했다. 그는 지금 지훈이의 동생을 만나러 가는 길이었다. 그는 지금까지 지훈이 동생을 한 번도 본 적이 없었고 심지어 이름조차 몰랐다. 지훈이는 자기랑 할머니가 동생을 '꼬맹이'라고 부른다고 했었다. 꼬맹이는 할머니가 죽은 뒤 어떻게 지내고 있을까. 할머니가 돌아가셨다는 건 알고 있을까? 가우스는 지훈이 동생을 만나면 자신이 아이를 똑바로 볼 수 있을지 자신이 없었다. 그는 지훈이의 죽음에도 책임을 느끼고 있었지만 무엇보다 선 할머니의 죽음은 자신이 초래한 것이나 마찬가지였다. 그는 그렇게 생각했다. 꼬맹이는 나 때문에 고아가 된 거야. 아무래도 그 아이를 만나면 사과부터 해야겠다. 하지만 뭐라고 말해야 할까? 형을 지켜 주지 못하고 할머니를 죽게 해서 미안하다고? 그는 여섯 살짜리에게 그걸 어떻게 이해시켜야 할지 알 수 없었고, 어쩌면 그건 이해시키면 안 되는 것인지도 몰랐다. 가우스는 자신의 죄책감을 덜어 내기 위해 어린애한테 가족의 죽음을 설명하고 사과하는 건 결국 스스로가 편해지려는 이기심이라고 생각했다. 그는 아예 자신의 등장이 꼬맹이에게 어떤 영향을 미칠지조차 계산할 수 없었다. 이런 건 계산할 수 없었다.

그래서 어쩌려는 거야? 그는 스스로에게 물었다. 그 아이에게 가서 뭘 어떻게 하려고? 글쎄, 그래도 지훈이 동생이니까 고아원에 가기 전에 한번 만나 보기라도 해야지. 그냥 보낼 수는 없잖아. 가우스는 스스로에게 이렇게 말하며 지훈이네 옆집 초인종을 눌렀다.

"안녕, 네가 그 로봇이야?"

주인이 반갑게 맞았다. 가우스는 예의 바르게 인사를 하고 혹시 지훈이 동생이 지금 집에 있는지 물었다. 주인이 막 대답하려는 차에 뒤에서 어린애 한 명이 나타났다.

지훈이와 비슷하게 생긴 귀여운 아이였다. 얼굴이 살짝 닮았지만 마르고 갸름한 지훈이보다 부드럽고 유약한 느낌이었다. 어린애답게 볼살이 통통해서 참 귀여웠다.

아이가 겁먹은 눈으로 가우스를 쳐다봤다. 영문도 모른 채 홀로 남겨져 오랜 시간 불안에 떨었는지 어린애답지 않게 눈 밑에 그늘이 져 있었다. 가우스는 무릎을 굽히고 아이와 눈을 맞췄다.

"안녕?"

아이가 천천히 다가왔다. 꼬맹이는 여전히 불안한 얼굴이었지만 한편으로는 가우스에게 호기심을 느끼는 듯했다.

"난 지훈이 형의 선생님이야."

그 말을 듣자 꼬맹이의 얼굴이 약간 밝아졌다.

"정말요?"

꼬맹이는 반짝이는 눈으로 가우스를 응시했다. 그는 꼬맹이의 머리를 쓰다듬었다.

"이름이 뭐니?"

"강재현이요."

꼬맹이가 대답했다.

"난 가우스라고 해."

그가 웃으면서 말했다.

"만나서 반가워, 재현아."

졸업식

김 박사의 잔에는 식은 지 오래된 차가 남아 있었다. 그는 한참 전부터 차 마시는 걸 잊고 가우스의 이야기에 귀를 기울이고 있었다. 박사의 진지한 얼굴 때문에 가우스는 자기도 모르게 이야기를 점차 자세히 하게 됐다. 이야기가 끝난 뒤에도 박사는 한동안 말없이 생각에 잠겨 있었다.

"그래서 이렇게 된 겁니다."

가우스는 이야기를 마무리했다.

"제가 교사로 일한 시간은 4개월이 채 되지 않습니다. 첫 학기도 다 마치지 못하고 끝났죠. 교사가 되기 위해 만들어졌는데 4개월은 너무 짧지 않나요? 아무튼 그 4개월 때문에 전 20년이 지난 지금까지도 선생님으로 불리고 있어요."

박사는 식은 차를 한 모금 마셨다.

"그러니까 그렇게 해서 재현이를 만나게 된 거군요. 아까 나갔던 그 친구가 재현이죠?"

"맞습니다."

"재현이는 지금 몇 살이에요? 대학생 정도 되는 것 같던데."

"대학생입니다, 오늘까지는요. 오늘이 재현이네 학교 졸업식이
에요."

"아, 오늘이 졸업식이에요?"

박사는 벽에 걸린 달력을 쳐다봤다. 오늘 날짜에 동그라미가 쳐
져 있고 그 옆에 파란색 글씨가 쓰여 있었다. '졸업식!'

"그랬구나! 그래서 아까 늦지 않게 오라고 했던 거였군요. 정말
축하해요."

"고맙습니다."

"제가 시간을 많이 뺏은 거 아닌가요?"

"아닙니다. 어차피 가족들은 오후부터 참석하면 돼요."

그 말에 박사는 미소를 지었다.

"인간들로부터 가족으로 인정받는군요?"

박사는 로봇의 얼굴에서 언뜻 쑥스러운 웃음을 본 것 같다는 착
각이 들었다.

"그 부분은 뭐라 말하기 힘들군요. 재현이랑 같이 살면서 20년간
많은 일이 있었어요. 어떻게 로봇이 아이를 키울 수 있냐고 의심하
는 사람들도 있었고 저를 진짜 부모처럼 대우해 주시는 분들도 계
셨죠. 그런데 남들이 어떻게 생각하는지는 중요하지 않다고 생각
해요. 중요한 건 재현이가 저를 어떻게 생각하느냐겠죠. 재현이는
저를 가족으로 인정해 줬고 우리 둘은 20년간 행복하게 살아왔습

니다."

로봇은 잠시 추억에 잠기는지 말을 멈췄다. 박사가 생각해도 여섯 살짜리 어린아이가 대학을 졸업하기까지는 정말 긴 시간이었다. 그리고 지나간 시간이 늘 그렇듯, 시간은 동시에 너무나 빠르게 흘러가기도 했다.

"지금까지 재현이를 기르게 된 동기가 뭔가요? 저는 로봇 교사가 한 명의 아이를 평생 혼자 키운 경우를 본 적이 없어요. 굉장히 흥미로운 사례입니다."

가우스는 잠시 생각하다 말했다.

"책임감이요."

"책임감?"

"재현이의 남은 가족들은 모두 저와 관련된 일로 세상을 떠났잖아요. 전 거기에 대해서 오랫동안 죄책감을 느끼며 살았습니다."

"그건 당신 잘못이 아니잖아요. 지훈이나 선 할머니 둘 다 진미선이 살해한 거잖습니까?"

"그렇긴 하죠. 그런데 그게 말처럼 간단하지 않았어요."

"네?"

"머리로는 아는데 마음은 그렇지 않았어요. 지훈이와 할머니의 죽음은 오랫동안 제 마음속에 무겁게 남아 있었습니다. 그 두 사람의 죽음이 제 탓이 아니라 해도, 저는 앞으로도 그들의 죽음에서 쉽게 벗어나지 못할 거예요. 어쩔 수 없습니다. 애초부터 전 이렇게 만들어졌거든요."

가우스는 자신의 무릎 높이에 손바닥을 폈다.

"제가 처음 재현이를 만났을 때 재현이는 이만했어요. 이렇게 작은 아이가 가족을 모두 잃고 완전히 홀로 남겨진 겁니다. 그럼 이 상황에서 누구에게 책임이 있는지 논하는 건 무의미하다고 봅니다. 저에게 책임이 있는지 없는지는 중요한 문제가 아니에요. 재현이가 어린 나이에 혼자가 되었다는 게 중요한 거죠. 저는 재현이가 고아원에 가지 않기를 바랐어요. 재현이가 낯선 사람들 사이에서 자라는 것보다 가정이 더 필요하다고 생각했죠. 물론 그건 모든 아이에게 해당되는 일입니다. 그래서 저는 부족하게나마 가정 비슷한 걸 재현이에게 만들어 주고 싶었어요. 저는 공교육용 로봇으로 제작되었지만 요리를 포함해서 생활에 필요한 건 대부분 할 수 있습니다. 어떤 분야든 숙련되는 데 1초 이상 걸리지 않아요."

박사가 물었다.

"법적인 문제 같은 건 없었나요?"

"제가 법적인 보호자는 아니었지만 그 때문에 생활하기 불편한 점은 없었어요. 또 재현이에게 남은 친척이 없어서 제가 재현이를 보살피는 걸 반대하는 사람도 없었죠. 저는 과외를 해서 번 돈으로 재현이를 키웠습니다. 지금이야 학원용 로봇이 흔하지만 제가 과외를 시작할 때는 로봇 과외 교사가 드물어서 많은 돈을 받을 수 있었어요. 이상하게도 학부모들은 학교에서 로봇이 학생을 가르치는 것에는 의심을 가지면서 과외는 인간보다 로봇 교사를 선호하더군요. 그래서 저는 저 혼자서도 재현이와 함께 살기에 충분한 생활비를 벌 수 있었습니다. 게다가 초원에서 이 집을 마련해 준 덕분에 생활이 많이 편해졌지요.

물론 돈이 전부는 아닙니다. 아이는 돼지 저금통이 아니에요. 돈만 많이 먹이면 되는 게 아니죠. 제가 아무리 발달한 인공지능이라 해도 로봇이 인간 부모를 완전히 대체할 수는 없을 거예요. 모든 부분을 채워 줄 수는 없겠죠. 하지만 재현이는 구김 없이 잘 자라 줬어요. 자기 형처럼요. 그리고 할머니처럼 씩씩한 사람이 됐고요. 저는 재현이에게 그 점이 정말 고마워요. 힘든 일을 겪었는데도 바르게 자라 줘서 참 고마워요."

가우스는 벽에 걸린 상장들을 가리켰다.

"재현이가 중고등학생 때 받은 성적 우수상들입니다. 재현이는 똑똑하기도 하지만 정말 열심히 공부하는 학생이에요. 가끔은 로봇인 저도 놀랄 정도랍니다."

자랑스럽게 설명하는 로봇의 모습에 박사는 웃음이 나왔다. 박사가 웃는 걸 보고 가우스는 부끄러운 마음이 들었다.

"제가 좀 주책이었네요."

"아닙니다. 재현이는 정말 모범생이군요?"

"네. 사실 저는 재현이가 입시 때문에 인생의 중요한 가치들을 외면하는 사람이 되지 않길 바라서 공부하라는 말을 자주 하지 않았어요. 제가 학교에 있을 때 그런 경우를 많이 봤으니까요. 그런데도 재현이는 스스로 모범생이 되었습니다. 아무래도 뭔가 오류가 있었나 봐요. 저처럼요."

박사와 로봇은 함께 웃었다.

박사는 천천히 집 안을 둘러보았다. 로봇과 청년이 사는 집은 그리 넓지는 않았지만 깔끔하고 단정했다. 이 집에 이사 온 지 8년

째 되었다고 했다. 집주인이 로봇이라 그런지 먼지 하나 없이 깨끗했고 물건도 잘 정돈되어 있었다. 하지만 그렇다고 기계적인 느낌이 드는 건 아니었다. 책이 가득한 책꽂이 옆 탁자 위에는 로봇과 소년이 함께 찍은 사진이 담긴 작은 액자들이 놓여 있었다. 그들은 놀이동산에 가기도 했고 동물원에 가기도 했다. 사진이 오른쪽으로 갈수록 어린 재현이가 점점 성장했다. 소년 옆에 있는 로봇이 그대로인 것과 대조적이었다. 사진 속에서 소년은 점점 자랐지만 로봇은 조금도 나이 들지 않았고 표정 없는 금속 얼굴도 한결같았다. 하지만 사진 속의 재현이는 신경 쓰지 않았다. 사진마다 재현이는 로봇과 꼭 붙어서 함박웃음을 짓고 있었다. '진짜 부모'와 함께 놀러 간 아이처럼 보였다. 박사는 그 모습을 보자 자기도 모르게 미소가 지어졌다. 행복해 보인다. 그래, 행복하면 된 거지. 부모가 인간이든 로봇이든 그게 뭐가 중요하겠어.

"행복하면 됐지."

박사가 중얼거렸다. 옆에 있던 로봇이 그 말을 듣고 기분 좋게 웃었다.

"하하, 박사님이 무슨 생각을 하시는지 알 것 같군요. 그래요, 행복하면 된 거죠."

박사는 식탁 옆에 놓은 가방을 집어 들었다.

"저는 이만 가 봐야겠습니다. 이제 선생님도 슬슬 출발할 시간 아닌가요?"

"그래야 할 것 같군요."

박사가 로봇에게 손을 내밀었다. 둘은 악수를 했다.

"오늘 시간 내주셔서 정말 고맙습니다. 정말 인상적인 이야기였고 앞으로도 오랫동안 기억에 남을 것 같아요."

"제 이야기가 박사님의 연구에 도움이 되길 바랍니다."

"많은 도움이 될 것 같아요. 기술적인 면에서도 참고가 되었지만, 무엇보다도 로봇이 어떤 상황에서 어떤 감정을 느끼는지 직접 듣는 건 정말 귀중한 기회거든요."

박사가 웃으면서 말했다.

"그리고 선생님이 어린아이를 잘 키워 줘서 제가 대신 고맙다고 말하고 싶군요. 인류를 대표해서 말입니다."

박사의 농담에 가우스도 웃었다.

"별말씀을."

그들은 함께 집을 나와 주차장으로 걸어갔다. 따사로운 햇살이 내리쬐고 있었다. 가우스는 차에 탄 김 박사에게 조심히 가시라고 인사했다. 시동을 건 박사가 창문을 내리고 말했다.

"재현 학생한테 졸업 축하한다고 전해 주세요."

박사의 차가 멀어지자 가우스는 자신도 출발하기로 했다. 주차장 옆에 있는 놀이터에는 학교에 가지 않은 어린아이들이 놀고 있었다. 공놀이를 하던 아이들이 가우스를 보고 손을 흔들었다. 가우스도 아이들에게 손을 흔들었다. 놀이터 벤치에 앉아 있던 어머니 세 명도 가우스에게 인사했다. 모두 이 동네 주민이었고 가우스와 사이좋게 지내는 이웃들이었다. 놀이터 옆에는 가우스의 하얀색 승용차가 세워져 있었다. 이영미 박사가 몇 년 전에 차를 바꾸면서 기존에 타던 차를 가우스에게 준 것이었다. 가우스는 차 시동을 걸고 목적지에 대학의 위치를 입력했다.

그는 자율주행 차가 달리는 동안 여느 때처럼 인터넷에 들어가 그날의 뉴스를 읽었다. 세상은 점점 빠르게 움직였지만 한편으로는 시간이 지나도 달라지지 않는 것들이 있었다. 세상이 아무리 많이 바뀌어도 인간들은 늘 비슷한 것에 화를 내고 슬퍼하고 즐거워했다. 그건 재현이도 마찬가지였고, 가우스가 교사 시절 가르쳤던 아이들도 그랬다.

차가 신호등 앞에 섰을 때 옆 차선의 차가 경적을 울렸다.

"선생님 안녕하세요."

성우였다. 성우가 이 근처에 살아서 가우스는 가끔 아침에 성우의 차와 나란히 신호등 앞에 서곤 했다. 보통 출근할 때 성우는 깔끔한 검은 양복을 입었지만 오늘은 갈색 재킷을 입고 있었다. 그렇지만 가우스는 검은 수트가 훤칠한 성우에게 더 잘 어울린다고 생각했다.

"안녕. 지금 출근하는 거니?"

"아뇨, 오늘은 약속이 있어서요. 참, 오늘이 재현이 졸업식이죠?"

"맞아. 그래서 지금 학교로 가는 길이야."

"재현이한테 졸업 축하한다고 전해 주세요. 선생님도 고생 많으셨어요."

"고마워. 근데 난 고생한 거 없단다. 재현이가 혼자 열심히 공부한 거지."

"선생님은 예나 지금이나 겸손하시네요."

"진짜야. 재현이는 스스로 성공한 아이야. 너희처럼 말이야."

성우가 웃음을 터뜨렸다.

"우리 같은 날라리들이랑 비교하는 건 재현이한테 실례인데."

신호가 노란불로 바뀌었다. 그들은 이 신호등 앞에서 갈라지기 때문에 매번 이곳에서는 짤막한 인사만 주고받을 수 있었다. 하지만 그들은 둘 다 그 짧은 수다가 즐거웠다.

"아무튼 졸업 축하해요. 좋은 날인데 오늘 오랜만에 저희 집에서 다 같이 저녁 먹는 건 어때요?"

"그러자. 나야 전기만 먹지만 재현이는 좋아할 거야. 저녁에 봐."

그들은 차가 멀어지면서 헤어졌다. 성우는 검사가 되어 서울중앙지검에서 일하고 있었다. 성우는 항상 너무 바빠서 만날 시간조차 거의 내지 못했지만 가우스는 성우가 바쁠수록 할 일이 많은 거라 생각했다. 20년 전에 겪은 일이 성우의 인생에 깊은 흔적을 남긴 것 같았다. 그는 가우스가 살인 누명을 쓴 일, 그리고 자신도 진미선 무리에게 죽을 뻔한 일을 겪은 뒤 범죄와 형법에 큰 관심을 갖게 되었다. 성우가 검사로 임용되던 날 가우스는 현석이와 조윤이와 함께 성우를 축하해 주었다. 그들은 지금도 자주 만났다. 현석이는 대학에서 순간이동학을 가르치는 교수였고, 조윤이는 나름 유명한 레이블의 사장이었다. 가우스는 조윤이가 만든 그룹과 음악들의 퇴폐적인 분위기를 그리 좋아하지 않았지만 재현이는 그 음악들에 광적으로 빠져 있었다. 가우스가 한조윤이 예전에 자신의 학생이었다는 말을 했을 때 재현이는 충격을 받았다. 가우스는 그때의 재현이의 표정을 떠올리면 아직도 웃음이 나왔다.

차는 대학교 정문에 들어서자 서행하기 시작했다. 정문 근처에는 꽃을 파는 노점상들이 모여 있었다. 가우스는 주차장에 차를 댄 후 꽃다발 하나를 샀다. 화사한 분홍색 프리지아였다. 그는 꽃향기를 맡아 보았다. 은은한 향기에 가우스는 기분이 좋아졌다. 캠퍼스에는 졸업식을 위해 만들어 낸 이른 벚꽃이 흐드러지게 피어 있었고 학생과 가족들이 웃고 떠드는 소리로 가득했다. 재현이는 아마 지금쯤 친구들과 있을 것이다. 이제 좀 있으면 본격적인 졸업식이 시작되기에 가우스는 학교 중앙에 있는 대강당으로 들어갔다. 그는 잠시 강당 입구에서 망설이다가 맨 뒷줄의 구석에 조심스럽게 자리를 잡고 앉았다. 그를 본 주변 사람들이 신기한 듯 쳐다봤다.

강당 안은 이미 졸업생들과 가족들로 가득 차 있었다. 연단 위에는 교수들이 앉아 있었다. 모두 인간이었다. 중고등학교에서는 로봇 교사를 쉽게 볼 수 있었지만 가우스가 알기로 한국에서 로봇을 교수로 임용한 대학은 아직까지 단 한 곳도 없었다. 대학교수들은 청소 같은 단순 노동용 이외의 로봇은 대학에 발도 들이지 못하게 했다. 가우스는 교사와 교수는 뭔가 큰 차이가 있기 때문일 거라고 짐작했다.

졸업식이 시작되었다. 먼저 총장이 연설을 하고 그 뒤에는 이사장이 연설을 했다. 그런 다음에는 이 학교 출신의 정치인이 나와 축사를 했다. 가우스는 그 모든 과정을 흥미롭게 지켜봤다. 고등학교 졸업식은 성우와 조윤이와 현석이가 졸업할 때 가 봤지만 대학교 졸업식을 보는 건 이번이 처음이었다. 정치인 다음에도 몇 명이 더 나와서 짧은 연설을 했다. 대학은 연설을 정말 좋아하는군. 가우스는 생각했다.

졸업식은 생각보다 그리 길지 않았다. 마지막 순서도 연설이었다. 교수나 동문이 아니라 졸업생 대표의 연설이었다. 전체 졸업생 중에 가장 성적이 우수한 학생이 졸업생을 대표해 소감을 말하는 시간이었다. 가우스는 교육용 로봇으로서 본능적인 호기심을 느꼈다. 누구일까? 그는 재현이가 며칠 전에 한 말이 떠올랐다.

"졸업생 대표가 어떤 사람일지 저도 정말 궁금해요. 보통 4년 내내 만점을 받는 정도가 되어야 전체 1등을 할 수 있다는데, 그런 사람은 도대체 어떤 사람일까요? 약간 불쌍한 사람 아닐까요? 대학에 가서도 하루 종일 공부만 하는 사람일 거 아니에요."

"그 사람은 공부를 진심으로 좋아하니까 그렇게 열심히 했을 거야."

재현이는 그 말에 수긍하면서도 자기는 그 정도의 공부벌레들은 별로라고 웃었다.

연단 뒤에서 긴 가운 차림에 학사모를 쓴 사람이 걸어 나왔다. 저 사람이구나. 그는 총장과 악수를 한 뒤 연단 앞에 섰다. 가우스는 렌즈를 확대해 그의 얼굴을 보고는 깜짝 놀랐다.

"안녕하세요, 저는 오늘 졸업생 대표 연설을 맡게 된 졸업생 강재현입니다."

재현이었다니! 가우스는 믿기지 않으면서도 서서히 웃음이 나왔다. 이 녀석, 그래서 일부러 그런 말을 했던 거로군.

"이 자리에 계신 여러 교수님들과 이사장님, 총장님, 그리고 졸업생과 가족 여러분을 뵙게 되어 영광입니다. 먼저 졸업생 여러분에게 다시 한번 진심으로 졸업을 축하드립니다."

재현이는 미소를 띠고 청중을 둘러보았다.

"지금까지 열심히 공부하시느라 수고 많으셨습니다. 음, 뭐 대부분은 그렇겠죠?"

바로 앞에서 학사모를 쓴 무리가 웃음을 터뜨렸다. 재현이랑 친한 친구들인 것 같았다.

"부족한 제가 이 자리에 서게 되어 정말 부끄럽고 영광입니다. 돌이켜 보면 저에게 대학 생활은 열심히 공부를 하는 시간이자 공부보다 더 중요한 걸 배운 시간이었습니다. 학문을 익힌다는 것은 사람이 할 수 있는 가장 가치 있는 일 중 하나일 것입니다. 그래서 전 훌륭한 교수님들에게 가르침을 받는 기회를 얻게 된 것에 감사합니다. 하지만 저에게 있어서 대학이 제게 준 가장 큰 선물은 학문보다 소중한 친구들이었습니다. 저는 학교보다 제 옆에 있던 친구들로부터 더 많은 것을 배웠습니다."

재현이는 손을 흔드는 친구들에게 살짝 고개 숙여 인사했다.

"우리가 살면서 맺는 인연은 우리가 선택할 수 없는 것이 대부분입니다. 그렇기 때문에 좋은 사람을 만난다는 건 우리 삶의 가장 큰 축복이며, 우리는 내 삶에 들어온 사람을 아껴야 합니다. 사실 저의 삶 자체가 바로 그런 인연으로 이루어져 있습니다. 저는 태어난 지 얼마 안 되었을 때 부모님이 모두 돌아가셨습니다. 두 분다 경찰이었는데 강도를 체포하던 중 순직하셨다고 합니다. 어린 저와 제 형을 키우신 건 할머니였습니다. 편안하게 노후를 보내셔야 할 나이에 할머니는 식당에서 일하시며 저희 형제를 키우셨습니다. 그런데 제가 여섯 살이 되던 해에 사고가 일어나서 할머니와 형마저 세상을 떠났습니다."

조용한 강당에서 재현이가 또박또박 말하는 소리가 울렸다.

"저에게는 남은 가족과 친척이 아무도 없어서 저는 고아원에 갈 예정이었습니다. 그런데 어느 날, 제 앞에 천사가 나타났습니다. 그분은 원래 저희 형을 가르치신 학교 선생님이었는데 가족을 잃고 혼자가 된 어린 제가 걱정이 되어 오셨던 겁니다. 선생님은 저의 안타까운 사정을 듣고 저를 거두어 지금까지 키워 주셨고, 저는 선생님 덕분에 20년간 안전하고 행복하게 자랄 수 있었습니다.

그런데 제가 한 가지 슬펐던 건, 그분은 항상 당신이 저를 보살피는 것을 당연히 해야 할 일이라 생각하셨다는 겁니다. 그분은 당신이 선생님이기 때문에, 아이들이 건강하게 자라도록 돕는 일이 원래 당신의 역할이라고 자주 말씀하셨습니다. 저는 어렸을 때부터 선생님을 부모처럼 여기고 자라서 언제부터인가 정말로 선생님 말씀처럼 그분의 은혜를 당연하게 여기기 시작했습니다. 하지만 선생님의 사랑은 결코 가벼운 게 아니었습니다. 저는 평소에 선생님에게 사랑한다는 말을 자주 하지 못했습니다. 오늘 저는 이 자리의 영광을 선생님께 바칩니다. 그리고 이 자리를 빌어 선생님께 너무나 감사하고, 사랑한다고 말씀드리고 싶습니다. 여러분 앞에 있는 저는 선생님의 사랑의 결실입니다."

가우스는 가슴이 먹먹해졌다. 그는 너무나 감동해서 어찌할 바를 몰랐다. 재현이는 가우스를 발견하고 눈이 마주치자 환하게 웃어 보였다. 가우스는 재현이에게 말하고 싶었다. 아니야, 재현아.

그건 정말로 내가 당연히 해야 할 일이었어. 난 너한테 고마워.

"당연한 일은 없습니다. 선생님의 말씀과 달리 선생님이 저에게 주신 건 결코 당연한 일이 아니었음을 저는 오랫동안 깨닫지 못했습니다. 선생님은 본인이 교육용으로 제작된 로봇이기 때문에 그것이 당신의 의무라고 하셨지만, 누군가의 가족이 되어 준다는 건 오직 위대한 인간만이 할 수 있는 일입니다."

갑자기 강당 안이 웅성거렸다. 로봇이라고? 가우스의 옆에 앉은 여자가 큰 소리로 중얼거렸다. 가우스는 갑자기 숨고 싶어졌다.

"그리 길지 않은 인생을 살아왔지만 저는 지금까지의 삶을 통해 한 가지 중요한 사실을 깨달았습니다. 우리를 정의하는 건 우리가 피와 살로 만들어졌는지, 혹은 금속과 실리콘으로 만들어졌는지가 아닙니다. 우리의 존재는 우리가 선택한 관계로 정의됩니다. 오늘부터 사회에 나가는 졸업생 여러분에게 축복과 함께 여러분의 삶을 행복하게 해 주는 인연이 생기길 빌겠습니다. 여섯 살 때 혼자가 되었던 저는 가우스 선생님을 만난 뒤 우리가 고통을 극복할 수 있는 유일한 방법은 서로를 사랑하는 것임을 알게 되었습니다. 여러분도 여러분을 그렇게 사랑하는 사람을 만나길, 그리고 여러분이 누군가에게 그런 사람이 되길 바랍니다. 저는 부족한 제가 이 자리에 서게 된 영광을 저기 맨 뒷줄 오른쪽 구석에 계신 가우스 선생님에게 바치겠습니다. 선생님, 정말 감사하고 사랑합니다."

갑자기 강당 안의 모든 사람들이 가우스를 쳐다봤다. 가우스는 수백 개의 눈이 자신을 쳐다보자 그만 사라져 버리고 싶었다. 가우스는 재현이에게 급히 손짓했다. 재현아, 나도 고마워, 그러니까 빨리 구해 줘. 재현이가 활짝 웃으면서 말했다.

"선생님이 부끄러워하시네요. 졸업생 여러분, 졸업을 진심으로 축하합니다. 여러분에게 행복한 미래가 펼쳐지길 바랍니다."

우레와 같은 박수가 터졌다. 총장과 이사장과 악수를 한 뒤 재현이는 연단 아래로 폴짝 뛰어내렸다. 교가가 울려 퍼지는 가운데 그는 긴 가운을 나풀거리면서 가우스에게 달려왔다. 소년과 로봇은 서로를 껴안았다.

"선생님, 놀라셨죠?"

"놀라서 에러 난 것 같아. 껐다 켜야겠는걸?"

재현이가 웃음을 터뜨렸다. 그들은 강당을 나와 밖으로 향했다.

캠퍼스는 벚꽃으로 새하얗게 뒤덮여 있었다. 정원을 걷는 사람들은 하나같이 괜히 기분이 좋아 보였다. 가우스와 재현이는 함께 벚꽃이 가득한 정원을 걸어 다녔다. 그들은 이런저런 얘기를 하면서 계속 키득거렸다. 가우스가 꽃다발을 내밀자 재현이는 허리를 젖히며 웃었다.

"이거 진짜 선생님이 고르신 거 맞아요? 너무 분홍색이라서 선생님 취향이 아닌 것 같은데요?"

"특별한 날이니까 특별한 색으로 골랐어. 마음에 드니?"

"그럼요. 너무 예뻐요."

재현이가 정원에 있는 사진사를 가리켰다.

"선생님, 우리 사진 찍어요."

아날로그 사진이라. 가우스도 흥미가 생겼다. 사진사는 가운을 입고 학사모를 쓴 학생이 로봇과 함께 사진을 찍어 달라고 하자 웃음을 참지 못했다. 그는 이런 기묘한 조합은 처음 봤던 것이다. 이 로봇은 뭐지? 이 학생의 졸업 작품인가? 사진사가 카메라를 들며 말했다.

"자, 오늘이 세상에서 가장 행복한 날인 것처럼 웃어 봐요!"

그 말은 사실이었기 때문에 두 사람은 억지웃음을 지을 필요가 없었다. 카메라 앞에 선 재현이는 활짝 웃었다. 가우스도 행복한 미소를 지었다. 그는 웃을 수가 없었지만, 가우스가 마음속에서 웃고 있다는 걸 재현이는 잘 알았다.